FR. R. FAEHL-
ESTNISCHE BRAUT
KIHELKONNA
PUKKTUULIK

JAAN KROSS

DER VERRÜCKTE DES ZAREN

JAAN KROSS

DER VERRÜCKTE DES ZAREN

Historischer Roman

Deutsch von Helga Viira

BUCH
CLUB
65

Titel der estnischen Originalausgabe

Keisri hull

Mit einem Nachwort des Autors

Berechtigte Ausgabe für den buchclub 65, Berlin; 1988

Einbandgestaltung Harry Jürgens
Typographie Annette Gwosdz
Karl-Marx-Werk, Graphischer Großbetrieb, Pößneck V 15/30
Printed in the German Democratic Republic
Lizenznummer 220. 415/50/88
Bestellnummer 618 466 9

ISBN 3-7464-0096-1

Woiseck, Donnerstag, den 26. Mai 1827. Zunächst möchte ich den Anlaß festhalten, der mich dieses Tagebuch beginnen läßt. Ja, ich schreibe »beginnen«, denn ob ich es fortführen werde, ist nicht abzusehen. Es scheint mir überaus zweifelhaft – weder die Zeit noch das Land noch unsere Familie sind geeignet für das Führen eines Tagebuches.

Wenn überhaupt ein Tagebuch, kann es allenfalls ein geheimes werden. Und gerade deshalb sollte man den Grund seines Entstehens gleich zu Anfang aussprechen. Also: Ich habe mich entschlossen, Tagebuch zu führen, weil ich in Dinge verstrickt bin, die meines Erachtens so ungewöhnlich sind, daß ein denkender Mensch, der ungewollt ihr Zeuge geworden ist, nicht umhinkann, den Versuch zu unternehmen, seine Beobachtungen niederzuschreiben. Möglich, daß nur ein oberflächlicher Denker so handelt. Jemand, der tiefer in die Dinge eindringt, würde eher auf jegliche Aufzeichnungen verzichten. Weiß Gott.

Freilich, wenn ich zurückschaue, muß ich bekennen: Ich bin nicht erst jüngst in all das hineingeraten. Seit zehn Jahren bereits, nein, viel länger, bin ich darin verwickelt. Ich selbst habe mich in dieser Zeit in ein Kuriosum verwandelt. Denn welch anderer Bauernjunge aus der Gemeinde Holstfershof hätte in all den Jahren, man kann sagen seit 1814, das lernen und sehen können, was mir eine Reihe von Zufällen, die wechselten wie die Kulissen in einer italienischen Oper, zu Augen kommen ließ ...

Also, heute vor zwei Wochen sind wir bei heftigem Frühlingsregen aus Petersburg hier in Woiseck eingetroffen: Eeva, der achtjährige Jüri, den sie entgegen meinem Ratschlag nach

Petersburg mitgenommen hatte, Timo, der Diener Käsper, das Zimmermädchen Liiso und ich. Und der Kutscher Juhan natürlich. Des weiteren ein Feldjäger und drei Gendarmen.

Auf Eevas Wunsch waren wir auch diesmal nicht bei Timos Verwandten abgestiegen, sondern wie gewöhnlich an der Moika bei der Witwe des Akademiemitglieds Lehrberg. Schon vor einigen Monaten hatte man Timo aus Schlüsselburg in die Peter-Pauls-Festung überführt, und als man ihn schließlich am Abend des 10. Mai von dort in die Wohnung der Frau Lehrberg brachte, geschah das natürlich in Begleitung eines Feldjägers. Dieser blieb, versteht sich, über Nacht, und Eeva befahl mir, ihn in Frau Lehrbergs Küche betrunken zu machen. Das war leichter als gedacht – dank Frau Lehrbergs starkem Kirschschnaps, von dem sie zwei Flaschen spendiert und mir dabei zugeblinzelt hatte: *Um Gottes willen nicht damit geizen!* *

Während der Feldjäger in der Küche Krautsuppe aß und Schnaps trank, dann ein Lied pfiff, schließlich döste und zuletzt schnarchte, begaben sich vier oder fünf Herren mit hochgestellten Kragen ins Wohnzimmer der Lehrbergs, begrüßten Timo, flüsterten emphatisch und schneuzten sich ins Taschentuch. Wer sie waren, weiß ich nicht, denn ich sah sie nur durch den Türspalt, im Flur brannte eine einzige Kerze, und die Herrschaften hatten nicht nur ihre Mantelkragen hochgestellt, sondern auch ihre Nasen sorgfältig im Cachenez verborgen. Ich hörte Timo einen von ihnen Wassili Andrejewitsch nennen, und da dieser Andrejewitsch noch mehr aus dem Häuschen zu sein schien als die anderen, kam ich auf den Gedanken, er könnte der Dichter Shukowski sein, dem ich vor fünf oder sechs Jahren einmal begegnet war. Es hieß, die Freundschaft zu einem so verworfenen Menschen wie Timo würde Shukowski, dem Hofmeister des Großfürsten und Thronfolgers Alexander, als doppeltes Vergehen angekreidet werden. Ehrlich gesagt, wunderte ich mich, daß uns in den wenigen Stunden so viele Freunde aufsuchten, um sich in Erinnerung zu bringen und ihre Sympathie zu bekunden, wo

* Alle mit einem Sternchen versehenen Kursivstellen sind im Original deutsch.

doch während der neun Jahre, die Timo verschwunden war, außer Shukowski sich fast niemand gezeigt hatte ...

Um sechs Uhr früh, als der Feldjäger ausgeschlafen hatte, erhielt er Verstärkung durch drei Gendarmen. Eeva wußte sie sogleich zu nutzen: Sie mußten unsere Koffer hinaustragen und auf dem Kutschendach festbinden. Dabei hörte ich die Nachbarn im Treppenhaus sagen: »Diese Frau von Bock ist ein tolles Weib ... Nicht nur ihren Mann hat sie sich zurückerkämpft ... Ihr wird auch noch eine halbe Abteilung Militär als Gepäckträger abgestellt ...«

Die Gepäckträger waren natürlich da, um uns auf der Reise von Petersburg nach Woiseck unter der Aufsicht des Feldjägers nicht aus den Augen zu lassen. Damit wir nicht vom vorgeschriebenen Weg abwichen, zum Beispiel ins Ausland, was man am meisten fürchtete. Und damit wir keine Briefe und Nachrichten schickten oder mit Außenstehenden ins Gespräch kamen, über staatsfeindliche Dinge, versteht sich ...

Unterwegs hatte ich seit neun Jahren eigentlich zum erstenmal Gelegenheit, Timo eingehend zu betrachten. Ich hatte munkeln hören, er wäre fürchterlich dick geworden. Das stimmte nicht. Nun ja, als er verhaftet wurde, war er ein schlanker junger Mann gewesen und hatte blendend ausgesehen, viel jünger als dreißig. Jetzt wirkte er wie fünfzig. Sein zahnloser Mund machte ihn sogar noch älter. Am besorgniserregendsten war meiner Meinung nach sein grauer Teint. Nicht sein graumeliertes Haar oder das überflüssige Gewicht. Letzteres würde er sich bald abreiten. Bei Gott – er fing gleich damit an! Er öffnete das Kutschenfenster und winkte den Feldjäger herbei. Er erklärte ihm etwas. Dann ließ er die Kutsche halten.

»Kitty, ich möchte ein wenig reiten. Ich habe allzu lange keine Bewegung gehabt.«

Er stieg aus. Einer der Gendarmen gab ihm sein Pferd und kletterte zu Käsper auf den Bock. Timo schwang sich in den Sattel und galoppierte davon, der Feldjäger und zwei Gendarmen in respektvoller Entfernung von fünfzig Schritt hinterher ...

Ich schaute mich in der Kutsche um: Der kleine, braungebrannte, stupsnasige Jüri lag zusammengerollt unter seinem karierten Reiseplaid auf dem Hintersitz und schlief fest, vorn wiegte sich Liisos flachsblonder Kopf im Schlummer. Ich neigte mich zu Eevas Ohr und fragte leise in der Bauernsprache (später wurde mir klar, daß dies gleichsam ein Wink war, auch künftig von diesen Dingen nur in der Bauernsprache miteinander zu reden): »Eeva, was haben sie mit seinen Zähnen gemacht?«

Sie antwortete flüsternd: »Einen nach dem anderen ausgeschlagen.«

Sie kniff die Augen zu, und an ihrer Nasenwurzel entstanden zwei Fältchen. Sie flüsterte: »Mit einem schweren Gegenstand. Timo hat gesagt, was es war, aber ich habe es nicht verstanden.«

Ich schaute in ihr schmerzverzerrtes Gesicht. Sie hielt die Augen noch immer geschlossen. Die Kutsche rumpelte weiter, und die Schatten der Birken am Straßenrand glitten über Eevas Antlitz. Ich dachte: Ich liebe meine Schwester nicht. Nein. Sie war allzu bereit, sich kopfüber ins Unbekannte zu stürzen, kaum daß dieser Gutsbesitzersohn nach ihr winkte. In eine allzu unnatürliche Situation hat sie sich begeben und mich nachgezogen. Jawohl. Allzu unnatürlich wäre ihre Geschichte auch dann, handelte es sich nur um die Heirat eines Bauernmädchens mit einem Baron. Nein, ich liebe meine ungestüme, widerspenstige, unbegreifliche Schwester nicht – und sie weiß es . . . Dennoch vertraut sie mir . . . Denn wem sollte sie sonst vertrauen . . . Und ich vertraue ihr wahrscheinlich auch . . . Jedenfalls griff ich, als Wertschätzung dieses Vertrauens, nach ihrer Hand, die zwischen den Falten ihres Musselinrocks und dem Kutschenpolster lag, nach ihrer kleinen, kräftigen Hand, und drückte sie, und sie erwiderte meinen Händedruck. Ich wollte tausend Dinge fragen, vor allem aber: Eeva, sag mir, ist Timo wirklich verrückt, wie offiziell erklärt wurde? Oder spielt er von Zeit zu Zeit den Verrückten, damit sie ihn nicht wieder in die Kasematte werfen? . . . Und noch etwas, das Wichtigste: Eeva, sag mir, warum haben sie ihm das angetan? Aber ich fragte nichts. Denn ich wollte nicht, daß sie sich in sich zurückzog und mich wie einen Fremden mit einer Lüge abspeiste. Ich fragte nichts. Ich schaute sie nur an und dachte: Ich begreife nicht, woher meine Schwester ihr ungestümes Wesen hat ... Man betrachte allein ihre Haare ...

Hierselbst, Freitag, den 27. Gestern abend wurde ich gestört, besser gesagt, ich stellte mir vor, daß ich gestört wurde, und erprobte, ob ich mein Tagebuch schnell genug zu verstecken vermag, um bei unverschlossener Tür schreiben zu können. Es ist mir beinahe gelungen.

Das kleine schwarze Heft habe ich zwei Wochen vor unserer Reise nach Petersburg in Fellin bei Schade gekauft. An ein Tagebuch habe ich dabei nicht gedacht. Ich wollte eigentlich Aphorismen festhalten, auf die ich bei der Lektüre stoße. Nicht, um mich in Gesellschaft damit zu brüsten, worum sich Halbgebildete (so wie ich!) häufig sehr bemühen (und was den wirklich Gebildeten ohne besondere Mühe zu gelingen scheint). Nein, nur für mich. Solche Aphorismen, die in zwei, drei Zeilen den Sinn eines dicken Wälzers wiedergeben. Als wir aber aus Petersburg zurückgekehrt waren und Timo sich wieder unter uns befand, begann ich über unser Leben nachzusinnen. Das leere Heft fiel mir in die Augen, und mir kam der Gedanke, Tagebuch zu führen. Zumal ich hier in meinem Zimmer ein Versteck entdeckte, wo ich es notfalls verbergen konnte.

Auch jetzt, da unsere Familie vollzählig ist, steht mir dieses Zimmer zur Verfügung: die Mansarde am Ende des rechten Flügels, dieselbe, in der sich Timo vor zehn Jahren ein kleines Arbeitszimmer eingerichtet hatte, das ich später bezog, sechs oder sieben Quadratellen groß. Die Mansarde hat eine einzige Tür zum Gang und zwei einander gegenüberliegende Fenster an den Seitenwänden. Eins geht zur Stirnseite des Hauses und das zweite nach hinten auf den großen, verwilderten Obstgarten hinaus. Das Haus wurde Anfang des vergangenen Jahrhunderts gebaut. Man erzählt, ein neues Herrenhaus hätte Timos Papa sich nicht leisten können, weil er das dafür notwendige Geld ausgegeben hatte für das Abfassen und Drucken all der Prospekte, Projekte und Propositionen, die er und Lehrberg zur Eröffnung der Universität Dorpat verschickt hatten. Also ist unser sogenanntes neues Herrenhaus eigentlich alt, seine gewaltigen Schornsteine verjüngen sich nach oben, wie sie es bei derartigen Häusern meist tun. Ein solcher Koloß von Schornstein steht direkt in der Mitte meiner Stube. An ihn hat man einen Ofen aus blauen holländischen Kacheln und einen Kamin aus weißen Kacheln angebaut, dieses Ungetüm teilt den Raum in zwei Hälften. Hinter dem Ofen, im zum Garten gelegenen Erker, steht mein winziger Schreibtisch, derselbe, an dem ich in diesem Augenblick sitze und schreibe, und hier befindet sich auch das Versteck, das mir die Kühnheit verleiht (und mich in Versuchung führt), mich in einem Haus wie dem unseren mit einem Tagebuch zu befassen. Die hölzerne, weißgestrichene Decke meines Erkers ist sehr niedrig, niedriger als die Zimmerdecke. Als ich eines Tages am Schreibtisch stand, zufällig die Arme emporreckte und die Hände gegen die Decke stemmte, da löste sich rechts quietschend ein Brett und hob sich wie der Deckel einer Schatulle. Ich zog die Hand weg: es sank mit einem leisen Knall zurück und ließ sich nicht wieder öffnen. Ich mühte mich eine ganze Weile, ehe ich wußte, wie ich es anzustellen hatte: Das Brett rechts bewegte sich nur, wenn ich zugleich auf das linke drückte; sie waren mit Hilfe einer verborgenen Vorrichtung aus zwei Stückchen Holz und einer Feder verbunden. Ich steckte die Hand in die schmale Öffnung und stellte fest, daß sich dahinter eine zwei Ellen lange und zwei oder drei Spannen breite Holzkiste befand. Darin wiederum entdeckte meine Hand nichts als Spinngewebe und Staub, und ich begriff sofort: Das war das ideale Versteck für mein Tagebuch . . .

Wie ich sehe, bin ich gestern beim Wesen und beim Haar meiner Schwester stehengeblieben. Ja, die Natur hat Eeva mit wirklich schönem Haar gesegnet, wenn es auch nichts Außergewöhnliches ist; solches Haar gibt es hier in der Gegend von Holstfershof in Hülle und Fülle, Liebhaber erhabener Worte nennen es Tizianblond. Doch viele würden mir das nicht glauben, sosehr ich es ihnen versicherte. An dem Tag, an dem sich Timos Verhaftung zum erstenmal jährte, am 19. Mai 1819, erkannten wir Eeva kaum wieder, als sie aus ihrem Schlafzimmer zu uns an den Frühstückstisch trat: sie hatte am Vorabend ihr Haar gefärbt, es glich einer pechschwarzen Fahne. Jüri, er war damals acht Monate alt, brüllte wie am Spieß, als er gebracht wurde . . . Wir alle waren unangenehm berührt. Ich fragte: »Warum hast du das gemacht?«

Und Eeva antwortete: »Damit ich und wir alle in Erinnerung behalten, was man mir angetan hat.«

Übrigens, wenn ich wir alle schreibe, so heißt das: Doktor Robst, Käsper, Liiso und ich, denn sonst war niemand auf dem Gut. Timos Bruder Karl hielt sich bei seinem Regiment auf, Georg war in Petersburg, seine Schwester Elisabeth hatte vor vier Jahren geheiratet und war das zweite Jahr unserem Gesichtskreis entschwunden. Mir war zu Ohren gekommen, ihr Peeter, Peeter Zoege von Manteuffel von Alt-Harm, hätte seiner Frau untersagt, mit der Familie seines hochverräterischen Schwagers zu verkehren, zumal die Ehefrau dieses Hochverräters etwas derart Unfaßbares, Unmögliches, Anstößiges war wie ein Bauernmädchen . . .

Acht Jahre lang trug Eeva ihre Haare wie eine pechschwarze Trauerfahne. Mit Stolz, als Herausforderung, als Demonstration – ich kann das verstehen, obwohl sich solche Auffälligkeiten meiner Meinung nach nur Frauen leisten können, und selbst bei ihnen ist es mir unangenehm. Am Vorabend des Tages, an dem Timo in Frau Lehrbergs Wohnung gebracht werden sollte, erbat sich Eeva starken Essig, tat noch dieses und jenes Kraut hinzu und wusch sich die schwarze Farbe aus dem Haar. Sie hatte Timo zwar in der Peter-Pauls-Festung mit schwarzen Haaren besucht, in der Freiheit wollte sie ihn aber mit ihrer natürlichen Haarfarbe empfangen. Sofern man das, was ihr beziehungsweise ihnen oder uns allen bevorstand, Freiheit nennen konnte. Daß etwas unwiederbringlich dahingegangen war, sah man an ihren ergrauten Schläfen, obwohl sie noch keine dreißig Jahre alt war.

Hierselbst, den 31. Mai, Dienstag. Damit der künftige Leser dieser Aufzeichnungen die ungewöhnlichen Ereignisse in unserem Leben verstehen kann, muß er ihre Vorgeschichte kennen. Deshalb versuche ich sie hier kurz zu erzählen.

Wir, Eeva, ich und unsere beiden jüngeren Geschwister – eine Schwester und ein Bruder, die gleichzeitig im zartesten Alter einer Rachenentzündung erlagen –, wurden bei Fellin auf dem kleinen Gehöft Kannuka unseres Vaters Peeter geboren. Das Gehöft liegt im Dorf Tömbi, welches zum Krongut Holstfershof des Herrn Generals von Berg gehört. Eeva erblickte im Jahre 1799 das Licht der Welt und ich 1790. Ich war schon ein ziemlich großer Junge, als Vater einige Jahre das Amt des Kutschers auf dem Gutshof versah. Daneben blieb ihm wenig Zeit für die Arbeit auf seinem Hof, und er bat General von Berg, ihn von seinen Verpflichtungen als Kutscher zu entbinden, das kleine Gehöft Kannuka aber behalten zu dürfen.

Bis zum Frühling 1813 führten wir dort das gewöhnliche Leben der Bauernkinder beziehungsweise der Dorfjugend. Der einzige Vorzug, den wir genossen und dessen sich nicht alle Bauernkinder erfreuten, war, daß Vater uns früh das Lesen beibrachte. Danach erlernten wir auch das Buchstabenmalen mit Kohle auf Birkenrinde, bis uns Papier und Gänsekiel anvertraut wurden und wir ganze Seiten aus dem Katechismus und dem Predigtbuch hätten abschreiben können, hätten wir genug Papier gehabt. Als Kind war ich klein und schmächtig, doch, so behauptete der Vater, hätte mich meine Arbeitswut zu einem zähen Burschen heranwachsen lassen und sei ich Manns genug, um mir Haus und Hof anzuvertrauen. Immer häufiger kam er darauf zu sprechen.

Im Frühjahr 1813 bestellte die zwanzigjährige Tochter des Gutsbesitzers, Sabine von Berg, Eeva zu sich und schlug ihr vor, ihre Zofe zu werden. Mutter beurteilte den Vorschlag eher mit Nachsicht, Vater aber sträubte sich wütend. Gewiß, der alte Pachtherr war bereits über siebzig und kam nur selten nach Holstfershof, so daß keine Gefahr bestand, daß er das Mädchen verführte. Gewiß, sein Sohn kämpfte schon das dritte Jahr gegen Bonaparte, doch allzuoft hatte man von Zofen gehört, die auf die bewußte Art auf die schiefe Bahn geraten waren ... Eeva jedoch wußte schon damals ihren Kopf durchzusetzen, was ihr um so leichter fiel, da Vater und Mutter nicht einer Meinung waren.

»Mir wird nichts geschehen, was ich nicht will!« so lautete ihre Antwort. Und sie ging aufs Gut. Ich muß zugeben: obschon ihr die unwahrscheinlichsten Dinge widerfuhren, behielt sie recht.

Im Herbst 1813 kam Junker Paul von Berg nach Holstfershof auf Urlaub. Ihn begleitete sein Regimentskamerad Oberst Timotheus von Bock, von dem bald gemunkelt wurde, er wäre ein persönlicher Freund des Imperators.

Ich habe Eeva nie gefragt, was auf dem Gut vorgefallen war und was nicht. Geredet wurde viel darüber. Es hieß, Fräulein Sabine habe sich den Freund ihres Bruders zum Bräutigam erwählt und ihr Herr Papa und ihre Frau Mama hätten das als selbstverständlich betrachtet. Aber an einem klaren Septembermorgen ritt selbiger Herr von Bock plötzlich auf den Kannuka-Hof. Ich erinnere mich noch daran, als wäre es gestern gewesen. Unsere Eeva saß seitlich vor ihm auf der Kruppe des Pferdes.

Herr von Bock sprang ins Gras und hob Eeva vom Pferd. Statt seiner ordengeschmückten Uniform trug er eine einfache weiße Leinenjacke und eine ebensolche Hose, seine Füße allerdings steckten in Offiziersstiefeln.

»Ist Vater da?« fragte Eeva, und ich erwiderte: »Ja, drinnen.« Ich hängte das Kummet an den Türhaken und folgte ihnen ins Haus.

Herr von Bock sprach die Bauernsprache, und zwar recht anständig, und doch war seine Aussprache von der harten und abgehackten Art der Deutschen, die mich bis heute vor Widerwillen zusammenzucken läßt. Vater hatte sich vom Tisch erhoben, und Mutter stand am Herd, den Deckel des Butterfasses wie einen Schild in der Hand.

Herr von Bock fragte Vater: »Bist du Peeter, der Bauer von Kannuka?«

»Der bin ich.«

»Ich bin Timotheus von Bock vom Gut Woiseck aus dem Kreis Fellin, bei Oberpahlen.«

Er streckte Vater über den Tisch seine Hand entgegen, doch jener nahm sie nicht. Es war keine Weigerung, eher Verwirrung, daß ihm ein Baron plötzlich die Hand zum Gruß reichte.

»Peeter, deine Tochter Eeva und ich sind uns einig. Ich will sie zum Weib. Aber nur mit deiner Einwilligung.«

Mutters Gesicht wurde weiß wie Birkenrinde. Vater drückte seine bläulichen Nägel in den Rand des Eßtisches, und ich sah seinen Nacken rot anlaufen. Eeva schaute auf den Tisch und schwieg. Vater sagte: »Der Herr ist der Bauernsprache wohl nur unvollkommen mächtig. Der Herr hat sagen wollen, er möchte meine Tochter zur Dirne. Dazu fragt man nicht nach der Einwilligung des Vaters.«

»Neein!« rief Herr von Bock und schaute Vater aus leuchtenden blauen Augen an. »Setz dich!«

Er selbst setzte sich rittlings auf eine lange Bank, und Vater war gezwungen, ebenfalls Platz zu nehmen.

»Hör zu, ich erkläre dir alles.«

Er tat es. Er wollte Eeva wirklich heiraten. Dies gehöre zu dem großen Plan, nach dem er zu leben gedenke. Er wolle mit seiner Heirat die Gleichheit aller guten Menschen vor Gott, der Natur und den Idealen beweisen. Er hätte Eeva drei Wochen lang beobachtet und befunden, er hätte sie gern und sie ihn auch. Er wandte sich an sie: »Eeva, sag, das ist doch so?« Und Eeva erwiderte: »Ja.« Das ginge niemand anderen an als ihn und sie und ihrer beider Eltern. Da aber sein Vater und seine Mutter nicht mehr am Leben seien, ginge es nur noch den Kannuka-Peeter und seine Anne an. Er wolle Eeva sogleich zu seinem väterlichen Freund, dem Pastor Masing in Maholm, schicken, einem der klügsten Köpfe in ganz Livland, damit Eeva von ihm, der Gouvernante und dem Hauslehrer seiner Kinder feine Sitten, fremde Sprachen und Bücherweisheit lerne, denn Herzensweisheit besäße sie mehr, als manch einer ahnte. Dort sollte sie nicht nur zwei Wochen oder zwei Monate bleiben, nein, fünf Jahre lang. In fünf Jahren würde er, von Bock, kommen und Eeva zum Altar führen, damit sie vor Gott und den Menschen sein Weib werde.

Vater hatte beim Zuhören die Augen geschlossen. Nun öffnete er sie wieder und schaute Herrn von Bock an. Ich begriff, daß nicht mehr Zorn, sondern Verwirrung seine Stimme heiser klingen ließ. »Ich bin zu alt, um so ungereimtes Zeug glauben zu können . . .«

»Aber es ist die Wahrheit, die reine Wahrheit!« rief Herr von Bock. »Soll ich . . .«, er schnipste mit den Fingern, denn ihm fiel das rechte Wort nicht ein, »wie sagt man doch – schwören? Soll ich schwören?«

Er stand auf.

»Ich habe noch nie im Leben geschworen. Denn was ich gesagt habe, war auch ohne Schwüre die Wahrheit. Wenn ihr es aber für erforderlich haltet . . .«

Er faßte mit seiner Linken Eevas Rechte und hob zwei Finger seiner Rechten zu unserer niedrigen Decke empor. Er schaute uns aus seinen strahlenden hellblauen Augen an und sagte: »Ich schwöre: Jedes Wort, das ich gesprochen habe, ist wahr – im Namen des Herrn und bei meiner Ehre . . .«

Und er machte seine Worte wahr. Sofort wurde ein riesiger Mechanismus in Bewegung gesetzt. Von Bock kaufte uns beim Inspektor der Krongüter für den doppelten Preis frei. Er ließ uns Freibriefe ausstellen. Natürlich ging es nicht an, daß wir nun weiter zum Gut Holstfershof gehörten. Er fand für uns im Dorf Kawershof, das ihm gehörte, einen Bauernhof und ließ uns mit all unserer Habe dorthin übersiedeln. »Uns« ist allerdings nicht das richtige Wort, denn schon am übernächsten Tag wurde für Eeva in Fellin städtische Kleidung erstanden und sie angewiesen, ihre Sachen zu packen. Der Diener Käsper sollte sie nach Maholm bringen, er holte sie mit der Kutsche in Kawershof ab; auch Herr Timotheus kam nach Kawershof. Eeva stand auf dem Hof neben der Kutsche. In ihrer Stadtkleidung und in ihren Stadtstiefeln schien sie bereits einer anderen Welt anzugehören. Sie hatte sich schon verabschiedet. Mutter stand mit feuchten Augen auf der Schwelle unseres neuen und noch fremden Hauses. Vater tätschelte Eeva die Schulter und sagte: »Du weißt selbst, was du tust . . .« Auch ich hatte ihr schon die Hand gedrückt. Da schaute Herr Timotheus Eeva an und sagte: »Eeva, du bist traurig?«

Und sie erwiderte: »Natürlich bin ich traurig.«

Herr Timotheus blickte wie hilfesuchend von einem zum anderen, und plötzlich blieben seine schon beinahe unangenehm hellblauen Augen an mir haften. Er fragte: »Eeva, wäre es leichter für dich, wenn dein Bruder Jakob mit dir führe?« Ich sah, wie Herrn Timotheus' Augen bei diesem Gedanken noch heller wurden. Ich hatte bereits bemerkt, daß er blitzschnell folgenschwere Pläne zu schmieden pflegte und sich an ihnen augenblicklich entzündete. »Wenn er mit dir zu Pastor Masing fährt und dort bleibt?! Und mit dir zusammen lernt und dir Bruder, Diener und Stütze ist? Und obendrein ein gebildeter Mensch wird wie du?«

Die Angelegenheit war entschieden, und meinetwegen wurde Eevas Abfahrt um keine Minute verschoben. Denn Verzögerungen ließ der Lebensplan des Herrn Timotheus nicht zu. Ich verabschiedete mich von Vater und Mutter und stieg zu Eeva in die Kutsche. Herr Timotheus ritt neben uns her. Auf dem Gut Woiseck fand man für mich ein paar geziemende Kleidungsstücke, und nach einer Stunde machten sich Eeva, der Diener Käsper, der Kutscher und ich auf den Weg nach Wierland. Herr Timotheus winkte uns vom Tor des Obstgartens nach, er stand an ebenjener weißgetünchten Backsteinsäule, die ich hier von meinem Fenster aus deutlich sehe. Später habe ich gehört, Herr Timotheus sei am nächsten Tag nach Preußen zu seinem Regiment gefahren, in Barclays Hauptquartier, wo er damals Dienst tat. Was mich angeht, so muß ich sagen, daß trotz des Schreckens, trotz meines inneren Widerstrebens, trotz des Gefühls, mir sei Gewalt angetan worden (denn niemand hatte nach meinem Einverständnis zu fragen geruht), trotz allem, was mein Selbstgefühl bei unserer Abfahrt untergraben hatte, es in mir wie eine Kirchenglocke klang ... Genauer, wie zwei Kirchenglocken, die eine tief und in größeren Abständen – bim-bom – Verrat – Verrat an alldem, was auch Eeva ihrem Aufstieg opferte; die andere hell und flink – bim-bam-bim-bam – welch ein Geschenk! – Geschenk! – Geschenk! Welch wundersames, himmlisches Geschenk ist mir in den Schoß gefallen: Ich werde ein gebildeter Mensch ...

HIERSELBST, SAMSTAG, DEN 4. JUNI. Als ich das vorletzte Mal an diesem Tagebuch schrieb, hatte ich mir nur vorgestellt, ich würde gestört, und hatte erprobt, ob ich in der Lage sei, mein Heft schnell genug in dem Versteck unter der Decke verschwinden zu lassen. Am Sonntag kam mir diese Erfahrung sehr zugute. Denn abends um zehn trat, nach kaum wahrnehmbarem, flüchtigem Klopfen, unser Verwalter, Herr Alexander Laming, so geschwind bei mir ein, daß ich meine liebe Not hatte, das Heft zu verstecken und mich in Schillers »Wallenstein« zu vertiefen, als wäre ich mitten im dritten Akt gestört worden.

Verwalter Laming wohnt gemeinsam mit seiner Tochter und einer Magd im Kivijalg, das heißt im alten Herrenhaus, das sich rechts hinter dem neuen, zwischen Park und Obstgarten befindet. Im linken Teil des Kivijalgs wohnt Doktor Robst, den ich anfangs bereits erwähnte.

Herr Laming entschuldigte sich höflich für sein Eindringen. Er ist der stillste und höflichste Mensch auf dem Gut, sogar seinen ursprünglichen Beruf als Baumeister soll er wegen seines allzu sanften Wesens aufgegeben haben, denn für eine sanfte Natur ist es unmöglich, mit Vorarbeitern, Bauleuten und Lieferanten fertig zu werden. Ob sich allerdings Gutsvögte, Aufseher, Speicherwächter und Fronarbeiter besonders verausgaben, wenn man ihnen leise befiehlt, bezweifle ich sehr. Doch als unser Verwalter Klarfeldt nach Timos Verhaftung es vorzog, zu kündigen, hatte

Herr Laming den Mut aufgebracht, an seine Stelle zu treten. Und als Eeva auf sein Anerbieten einging, war ihr Entschluß wohl zu gleichen Teilen drei Umständen zuzuschreiben: Erstens den wirtschaftlichen Mißständen, die ohne Verwalter (und natürlich ohne Hausherrn) auf einem Gut, das immerhin über mindestens dreißig Haken Land verfügt, sogleich auftreten; zweitens der Sympathie, die der Mut des Herrn Laming bei ihr erweckte, ja sein Mut war geradezu rührend im Vergleich zu all den erschrockenen Rückziehern, die wir um uns herum wahrnahmen; drittens wurde Eevas Beschluß bestimmt auch von der Sanftmut des Herrn Laming gefördert.

Laming ist klein von Wuchs, hat einen großen Kopf, ein gutmütiges, kantiges Gesicht und kurzes weißblondes Haar. Beim Gehen schiebt er die eine Seite ein wenig vor, was linkisch und behend zugleich wirkt. Nie habe ich gehört, daß er über die Bauern schimpft, obwohl sie mit ihm, dem Verwalter, wohl kaum auf freundschaftlichem Fuß stehen können. Am Sonntagabend saß er mir im Korbstuhl gegenüber und sagte etwa folgendes: »Verzeihen Sie, Herr Mättik, daß ich zu so vorgerückter Stunde ... Ich war unten bei den Herrschaften. Ich habe mit dem Herrn über die Frühjahrsarbeiten gesprochen – wissen Sie, von Zeit zu Zeit interessiert er sich für solche Dinge –, und dann habe ich ihm und seiner Gemahlin allerlei Rigaer Neuigkeiten erzählt. Ich bin doch am Samstagabend erst von dort zurückgekommen. Als ich die beiden verließ – Frau von Bock hat mich mit Himbeerlikör aus dem Vorjahr bewirtet –, sah ich, daß der Schornstein raucht. Da unten aber kein Feuer brannte, war mir klar, daß es Ihr Kamin ist, der geheizt wird. Daraus schloß ich, daß Sie noch über Ihren Büchern sitzen. Ich habe aus Riga diese und jene kleine Sorge mitgebracht, und wahrscheinlich könnten Sie mir helfen ... Sehen Sie, es handelt sich – nein, wundern Sie sich nicht ... Es handelt sich um meine Jette ...«

Seit einigen Jahren bemerke ich an mir eine seltsame Fähigkeit: Ich unterhalte mich mit jemandem, ich höre, was er mir erzählt – und plötzlich weiß ich: Gleich nimmt seine

Rede eine vollkommen unerwartete Wendung. Fünf oder zehn Sekunden vorher weiß ich genau, was er sagen wird. Ganz sicher.

So auch gestern abend. Ich wußte plötzlich, zehn Sekunden bevor Herr Laming dazu kam, daß er sagen würde: Es handelt sich um meine Jette. Ich war derart davon überzeugt, daß ich wegen der Unvermeidlichkeit jener Worte vermutlich sogar errötete.

Jette ist die achtzehnjährige Tochter Henriette des Verwalters. Sie kleidet sich nach der neuesten Mode, fast wie ein Stadtfräulein. Den Winter verbringt sie in Riga, den Sommer bei ihrem Vater. Sie hat ein rundes Gesicht, einen schlanken weißen Hals, einen kleinen hellroten Mund. Die Schärpe trägt sie hoch unter den Brüsten, wie es jetzt Mode ist, und die schwarzen Schnürsenkel bindet sie sich fast bis zu den Kniekehlen um die Waden (woher weiß ich das eigentlich ...). Ich habe mich mit ihr in den letzten Wochen ein paarmal unterhalten, im Park, auf dem Hof, an der Pforte des Verwalterhauses. Ich kann mich nicht erinnern, daß sie etwas besonders Gescheites gesagt hätte. Aber kichern kann sie nett und aufregend.

Ihr Papa fuhr fort: »Jette wohnt im Winter bei meiner Schwester in Riga und besucht die Töchterschule von Fräulein Friebe. Als ich jetzt der Direktrice zum Ende des Schuljahres ein paar Naturalien brachte – einige Schinken und einige Fäßchen eingelegte Pilze et cetera, nicht wahr –, da jammerte sie, sie hätte mit Jette in diesem Jahr große Schwierigkeiten gehabt. Nein, nein, sie ist natürlich ein gescheites und aufgewecktes Mädchen. Das werden Sie ja selbst bemerkt haben. Aber fürs Rechnen ist ihr Kopf nicht gerade geschaffen. Und auch nicht für die Geschichte des Russischen Reiches. Wenn sie im Herbst in die Prima kommen will, muß sie diese Fächer über den Sommer eifrig büffeln, am besten bei einem guten Repetitor ... Und so kam mir auf dem Heimweg der Gedanke: Vielleicht würden Sie, Herr Mättik, diese Mühe auf sich nehmen? Sie haben zwar nicht an der Universität in Dorpat oder in Deutschland studiert, aber Sie sind bei weitem gebildeter als die meisten studierten Herren. Die wenigen Stunden könnten Sie sich, glaube ich, schon von Ihren Büchern trennen, falls Sie das Silber eines einfachen Verwalters nicht verachten; ich würde Sie gut bezahlen. Jawohl. Und Jette wäre Ihnen sehr dankbar.«

Warum hätte ich nein sagen sollen? Ich würde ein paar Groschen verdienen, für die ich nicht Eeva verpflichtet wäre. Und Jette wäre mir dankbar ... Ich erkundigte mich: »Haben Sie mit Doktor Robst gesprochen? Ich denke, er würde sich weit besser eignen. Er hat in Deutschland studiert. Auch hat er sich bereits als Lehrer betätigt ...«

»Schon gut, schon gut. Er ist sicher ein fähiger Arzt«, sagte Herr Laming, »und dem kleinen Georg Französisch und anderes beizubringen, dazu mag er taugen. Aber ein erwachsenes Mädchen unterrichten – nein. Sie werden es selbst bemerkt haben, er ist ein unausgeglichener Mensch, der kein Maß kennt. Er geht nicht, sondern er tippelt auf Zehenspitzen, er spricht nicht, er flötet. Nein, nein, ein Lehrer darf auf seine Schüler nicht lächerlich wirken. Ein Schüler muß ehrfürchtig zu seinem Lehrer aufblicken. So wie Jette zu Ihnen aufblickt ... Das weiß ich ...«

Ich sagte: »Also gut. Wir wollen es probieren.« Heute um sechs kommt Jette zu mir zur Repetition.

Eine Stunde später. Es ist nichts geschehen inzwischen. Ich habe mein Zimmer ein wenig aufgeräumt, und es sind noch zwei Stunden, bis Fräulein Jette erscheint. Ich habe beschlossen, mich bis dahin meinem Tagebuch zu widmen.

Kurz, Eeva und ich kamen in Maholm an und blieben vier Jahre beim alten Masing. Wir glichen Flaschen, die mit einem Trichter gefüllt werden. Wir lernten, soviel nur hineinging.

Beinahe vom ersten Tage an durften wir im Hause Masing nur deutsch sprechen. Ein halbes Jahr später mußten wir den halben Tag mit der Gouvernante und dem Hauslehrer französisch reden. Der alte Masing höchstpersönlich brachte uns die Anfangsgründe des Lateins bei und wollte uns auch noch Griechisch und Hebräisch lehren, aber die Gouvernante, dieselbe, die später sein Eheweib wurde, meinte, das wäre zuviel des Guten.

Es stellte sich heraus, daß Timo uns zwei oder drei Kisten voller Bücher mitgegeben hatte – die besten, nach denen er als Kind gelernt hatte. Sie enthielten viele Anmerkungen und Unterstreichungen von Lehrbergs Hand. Lehrberg war lange Jahre Lehrer und Erzieher Timos und seiner Geschwister gewesen, und ich wußte, daß Timo ihn tief verehrt hatte. Ich habe Lehrberg nie zu Gesicht bekommen, aber viel von ihm gehört. Er war ein Waisenkind und entstammte einer einfachen Dorpater Handwerkerfamilie, eventuell sogar zur Hälfte einer Bauernfamilie. Sein Wissen soll so außerordentlich gewesen sein, daß er trotz seines ungewöhnlich geradlinigen Charakters bereits in jungen Jahren zum Akademiemitglied in Petersburg ernannt wurde, wo er leider bald an einer schrecklichen rheumatischen Erkrankung starb, noch bevor wir unsere Studien in Maholm aufnahmen. Im Hause Masing sprach man voller Hochachtung von Lehrberg. Zuweilen kam seine Witwe aus Petersburg nach Maholm zu Besuch, denn die erste Frau Masing war die Schwester von Frau Lehrberg gewesen, so daß die Witwe Lehrberg die leibliche Tante der Masing-Kinder war.

Durch Timos alte Bücher, angefüllt mit dem geistigen Erbe Lehrbergs, geleitete uns und die Kinder der Masings ihr Hauslehrer – ein Herr Gruhner, ein netter Mann, aus Hannover gebürtig. Er tat das mit Geduld, aber doch im Galopp. Ich kann jedoch sagen: Wenn Eeva und ich uns auch manchmal mit aller Kraft an dem glatten Hintern des feurigen Rosses festklammern mußten – hinunter stürzten wir nicht. Darüber hinaus fand der alte Masing noch die Zeit, mir die Anfangsgründe des Kartenzeichnens und der Topographie zu erläutern. Drei Wochen lang zeichnete ich bis in die Nacht hinein an einem Lageplan des Pastorats von Maholm, ehe er sich damit zufriedengab. Und so weiter. Eeva wurde derweil von seiner späteren Gattin und deren Mamsells rastlos in die Künste des Kochens und Haushaltens eingeweiht.

Im September 1817, an einem stürmischen Abend, kam Timo überraschend nach Ecks. Bereits ein Jahr zuvor waren die Masings und wir aus Maholm dorthin übergesiedelt. Ich erinnere mich, in Masings Arbeitszimmer brannte die alte Öllampe. Das große Zimmer war mit allem möglichen Zeug vollgestopft: Bücher, Handschriften, Stücken von Pappe und Papier mit Notizen, Hefte, Stiche, Flaschen, Retorten, Arbeitsgeräte aus Holz und Metall. Der alte Masing marschierte hin und her, die Hände auf dem Rücken, Eeva und Timo saßen zwischen Bücherstapeln auf einem winzigen Sofa, ich stand neben dem Sofa. Plötzlich blieb Masing mitten im Zimmer stehen, wandte sich an Eeva und Timo und sagte mit seiner recht rauhen Stimme: »Meine Freunde, wenn ich es nicht tue, ein anderer tut es nicht. Aber ich kann nicht! Ich habe ohnehin gerade einen Prozeß am Halse. Ich soll Paare wider die kirchliche Ordnung und die Gesetze des Staates getraut haben. Und dabei geht es nur um unsere Bauern. Aber gezetert wird von Riga bis Petersburg. Ich sage euch: Jeder livländische, estnische oder kurländische Pfarrer, der es wagt, euch zu trauen, würde für immer von der Kanzel gejagt werden! Timo, wenn du meinst, ich übertreibe, kennst du deinen Stand schlecht.«

Timo erwiderte: »Ich kenne ihn, Herr Masing. Und ich glaube, Sie übertreiben nicht.«

»Und darum«, sagte der alte Masing und trat zu Eeva, »Freunde, dies ist das erste und hoffentlich auch das letzte Mal, daß ich jemandem einen derartigen Rat gebe, daß ein lutherischer Pfarrer jemandem einen derartigen Rat gibt.« Er legte seine Hand auf Eevas Schulter und hob mit der anderen ihr Kinn zu sich empor. »Darum, Kind, kehre dieser unglücklichen lutherischen Kirche Livlands den Rükken! Nimm den russisch-orthodoxen Glauben an! Jawohl! Einen anderen Ausweg sehe ich nicht. Im Namen der Liebe ist schon Schlimmeres geschehen. Gott bleibt mit Gottes Hilfe ein und derselbe. Fahrt nach Petersburg. Ich gebe euch einen Brief an einen meiner Freunde mit. Er wird einen Priester finden. Einen größeren Trunkenbold oder einen besseren Humanisten, als wir es sind, egal. Ihr werdet getraut. Ihr bekommt ein Dokument in der Amtssprache. Ihr kehrt zurück, und alles ist fast comme il faut. Jedenfalls kann euch niemand etwas anhaben.«

Er trat einen Schritt weg vom Sofa, griff sich ans graustoppelige Kinn und schaute die beiden an.

»Daß man sich über euch das Maul zerreißen wird, wißt ihr. Ich kann mir das Gerede gut vorstellen, das anhebt, sobald sich herumgesprochen hat, daß ihr euer verrücktes Vorhaben verwirklicht habt . . . Die Wölfe fangen an zu heulen, die intriganten Füchse bellen, die verleumderischen Schlangen zischen – chchch . . .« Mir schien, Masing genoß das Bild seiner Phantasie. Plötzlich sagte er in völlig verändertem Ton: »Nichts ist stärker als die Liebe. Was dir Kraft verleiht, Eeva, ist die Liebe, ich weiß es, ich habe dich beobachtet. Und auch dir, Timo, verleiht die Liebe Kraft. Jawohl. Aber nicht die Liebe allein. Woraus du außerdem Kraft schöpfst, ist mir nicht ganz klar. Wahrscheinlich aus der Philosophie. Nun, auch in ihrem Namen sind Leute auf den Scheiterhaufen gestiegen. Was können die Blicke und das Gemunkel deiner teuren Standesgenossen dir schon anhaben . . . In der Bauernsprache ausgedrückt: einen Dreck!« Er lachte. »Wenn ihr nur Vertrauen zueinander habt. Nicht nur im großen und ganzen, sondern vollkommenes Vertrauen, in allem. In dieses Vertrauen könnt ihr euch zurückziehen vor dem Spektakel . . . wie in eine runde Perlmuschel. Und selbst der größte Sturm – was könnte er ihr anhaben? Er könnte sie nur angenehm wiegen.«

Was das Zischen der verleumderischen Schlangen anbelangt, so hatte ich es bereits selbst vernommen. Eevas und Timos Heiratspläne waren natürlich dem einen oder anderen zu Ohren gekommen. Schon hatte man Timo in Petersburg in aller Freundschaft zugeflüstert (natürlich so, daß es nicht in Frage kam, den Flüsterer zu fordern): Eeva hätte sich aus Langeweile bald in die Arme des jungen Herrn von Adlerberg auf Neu-Warsto, bald in die des sympathischen Bauernküsters Johannson aus Maholm geworfen. Und einige gutunterrichtete Damen, die im Hause Masing verkehrten, erzählten absichtlich so laut, daß Eeva es hören mußte: Herr von Bock hätte in Petersburg um die Hand keiner Geringeren als Fräulein Naryschkinas angehalten, derselben, für die der Zar persönlich bekanntlich ein väterliches Interesse zeigte. So weit wäre die Busenfreundschaft des Zaren zu Timo aber noch nicht gediehen, daß er dem Fräulein befohlen hätte, den Antrag des Herrn von Bock anzunehmen. Nein. Herr von Bock hätte von Fräulein Naryschkina einen Korb bekommen! So wäre es nicht verwunderlich, daß er sich wieder seines Aschenputtels erinnert hätte. Und sie kicherten.

Bevor der September zu Ende ging, kehrten Timo und Eeva zurück aus Petersburg. Sie waren russisch-orthodox getraut worden. Eeva hieß nun nach den Papieren Katharina. Katharina von Bock. Im ersten Augenblick zwang ich mich, zu denken und zu fühlen, sie sei jetzt ein wildfremder Mensch für mich ... Zumal mir Eevas Augen manchmal umflorter, manchmal leuchtender vorkamen als früher und ihre selbstbewußten Gesten eine stolze Grazie erhalten hatten, die ich für ein wenig unangebracht hielt.

Als Eeva dann aber erklärte, sie und Timo würden sofort nach Woiseck fahren und vorläufig dort leben und ich käme natürlich mit, hatte ich dennoch das Gefühl, es wäre das einzige, was ich tun könnte.

Ich hatte mir in vier Jahren die Bücherweisheit von jemandem, der das Gymnasium absolviert hat, angeeignet, und da dies in einem zwar noch aufnahmefähigen, aber schon erwachsenen Alter geschehen war (ich zählte siebenundzwanzig Jahre), hatte ich neben Büchergelehrsamkeit auch eine gute Portion Lebensklugheit und Menschenkenntnis erworben. Nur anzufangen wußte ich damit eigentlich nichts, abgesehen von der Idee, daß ich nach Aneignung gewisser praktischer Erfahrungen Eeva und Timo am nützlichsten sein könnte, wenn ich die wirtschaftliche Leitung von Woiseck übernähme. Anstelle des damaligen Verwalters Klarfeldt, gegen den Timo schon längst den begründeten Verdacht hegte, er fülle sich hinter dem Rücken seines Herrn nach und nach die eigenen Taschen, was besoldete Verwalter selten unterlassen können.

So fuhren wir also zu viert (der Diener Käsper war nach Ecks beordert worden) durch den schönen trockenen goldenen Herbst über Schloß Talkhof und Oberpahlen nach Hause. Den ganzen Weg war ich mit Timo und Eeva zusammen. Beziehungsweise mit Timo und Kitty, um den Namen zu verwenden, mit dem ihr Gatte meine Schwester neuerdings nach englischer Sitte anzureden pflegte.

Auf Woiseck hatte ich mich bis dahin nur wenige Stunden aufgehalten – an jenem Tag, als Eeva und ich im Herbst 1813 in die Kutsche gesetzt wurden und wir uns auf den Weg in unser neues Leben machten.

Das Gut gehörte durchaus nicht zu den prächtigsten Livlands, das war mir bekannt, aber es war dennoch eines der bemerkenswertesten im nördlichen Teil des Kreises Fellin, wenn nicht durch die Pracht des Herrenhauses, so doch durch seine vielen Gebäude, das Alter des Parks, den Umfang des Obstgartens und vor allem durch die Größe des Besitzes, der vom Pedja-Fluß bis zu den Auen des Embach reichte.

Das sogenannte neue Herrenhaus, das auch schon über hundert Jahre zählte, war ein einstöckiges Steingebäude mit Dachgeschoß. Obwohl meine aus einer Bauernstube stammenden Maßstäbe sich auf den beiden Pastoraten des Herrn Masing bedeutend erweitert hatten, machte mich der Luxus fürs erste hilflos. Ja, ich begriff: Hätte ich vor vier Jahren dort leben müssen, ich wäre scheu und befangen gewesen, wie es für einen Bauernburschen natürlich war. Jetzt versetzte mich der Luxus in Unruhe, ja, wenn ich recht darüber nachdachte, mußte ich zugeben, er machte mich sogar unduldsam.

Im Erdgeschoß befanden sich sechzehn Zimmer und die Küche, im Dachgeschoß vier Zimmer für die Bediensteten und für weniger wichtige Gäste. Eins davon erbat ich mir von Eeva, sie wollte mich eigentlich im Erdgeschoß unterbringen und mir zwei Zimmer geben. Aber mir gefiel es oben in der Mansarde besser, denn dort war ich für mich allein. So richtete ich mich in der zum Garten gelegenen Bodenkammer im linken Flügel des Hauses ein. Übrigens, obwohl Timo unten zwei Schreibzimmer zur Verfügung standen, bezog auch er im Dachgeschoß des rechten Flügels ein weiteres kleines Schreibzimmer. Just aus dem Bedürfnis nach größerer Abgeschiedenheit. Ich brauchte nicht einmal den Haupteingang zu benutzen und mir entlang all der von Bocks und von Rautenfeldts meinen Weg zu bahnen, die in ihren Allongeperücken und mit ihren à-la-cœur-Frisuren aus den goldenen Rahmen in der großen Diele herabblickten. Die Treppe zum Dachgeschoß war durch die Tür zum Obstgarten zu erreichen, und vom ersten Tage an benutzte ich sie.

Timo und Eeva wollten, ich sollte zumindest täglich mit ihnen zu Mittag essen. Dem widersetzte ich mich nicht. Denn an ihrem Mittagstisch fand sich niemand ein außer ihnen selbst und Doktor Robst. Timos jüngere Brüder, Georg und Karl, waren wer weiß wo, und seine Schwester Elisabeth hatte, wie ich wohl schon geschrieben habe, vor vier Jahren geheiratet und lebte in Estland. Übrigens machte sich diese Elisabeth nicht die Mühe, ihren Lieblingsbruder und seine junge Frau zu besuchen, was meiner Ansicht nach doch wohl normal gewesen wäre. Aber es handelte sich ja um keinen normalen Fall. Das zeigte sich sehr bald an mehreren Dingen. Eeva und Timo schickten, sobald sie sich in Woiseck niedergelassen hatten, wie es sich gehörte, ihren Nachbarn Einladungen. Wenigstens jenen, von denen man annehmen konnte, daß sie ihre Ehe nicht als jakobinische Schweinerei oder einen schmutzigen Streich verschrien. Jedoch niemand von den Eingeladenen geruhte zu erscheinen. Die einen waren verreist, und die anderen litten an einer herbstlichen Erkältung oder sonst etwas. So nahmen wir unsere Mahlzeiten nicht im Eßzimmer ein, das sich in der Nähe der Küche befand und von Speisedüften heimgesucht wurde, was Timo nicht leiden konnte, sondern im grünen Teesalon neben dem kleinen Saal zu viert um den runden Teetisch, den immerhin das schwere Tafelsilber der von Bocks zierte. Über den alten Herrn von Bock war mir zu Ohren gekommen, er wäre durch eigenes Verschulden als armer Mann gestorben (im Sommer 1812 an Lazarettfieber in Riga, wo er im Rang eines Oberleutnants während der Offensive Bonapartes Lazarette einrichtete). Folglich mußte Timo ebenfalls arm sein. Was für ein sonderbares Ding die Armut der Reichen sein kann, wurde mir durch viel beredtere Dinge klar als das Tafelsilber der von Bocks.

Doktor Robst saß mir am Tisch gegenüber. Er sorgte sich um die Gesundheit der Bewohner des Gutes und behandelte auch den Pächter von Oberpahlen, von Wahl, und die Besitzer des hiesigen Schlosses, die Bobruisks, wenn sie zwischen ihren Aufenthalten in Petersburg und Paris ab und an in Oberpahlen auftauchten. Außerdem sammelte Doktor Robst Schmetterlinge und brachte mit Handwerkerkindern von Woiseck zuweilen Abschnitte aus Lessings oder Kotzebues Werken zur Aufführung. Er erschien stets mit glühendem Gesicht zum Mittag, obwohl es vom alten Herrenhaus, dem Kivijalg, nur zweihundert Schritt waren. Bevor wir Platz nahmen, aber auch bei Tisch, zwischen zwei Bissen, zitierte er mit sich überschlagender Stimme Rousseau oder hielt Vorträge über die Singvögel der Heimat, wobei er ihre Melodien vorpfiff. Jedes Pfeifen begründete er wissenschaftlich und bat anschließend die gnädige Frau mit einer Verbeugung um Entschuldigung. Ich betrachtete über den Tisch hinweg seine hagere Gestalt, die jeden Moment bereit schien emporzuschweben, sein gönnerhaftes Gesicht und seine traurigen Augen unter den Brauen, die an Terrierschwänzchen erinnerten, und ich war froh, daß ich ihn anstarren konnte und den Blicken meiner Schwester und meines Schwagers seltener begegnete. Denn quer über den Tisch sandten die beiden so unverhohlen die Strahlen ihrer großen Liebe zueinander aus, daß ich mich nicht gewundert hätte, wenn sie die silbernen Saucieren der von Bocks zum Klingen gebracht hätten. Timo mochte es nicht, daß Käsper oder ein Küchenmädchen am Tisch bediente, so mußten Eeva oder auch er manchmal aufstehen, um etwas zu holen oder anzuordnen. Jedesmal, wenn Timo zum Tisch zurückkam und an Eeva vorüberging, beugte er sich zu ihr und küßte sie auf den Nacken, oder, was noch ungehöriger war: Wenn Eeva an Timo vorüberging, ließ sie ihre Hand durch seinen lustigen braunen Schopf gleiten. Als wären Doktor Robst und ich nicht anwesend. Aber große Liebe hat schon früher des öfteren . . .

4. Juni, spätnachts. Jette kam so leise und klopfte so plötzlich, daß ich mein Tagebuch kaum verstecken konnte.

Mit der Schulweisheit hapert es bei ihr mehr, als ich angenommen habe. Ich wollte ihr Wissen überprüfen und stellte ihr eine Rechenaufgabe, mit Absicht über ein Thema, das ein Mädchen interessieren könnte: Ein Stoffhändler hat für insgesamt 44 Rubel zwei Sorten Musselin verkauft. Die Elle der einen Sorte kostet 2 und die Elle der anderen 4 Rubel. Wieviel Ellen verkaufte er von jeder Musselinsorte, wenn er für die billigere 6 Rubel mehr erhielt als für die teurere?

Jette notierte sich die Aufgabe in ihrer gleichmäßigen, schnellen Schrift, starrte eine Zeitlang auf das Geschriebene, und als sie die Lösung nicht gleich herausbekam, begann sie einfach zu lachen.

»Aber Herr Mättik, ich handle doch nicht mit Stoffen. Ich gehe nur in einen Stoffladen, wenn ich etwas kaufen möchte. Und Musselin kaufe ich sowieso nicht. Musselin ist schon mehrere Jahre nicht mehr in Mode.«

Dabei schaute sie mich aus ihren lachenden Augen und mit lachendem rotem Mund an, als müßte ich in ihr Gelächter einstimmen. Ihre Augen sind grau und treten ein wenig hervor, leicht umflort, strahlen sie dennoch.

Als ich dann auf einem Blatt Papier eine Linie von 44 Zoll zog (das Blatt nahm das ganze ovale Tischchen ein, an dem wir auf zwei Korbstühlen saßen), als ich diese Linie zog, die Mitte kennzeichnete und ihr unerschüttert mit schulmeisterlicher Stimme zu denken befahl, strich sie sogleich von der zweiten Hälfte 6 Zoll ab, fügte sie der ersten hinzu und zählte, wie viele Zwei-Zoll-Stückchen beziehungsweise wie viele Vier-Zoll-Stückchen sich in der entsprechenden Hälfte befanden. Sinn fürs Praktische hatte sie folglich mehr als genug. Prozentaufgaben bewältigte sie nach einigem Nachdenken ebenfalls recht gut. Sie freute sich darüber so sehr, daß sie mehrmals fröhlich lachte. Aber in den Reformen Peters des Großen kannte sie sich gar nicht aus. Und ich glaube nicht, daß meine Erläuterungen ihr viel halfen, denn ich bemerkte, daß sie beim Zuhören abwesend mit ihrem schmalen Goldring spielte. (Ein Verlobungsring ist es wohl kaum, denn wenn sie weiter zur Schule gehen will, wird sie kaum verlobt sein.) Etliche Fragen, die das Reich aller Reußen betrafen, interessierten sie hingegen sehr. Als ich ihr von den Reformen Peters erzählte, fragte sie: »Herr Mättik, Sie sind ein so kluger Mann, sagen Sie – bei Frau Friebe haben wir das nicht begriffen –, was geschah eigentlich im Dezember vor zwei Jahren in Petersburg?«

Ich schwieg eine Weile.

»In der Schule hat man Ihnen nichts davon erzählt?«

»O nein! Es wurde nur gemunkelt, es hätte eine Rebellion gegeben. Und man hätte dem Zaren ans Leben gewollt. Einige größere Mädchen weinten, weil viele fesche junge Offiziere aus besten Familien ums Leben gekommen sein oder schreckliche Strafen erhalten haben sollen. Aber was geschehen war und warum sie rebelliert hatten, daraus wurde niemand klug. Ich jedenfalls nicht. Vielleicht, weil es auch unseren Lehrern nicht völlig klar war. Und auch, weil ich selbst damals noch ein Kind war. Aber jetzt würde ich es begreifen, wenn ein so kluger Mensch wie Sie es mir erklären würde ...«

Schau einer an! dachte ich. Ich weiß doch auch nicht, was dort eigentlich passiert ist. Eine Handvoll Grünschnäbel aus gutem Hause wollte die Welt umkrempeln. Wahrscheinlich in die richtige Richtung. Aber verdammt unüberlegt und verdammt von oben herab, wie ich allmählich ahnte. Aber doch in die richtige Richtung ... Denn Einschränkung der Selbstherrschaft und Konstitution waren Worte, die ich bereits vor jenem Dezember vernommen hatte. Unter anderem aus dem Munde von Oberst Tenner, mit dessen Triangulationsgruppe ich von 1822 bis 1826 durch Kurland und das Gouvernement Grodno zog. Aber zu Jette sagte ich: »Wir wollen am Dienstag darüber reden, wenn Sie das nächste Mal zu mir kommen.«

Warum sollte ich irgendeinem Gänschen meine Meinung über Dinge sagen, über die man im ganzen russischen Reich nur hinter vorgehaltener Hand spricht! Wozu sollte das taugen? Aber ihr sagen, ich wüßte nichts davon, konnte ich auch nicht. Ein Lehrer muß alles wissen. Na, bis Dienstag würde dieser kleine Windbeutel seine Frage vergessen haben.

Sie hatte sich bereits erhoben und wollte gerade gehen, als sie plötzlich vor mir stehenblieb und fragte: »Sie sind doch ein Verwandter unseres Herrn ... Das heißt, Sie sind es auch wieder nicht ... Sagen Sie: Ist unser Herr nun wirklich verrückt – wie man angeblich bei Hofe behauptet – oder ist er es nicht?«

Wieder schwieg ich eine Weile.

»Wie denn nicht?« entgegnete ich. »Man behauptet das nicht nur bei Hofe, der Zar selbst sagt es. Also muß es stimmen.«

»Ach so«, sagte sie still. »Ich habe gehofft, er tut vielleicht nur so.« Jette blickte mich aus ihren strahlenden hellgrauen Augen an. »Wie furchtbar traurig, so ein netter Herr ...«

Sie ging. Ich trat an meinen Schreibtisch und schaute zum Fenster hinaus. Sie schritt zwischen den schimmernden Apfelbäumen zum Kivijalg. Anscheinend spürte sie im Nacken, daß ich ihr nachsah, schaute über die Schulter zurück und begegnete meinem Blick. Sie lächelte mir arglos zu, hob die Hand und winkte. O Koketterie! Ich wandte mich vom Fenster ab und spürte: Das Zimmer duftete aufregend nach Mädchenschweiß und Parfüm.

Die Frage aber, die sie zusammen mit ihrem Duft in meinem Zimmer zurückgelassen hat, interessiert mich seit langem und sicherlich mehr als sie. Drei Wochen wohnen wir jetzt wieder unter einem Dach, aber eigentlich bin ich meiner Schwester und ihrem Mann kaum begegnet. Man hat mich nicht, wie vor neun Jahren, an die gemeinsame Tafel gebeten. Eeva sagte mir, sie würden zunächst zu zweit in Timos Arbeitszimmer oder im Schlafzimmer essen, denn er müßte sich eingewöhnen und ein wenig erholen. Für mich und Doktor Robst läßt sie den Tisch im Eßzimmer decken, und dort speisen der Doktor und ich nun seit drei Wochen. (Der Doktor hat mehrere Jahre in Oberpahlen gewohnt, doch vor Timos Rückkehr bat Eeva ihn, wieder nach Woiseck überzusiedeln, und der alte geschäftige Hagestolz tat es, zumal ihn seine Patienten auch hier, fünf Werst entfernt, aufsuchen können.)

Timo bin ich noch seltener begegnet als Eeva. Ich habe ihn vom Fenster aus im Park spazierengehen sehen. Einmal sah ich ihn im Garten unter einem Apfelbaum stehen und eine geraume Weile – fünf oder sechs Minuten oder noch länger – an einer Apfelblüte riechen. Des öfteren wurde ich Zeuge, wie Käsper einen gesattelten Grauschimmel zu der Tür, die zum Obstgarten hinausgeht, führte, Timo in den Sattel sprang und davonritt. Er schien mir merkwürdig still geworden. Anzeichen von Wahnsinn habe ich jedoch nicht an ihm entdeckt.

Ich habe allerdings Doktor Robst nach seiner Meinung gefragt. Er muß eine Meinung dazu haben, denn er ist ja hier, um über Timos Wohlbefinden zu wachen. Doch welcher Ansicht er ist, wurde mir nicht klar. Auf jede meiner Fragen überhäuft er mich mit seinem Medizinerlatein, und was er dazwischen deutsch oder estnisch sagt, daraus werde ich nicht klug. Meine unmißverständlichen Fragen beantwortet er damit, daß er in dramatischem Ton unverständliche Gegenfragen stellt.

»Herr Doktor, Sie sind inzwischen mit dem Zustand meines Schwagers gründlich vertraut. Sind Sie überzeugt, daß er, nun ja – im Gefängnis den Verstand verloren hat?«

»Aber Herr Mättik, hat er seine Begnadigung durch unsere Majestät den Zaren nicht gerade diesem Umstand zu verdanken?«

»Hm ... Ist er aber nicht, wie man erzählt, von unserem vorigen Zaren eingekerkert worden, weil er bereits damals den Verstand verloren hatte?«

»Und das ruft Ihren Zweifel hervor?«

»Ja. Wie hat er dann erst im Gefängnis den Verstand verlieren können?«

»Sie stellen diese Frage doch nicht etwa mir?«

»Natürlich. Wie denken Sie darüber?«

»Glauben Sie nicht, Herr Mättik, daß – hm – ein Arzt sich in solchen Dingen der Meinung enthalten sollte?«

»Das heißt, Sie betrachten ihn als normal?«

Doktor Robst schürzte die Lippen, spreizte die Finger und hob die Hände in Augenhöhe.

»Lieber Gott, was heißt schon normal?!«

Auf jeden Fall mische ich mich nicht ins Leben meiner Schwester und ihres Mannes ein. Ich habe in den letzten drei Wochen gelesen, bin spazierengegangen und geritten. Ich habe mir auf Röika die Spiegelfabrik des Herrn Amelung angesehen. Der Besitzer schenkte mir – um sich einzuschmeicheln, versteht sich – einen Spiegel mit einem schönen Maserbirkenrahmen. Immerhin gehöre ich auch zu den Herrschaften auf Woiseck. Doch ich halte mich fern von der Familie. Eeva soll tun, was sie will und für notwendig hält. Ich fühlte mich schon vor zehn Jahren nicht recht wohl in ihrer Gesellschaft, wie sollte ich es jetzt, wo ihr Leben so völlig unverständlich geworden ist.

Und doch, wie aus Trotz gegen diese Unverständlichkeit begab ich mich, als Jette fort war, die Treppe hinab und klopfte an die Tür von Timos Arbeitszimmer neben dem gelben Saal.

Sein Arbeitszimmer ist ein kleiner hoher Raum, er umfaßt vielleicht ein Sechstel des gelben Saals. Weißgetünchte Decke, hellgraue Tapete mit goldenen Streifen, ein Mahagonisekretär, Bücherschränke, ein Zeichentisch, darauf ein riesiger Globus, ein Sofa und davor ein kleiner Tisch. Rechts neben der Tür zum Saal ein Kamin.

Timo und Eeva saßen nebeneinander auf dem Sofa an dem kleinen runden Tisch, unter den beiden Stichen von Claude Lorrain, an deren seit neun Jahren unbeglichenen Preis von neunzig Rubeln der Revaler Kunsthändler Aranzo Timo vorgestern brieflich erinnerte. Timos Freilassung, wenn man es so nennen kann, muß sich also schon bis Reval herumgesprochen haben.

Timos Beine waren in ein kariertes Plaid gewickelt, und Eeva schenkte ihm gerade Kaffee ein in eine blaue Tasse aus Oberpahlener Porzellan.

Beide nickten mir zu, und Eeva sagte: »Na, nimm Platz. Ich gieße dir auch eine Tasse Kaffee ein.«

Ich setzte mich in den Sessel ihnen gegenüber. Eeva holte aus der Vitrine eine dritte blaue Tasse. Ich nahm erst jetzt wahr, wie mädchenhaft schlank sie in ihrem eleganten grauen Seidenkleid immer noch aussah. Und wie elegant ihre Bewegungen waren. Durch das Grau des Kleides wirkten die beiden Silberstreifen an ihren Schläfen wie ein bescheiden-kokettes Diadem. Sogar die in der Kunst des Sichschmückens erfahrensten unter den Damen des Adels hätten zugeben müssen, daß die kleine Kamee an ihrer Brust geschickt zur Haarfarbe und zum immer noch frischen Teint gewählt war.

Timo trug seinen dunkelgrünen Hausrock. Er hatte sich beim Rasieren geschnitten und Jod auf die Wunde getan, und nun prangte auf seinem blassen Kinn wie ein gelber Fingerabdruck ein Jodfleck. Er betrachtete mich interessiert und ruhig.

Ich fragte: *»Nun, wie fühlen Sie sich?«* *

Timos graumelierte Brauen hoben sich. Ich stellte fest: Sein Teint war durch die frische Luft in den letzten drei Wochen wieder menschlicher geworden, und sein Gesicht hätte fast jung angemutet (denn Timo hatte beim Reiten gute zwanzig Pfund abgenommen), wäre nicht sein spitzer Schnurrbart fast völlig ergraut gewesen. Er sagte mit bedauernder Ironie in der Bauernsprache: »Jakob, mit dem

Oberst des Zaren hast du dich geduzt. Ist es anstößig, den Verrückten des Zaren ebenfalls zu duzen?«

Ich mußte lachen, schlürfte meinen Kaffee, faßte Mut; direkt nach seinem Geisteszustand zu fragen, konnte ich mich dennoch nicht entschließen.

Je länger wir uns unterhielten, desto fester war ich davon überzeugt, daß er normal ist. Er sagte zu Eeva, die morgen für eine Woche nach Dorpat fahren soll: »Vergiß nicht, Kitty, geh auf den Domberg zu Anders und hole mir die ›Utopia‹ von Morus. Aber keine lateinische oder englische Ausgabe. Nimm eine deutschsprachige. Damit du sie auch lesen kannst.«

Eeva trat hinter ihn und ließ die Finger durch sein Haar gleiten. Ich sah ihr Gesicht nicht, sah aber ihre Hand und nahm (auch jetzt noch mit einer gewissen Befremdung) eine merkwürdige Leidenschaft und Schmerzlichkeit wahr in der Art, wie sie sich vom Nacken zur Stirn durch sein Haar bewegte, widerspenstig und anschmiegsam, abwehrend und lockend, genau wie vor neun Jahren, nur daß sein Haar jetzt grau ist.

»Lieber, ich werde es nicht vergessen«, entgegnete Eeva.

Timo wandte sich an mich: »Du wirst ja wohl wissen, daß ich hier angekettet bin. Ich darf Woiseck nicht verlassen. Nur mit Genehmigung des Generalgouverneurs. So lautet der Befehl des Zaren. Ein genialer Befehl. Denn dahinter verbirgt sich die Überzeugung, daß ich mir von Herrn Saulucci (sic!) nie und nimmer etwas erbitte.«

»Und wenn du ohne Genehmigung reist?«

»Das kann ich nicht.«

Ich fragte: »Du meinst also, deine Ehre . . .?«

»O nein, der können die nichts anhaben«, sagte Timo mit einer derartigen Sicherheit, als sei das die selbstverständlichste Sache von der Welt. »Aber sie haben Kitty in Petersburg etwas unterschreiben lassen. Sie trägt die Verantwortung.«

Ich sagte: »Ich verstehe. Dann gibt es für euch keinen anderen Ausweg als die Flucht. Ins Ausland. Beide zusammen.«

Ich sah Timos Mienenspiel nicht, aber Eeva hob einen Finger an den Mund und sagte: »Tsst!«

Im selben Moment klopfte jemand an die Tür und wartete auf Einlaß.

»Wer ist da?« fragte Eeva.

Die Tür öffnete sich, Herr Laming steckte sein strebsam lächelndes, flaches rosiges Gesicht herein und trat gleich darauf ins Zimmer.

»Pardon, die Herrschaften, ich wollte . . .«

»Wer ist das?«

Nicht nur Timos Frage klang seltsam. Auch seine Stimme war unangenehm heiser.

»Timo«, sagte Eeva, wie mir schien, erschrocken, »das ist doch unser Verwalter . . .«

»Stimmt!« rief Timo unverhofft lebhaft. »Tritt ein, tritt ein! Ich habe dich nicht gleich erkannt. Haben uns ja ewig nicht gesehen.«

Herr Laming schob sich ein wenig zögernd, mit der Schulter voran, einen Schritt näher und sah uns an, während Timo fortfuhr: »Und außerdem bist du ja schon mehrere Jahre tot. Nicht wahr? Bald sind es drei. Sogar drei Jahre in den Kasematten entstellen das Gesicht eines Menschen. Dreimal drei um so mehr. Und erst der Tod! Er verändert das menschliche Antlitz vollkommen. Auch das eines Verwalters. Sieh, wie klein und bescheiden du geworden bist! Nein, nein, keine Angst, ich werde dir nichts vorlügen. Ich habe dir stets die Wahrheit gesagt. Aber jetzt behalte ich die Wahrheit für mich. Doch ich sage sie dir ins Gesicht, sobald wir unter vier Augen sind. Wie immer. Einst hast du dich geärgert, weil ich dich einen Sterblichen nannte. Jetzt tue ich das nicht. Jetzt nenne ich dich keinen Sterblichen, sondern einen Gestorbenen: Alexandre le mort. Aber ich sage das nur dir persönlich. Schade, daß du dich dieser kleinen Spitzel bedienst. Doch Gott mit dir. Ihr alle seid gleichermaßen tot.«

»Herr Laming, so gehen Sie doch«, sagte Eeva mit metallischer Stimme. »Herr von Bock fühlt sich heute nicht wohl.«

Herr Laming verließ rückwärts das Zimmer, Entschuldigungen murmelnd, und Timo sah ihm mit leeren Augen nach. Mir schien, als hätte sich die Haut über seinen Bakkenknochen in dem immer noch von grauer Blässe überzogenen Gesicht infolge der inneren Anstrengung gerötet. Jedenfalls glänzten kleine Schweißtropfen auf seiner Stirn. Eeva nahm ein weißes Tuch aus der Brusttasche seines grünen Jacketts. Timo kniff die Augen zu, und sie trocknete ihm die Stirn. Ich sagte: »Ich gehe auch. Gute Nacht.«

Eeva entgegnete: »Vielleicht ist es besser so. Gute Nacht.«

Timo schwieg.

Montag, den 6. Juni. Ich weiß immer noch nicht, was ich von den Geschehnissen des vorgestrigen Abends halten soll. Eeva ist gestern mit dem kleinen Jüri, dem Diener Käsper und der Kammerzofe Liiso weggefahren. Ich fand keine Gelegenheit, sie zu fragen, ob so etwas bei Timo häufig vorkommt und wie sie darüber denkt. Doch je deutlicher ich mir die Szene mit Laming ins Gedächtnis zurückrufe, mit desto größerer Bestimmtheit kann ich sagen, daß ich ebensowenig an Timos Wahnsinn glaube, wie daran, daß er normal ist.

Überhaupt, wenn ich die von mir beschriebenen Seiten zurückblättere, begreife ich, daß ich statt der Angelegenheiten von gestern und morgen längst vergangene Ereignisse festhalten sollte. Ohne ihre Kenntnis erscheinen die Vorgänge von heute und morgen dem Blick eines Außenstehenden wohl noch verworrener als mir.

Also, wir verbrachten den ganzen Herbst und den frühen Winter des Jahres 1817 zu dritt auf Woiseck, oder richtiger auf Woiseck und in Dorpat. Denn Eeva und Timo fuhren in jener Zeit mehrmals nach Dorpat, es kam vor, daß sie sich dort mehrere Wochen aufhielten; manchmal begleitete ich sie.

Übrigens wurde nichts aus meinem Plan, mich ihnen als Verwalter des Gutes Woiseck zur Verfügung zu stellen. Als ich mit Timo darüber sprach, sagte er lachend, er habe schon längst bemerkt, daß Klarfeldt ihn hin und wieder übers Ohr haue. Doch selbst in der Bibel stehe geschrieben: Du sollst dem Ochsen, der da drischt, nicht das Maul verbinden. Ansonsten aber wäre Klarfeldt ein tüchtiger Kerl. Mich brauchte Timo zu etwas anderem. Er sagte: »Ich habe gesehen, Jakob, daß du dir mit Masings Hilfe eine schöne, klare Handschrift angeeignet hast. Wie dem auch sei, in gewissem Maße hängt das auch vom Charakter ab. Außerdem hast du jahrelang aus meinen alten Schulheften gelernt. Also kannst du mein Gekrakel fließend lesen, und darum wäre niemand zum Abschreiben meiner Handschriften besser geeignet als du.«

Ich fragte: »Um was für Handschriften handelt es sich?«

Er ging eine Weile auf und ab. Ich erinnere mich, es war im selben Arbeitszimmer, wo er sich gestern mit unserem verstorbenen Imperator unterhielt. Timo, damals ein bildhübscher, gutgewachsener junger Mann, hatte seinen Dienst als Flügeladjutant des Imperators, welcher sich noch bester Gesundheit erfreute, quittiert. Draußen war Schneegestöber. Timo schritt von einem Fenster zum anderen, von einem Schneegestöber zum anderen, blieb am Zeichentisch stehen und gab dem Globus einen Schubs. Ich kann mich erinnern, daß ich dachte: Sieh an, sicherlich stellt er sich vor, die Welt drehe sich nach seinem Willen ... Timo sagte: »Nun, zum Beispiel um den Lebenslauf meines Lehrers Lehrberg, in gewissem Sinne ist er auch dein Lehrer. Wenn diese Arbeit ausgereift ist, möchte ich dich bitten, sie für mich abzuschreiben. Erstens wird sie dadurch für mich übersichtlicher. Zweitens habe ich bemerkt, daß die Mängel eines von fremder Hand geschriebenen Textes mir eher ins Auge fallen.«

Also ging der Herr Oberst a. D. von Bock von der militaria zur literaria über. Und mich hatte er zu seinem Schreiber auserkoren. Doch seinem Plan war es noch weniger beschieden, in Erfüllung zu gehen, als meinem, Verwalter auf Woiseck zu werden.

In Dorpat stiegen wir in der Universitätsstraße ab, im

ehemaligen Hause von Timos Vater. Ich weiß nicht, wem es vor zehn Jahren gehörte, anscheinend hatten es adlige Verwandte aus Livland nach dem Bankrott und Tod des alten Herrn Georg gekauft. Wenn wir uns in der Stadt aufhielten, stellten sie uns freundlicherweise vier, fünf Zimmer im Obergeschoß zur Verfügung. Timo besuchte im neuen, an einen griechischen Tempel erinnernden Hauptgebäude der Universität die Geschichtsvorlesungen von Professor Ewers und schrieb so eifrig mit, daß er in dem halben Winter mehrere Dutzend blaue Hefte füllte. Ich habe sie überflogen. Es handelte sich um eine Vorlesung zur Geschichte des Mittelalters. Mir fiel auf: Besonders viel hatte Ewers von der Ritterlichkeit als dem Ideal der Epoche gesprochen, und gerade diese Stellen hatte Timo in seinen Aufzeichnungen sorgsam unterstrichen. Ich mußte darüber lächeln, zumal ich eines Abends aus Timos Munde etwas ganz anderes vernommen hatte.

Des Abends versammelten sich Timos Freunde in der Universitätsstraße oder auch anderswo. Es waren meist junge Adlige oder Literaten, gelegentlich auch Professoren mit ihren Gattinnen. Es handelte sich um Menschen, die über Eeva, wenigstens nach außen hin, nicht die Nase rümpften und nicht den Anschein erweckten, sie hielten sich für etwas Besseres als sie. Mir schien es eher umgekehrt: Sie waren bemüht, besonders liebenswürdig zu ihr zu sein. Was manchmal allerdings etwas lächerliche Formen annahm, zum Beispiel wenn sie ihre französische Unterhaltung bei ihrem Erscheinen unterbrachen, sich in unbeholfenem Estnisch an sie wandten und wenn sie dann mit einem kaum wahrnehmbaren Lächeln entgegnete: »Mesdames et Messieurs, continuez donc en français, pour moi c'est moins difficile que pour vous l'estonien.«

Darauf rissen die einen Mund und Nase auf (die hübsche Kuhmagd, die der verrückte von Bock geheiratet hat, ist also wirklich so gebildet, wie manche Leute behaupten . . .), andere schienen aufzuatmen und wurden gesprächig und neugierig. Aber ihre Neugier in bezug auf Eeva hielt sich immerhin in den Grenzen, die für gebildete

Leute schicklich waren. Obwohl auch sie hin und wieder komisch wirkte. Insbesondere wenn sie bemerkten, daß Eeva nicht das einzige Kuriosum war, sondern daß sich in meiner Gestalt noch ein französisch sprechender Dorftrampel in ihrer Gesellschaft aufhielt... Ich erinnere mich, wie ein älterer Herr mit rotem Gesicht und Glotzaugen, nachdem er fünf Sätze mit uns gewechselt hatte und ihm das bewußt geworden war, ausrief: »Ich gebe zu, der Herr hat in jeder ungebildeten Menge Ausnahmen erschaffen. Aber jetzt, nachdem wir dies hier gesehen haben... Müssen wir daraus schlußfolgern, daß alle unsere Tere-Teres unter den entsprechenden Bedingungen Französisch sprechen könnten und Voltairianer werden würden...?! Est-ce qu'il nous faut conclure...?«

Worauf Professor Parrot Eeva und mich – ich erinnere mich gut – verwirrt lächelnd ansah und sagte: »Oui, mon cher Bruininck, c'est ça qu'il faut conclure!«

Ich erinnere mich außerdem undeutlich an Professor Ewers und Herrn La Trobe mit seiner wehenden Mähne, der bald am Klavier, bald am Harmonium, bald am Cembalo improvisierte (ich war ihm schon auf Woiseck begegnet, denn er kam aus unserer Gegend; trotz seiner Vorliebe für die Musik erwies er sich überraschenderweise als der Richter der Gemeinde Oberpahlen.) Darüber hinaus erinnere ich mich natürlich an Professor Moier und seine schöne Gattin.

Das Haus der Moiers ist mir besonders deutlich im Gedächtnis haftengeblieben, es stand an der Ecke des Karlowa-Weges, dort, wo der Weg zum Embach abging. Ein gelbes verputztes Holzhäuschen mit schneebedecktem Ziegeldach inmitten von Schneewehen. Es befand sich eigentlich schon außerhalb der Stadt. Im Erdgeschoß waren sechs oder sieben niedrige, aber geräumige Zimmer und oben im Dachgeschoß noch etliche weitere Räume. Die Türen waren so niedrig, daß Timos hirschbraunes Haar den Türbalken berührte, wenn er sich beim Eintreten bückte. Um den blühend aussehenden Hausherrn und seine sibyllinische Gemahlin scharten sich alle möglichen

Leute. Jetzt wundere ich mich darüber, daß es dort jemanden gab, der mir zuflüsterte (ich weiß es noch genau, obwohl ich derartiges Gerede für dumm halte): »Sehen Sie, die Dame des Hauses geht Arm in Arm mit ihrem Gemahl, aber in der anderen Hand hält sie ein Buch, nicht wahr? Doch was für ein Buch? Natürlich die Geschichte von Shukowski! Denn selbiger Poet ist seit Jahren in sie verliebt . . .«

Den Namen Shukowski hatte ich schon öfter gehört, in unserer Bibliothek hatte ich Gedichtbände gesehen, die Shukowski Timo in heiliger Brüderschaft gewidmet hatte. Mir schien jedenfalls, daß er kein drittklassiger Verseschmied sei – wie sie auf dieser Welt in größeren Mengen herumlaufen, als ein Nichteingeweihter annimmt –, sondern ein ernst zu nehmender Dichter (soweit dieser Beruf ernst zu nehmen ist). Ich hörte dort, Sh. wäre vor zwei Jahren sogar zum Ehrendoktor der Universität Dorpat ernannt worden. Seit kurzem bekleidete er das Amt des Russischlehrers der Braut des Großfürsten Nikolai Pawlowitsch. Das war auch der Grund, warum man ihn eines Tages bei den Moiers vergeblich erwartete. Früher hatte er sie häufig besucht und einige Zeit sogar oben unter dem Ziegeldach gewohnt. Soviel ich weiß, hatte seine Freundschaft mit Timo just unter diesem Dach ihren Anfang genommen.

Einer der Abende hat sich mir besonders ins Gedächtnis eingeprägt. Die Damen saßen in hellen Kleidern nach der neuesten Mode, mit im Nacken hochgesteckten Haaren und Stirnlöckchen in den Zimmern, die zur Straße hinausgingen, aßen Pralinen aus der Konditorei und plauderten über den Mesmerismus und über die nach de la Motte-Fouqués »Undine« komponierte Oper, die im vergangenen Jahr in Berlin uraufgeführt worden war. (Die Oper hatten nur einige der Damen gesehen, aber die »Undine« hatten natürlich alle gelesen.)

Die Herren saßen in den Zimmern, deren Fenster in Flußrichtung lagen und wegen des dichten Zigarren- und Pfeifenqualms zum verschneiten Obstgarten offenstanden. Ihre Bowlegläser standen auf dem Rauchtisch oder auf dem Fußboden, oder sie hielten sie in der Hand. Von Zeit zu Zeit trat einer von ihnen in den Flur, der die Größe eines kleinen Saales hatte, und füllte mit einem silbernen Schöpflöffel aus einem großen gläsernen Gefäß erneut sein Glas. Wenn sich aber im Wortgefecht ihre Stimmen hoben, so lag das nicht an der Bowle, sondern an den Themen, über die sie sprachen. Was die Bowle betrifft, so war dieses englische Getränk seit zwei Jahren mit allerlei anderem englischen Firlefanz auch bei uns in Mode gekommen, nachdem unsere livländischen Offiziere anläßlich des Sieges über Bonaparte und der Eroberung von Paris gemeinsam mit den Engländern den Sieg gefeiert hatten und in engere Berührung mit ihnen gekommen waren.

Die Themen aber, die die Stimmen der Herren im Hause der Moiers von Zeit zu Zeit laut werden ließen, standen alle mit der Bauernfrage in Livland in Verbindung. Es gab hier niemanden, der Reformen auf dem Lande für unnötig erachtete. Doch boten die persönlichen Auffassungen der einzelnen Reformanhänger ein buntes Bild. Und was Ewers' mittelalterliches Ideal der Ritterlichkeit anbelangt, so habe ich hier gehört, wie Timo zu ihm und einigen anderen Herren sagte: »Zweifellos ist die Chevalerie die höchste geistige Errungenschaft des Mittelalters. Unser baltischer Adel braucht sich diesbezüglich wahrlich nicht zu schämen. Denn er verkörperte diesen Geist in reinster Form noch lange, nachdem er im übrigen Europa von anderen Idealen verdrängt worden war . . .«

Ich erinnere mich deutlich, was ich damals empfand: Als Sproß des baltischen Hochadels konnte Timo nicht anders denken, aber seine Äußerungen waren mir fremd; an dem, was er sagte, war etwas grundlegend verkehrt. Unterdessen fuhr Timo fort: »Und doch, meine Herren, tun wir endlich einmal die Augen auf. Unsere vielgepriesene Chevalerie war und ist eine allein auf uns gerichtete Angelegenheit! Nur unter uns oder zu denen, die wir als ebenbürtig betrachten, verhalten wir uns ritterlich. Nach unten taten und tun wir bis auf den heutigen Tag die abscheulichsten Dinge.«

Ich erinnere mich, wie ich fühlte, daß mein Widerspruchsgeist, den seine Worte in mir bis aufs äußerste gereizt hatten, besänftigt, meine Knie weich und mir angst und bange wurde, meinetwegen, Eevas und seinetwegen ... Und ich weiß noch: Im selben Augenblick trat Eeva zu uns ins Herrenzimmer; alle verstummten, und trotz des Schrecks, der mich eben durchfahren hatte, mußte ich mich beherrschen, um nicht loszulachen, als ich sah, wie eifrig die Herren zu beweisen suchten, daß sie nicht zu denjenigen zählten, die nach unten die abscheulichsten Dinge tun ... Eeva wandte sich gerade mit einer Höflichkeitsfloskel an den bereits erwähnten Bruininck. Er und alle anderen waren aufgesprungen. In seiner Verwirrung fand er den Aschbecher nicht und warf, der alte Narr, seine Zigarre durch das offene Oberfenster hinaus in den Schnee – nur um nicht unhöflich zu sein und eine Zigarre in der Hand zu halten, während er mit einer Dame sprach. Einige Herren bemühten sich, den Zigarrendunst durch Händefuchteln zu vertreiben. Eeva wurden gleich drei Stühle angeboten und von sieben Seiten Artigkeiten gesagt. Timo ließ sich aber nicht stören (diesen fatalen Charakterzug hatte er von Anfang an). Er trat aus dem Kreis der Herren zu Eeva, stellte sich hinter sie, legte einen Arm um ihre Schultern und sagte, an die Herren gewandt: »Bis auf den heutigen Tag! Die abscheulichsten Dinge! Die Lehre Christi ist das einzige, womit wir unsere Anwesenheit in diesem Lande rechtfertigen könnten. Wir sind die Nachfolger jener, die diese Lehre hierhergebracht haben. Eine schwache Rechtfertigung allerdings. Denn wir wissen: Auch ohne unsere Ahnen hätte das Christentum hier Einzug gehalten. Über ein besseres Argument verfügen wir jedoch nicht. Um so eher muß man fragen: Was haben wir hier mit Christus getan? Diejenigen von uns, die die empfindsameren Nerven haben, verbringen Stunden im Gebet und versuchen mit Tränenströmen, sich von ihren Sünden reinzuwaschen. A la Frau von Krüdener. Na schön, ihre privaten Sünden lasten ihr auf der Seele. Aber die übrigen Frömmler unseres Adels, von Tag zu Tag werden es mehr – unter welcher Sündenlast leiden sie mit einemmal? Ich sage Ihnen: Noch undeutlich, noch unbewußt, ganz instinktiv fühlen sie die Schuld aller gebildeten Stände dieses Landes und vor allem unseres deutschen Adels. Denn in corpore zerren wir hier jeden Tag, jede Stunde, jede Minute das Antlitz Christi in den Schmutz. Ich spreche davon, was wir unseren Bauern antun und was Christus gesagt hat: ›Was ihr getan habt einem unter diesen meinen geringsten Brüdern, das habt ihr mir getan.‹ Sehen Sie, hier meine Frau. Praxiteles hätte nach ihr seine Aphrodite schaffen können! Khm« (ich bemerkte mit unwillkürlicher Anerkennung: Timo vergaß nicht, seine Predigt mit dem süßsauren Essig der Ironie zu würzen!), »khm, auf jeden Fall hat Kitty ebensoviel Kant gelesen wie die anderen unserer Damen. Aber wie Sie alle wissen: Ich habe sie vor einigen Jahren *gekauft*. Entsprechend dem hierzulande herrschenden Gesetz. Für den Preis von vier englischen Jagdhunden. Meine Herren, irre ich, wenn ich den Schluß ziehe: Sind die Worte des Evangeliums kein leeres Geschwätz, so hat Christus hierzulande bestenfalls den Preis von vier Jagdhunden. Sollte Christus aber alt, krank und mit Wunden bedeckt sein, ist er hier nicht einmal einen einzigen Jagdhund wert. Meine Herren, ist es falsch, wenn ich frage: Welchen Wert hat in diesem Fall all unser Christentum und all unsere Chevalerie? Sollten wir uns nicht nackt ausziehen, in Bauernlumpen hüllen und uns – ja, wohin? – auf die Moorinseln begeben, in Erdhütten, um nachzudenken über Gott und Ehre?«

Ich nahm wahr, daß sich Eeva unbehaglich fühlte, während er das sagte. Sie schaute verwirrt zu Boden, ihr Lächeln bat um Verzeihung. Gleich darauf schmiegte sie Nacken, Hals und Schulter mit wunderbarer Grazie an Timo, hob ihr Gesicht zu ihm auf, sah ihn von unten nach oben bewundernd und zugleich beschwichtigend an und sagte leise, kaum daß ihr Mann verstummt war: »Timo, daran sind doch deine Freunde nicht schuld ...«

Worauf Timo sein Weib an den Schultern umdrehte und mit der ihm eigenen erbarmungslosen Beharrlichkeit über ihren Kopf hinweg sagte: »Nicht unmittelbar. Doch ich wäre nicht der Freund meiner Freunde, würde ich sie nicht daran erinnern, daß wir alle indirekt die Schuld daran tragen. Jetzt auch du.«

Ich bewunderte zutiefst, wie geschickt Eeva die Lage zu meistern wußte. Sie hielt Timos Hand in der ihren und sagte mit einem fast glücklichen Lächeln: »Jetzt hast du für heute deine Pflicht getan.« Sie wandte sich an die übrigen Anwesenden: »Meine Herren, Monsieur La Trobe möchte uns im Saal seine neue Komposition vorspielen – Sie kennen ihn ja, er wagt nicht, Sie persönlich mit der Bitte um Ihre Aufmerksamkeit zu belästigen.«

Darauf begab man sich in den Saal, um Herrn La Trobe zu lauschen. Abgesehen von Timo, waren die Herren sichtlich dankbar, daß das heikle Thema in der Luft hängenblieb, wie das bei Diskussionen in dergleichen Räumen seit Jahren geschah.

Als wir durch die Schneewehen nach Woiseck heimfuhren, hatte ich Muße, über Timos Worte nachzudenken. Die etwa zweihundert Seelen, die nach dem Tode des alten Herrn von Bock Timos Eigentum geworden waren, hatte er sofort freigelassen, als er zwischen den großen Schlachten im Jahre 1813 nach Hause kommen durfte, um seine Erbschaftsangelegenheiten zu regeln. Über die Befreiung der Bauern von der Leibeigenschaft hatte Timo eigenartige Ansichten. Seiner Meinung nach durfte sie nicht vom Zaren ausgehen, denn das würde sie ihren Herren moralisch entfremden. (Eine kindische Auffassung, als könnte die Kluft zwischen den deutschen Herren und den Bauern durch irgend etwas noch größer werden, als sie bereits war!) Nach Timos Ansicht sollte der Zar eher nachdenken, wie er mit seinen Bauern in Rußland zurechtkam. Und wenn er sich nur darüber Gedanken machte, wie er den Bauern in Oranienbaum, deren Getreide während der alljährlichen Herbstmanöver zertreten wurde, den Schaden ersetzen könne. Die livländischen Bauern mußten unbedingt von den livländischen Gutsherren befreit werden. Und nicht nur das. Durch unbeirrbare Güte und unerschütterliche Gerechtigkeit sollten die Herren sie an sich binden (das halte ich für ganz ausgeschlossen!), um – ich weiß eigentlich bis jetzt nicht, welche – die gemeinsamen Ziele anzustreben ... Als wären alle Barone plötzlich leicht wirr im Kopf und wollten Dorfmädchen freien, und alle Gutsfräulein würden Dorfburschen nachrennen, um sie zu heiraten. Welche gemeinsamen Ziele sollten sie sonst haben?!

Montag, den 6. Juni 1827, nachts. Timos etwaige Flucht ins Ausland kam mir vorgestern nicht von ungefähr in den Sinn.

Heute nachmittag habe ich geschrieben, daß wir den ganzen Herbst und den frühen Winter des Jahres 1817 zu dritt auf Woiseck oder richtiger auf Woiseck und in Dorpat verbrachten. Das stimmt auch, allerdings mit einer Ausnahme. Zwei Wochen nach unserer Ankunft auf Woiseck unternahmen wir eine Reise. Über deren Vorgeschichte weiß ich bis heute fast nichts. Aber was mit Timo und uns allen später geschah und bis heute geschieht, könnte man in gewissem Sinne als das Nachspiel dieser Reise bezeichnen.

An einem Oktobermorgen des Jahres 1817 sagte Timo – Doktor Robst speiste mit uns, und Käsper machte sich am Tisch mit irgend etwas zu schaffen –: »Meine Freunde, Kitty, Jakob und ich fahren heute nach Riga. Wir wollen meine Verwandten mütterlicherseits besuchen. Die von Rautenfeldts. Es wohnen dort sehr viele von ihnen, aber wir wollen versuchen, in einer Woche wieder zurück zu sein. Den Kutscher und Käsper nehmen wir nicht mit. Jakob und ich schaffen es allein, wenn Kitty durch ihre Anwesenheit unsere Herzen und Augen erfreut.«

Ich schrieb bereits, daß Timo nichts auf die lange Bank schieben mochte. Wir saßen also zwei Stunden später in unserer kleinen Kutsche und waren unterwegs nach Riga. Neugierigen, die uns nach dem Ziel unserer Reise fragten – in den Poststationen an der Landstraße gibt es ihrer stets genug –, antwortete Timo, wir führen nach Riga, Verwandte besuchen.

Timo und ich saßen abwechselnd auf dem Kutschbock. Als ein Herbstregen herniederging, öffneten wir das Vorderfenster, zogen die Zügel über den Bock in die Kutsche und kutschierten von innen. Wir befanden uns schon irgendwo zwischen Rencen und Wolmar. An den regennassen Fenstern klebte welkes Laub. Die Rücken der Pferde waren schwarz vom Regen und ihre Beine rotgestiefelt vom Lehm dieser Gegend. Während der Regen trommelte, bewirtete uns Eeva mit heißem Kaffee aus einer Reisekanne, die sie in einem Wärmebeutel verpackt hatte. Timo, die Zügel in der einen, die Kaffeetasse in der anderen Hand, sagte: »Meine Freunde, ihr sollt wissen, daß wir über Riga hinausfahren. Wir werden dort nicht einmal Station machen. Vielleicht auf der Rückreise. Wir fahren nach Mitau, das die Letten Jelgava nennen, wir fahren in die Hauptstadt von Kurland.«

Eeva fragte: »Und zu wem?«

»Zu Graf Peter Pahlen«, entgegnete Timo. »Er war ein Freund meines Vaters. Ich möchte mich mit ihm beraten, in einer für uns alle sehr wichtigen Angelegenheit. Wißt ihr, wer dieser Graf Pahlen ist? Vielmehr, wer er war? Er war Militärgouverneur von Petersburg zur Zeit Paul I., Mitglied des Reichsrates, derjenige, der eigentlich im Russischen Reich die Außenpolitik bestimmte. Und um auch das Amt zu erwähnen, dem der geistig umnachtete Paul selbst die größte Bedeutung beimaß: Er war Großmeister des russischen Malteserordens und folglich im Orden nach dem Zaren der wichtigste Mann. Aber das Wesentliche ist, er war der einzige in Rußland, der sich zur Zeit des schwachsinnigen Paul erkühnte, einen Entschluß zu fassen. Auch den schwerwiegendsten. Er überzeugte Alexander davon, daß sein schwachsinniger Vater vom Thron müsse. Er! Zu einer Zeit, da sich alle in Schweigen hüllten. Oder katzbuckelten und stöhnten. Bis Alexander ihm zuflüsterte: »Einverstanden!« Die Ermordung von Paul I. gehörte nicht zu Pahlens Plan. Er sollte verhaftet werden (warum sollte man einen Zaren nicht verhaften dürfen, wenn er sich unwürdig verhielt?!), aber man wollte ihm seine Wohnräume im Schloß Michailowskoje, die Manege, das Theater und ein Regiment für seine Operettenparaden lassen ... Na, ihr wißt, wie das ausging. Denn Paul wollte nicht auf den Thron verzichten und schlug Lärm. Pahlen war bei Pauls Ermordung nicht zugegen, er war nicht daran beteiligt. Möglicherweise ahnte er, daß es zum Mord kommen würde. Aber ebenso hätte Alexander es ahnen können. Und dennoch: eine Woche später, als alles vorbei war, Alexander den Thron bestiegen hatte und Rußland vor Erleichterung jubelte, verbannte derselbe Alexander Pahlen nach Mitau. Dort lebt er nun schon das achtzehnte Jahr. Seit Pahlens Sturz müßte die Doppelbödigkeit von Alexanders Ehrbegriff eigentlich jedem erfahrenen Auge deutlich aufgefallen sein.«

In der Dämmerung des nächsten Abends trafen wir in Mitau ein. Ich erinnere mich an verputzte Mauern und nur wenige erleuchtete Fenster, an die lange Brücke über die dunkle Kurländische Aa und die Fahrt durch abgelegene Straßen mit niedrigen Steinhäusern. Bis wir in einen Park einbogen. Timo kutschierte selbst, der Weg schien ihm bekannt zu sein. Wir hielten, und Timo befestigte die Zügel an einem Baum. Wir stapften durch nasses Kastanienlaub und betraten ein niedriges Haus, das an ein Gutshaus am Stadtrand erinnerte. Ein alter Diener ließ uns warten und bat uns bald darauf, einzutreten.

Graf Pahlen saß im Licht von vier großen Wachskerzen in seinem Arbeitszimmer an einem eleganten Rokokoschreibtisch. Als er sah, daß sich unter den Eintretenden eine Dame befand, sprang er auf und hinkte mit für seine Jahre komisch-leichtem Schritt auf uns zu. Er hatte einen altmodischen, aber nagelneuen Rock an, wie man ihn bei Hofe trug, Kniehosen und weiße Strümpfe; seine linke Wade war weitaus dicker als die rechte.

Unsere Ankunft schien ihn nicht zu überraschen. Sie war ihm wohl auch nicht unangenehm. Timo stellte ihm Eeva und mich vor. Der alte Herr küßte Eeva die Hand, schloß Timo mit der gewinnenden Unbekümmertheit eines Grandseigneurs in die Arme und reichte mir beiläufig seine kühle, braunfleckige, sehr glatte Hand. Dann trat er theatralisch einen Schritt zurück, musterte Eeva vom Scheitel bis zur Sohle und sagte in heiserem Falsett: *»Madame, ich muß gestehen: selten sind Gerüchte so absolut begründet wie das Gerücht über Ihren außerordentlichen Zauber!«* *

Wir nahmen auf seine Bitte hin am Kamin Platz, in dem ein Feuer brannte. Der Alte ließ Pomeranzen, Nüsse und Wein bringen. Während der viertelstündigen, belanglosen Unterhaltung, in der Eeva hin und wieder ein paar Sätze auf seine Fragen antwortete und ich wohl kein Wort sagte, sah ich mir diesen Mann, der einst in Rußland über die Macht verfügte, eingehend an.

Ich erinnere mich, ich hatte den Eindruck, der Alte bestehe aus zwei Menschen. Einem äußeren, noch nicht alten, der einer mechanischen Droz-Puppe, einem spitzfindigen Schlauberger mit gepuderter Perücke glich, und einem inneren, viel kleineren, noch immer geschäftigen Mann, der aus den Augen des äußeren wie aus einem Pappharnisch überraschend aufgeweckt hervorschaute; in diesem Blick lag sowohl Allwissenheit als auch Hoffart und Wehmut.

Plötzlich fragte Pahlen, an Timo gewandt: »Mais voilà – quels sont tes problèmes?«

Sie wechselten nun zum Französischen über. Augenscheinlich nahm der Graf an, Eeva und ich – oder zumindest ich – wären damit von der Unterhaltung ausgeschlossen. Timo hielt offenbar ein Gespräch unter vier Augen nicht für notwendig. Eevas Anwesenheit mochte für ihn normal oder gar notwendig sein. Nicht nur wegen des Inhalts des Gesprächs, sondern auch, so glaube ich, wegen seines Ehrgeizes, sich selbst und allen anderen die Vollwertigkeit seiner Frau zu beweisen. Er schien diesen Ehrgeiz auch auf seinen Schwager zu übertragen, in einem Maße, das ihn meine Anwesenheit ebenfalls als normal betrachten ließ. Ich weiß es nicht. Jedenfalls vereinte sich meine Neugier mit meiner – wie soll ich es sagen – Unbeholfenheit, vielleicht auch mit meiner Eitelkeit und hinderte mich daran, aufzustehen und zu sagen: Meine Herren, meinen Sie nicht, daß ich hier überflüssig bin? ... So also hörte ich ihre Unterredung mit an. Timo kam wie immer sofort zum Kern der Sache.

»Graf, ich brauche Ihren väterlichen Rat. Und Ihre Bewertung meines mehr oder weniger ausgereiften Entschlusses. Ich bin endgültig von Zar Alexander enttäuscht. Es tut mir leid, daß es so spät dazu gekommen ist. Ich habe viele Jahre an ihn geglaubt. Ich werde meine Naivität nicht durch die Aufzählung von Motiven dafür beschönigen. Noch weniger brauche ich Ihnen gegenüber meine Enttäuschung zu begründen. Jedenfalls bin ich nun endlich überzeugt: Ich kann in meiner Heimat nichts tun, was mir zur Ehre gereichen würde. Denn alles subjektiv Ehrenhafte versinkt hier in objektiver Unehrenhaftigkeit. Und darum habe ich beschlossen, die Emigration vorzuziehen. Ich muß fort aus Rußland. Und ich möchte, daß Sie meinen Entschluß billigen.«

Pahlen schwieg weder zu lange, noch antwortete er zu schnell. Er spielte mit seinem seidenen weißen Schnupftuch und sagte still, ein wenig heiser und, wie mir schien, leicht ironisch, was nicht Timos Jugend galt, sondern der Welt, in der sich alles wiederholte: »Timothée, du kannst mir glauben, das alles ist mir bekannt. Aber billigen kann ich deinen Entschluß nicht. Ich würde ihn verstehen, wärst du in einer ähnlichen Lage wie ich. Du weißt, ich habe vom Zaren den Befehl, die Grenzen Kurlands nicht zu überschreiten. Du weißt jedoch nicht, daß man mir jahrelang auf jegliche Art nachspioniert hat: Wer mich besucht, was hier geredet wird, was in meinen Briefen steht ... Das bedrückte mich so, daß ich es einfach nicht mehr zur Kenntnis genommen habe. So weiß ich nicht, ob es noch andauert oder ob man darauf verzichtet hat ...«

(Ich füge hier meinerseits hinzu: Es ist anzunehmen, daß Pahlen zu jener Zeit, als wir ihn besuchten, nicht mehr bespitzelt wurde. Irgendwie hatte der Imperator aber dennoch von Timos Besuch bei ihm erfahren. Denn der Zivilgouverneur Budberg hat – wie bis zu uns vorgedrungen ist

– im vergangenen Jahr, nach Pahlens Tod, Bekannten erzählt, daß der Zar mit Timos Verhaftung auch die Überwachung Pahlens verfügt habe ... das heißt eigentlich erneut verfügt habe ...)

Pahlen fuhr fort: »Ich bin trotzdem nicht ins Ausland geflohen. Praktisch wäre das ganz einfach gewesen. Ich würde sagen, meine geringe Unternehmungslust war schuld daran, meine Unbeholfenheit, wenn du so willst ...« Er lächelte mit merkwürdig greisenhafter Koketterie. »Und vielleicht auch die Liebe zu meinen Pomeranzen, die hier unter Glas mühevoll reifen. Du spürst ja selbst, wie bitter sie sind. Mit der Zunge, mit dem Gaumen und mit den Fingerspitzen. Soviel mir bekannt ist, sind es die nördlichsten Pomeranzen in ganz Europa ...«

Er wischte sich mit dem Seidentuch den Pomeranzensaft von den Fingern und sagte mit eigentümlicher Nachsicht, in der jedoch die herrschaftliche Gewohnheit zu entscheiden mitschwang: »Ein freier Mann wie du findet immer, ja muß eine gescheite Beschäftigung finden, und wenn er seine Memoiren schreibt. Ich könnte mir das nicht leisten, ich müßte mein Manuskript so gut verstecken, daß ich es selbst nicht mehr finden würde. Aber was hindert dich daran? Überhaupt, ins Ausland gehen nur die, die sich rächen wollen. Wer etwas Wesentlicheres will, bleibt zu Hause.«

Darauf bediente sich Pahlen wieder des Deutschen und sprach von alltäglichen Dingen. Bald bat man uns zu Tisch, der übrigens, was die Speisen darauf betraf, nicht so schlicht war wie bei uns auf Woiseck, aber doch erstaunlich einfach. Die Nacht verbrachten wir in den Fremdenzimmern im Dachgeschoß, unter dicken Federbetten, die auf deutsche Art leicht, von Livlands Feuchtigkeit aber schwer waren. In aller Frühe machten wir uns auf den Weg nach Riga.

Dort blieben wir nur einen Tag und besuchten die Fräulein von Rautenfeldt, nette alte Damen, die Timos Tanten sein mußten. Sie wirkten eher bürgerlich als adlig. Unsere Reise nach Mitau bat Timo sowohl vor den Tanten zu verheimlichen als auch zu Hause, wo wir nach zwei oder drei Tagen eintrafen.

Da Timo und Eeva in der Heimat blieben und Timo bis zu seiner Verhaftung nicht mehr an eine Flucht ins Ausland zu denken schien, sprach ich vorhin von dem, was folgte, als dem Nachspiel unserer Reise. Denn anscheinend waren Pahlens Worte der wichtigste Grund für Timos Bleiben.

Dienstag, den 7. Juni, spätabends. Ich muß es hier aussprechen. Ich weiß nicht, ob Jette eine unglaublich verdorbene junge Dirne ist oder ein unglücklich verliebtes Kind.

Heute um fünf Uhr kam sie zur Repetition. Der Himmel war seit dem Morgen bedeckt, und von Zeit zu Zeit regnete es heftig, was sonst im Juni selten vorkommt. Es war ihr gelungen, einigermaßen trocken bei mir einzutreten. Nur auf ihren Puffärmeln hatten Tropfen, die von den Bäumen gefallen waren, nasse Flecke hinterlassen, und ihr Rocksaum war vom Gras naß geworden. Als wir auf dem Sofa am Tisch Platz nahmen, hob sie ihn zum Trocknen ein wenig über die Knöchel, die mit schwarzen Senkeln umschnürt waren.

Wir kauften und verkauften Weizen, füllten rechteckige Teiche mit Wasser und leerten sie wieder, liehen Geld auf Zinsen. Die Angelegenheiten Peters I. und Menschikows berührten wir kaum, denn bald war es sieben Uhr, und Jette mußte gehen. Draußen aber rauschte der Regen. Vom Herrenhaus bis zum Kivijalg war es ein ganzes Stück Weg, Jette trug aber nur ein dünnes Ripskleid. Also nahm ich meinen leichten Leinenmantel vom Haken und legte ihn ihr um die Schultern.

»Sonnabend bringen Sie ihn mir wieder.«

Ich stieg mit ihr die Treppe hinab und folgte ihr zur Tür, die in den Obstgarten führt. Mir schien, es regnete doch zu heftig, zumal mein Mantel nur die Hälfte ihres Rockes vor dem Regen schützte. Wir blieben auf der Schwelle stehen. Der Regen rauschte in den hundertzwanzig Apfelbäumen, deren Kronen unerwartet hell in den dunklen Himmel ragten, als leuchteten in ihnen verborgene Lampen. Die Regentropfen, die mir ins Gesicht fielen, dufteten nach Apfelblüten. Ich zog Jette am Ellbogen ins Trockene. Für das, was folgte, gibt es zwei Ursachen: Erstens wurde dort, zehn Zoll hinter der Tür, der Duft der Apfelbäume vom Fliederparfüm verdrängt, das ihr regennasses Gesicht ausströmte. Zweitens wehrte sie sich nicht, als ich sie an mich zog. Das heißt, sie wehrte sich, aber nur so viel, daß sie es dennoch zuließ. Dieser Duft und ihre Gefügigkeit erweckten in mir den Entschluß, zu probieren, wie weit ich mich bei ihr wagen könne ...

Verdammt! Diese Blätter hier haben nur dann einen Sinn (und selbst dann kaum!), wenn ich mir gegenüber ebenso ehrlich bin, wie ich es ihr gegenüber sein möchte ... Meine einstigen, eher seltenen galanten Abenteuer schossen mir durch den Sinn, als wir so im Treppenhaus standen. Abenteuer mit Grodnoer und kurländischen Dorfmädchen, an die ich mich nur ungern erinnere. An die einen wegen ihrer vulgären Nichtigkeit, an andere wegen meines dummen Bestrebens, den Affären Ernsthaftigkeit zu verleihen. Meine einstigen Abenteuer und mein einstiges Begehren. Noch ein dritter Grund mag mich bewegt haben: der Wunsch, mich im Hause der vielgepriesenen Liebe von Eeva und Timo für irgend etwas an jemandem durch Lasterhaftigkeit zu rächen. Ich weiß selbst nicht, an wem und wofür. Und die Zeit reichte nicht, mir darüber klarzuwerden. Ich sagte mit heiserer Stimme, als mir lieb war: »Wir wollen hinaufgehen und warten, bis der Regen aufhört.«

Ich ließ ihren Ellbogen nicht los. Ich schob sie vor mir her die Treppe empor. Ich nahm ihr den Mantel von den Schultern und warf ihn auf eine Sessellehne. Sie setzte sich auf das Sofa und sagte beinahe flüsternd, als hätte sie meine Gedanken erraten: »Nun gut. Sie wollten mir vom Aufruhr in der Hauptstadt vor zwei Jahren erzählen ...«

Ich erwiderte: »Das tue ich ein andermal. Heute will ich von etwas ganz anderem sprechen ...«

Auf der gußeisernen Platte in der Ofenröhre stand der heiße Teekessel. Ich schenkte Tee ein, stellte eine Flasche von Eevas Himbeerlikör auf den Tisch und füllte die Gläser.

»Na, wärmen wir uns ein wenig auf. Bei dem feuchten Wetter heute . . .«

Sie schüttelte den Kopf, ich aber leerte mein Glas bis zur Neige. Ich fühlte, wie sich mir die Zunge löste. Meist mangelt es mir an Worten, aber diesmal war es anders. Schließlich wollte ich wissen, wie weit ich bei ihr gehen durfte.

Zum Kuckuck, es ist albern, dies aufzuschreiben, sogar auf diesen Seiten, die niemand lesen wird außer mir, wenigstens solange ich lebe . . . Einfach albern . . .

»Fräulein Jette, haben Sie sich einmal das Bild im ovalen Goldrahmen zwischen den Fenstern im kleinen Saal angesehen? Es stammt von einem berühmten Franzosen. Er heißt Greuze. Er hat vor allem junge, ungewöhnlich zarte Mädchen gemalt. Sie mußten taufrisch und wunderschön sein, wie – ich würde sagen – wie ein Pfirsich. Jette, ich habe Sie einen Monat lang beobachtet. Dieser Greuze wäre glücklich gewesen, hätte er Sie zufällig gesehen. Aber er ist längst tot. Dafür fällt dieses Glück mir zu. Nein, malen kann ich Sie nicht. Das nicht. Aber ansehen kann ich Sie, Ihre eigenartige Frische, Ihre Fraulichkeit und Ihre Kindlichkeit. So daß es mich zu wissen verlangt, auf welche Weise beide in Ihnen miteinander verschmolzen sind.« Und so weiter. Lauscht der Sprechende seinen eigenen Worten zufällig, so schämt er sich ein wenig, doch er fährt mit um so größerem Eifer fort. Denn er nimmt die Wirkung seiner Worte wahr und empfindet gleichzeitig Siegesfreude und Mitleid, wenn er Hals und Gesicht des Mädchens erglühen sieht, ihr erschrockener Mund ein geschmeicheltes Lächeln nicht völlig zu verbergen vermag und sie es nicht unterlassen kann, ihre Angst zu genießen. Bis der Sprecher ihre Hände ergriffen hat. Bis sie sich in seinen Armen findet. Und bis ihr Mund nicht mehr antworten kann auf die fieberhafte Frage, die sie sich die ganze Zeit gestellt hat: Herrgott, wie weit lasse ich ihn gehen?!

Ich weiß nicht, wie nachdrücklich sich Jette diese Frage stellte. Jedenfalls verwehrte sie mir nichts.

Als ich die Umgebung wieder wahrnahm, schlug der Regen nach wie vor ans Fenster über meinem Schreibtisch. Wir lagen auf der zerwühlten grauen Decke meines eisernen Bettes und hatten uns voneinander abgewandt. Ich dachte: Ovid hat doch recht, wenn er behauptet, daß jedes Geschöpf danach traurig ist ... Obwohl es nach meiner Meinung umgekehrt sein müßte ... Plötzlich bemerkte ich, daß Jette ihr Gesicht ins Kissen drückte und ihre nackten Schultern vor Schluchzen bebten.

Nach kurzem Zögern wurde mir klar, daß es meine Pflicht war, sie zu trösten. An sich war es ein lästiges und sinnloses Unterfangen ... Ich streckte die Hand aus und streichelte ihr kupferfarbenes Haar, ich versuchte, ihr ins Gesicht zu sehen, und dachte: Sieh, es regnet noch heftiger als zuvor, und diese Geschichte habe ich nun so oder so am Halse ... Ich fragte (wie man in so einem Fall zu fragen pflegt): »Jette, warum weinst du ... Warum ...?« Ich schob etwas in mir beiseite, wie einen mit einer Stecknadel befestigten Vorhang (die Stecknadel stach mich dabei ein wenig), und sagte: »Liebste, du brauchst doch nicht ...«

Sie weinte noch heftiger, wie man es in so einem Fall zu tun pflegt, wandte sich aber plötzlich mir zu, als eröffne sie sich mir erst jetzt, und in ihrem nassen rotfleckigen Gesicht stand etwas geschrieben, was mich wachsam werden ließ. Sie sagte: »Das ist einfach schrecklich ... Ihre Einstellung zu mir ...«

»Was? Wieso ...?!«

»Sie bemerken es gar nicht ... Sie machen sich überhaupt nichts daraus ...!«

»Was? Woraus?«

Ich wurde wirklich nicht klug daraus, was sie meinte. Und offen gesagt, war es mir auch ziemlich egal. Bis sie es mir sagte.

»Daß ich keine Jungfrau mehr war.«

Ich schwieg eine Weile, wahrscheinlich eine geraume Weile.

Zum Teufel! Ein Mädchen kann Jungfrau sein oder nicht. Das kann einen Mann überraschen oder nicht. Überraschung kann man vortäuschen oder nicht. Aber wenn ein Mädchen einem selbst so etwas sagt, tritt sie einem allzu nahe ... Wahrscheinlich weil sich zu den stummen Dingen, die die stumme Herde Gottes miteinander treibt, plötzlich das menschliche Wort gesellt ... Ich weiß es nicht. Ich sagte: »Aber Jette, versteh doch – ich habe dich nicht durch Neugier kränken wollen ... Ich dachte, wenn du es mir sagen willst, wirst du es von selbst tun ...«

Eh ... Das war wenigstens vor ihrer Antwort zu einem Teil wahr gewesen. Tatsächlich war mir der Gedanke durch den Kopf geschossen: Eine Frau, die einem Mann so leicht zu Willen ist, hat es schon früher zigmal getan. Wozu sich da noch wundern und Fragen stellen? Sie würde ohnehin nicht glauben, daß ich mich wundere. Oder sie würde so tun, als glaube sie mir Einfaltspinsel, und mir etwas über einen Sturz vom Baum in der Kindheit vorschwafeln ... Aber jetzt, nachdem sie sich selbst bloßgestellt hatte, wenn man es so nennen kann, sagte ich (obwohl ich fühlte, daß auch das nicht ganz aufrichtig war): »Jette, ehrlich gesagt, ich möchte es gern wissen.«

Ich nahm ihre Hände in die meinen. Sie richtete sich auf, schaute auf ihren Schoß und erzählte mir ihre Geschichte. Es war der Neffe ihrer Direktrice gewesen. Ein Studiosus aus Dorpat. Curonus und Student der Rechte. Er hatte ihr die Ehe versprochen. Im vergangenen Frühling und den ganzen Sommer (weswegen sie im Sommer in Riga geblieben war) bis zum Herbst waren sie zusammen gewesen. Im September war der junge Herr nach Dorpat abgereist. Und im Oktober hatte er sich mit einem Gutsfräulein verlobt. Darum stand es im letzten Winter so schlimm um Jettes Rechenaufgaben. Und auch um Peters Reformen. Besonders nachdem Riga die Kunde erreicht hatte, ihr Peter hätte zu Weihnachten Hochzeit gefeiert.

Natürlich mußte ich sie trösten, obwohl ich fühlte, daß

vielleicht nicht alles an ihrer Erzählung stimmte, aber das meiste daran entsprach wohl der Wahrheit.

Nun, ich sagte zu ihr das in solchen Fällen Übliche: »Jettelein, Unschuld ist von jeher mißbraucht und betrogen worden. Aber glaube mir, der Makel des Betruges bleibt nicht am Opfer, sondern am Betrüger haften.« Ich sagte ihr: »Glaube mir! Glaube mir!« Ich nannte sie Liebling. Ich küßte immer wieder ihre nackten Arme. Und als ich mich dabei beobachtete, schämte ich mich gar nicht mehr. Plötzlich rückte sie jäh von mir ab und sagte erschrocken: »Jakob! Wir haben völlig vergessen, Vater kann jeden Augenblick kommen und nach mir suchen!«

Das stimmte natürlich. Wir brachten uns in aller Eile in Ordnung, und ich schickte sie in meinem Staubmantel weg (der Regen hatte längst aufgehört), vorher vereinbarten wir, uns morgen mittag hinter dem Gutspark zu treffen, an dessen einer Seite sich ein Roggenfeld hinzieht und an dessen anderer ein Erlendickicht bis zum südöstlichen Winkel des Parks reicht.

Eigentlich weiß ich nicht wozu. Ich weiß auch nicht, was daraus werden soll. Es wird sich zeigen.

Donnerstag, den 9. Juni. Bald nach dem Frühstück, etwa um halb zehn, ertönten aus dem Park Pistolenschüsse. Das hieß, Timo machte seine Schießübungen. Früher tat er das häufig. Vor einer Woche hatte er sich plötzlich wieder in den Park begeben und geschossen, an einem Tag, an dem sich Eeva wie heute nicht zu Hause befand – sie war mit irgendwelchen Papieren zum Richter nach Oberpahlen gefahren, wie heute früh hatte ich den Eindruck, Timo meinte wohl, das Geknalle könnte Eeva auf die Nerven gehen, darum schoß er, wenn sie nicht zu Hause war.

Ich lauschte: er schoß viermal im Abstand von je einer Minute, lud dann seine vier Pistolen neu, wozu er ungefähr fünf Minuten brauchte. Ab und zu legte er etwa eine Viertelstunde Pause ein.

Um halb elf herum stieg ich die Treppe hinab. Ich wollte

einen weiten Bogen machen und Jette möglichst unbemerkt an der verabredeten Stelle treffen. Es war nicht nötig, daß man auf dem Gut auf unsere gemeinsamen Spaziergänge aufmerksam wurde. Vielleicht war ich aber auch zu unruhig, um im Zimmer zu sitzen und zu lesen.

Ich ging durch den Obstgarten zum Nordrand des Parks und dann den Reitweg außerhalb der alten Akazienhecke entlang dorthin, woher Timos Pistolenschüsse ertönten. Ich wollte ihm einen guten Morgen wünschen und ihn fragen, ob ich ihm beim Üben zuschauen dürfte. Ich überlegte, wie ich ihn ansprechen sollte. Seine angebliche Verrücktheit machte mir das schwer. Ich mußte jedesmal erst meine Hemmungen überwinden.

Ich schaute durch das regennasse Akaziengebüsch. Timo stand zehn Schritte von der Hecke entfernt. Er hatte seine grüne Hausjacke an, hielt die Pistole in der Rechten, streckte den Arm vor und zielte. Vierzig Schritt vor ihm war in angemessener Höhe eine lange Latte zwischen zwei Linden waagerecht angebracht. Offenbar hatte man in ihre Schmalseiten Löcher gebohrt, denn auf der Latte standen helle Fichtenzapfen in einem Abstand von einer halben Spanne in Reih und Glied. Vom linken Lattendrittel waren die Zapfen schon hinuntergeschossen. In diesem Augenblick knallte es, und der letzte Zapfen auf der rechten Seite zersplitterte. Timo machte kehrt und schritt unter den Bäumen auf die Hecke zu. Direkt mir gegenüber stand jenseits der Hecke ein Tisch mit gelben Gartenstühlen, und auf dem Tisch lagen drei langläufige Kuchenreuter-Pistolen sowie Kugelschachtel und Pulverdose. Ich wollte Timo nicht durch die Hecke anrufen. Ich ging zur Pforte, das waren etwa zwanzig Schritt, um mich von dort dem Tisch zu nähern. Doch plötzlich blieb ich stehen. Ich sah durch die nasse Hecke: Gevatter Laming trat unter den Bäumen hervor auf Timo zu, und sie begaben sich zusammen zu dem Tisch mit den Pistolen. An seiner Gesellschaft lag mir nichts. Doch wider meinen Willen hörte ich die Unterhaltung der beiden mit an. Wider meinen Willen, denn ich hatte nicht die Absicht zu lauschen. Aber, ich gebe es zu, überaus willens, denn das seltsame Gespräch Timos mit Laming von neulich hatte meine Neugier erregt. Ich hörte Herrn Laming fragen: »Wie steht es heute um Ihr Wohlbefinden?«

»Es geht an«, erwiderte Timo und legte die Pistole zu den anderen auf den Tisch, »aber die Ikvibis inkommodieren mich sehr.«

»Heute schon wieder?« fragte Herr Laming besorgt.

»Ja, ab und zu ein wenig. Nehmen Sie Platz.«

Timo lehnte sich an den Tischrand und machte sich ans Laden einer der Kuchenreuter. Herr Laming (offen gesagt hätte ich dies nicht von ihm erwartet) nahm vorsichtig auf einem Gartenstuhl Platz.

»Nun, Sie scheinen etwas auf dem Herzen zu haben?« fragte Timo, pustete den Ruß aus dem Schloß und schaute Laming aus dem Augenwinkel an. Und ich muß zugeben, Timos freundlicher Ton Laming gegenüber wunderte mich nach der eigenartigen Spannung, die am Sonnabend in seiner Stimme gelegen hatte. Noch mehr aber setzte mich Laming in Erstaunen. Der Verwalter war wohl der Ansicht, sein Herr sei nicht im mindesten verrückt, denn es erfordert ein gut Teil Mut, sich mit einem Verrückten, der aus vier Pistolen schießt, in ein Gespräch einzulassen – wo dieser doch noch am Samstag offensichtlich feindlich gegen einen gestimmt gewesen war. Oder gab es einen dringenden Grund, aus dem er unbedingt mit Timo sprechen mußte? Herr Laming brummelte etwas, kniff die Augen zusammen – ich begriff nicht, ob das lustig gemeint war oder ob es Müdigkeit ausdrücken sollte – und fragte in seltsamem Ton: »Herr von Bock hat das vorige Mal versprochen, mir die Wahrheit zu sagen. Wenn wir unter uns sind.«

»Na und?«

»Jetzt sind wir es.«

Nun begriff ich, warum Lamings Ton so seltsam anmutete: Seine Rede war nachdrücklich und unterwürfig zugleich.

Timo lud die Pistole zu Ende und fragte, übrigens viel

leiser, als ich erwartet hatte: »Welche Frage hat mein Verwalter mir zu stellen?«

Herr Laming sagte langsam: »Sie waren mit mir – als Ihrem Verwalter – einst nicht zufrieden. Stimmt das?«

»Es stimmt.«

»Sie hätten nichts dagegen, daß ich gestorben bin. Stimmt das?«

»Es stimmt.«

»Schön, daß Sie mir die Wahrheit sagen. Aber jetzt möchte ich wissen, was Sie von meinem Bruder halten?«

»Ach so«, sagte Timo langsam, »hören Sie, der soll doch auch tot sein?«

»Das heißt, Nikolai ist Ihrer Meinung nach auch tot?«

»Nikolai? Wieso?!« Timo richtete sich jäh vor Laming in voller Größe auf und stieß den langen Lauf seiner Kuchenreuter direkt über dessen Herz in das blaue Tuch des Wamses.

»Passen Sie auf, Laming: Lassen Sie den Unsinn! Sie hatten nur einen Bruder: Johann. Einen in Riga stadtbekannten Saufbold. Zehn Jahre ist er tot. Von was für einem Nikolai faseln Sie? Na?«

»Oh-oh-oh, Herr von Bock, Sie haben sich verhört«, erwiderte Herr Laming recht aufgeregt, aber unerwartet sachlich und versuchte, die Pistole sachte beiseite zu schieben, »ich habe den Namen Nikolai überhaupt nicht erwähnt! Gottbewahre! Überhaupt nicht ...«

»Ach so, möglich«, sagte Timo gleichgültig und steckte sich die Pistole in den Gürtel. »Nun ja. Also haben meine Ikvibis davon gesprochen.«

»Bestimmt«, meinte Herr Laming, rückte seinen Stuhl über den nassen Boden weiter von Timo weg und erhob sich. »Aber diese Ikvibis – wie sehen die denn aus?«

»Oh, danach fragen Sie besser nicht«, sagte Timo finster. »Wer weiß, wie sie aussehen, über den fallen sie sofort her. Und wer die richtigen Formeln nicht kennt, der ist«, er setzte Herrn Laming wieder die Pistole auf die Brust, »der ist so gut wie – piff-paff!«

Herr Laming wich ein wenig zurück und wandte sich lächelnd zum Gehen. Timo lud die weiteren drei Pistolen und begab sich mit der vierten zurück zum Schießstand. Ich überlegte einen Augenblick, ob ich zu ihm gehen und ihn über diese ungereimte Unterhaltung befragen sollte, aber sie kam mir denn doch allzu seltsam vor. Außerdem war sie nicht für meine Ohren bestimmt gewesen.

Ich versuchte, mich möglichst geräuschlos aus dem Akaziengebüsch zu entfernen, und ging weiter. Im Schutz des Erlenhaines schlug ich einen Bogen um das Feld und erreichte genau zur verabredeten Zeit unseren Treffpunkt. Jette war bereits da.

Ihre geschmeidigen, weichen Handflächen und Arme und das Glühen ihrer Wangen waren überwältigend real, so daß ich das erlauschte verrückte oder halbverrückte Gerede völlig vergaß. Ich nahm meinen Segeltuchmantel von Jettes Schultern und breitete ihn im Schatten der Erlen auf dem Gras aus. Ich erzählte ihr allerlei. Timos vereinzelte Schüsse waren hier, etwa hundert Faden entfernt, nur dumpf zu hören. Ich tröstete Jette auf jegliche Art ... Das einzige, was ich ihr nicht gelobte, war, sie zu heiraten ... Nachdem wir vereinbart hatten, daß sie am Dienstag zur Repetition kommt, wollte ich sie wohl ein wenig necken und fragte: »Ich sehe, der große Dezemberaufstand interessiert dich jetzt überhaupt nicht mehr?«

Sie schaute mich aus ihren großen Augen an, schlang ihre Arme fest um meinen Hals, steckte ihre Nase unter mein Kinn und schüttelte den Kopf. Ich hatte das Gefühl, als wäre mein Halsausschnitt voller zwitschernder Vögel ... Ach, hol's der Teufel ...

Ich erinnere mich lieber daran, wie sich Timos, Eevas und mein Leben hier auf dem Gut im Frühling 1818 weiterentwickelte. Soweit es sich entwickelte ...

Nachdem Timo und Eeva Ende Februar von ihrer letzten Reise nach Dorpat zurückgekehrt waren, schrieb Timo mit außerordentlichem Eifer an irgend etwas in meinem jetzigen Erkerzimmer. Ich dachte, es wäre der Lebenslauf des erwähnten Lehrberg. Er hatte mir erzählt, er arbeite daran. Fragen stellte ich ihm keine, so nahe standen wir uns nicht.

Und Eeva mochte ich auch nicht fragen, obwohl sie häufig nach oben in Timos Arbeitszimmer ging und in seine Angelegenheiten recht gut eingeweiht war. Woraus ersichtlich ist – so scheint es mir im nachhinein –, daß Timos seltsame Anwandlungen von Zeit zu Zeit auch für sie deutlich wurden. Aber vielleicht kam es mir erst hinterher so vor, als sei Timo seit dem Frühjahr wortkarg geworden (gesprächig war er zwar nie gewesen, es sei denn in den seltenen Fällen, in denen ihn ein bestimmtes Thema fesselte) und als mache er manchmal vage düstere Andeutungen. Übrigens konnte, ja mußte es die Gemütsverfassung der beiden beeinträchtigen, daß der Adel der Gegend und auch die Verwandtschaft sie (oder uns?!) nach wie vor ignorierte. Und wäre es mit dem Ignorieren getan gewesen! Es war viel schlimmer. Hier ein Beispiel.

Im April, es lag noch der letzte Frühlingsschnee, fuhren wir nach Oberpahlen zum Ostergottesdienst in die Schloßkirche, um die Predigt des alten Temler, vor allem aber die wohlklingende Orgel zu hören. Wir waren zwar keine eifrigen Kirchgänger, aber an Feiertagen machte man sich eben auf den Weg.

Es waren gut tausend Menschen zugegen, aus dem Ort und der ländlichen Umgebung, als wir zu dritt, der Kutscher als vierter, bereits unter Orgelklängen eintraten. Der Kutscher blieb hinten in der Menge stehen, wir schritten nach vorn und nahmen im Gestühl der von Bocks unter der Kanzel Platz. Da erhob sich jäh die Gutsherrin von Lustifer, Marie Samson von Himmelstierna – sie saß im selben Adelsgestühl, eine Reihe hinter uns –, und ihre Miene war starr wie die einer wütenden Statue aus Stein. Sie zerrte ihren Reinhold hinter sich her und sagte schrill und für die halbe Gemeinde hörbar: *»Eher werde ich im Kuhstall mein Gebet sagen! Da weiß man wenigstens, wo man ist!«* *

Sie stolzierten aus der Kirche, die Dame voran, der Herr folgte ihr auf dem Fuße. Ich beobachtete innerlich grinsend und vor Angst erstickend, wie sich zuerst die Damen erhoben – Frau Vietinghoff, die Herrin von Pajus, Frau von Below, die Herrin von Perst, und wie sie alle hießen.

Nach einigem Zögern folgten ihnen ihre Ehegesponse, und nach wenigen Minuten war es leer um uns. Nur der Pächter von Schloß Oberpahlen, der untersetzte Herr von Wahl, und seine vogelgleich zwitschernde Gattin blieben sitzen. Später erzählte man, sie hätte ihren Mann wegzerren wollen, er wäre aber schon vor Temlers Predigt eingenickt und so hätte auch sie dableiben müssen. Dem alten von Wahl tat man mit diesem Gerede unrecht, wie sich herausstellte.

Auch Eeva hörte natürlich Frau Samsons gehässige Worte. Reglos verharrte sie auf ihrem Platz. Sie blickte, bleich im Gesicht, zu Boden. Aus ihrem Nerzmuff zog sie ein weißes Spitzentaschentuch. Natürlich hatte sie nicht vor, in Tränen auszubrechen. Sie knetete das Tüchlein zwischen den Fingern, um die angespannte Situation zu überwinden. Timo schaute auf die um ihn herum entstandene Bewegung, zuckte die Achseln, schien flüchtig zu lächeln und wandte sich dem Altarbild zu. In diesem Augenblick fiel Eevas Taschentuch zu Boden. Zu spät ging mir ein Licht auf, ich hätte es aufheben können. (Ich bemerke noch heute des öfteren, daß mir die feinen Manieren nicht in Fleisch und Blut übergegangen sind.) Timo aber wartete nicht, bis ich mich rührte, sondern machte – wie soll ich es sagen – eine winzige große Geste. Das war freilich albern. Aber immerhin, verdammt noch mal, prächtig. Er hob Eevas kleines Spitzentuch auf und reichte es ihr. Darauf führte er ihre Hand an die Lippen – wir saßen an einem gut sichtbaren Platz, und der Abzug der Stackelbergs aus Addafer und anderer hinter uns dauerte an – und küßte sie so lange, bis das Adelsgestühl leer war.

Von den Verwandten war Elisabeth wohl die einzige, die uns in diesem Frühling zu besuchen geruhte. Ich meine Timos Schwester Elsy. Dieselbe, die mit Peeter Zoege von Manteuffel aus dem Kreise Harrien verheiratet ist. Sie hatte ihren Mann dazu gebracht, sie zu begleiten. Sie hielten sich nur einige Tage bei uns auf Woiseck auf und gaben sich überaus kühl und gewichtig. Daraus sollten wir anscheinend entnehmen, daß ihr Besuch höchst außergewöhnlich war und ein gewaltiges Zugeständnis darstellte. Mich nahmen sie kaum wahr, die sommersprossige und ewig verschnupfte Elsy und ihr stämmiger Peeter mit dem geschorenen Kopf. Peeter entwickelte sich später zu einem Eigenbrötler mit einem bösartig scharfen Verstand, den man schon damals an ihm bemerkte. Timo und der entstandenen Situation zuliebe duldeten sie Eeva wohl oder übel. Ich stellte fest, daß sie sogar etwas überrascht waren, als sie Eeva sahen, mit ihr sprachen und sie ein wenig kennenlernten. Was Timo betraf, so betrachtete ihn Elsy als bedauernswertes – aber zugleich bewunderungswürdiges – Opfer seiner romantischen Schwäche. Um ein Fünkchen Bewunderung gegenüber ihrem älteren Bruder Timo, dem ehemaligen Stolz der Familie, kam sie trotz allem nicht herum. Peeter dagegen sah in Timo einfach einen Narren, von dem noch Schlimmeres zu befürchten war als diese Ehe.

Ach ja, auch Timos jüngster Bruder Karl besuchte uns im Frühling 1818 auf Woiseck. Er war ein liebenswürdiger junger Herr, der aus Verehrung für Timo Eeva ritterlich behandelte. Er wollte längere Zeit bleiben, reiste aber nach einer Woche plötzlich ab.

Ich möchte hier einige von Timos Aussprüchen festhalten, die bald größere Bedeutung erhalten sollten, als sie anfänglich zu haben schienen.

Ich erinnere mich, wir saßen zu dritt unten in Timos Arbeitszimmer. Im Kamin brannte ein Feuer, und wir hatten wahrscheinlich gerade davon gesprochen, daß die Bauern in Kurland nun endlich freigelassen worden waren, die in Livland aber noch immer nicht und daß der Livländische Landtag dazu schnellstens Maßnahmen ergreifen wollte, als Timo plötzlich sagte: »Wer weiß, wie lange ich noch unter euch weilen werde . . .«

Ich besinne mich, daß sich Eevas Gesicht trotz des belebenden Feuerscheins geradezu versteinerte. Ich fragte: »Nanu, wieso denn . . .?«

Timo lachte und erwiderte: »Was kann nicht alles geschehen! Eines schönen Tages segelt Napoleon wieder zur

Küste Frankreichs, die Franzosen rebellieren, und wir fahren hin, um sie im Namen der Heiligen Allianz zum Gehorsam zu bringen ... Die Wahrscheinlichkeit nimmt immer mehr zu.«

Ich fragte, was für eine Wahrscheinlichkeit er meine.

»Die Wahrscheinlichkeit, daß derjenige, der in sechzig Schlachten nicht gefallen ist, in der einundsechzigsten fällt.«

Ich erinnere mich noch an ein Frühstück. Es war schon mitten im Frühling. Wir saßen zu dritt am Tisch, und Timo hatte gerade von der aufsehenerregenden Rede des Imperators vor ein paar Wochen im Warschauer Sejm gesprochen, wo jener gesagt hatte, er wolle Rußland »das geben, was die Polen bereits erhalten hätten«, nämlich eine Verfassung. Danach wandte sich Timo über die ersten Schlüsselblumen hinweg, die in einer Vase auf dem Tisch standen, an Eeva: »Kitty, was immer geschieht, besonders aber, wenn uns ein Junge geboren wird, kümmere dich darum, daß er eine so gute Erziehung erhält wie irgend möglich.«

Eeva antwortete meiner Meinung nach recht bedrückt (oder es kam mir erst später so vor, wer weiß): »Timo, wir werden uns zusammen darum kümmern.«

Worauf Timo das hartgekochte Ei, das er gerade abpellen wollte, schwungvoll neben den silbernen Eierbecher auf den Tisch stellte und erwiderte: »Dazu müßte der Imperator tatsächlich eine Verfassung in Kraft setzen. Aber das wird er nicht tun.« Er nahm das auf der einen Seite zerdrückte Ei wieder in die Hand und begann es besonders sorgfältig abzupellen.

»Wir werden sehen.«

Ich muß sagen: eine Verfassung sahen wir natürlich nicht. Aber bald genug so manches andere.

FREITAG, DEN 10. JUNI, ABENDS. Stürmischer Tag. Jette vormittags bei mir. Für Rechenaufgaben bleibt uns immer weniger Zeit ... Nein, ich habe ihr noch immer nicht gelobt, sie zu heiraten. Ich habe es auch mir nicht gelobt. Aber ich erwäge es ernsthaft. Sicher, ich habe Eeva versprochen, daß ich hier auf Woiseck bleibe und ihr in all ihren Schwierigkeiten beistehe. Aber mir scheint, sie braucht mich gar nicht. Sollte sie mich darum bitten, könnte ich auch als Lamings Schwiegersohn hierbleiben. Ich müßte mit ihr darüber sprechen, aber ich bin noch nicht dazu gekommen. Sie ist gestern aus Dorpat zurückgekehrt und hat auf Doktor Robsts Bitte einen Arzt mitgebracht. Damit sie sich beraten können. Aber soviel ich weiß, nicht über Timos Gemütsverfassung, sondern über ein nervöses Jucken, das ihn am Hals und auf der Brust quält. Den Dorpater Doktor habe ich am Morgen flüchtig gesehen. Im Vorbeigehen habe ich Eeva berichtet, was ich zufällig gehört habe, nämlich wie Timo mit Laming über dessen Tod sprach. Damit sie davon wüßte, sollte sie mit dem Arzt aus Dorpat über Timos Gemütszustand reden. Ich erzählte es ihr in aller Eile und halb flüsternd in der Halle, unter den Familienporträts der von Bocks und von Rautenfeldts, und mir schien, sie lauschte mir mit ziemlich erschrockener Miene. Sie fragte: »Weiter nichts?«

Ich schüttelte den Kopf. Sie sagte: »Jakob, ich will mit dir sprechen. Sobald ich dazu komme.«

Am Mittagstisch schwieg sie. Sie schloß sich uns nur aus Höflichkeit an, aß mit den beiden Doktoren und mir einige Happen und ging wieder zu Timo. Ich glaube, die Ärzte hatten bereits über Timos Gesundheit gesprochen, in meiner Anwesenheit sparten sie dieses Thema aus. Der Arzt aus Dorpat war ungefähr dreißig Jahre alt, von schmächtigem Körperbau, hatte einen großen kantigen Kopf und war durch seine spöttische Sachlichkeit das genaue Gegenstück zur lyrischen Weitschweifigkeit von Doktor Robst. Nach dem Essen spielte ich mit ihm bei mir eine Partie Schach. Er heißt Faehlmann. Zunächst sah uns Jüri zu (der kleine Kerl spielt für seine acht Jahre unverschämt gut und verfolgt das Spiel der Erwachsenen mit großem Interesse), so konnte ich nicht offen mit dem Doktor sprechen. Als es dem Jungen jedoch zu langweilig wurde und er sich trollte, fühlte ich Faehlmann behutsam auf den Zahn. Ob der

Herr Doktor sich eine Meinung gebildet hätte von der Gemütsverfassung des Herrn von Bock?

Doktor Faehlmann schaute mich aus ungewöhnlich großen dunkelgrauen Augen an.

»Herr von Bock wurde doch, wie ich hörte, aus dem Gefängnis entlassen, weil er den Verstand verloren hat.«

»Den Gerüchten nach allerdings.«

»Daraus läßt sich schlußfolgern, er säße weiterhin in Schlüsselburg, hätte er den Verstand nicht verloren.«

»Möglich.«

»Und daraus könnte man den Schluß ziehen: Würde die Regierung plötzlich feststellen, Herr von Bock sei nicht verrückt, käme er zurück nach Schlüsselburg.«

»Also . . .?«

Doktor Faehlmann schürzte seinen scharfgezeichneten, eigensinnigen Mund.

»Sie sind der Bruder der reizenden und so skandalumwitterten Frau von Bock?«

»Ja.«

»Sehen Sie, ich weiß nicht, wie der Gesundheitszustand Herrn von Bocks zu den verschiedenen Zeiten seines Aufenthaltes in Schlüsselburg gewesen ist. Jetzt ist er, meines Erachtens, erschöpft und nervös, die neun Jahre in der Kasematte hat er, die Zähne ausgenommen, aber recht glimpflich überstanden, und geistig ist er absolut gesund. Ich wiederhole: meines Erachtens. Aber ich bin kein Psychiater. Formal bin ich überhaupt kein Arzt, sondern Student. Frau von Bock hatte Professor Erdmann hergebeten, aber er konnte nicht kommen und hat deshalb mich geschickt.«

Darauf sagte er: »Gardez!«, und nach vier oder fünf Zügen war ich schachmatt.

Abends gegen sechs hat sich Kutscher Juhan mit Doktor Faehlmann auf den Weg nach Dorpat gemacht. Ich habe gewartet, daß Eeva käme, um mit mir zu reden und zu hören, was ich ihr zu sagen habe. Doch bisher ist sie nicht erschienen, und es ist schon neun.

Unsere fünfzig Kühe und fünfzig Färsen kommen von

der Weide. Ich kann sie von meinem Tisch aus nicht sehen, aber links hinter unseren Ställen ertönt ihr hundertstimmiges Muhen, als handele es sich nicht um zweimal fünfzig Rinder, sondern zweimal fünfzig »Jelisawetas«. Ich meine den Dampfer, der zwischen Petersburg und Kronstadt verkehrt; als Eeva und ich mit dem alten Masing im Frühjahr 1817 die Hauptstadt besuchten, habe ich ihn Dampf ausstoßen sehen und tuten hören. Da fällt mir ein, ich habe nur zur Hälfte aufgeschrieben, was im Frühling 1818 geschah.

An einem klaren Maimorgen (jetzt weiß ich, daß es ein Sonntag war, der 19. Mai) stand ich wie immer um sieben Uhr auf. Ich trat ans offene Fenster und atmete eine Weile die frische Morgenluft ein. Ich hörte Timo, den Frühaufsteher, schon unten im kleinen Saal Klavier spielen. Er spielte hervorragend. Ich hatte ihn dieses Stück bereits spielen hören, es stammte aus der vierten Sinfonie des über Nacht berühmt gewordenen Schubert, die jener im Jahr davor geschrieben hatte. Plötzlich brach er mitten im Takt ab. Ich kleidete mich an und dachte beiläufig: Warum hört er auf zu spielen? Ich trat ans Fenster zurück, um meinen Tagesablauf festzulegen – fünfzig Seiten von Eichendorffs »Ahnung und Gegenwart« lesen, vierzig Quadratellen Gartenland graben –, blickte in den Garten und sah: Hinter den Johannisbeersträuchern zwischen den Apfelbäumen stand ein Soldat mit einem Gewehr. Mir fiel ein, daß es zu den Zeiten von Timos Großvater auf Woiseck im Obstgarten bewaffnete Wächter gegeben haben soll, aber nur im Herbst, wenn die Bäume voller Äpfel hingen – und natürlich waren es keine Soldaten ... Und ich erinnere mich, daß sich kaum Wahrnehmbares, kürzlich Geschehenes und Unfaßbares in meinem Gemüt zu düsterer Ahnung und dumpfem Schrecken vereinten, als hätte mir jemand einen unsichtbaren Pfahl in den Leib gestoßen, der mich erstarren ließ ... Ich stieg die Treppe hinab.

Ich ging durch das Schulzimmer in das leere Billardzimmer, hörte Stimmen im kleinen Saal und begab mich dorthin. Ich mußte zwischen zwei blauuniformierten Gendarmen, die an der Tür standen, hindurchgehen. Timo saß unter dem Gemälde von Greuze im kleinen Lehnstuhl. Eeva stand dahinter und hatte die Hände auf seine Schultern gelegt. Ihnen gegenüber saß in einem anderen Sessel ein kleiner schielender General, dessen mit goldenem Eichenlaub bestickter Kragen ihm bis an die Ohren reichte und dessen Brust viele Orden und Kreuze zierten. Neben ihm stand ein Oberst mit Achselschnur. Die Tür zu Timos Arbeitszimmer war offen, und ich sah dort Gendarmen in seinem Schreibtisch wühlen. Als ich den Saal betrat, sagte Timo zu dem General: »Das ist der Bruder meiner Frau. Ich hoffe, der Herr Marquis hat keine ihn betreffenden Befehle des Imperators im Dolchknauf.«

Der General erwiderte gereizt: »Herr von Bock, ich wiederhole: Ich habe den strikten Befehl des Zaren, dafür zu sorgen, daß weder Ihre Gemahlin noch Ihre sonstige Familie belästigt werden.«

Eeva sagte: »Jakob, das ist Generalgouverneur Marquis Paulucci. Der Zar höchstpersönlich hat ihn hergeschickt. Damit er Timo verhafte und seine Familie vor Belästigungen bewahre. Bedenke, welch eine Ehre!«

Die zwei Gendarmen kamen aus dem Arbeitszimmer, beladen mit Papieren, die sie vor dem General auf dem Teppich niederlegten.

Der Marquis erhob sich, nahm einige der Papiere vom Boden auf und hielt sie dicht vor seine Augen. Er war offenbar kurzsichtig.

»Von wem sind die Briefe?«

Timo warf einen Blick darauf.

»Von General Dumouriez.«

»Von diesem aufrührerischen Emigranten?«

»Wie Sie meinen.«

»Sind diese Briefe an Sie gerichtet?«

»Ja.«

»Woher kennt er Sie?«

»Wir haben uns in England kennengelernt.«

»Wann?«

»1813.«

»In welcher Angelegenheit sind Sie dort gewesen?«

»Fragen Sie den Imperator.«

»Khm.«

Der Generalgouverneur hob ein weiteres Blatt Papier auf.

»Was ist das?«

»Ein Gedicht.«

»Das sehe ich. *An Obristlieutenant von Bock. Den 22. Oktober 1813* ... Wer hat das geschrieben?«

»Goethe.«

»Nanu ...?«

»Sehen Sie es sich näher an. Es ist ein Autograph mit Unterschrift.«

Der Marquis musterte das Blatt Papier und wandte sich an Timo: »Sagen Sie, warum haben Sie dem Zaren so abscheuliche Dinge über mich erzählt?«

»Welche?«

»Nun – ce plat aventurier italien, cet homme à cinq serments, dont chaque croix rappelle une bassesse!«

Hinterher wurde mir klar: Da der Zar Paulucci mit dem Haftbefehl hierhergeschickt hatte, brauchte sich Timo nicht zu wundern, daß jener seine Worte kannte. Er wunderte sich auch nicht. Er war nur einen Augenblick still. Dann entgegnete er: »Ich habe dem Imperator gesagt, was ich denke ...«

Die scharfen Konturen der Lippen des Marquis traten plötzlich noch deutlicher hervor, er war ein wenig blaß geworden. Ich wartete gespannt und angstvoll, was nun geschehen würde. Soviel ich wußte, mußte man sich in jenen Kreisen nach solchen Worten fordern. Da aber der eine verhaftet war, konnte ich mir wirklich nicht vorstellen, was nun kommen würde. Nichts geschah. Die Gendarmen kamen, mit weiteren Papierstößen beladen, aus dem Arbeitszimmer im Erdgeschoß und aus dem oberen Schreibzimmer mit dem Erker und legten sie vor dem Generalgouverneur nieder. Der Marquis warf diejenigen Blätter Papier, die er in der Hand hielt, zurück auf den Stapel. Die Saaluhr schlug achtmal, und Eeva sagte: »Herr Marquis, vielleicht würden unsere adligen Damen Sie jetzt zum Frühstück einladen. Ich gehöre, wie Sie wissen, nicht zu ihnen. Also lade ich Sie nicht ein. Lassen Sie darum Ihre Gendarmen uns bewachen. Ich möchte mit meinem Mann frühstücken. Komm, Jakob.«

Sie zog Timo mit sich, und sie schritten durch den Saal, das Billardzimmer und die Galerie ins Teezimmer. Der Herr Marquis gab nicht Befehl, sie daran zu hindern. Ich folgte ihnen, und Paulucci tat das gleiche. Er sagte mit einem sauren Lächeln zu Eeva, die vorausgegangen war: »Gnädige Frau, ich prätendiere nicht auf Ihre Gastfreundschaft. Aber ich muß Ihrer Unterhaltung beiwohnen. Denn ich möchte Ihnen nicht das Versprechen abnehmen, daß Sie auf eine Unterhaltung verzichten.«

Wir betraten das Teezimmer und nahmen am runden Frühstückstisch Platz. Herr Paulucci setzte sich auf das Sofa, das abseits unter dem Wandspiegel stand. Käsper holte den Samowar, und Liiso servierte Räucherschinken und Himbeermarmelade. Käsper war weiß im Gesicht, und Liiso standen Tränen in den Augen. Ich bemerkte, daß Timos Hände ein wenig zitterten, als er mit der Silberzange Zucker in seinen Tee tat. Er wechselte mit Eeva ein paar französische Worte, das gesamte Gespräch war bis dahin französisch geführt worden. Da fragte Eeva plötzlich auf estnisch: »Sag, was soll ich tun?«

Timo schaute sie einen Augenblick lang bestürzt an, begriff und nahm ihre Hand in die seine. Er sagte in seinem etwas steifen Estnisch – und zum erstenmal verzieh ich ihm diesen Makel –: »Erziehe unser Kind. Vergiß mich nicht. Wenn du kannst, verurteile mich nicht. Du weißt ja, daß du nichts anderes tun kannst.«

»An wen könnte ich mich deinetwegen wenden?«

»Nur an den Zaren. Aber ich bitte dich: tue es nicht!«

Der Generalgouverneur ließ vom Sofa her verlauten: »Je dois vous prier de parler une langue compréhensible.«

Ich hatte schon am Morgen Eevas Verhalten ein paarmal halb tadelnd, halb anerkennend bestaunt. Mit Schrekken und Begeisterung hatte ich gedacht: Meine Schwester ist zwanzig und im dritten Monat schwanger, was einem Frauenzimmer nicht gerade das Selbstbewußtsein stärken dürfte. Woher nimmt sie in einer derartigen Stunde ihre ungeheure Kühnheit? Und zugleich hatte ich, innerlich zusammenzuckend, gedacht: Der Kuckuck hole ihre spitze Zunge! Soviel ich verstand, waren wir von nun an alle der Gnade oder Ungnade des schielenden Generalgouverneurs ausgeliefert ... Warum mußte sie ihn derart zwingen, sich in die Nesseln zu setzen ... Um so mehr erschreckte mich ihre Antwort. Meine tollkühne Schwester wandte ihr bildhübsches wütendes Kindergesicht dem Generalgouverneur zu und sagte in höflichstem Französisch: »Herr Marquis, Sie haben den Befehl des Zaren, mich nicht zu belästigen. Seien Sie also der erste, der diesen Befehl befolgt. Belästigen Sie mich nicht!«

Marquis Paulucci beschloß, Kavalier zu sein. Er sagte lächelnd: »Herr von Bock, ich gehöre zu jenen, die Ihre politischen Schritte entschieden verurteilen, nicht aber zu jenen, die Ihre Ehe nicht verstehen können.«

Timo entgegnete: »Herr Marquis, es steht Ihnen frei, zu wählen, zu wem Sie gehören möchten.«

Er rief Käsper, ließ Schreibutensilien bringen und verfaßte daselbst, neben seiner Teetasse eine Anordnung, daß Eeva in seiner Abwesenheit dreitausend Rubel jährlich aus den Einnahmen von Woiseck ausgezahlt werden mögen. Er sagte zu ihr: »Herr Paulucci kann natürlich behaupten, ich hätte diese Anordnung bereits als Gefangener verfaßt und sie besäße keine Gültigkeit.«

»Gnädige Frau, um Gottes willen«, sagte Paulucci, »Sie denken doch nicht etwa, ich könnte so etwas tun ...«

Dann standen die beiden, Eeva und Timo, an der Treppe bei der kleinen fensterlosen Kutsche, die samt zwei berittenen Gendarmen seiner harrte. Sie standen eine Minute oder länger Wange an Wange, sich aneinander festhaltend. Und Marquis Paulucci war jedenfalls soweit ein Ehrenmann, daß er den Gendarmen nicht befahl, sie zu trennen. Danach winkte Timo seinen Begleitern auf der

Treppe zu, stieg in die Kutsche, ein Feldjäger mit Tatarenschnauzbart verschloß die Tür und kletterte auf den Kutschbock.

»Куда вы его везёте?« fragte Eeva. Sie war weiß im Gesicht, und ihre Augen glänzten, aber sie weinte nicht.

»Не приказано говоритъ«, erwiderte der Feldjäger und genoß sichtlich sein Wissen um Staatsgeheimnisse. Die Kutsche fuhr durchs Tor. Und ich weiß noch, ich dachte, oder tat ich es erst viel später, als ich mich erinnerte, wie die fensterlose Kutsche sich entfernte: Wie furchtbar einfach ist alles im Leben. Eine neue, eigenständige Lebensordnung ins Alltägliche zu verwandeln ist mehr als einfach. Und die Zerstörung dieses neuen, unerhört zerbrechlichen Alltags ist noch einfacher. Das Schicksal eines Menschen und vielleicht das Schicksal der ganzen Welt – wenn man es überhaupt vom menschlichen Schicksal trennen kann – ist nur eine winzige Bewegung im Raum: ein Federstrich, ein lautes Wort, ein Schlüsseldrehen, ein Axtschwingen, ein Kugelflug . . .

12 Uhr nachts. Eeva erschien etwa um zehn.

Gott sei Dank, daß ich ihr nicht gleich mit meiner Angelegenheit gekommen bin. Mit Jettes und meiner Angelegenheit, sondern sie zuerst habe reden lassen. In ihrem dunkelgrauen Seidenkleid sah sie tadellos aus wie immer. Beherrscht wie immer. Aber ich bemerkte, daß sie die Lehne des alten Korbsofas eigenartig streichelte, als sie sich setzte. Ich fragte: »Was ist geschehen?«

»Jakob, ich war gestern in Oberpahlen bei Herrn La Trobe. Er hatte mich zu sich eingeladen. Seine Neuigkeiten waren derart, daß ich diesen Dorpater Doktor mit Pferd und Wagen hierher schickte, um ungestört mit Herrn La Trobe sprechen zu können. Einige Stunden später stellte er mir seine Kutsche zur Verfügung. Jakob, es gibt einen neuen Befehl des Generalgouverneurs. Das heißt einen Befehl des Imperators. Für die Verwaltung von Woiseck ist ein Vormundschaftsrat ins Leben gerufen worden. Herr La

Trobe ist sein Vorsitzender. Mitglieder sind Herr Lilienfeldt und Elsys Peeter.«

»Nun, etwas Ähnliches war ja zu erwarten«, meinte ich, ehrlich gesagt, mit einiger schadenfroher Verachtung dafür, wie tief dies Eeva (die Gutsherrin, nicht wahr) zu berühren schien und wie bedeutungslos es für mich, den freien Windbeutel, war.

»Hier werden gewaltige Veränderungen stattfinden«, sagte Eeva. »Herr La Trobe zieht mit Frau und Sohn hierher.«

»Von mir aus sollen sie«, sagte ich. »Wir haben mehr als zwanzig Zimmer. Du bekommst deine dreitausend jährlich auf jeden Fall. Und der Junge muß im Herbst aufs Lyzeum. Ich bin nicht mit Woiseck verheiratet. Ich wollte dir gerade von meinen Zukunftsplänen erzählen. Herr Laming . . .« Ich verhaspelte mich und überlegte, wie ich vom Namen des Herrn Papa auf den der Tochter kommen könnte, als Eeva mir ins Wort fiel: »Herr Laming wird entlassen.«

»Wieso denn?«

Freilich, Laming ist mir nicht sympathisch. Aber ich habe an ihm auch nichts weiter auszusetzen. Seine Entlassung ist mir zur Zeit gar nicht recht. Das bringt meinen Plan völlig durcheinander . . .

»Warum wird er entlassen?«

Eeva schaute mich mit einem seltsam gespannten Blick an. Dann kniff sie die Augen zu und sagte, während sie sich mit den Fingerspitzen die Schläfen massierte: »Jakob, ich erzähle es dir, weil du es wissen mußt. Und weil ich von Zeit zu Zeit das Gefühl habe, daß mir das alles über den Kopf wächst . . . Laming ist doch all die acht Jahre in unserem Hause das Ohr der Regierung gewesen. Klarfeldt wurde damals per Geheimbefehl des Gouverneurs fortgejagt und Laming auf seinen Posten gesetzt. Ich habe es auch jahrelang nicht gewußt. In vollem Umfang habe ich es erst jetzt begriffen. Aber nun ist Timo wieder da und Laming nicht mehr schlau genug . . .«

Also, Herr Laming ist ... ein ... Nun ja. Solche muß es auch geben. Woher erfährt die Regierung sonst, was in unzuverlässigen Häusern gesprochen und gedacht wird ... Und doch widerstrebt es mir, daran zu denken. Als hätte ich beim Heimkommen entdeckt, daß die Haustür die ganze Zeit offengestanden hat, die Stube kalt geworden und der Fußboden voller fremder, schmutziger Spuren ist ... Und irgendwie könnte diese Affäre des Vaters auch mit Jette zu tun haben. Natürlich! ... Aber nein ... Nun, ich weiß es nicht. Ich werde später darüber nachdenken, wenn ich mich beruhigt habe.

Ich fragte Eeva: »Was hatte das Gerede Lamings und Timos über die Wahrheit und den angeblichen Tod Lamings zu bedeuten?«

Darauf erklärte mir Eeva ausführlich, worüber sie bisher nichts Näheres hatte sagen wollen. Timo hatte es ihr unter vier Augen erzählt.

Es hatte sich in Petersburg zugetragen, im Winterpalais, 1814 oder 1815; Timo war damals Flügeladjutant des Zaren. Eines Abends hatte der Zar Timo zu sich beordert und gesagt: »Timotheus von Bock, ich habe Ihn lange beobachtet. Und ich bin zu dem Schluß gekommen, daß Er ein Mensch ist, wie ich ihn brauche und von dem ich besonders viel fordere. Einer der wenigen solcher Menschen. Folge Er mir!« Er hatte Timo untergefaßt und ihn in eine an seine Wohngemächer grenzende Kapelle geführt. Dort lag zwischen brennenden Kerzen eine Bibel auf dem Analogion. Der Imperator hatte gesagt: »Timotheus von Bock«, er hatte sogar gesagt: »Timothée, mon ami, lege Er seine Hand auf die Heilige Schrift und gelobe Er mir, immer und in allen Dingen die reine Wahrheit zu sagen, das heißt nach bestem Wissen und Gewissen, was Er wirklich denkt. Wenn ich Ihn danach frage und wenn Er es selbst für notwendig hält.«

Timo hatte den Eid geleistet.

»Diesem Laming«, sagte Eeva, »scheint das bekannt zu sein. Woher, weiß Gott. Oder die Geheimpolizei. Hin und wieder verspürt dieser Tölpel Lust, Theater zu spielen, dann tut er, als wäre er Zar Alexander und als müßte Timo ihm sagen, was er denkt.«

»Und Timo fällt darauf herein?«

Dies fragte ich mit größter innerer Spannung, denn aus ihrer Antwort mußte so oder so hervorgehen, ob Timo ihrer Meinung nach verrückt oder normal ist.

Aber Eeva sah mich einen Augenblick lang an und erwiderte: »Du hast ja selbst gesehen und gehört . . .«

Ich verstand, daß sie mich durchschaute und einer Antwort auswich.

Ich fragte: »Und wer ist auserkoren, uns von nun an zu belauschen?«

»Wer weiß?« entgegnete Eeva. »Vielleicht kommt ein neuer und noch devoterer Verwalter daher und bietet Herrn La Trobe seine Dienste an . . .«

Bevor sie mich verließ, ging sie eine Weile zwischen den Fenstern hin und her, als hätte sie mir noch etwas mitzuteilen, sagte dann aber nur: »Du wirst das doch nicht weitererzählen?«

»Selbstverständlich nicht.«

Sie stand schon an der Tür zur Treppe. Sie lächelte und streckte mir die Hand hin.

»Du gibst mir dein Wort? Wie Timo es Alexander gegeben hat?«

Ich drückte ihre Hand und sagte: »Klar. Ich bin nicht so dumm, dir mein Wort zu geben, daß ich rede. Mein Wort zu schweigen hast du sowieso.«

Jetzt sitze ich hier am Tisch. Mitternacht ist vorüber. Der Himmel ist rötlichlila, ich kann die Kerze löschen und dennoch weiterschreiben. Vermutlich habe ich alles so ausführlich festgehalten, weil ich, ohne mir dessen bewußt zu werden, Zeit gewinnen wollte für die Beantwortung einer Frage: Wie verhalte ich mich Jette gegenüber, nachdem ich das über ihren Vater erfahren habe?

Die ganze Nacht bin ich im Zimmer auf und ab gegangen und habe überlegt. Ich gebe zu: Es wäre natürlich besser, ihr Vater wäre ein Mensch, den ich achten könnte. Aber ich heirate nicht den Vater, sondern die Tochter. In der Bibel steht, Gott suche der Väter Missetat heim an den Kindern bis ins dritte und vierte Glied. Doch finde ich, daß ich duldsamer sein kann und muß als der Jehova des Alten Testaments. Übrigens habe ich mich aufs strengste gefragt, was es ist, das mich so duldsam macht. Ist es jetzt, in meinem achtunddreißigsten Lebensjahr, im unleugbaren Junggesellenalter, endlich das, was man die große Liebe nennt? Und ich habe mir geantwortet: Nein! So ein Narr bin ich nicht! Ich habe nur genug von der Einsamkeit. Und ich mag dieses warme weiche Mädchen. Als sie heute früh zu mir kam, mir ihre Arme um den Hals schlang und aus einem weißen Tuch die Hälfte eines Mandelkuchens hervorholte, den sie selbst gebacken und ohne Wissen ihres Vaters stibitzt hatte, freute ich mich so sehr über sie und den Kuchen, wie ich mich schon lange nicht mehr über etwas gefreut habe. Und daß Herr Laming mitsamt seiner angeschlagenen Reputation von hier wegzieht, ist kein harter Schlag für mich, sondern ein Ausweg. Soll er ziehen, wohin er will! Soll er weiterhin als Ohr des Staates dienen. Ich bleibe mit Jette hier. Wir lassen uns trauen. Dann hat die liebe Seele Ruh. Ich werde meine Bücher lesen, werde meinen Garten bestellen. Was immer sich hier verändern wird, unter den dreißig Haken findet sich allemal eine halbe Lofstelle für meinen Spaten. Wir werden hier, in meinen anderthalb Dachzimmern leben. Und ich werde nicht allein sein. Wir gehen zusammen ins Bett, und kein Hahn wird danach krähen. Und was noch gut ist: Wir beide stehen auf einer Stufe. Sie ist die Tochter eines verkrachten Baumeisters und Gutsverwalters, von dem gemunkelt wird, er wäre ein Spitzel der Regierung. Und ich bin ein Mann, der von der Mistfuhre an den Rand einer recht skandalumwitterten Gutsbesitzerfamilie gepurzelt ist. Es wäre doch möglich, daß ich alter Junggeselle noch . . .

Nein. Daraus wird nichts.

Vor einer Stunde ist mir das klargeworden. Warum eigentlich nicht früher? Verdammt noch mal, jetzt habe ich den Gänsekiel zernagt, mit dem ich schreibe. Jawohl, ich kann Jette ihren Curonus verzeihen. Und auch alle anderen, mit denen sie vielleicht vor ihm ins Bett gegangen ist. Wie viele können es schon gewesen sein, wenn es überhaupt welche gegeben hat? Mir kann's egal sein. Ich bin kein verliebter Primaner! Und was die Spitzeldienste ihres Vaters anbelangt, darauf pfeife ich. Soll er doch. Das muß nichts mit der Tochter zu tun haben.

Doch da schossen mir wie Blitze ihre seltsamen Fragen durch den Kopf: wie sie bei der ersten Repetition nach dem Dekabristenaufstand in Petersburg forschte und wie sie fragte, ob Timo wirklich verrückt sei ... War ihr Vater ein Spitzel der Regierung, so mußten dies seine ersten Fragen gewesen sein. Ich fühlte Zweifel in mir aufsteigen. Mir war, als hätte man mich mit kaltem Wasser übergossen und ich wäre naß bis auf die Haut. Mir wurde bewußt: Ich könnte meine Kleider trocknen, wenn ich mir die Wärme vorstellte, die dieses Mädchen in mein Leben bringen würde. Doch das würde mich nicht vor neuerlichem Zweifel bewahren ... Immer wieder, auch wenn ich sie zigmal gefragt und sie es hundertmal unter Eid bestritten hätte, immer wieder, Tag und Nacht, könnte mich der Verdacht überkommen; ich könnte meine Tür so fest verschließen wie nur möglich, sie bliebe dennoch offen, denn sie ließe sich gar nicht verschließen, und mein Fußboden wäre voller fremder, schmutziger Spuren, der Spuren meines Weibes. Denn sie war nur mein Weib geworden, um sich Einlaß in dieses Haus zu verschaffen und mit Hilfe ihres Vaters Auge und Ohr der Regierung zu sein ...

Nein, wenn es mir jetzt auch noch so weh tut, ich will nicht mein Leben lang unter den Fieberanfällen des Verdachtes oder ihrer Vorahnung leiden.

Es ist genug.

MITTWOCH. Jette und ihr Vater haben vorgestern, am 13., Woiseck verlassen. Sie hatten vier Pferdefuhren Hausrat. Die Woisecker Pferde brachten ihn nach Wenden. Laming habe ich nicht gefragt und Jette wußte nicht, wohin es von dort gehen sollte. Von Wenden aus will Laming nach Riga, um sich Arbeit auf einer Baustelle zu suchen. Nun wird das Bauen wieder seine Nebenbeschäftigung neben der Hauptbeschäftigung, der Spitzelei ...

Jette suchte mich am Sonntagmorgen auf. Es war eine schwere Stunde. Ich sagte: »Liebes Kind, es tut mir leid, daß du wegziehst. Aber was können wir dagegen tun?«

Eine dünne Eisschicht der Entfremdung stand bereits zwischen uns. Jette bemühte sich, sie zu durchbrechen und sich mir zu nähern. Sie sagte: »Ich muß ja nicht ...«

»Wieso?« fragte ich mit ziemlich schlecht gespielter Ratlosigkeit. »Wenn dein Vater es so will?«

»Aber wenn du es nicht wolltest ...«

Ich hatte genug von dem Katze-und-Maus-Spiel. Ich sagte: »Jette, ich will, daß du mit deinem Vater fährst. Wie es sich gehört.«

In einem Winkel meiner falschen Väterlichkeit genoß ein widerwärtiges, schillerndes Teufelchen seine Unerreichbarkeit. Doch Jette zertrat es. Dann sagte sie still, obwohl ihr schlanker Hals vor Erregung gerötet war: »Ich weiß, warum du mich im Stich lassen willst. Es ist wegen der Dinge, die du über Vater gehört hast.«

Ich weiß nicht, warum ich ihr die folgende Antwort gab. Vielleicht wollte ich ihr zeigen, daß ihre Aufrichtigkeit mich nicht verblüffte, oder endlich etwas Wahres sagen, denn ich hatte ihr den Vater tatsächlich verziehen, jedenfalls antwortete ich: »Nein. Nicht deshalb ...« Und ich hoffte, damit wäre ich sie los. Wie hätte ich sie noch verstoßen können? Aber sie erhob sich vom Korbsofa und sagte, ihre hübschen Hände ringend, ein wenig heiser vor Anstrengung: »Das, was du gehört hast ... stimmt. Mein Vater wurde vom Gouverneur dazu beauftragt. Aber daran trage ich doch keine Schuld. Eine einzige Schuld habe ich dir zu bekennen: Das erstemal bin ich im Auftrag meines Vaters zu dir gekommen. Und ich habe gefragt, was er wissen wollte, nach dem Petersburger Aufstand und Herrn von Bocks Gesundheit. Das ist alles. Danach bin ich immer deinetwegen gekommen.« Sie schaute mir in die Augen. »Jetzt steht kein Schatten der Ungewißheit mehr zwischen uns. Und ich hoffe«, sie flüsterte nun beinahe, »daß du mich vor der Abreise mit Vater rettest.«

Aber mein Entschluß war gefaßt. Meine Angst vor künftigen Zweifeln war allzu groß. Kurz: Meine Liebe zu Jette reichte nicht aus. Denn eine große Liebe müßte es wohl sein, die im Namen der Liebe sogar ihren Tod nicht fürchtet?! Ich nahm Jettes kalte Hände in die meinen und sagte kühl: »Jette. Der Vater wartet. Geh jetzt. Möge es dir im Leben so gut wie irgend möglich ergehen.«

Ich sah ihren Blick plötzlich leer werden und ihre Miene erstarren. Sie riß sich los und lief aus dem Zimmer. Ich stand auf den Steinfliesen vor dem Kamin, schloß die Augen und drehte mich um. Als ich sie wieder öffnete, erblickte ich auf dem Sims zwischen den Kandelabern ein winziges rundes Mosaikporträt. Soweit ich mich erinnere, war es ein Porträt Peter I. in einem schmalen Kupferrahmen. Ein Porträt des schnauzbärtigen, glotzäugigen Zaren. Ich weiß nicht, aus welcher Zeit und von wem es stammte. Ich griff blindlings danach und drückte es, bis mir die Hand weh tat. Ich schleuderte es vor mich auf die Steinfliesen und trat mit meinem eisenbeschlagenen Absatz darauf. Es blieb heil. Ich trampelte immer wieder drauf. Ich drehte meinen Absatz auf dem Gesicht des Zaren, so daß das Metall auf dem Stein knirschte. Ich faßte die Steinfliesen und versuchte sie anzuheben, um meinem Stiefel mehr Gewicht zu verleihen. Ich kann mich erinnern, daß ich keuchte: »Verdammte, verdammte, verdammte Gewalt!« Bis es endlich knackte und das Bild knirschend zu Staub zerfiel . . .

Montag früh bin ich zum Buchhalter der Spiegelfabrik in Röika geritten. Jette habe ich nicht mehr gesehen.

Sonnabend, den 18. Juni. Ich habe mich noch immer nicht soweit gefaßt, daß ich die Geschehnisse der vergangenen Woche aufschreiben kann. Ich ziehe mich lieber in den Schutz der Zeit vor zehn Jahren zurück. Beim Zurückblättern bemerke ich, daß es mir zur Regel zu werden scheint, daß ich die jetzigen und die damaligen Ereignisse im

Wechsel festhalte. Soll es dabei bleiben. Von jetzt ab versuche ich, diese Abwechslung eher zu fördern als zu hindern. Einen Uneingeweihten mag dieses Gemisch aus Gegenwärtigem und Vergangenem verwirren, doch was geht das mich an ... Mir selbst kommt es vor, als könne ich das Vergangene und Gegenwärtige um mich herum kaum noch auseinanderhalten.

Als die fensterlose Kutsche mit Timo davongefahren war, stieg Eeva die Treppe empor, trat zum Generalgouverneur und fragte: »Herr Marquis, wie lange muß ich die Ehre Ihrer Anwesenheit noch erdulden?«

Innerlich schüttelte ich den Kopf über ihren Ton, doch konnte ich meine stolze Schwester jetzt nicht zurechtweisen. Marquis Paulucci sagte so trocken, daß es an eine Drohung grenzte: »Nur so lange, Madame, bis meine Beamten die Papiere Ihres Gemahls zusammengetragen und Sie den Brief des Zaren in dieser Angelegenheit zur Kenntnis genommen haben.«

Sie betraten das Haus und gingen zur Tür von Timos Arbeitszimmer. Die Gendarmen hatten ihre Arbeit beendet. Der Papierberg im kleinen Saal wurde gerade in Säken verstaut. Der Marquis ließ Eeva den Vortritt. Sie sagte: »Herr Marquis, ich wünsche den Brief des Imperators im Beisein eines Zeugen zu hören. Ich möchte, daß mein Bruder dabei ist.«

»Der Brief ist in französischer Sprache verfaßt«, sagte der Marquis.

»Er versteht Französisch«, entgegnete Eeva.

»Wie Sie wünschen.«

Eeva winkte mir zu, ich folgte ihnen ins Arbeitszimmer und schloß die Tür hinter mir. Eeva ging um den Mahagonitisch mit dem Globus herum und blieb jenseits der Weltkugel stehen. Paulucci stand ihr gegenüber. Ich weiß noch genau, ich dachte: Meine Schwester stellt offensichtlich das ganze Eismeer zwischen sich und diesen Mann, von dem sie seit heute mehr abhängt als von allen anderen Menschen außer dem Zaren selbst. Welch dummer, unbedachter Hochmut ...

Meine tolle Schwester blieb wahrhaftig stehen und bot dem Generalgouverneur ebenfalls keinen Platz an. Sie sagte nur: »Ich höre.«

Paulucci holte einen versiegelten Brief aus der Tasche unter den Orden hervor. Wort für Wort kann ich mich an dessen Inhalt nicht mehr erinnern. Auch nicht daran, was Paulucci vorher und zwischendurch zu Eeva sagte. Mir fiel auf, daß, als er den Brief des Imperators in die Hand genommen hatte und Eeva zur Einleitung von dessen Geist erzählte, sein kühler, lebemännisch-spielerischer Ton, wahrscheinlich für ihn selbst unmerklich, unwillkürlich derart salbungsvoll wurde, daß ich denken mußte: Er scheint überzeugt zu sein, nichts als die Wahrheit von sich zu geben ... Zunächst legte er des langen und breiten dar, daß Eeva diesen Brief des Zaren als ein Dokument von bewunderungswürdigster und tiefster Humanität begreifen solle. Dann las er ihn vor, wie mir schien, mit einigen Auslassungen. Der Zar schrieb, Herr von Bock hätte ihm vor einiger Zeit ein versiegeltes Paket mit Dokumenten geschickt, nach deren Kenntnisnahme er zu dem Schluß gekommen sei, Herr von Bock müsse den Verstand verloren haben. So wirr, widerspruchsvoll und vor allem frech seien die dort dargelegten Ideen. Derart gefährliche Geisteskranke müßten in jedem normalen Staat aus der Gesellschaft ausgesondert werden. Der Zar teilte mit, er schicke die Dokumente oder einen Teil davon Paulucci zur Kenntnis- und Stellungnahme. Und ich erinnere mich, daß Paulucci dazwischen bemerkte, er wäre nach der Lektüre der Dokumente vollkommen einer Meinung mit dem Zaren.

Eeva hörte sich diese Bemerkung mit steinerner Miene an. Und ich fragte natürlich auch nicht, ob es möglich wäre, daß der Generalgouverneur nicht einer Meinung mit dem Imperator wäre ...

Weiter schrieb der Zar, darum befehle er dem Generalgouverneur, sofort höchstpersönlich zu von Bock zu fahren – was meiner Ansicht nach die Angelegenheit besonders unheilverkündend machte –, selbigen zu verhaften und schnellstens dahin zu befördern, wo er hingehöre. Falls der

Bestimmungsort im Brief stand, unterschlug ihn Paulucci geflissentlich, und so kannten wir ihn jahrelang nicht. Außerdem befahl der Zar, die Papiere des Herrn von Bock zu versiegeln und mitzunehmen und sorgfältig zu prüfen, ob es in seinen Kreisen weitere Personen ähnlicher Denkungsart gebe ... Ich spürte, daß an der Logik des Zaren etwas nicht stimmte, aber ich wußte nicht, was es war – bis meine tolle Schwester lächelnd bemerkte: »Herr Marquis, das ist immerhin eine gewaltige medizinische Entdeckung des Zaren!«

»Pardon?«

»Daß Irrsinn eine ansteckende Krankheit ist.«

Der Generalgouverneur schluckte und sagte: »Madame, der Imperator schreibt wortwörtlich: Ich halte das sogar für die nachsichtigste Deutung des Verhaltens des Herrn von Bock. Jede andere Regierung hätte ihn mit der vollen Strenge der geltenden Gesetze behandelt. Ich hoffe, Madame, Sie ändern Ihre Meinung, sobald Sie den letzten Abschnitt des Briefes vernommen haben.«

Diesen letzten Abschnitt habe ich Wort für Wort im Gedächtnis behalten, schon allein, weil wir später oft darüber sprachen. Der Zar schrieb: *Nach diesem harten Schritt, zu dem ich mich schweren Herzens entschlossen habe, ist es meine Pflicht, an das Schicksal der Gemahlin des Herrn von Bock und ihres Kindes zu denken, denn wie ich gehört habe, hat sie kürzlich ein Kind geboren.* Gott allein mag wissen, wo der Zar das erfahren hatte, denn Timos und Eevas Kind sollte erst in fünf Monaten zur Welt kommen! *Ich lege Ihnen, General, das Schicksal dieser Familie an Ihr mitfühlendes Herz. Von Bock hat entgegen den Gepflogenheiten seiner Kreise ein einfaches Bauernmädchen geheiratet, und seine Frau hat vermutlich schon viel Verdruß seitens der Gesellschaft erlitten. Kümmern Sie sich um sie. Erklären Sie ihr schonend die Ursache der harten Maßnahme, die ich an ihrem Mann getroffen habe. Trösten Sie sie. Sorgen Sie dafür, daß sie auf keinerlei Art von jemandem belästigt wird. Lassen Sie es mich wissen, wenn sie in Not ist, und ich werde ihr helfen. Erstatten Sie mir über alles ausführlich Bericht. Gezeichnet: Alexander. Perekop, den 8. Mai 1818.*

»Nun«, sagte der Generalgouverneur, »Sie wissen es vielleicht nicht richtig zu schätzen, gnädige Frau, aber ich versichere Ihnen: Man kann die Familien an den Fingern zählen, deren Schicksal sich der Zar so sehr ans Herz gelegt hat.«

Eeva lächelte ihr so teuflisch feines und überhebliches Lächeln, das sie bereits als junges Ding von kaum fünfzehn Jahren hervorragend beherrscht hatte und aufzusetzen pflegte, wenn sie mit schmutzigen Zehen auf Kannuka vor dem Feuer neben dem Hauklotz gestanden und zugehört hatte, wie Lõuka-Leenu vom Gut, auf dem Klotz sitzend und sich die Seite wärmend, das gute Herz des Verwalters von Holstfershof pries ... Nur war ihr Lächeln jetzt, als Dame des Hauses, noch unvergleichlich überheblicher und undefinierbarer. Ich fürchtete und hoffte – derartige Momente prägen sich einem mitunter fürs ganze Leben ein –, daß meine zur Gutsherrin aufgestiegene Schwester wenigstens der Form nach dem Zaren ihren Dank zu übermitteln bat. Klänge das auch noch so seltsam zehn Minuten nach Timos Verhaftung. Etwas mußte er schließlich getan haben, das war klar, und noch klarer war, daß der Zar sich derart um sie sorgte, war tatsächlich ein wahres Wunder ... Aber meine tolle Schwester ließ ihr Lächeln versiegen und sagte sanft: »Melden Sie dem Zaren, ich werde mich an ihn wenden, wenn ich so dringend Hilfe benötige, daß ich es für angemessen halte. Ich hoffe, das ist jetzt alles?«

Marquis Paulucci gab Eeva sein Wort als Edelmann, daß er nicht wüßte, wohin der Zar Timo bringen ließ. Aber sein Ehrenwort brauchte für Eeva nicht zu gelten, denn sie hatte selbst zu ihm gesagt, sie zähle sich nicht zu den Damen des Adels. Die Haussuchung, obwohl nicht »hochnotpeinlich«, aber doch wegen der staatlichen Bedeutung der Angelegenheit sehr sorgfältig, war gegen zwei Uhr zu Ende gegangen. Eeva lud den Marquis nicht zum Mittagessen ein, und so wurde zehn Minuten nach zwei die Gendarmeriewache ums Haus abgezogen, und der Generalgouverneur entfernte sich zu Pferde gemeinsam mit seinem Adjutanten, einem Oberst; ihnen folgten zwei Dutzend berittene Gendarmen, auf deren Gäule man die grauen Säcke geladen hatte, die außer Timos Papieren einen Teil seiner Bücher von zweifelhaftem Inhalt enthielten.

Am Mittagstisch erschien Eeva an diesem Tage nicht. Der kurzatmige Doktor Robst teilte mit, sie wolle ungestört spazierengehen und bäte, sich um sie keine Sorgen zu machen. Doch als Eeva weder um sechs noch um acht wiederaufgetaucht war, wurde Doktor Robst von fieberhafter Panik ergriffen. Obwohl ich ihn beruhigte (»In einer solchen Lage kann vielleicht eine adlige Dame eine Unüberlegtheit, wie Sie sie befürchten, begehen, unsere Herrin tut so etwas gewiß nicht«), war ich mir am Abend dessen durchaus nicht mehr so sicher. Ich schaute bei Klarfeldt herein, lief in den Wirtschaftshof und fragte die Bauern, die Dung aufs Feld gefahren hatten, ging in den Milchspeicher, in den Stall und die Stuben der Gutsarbeiter im alten Hospitalgebäude. Niemand hatte die Herrin gesehen. Ich begab mich zum See, zur Mühle. Niemand da. Ich ging über den Damm auf die Insel und schaute durch die Glasfenster der verschlossenen Gartenlaube. Leere Stühle. Ich stahl mich in der Dämmerung zurück ins Herrenhaus, ohne von Doktor Robst gesehen zu werden. Ich saß in meinem Zimmer, dem zum Garten gelegenen Dachzimmer im linken Flügel, und merkte, daß meine Lippen vor Aufregung trocken waren. Da durchschoß mich ein Gedanke. Ich sprang auf und lief hierher, zur Tür meines jetzigen Zimmers. Sie war von innen zugehakt. Aber die alte Tür hatte sich verzogen und saß nicht mehr fest im Rahmen. Mit meinem Blechkamm schob ich den Haken aus der Krampe, trat ein und sah meine verschwunden geglaubte Schwester. Der Fußboden lag voller Bücher, die aus den Regalen gerissen worden waren. Man hatte eins nach dem anderen aufgeschlagen und geschüttelt, damit die Reispapierlisten mit den Namen von Timos etwaigen Gesinnungsgenossen, die ebenfalls den Verstand verloren hatten, herausfielen ... Eeva lag zusammengekauert auf dem kleinen Korbsofa. Ihre Schuhe, an denen noch Erde haftete, standen unter dem Sofa. Sie hatte sich mit Timos altem Militärmantel zugedeckt. Ein

Mantelschoß war auf den Boden gerutscht, und Eevas Füße in den weißen Baumwollstrümpfen schauten unter ihm hervor. Zweimal mußte ich sie an der Schulter rütteln, ehe sie aufschreckte und den Kopf hob. Ich sah, sie hatte Timos Hausjacke zusammengerollt und sich unter den Kopf gelegt, und ein tränendunkler Fleck auf dem grünen Stoff verriet die Stelle, wo ihr Gesicht geruht hatte.

»Wo bist du gewesen?«

»Im Wald.«

»Sag, was hat das alles zu bedeuten? Warum haben sie Timo fortgebracht? Was hat er getan?«

Eeva schwieg einen Augenblick. Dann schaute sie mir gerade in die Augen.

»Ich weiß nicht mehr als du.«

Dabei blieb es. Sie sagte: »Laß mich schlafen. Ich brauche einen klaren Kopf. So schnell wie möglich.«

Sie zog sich den Mantelrand übers Gesicht. Ich ließ sie auf dem Sofa weiterschlafen und entfernte mich. Ich setzte mich in den knarrenden Lehnsessel in meinem Zimmer und lauschte den Stimmen der Dämmerung: dem schläfrigen Kläffen des Hofhundes, dem Rasseln der Brunnenkette und dem Schlagen der Nachtigall im Dickicht hinter dem Obstgarten. Dabei spürte ich, wie zwiespältig meine Einstellung zu meiner Schwester war. Ich verehrte sie auf eine begeisterte, furchtsame und besorgte Weise. Auch das. Du lieber Gott, in welch einer unmöglichen, unvorstellbaren Lage befand sie sich! Unsere Kannuka-Eeva, die gerade ein halbes Jahr Gutsherrin gewesen war und die der ganze Adel Livlands – insbesondere natürlich die holde Weiblichkeit – mehr haßte als eine Viper unter dem Zaun. Und die sich nur dank ihres ungewöhnlichen Gemahls inmitten dieses giftigen Gebrodels aufrechtgehalten hatte . . . Und die nun plötzlich, seit heute morgen, nicht nur diese Stütze verloren hatte, sondern zu allem Überfluß auch noch die Frau eines Hochverräters war . . . (Oh, ich konnte mir lebhaft vorstellen, daß man auf allen Gütern hier in der Gegend, wo es bisher hieß, dieser arme Narr Timo hätte sich mit seiner Frau über nichts anderes als das Tränken der Kälber unterhalten können, bald erzählen würde, diese entsetzliche Eeva, diese schon nach Aufruhr riechende Ausgeburt, hätte, natürlich, ihrem unglücklichen Mann die hochverräterischen Ideen in den Kopf gesetzt, durch ihre Schuld sei er ins Gefängnis geraten ...) Sicher. Gestern war Eeva die Frau eines geachteten Edelmannes, und heute ist sie die Frau eines Hochverräters. Mag ihm sein Adel sogar im Gefängnis von Vorteil sein, für Eeva ist er nichts weiter als eine blutende Wunde, in die die Welt das Salz des Hohnes streuen wird ... Darüber hinaus war sie eine Seltenheit unter den Hochverrätergattinnen: die besondere Gnade des Zaren war ihr verkündet worden. Der Teufel mochte wissen, was man davon halten sollte ... Nicht nur das. Sie hatte obendrein die Stirn, die Gnade des Imperators und seines Herolds hochmütig zurückzuweisen ... (»Wie lange muß ich die Ehre Ihrer Anwesenheit noch erdulden?«) So etwas Unüberlegtes ... Um so mehr wuchs in mir neben der staunenden, furchtsamen Verehrung ernsthafte Mißbilligung: Warum mußte sie sich so aufführen! Ich gebe zu, ich dachte sogar, es geschieht ihr ganz recht, jetzt hat sie bekommen, was sie wollte ... Frau von Bock ... Ich will nicht bestreiten, daß ich mich auch um mich selbst sorgte. Denn mich hatte meine Schwester mit ihrem Verlangen, sich in Gott weiß welche Höhen zu erheben, ja auch an den Rand des Abgrunds gebracht. Ich konnte mir nicht im mindesten vorstellen, was aus uns werden sollte.

Mittwoch, den 22. Juni. Laming ist fort, und wir sind ohne Verwalter. Herr La Trobe soll zwar einen neuen gefunden haben: den alten Timm aus Soosaar, hier in der Nähe. Für ihn wird das baufällige Verwalterhaus hinter dem Viehhof instand gesetzt. Ich kenne den rauhen, einfältigen Alten. Der neue Spitzel ist er jedenfalls nicht.

Gestern früh kam ich vom Schwimmen im See und ging durch unseren Bleichgarten. Dort waren sechs oder sieben Gutsarbeiterinnen damit beschäftigt, Leinenballen auf den

Rasen zu schleppen und auszurollen. Meist junge Frauen, deren Gesichter von der schweren Arbeit gerötet waren. Sie grüßten mich höflich. Ich grüßte zurück und schritt mit einem Gefühl des Unbehagens an ihnen vorbei. Vor fünfzehn Jahren wäre mir die gelegenheitsschwangere Nähe junger Dorfweiber ein Genuß gewesen. Jetzt wußte ich nicht, wie ich mich verhalten sollte: sie waren Frauen – und auch wieder nicht, Fremde – und auch wieder nicht, Vertraute – und auch wieder nicht ... Eine von ihnen war beim Ausrollen des Leinens in meine Nähe gekommen, sie richtete sich auf, und ich rief: »Eeva ...?! Spielst hier wohl Penelope?!« (Ich hatte zuerst Nausikaa sagen wollen, aber mir schien Penelope für Eeva treffender, ja sogar seltsam treffend zu sein.) Sie antwortete lachend: »Ich wollte den Mädchen helfen. Das schickt sich wohl nicht, wie?« Sie holte Atem und fuhr fort: »Timo und ich haben darüber gesprochen, komm heute zum Abendessen zu uns herunter.« Sie schaute mich an. »Oder schickt sich das deines Erachtens nicht, wie?«

»Warum nicht ...«, murmelte ich, schlenderte weiter und überlegte: Meine Unfähigkeit, mich irgendwo zugehörig zu fühlen, bedrückt mich nicht nur jetzt bei diesen Bleichweibern oder überhaupt bei Frauen, sie bedrängt mich eigentlich stets und ständig. Auch was die Gutsknechte angeht. Wenn sie verschwitzt und staubig am Feldrain oder an der Tür zur Tenne dicht zusammengedrängt sitzen und ihre Jause verzehren und ich im Vorbeigehen der Form halber ein paar Worte sage (bald allzu anbiedernde, bald zu nichtige, bald zu hoffärtige, auf jeden Fall aber unpassende), weiß ich, daß sie mich jetzt zwar einen Herrn, hinter meinem Rücken aber einen Krautjunker nennen. (Nun ja, auch einfach den Herrenhaus-Jakob, aber ich weiß nicht, was häufiger vorkommt ...) Noch unbeholfener verhalte ich mich in adliger Gesellschaft, wo ich mehr oder weniger ignoriert werde und, weil ich das weiß und meine Erfahrungen habe, selbst im voraus alle ignoriere – oder genauer, zwischen ignorierender Steifheit, unbeabsichtigter Demut und desto ungeschickterem, schroffem Verhalten schwanke. Nur in Literatenkreisen habe ich zuweilen Menschen gefunden, sei es bei Propst Masing oder unter Timos Dorpater Freunden, bei denen ich die Möglichkeit entdeckte, mich von dem Druck, etwas Besseres oder Schlechteres zu sein als andere, zu befreien, und es genoß, mich natürlich geben zu können. Obwohl ich dort aufpassen muß, daß die Lücken meines Wissens und mein Mangel an Welterfahrenheit nicht allzusehr ins Auge springen. Denn nur ein Spitzel wie Laming kann mir einzureden versuchen, ich sei bei weitem klüger als all die studierten Herren. Eeva ist ganz anders. Sie geht zu den Frauen auf die Bleiche oder hilft in der Meierei beim Buttern oder bringt den Wöchnerinnen im Dorf Medizin und scherzt mit ihnen, als hätte sie sich ihnen inzwischen nicht entfremdet, und diese erzählen ihr von ihren Sorgen, obwohl Eeva ihnen die ihrigen verschweigt ... Sogar im Verhalten des Adels ihr gegenüber hat sich in diesen zehn Jahren so manches geändert. Natürlich herrscht um sie herum genug Spannung, jetzt, nach Timos Heimkehr, mehr denn je. Doch sie selbst gibt sich trotz allem frei und ungezwungen. Manchmal ist sie allerdings angespannt wie eine Feder. Aber das ist nicht auf Verkrampfung, Verklemmtheit, die Unfähigkeit, sich anders zu verhalten, zurückzuführen (wie bei mir). Wenn sie sich zu etwas entschlossen hat, dann kann sie ihre Kräfte jeden Augenblick für dieses Ziel einsetzen. Der Kuckuck mag wissen, woher sie die Fähigkeit besitzt, so zu sein, wie sie ist.

Übrigens haben sie nun endlich begonnen, sich hier richtig einzurichten. Sie wohnen nicht mehr nur in Timos zum Garten gelegenem Arbeitszimmer, wo sie bisher auch geschlafen haben, sondern haben die Schlafräume hinter den gelben Saal verlegt und halten sich tagsüber in diesem und im Arbeitszimmer auf.

Timo machte gestern einen viel gesünderen Eindruck als vor zwei Wochen. Er soll jetzt (ich habe nicht gefragt, ob mit oder ohne Erlaubnis) ein paarmal an den Wirzsee geritten sein, um zu schwimmen. Das sind über zwei Dutzend Werst. Nachdem wir um sieben zu dritt Abendbrot gegessen hatten (ganz leicht, wie es bei ihnen üblich ist: dünne

Scheiben Brot mit grünlichem Aberthamkäse und Selleriesalat sowie Tee), Timo dem kleinen Jüri vier englische Vokabeln eingetrichtert hatte (celery, celebrity, purpose und persistence) und der Junge auf sein Zimmer gegangen war, um die Abenteuer des Telemach weiterzulesen, rief Timo uns zum Klavier und gab uns ein halbstündiges Konzert.

Ich bin nichts weniger als ein Musikkenner. Aber ich habe gehört, daß Herr La Trobe, der etwas von Musik versteht, Timos Spiel nach wie vor für hervorragend halten soll. Timos Gedächtnis scheint tadellos zu sein, denn zum Schluß spielte er ein Stück, das mir bekannt vorkam. Er unterbrach sich und fragte Eeva: »Erkennst du's?«

Eeva nickte bedeutungsvoll. Timo sagte zu mir: »Das ist das letzte Stück, das ich vor neun Jahren auf diesem Klavier gespielt habe. Aus Schuberts ‚Tragischer Sinfonie'. Da siehst du, welche Streiche einem der Zufall spielen kann.«

Wir begaben uns aus dem Saal zurück ins Arbeitszimmer. Eeva setzte sich an ihren Stickrahmen. Timo und ich zündeten unsere Pfeifen an. Ich fragte: »Wie ist es dir in Schlüsselburg ergangen?«

Ich sah, daß Eeva mir hinter ihrem Rahmen hervor einen erschrockenen und vorwurfsvollen Blick zuwarf. Timo aber faßte die Meerschaumpfeife am Kopf, blies eine große Rauchwolke ins Abendlicht, das aus dem Garten zu uns hereinleuchtete, und sagte in die Wolke hinein: »Je nachdem. Ich habe dort denselben Schubert gespielt.«

»Nanu? Wo denn?«

»In der Kasematte.«

»Hahaha! Auf dem Pritschenrand?«

»Auf dem Flügel des Zaren.«

Ich zuckte innerlich zusammen. Vor Befremden, das unvermeidlich entsteht, wenn einem der Gesprächspartner vernunftwidrige Dinge erzählt. Herrgott, als Eeva schließlich im Sommer 1821 durch Georg erfahren hatte, daß Timo all die Jahre in Schlüsselburg gewesen war, versuchte sie Erkundigungen darüber einzuziehen, unter welchen Bedingungen die Gefangenen dort lebten. Sie hatte auch einige Briefe von Timo erhalten. Aber wo und unter welchen Verhältnissen er lebte, darüber gaben die Briefe keine Auskunft. Übrigens waren Eeva und ich im Frühling 1820 nach Schlüsselburg gefahren, in der Hoffnung, oder richtiger, in der Sorge, Timo würde vielleicht gerade hinter diesen Mauern gefangengehalten werden. Da wir nicht über die Erlaubnis verfügten, die Festung zu betreten, machte sich kein Bootseigner die Mühe, uns aus der Stadt zur Insel zu bringen (offenbar ist ihnen das untersagt), damit wir versuchen konnten, von Generalmajor Plutalow empfangen zu werden und uns nach Timo zu erkundigen. So kam bei dieser Reise nichts weiter heraus, als daß wir die Insel und ihre wuchtigen Türme mit eigenen Augen sahen und uns vorzustellen versuchten, wie es dort sein könnte, in dieser gewaltigen Steinschüssel inmitten von Eis und Wasser. Nachdem Georg uns Klarheit verschafft hatte, suchte Eeva im Sommer den pockennarbigen General Plutalow in Petersburg auf. Er war wie die Helden Fonwisins: Sein Name entsprach ihm. Was hätte Eeva von ihm oder seinem Adjutanten auch erfahren wollen?! Daß Hochverräter in Schlüsselburg leben wie Gott in Frankreich? Genügend Licht, reichlich Platz, nicht zu feucht, ein gutgeheiztes Haus und mehr als genug zu essen. Und die Behandlung wäre, na ja – »Режим, милостивая государыня, разумеется, таков, какого они заслужили своими преступлениями.« Also war dort, sogar laut Generalmajor Plutalow, an Klavierspielen nicht zu denken. Die Auskunft hatte Eeva nicht genügt, und sie suchte einen pensionierten Gefängniswärter aus General Plutalows Wachmannschaft auf, soviel ich begriffen habe, einen Zyniker, den sein Amt zwar hart gemacht hatte, der aber, gab man ihm Geld für Wodka, stets zu Indiskretionen bereit war und Eeva ein weitaus beredteres Bild entwarf: Die fadenstarken zweihundertjährigen Mauern des Fundaments stehen auf dem Grundwasser der flachen Insel und haben sich natürlich voll Wasser gesogen wie Schwämme. Während des langen Winters vereisen sie von dem Wind, der übers Meer weht, so stark, daß sie den ganzen Sommer lang Kälte ausstrahlen. Aber Eiskeller halten das Fleisch frisch! Die Zellen sind niedrig wie Kartoffelkeller. Das Mobiliar besteht aus Pritsche, Hocker, Tisch und Kübel, die Bibliothek aus einem Gebetbuch . . .

So wußte ich gestern abend auf Timos Bemerkung zunächst nicht, wie ich reagieren sollte. Ich warf Eeva einen ratlosen Blick zu und sagte ironisch und unsicher: »Also hat der Zar seinem Flügeladjutanten einen Flügel geschickt?«

»Eben«, erwiderte Timo nickend.

»Wie das?«

»Ganz einfach. Eines schönen Tages schleppten die Wärter einen herein. Ein großartiges Instrument von Schröder, und Plutalow erschien, um mir mitzuteilen, der Zar höchstpersönlich hätte es geschickt.«

»Hm. Flügel gehörten dort wohl nicht zu den alltäglichen Dingen?«

»Plutalow sagte, dies wäre der erste.«

»Und was hat den Imperator bewogen, dir einen zu schicken?«

»Woher soll der arme Verrückte des Imperators wissen, was seinen weisen Imperator bewogen hat, verrückte Dinge zu tun? Ich kann nur mutmaßen . . .«

»Was?«

»Er meinte wohl, mit Musik könnte er mich weichbekommen. Es war durchaus anzunehmen, daß jemandem, der in diesem Steinkasten saß, eine derartige Liebenswürdigkeit des Zaren einigen Eindruck machte. Das war ja auch der Fall, ich will es gar nicht leugnen. Stell dir vor: Alles ringsherum grau, klebrignaß, bedrückend, stumm. Und plötzlich dieses schwarze, glänzende, klingende Wesen. Schon allein das. Und dazu die Musik selbst . . . Die Welten, die du dir beim Spielen erschließen kannst . . . Du aber hast dich dort zur Verwesung verdammt, während dein Herrscher wartet, hofft, fleht, du mögest endlich Vernunft annehmen und ihn anflehen . . .«

Ich fragte immer noch ungläubig, doch ebenfalls, um Timo meine Anerkennung auszudrücken – vielleicht war es auch pure Höflichkeit, vielleicht ein wenig Anbiederei, der Teufel mag es wissen: »Sie haben dich aber nicht kleingekriegt?«

»Ich hoffe.«

Nun ja. Sonst hätten sie ihm später nicht die Zähne ausgeschlagen. Ich weiß nicht genau, wann. Und ich weiß bis heute nicht, wofür. Aber ich habe beschlossen, ihn nicht nach der Vergangenheit zu fragen (ob er etwas erzählt oder nicht, das hängt allein von ihm ab), gestern hatte ich ohnehin schon gegen diesen Entschluß verstoßen, da ich die Rede auf Schlüsselburg brachte. Also wechselte ich das Thema.

»Was für Pläne habt ihr für die Zukunft, Eeva und du?«

Timo erhob sich unruhig.

»Hm, was für Pläne können wir unter diesen Umständen schon haben?«

Eeva sagte: »Zunächst muß Timo wieder zu Kräften kommen.«

»Und dann?« fragte ich. Das war allerdings ein wenig aufdringlich, aber es interessierte mich, und es betraf die Zukunft, und ich hatte niemandem gelobt, überhaupt nichts zu fragen.

Timo trat zu Eeva, schaute ihr in die Augen. Ich sah ihrem Profil an, daß sie mit sich selbst haderte, ob ich das, was Timo mir mitzuteilen beabsichtigte, erfahren sollte oder nicht. Timo sagte: »Eeva liegt mir jeden Tag damit in den Ohren, was du vor einigen Wochen ausgesprochen hast. Als wir zusammen Kaffee tranken, erinnerst du dich?«

»Was soll ich denn gesagt haben?«

»Daß Flucht unser einziger Ausweg ist.«

So, dachte ich einen Augenblick, da werden sie also fliehen, und ich bin sie los. Sie und die Spitzel der Regierung in ihrem Schlepptau. Ich ziehe fort von Woiseck. Ich nehme die paar hundert Rubel, die ich vom Lohn bei Tenner auf die hohe Kante gelegt habe. Ich kaufe mir in Oberpahlen oder in der Vorstadt von Fellin ein Häuschen und ein Stück Gartenland ... So wie jetzt die Dinge liegen, warum sollte ich Jette nicht heiraten! Doch diese Frage ist ja schon entschieden.

Also erwogen wir gestern abend zu dritt die Möglichkeiten ihrer Flucht. Timo versperrte für alle Fälle die Zimmertür und schloß sogar das Fenster, obwohl es noch hell war und wir jeden bemerkt hätten, der sich dem Fenster genähert hätte. Ich fragte, ob sie wüßten, wer unser neues Ohr sein würde. Timo sagte: »Das weiß Gott allein. Außer Kitty und, weil du ihr Bruder bist, auch dir traue ich keinem über den Weg.«

Ich fühlte, daß diese Worte mich erbarmungslos in ihr Vertrauen und in ihre Verschwörung hineinzogen. Wie sich zeigte, hatte Eeva bereits einen Fluchtplan entworfen, und vorerst gab es nichts an ihm auszusetzen. Wenn sie fliehen wollten, dann etwa auf die folgende Art: Eeva glaubte, es wäre am wenigsten gefährlich, wenn sie in Pernau ein Schiff anheuerten. Um dorthin zu gelangen, brauchten sie die Genehmigung des Generalgouverneurs – (»Stimmt, Timo, stimmt, nicht die von Paulucci, sondern die des Zaren persönlich, Nikolai Pawlowitsch könnten wir darum bitten«) –, die Genehmigung, sagen wir, in Fellin oder Dorpat einen Arzt aufzusuchen. Diese Genehmigung müßte unbedingt eingeholt werden. Sollte uns ein Aufpasser aufgezwungen werden, müßten wir ihn irgendwie abschütteln. Danach müßten wir an einem geeigneten Punkt nach Pernau abbiegen und zur vereinbarten Zeit an Bord des vereinbarten Schiffes gehen. Es liegt auf der Hand, daß vor dem nächsten Sommer nicht an eine Flucht zu denken ist. Schon weil in diesem Sommer nicht mehr alles Erforderliche geregelt werden kann. Vor allem liegt es am Geld. Erst mal muß die pekuniäre Zukunft von Woiseck und damit unsere eigene – oder besser ihre – Zukunft geklärt werden. Timo sagte: »Kitty hat Geld für die Flucht beiseitegelegt, wie sich gezeigt hat. Von den dreitausend, die sie aus den Einnahmen von Woiseck durch den Fiskus Livlands neun Jahre lang erhalten hat. Fast ein Drittel hat sie davon gespart, stell dir vor. Das sind achttausend. Aber Kitty sagt, wir müssen im Ausland auch von etwas leben.«

Ich fragte, wohin sie fliehen wollten.

Eeva: »Das muß Timo entscheiden. Er hat die halbe

Welt bereist. Zunächst gehen wir dorthin, wohin uns das Schiff bringt. Hauptsache es ist ein Land, das uns nicht an Rußland ausliefert. Und dann – wir haben an die Schweiz gedacht. Dort soll es viele Flüchtlinge geben. Und Timos Brüder haben dort Freunde.«

Wir sprachen noch davon, daß es gut wäre, wenn jemand von uns nach Pernau führe und sich dort mit der Lage vertraut machte, auch wenn die Flucht in diesem Jahr nicht mehr möglich wäre. Welche Schiffe dort verkehren, wohin sie fahren und wie man unbemerkt an Bord kommt. In Frage kämen natürlich nur ausländische Schiffe. Denn ein Kapitän, der unter russischer Flagge segelt und nach Rußland zurückkehrt, würde sich auf so etwas kaum einlassen. Eeva fügte hinzu: »Vielleicht könnte man mit einem Kapitän für den nächsten Sommer eine Vereinbarung treffen.«

Als Timo mir die Tür aufschloß, sagte er: »Ich brauche ja wohl nicht zu sagen, daß unsere heutige Unterhaltung unter uns bleiben muß.«

Ich antwortete: »Selbstverständlich!«, stieg die Treppe hinauf und grübelte die halbe Nacht, teils froh, teils verwirrt, über das unverhoffte und auf jeden Fall gefährliche Vertrauen, das mein Schicksal nun zwangsläufig mit dem ihren verband. Ich dachte auch darüber nach, daß Eeva sich, was die Flucht anging, eifriger ins Zeug legte als Timo selbst und daß sie den Plan mit einer für ein Frauenzimmer ungewöhnlichen Exaktheit durchdacht hatte.

Genug davon. Von nun an muß ich mein Tagebuch noch sorgsamer verstecken als bisher. Denn dort, wo einem Haus Ohren wachsen, wird es auch an Augen nicht fehlen.

Donnerstag, den 23. Juni. Ich habe weiter oben geschrieben, daß ich in der Nacht des 19. Mai 1818 Eeva hier auf dem Sofa habe schlafen lassen, damit sie nach dem schweren Schlag wieder einen klaren Kopf bekäme.

Einen klaren Kopf brauchte meine Schwester wirklich dringend. Doktor Robst, Klarfeldt und die anderen, darunter, ich will es nicht leugnen, auch ich, waren vom Schreck über Timos Verhaftung fürs erste wie gelähmt. Die anderen konnten sich die Verhaftung noch weniger erklären als ich, der ich den Brief des Zaren an Paulucci vermutlich in seinen Hauptpunkten vernommen hatte. Vielleicht war mein Zustand noch quälender als der der anderen, weil ich dem Brief des Zaren hatte entnehmen können, daß Timo auf nichts hoffen konnte: weder auf ein Gerichtsverfahren noch auf Gnade. Die Möglichkeit eines tröstlichen Irrtums entfiel. In dieser Hinsicht gleichen die russischen Zaren dem Papst in Rom: auch sie sind unfehlbar.

Wenn jemand von uns bereits in der ersten Woche nach dem Unglück klaren Kopf bewahrte, so war es in der Tat Eeva, die der Schlag doch am härtesten getroffen hatte. Im nachhinein bin ich zu der Überzeugung gekommen, daß ihr ein Umstand dabei half: Sie ahnte mehr von den Hintergründen von Timos Verhaftung als jeder andere von uns. Möglicherweise stand ihr dadurch auch eine vage Hoffnung vor Augen.

Eine oder zwei Wochen später tauchte auf Woiseck Herr Oberstleutnant Georg von Bock auf, der ältere von Timos beiden jüngeren Brüdern. Ich erinnere mich nicht mehr, ob er aus Petersburg oder aus Polen angereist kam. Ich sah ihn damals zum erstenmal. Ein hochgewachsener Mann wie Timo, von Natur aus wohl recht fröhlich, wirkte er durch die Umstände jedoch bekümmert. Sein keckes Husarenbärtchen stand – und steht wahrscheinlich bis auf den heutigen Tag – in merkwürdigem Gegensatz zu seiner etwas verdrießlichen Miene. Eeva gegenüber verhielt er sich respektvoll, mir gegenüber gebührend höflich. Wie sich bald zeigte, war er der Vernünftigste unter Timos Verwandten. Es schien, als empfände er seit frühester Kindheit unerschütterliche Hochachtung für seinen zwei, drei Jahre älteren Bruder. Vielleicht zeigte sich hier auch die erzieherische Hand des verstorbenen Lehrberg. Irgendwie übertrug sich der Widerschein dieser Hochachtung jedenfalls auch auf Eeva.

Übrigens war es ausgerechnet Georg, der in Oberpahlen bei den von Wahls und auch dort, wo er sonst noch hier in der Gegend Besuche machte, gesagt hat: »Timo soll dem Zaren einen unverschämten Brief geschrieben haben? Na schön, aber trotz all seiner Freigeisterei war der Brief ritterlich in der Form und edel im Inhalt. Denn es ist unvorstellbar, daß sich Herr Timotheus von Bock etwas anderes erlaubt hätte.« Ich greife vor, wenn ich festhalte, daß sich Timos Verwandte und allmählich der ganze livländische Adel diese Meinung zu eigen machten. Denn einer der Ihren, einer ihres Blutes und ihres Standes konnte doch gar nicht anders handeln als ritterlich und edel, und hätte er sich durch seine Heirat auch noch so sehr zum Narren gemacht, selbst darin war er sicherlich ein Opfer seiner Ritterlichkeit und seines Edelmuts.

Herr Georg weilte noch auf Woiseck, als aus Riga die Beamten des Oberfiskals von Livland eintrafen. Und da erschütterte das zweite Erdbeben den Boden unter unseren Füßen, unter Eevas und meinen. Es hatte zwar nicht die Auswirkungen von Timos Verhaftung, denn ich besaß ohnehin keinen roten Heller (nicht einmal die paar hundert Rubel, die jetzt dort im Schrank Patina ansetzen), und Eeva hatte auch nichts zu verlieren außer dem Schmuck, den ihr Timo geschenkt hatte, ihren Kleidern und den etwa zwanzig Rubeln, die sie in ihrer Handtasche trug. Ihre jährlichen dreitausend Rubel hatte sie noch nicht erhalten, sie rechnete auch nicht so fest damit, hoffte aber dennoch darauf, und schon deshalb war es ein erneuter harter Schlag. Zwei dürre, höfliche und unzugängliche niedere Beamte des Fiskus mit tintenbefleckten Fingern und abgewetzten Ellbogen legten ihre Segeltuchmappen, Papiere und Rechenbretter auf den grünen Billardtisch und verkündeten uns, also Eeva, Georg und aus irgendeinem Grund auch mir: »Die Höhe der Summe, mit der Herr Oberst a.D. Timotheus von Bock mit oder ohne Bürgschaft bei verschiedenen Personen adliger oder bürgerlicher Herkunft verschuldet ist, übersteigt bei weitem den Wert von Woiseck. Darum hat der Zar verfügt, eine Aufstellung des Vermögens des Herrn von Bock und der darauf lastenden Schulden anzufertigen. Um die Gesamtsumme der Schulden zu ermitteln, wird mit der Registrierung der Gläubiger begonnen ...« Die Gläubiger beeilten sich, ihre Namen in die Liste beim Oberfiskal in Riga eintragen zu lassen. Die gestellten Forderungen, die aus Beträgen von zehn bis zu einigen tausend Rubeln bestanden, ergaben eine in der Tat unwahrscheinlich hohe Summe. Wenigstens erschien sie mir zweifelhaft, denn meine Auffassung von solchen Dingen entsprach und entspricht in vielem noch immer der unseres Vaters, die er, ob nun als leibeigener Bauer, als Kutscher in Holstfershof oder als freier Knecht bei Rücker in St. Johannes, immer beibehielt und die da lautete: Ein rechter Mann borgt sich kein Geld, ein Schneider borgt zehn Kopeken, ein Hausierer auf dem Jahrmarkt einen Rubel, mehr als einen Rubel borgen nur Lumpen und Schelme. Und wir, besser gesagt Woiseck, hatten plötzlich hunderttausend Rubel Schulden ... Wie es dazu gekommen und wofür das Geld ausgegeben worden war, wie konnten Eeva und ich das wissen ... Ich muß zugeben, von Zeit zu Zeit plagte mich der schändliche Gedanke, daß in Timo bei all seiner fast übermenschlichen Korrektheit ein Hochstapler schlummerte ... Aber ich beeilte mich nicht, mit Eeva darüber zu reden. Sie fragte mich auch nicht nach meiner Meinung oder sagte mir, wie sie über die Schulden ihres Mannes dachte. Und dann kam alles anders.

Eeva beschloß, selbst nach Riga zu Oberfiskal Cube zu fahren, und ich begleitete sie. Das war bereits im August 1818. Es war heiß, und die Straßen waren staubig. Eeva war im siebenten Monat schwanger. Feinere Damen zeigen sich in diesem Zustand nicht mehr und sind nicht mehr so geschäftig. Als ich ihr meine Einwände vorbringen wollte, entgegnete sie, daß wir, wollten wir ihre Niederkunft abwarten, möglicherweise nicht vor dem nächsten Sommer zu Herrn Cube fahren könnten. Und daß sie sich nicht dümmer anstellen dürfte als all die Dorfweiber und unsere eigene Mutter. Wir suchten uns in der Remise eine zweisitzige, gutgefederte Kutsche aus und waren drei Tage lang unterwegs.

Als wir von der Ausspanne zum Schloß schritten (es war nur ein kurzes Stück Weg, und wir hielten es für unangebracht, in der Kutsche vorzufahren), sprachen wir darüber – in Anwesenheit des Kutschers hatten wir nicht davon reden wollen –, daß wir in der Tat nicht wußten, wohin wir sollten und was aus uns werden würde. Das Gut würde natürlich verkauft werden, um Timos Schulden zu bezahlen, und wir hätten dort dann keine Bleibe mehr. Der Paluka-Hof, der unserem Vater durch Timos Vermittlung überlassen worden war, konnte uns nicht ernähren. Das einzige, was wir, das heißt Eeva besaß, war Timos Hochzeitsgeschenk: eine goldene Halskette, ein Armband und Ringe im Wert von insgesamt einigen hundert Rubeln. »Wenn wir sie nur nicht wegen eines ungeduldigen Gläubigers versetzen müssen«, sagte Eeva.

Wir betraten das Schloß und fragten den diensthabenden Offizier nach dem Weg. Wir schritten durch die kühlen Korridore, schon auf der Backsteintreppe bat mich Eeva: »Warte einen Moment . . .« Und als wir in das mit Deckengewölben verzierte Arbeitszimmer von Herrn Cube traten – dort war es plötzlich sehr hell –, sah ich, daß Eevas Gesicht ganz blaß war, und beeilte mich, ihr meinen Arm zu reichen. Der Oberfiskal, er trug die roten Haare glatt zurückgekämmt, sprang vom Tisch auf, um der werdenden Mutter einen Stuhl zuzuschieben. Eeva jedoch biß die Zähne zusammen, sie lächelte beinahe schon wieder, als sie sich setzte. Mit erstaunlicher Ungezwungenheit sagte sie: *»Ich bin Frau Katharina von Bock aus Woiseck.«* * Worauf Herr Cube erneut aufzuspringen geruhte. Eeva fuhr fort: »Das hier ist mein Bruder. Wir sind zu Ihnen gekommen, um uns über die Schulden meines unglücklichen Mannes Klarheit zu verschaffen. Und um festzustellen, was ich in dieser Angelegenheit tun könnte.«

Ich sah bereits im Geiste, wie der Oberfiskal seine weißen Hände ausbreitete und uns mit saurer Miene darlegte, wie hoffnungslos es um die finanzielle Situation des Herrn von Bock leider stünde. Statt dessen trat der Geheimrat mit strahlendem Lächeln hinter seinem Tisch hervor, nahm Eeva gegenüber in einem Ledersessel Platz und sagte: »Gnädige Frau, ich bin überaus froh, Ihnen eine erfreuliche Auskunft geben zu können! Ja! Überraschenderweise. Wir haben die Schulden Ihres Gemahls ausgeglichen. Es handelt sich nicht mehr um hunderttausend, sondern nur noch um vierzigtausend Rubel. Das ist ein wenig mehr als die Hälfte des Wertes von Woiseck. Rechnen wir die bewegliche Habe dazu, noch weniger. Und wir haben festgestellt: Das Gut bringt im Jahr immerhin fünfeinhalbtausend. So bin ich in der glücklichen Lage, Ihnen mitteilen zu können, Madame: Es wird nicht zur Versteigerung des Gutes kommen. Ihre dreitausend pro Jahr sind Ihnen ebenfalls garantiert.«

»Ich freue mich natürlich sehr, dies zu hören«, sagte Eeva, und ich bemerkte, wie erleichtert sie war, »aber gestatten Sie die Frage: Wo sind die sechzigtausend denn geblieben?«

»Hm ... Sehen Sie, der Hauptgläubiger Ihres Gatten hat mitgeteilt, er verzichte auf seine Ansprüche. Er hat die Schuld des Herrn von Bock gelöscht.«

»Sechzigtausend?« Eeva flüsterte das beinahe. Ich begriff: Sie mußte noch einmal fragen, um es zu glauben.

»Justament«, erwiderte Herr Cube mit süßlichem Lächeln.

»Wer ist dieser Gläubiger?« fragte sie.

»Es ist ...«, der Oberfiskal betrachtete die Knie seiner hellen, ein wenig abgetragenen Hose und hob den Blick plötzlich zu Eeva mit einer Miene, die zu fragen schien: Ich wüßte gern, ob du wirklich keine Ahnung hast, wer es ist. »Herr Graf Stedingk.«

»Ach so«, entgegnete Eeva und schien nicht sonderlich erstaunt. Als wäre vom Grafen Stedingk nichts anderes zu erwarten gewesen. Sie fügte hinzu: »Das ist äußerst human von ihm.«

Als wir aus dem Schloß in die pralle Sonne traten und über den mit Kopfsteinen gepflasterten Platz gingen, fragte ich: »Sechzigtausend? Jetzt, wo der ganze Adel uns meidet wie Aussätzige ... Wer ist dieser Graf Stedingk?«

»Keine Ahnung«, entgegnete Eeva. »Ich habe den Namen zum erstenmal gehört.«

Donnerstag, den 30. Eine ganze Woche bin ich nicht dazu gekommen, dieses Heft aus seinem Versteck hervorzuholen, denn erneut hat uns ein Erdbeben heimgesucht. Als hätte die Tatsache, daß ich über die Erschütterungen vor zehn Jahren geschrieben habe, neue bewirkt.

Montag früh kam Peeter zu uns, das heißt Timos Schwager Peeter von Mannteuffel. Gegen zehn rief Eeva mich nach unten. Damit ich anwesend sei, wenn Peeter uns unsere neue Lebensordnung verkündet, wie mir Eeva auf der Treppe sagte.

Wir begaben uns in den gelben Saal. Herr von Mannteuffel saß in demselben Sessel, in dem vor zehn Jahren Paulucci gesessen hatte, und trommelte mit seinem Siegelring auf den Tisch vor dem Sofa. Sein Kopf mit dem kurzgeschorenen schwarzen Haar stand ein wenig schief auf den Schultern, und sein schweres bläuliches Kinn drückte auf den Knoten seines grauen Seidenhalstuchs. Auch Timo hatte auf demselben Stuhl wie vor zehn Jahren Platz genommen, und Eeva trat hinter ihn und legte ihm die Hände auf die Schultern, wie sie es damals getan hatte.

Peeter sagte: »Ich mache es kurz.« Doch bevor er fortfahren konnte, unterbrach ihn Timo: »Warte.« Und an Eeva gewandt: »Laß Jüri rufen. Ich möchte, daß er dabei ist.«

»Mumpitz«, knurrte Herr von Mannteuffel. »Wozu?«

Doch Eeva ging ins Billardzimmer und rief in den Schulraum, wo Jüri entsprechend dem festgelegten Tagesablauf mit Doktor Robst Französisch büffelte. Der Junge kam in den Saal und trat auf Timos Wink zu ihm. Timo legte ihm die Hand auf die Schulter und sagte: »Paß auf. Onkel Peeter wird uns sagen, wie wir hier künftig zu leben haben. Du sollst daraus lernen.«

»Was?« fragte der Junge.

Timo erwiderte: »Wen du lieben sollst und wen nicht.«

Herr von Mannteuffel hob seine schwarzen Brauen vom Papier vor ihm und maß uns mit einem strafenden Blick.

»Wozu das Theater?!«

Timo entgegnete sanft: »Das ist unsere einzige Freiheit.«

»Eh, na gut!« Herr von Mannteuffel schien Timos Worte mit einer Handbewegung fortwischen zu wollen und kam zur Sache.

»Ich habe gesagt, ich fasse mich kurz. Der Vormundschaftsrat – ich, La Trobe und Lilienfeldt, wie ihr wißt – hat von allerhöchster Stelle Anweisung erhalten. Auf Grund derer hat das Kollegium beschlossen: Da das Gut zur Zeit über keinen Herrn verfügt, wird es vom Kollegium verpachtet. Der Pächter ist auf allerhöchsten Befehl Herr La Trobe, bis ich meine Angelegenheiten auf Harm geordnet habe und Elsys Eigentumsrecht auf Woiseck durch die notwendigen Formalitäten bestätigt ist. Dann ziehe ich mit ihr und den Kindern hierher.«

»Was werden Georg und Karl dazu sagen?« fragte Timo.

Ein Schmunzeln glitt über Herrn von Mannteuffels Gesicht. »Mit ihnen ist alles geregelt. Sie verzichten auf ihr Erbteil zu meinen Gunsten, und ich überweise jedem von ihnen fünfzehntausend auf eine Genfer Bank.«

»Und Elsy ist damit einverstanden?« fragte Timo sehr ruhig.

»Natürlich ist Elsy mit meinen Entschlüssen einverstanden.«

»Mit deinen Entschlüssen, die die des Generalgouverneurs sind, und mit den Entschlüssen des Generalgouverneurs, die die deinigen sind.«

»Glücklicherweise ja.«

»Und wie ist von dir und von höherer Stelle beschlossen worden, mit uns zu verfahren?« Timo beschrieb mit der Rechten einen kleinen Kreis in der Luft, der ihn und uns drei, die wir um ihn herum saßen, einschloß.

»Es bleibt alles beim alten. Ihr werdet hier weiterhin leben wie in Abrahams Schoß. Nur nicht in diesem Haus.«

»Wo denn?« fragte Timo ruhig wie zuvor. Sein Gesicht schien mir ebenso blaß wie damals, als er aus der Peter-

Pauls-Festung kam. Er tätschelte Jüris schmale Schulter ein wenig kräftiger als nötig, aber um seinen Mund spielte ein amüsierter Zug.

»Ihr zieht ins Kivijalg«, antwortete Herr von Manntenffel hastig.

»Fein!« rief Jüri. »Dort kommen die Eichhörnchen durchs Fenster ins Zimmer, ich weiß es!«

»Hier ins Haus zieht vorerst Herr La Trobe mit Frau und Sohn. Später ich mit Elsy und den Kindern. Das ist doch nur natürlich. Im Kivijalg habt ihr ausreichend Platz. Zehn Zimmer für vier Personen. Doktor Robst ist bereits informiert. Er bezieht bei Timm das halbe Verwalterhaus. Also steht euch das ganze Kivijalg zur Verfügung. Ihr habt eine Woche zum Packen. Nächsten Montag schicke ich Männer, die eure Möbel hinüberfahren.«

»Ist Herr La Trobe mit all dem einverstanden? Ist es ihm recht, an unserer Statt hierherzuziehen?« erkundigte sich Eeva. Es war übrigens die erste Frage, die sie stellte.

»Ja, ja, ja!« rief Herr von Manntenffel ungeduldig. Ich konnte nicht ausmachen, ob seine Ungeduld Eeva oder Herrn La Trobe galt.

»Du bist also überzeugt, daß ich vollkommen gesund bin?« fragte Timo unverhofft, aber nach wie vor ruhig.

»Mh? Wieso?«

»Du fürchtest also nicht, ich könnte aufstehen und dich erwürgen?«

»Mmmm . . . Na, na . . .«

Aber ich sah, wie Herr von Manntenffel, während er verlegen vor sich hin murmelte, die rechte Hand in die linke Brusttasche steckte. Timo sagte sanft wie zuvor: »Gott sei Dank, daß du uns keine Illusionen machst. Weder über deine Absichten noch über deinen Mut.«

»Wieso?«

»Du verbirgst nicht, daß du eine Pistole in der Tasche trägst.«

Das war gut beobachtet und gut gesagt. Doch es verbesserte unsere Lage nicht. Eigentlich ist es gar nicht so skandalös, was mit uns geschieht. Für Timo ist das selbstverständlich tragischer. Seltsamerweise empfinde auch ich das, was unser harrt, als erniedrigend. Andererseits bin ich mir durchaus bewußt, wie albern das ist, wenn ich unseren Kannuka-Hof oder das Knechtezimmer in Holstfershof, in dem wir wohnten, als Vater dort Kutscher war, mit dem Kivijalg vergleiche.

Das Kivijalg ist trotz allem ein herrschaftliches Haus, wenn es auch hundertfünfzig Jahre alt ist. Die weniger gut bemittelten Gutsbesitzer von Livland wohnen meist in nicht besseren Häusern. Freilich gibt es heute nur noch selten Herrenhäuser mit Strohdach. Meist wurden sie durch Ziegeldächer ersetzt. Sonst aber ist das Kivijalg großartig. Ich habe Klarfeldt und Robst dort besucht und mir das Haus jetzt während unseres Umzugs aufs neue gründlich angesehen. Es ist fünfzehn Faden lang und fünf breit. Die Wände sind aus mächtigen alten Kiefernbalken. Es steht auf einem fast zimmerhohen steinernen Fundament. In seinen riesigen Kellergewölben befindet sich eine behagliche Badestube. Dazu ein Vorraum und eine Stube. Das Haus hat einen Paradeeingang und einen für Dienstboten, zehn Zimmer, eine Küche, Speise- und Abstellkammern. Zwei der Zimmer haben Kamine, andere kunstvoll verzierte Kachelöfen. All die Herrlichkeit steht am Rande des Parks unter alten Weiden in einem Dickicht von Heckenrosen, wo einem zu dieser Jahreszeit der Duft den Atem benimmt.

Eeva hat beschlossen, daß ich zwei gesondert liegende Zimmer bekomme, die zum Park gegenüber den Heckenrosen hinausgehen. Das größere Zimmer hat zwei Fenster und ist etwa drei mal vier Faden groß, die Fenster gehen leider nach Norden. Das Zimmer dahinter ist vielleicht halb so groß, mit einem Fenster nach Osten. Das wird mein Schlafzimmer sein. So bin ich vornehmer untergebracht als in meinem Erker im Herrenhaus. Schon allein, weil die Zimmer anderthalb Faden hoch sind.

Und doch sind wir aus unserem Heim vertrieben worden . . . Besonders gilt das für Timo. Er ist jetzt auf seinem eigenen Erbgut nur geduldet. Und natürlich auch für Eeva, egal, wie wenig ihr unser bisheriges Heim mit all seiner herrschaftlichen Pracht zustand. Sie trägt an dem Hinauswurf sogar doppelt schwer, denn ohne jede Erklärung ist ihr klar: Selbst ein so arroganter Kerl wie Timos Schwager Peeter hätte den »unglücklichen« oder den »verrückten Oberst« (je nachdem) mit seiner Frau im Herrenhaus wohnen lassen, wäre seine Frau, wie es sich gehört, eine geborene von Schultz, von Stackelberg oder von Schlippenbach. Wenn ich mich in ihre Lage versetze, wird mir klar: Es muß für sie sogar dreimal so bitter sein. Denn sie muß spüren, daß ihre Erniedrigung sich auch auf ihren Sohn überträgt ...

Kivijalg, Dienstag, den 12. Juni, spätabends. Wir sind jetzt im Kivijalg. Ich in meinen und Eeva, Timo und der Junge in ihren Räumen. Ihnen stehen sieben Zimmer zur Verfügung. Das achte wurde durch eine Wand geteilt, und dort wohnen die Köchin Liiso und der alte Käsper.

Eigentlich müßte ich mit meinen Zimmern zufrieden sein, aber ich bin von einer friedlichen Stimmung weit entfernt. Meine Fenster, hinter denen die Heckenrosen stehen, sind sorgfältig geschlossen und mit dicken Leinengardinen verhängt. Die Tür habe ich versperrt. Vielleicht bin ich in solchen Dingen schon ebenso empfindlich wie Timo, doch auf meinem Tisch neben diesem Tagebuch liegt im Lichtkreis zweier Kerzen der unverhoffteste und aufregendste Fund unseres Umzugs.

Vorgestern abend ging ich in der Dämmerung ins Herrenhaus. Timos und Eevas Habe, soweit sie im Kivijalg keinen Platz fand, war in den Zimmern hinter dem Saal zusammengetragen worden. Die Wand der Familiengalerie zeigte dort, wo die Bilder gehangen hatten, dunkle Tapetenstellen. Im Schulzimmer gähnte der helle Putz, wo sich die schwarze Tafel befunden hatte. Sie hing nun in Jüris Zimmer im Kivijalg. Das Herrenhaus hallte wider vor Leere, als erklinge noch irgendwo Timos Klavier. Ich stieg die Treppe empor und betrat mein ehemaliges Zimmer. Es war noch hell genug, um sich ohne Kerze zurechtzufinden.

Ich wollte jedoch durch das unverhängte Fenster von niemandem gesehen werden. Ich trat in den Erker, wo mein Schreibtisch gestanden hatte, und drückte das Brett in der Decke hoch. Ich holte mein Tagebuch hervor und steckte es unter die Weste. Das Brett über mir befand sich schon wieder in seiner ursprünglichen Position, da hob ich es noch einmal an. Ich weiß nicht warum. Vielleicht weil ich wußte, daß es vermutlich zum letztenmal war. Jedenfalls griff ich mit den Händen in die Öffnung und strich über die Schalbretter. Nichts als Staub. Während ich so mit erhobenen Armen dastand, rutschte mein Tagebuch unter der Weste hervor und fiel zu Boden. Ich fühlte es natürlich hinabgleiten und wollte eine Hand aus der Öffnung ziehen, wobei sie ein anderes Schalbrett berührte. Es verschob sich, und meine Hand geriet zwischen Verschalung und Deckenbretter. Meine Finger spürten einen Stapel Papier.

Jetzt liegen die Blätter vor mir auf dem Tisch. Zwei Tage lang habe ich sie immer wieder gelesen. Kein Zweifel, das ist das Geheimnis von Timos Verhaftung! Es ist ein Manuskript von sechzig Seiten in Französisch, und es muß sich um eine Abschrift des Textes handeln, den er im Frühling 1818 verfaßte und dem Zaren schickte, weshalb dann alles Folgende geschah.

Ich kann sagen, ich habe das Manuskript sorgfältig gelesen. Ich habe sogar meine Bücher aus den Körben auf den Boden geworfen, um schneller an das große Wörterbuch von Legrand heranzukommen und Timos Memorandum genau zu verstehen.

Herrgott, wie gutgläubig waren wir all die Jahre. Wir haben immer angenommen, daß Timos Verhaftung und alles, was ihm im Kerker angetan wurde, ein unbegreifliches und nie dagewesenes Unrecht gewesen sei. Wenn ähnliches auch früher anderen widerfahren war (wie man munkelt), so ist doch nie einem Balten, wenigstens nicht unter der Herrschaft der russischen Zaren, so schreckliches, so offenkundiges Unrecht geschehen wie ihm. Alle, denen die Gründe von Timos Verhaftung nur vom Hörensagen bekannt waren oder die sie nur ahnten, waren davon überzeugt, unter ihnen auch ich. Vielleicht kam es uns nur im ersten Schreck so vor, als hätte er wirklich Hochverrat begangen, wie sonst könnte die Krone einen ehrbaren Adligen, einen zwölfmal dekorierten Offizier und Freund des Zaren sang- und klanglos verschwinden lassen, als hätte es ihn nie gegeben, als wären alle, denen es so schien, als hätte er bis vor kurzem noch existiert, Opfer von Halluzinationen . . . Doch wie ich bereits erwähnt habe, verbreitete sich bald die von Georg lancierte Überzeugung, Timos verhängnisvoller Brief an den Zaren könne nichts anderes als korrekt gewesen sein, wie sich das für einen Adligen und Offizier gebührt. Was Eeva davon hielt, weiß ich nicht. Denn mir ist nicht klar, wie weit sie in Timos Angelegenheiten eingeweiht war. Aber daß sie mehr darüber wußte, als sie mir gesagt hat, folglich mehr als ich, davon bin ich all die Jahre überzeugt gewesen. Wir übrigen – ich und Timos Dorpater Bekannte, seine Verwandten und Standesgenossen – gewöhnten uns nach dem Zweifel des ersten Schrecks schnell daran, an seine Unschuld zu glauben. Die Freunde aus Freundschaft, die Verwandten aus Verwandtschaft und Standesdünkel. Ich – zum Kuckuck – anscheinend, weil ich sein Schwager bin. Es war einfach kränkend, meinen (und vermutlich des ganzen estnischen Volkes) zur Zeit einzigen offiziell in die Kirchenbücher eingetragenen adligen Verwandten zum Verrückten oder zum Verbrecher zu erklären . . . Es war angenehmer, den Zaren – na, sagen wir, kleinlich, einige seiner Minister grausam und einige seiner Gefängniswärter Bestien zu nennen . . . Nein, nein, ich will weiß Gott nicht rechtfertigen, daß ihm die Zähne ausgeschlagen wurden, und auch nicht den Satansstreich, ihm in seinem steinernen Verlies einen Flügel zu schenken. So wie auch nicht alles andere, was ihm angetan wurde und wovon ich nichts weiß. Aber etwas mußte ja geschehen mit demjenigen, der sich erkühnt hatte, diese Seiten zu schreiben, die ich jetzt bei verschlossener Tür und vor Aufregung bebend lese . . .

Ich würde alles noch weniger verstehen, hätte ich nicht unter den vollgeschriebenen Blättern eines gefunden, das offenbar das Konzept des einstigen Begleitschreibens war. Es lautet:

Eure Majestät!
Beiliegendes Schreiben stellt meine Rede vor dem Livländischen Landtag im kommenden Sommer dar. Tatsächlich hatte ich, als ich mit der Arbeit begann, meine Rede vor dem Landtag im Sinn. Doch beim Schreiben verdichtete sich deren bittere Wahrheit so ungeheuerlich, daß ich erkannte: Ich darf sie nur Euch persönlich vorlegen.

Dennoch habe ich mich bis zum Schluß an die Form einer Landtagsrede gehalten. Denn mir scheint, das mache die Realität der dargelegten Gedanken offensichtlicher. Diese Form wird Euch deutlicher erkennen lassen, daß ähnliche Gedanken für Eure Untertanen bereits ganz alltäglich sind. Ich hoffe, mein als Landtagsrede abgefaßter Brief veranlaßt Euch, die Frage zu stellen: Was, wenn eine derartige Rede vor besagtem Gremium gehalten werden würde? Wenn ich, der Zar, gezwungen wäre, zuzugeben (und ich bin es ja!), daß jedes Wort darin die reine Wahrheit sei. Dieselbe reine Wahrheit, die Ihr von Zeit zu Zeit von mir gehört habt und die Ihr von mir erwartet.

T.B.
März 1818

Nun, ich habe im Laufe der Jahre mehrmals gesehen, wie man an den Zaren schreibt. Das klingt stets so, daß man es kaum in die Bauernsprache übersetzen kann:

Dem allergnädigsten Imperator Alexander Pawlowitsch, Selbstherrscher aller Reußen und so weiter und so fort, dem vielgeliebten Zaren ...

Solche Briefe tragen ungefähr folgende Unterschrift:

In tiefster Ergebenheit Eurer Majestät treuester Untertan Soundso ...

Im Vergleich dazu ist Timos Begleitschreiben zumindest anmaßend zu nennen. Doch gleichzeitig fühle ich, man kann nicht behaupten, es wäre in verbrecherischem Maße unverschämt. Und doch läßt es Schlimmes ahnen von den Materialien, zu denen es gehört. Jetzt, wo ich zum drittenmal im rauhen, vergilbten Manuskript von Timos Memorandum blättere und fühle, daß ich nicht von seinen verwegenen Zeilen loskomme, weiß ich von Zeit zu Zeit immer noch nicht, wohin ich den Blick wenden soll ...

Meine Herren, ein jeder ist seines Schicksals Schmied, und ich glaube nicht, daß ich meine Tage am Herd meines Vaterhauses beschließen werde. Möglicherweise nehme ich an dieser Zusammenkunft zum ersten und letzten Mal teil ... Als Edelmann und ehrlicher Mensch bitte ich um Ihre Aufmerksamkeit, geruhen Sie, einigen meiner Überlegungen zu folgen. Auf keinen Fall spricht aus ihnen die Eigenliebe ... Wir verweigern die Demut und bekennen: Geht es ums Vaterland, darf niemand geschont werden, und wäre es der eigene Vater oder die eigene Mutter ... Wir leben in einem überaus bemerkenswerten Jahrhundert. Die ganze Welt, von den Polen bis zum Äquator, von den peruanischen Gestaden bis hinter die uralte und unwandelbare Chinesische Mauer, befindet sich in Gärung. Man könnte meinen, Gott revidiere sein Werk und verleihe allem ein neues Gesicht, von den geheimsten Gedanken des einzelnen bis zu den grundlegendsten Institutionen der Völker ... Wie viele jähe Umschwünge haben wir auf dem Gebiet der Macht, der Meinungen und der Wissenschaft erlebt! Wir haben nicht das Recht, immer nur Zuschauer zu bleiben. Der Umschwung hat sich in uns selbst ereignet. Mit bloßem Auge ist die Untauglichkeit der alten Lebensformen zu erkennen. Neue, bessere treten an ihre Stelle – aber nach welchen Opfern und Fehlschlägen, darüber muß die jetzige Generation der folgenden Rede und Antwort stehen ...

Ich fühle, wie sich mir bei diesen Worten sämtliche Haare am Leibe sträuben. Jedoch ist in diesem gewaltigen Getöse auch das Aufblitzen der kühnen Ideen unseres Jahrzehnts deutlich wahrnehmbar. Aber ich überspringe Timos zweifelhafte historische Exkurse und Andeutungen und lese mit Schrecken immer wieder die furchtbarsten Stellen seiner Schrift: ... *Zar Paul hat für die Gewalt, die er dem Adel und der ganzen Menschheit antat, mit dem Leben bezahlen müssen ...*

Du lieber Gott, in allen Geschichtsbüchern steht geschrieben, daß Zar Paul in seinem Bett vom Schlag getroffen wurde ... Und wenn man schon behauptet, es sei anders gewesen, so weiß jeder Eingeweihte, daß es mit Wissen von Alexander Pawlowitsch geschah, also mit seiner Billigung ... Folglich muß derjenige, der es ihm sagt, verrückt sein, wie es der Zar von Timo behauptet hat! Aber Timo schreibt weiter: *Und wenn es immer noch Tyrannei und Sklaverei gibt, so manifestiert sich der Wunsch nach einem gesetzlichen und ehrlichen Leben jetzt, wo das Volk seine Einheit und Kraft erkannt hat, um so mächtiger ...*

Mag sein, mag sein! Aber das ist im wahrsten Sinne des Wortes eine Drohung, die er da an den Zaren richtet! Und dann, mein Gott, wie erbarmungslos er den Zaren ohrfeigt.

... Unser Heer bedarf des Lobes nicht. Mögen die Franzosen sagen, was sie von ihm halten. Doch an all den empörenden Zuständen, die es in unserem Heer gibt, trägt unser Imperator die Schuld, denn er pflegt die unglückliche Illusion, sich für einen Soldaten zu halten, wie sein Vater und sein Großvater es taten. Auch sie kamen von den Paraden, wo sie vor ausländischen Botschaftern und ihren eigenen Adjutanten Kasperletheater gespielt hatten, mit einer Miene zurück, als kehrten sie siegreich aus einer Schlacht heim ...

Total verrückt!

... es erübrigt sich, hinzuzufügen, daß ihnen alle Komplimente machten über die ausgezeichnete Haltung der Garde und Speichellecker ihnen wie das Einmaleins bewiesen, daß Paraden die Grundlage aller gesellschaftlichen Ordnung, des nationalen Wohlstandes und sogar des christlichen Glaubens wären ...

... Was tat der Zar 1812? Was tat er in der Schlacht bei Bautzen? Er hat ganz einfach alles verdorben. Und als alles endgültig verdorben war, machte er sich, so schnell er konnte, aus dem Staube. In derselben Schlacht bei Bautzen ließ Großfürst Konstantin zu, daß ihn sein Adjutant öffentlich der Feigheit bezichtigte, und nahm auf seinem Rückzug fast die gesamte Kavalleriereserve als Eskorte mit. Derselbe Großfürst inspizierte nach der Schlacht die Gardehusaren, die dreiundzwanzig Offiziere verloren hatten. Er beschimpfte sie und entließ sie mit den Worten: »Вы быки, только и умеете, что драться!« *Meine Herren, man muß schon Dreck statt Blut in den Adern haben, um sich solch eine Beleidigung bieten zu lassen ... Oder, meine Herren, haben Sie je*

jemanden von Speranski sprechen hören? Oder von Beck? Oder von gewissen Professoren? Ganz zu schweigen von den Tausenden, die von unseren sogenannten Tribunalen ermordet wurden? ... Ich frage: Wer sind wir denn eigentlich? Etwa eine Viehherde der Familie Romanow?

O Gott, warum sagt er so etwas über die Familie des Zaren, warum? Weil er beleidigt war? ... Na ja, du hattest das Gefühl, in deinen blaublütigen Adern fließe Dreck, weil der Großfürst es wagte, Adlige Ochsen zu nennen ... Mein lieber Herr Schwager, weißt du denn nicht, daß dein eigenes Geblüt die Gattung Mensch, der deine geliebte Eeva angehört, als Arbeitsvieh bezeichnet, und zwar schon sechshundert Jahre lang? ... Oder sollten wir uns folglich auch beleidigt fühlen? ... Und dann noch Speranski – der ist doch ein rotes Tuch für den Zaren! Und unsere sogenannten Tribunale – als wären es keine Gerichte, sondern Fleischwölfe ... Obwohl, nach alldem, was nach dem Dezember vor zwei Jahren über sie gemunkelt wird ... Gott weiß ...

... aber sollte es, meine Herren, unter Ihnen jemanden geben, der meine Fragen für leeres Gewäsch hält und es als das größte und dauerhafteste Glück ansieht, sich blindlings der unsäglichen Gnade des edlen Hauses Romanow anzuvertrauen, so bitte ich ihn, mir zu gestatten, den Erlaß der Zarin Jelisaweta Petrowna vorzulesen, verkündet im Senat am 30. August 1743. Es geht darin um gewisse unverschämte Gerüchte, die einige Hofdamen über die keusche Herrscherin zu verbreiten gewagt hatten, und um Personen, die in vertraulichen Gesprächen ihr Bedauern über die Verbannung von Münnich, Golowkin und Osterman geäußert hatten. In ihrer Angelegenheit gab es keinerlei Beweise und Dokumente. Hier der Wortlaut des Erlasses: »... dies in Betracht ziehend, verkündet die Vollversammlung des Senats in Anwesenheit von Vertretern der Geistlichkeit, des Heeres und des Zivildienstes, daß alle genannten Missetäter für ein so diabolisches, Abscheu erregendes und für unser Imperium verderbliches Verbrechen auf unten bezeichnete Weise zum Tode verurteilt werden: Stepan Lopuchin, seiner Frau, seinem Sohn und Anna Bestushewa wird die Zunge abgeschnitten, worauf sie gerädert und ihre Körper aufs Rad geflochten werden. Iwan

Moschkow und Fürst Putatin werden gevierteilt, Alexander Sybin wird enthauptet, und die Körper aller drei werden aufs Rad geflochten, Sophie Lilienfeldt aber wird nur enthauptet. Obwohl sie nach dem Gesetz alle ihre Strafe verdient hätten, haben wir dank unserer angeborenen Barmherzigkeit und unseres mütterlichen mitfühlenden Herzens beschlossen, sie nicht mit dem Tode büßen zu lassen. Stepan Lopuchin, seinem Weib, seinem Sohn und Anna Bestushewa soll die Zunge abgeschnitten werden, nachdem sie die Knute bekommen haben. Iwan Moschkow und Fürst Putatin erhalten die Knute, Alexander Sybin erhält die Peitsche und wird verbannt, desgleichen Sophie Lilienfeldt, sobald sie mit dem Kinde niedergekommen ist, mit dem sie schwanger geht, und all ihre bewegliche und unbewegliche Habe wird ihr genommen . . .« Erinnern Sie sich denn nicht, meine Herren, daß der Vater unseres Zaren einem Offizier die Zunge abschneiden ließ – wegen eines Epigramms! Und daß er einmal, als man ihn um eines Unschuldigen willen anflehte, der zur Prügelstrafe verurteilt war, in Anwesenheit des ganzen Hofstaates ausrief: »Kann ich denn nicht verprügeln lassen, wen und soviel ich will?«

Das ist in der Tat furchtbar, es kann sogar der Wahrheit entsprechen . . . Gewiß ist es die Wahrheit, wenigstens zum Teil. Aber muß, um Gottes willen, ein halbwegs gescheiter Mann den Zaren mit dem Gesicht in den Dreck seiner Vorgänger stoßen?! Schließlich waren es Angehörige seiner Familie, die das alles getan haben. Wenn er auch höchstpersönlich die Greuel seines Vaters öffentlich verurteilt hat – nur leicht natürlich, ohne innere Begeisterung und wirkliche Freude an der Läuterung, wie es nur natürlich ist, wenn der Sohn mit dem Erbe des Vaters abrechnet und unvermeidliche Sohnesgefühle (und offenbar die Sünde des Vatermordes) den Eifer der Abrechnung dämpfen . . .

Warum, warum steckt er – wenn er auch nur ein Fünkchen Verstand im Kopf hat – seine Nase in solche Dinge?! Aber er hat ja nicht mal ein Fünkchen Verstand im Kopf! Da schreibt er:

. . . *Das erste Handlungsprinzip des Zaren ist es, seinen Launen und Leidenschaften zu frönen. Die größte Anstößigkeit ist seiner Ansicht nach dadurch gerechtfertigt, daß er sagt »Ich will!«*

oder »Ich will nicht!«. Er anerkennt keinerlei Pflicht seinem Volke gegenüber und keinerlei höhere Autorität, vor der er sich verantworten müßte. Er hält sich für einen Heiligen, wenn er mit Hilfe eines nachsichtigen Beichtvaters mit dem Himmel ein Geschäft abgeschlossen hat, wie es Tartuffe ausdrückt.

Der Zar erteilt gern wohlklingende Befehle. Denn er möchte, man möge ihn als Christen und Gesetzeskenner, als Helden und Befreier, als Beschützer der Künste und Wissenschaften, als Begründer des nationalen Wohlstandes preisen. Geht es aber an die Ausführung der wohlklingenden Phrasen, denkt man sich Uniformen aus und gründet Ausschüsse. In diesen Ausschüssen ist natürlich der Zar das wichtigste Mitglied. Das Ausführen ihrer Beschlüsse wird Speichelleckern und Glücksrittern anvertraut. Weil ehrliche und begabte Menschen Seine Majestät möglicherweise in den Schatten stellen könnten! Ist ein Minister beschränkt und ein Schurke, kann er der Gnade seines Zaren sicher sein. Charakter und Talent führen dazu, vom Hof verbannt zu werden . . . Pauls Absurditäten werden von Alexanders Initiativen ergänzt, was zur völligen Anarchie geführt hat. Die Pahlens, Panins und Rostoptschins sind verbannt, die Kotschubejs, Czartoryskis und Saltykows haben sich selbst zurückgezogen, während der edle Araktschejew (der aus Alexander so gern einen zweigesichtigen blutigen Tiberius machen würde, besäße er nur das Genie eines Sejanus), während der edle Araktschejew den Wesir spielt, der Kuppler Golizyn Minister für Religion und Volksbildung ist, der Oberkellner Wolkonski Kriegsminister, der wackere Kosadawlew Innenminister und unser Colbert Gurjew Finanzminister, der Hanswurst Lobanow Justizminister und Lopuchin, der seine eigene Tochter verschachert hat, Vorsitzender des Reichsrates. Übrigens, als Lobanow zum Generalgouverneur von Riga ernannt wurde, verkündete er gleich zu Anfang, seine Türen ständen für alle Unterdrückten offen, selbst die Ärmsten fänden in ihm einen Beschützer. Am nächsten Tag wimmelte es in seinem Schloß von Bauern. Lobanow hielt ihnen eine russische Ansprache. Die Bauern verstanden kein Wort. Und Lobanow, wütend daß sie in hundert Jahren kein Russisch erlernt hatten, streckte ihnen die Zunge heraus und ließ sie davonjagen . . .

Ich blättere verwirrt in den raschelnden, vom Wechsel

von Feuchtigkeit und Trockenheit steif gewordenen Seiten und schäme mich für Timo ... Bei Gott, man kann nicht von gesundem Verstand sprechen bei einem Menschen, der dem Zaren schreibt, seine Minister seien Wüstlinge und Schurken ... Selbstverständlich mögen sie menschliche Schwächen haben. Und Laster. Möglicherweise verfügen viele sogar über schwerwiegende Laster. Ich habe in all den Jahren, in denen ich mit gutinformierten Leuten verkehrte, so manches über unsere Staatsmänner flüstern oder gar laut aussprechen hören ... Sei dies alles auch noch so begründet – um es öffentlich zu verkünden, um es dem Zaren in Form eines Briefes ins Gesicht zu schleudern, dazu muß man wahrlich verrückt sein.

... Meine Herren, drei Fragen und drei Antworten. Erstens wiederhole ich: Warum liebt der Zar die Paraden so leidenschaftlich? Weil Paraden der Triumph der Nichtigkeit sind! Weil aus jedem Soldaten, vor dem Seine Majestät in einer Schlacht die Augen niederschlagen müßte, bei einer Parade eine Anziehpuppe gemacht wird. Dort kann sich der Zar einbilden, er sei der allmächtige Gott ...

Wahrlich, selbst aus dem Munde von Major Tenner habe ich vor etwa fünf Jahren ähnliches gehört ... Als ich gemeinsam mit seiner Gruppe die Moore um Grodno vermaß. Tenners Mund ist an sich fest verschlossen. Er ist der Sohn eines Gutsverwalters, kommt vom Dorf. Er scheint zu glauben, je leserlicher und präziser die Karten sind, die er von den Krähwinkeln des Imperiums anfertigt, desto schneller wachsen Fransen an seinen Achselstücken ... Und natürlich tut er recht daran. Er hat nicht den Ehrgeiz, dem Zaren die Wahrheit zu verkünden. Er zeichnet sich zum Oberst, zum General, zum Akademiemitglied empor, das merkt man doch. Und er schweigt wie alle anderen ... (Wie? Soll das bedeuten: Er lügt wie alle anderen ...? Hm ... ich weiß nicht ...) Selbst er schimpfte einmal. Es war auf der Veranda des Pfarrhauses – er saß schon am frühen Morgen über seinen Karten, unrasiert, das Kinn von Bartstoppeln weiß überzogen und die kleinen Plötzenaugen von Schlaflosigkeit gerötet. Die neuesten Petersburger Zeitungen lagen neben den Karten. Major Tenner warf einen Blick auf die »Biene«. Auf der Vorderseite stand in großen Lettern eine Mitteilung über die Parade des Imperators in Zarskoje selo. Er schob die Zeitung mit dem Handrücken beiseite und murmelte: »Eh, diese lächerliche Paradomanie . . .«

. . . Zweitens, meine Herren: Wie hat es so weit kommen können, daß eine Hure mit Hilfe des Zaren die Heilige Allianz zur Welt gebracht hat?!

Ogottogott . . . Wir alle wissen, daß der Zar neben Frau Krüdener gekniet und gebetet und Tränen vergossen hat! Wir alle wissen, daß man in der höheren Gesellschaft über die Vergangenheit der Dame schweigt (immerhin ist sie von Adel, schreibt Romane und ist die Gattin eines Botschafters!), man munkelt höchstens, sie hätte eine bewegte Jugend gehabt . . . Sie ist dem Zaren im Geiste verbunden. Aber mein verrückter Timo schreibt dem Zaren, sie sei eine Hure. Und ihre gemeinsame Heilige Allianz bezeichnet er als Hurenbalg . . .

Drittens: Wodurch hat sich der Zar zum Vaterlandsverräter gemacht? Dadurch, daß er sechzigtausend polnische Untertanen ins Land geholt hat und daß er die Idee der Heimat als höchstes Prinzip mißachtet, denn er will nur von Provinzen sprechen hören, deren Existenzgrundlage er und sein »Ja« oder »Nein« sind . . .

Herrgott, Timo sagt, der Zar sei ein Vaterlandsverräter! Und wir haben uns zehn Jahre damit getröstet, der Zar bestrafe ihn ungerechterweise für ein paar nichtige Worte . . .

. . . Darum, meine Herren, verfügen wir durchaus über das Recht, Seiner Majestät zu erklären, wie gefährlich und schmerzlich das auch sein mag (ist es doch ein Angriff auf den Grundstein unserer Gesellschaft): Ein Souverän, der auf Schmeichler hört und seinen Leidenschaften frönt, zwingt seine Untertanen, ihn an seine Pflichten zu erinnern und ihm die ungeschminkte Wahrheit darzulegen . . .

Lange bin ich auf den zerschrammten Dielenbrettern meines neuen Zimmers auf und ab geschritten. Plötzlich kam mir der Gedanke: Sollte Timo ein derartiger Dummkopf, ein derartiges Kind sein, daß er all das niederschrieb, weil ihm der Zar den Eid, die Wahrheit zu sagen, abgenommen hat ...? Diese närrische Vermutung brachte mich dermaßen in Rage, daß ich aufsprang, hin und her lief und wohl hoffte, das Knarren der Dielen gäbe Antwort auf meine Frage. Doch die Dielen unter meinen Füßen blieben stumm, ich setzte mich wieder an meinen Tisch, und nun male ich aufs Papier: So ist das eben. Bekommt ein Narr sogar in der Kirche Prügel, bekommt er sie im Zarenschloß erst recht! Denn er schreibt: ... *Wir haben vor sechs Jahren nicht unser Blut vergossen und unsere Habe geopfert, um Seine Majestät zum Vorsitzenden der Heiligen Allianz zu machen. Wir haben unsere Ehre und Würde verteidigt. Das russische Volk hat trotz Seiner Majestät Rußland und Europa gerettet. Denn das Volk wollte es, der Adel übernahm die Führung, und Seine Majestät vermochte es nicht zu verhindern ... Mit dem Schwert in der Hand erkämpften wir uns die Luft, die wir atmen. Um den Preis unseres Blutes, unserer ermordeten Brüder und unserer verbrannten Städte und Dörfer. Wir dulden es nicht, daß Seine Majestät, die für alles, auch für ihr täglich Brot, der Großmut des Volkes Dank schuldet, selbiges behandelt, wie der Vater Seiner Majestät bestimmte Personen zu behandeln pflegte ... Darum fordert der Adel die Einberufung einer Volksversammlung. Er fordert dies, um zusammen mit den anderen Volksschichten die notwendigen Gesetze zu erlassen. Denn bisher haben wir keine Gesetze. Die Ukase, die bald ein Tyrann und bald ein Halbverrückter, bald ein favorisierter Heizer und bald eine Komödiantin, bald ein türkischer Barbier, bald ein kurländischer Hundewärter, bald Araktschejew und bald Rosenkampf verkünden – das sind keine Gesetze. Sie sind es ebensowenig wie die in Japan oder Algerien. Ein derartiges System ist nichts anderes als Anarchie. Es ist das Recht des Stärkeren, das keine moralischen Verpflichtungen kennt und den Lebensgrundsatz nach sich zieht: Lieber fressen als gefressen werden. Darum brauchen wir wahre Gesetze, die dieser skandalösen, untragbaren Situation ein Ende setzen und zugleich unabsehbare Gefahren in der Zukunft verhüten. Jetzt wird sich zeigen, ob Zar Alexander ein Usurpator ist oder der Sohn seines Vaterlandes, zu größten Opfern bereit. Die Gesetze, die ich für notwendig halte, sind folgende ...*

Genug. Ich bin ganz benommen von dieser höchst unvernünftigen Lektüre und dem Wirrwarr der letzten Tage, so daß ich seine Gesetze jetzt beiseite lasse. Morgen, wenn das Leben ringsum wieder erwacht ist, werde ich mit Hammer und Säge hier im Zimmer ein Versteck für diese Papiere und mein Tagebuch basteln. Ich weiß schon wo und wie.

Sonnabend, den 16. Juli. Nun, das Versteck ist fertig. Mein Erker im Herrenhaus hat mich auf die Idee gebracht. Die Decke hier ist zu hoch, aber die Türen sind ziemlich niedrig. Ich habe an der Tür zwischen meinem Zimmer und der Schlafkammer das oberste Brett von der Verkleidung abgenommen und es so befestigt, daß man es mit einer Handbewegung zur Hälfte nach links schieben kann wie den Deckel eines Federkästchens. Hinter diesem Brett habe ich anderthalb Fuß vom Türbalken abgesägt. In der entstandenen Höhlung liegen die gefährlichen Papiere nun versteckt. Heute bleiben sie dort liegen, ich habe mit dem Notieren der Tagesereignisse reichlich zu tun. Ich habe schon gedacht, es wäre wohl gescheiter, sie nicht festzuhalten. Dann aber habe ich mir überlegt, was ich bereits alles aufgeschrieben habe, und bin zu dem Schluß gekommen, daß es sinnlos wäre, jetzt aus Vorsicht etwas zu verheimlichen.

In der letzten Woche wurde La Trobes Hausrat aus Oberpahlen hierhergebracht. Herr – ich weiß nicht, wie ich ihn nennen soll – Jean Frédéric, John Frederick, Johann Friedrich La Trobe hatte am Mittwoch Timo und Eeva eine kurze Visite abgestattet, ich war an jenem Tag in Fellin und bin ihm nicht begegnet.

Heute vormittag sind die La Trobes endgültig hier angekommen: er und seine Frau Alwine und ihr zweijähriger Junge. Über sie alle oder wenigstens über Herrn La Trobe muß ich ein paar Worte sagen, zumal wenn ich an die Folgen ihrer Ankunft denke.

Herr La Trobe wurde im selben Jahr wie Bonaparte geboren, er ist also achtundfünfzig Jahre alt und trotzdem immer noch, was man hierzulande eine stattliche Figur nennt. Angeblich ist er Franzose, stammt aus dem Languedoc und ist ein Nachkomme der Grafen von Bonneval. In Livland jedoch gilt er als Engländer, obwohl er vor dreißig Jahren aus Deutschland gekommen ist. Einer seiner Ahnherren, ein Protestant, soll aus Glaubensgründen von Frankreich nach England geflohen sein. Sein Vater hatte es zum Superintendenten der Brüdergemeinden von England gebracht. Den Jungen, John, schickte man nach Deutschland, in die Heimat der Brüdergemeinde nach Herrnhut, in ihre berühmten Schulen in Niesky und Barby. Wegen eines Streits verließ er die Schule, trat aus der Brüdergemeinde aus und nahm in Jena zum späteren Broterwerb ein Medizinstudium auf. Dort verkehrte er bei den Hufelands und bei anderen Prominenten, Goethe höchstpersönlich hätte ihn sehr geschätzt. Indessen . . . Ich bemerke, wie voreingenommen man doch ist, auch ich. Die illustre Tatsache, daß Goethe unserem Timo einst ein Gedicht widmete – ich habe sie bereits erwähnt, nicht aber geschrieben, aus welchem Anlaß dies geschehen ist –, diese Tatsache hat Timo in meinen Augen stets Gewicht verliehen. Offenbar wünschte ich trotz allem, mein Schwager möge eine bedeutende Persönlichkeit sein. Ich dachte: Dem erstbesten hätte Goethe sicher kein Gedicht gewidmet . . . Jetzt aber, da ich mir in Erinnerung rufe, was ich über Goethes Wertschätzung für La Trobe gehört habe, war ich schon drauf und dran, zu schreiben: Nicht jeder, über den sich Goethe angeblich anerkennend geäußert hat, ist gleich ein Mensch besonderer Art . . . Nun ja. In Jena soll sich Herr La Trobe mit Englischunterricht sein Brot verdient haben. Er unterrichtete auch einen wißbegierigen Burschen aus Dorpat. Dies bestimmte sein Schicksal. Als er mit dem Studium fertig war, hatte er kein Geld für die promotio. Der Bursche aus Dorpat, es war Timos künftiger Hauslehrer Lehrberg, empfahl ihm, für einige Zeit als Hauslehrer nach Livland zu gehen, bis er die notwendige Summe beisammen habe. Herr La Trobe tat es – und blieb. Die Erlaubnis, als Arzt zu praktizieren, erhielt er nicht. Er war Hofmeister bei Sivers in Heimthal und bei Lilienfeldt auf Schloß Oberpahlen, war Offizier der Landesmiliz, Notarius in Fellin, Kreisrichter von Oberpahlen und Pachtherr mehrerer Güter. Er lernte mit der Zeit sogar etwas Estnisch, denn was er tut, das tut er mit Eifer und mit ziemlichem Erfolg. Aber alles, was er tut, hat so ein »ziemlich«, denn in erster Linie ist er Komponist. Und außerdem, wie Timo sich einst ausdrückte, ein netter, geselliger, auffahrender, schwacher Mensch, der Denkungsart nach Aristokrat, im Herzen Zinzendorfianer, der Überzeugung nach Weltbürger und dem Schicksal nach Provinzler . . .

Zu heiraten fand Herr La Trobe erst vor einigen Jahren die Muße. Nach langer Junggesellenzeit ehelichte er Alwine, die Tochter seiner Jugendfreundin Sophie von Stakkelberg, eine schlanke Dame mit durchsichtigen grünlichen Augen und aschblondem Haar. Sie ist an die dreißig Jahre jünger als ihr Mann, und ihr Achselzucken und ihre Blicke scheinen manchmal andeuten zu wollen: Mag mein Mann Engländer sein oder sonstwas, mag er der derzeitig beste Komponist in Livland, mag er vor Gott einer *geborenen von Stackelberg* ebenbürtig sein, in den Augen der Gesellschaft ist er es leider nicht, ich ertrage das dank meiner Ergebenheit in Gottes Ratschlüsse, die mir als treuer Anhängerin der Brüdergemeinde eigen ist . . .

Herr La Trobe und Gemahlin erschienen heute nachmittag bei uns im Kivijalg zum Kaffee. Es ist anzunehmen, daß er in der vergangenen Woche das Herrenhaus mit denselben Worten betrat: »Meine Lieben . . . Es ist mir sehr peinlich, aber . . .«

Und Timo hatte ihn vermutlich ebenfalls unterbrochen: »Lieber Herr La Trobe, jemand muß ja Pächter von Woiseck sein, wenn es der Zar so befohlen hat. Und daß Sie es auf sich genommen haben, ist meiner Frau und mir und sicher auch meinem Schwager sogar angenehm. Nicht wahr?« Timo schaute Eeva und mich an.

»Das ist bestimmt die beste Lösung«, sagte Eeva aufrichtig, während ich dazu nickte, und Timo fuhr fort: »Peeter von Mannteuffel hat uns gesagt, daß Sie vielleicht nur zeitweilig hierbleiben. Daß er Sie, so haben wir es verstanden, ablösen wird. Sehen Sie, ich bin nicht ganz richtig im Kopf und darf folglich die Wahrheit sagen: Peeters Anwesenheit hier würde uns viel weniger gefallen« – Timo lächelte plötzlich erleichtert und kindlich –, »schon weil er nur ins Jagdhorn stoßen kann, Sie aber spielen großartig Klavier. Überhaupt, möchten Sie nicht Platz nehmen, mit uns Kaffee trinken und uns danach etwas vorspielen?«

»Was möchten Sie denn hören?« fragte Herr La Trobe mit unerwartetem Eifer.

»Wissen Sie, dieses alte Menuett für Orgel von Ihnen. Es ist mir seit 1817 im Gedächtnis geblieben. Eine Orgel haben wir zwar nicht, aber Sie können sicher die Klavierfassung auswendig.«

Herr La Trobe trank hastig mit uns Kaffee. Eeva und Frau Alwine saßen nebeneinander auf dem Sofa und sprachen über ihre Kinder und deren Windpocken. Auf Grund ihrer Erfahrungen bei Jüri, der die Krankheit vor kurzem überstanden hatte, gab Eeva Frau Alwine Ratschläge, mit welcher Arznei sie die Pusteln ihres Jungen betupfen sollte. Frau Alwine fragte eifrig und eingehend. Mir schien, ihr Eifer (ihr Mann hatte schließlich Medizin studiert) sollte, bewußt oder unbewußt, ihre Demut unter Beweis stellen. Denn Frau Alwine gehört schon lange zu den Damen des Adels, die während der letzten zehn Jahre Eeva allmählich anerkannten, die eine früher, die andere später. Sie war beinahe gezwungen gewesen, ihrem Johann dies nachzutun. Denn Herr La Trobe war einer der ersten Herren im Kirchspiel, der vor zehn Jahren ausgerufen hatte: »Meine Damen und Herren! Wer Frau von Bock nicht achtet, ist entweder ein Esel oder eine Eselin. Je nachdem.«

Herr La Trobe trank seinen Kaffee aus, setzte sich ans Klavier, und der alte Saal des Kivijalg mit seinen winzigen Fenstern erbebte unter den Klängen seines Menuetts. Die steifen Familienbilder, die nebeneinander an der Wand mit der braunweiß gestreiften Tapete hingen, schienen nach der Musik zu tanzen. Herr La Trobe spielte eigene Kompositionen, etwas von Boccherini und Mozart und dann wieder etwas Eigenes. Er spielte mit solcher Hingabe, daß man im Licht der Kerzen, die Käsper anzündete, sah, wie seine Stirn vor Eifer feucht glänzte. Nach einer Stunde trocknete er sich das knochige Gesicht mit einem Seidentuch, küßte Eeva die Hand, reichte seiner Alwine den Arm und entfernte sich, wobei er sich noch einmal entschuldigte.

Als sie fort waren, stieß Eeva die Fenster auf, denn es war stickig im Saal. Aber auch draußen war es nicht kühler. Wir standen zu dritt am offenen Fenster und betrachteten die lilagraue Gewitterwolke, die sich hinter der Brauerei über dem Wald zusammengeballt hatte. Eeva fragte: »Was hat denn Herrn La Trobe heute gefehlt?«

Anscheinend haben Frauen ein besseres Gespür für solche Dinge als Männer, denn mir war nichts Besonderes an ihm aufgefallen. Timo sagte, während er die Gewitterwolke betrachtete: »Nichts. Was hätte ihm fehlen sollen? Außer daß er keinen Grund hat, sich großartig vorzukommen in seiner Eigenschaft als Zwangspächter!«

»Ich weiß nicht«, meinte Eeva, »mir scheint, er hatte noch etwas auf dem Herzen.«

Wir unterhielten uns noch eine Weile. Als der Donner näher kam und die ersten Blitze die Dämmerung durchzuckten, schloß Timo die Fenster. Ich dachte: Interessant, ob er, der in sechzig Schlachten dem Tod ins Auge gesehen hat, wirklich Angst vor dem Gewitter hat? Und er sagte, als hätte er meine Gedanken erraten: »Ich wundere mich selbst ... Oft genug sind mir Kugeln um die Ohren gepfiffen und haben Kartätschen neben mir geknallt. Und ich habe stets ... einen leichten Rausch empfunden und ein klein wenig schmerzliche Neugier: Geschieht es nun oder geschieht es nicht? Aber vor einem gewöhnlichen Gewitter fühle ich mich so niedergeschlagen und mies, es fehlte nicht viel, und man könnte das Angst nennen ...«

Wir lauschten den ersten Regentropfen. Dann rauschte ein heftiger Regenschauer hernieder. Wir hörten jemand auf das Haus zulaufen, Käsper öffnete auf ein heftiges Klopfen. Wir wandten uns zur Saaltür um. Dort stand Herr La Trobe, sein graues Kraushaar war naß und seine

Schultern dunkel vom Regen. Er sagte atemlos: »Verzeihen Sie! So ein Platzregen! Ich habe Alwine zu Bett gebracht. Sie ist müde vom Umzug ... Oh, der Herrgott spielt Beethoven ...« Das galt dem Donner, der über das Haus rollte. »Sehen Sie ... ich möchte mit Ihnen sprechen!« Er schaute Timo und Eeva an.

»Bitte«, sagte Timo, »wir drei haben keine Geheimnisse voreinander.«

Diese Bemerkung gefiel mir. Und versetzte mich in Unruhe. Also blieb ich da, obwohl ich mich schon zum Gehen angeschickt hatte. Außerdem schien mir, daß Timos Worte Herrn La Trobe ein wenig ärgern sollten. Sicher wäre Timo auch einverstanden gewesen, hätte Herr La Trobe um ein Gespräch unter vier oder sechs Augen gebeten. Nun warf er mir einen flüchtigen, kurzsichtigen Blick zu und sagte dumpf: »Gut. Einerlei ...« Er setzte sich auf den Rand eines Stuhles. Im Kerzenlicht bemerkte ich, daß sein Gesicht von Regen-, vielleicht aber auch von Schweißtropfen naß war. Er sagte unerwartet heftig: »Sehen Sie, ich habe eingewilligt! Verstehen Sie, ich bin ja eigentlich kein Adliger. Sondern ein Ausländer, der des Landes verwiesen werden kann, wenn er sich nicht fügt ... Jetzt, wo ich die Verantwortung trage für Weib und Kinder. Ich sage Kinder. Denn ein zweites ist unterwegs ... Ich habe eingewilligt! Aber nur unter einer Bedingung ...«

»Ich weiß«, bemerkte Timo. »Nur unter der Bedingung, daß Sie der korrekteste Gutspächter von ganz Livland sind.«

»Ich spreche nicht vom Gut. Ich spreche von Ihnen«, rief Herr La Trobe fast unhöflich laut. »Ich habe eingewilligt, Berichte über Sie zu schreiben. Sie verstehen. Zweimal im Monat. Dem Generalgouverneur oder sonstwem. Ich weiß es nicht. Sie sollen dort jetzt eine Dritte Abteilung haben. Unter Benckendorff. *Aber nur unter einer Bedingung!«* *

Timo sagte mit leichtem Staunen: »Und sie sind auf Ihre Bedingung eingegangen?«

»Herrgott! Ich habe diese Bedingung doch nicht ihnen gestellt, sondern mir selbst!«

»Und Sie haben beschlossen, uns zu sagen, um was für eine Bedingung es sich handelt?«

»Ja! Eben! Unbedingt!«

»Nun?«

»Unter der Bedingung, daß Sie vorher all diese Berichte durchlesen. Und alles streichen, was Ihnen nicht recht ist. Und hinzufügen, was Sie für notwendig halten. Verstehen Sie, ich denke, jemand muß ja ohnehin diese Berichte schreiben. Gäbe es ein Verfahren, das Ihnen genehmer wäre?« Herr La Trobe wandte sich an Eeva. »Sagen Sie, was wäre Ihrem Gatten genehmer?«

Eeva biß sich auf die Lippen. Ich sah, wie sich ihre Brauen hoben und wie ihre Augen glühten. Sie sagte langsam: »Das wäre ja wirklich eine großartige Möglichkeit ... Ich stelle mir vor ... Nur ...«

»Nur kann ich darauf nicht eingehen«, sagte Timo fast unhörbar.

»Sie – können nicht ...?« fragte Herr La Trobe erschrocken.

»Leider«, entgegnete Timo. »Herr La Trobe, das würde vor allem mein Mißtrauen Ihnen gegenüber beweisen. Und andererseits – ich leugne es nicht, daß ich auch dies für wichtig erachte – wäre das sowohl Unterstützung als auch Betrug einer Behörde, die ich nicht unterstützen und nicht betrügen möchte.«

»Aber ... wie kann ich denn ...?« Herrn La Trobes Frage war naiv und einfältig, wenn ich auch nicht verstand, was er sagen wollte. Timo entgegnete sanft: »Sie werden Ihrem Gewissen folgen. Wenn ein Mensch seinem Gewissen folgt, können keinerlei ethische Probleme entstehen. Und wir können überzeugt sein, daß unsere Interessen in den Händen eines Ehrenmannes liegen.«

»Nein, nein, nein ... Herr von Bock ... O Gott ... Das klingt so einfach ... Aber es ist alles viel komplizierter ... Glauben Sie mir! Sie mit Ihren Erfahrungen ... Sie sollten doch wissen ...« Herr La Trobe stand auf. Er trat zu Timo. Er hob die gefalteten Hände zu seinem flatternden grauweiß gestreiften Halstuch. Er sagte tonlos: »Herr von

Bock – ich bitte Sie ... Sonst ... Frau Eeva, könnten Sie ...«

»Nein! Weder ich noch sie!« Timos Stimme hatte einen unerwartet metallischen Klang. Aber sein Ton wurde sanfter, als er hinzufügte: »Herr La Trobe, machen Sie sich keine unnützen Gedanken. Wir sind überzeugt, daß Ihre Berichte so günstig wie nur möglich ausfallen werden. Aber ich, wenn ich Ihnen helfen würde« – seine Stimme wurde leiser und plötzlich wieder kräftiger, was darauf schließen ließ, daß er nach einem plausiblen Argument suchte –, »das würde meiner Gesundheit schaden. Vielleicht sogar fatal wirken. Sie als Arzt ...«

»Bei Gott, Herr von Bock, ich bin ein Esel! Daran habe ich nicht gedacht ...«

Herr La Trobe entfernte sich unter zahlreichen Entschuldigungen. Wir saßen fünf Minuten stumm da. Das Gewitter hatte sich verzogen. Aus den Fenstern, die nach Norden lagen, sah man durch das nasse Heckenrosengestrüpp lila Blitze, der Donner grollte aber bereits irgendwo hinter Oberpahlen. Eeva sagte: »Ich denke, Jakob sollte Ende dieses Monats nach Pernau fahren und sich umsehen, wie es dort um ein Schiff steht ...«

Montag, den 25. Juli 1827. Herbst 1818, wir waren schon längst zurück aus Riga, und Georg war von seinem Regiment auf Urlaub nach Hause gekommen. Vielleicht sogar, um während der Niederkunft seiner Schwägerin anwesend zu sein, sollte sich seine Hilfe als notwendig erweisen. Es war bereits Ende September, und ich kann mich wie an den gestrigen Tag an unsere Unterhaltung über den Grafen Stedingk erinnern, denselben, der geruht hatte, Timo in der Ungewißheit, in der er sich befand, sechzigtausend Rubel nachzuwerfen.

Wir saßen am Frühstückstisch im Eßzimmer des großen Herrenhauses. Eeva fragte Georg auf französisch, damit der Diener es nicht verstand, wer dieser Graf Stedingk eigentlich sei. Ich nahm an, Georg würde uns darüber aufklären und wir würden erfahren, daß es sich um einen alten Freund der Familie handelte, von dem ich allerdings noch nie etwas gehört hatte. Zu meiner Überraschung erwiderte Georg: »Graf Stedingk? Unsinn.«

»Wieso?« fragte Eeva.

»Der einzige Graf Stedingk, den es gibt, war Oberbefehlshaber der schwedischen Armee im Jahre 1813. Mit ihm hat Timo nie etwas zu tun gehabt. Die Stedingks sind ein schwedisches Geschlecht. All die anderen Stedingks sind Freiherren. Bitte schön. Aber ein Freiherr gilt überall in Rußland nur als Baron. Der bereits erwähnte einzige Graf Stedingk war unter Paul I. schwedischer Gesandter in Petersburg. Übrigens hat Paul zu ihm seine berühmten Worte gesagt: ›In Rußland ist nur derjenige von Bedeutung, mit dem ich rede, und nur so lange, wie ich mit ihm rede.‹ Es mag noch andere Stedingks in Rußland geben. Aber keine Grafen.«

Ich erzählte Georg kurz von der Mitteilung des Oberfiskals. Ich sagte: »Also muß jemand hinter diesem Namen stecken. Aber wer?«

Georg füllte unser beider Humpen erneut mit gutem starkem Michaelisbier, trank und wischte sich mit dem Handrücken über den dunklen Schnurrbart. Ich weiß nicht, warum er uns das folgende erzählte. Anscheinend wollte er uns überzeugen, daß sein Bruder trotz seiner seltsamen Heirat und dem Ruf, ein Verbrecher zu sein, ein außergewöhnlicher Mensch war. Vielleicht wollte er es vor allem sich selbst wieder einmal klarmachen. Weiß der Himmel. Jedenfalls leerte er seinen Humpen mit dem kräftigen Zug eines Offiziers, befahl dem Diener, ihn aufs neue zu füllen, und sagte, als der Diener das Eßzimmer verlassen hatte, auf französisch: »Gnädige Frau, Sie haben sicher von den Gerüchten gehört, mit denen die Klatschbasen der Petersburger Gesellschaft seinerzeit Ihre Ruhe zu stören gedachten. Aus Neid und professioneller Neugier, wie derartige Gerüchte eben entstehen. Angeblich hatte Timo um die Hand von Marina Naryschkina angehalten und von ihr einen Korb bekommen. Sie haben davon gehört?«

»Ja, natürlich«, sagte Eeva und hob lächelnd ihren Blick von den Babystrümpfen, die sie strickte. »Das war ungefähr 1815 . . .«

»Ja«, sagte Georg. »Doch sicher hielten Sie das für eine böswillige Erfindung. Denn warum hätte Timo Sie sonst zu Propst Masing zum Lernen geschickt?! Bei seiner geradlinigen Art?«

»Ich habe mich auch damit beruhigt«, erwiderte Eeva.

»Und doch, gnädige Frau, enthält das Gerücht ein Körnchen Wahrheit«, sagte Georg mit der Freude des Eingeweihten. »Sie beide werden gehört haben, wessen Tochter diese Marina Naryschkina ist?«

»Ja, das haben wir«, entgegnete Eeva.

»Das habe ich mir gedacht. Mütterlicherseits ist sie die Tochter der eigentlichen Gemahlin des Zaren. Ob Naryschkin ihr Vater ist, weiß der Henker. Ihre jüngeren Schwestern – die eine starb wahrscheinlich 1815, und die zweite ist gegenwärtig zwölf Jahre alt – hält man jedenfalls nicht für Naryschkins Töchter, sondern für die des Zaren. Diese Marina (sie ist jetzt mit Graf Gurjew verheiratet, wie Sie sicher vernommen haben) – diese Marina jedenfalls gehörte so gut wie zur Familie des Zaren. Ja mehr noch. Herrscher pflegen unduldsam zu sein gegenüber ihren Kindern. Aber zu dieser, nun, sagen wir Stieftochter verhielt sich der Imperator stets so väterlich und besorgt, als wäre sie, eher als ihre Schwestern, sein eigenes Kind . . .«

Wir saßen im Eßzimmer am Frühstückstisch, und ich schaute an Eeva, Georg und dem Samowar vorbei aus dem beschlagenen Fenster hinaus in den bereits herbstlich braun überhauchten Garten, wo Dienstmädchen die letzten leuchtendroten Äpfel in Körbe aus Birkenrinde pflückten. Eeva hob den Blick von den Babystrümpfen und fragte: »Und wo liegt nun das Körnchen Wahrheit?«

»Ach«, sagte Georg, »der Plan von Timos und Marinas Heirat existierte tatsächlich.«

Eeva schaute Georg an. In ihrem blassen, abgemagerten Kindergesicht wirkten die Augen merkwürdig dunkel. Aber sie sagte nichts. Sie wartete auf Georgs Erklärung.

»Nun ja«, sagte Georg nach einer Pause (er war immerhin Oberstleutnant der Leibgarde und hatte eine effektvolle Karte ausgespielt, um eine noch effektvollere folgen zu lassen), »der Plan existierte. Aber es war nicht Timos Plan, sondern der des Zaren. Und nicht Marina widersetzte sich, sondern Timo zog sich zurück, als er die Absicht des Zaren begriff. Denn er hatte damals bereits Sie erwählt. Ich sage Ihnen ganz offen: über seine Wahl kann man so oder so denken. Besonders wenn man vom Standpunkt der allgemeinen Grundsätze ausgeht, nicht wahr. Die unüberbrückbare Kluft der Klassen. Aber es bleibt eine Tatsache, Timo überschritt die Kluft. In der Gesellschaft wurde das als Folge des Korbs dargestellt, den Fräulein Naryschkina ihm angeblich gegeben hatte. Anders ging es nicht. Man hätte zugeben müssen, daß der Flügeladjutant Oberst von Bock auf die Stieftochter des Zaren verzichtet hatte – und zu wessen Gunsten? Khm. Diejenigen, die darüber urteilten, hatten ja Sie, gnädige Frau, nie mit eigenen Augen gesehen ... Aber was daraus zu folgern ist und was ich damit sagen wollte: der Zar war einst von Ihrem Gemahl so eingenommen, daß er ihn zum Mitglied seiner Familie machen wollte.«

Eeva schwieg und strickte eifrig weiter. Ich sagte: »Was Timos Wahl anbelangt, so hat ihm ein Zar ein Beispiel gegeben.«

»Wen meinen Sie?« fragte Georg.

»Nun, nehmen wir Peter den Großen. Er hat ja auch ...«

Georg rief aus: »Jakob, Sie überraschen mich immer mehr! Das war auch Timos gewichtigstes Argument! Als er Ihre Schwester heiraten wollte, mußte er als Offizier eine Genehmigung des Imperators einholen. So schrieb er ihm: ›Ich nehme an, Ihre Majestät wird nichts gegen diese recht ungleiche Ehe einzuwenden haben, da auch der würdigste Vorfahr Ihrer Majestät ein dem einfachen Volk entstammendes Mädchen allen anderen vorzog ...‹ Er erhielt die Einwilligung, ja. Aber sein unverschämtes Argument sprach sich bei Hofe wie ein Lauffeuer herum. Und übrigens, der Samen des Gerüchts, er wäre seiner Sinne nicht mächtig, wurde schon damals ausgesät . . .«

Eeva sagte: »Herr Georg, Sie haben all das sicher erzählt, um meiner Frage nach dem Grafen Stedingk näherzukommen?«

Das Bier der Woiseckschen Brauerei ist ein gehaltvolles Gebräu. Ohne die drei Humpen, die sich Georg davon nach dem leichten Frühstück zu Gemüte geführt hatte, hätte er vielleicht nicht gesagt, was er jetzt sagte. Zumindest nicht in den ersten Stunden unserer Bekanntschaft. Er verzog den Mund samt Schnurrbart nach links und blinzelte mit dem linken Auge.

»Hinter dem Grafen Stedingk steckt niemand anderes als der Imperator persönlich. Das ist meine Meinung. Timo hatte, als er bei den Naryschkins und in ihren Kreisen verkehrte, natürlich große Ausgaben. Der Zar wußte davon und erließ ihm seine Schulden von damals.«

»Eine merkwürdige Gunstbezeigung . . . Wo sie ihn zur selben Zeit Gott weiß wohin gebracht haben . . .« Ich muß zugeben, daß mir dies versehentlich entfuhr. Denn ich habe mir seit langem angewöhnt, nichts, was mir zu Ohren kommt, hörbar zu kommentieren.

»Gunstbezeigung?« ahmte Georg mich nach. »Eher ein Versuch, das eigene Gewissen zu beruhigen. Ein Versuch, sich für sechzigtausend loszukaufen . . .«

Eeva zog den blauweiß gestreiften Strumpf zwischen den Stricknadeln glatt und betrachtete ihn. Dann schaute sie Georg an.

»Jedenfalls freue ich mich, daß Sie Timo achten wie eh und je . . .«

»Timo – unbedingt«, sagte Georg, »und auch Sie, gnädige Frau. Sie haben meine Achtung erworben.« Und er fügte hinzu, was er ohne den Gerstensaft ebenfalls nicht gesagt hätte, wenigstens nicht in dieser Schlichtheit, wie er es jetzt tat: »Eigentlich, gnädige Frau, weiß ich gar nicht, wie ich mich Ihnen gegenüber verhalten soll . . . Sie stehen in allzu großem Widerspruch zu jeglichen Regeln. Aber ich beginne Timos Wahl zu verstehen.«

Das entsprach natürlich gar nicht der Liebenswürdigkeit, die einem Baron zugestanden hätte. Zumal aus dem Kirchspiel und von noch weiter her eine Welle von Wut und Schadenfreude zu uns drang. Georg war noch auf Woiseck, als Eeva eine Woche später eines Knaben entbunden wurde. Zur Taufe hatte er sich in Gala geworfen und hielt den Jungen sogar auf dem Arm, als der aus St. Johannes herbeigerufene Rücker im gelben Saal dessen rotblonden Kopf mit Wasser benetzte, worauf der Junge zu schreien begann. Onkel Georg hob ihn zu seinem Schnurrbart, versehentlich ritzte sein Georgskreuz dabei die Wange des Kleinen, und der schrie noch lauter. Es war, als wollte er sich dagegen wehren, zu Ehren des Onkels und Paten sowie des Großvaters auf den Namen Georg getauft zu werden.

Nach einigen Tagen verließ uns Onkel Georg, er nahm einen Brief von Eeva an Timo mit nach Petersburg. Einen Brief mit der Nachricht von der Geburt des Sohnes, um ihn über den Fürsten Wolkonski, den Generalstabschef, weiß Gott wohin an den Vater weiterzuleiten. Oder damit er in irgendwelchen geheimen Akten, auf Befehl des Zaren vom Generalstabschef mit der Aufschrift »Не разрешать!« versehen, vergilbe ... Mein Gott, Eeva hatte Timo wenigstens ein Dutzend Briefe geschickt. Und stets, wie ihr befohlen, an selbigen Fürsten Wolkonski, zur Weiterleitung an den Hochverräter. Und alle waren sang- und klanglos wie in einem bodenlosen Brunnen verschwunden. Obwohl sie, soweit ich das nach einigen Briefen, die sie mir zeigte, beurteilen kann, nicht nur überaus geschickt abgefaßt waren, sondern mich, ehrlich gesagt, fast zu Tränen rührten.

»Liebster, ich weiß, Du tust alles, was in Deiner Macht steht, um zu uns zurückzukehren. Und Du weißt auch, daß ich Dir keinen Schritt zumute, den Dir Deine Überzeugung nicht gestattet. Du weißt ebenfalls, daß ich zu Dir stand in allem, was Du dachtest, während der Monate unseres Glücks, und daß ich jetzt und in Ewigkeit fest zu Dir stehe. Liebster, ich fürchte mich ein wenig vor meiner schweren Stunde, wie wohl jede Frau, die ihr zum ersten-

mal entgegenblickt. Aber ich weiß, bald habe ich es um so leichter, wenn Du, wenn auch weit von mir, in unserem Kind für immer bei mir bist . . .«

Ich fragte: »Eeva, meinst du, es ist vernünftig, zu schreiben: Ich stand zu Dir in allem, was Du dachtest? Damit sprichst du aus, daß du seine Gesinnungsgenossin bist. Verstehst du? Daß du alle seine Unverschämtheiten gutheißt? Falls er wirklich dem Zaren gesagt hat, was manche Leute behaupten. Und das ist nun wahrlich nicht nötig . . .«

Eeva entgegnete: »Ja, ich habe daran gedacht. Die Gefahr, daß sie mich wegen dieser Worte bedrängen, ist jedoch sehr gering. Soweit ich das beurteilen kann. Und unabhängig davon, was aus mir wird – Timo braucht es. Damit er fühlt, daß er jemanden hat, der ihm keine Vorwürfe macht. Wenigstens eine Menschenseele . . .«

Dienstag, den 26. Ich lese meine gestrigen Zeilen noch einmal durch. Nun, im Herbst 1818 war Eeva nicht die einzige, die Timo keine Vorwürfe machte. Damals hatte ich ihm ebenfalls nichts vorzuwerfen. Und auch viel später nicht. Bis zur vergangenen Woche. Zumindest warf ich ihm nicht das vor, was ich ihm jetzt vorwerfe. Denn jetzt liegen die Beweise seiner Schuld in unglaublicher und dennoch unumstößlicher Weise auf meinem Tisch.

Ja, ich habe erneut Timos Papiere hervorgeholt. Denn was am Freitag vor zwei Wochen geschah (ich meine die Unterhaltung mit Herrn La Trobe) und alles, was Tag für Tag hier geschieht, hat seine Wurzeln in diesen vergilbten Papieren. Wer ihren Inhalt kennt, der kann sich weiß Gott nicht wundern über das, was bei uns vorgeht. Wundern könnte man sich nur darüber, auf welch seltsame Weise Irrsinn und gesunder Menschenverstand sich in Seele und Geist meines Schwagers verflochten haben. Und nicht nur Irrsinn und gesunder Menschenverstand. Auch die beschränkte Sicht des Adligen und der menschlich-weite

Blick auf die Dinge. Beides existiert nebeneinander, denn er schreibt: *Die Sklaverei ist eine ebenso unvernünftige wie empörende Einrichtung . . .*

Ja. Allerdings. Aber über seine Vorfahren schreibt er dessenungeachtet schonend: *Sechshundert Jahre sind vergangen, seit unsere Ahnen sich an dieser Küste ansiedelten; dem Geist ihrer Zeit entsprechend waren sie brave, tapfere Verfechter des Christentums. Damals dachte noch niemand an das Völkerrecht, und die kriegerischen Verkünder des Glaubens meinten, eine heilige Tat zu vollbringen, als sie das irdische Glück und die Freiheit der angestammten Bewohner dieses Landes gegen die ewige Seligkeit eintauschten . . .*

Hm. Glaubten sie wirklich, das wäre eine heilige Tat? Merkel ist nicht der Ansicht, daß es so war. Und ich bin es auch nicht. Ich denke, mein Schwager ist naiver, als er es sein dürfte, wenn er diese Auffassung vertritt.

. . . Während unter den Rittern ein damals seltener Geist der Ehre und Freiheit herrschte, glitten die Ureinwohner in die schrecklichste Sklaverei . . . Das leugnet er nicht. Und er schreibt es auch nicht der Primitivität der hier lebenden Menschen zu, wie die meisten der wenigen Deutschen, die die Versklavung der baltischen Völker überhaupt als verwerflich ansehen. Und doch erklärt er: *Die Ritter betrachteten die Esten und Letten nicht als Menschen, genauso wie man im antiken Rom die Sklaven für halbzahme wilde Tiere hielt . . .* Na schön. Aber mein Schwager merkt nicht, daß er seinen Stand moralisch im gewaltigen Schatten der alten Römer verschanzt. Daß er seinen Stand in ihrem Ruhmesglanz erstrahlen läßt, sich dabei aber nicht fragt: Sollte nicht ein prinzipieller moralischer Unterschied bestehen zwischen den grausamen Heiden, die nach dem Recht des Stärkeren lebten, und Anhängern der christlichen Lehre von der Barmherzigkeit?!

Über sich sagt er zwar: *Ich gehöre nicht zu denjenigen, die Menschen quälen. In meinem Haus sind alle frei. Ich sehe im elendesten Sklaven meinen Nächsten, meinen Bruder, den Gott gleich mir dazu erschaffen hat, nach einem würdigen Leben zu streben . . . Ich gehöre nicht zu den Beklagenswerten, deren Adel sich in ihrem Wappen erschöpft und deren Armseligkeit sich hinter der Maske lächerlicher Frechheit verbirgt. Sie alle wissen, wen ich zum Weib genommen habe . . .*

Aber über die Befreiung der Bauern, die vor zehn Jahren in Livland die vordringlichste Frage darstellte, schreibt er hier so sonderbare Dinge, daß ich im ersten Moment jäh zurückschreckte.

. . . Meine Herren, sollten uns aus der vorzeitigen Befreiung der Bauern auch keine Schwierigkeiten erwachsen, so rufe ich Sie doch auf, zu überlegen, welchen Nutzen die Bauern davon hätten, wenn sie den Schutz ihrer Herren einbüßten . . .

Herrgott, begriff Timo wirklich nicht, daß, sollte er in seiner Donquichotterie vielleicht wirklich einen gewissen Schutz für seine Bauern darstellen (solange er sich in Freiheit befand), die übrigen Gutsherren, neunundneunzig von hundert, na schön, fünfundneunzig von hundert, jeder auf seine Art, dennoch Unterdrücker, Räuber, Peiniger und Blutsauger par excellence sind?! Begriff er das nicht?! Offenbar nicht. Denn er schreibt: *Unser guter Wille hat uns in der Sache der Bauernbefreiung schon zu weit geführt, und wir werden keine weiteren Schritte in dieser Richtung unternehmen. Denn es geht nicht darum, den Bauern mit leeren Worten wie Freiheit den Kopf zu verdrehen, sondern es geht um die Wohlfahrt des ganzen Volkes auf sicherer Grundlage, bei der der Feldbauer nicht seinen Platz einbüßt.*

Die Freiheit, die ihr unseren Bauern vor zehn Jahren gegeben habt, blieb im großen und ganzen wirklich leeres Gerede. Trotzdem verstehe ich nicht, was mein lieber Schwager eigentlich wollte. Denn er schreibt: *Dem Zaren dient die Befreiung der Bauern nur als Vorwand, die einzige Schicht des Volkes zu vernichten, die den Auswüchsen der Tyrannei Widerstand geleistet hat . . . An der Spitze unserer Bauern würden wir Wege finden, notfalls der Gewalt entgegenzutreten . . .* (Herrgott, was für eine Idee . . .) *Wir alle sind seit eh und je Soldaten. Wir haben tapfere und erfahrene Offiziere zur Genüge, und vor sechs Jahren haben wir anschaulich gezeigt, wie die Bauern die Landwehr gründeten und wie sich diese zu Regimentern formierte. Unsere Bauern sind selbstverständlich gegen uns.*

Wir können mit ihrer Unterstützung nur rechnen, sofern es uns, den künftigen ehrlichen Richtern und väterlichen Gebietern, gelingt, ihren Respekt, ihre Achtung und Liebe zu erringen. Sonst sind wir früher oder später, wie ich bereits sagte, eine Viehherde der Familie Romanow . . .

Der Gedanke, der livländische Adel könnte an der Spitze irgendwelcher Streitkräfte der Regierung Widerstand leisten, ist an sich schon verrückt genug . . . Zumal aus dem Munde eines Mannes, der daselbst schreibt, er wäre bei weitem kein Aufrührer und sein Ziel wäre es, nicht die Revolution zu entfachen, sondern den Ausbruch einer drohenden Revolution zu verhindern . . . Na ja, anscheinend empfinden die Gutsbesitzer auf ihre Art, daß die Regierung gegen sie Gewalt anwendet. Obwohl sie meiner Meinung nach auf Daunen gebettet sind. Aber nicht die Tollheit der Idee des Widerstandes, die mein Schwager entwickelt, versetzt mich in Erstaunen, sondern die lächerliche und zugleich tragische Naivität seines Denkens. Seine erschreckende Unkenntnis des Lebens. Der alberne Glaube, den man sich bei seiner Bildung und Erfahrung kaum vorstellen kann, daß ein Gutsherr sich auf irgendeine Art die Liebe der Bauern erringen könnte . . . Livländische Bauernregimenter unter der Führung ihrer geachteten und geliebten Gutsherren . . . Ich stelle mir vor: Das unermüdliche, tapfere Heer des grauen Bauernvolkes, das fast ein Partisanenheer ist, liest seinen prächtigen Offizieren dienstbeflissen die Befehle von den Augen ab und führt sie aus, noch ehe sie ausgesprochen wurden . . . Und die prächtigen Offiziere (ehrliche Richter und väterliche Gebieter!), die Brust bunt geschmückt mit den Orden, die sie 1812 für die Verteidigung ihres ritterschaftlichen Unionsvertrages erhalten haben, erteilen, hoch zu Roß, durch ihre Aufseher und Vögte dem Heer ihrer tapferen Sklaven den Befehl: »Kinder! Legt die Musketen an!« (Andere Waffen als Musketen aus dem Siebenjährigen Krieg besäßen sie ohnehin nicht.) »Legt die Musketen an! Auf die Banden des Zaren, des Usurpators – Feuer!«

Lieber Timo, ich sage dir: Sollten Ehrfurcht und Liebe

zwischen Gutsherren und Bauern der einzige Ausweg sein, der den Deinigen bleibt (und Gott mag wissen, vielleicht habt ihr in der Geschichte wirklich keinen anderen), dann seid ihr zum Tode verurteilt. Dann habt ihr euch selbst schon längst zum Tode verurteilt. Denn die in sechshundert Jahren zwischen Bauern und Gutsherren entstandene Kluft vermag keine himmlische oder irdische Macht mehr zu überbrücken. Selbst wenn man es auf beiden Seiten der Kluft aus Gründen der Vernunft wirklich wollte. Und sollte man bei Tage die Schlucht überspannen und Pfeiler für die Brückenbögen errichten – in der Nacht, im Traum, würde man sich auf beiden Seiten erheben und, wie mondsüchtig, von blinden Zwängen getrieben, alles niederreißen, was die Hände bei Tage geschaffen hatten.

Und dennoch ... Mein Schwager hat wenigstens in seinem Privatleben eine Brücke über die Kluft geschlagen. Freilich, schon das allein hat er mit dem Ruf, verrückt zu sein, bezahlen müssen. Soweit ich das beurteilen kann, hat er dabei sein Glück gefunden. Und ich muß zugeben, wäre nicht geschehen, was mit ihm aus politischen Gründen geschah, wäre wahrscheinlich auch meine tolle Schwester mit ihm glücklich geworden. Trotz all des Widerstands, der die beiden umgibt. Und trotz der Unzulässigkeit der Heirat, die diesen Widerstand nährt ... Mein Schwager hat es fertiggebracht, die Brücke zu schlagen. Anerkennt man das, muß man feststellen: Sein Handeln verleiht all seinen Phantastereien ein wundersam wehrloses und dennoch unleugbar vorhandenes Körnchen Wahrheit ... Es ist lächerlich, doch irgendwie unantastbar.

Donnerstag, den 28. Juli. Heute nacht hatte ich einen Traum. Ich habe mir zwar vorgenommen, in diesem Heft nicht über meine ganz persönlichen Angelegenheiten zu schreiben, aber dieser Traum, so dumm er auch ist, spiegelt in gewisser Weise die Umstände unseres seltsamen Lebens wider.

Mir träumte, Jette besuchte mich hier im Kivijalg in

meinem Schlafzimmer. Ich habe mich seit ihrer Abfahrt, das ist jetzt anderthalb Monate her, bemüht, nicht an sie zu denken, und das ist mir unerwarteterweise gut gelungen. Ich habe ihr keine Zeile geschrieben. (Ich weiß auch gar nicht, wohin ich ihr schreiben sollte.) Und sie, obschon sie meinen Wohnort kennt, hat ebenfalls nicht geschrieben. Es ist besser so.

Heute gegen Morgen betrat sie meine Schlafkammer. Sie sah genauso aus, wie sie in Wirklichkeit aussieht. Wie sie in fröhlichen Augenblicken aussah. Sie trug ein weißes Bündel in der Hand, und ihr blau und weiß getupftes Kleid ließ ihren schlanken Hals und ihre vollen Schultern aufreizend bloß. Mit einem liebenswürdigen Lächeln knüpfte sie das Bündel auf. Doch was sie aus dem Tuch hervorholte – ein Schreck durchfuhr mich und ließ es mich erahnen –, war kein halber Mandelkuchen. Es war der Kopf Zar Alexanders, sehr blaß, fast weiß, vielleicht aus Gips, jedoch mit blutendem Hals ... Jette sagte: »Siehst du, Jakob, jetzt ist mein Vater tot. Nun gibt es nichts mehr, was dich hindern könnte ...«

Sie legte des Zaren oder ihres Vaters Kopf auf den ovalen Tisch vor dem Sofa, und ich dachte: Nun macht sie den Tisch blutig, und wenn das jemand merkt, gibt es vielleicht Scherereien ... Doch als ich mich zu ihr wandte, um sie zu rügen, blieb ich vor freudigem Schrecken stumm. Vor freudigem Schrecken, ich erinnere mich genau. Denn Jette stieg gerade mit einem großen Schritt über ihre zu Boden fallenden Kleider. Sie war splitternackt und hielt das weiße Tuch zwischen uns, damit ich ihr Gesicht nicht sähe, sie kam und setzte sich mir schamlos rittlings auf den Schoß ... So ein Unsinn!

Freitag, den 29. Eigentlich wollte ich gestern einen ganz anderen Traum aufschreiben. Nicht meinen eigenen, sondern Timos, von dem er mir vorgestern erzählte, als Eeva mich nach dem Abendessen in ihre Räume zurückrief, um meine bereits erwähnte Erkundungsreise zu erörtern. Wir wogen die Angelegenheit von allen Seiten ab und beschlossen, daß ich auf jeden Fall in der zweiten Augusthälfte nach Pernau fahren sollte.

Diese gemeinsame Besprechung unseres überaus geheimen Planes brachte mich ihnen zum zweitenmal innerhalb der letzten zweieinhalb Monate näher als gewöhnlich. Wie damals, als wir zuletzt darüber gesprochen hatten, konnte ich auch vorgestern meine Neugier nicht bezwingen. Und dennoch traute ich mich nicht, direkt zu fragen, wie es natürlich gewesen wäre: Timo, sag, wofür haben sie dir das alles angetan? Denn der Kuckuck mag wissen – Gutsherr oder nicht, verrückt oder nicht, Verbrecher oder nicht, Schwager oder nicht –, irgendwie hat alles, was ihm zugestoßen ist, bewirkt, daß ich ihm nicht anders gegenübertreten kann als ehrlich, oder wenigstens mehr oder weniger ehrlich ... Und jetzt, nachdem ich auf ziemlich zweifelhaftem Wege erfahren habe, wofür das Schicksal ihn gestraft hat, vermochte ich es nicht, den Ahnungslosen zu spielen und ihn nach dem zu fragen, was ich schon wußte. Darum knüpfte ich meine Frage an das an, was er das letztemal mir zu erzählen für gut befunden hatte. Als wir uns die dritte Pfeife angezündet hatten, sagte ich: »Die Sache mit dem Klavier, von der du erzählt hast, du erinnerst dich? – ich habe darüber nachgedacht –, die ist allerdings sehr merkwürdig ... Hast du dort in Schlüsselburg noch weitere Marotten des Zaren über dich ergehen lassen müssen?«

Mir schien, daß meine Frage Timo leicht erblassen ließ. Ich vermied es, Eeva anzusehen, um ihrem wahrscheinlich tadelnden Blick zu entgehen. Timo erhob sich und schritt, in Pfeifenrauch gehüllt, auf und ab. Er schloß das Fenster zum Garten und trat wieder zu uns. Er sagte: »Allerdings. Obwohl ich nicht mehr sicher bin, was dort wirklich geschah und was mir nur so vorgekommen ist – wenn man meine geistige Verwirrtheit berücksichtigt, nicht wahr ...«

Und dann erzählte er uns von seinen ersten Jahren in Schlüsselburg. Bis zu diesem Traum. Denn daß es mehr war als ein Traum, weigere ich mich zu glauben. Seine Erzählung war so merkwürdig, daß ich versuche, sie möglichst genau wiederzugeben. »... Weißt du«, sagte er, »der gewöhnliche Gefängnisalltag ... Eine gewöhnliche Kasematte. Die Fenster mit Kalk beschmiert. Damit man den Himmel nicht sieht. Niedrige graue Gewölbe mit schwarzen Flecken. Wasser tropft herab. Ratten laufen herum. Alles ganz normal. In der Tür ein Guckloch und dahinter ein Wächter ... Jedes Hüsteln ist zu hören ... Auch normal, nicht wahr. Die Luft ist besonders normal, versteht sich. Riecht wie ein alter Scheuerlappen ... Das Essen – allmählich ging mir auf, daß es noch nicht das schlechteste war, anfangs aber bringt man keinen Bissen hinunter. Obwohl ich auf alles gefaßt war, nachdem ich mein Memorandum abgeschickt hatte ...«

Eeva stand auf und schloß auch die Tür zum Flur. Ich schaute sie noch immer nicht an – und fühlte, daß es jetzt nicht mehr anders ging. Ich schlug die Augen nieder und fragte: »... Und was war das für ein Memorandum?« Wie ich mich erinnere, tröstete ich mich damit, daß ich seine eigene Meinung über das Memorandum nicht kannte. Timo erwiderte: »Das war – wie soll ich sagen – ein Porträt Zar Alexanders. Umrahmt von den Verhältnissen im Imperium. Es enthielt jene Gedanken, die schon längst in den Köpfen aller denkenden Menschen aufgetaucht waren ... Ich hatte bis 1818 allzu vieles aus allzu großer Nähe gesehen. Ich war kein Freund des Zaren mehr. Ich sage, ich war es nicht mehr. Früher bin ich es gewesen. Aber ich wollte ein Mann von Ehre bleiben. Was auch geschehe. Und dann fühlte ich: Wenn ich weiß, wie man in meinen Kreisen denkt, und wenn ich selbst ebenso denke, aber es vor dem Zaren verschweige, wenn ich tue, als hätte ich keine Ahnung, was ringsumher gedacht wird, wenn ich durch mein Schweigen den Eindruck erwecke, daß ich selbst unisono mit den höfischen Speichelleckern denke – bin ich dann noch ein Mann von Ehre? Dann bin ich ein Schuft! Zumal ich glaubte, dem Zaren besonders verpflichtet zu sein ...« Damit meinte Timo offenbar seinen Eid, von dem Eeva mir erzählt hatte. »Und dann schrieb ich dieses – sein Porträt. Und schickte es ihm. Durch Wjasmitinow. Und damit – nun, man kann wohl sagen, den ersten provisorischen Entwurf einer Konstitution für Rußland. Vierundfünfzig Punkte . . . Anschließend war ich auf alles gefaßt . . .« Timo verzog das Gesicht, als hätte er Schmerzen oder als blicke er in die Sonne, dabei hob sich seine Oberlippe, und sein Zahnfleisch kam für einen Augenblick zum Vorschein. Die Zähne hatte man ihm ausgeschlagen. Der Schmerz schien aber sogleich wieder abzuebben, und er fuhr lebhaft fort: »Ich kann mich erinnern, in meinem Memorandum geschrieben zu haben, daß man mir wenigstens eines glauben könne, es sei nicht Egoismus gewesen, der mich zum Handeln bewogen habe. Ich hatte Zeit zum Nachdenken. Jetzt begreife ich, daß ich mich geirrt habe. Tatsächlich war es ein erbarmungslos egoistischer Versuch zur moralischen Rettung meiner selbst.«

Eeva sagte gedämpft, aber nachdrücklich: »Timo, du sollst dir keine Vorwürfe machen. Du weißt, ich habe dir nie Vorwürfe gemacht.«

»Ich weiß. Du nicht«, sagte Timo, »und ich selbst – mir tat es natürlich furchtbar leid, daß ich gezwungen war, dem mir liebsten Menschen weh zu tun – aber ich habe daran nicht mir die Schuld gegeben. Denn, wie gesagt, zunächst erkannte ich meinen Egoismus nicht. Und später, als ich ihn erkannte, machte die Erkenntnis mich nicht blind. Ich meine blind für die andere Seite der Angelegenheit. Denn ich kann den Glauben nicht aufgeben: Subjektiv mag man mein Handeln beurteilen, wie man will, es hat auch eine objektive Seite. Objektiv hätte es ein Anstoß zur Umgestaltung Rußlands werden können. Hätte sich der Zar als der Mann erwiesen, als den ich ihn mir irrtümlicherweise vorstellte. Gewiß, ich habe von Anfang an die Möglichkeit eines Irrtums in Betracht gezogen. Und darum war ich von Anfang an auf alles gefaßt.«

Die selbstsüchtige Geschlossenheit seiner Behauptungen reizte mich. Ich fragte: »Auch darauf, daß dir die Zähne ausgeschlagen werden?«

»Jakob . . .«, rief Eeva merkwürdig erschrocken. Einen

Moment dachte ich (der Mensch hat allerlei seltsame Einfälle), das Erwähnen der Zähne könnte ein Stichwort sein, das nach Eevas Erfahrung Timos Gedanken verwirrte. Aber er entgegnete vollkommen beherrscht, ja fast leise: »Ja. Auch darauf ... Oder eher nicht! ... Denn ich habe trotz allem gehofft.«

Ich fragte, um das Gespräch in ruhige Bahnen zurückzuführen: »Dessenungeachtet, wie ist es dir dort ergangen?«

Er fuhr fort: »Am Morgen des vierten Tages nach der Verhaftung wurde ich in aller Frühe mit einem Boot aus der Stadt Schlüsselburg auf die Insel gebracht. Sie hatten es furchtbar eilig, mich in die Kasematte zu sperren. Ich wurde nicht einmal ordentlich durchsucht. Als sie mich bereits in das für mich bestimmte Loch gesteckt hatten – später erfuhr ich, daß es sich um die sechste Kasematte der Sonderabteilung handelte –, kam morgens um vier, in Uniform und im Schmuck seiner Orden, General Plutalow und verlas die Vorschriften meiner Haft: Briefe schreiben verboten. Briefe erhalten verboten. Gespräche mit den Wärtern verboten. Papier, Feder, Bleistift verboten. Zeichnen auch verboten. Spaziergänge im Festungshof ebenfalls. Arztvisiten verboten. Letzteres stand nicht in den Vorschriften, zeigte sich aber bald. Gestattet war nur, über den Oberwärter nach General Plutalow zu verlangen. Allmählich begriff ich, wie seltsam das war: Er erschien auf mein Verlangen stets in der Kasematte, ob bei Nacht oder Tag. Im Laufe der Jahre verlangte ich ein gutes dutzendmal nach ihm, vielleicht sogar öfter, möglicherweise tat ich es auch in jenen Zeiten, an die ich mich nicht genau erinnere. Und wenn er nicht kam – auch das geschah –, entschuldigte er sich später, er wäre auf Urlaub oder fort gewesen. Und wenn ich fragte, warum sein Stellvertreter nicht erschienen sei, entgegnete er, sein Stellvertreter sei nicht bevollmächtigt, mit mir zu sprechen ... Nun, du fragst nach den Marotten des Zaren. Ich finde, daß nicht einmal der Stellvertreter des Festungskommandanten mit einem bestimmten Gefangenen sprechen durfte, war eine. Und auch, daß der Festungskommandant wiederum Befehl hatte, auf Verlangen des Gefangenen bei Tag oder Nacht bei ihm zu erscheinen. Oder folgendes: Ich erhielt normale Gefängniskost. Wenn man sie hereintrug, sah ich, daß das gleiche Essen in Holzgefäßen in die anderen Kasematten gebracht wurde, deren es im ›Geheimen Haus‹ weitere zehn oder elf gab. Hafer- und Mehlbrei, gekochtes Rindfleisch, manchmal Fisch, Kohl-, Möhren- oder Rübensuppe, Schwarzbrot. Aber vom ersten Tage an brachte man mir Schokolade und Zigarren. Plutalow sagte: ›Auf persönlichen Befehl des Zaren.‹ Also – vermodere, verschimmle, werde vergessen! Und friß Schwarzbrot! Aber als Nachtisch iß Schokolade und schenke deinem Zaren ein süßes Gedenken . . .«

»Na, allzu süß dürfte das nicht gewesen sein . . .«

»Ich habe seine Gaben nicht angerührt! Nach einigen Tagen trug man sie weg – und ersetzte sie durch neue Schachteln. Später, als er mir das Klavier schickte – das habe ich angerührt . . . Da konnte ich der Versuchung nicht widerstehen. Und da konnte ich jedesmal für den Zaren die Marseillaise spielen, ehe ich für mich Bach oder Händel spielte . . . Doch das Klavier wurde mir erst gebracht, nachdem ich bereits zwei Jahre in der Festung gesessen hatte. Bis dahin – kein Verhör, keine Vorladung. Mit niemandem den geringsten Kontakt. Stell dir vor, wie das wirkt . . . wenn der Gefangene nicht schweigen will, sondern reden . . . wenn der Gefangene bis zum Bersten angefüllt ist mit Worten . . . Mein Stolz ließ es nicht zu, mich über Plutalow an den Zaren zu wenden. War der Zar auf die Idee gekommen, mich zu verhaften, mußte er sich auch an mich erinnern. Und er erinnerte sich an mich. Jetzt weiß ich: Er war die ersten Jahre fast nie in Petersburg . . . Er hielt sich in Moskau auf, in Charkow, Warschau, Troppau, Wien, Ljubljana . . . Als wollte er vor irgend etwas fliehen . . . Ich will nicht behaupten, vor mir. Aber er erinnerte sich an mich. Zunächst kam diese lächerliche Schokolade. Danach das Klavier. Und bald darauf Graf Lieven. Ja, ja. Derselbe Karl, den du 1817 bei mir in Dorpat zu treffen Gelegenheit hattest. Er war damals schon

Kurator der Universität. Nun, 1819 spazierte er in meine Kasematte – und ich bot ihm auf dem Hocker Platz an.

›Oh! là! là! – Monsieur le Comte . . . D'où est-ce que cet honneur . . .?‹

Er war steif vor Verlegenheit. Und versuchte, sie auf seine salbungsvolle Art zu überwinden. Weißt du, so ein Herrnhuter Hofprediger, der in der Westentasche einen Seidenbeutel mit Orangenblütenpulver trägt, damit jedem der Duft des Gartens Eden in die Nase steige . . . Er sagte, Fürst Alexander Nikolajewitsch Golizyn hätte ihn auf Befehl des Zaren gebeten, mich zu besuchen . . . Außer nach dem Paradies duftete er nach Salons und Zigarren und nach frischem Herbstwind . . . Anfangs kam er selbst. Dann schickte er Pastor Mortimer. Und schließlich erschien Golizyn persönlich.«

»Was wollten sie von dir?«

»Ich sollte ihnen gestatten, dem Zaren zu schreiben, ich hätte meinen Irrtum eingesehen. Ich sollte ihnen gestatten zu schreiben, ich täte Abbitte für meine Frechheit.«

»Und du?«

»Ich sagte: Meine Herren, wenn Sie mir in meiner Einsamkeit angenehme Gesellschaft leisten wollen, bin ich Ihnen sehr dankbar. Wenn Sie mich aber dazu bringen wollen, von meinen Überzeugungen Abstand zu nehmen, bin ich gezwungen, Ihnen zu sagen: Geben Sie sich keine Mühe. Ja mehr noch, ich bin gezwungen, Ihnen zu sagen: Verzichten Sie auf Ihre Besuche. Denn Leute, die mir in der Schlacht die Kapitulation predigen, sind mir – verzeihen Sie – zumindest lästig. Und mein Aufenthalt hier in der Kasematte ist für mich nichts anderes als meine einundsechzigste Schlacht.«

Ich fragte: »Timo, mit wem schlugst du dich in dieser deiner einundsechzigsten Schlacht?«

Er stand am nordwestlichen Fenster des Saales, die glühende Pfeife in der Hand, und betrachtete durch die Scheibe die Heckenrosen nahe seinem Gesicht, die ihre Blüten bereits verloren hatten, aber noch keine Früchte trugen. Verwundert wandte er sich zu mir um.

»Mit dem Zaren natürlich. Und mit der Tyrannei, deren Symbol er darstellt.«

Ich fragte: »Aber Timo, bestand für dich denn in dieser Schlacht auch nur die kleinste Hoffnung?«

Er entgegnete: »Gewiß. Auf diese Hoffnung baute ich. Und all die Klaviere und Mortimers und Lievens nährten meine Hoffnung. Denn ich hoffte, er würde es nicht aushalten. Der Zar würde es nicht aushalten.«

»Was?«

»Daß er für die Wahrheit, die er anerkennen mußte, allmählich seinen einstigen Freund umbrachte.«

»Er hatte bessere Nerven, als du angenommen hattest?« Ich leugne nicht, daß meine Frage ein wenig Schadenfreude enthielt. Er aber beachtete das nicht. Er sagte: »Nicht so gute, wie man hätte annehmen können. Aber ich will nicht behaupten, meine wären eisern gewesen. Nach zwei Jahren fühlte ich allmählich, daß ich ganz herunter war mit den Nerven. Meine Haut fing stellenweise fürchterlich an zu jucken. Vom Gestank des Kübels wurde mir übel. Manchmal konnte ich mir einen halben Tag lang zum Beispiel Lehrbergs Vornamen nicht ins Gedächtnis zurückrufen. Ich hatte wüste, unsinnige Träume. Ich schlief so wenig und so leicht, daß ich eigentlich überhaupt nicht mehr schlief. Und dann, ich glaube, es war im Mai 1821 – ich fand mich des öfteren nicht mehr in der Zeit zurecht –, kam eines Tages ein Arzt zu mir. Er fragte unter anderem, wie ich schliefe. Ich erwiderte, ich schliefe sehr schlecht. Er fragte: ›Wie haben Sie in den letzten beiden Nächten geschlafen?‹ Und ich antwortete: ›Ja, weiß Gott, in den letzten zwei Nächten habe ich so gut geschlafen wie lange nicht mehr.‹ Ich erinnere mich, daß ich sagte: ›Wie in einem Sarg aus Ebenholz.‹« Timo lachte. »Darauf verließ er mich, und man brachte mir mein Abendessen. Und dazu einen Krug Bier. Da ging mir durch den Kopf: Bier hatte man mir sonst nie gegeben, wohl aber an den beiden vergangenen Abenden ... Vielleicht hatte ich in diesen Nächten in meinem schwarzen Sarg etwas gesehen oder gehört, im Traum oder im Schlaf, ich weiß es nicht, jedenfalls schöpfte ich Verdacht. Ich nahm die Hälfte des Essens wie gewöhnlich zu mir, das Bier aber goß ich in den Kübel. Darauf legte ich mich auf die Pritsche, tat, als schliefe ich, und wartete, was nun geschehen würde. Um zehn wurde wie immer die Wache abgelöst. Schweigend natürlich, ohne Meldung. Den Wärtern war jede Unterhaltung in Anwesenheit der Gefangenen untersagt. Gespräche mit mir erst recht. Wie auch mir Gespräche mit ihnen. Ich habe sie nie angesprochen. Wenigstens in den Zeiten, an die ich mich erinnern kann. Ich habe mir gesagt: Verbot ist Verbot. Es zu übertreten käme fast einer Bitte gleich. An sie oder den Zaren. Sie wechselten dennoch hin und wieder ein Wort miteinander. Zuweilen auch mehrere. Über die Kohlsuppe, das Wetter, Frauen. Über den Aufstand des Semjonow-Regiments. Halb flüsternd. Oder sie lachten über etwas. Oder – Kitty wird entschuldigen – sie furzten, wenn sich ihr Offizier nicht in der Nähe befand. Es waren zumeist wohl junge Burschen. Ich sah sie ja kaum. Da lag ich nun auf der Pritsche und wartete. Nichts geschah. Von der Decke tropfte Wasser, und Wenjamin Iwanowitsch flitzte über den Fußboden. Das war der Hauptmann meiner Wasserratten. Plötzlich fiel mir auf, daß sich meine Wächter jenseits der Tür an diesem Abend ungewöhnlich still verhielten. Und ich bemerkte, daß der Schlaf mich wieder floh. Ich war kein bißchen schläfrig. Im Gegenteil, es war wieder wie stets in jenen Jahren: Meine Denkmaschine lief fieberhaft. Flüsse, Wasserfälle, Sturzbäche von Beweisen, die meiner Meinung nach von keinem Opponenten zu widerlegen waren, schossen mir durch den Kopf ... Ketten von Zitaten: Montesquieu, Kant, Marc Aurel. Alles in bunter Mischung. Verwegene, treffende Phrasen – (Kitty wird verzeihen): Wissen Sie, meine Herren, von welchem estnischen Wort das griechische ›Tyrannei‹ abgeleitet ist? Nein? Man merkt, daß Sie es nicht wissen! Darum ertragen Sie sie! Dann plötzlich durchzuckte mich mit süßem Schrecken messerscharf die Erinnerung: Gott, jenseits der Mauer ist die Welt! Dort sind Kitty und unser Kind! Wir haben ein Kind von anderthalb Jahren, wenn alles gut gegangen ist ... Es muß gut gegangen sein, da mit mir so unerklärliche Dinge geschehen ... Nur weiß ich nicht einmal, ob wir einen Sohn oder eine Tochter haben ... Dann, nach Mitternacht – ich hatte gelernt, mit der Haut die Zeit zu spüren – wurden die Türen der Wachstube nebenan geräuschvoll geöffnet. Es war zu hören, wie Soldaten antraten. Man schloß meine Tür auf, aber ganz leise, und zwei Offiziere mit Kerzen in der Hand traten ein. Sie blieben rechts und links neben der Tür stehen und ließen einen dritten in die Kasematte treten. Ich schielte aus den Augenwinkeln und erkannte ihn sofort. Es war Fürst Golizyn. Ich spähte zwischen den Lidern hindurch. Seine untersetzte Gestalt. Der große Kopf mit der Glatze, sein kantiger Leib, der wie bucklig wirkte, seine kurzen Beine. Er ließ die Kerzen auf den Klavierdeckel stellen, trat zu meiner Pritsche, betrachtete mich aus nächster Nähe, wobei sein Atem mein Gesicht berührte, so daß ich befürchtete, er könnte sehen, daß meine Lider bebten ... Dann verließ er die Kasematte und winkte den Offizieren, ihm zu folgen. Danach trat der Zar allein ein ...«

Ich konnte mich der Frage nicht enthalten (es war zugleich ein Versuch, Timos Selbstkontrolle zu beleben): »Timo, bist du sicher, daß er es war?«

Timo erwiderte: »Im ersten Augenblick war ich es nicht. Er trug eine kurze schwarze Pelerine mit Kapuze, die er sich über den Kopf gezogen hatte. Ich wagte nicht, ihn zu betrachten. Ich wollte wissen, was weiter geschehen würde. Aber dann erkannte ich ihn doch im Schein der vier Kerzen. Schon allein daran, wie er sich verhielt. Er stand eine ganze Weile an meiner Pritsche. Ich bemühte mich mit all meiner Kraft, gleichmäßig zu atmen. Ich war zwischen zwei Gefühlen hin und her gerissen, verstehst du: Triumph, weil er gekommen war, und fürchterliche Enttäuschung, weil er nicht gekommen war, um mit mir menschlichen Kontakt aufzunehmen, sondern um mich heimlich zu betrachten. Wie einen Gegenstand, der durch Gott weiß was für ein Gebräu blind und stumm gemacht worden war ... Schließlich entfernte er sich einen Schritt von meiner Pritsche, und stell dir vor, was er tat! Er kniete auf dem von Ratten beschmutzten Steinfußboden nieder, und ich sah durch die Wimpern, daß er betete – zwei Fuß von meinem Ohr entfernt! Ich hörte ihn sogar flüstern: ›Herrgott, ich bete zu dir für meinen törichten Nächsten ... und für mich selbst ... Herrgott, für diesen meinen widerspenstigen Bruder, der sich dir widersetzt, indem er seinem gesalbten Herrscher unerhörte Frechheiten verkündet ...‹ Er verstummte für einen Moment, als nähme er Anlauf zu einem Bekenntnis, und ich vergaß mich und öffnete die Augen. Ich schaute ihn an. Ja – er kniete auf dem Boden der Kasematte! Er schob sich die Kapuze mit dem Handrücken in den Nacken. Seine Stirn war bis zur Glatze schweißbedeckt. Sein Gesicht war merklich gealtert. Im Vergleich dazu, wie er 1816 ausgesehen hatte. Es war aufgedunsen und gerötet. Seine Tränensäcke waren geschwollen. Er schaute mit halbgeschlossenen Augen zur Decke. Seine Miene war abwesend und widerlich süß, so daß es mir widerstrebte und peinlich war, ihn anzusehen. Dann hörte ich ihn flüstern: ›... Herr, du durchschaust all seine Gedanken, wie du mein Herz durchschaust. Du weißt, daß ich weiß: Nicht in allem hat er recht, aber in vielem, in sehr vielem. Ich danke dir, Herr, daß du es mich hast erkennen lassen, daß du meinen Zorn und mein Entsetzen hast zu Verständnis reifen lassen. Und ich danke dir für die Erkenntnis, die du mir in deiner göttlichen Weisheit hast zuteil werden lassen: daß ich diesem meinem störrischen Bruder und Untertan nicht zugestehen darf, daß er recht hat! Denn damit würde ich nicht dir, Herr, dienen, sondern dem Dämon des Chaos ... Ich danke dir für die Bürde, die schwerste unter ihresgleichen, die du durch diese Erkenntnis auf meine Schultern geladen hast als Prüfstein meiner Tauglichkeit zum Herrscher ... Aber ich bekenne, diese Bürde wird mir von Tag zu Tag schwerer ... Und deshalb bitte ich dich: Herr, laß Timotheus von Bock endlich zur Vernunft kommen und seinen Herrscher für seine unerhörten Worte um Vergebung bitten – damit ich ihm verzeihen kann und von der Bürde erlöst werde, ihn gefangenhalten zu müssen . . .‹ Er schloß die Augen und sprach zu sich selbst: ›Solltest du jedoch anders entschieden haben, so sage ich mit den Worten deines Sohnes im Garten Gethsemane: Mein Vater, ist es möglich, so gehe dieser Kelch von mir; doch nicht wie ich will, sondern wie du willst.‹ Und weißt du, Jakob, dabei sank ihm sein Kopf mit einem Ruck auf die Brust, er öffnete die Augen, und wir starrten einander an . . .

Wir wechselten nur zwei Worte. Er flüsterte: ›Timothée . . .?!‹

Und ich sagte: ›Tartuffe!‹

Da hielt er sich mit den Händen die Ohren zu und rannte aus der Kasematte. Ich würde sagen – nicht auf allzu majestätische Art. Danach habe ich ihn nicht mehr gesehen.« Timo lächelte vage und fügte hinzu: »Wenigstens nicht mehr bei lebendigem Leibe . . .«

Ich sagte: »Timo, das kann doch nur ein Traum gewesen sein?!«

Timo ging zum anderen Ende des Saales, wo der Schatten vom Spiegel des Kandelabers fast mit der Finsternis verschmolz. Kaum sichtbar stand er dort. Sogar die Pfeife in seiner Hand war erloschen. Er lachte auf und sagte: »Na, wie du meinst . . .«

Mittwoch, den 7. September. Gestern bin ich endlich aus Pernau zurückgekehrt. Ich habe mich fast drei Wochen dort aufgehalten. Ganz umsonst war die Reise nicht. Besonders dank Eevas gründlicher geistiger Vorbereitung, die ich in die Tat umsetzte. Anfang August saß ich mehrere Abende in der Wirtschaft der Spiegelfabrik von Röika und unterhielt mich mit den Fabrikarbeitern und Dorfleuten, die dem Pächter des Herrn Amelung ihr gutes Geld für Bier und Schnaps in die Kneipe trugen. Ich ließ mir dabei einige Lieder aus dem Krieg mit den Franzosen vorsingen, die damals in Umlauf waren, und schrieb sie auf:

Das Feuer raste wild, Rauchschwaden
hinwälzend über die Moskwa.
Abseits auf Moskaus Kremlmauer
im grauen Mantel stand ER da,
in schwarze Ahnungen versunken,
gekreuzt die Arme auf der Brust,
und blickte düster in die Flammen,
des eignen Untergangs bewußt.

Hier ein weiteres, das mir noch lange in den Ohren klang:

Vier Totengräber kommen da
gerade auf mich zu.
Oi, Oi,
gerade auf mich zu . . .
Ihr Totengräber, seid gegrüßt!
Wen wollt ihr denn begraben? . . .
Oi, Oi,
wen wollt ihr denn begraben? . . .
Den ruhmreichen Napoleon,
den bringen wir ins Grab,
oi, oi,
den bringen wir ins Grab!

Mitte August fuhr Eeva nach Dorpat. Dort traf sie den alten Masing, weihte ihn ein in unser Unternehmen und brachte mir ein Empfehlungsschreiben an den Pernauer Pastor Rosenplänter mit. Denselben, der in den letzten zehn, zwölf Jahren mit seinen »Beiträgen« bekannt geworden ist. Die einen meinen, diese Bekanntheit sei ernst zu nehmen und erfreulich, die anderen (und es sind ihrer mehr) halten sie für absonderlich. Einige Tage später ritt ich nach Oberpahlen, ließ mein Pferd, das der Stalljunge der Wahls nach Woiseck zurückbringen sollte, im Schloß, stieg in die Postkutsche und machte mich auf den Weg nach Pernau, angeblich, um eine Handvoll von mir aufgeschriebener Volkslieder aus dem Krieg gegen die Franzosen dem Herrn Rosenplänter für seine »Beiträge« zu übergeben.

Rosenplänter wohnt im Pfarrhaus der Elisabethgemeinde in der Königsstraße. Er ist ein freundlicher, munter dreinblickender Herr zwischen vierzig und fünfzig. Sein kurzes, in die Stirn gekämmtes schwarzes Haar und seine schnellen Bewegungen lassen einen durchaus nicht darauf schließen, daß er Geistlicher ist. Mir kam bei seinem Anblick der Gedanke, wäre ich der Leiter einer Schauspieltruppe und brauchte einen edelmütigen französischen Revolutionär (auch solche gibt es), ich würde mich wahrscheinlich an ihn wenden. Übrigens soll er tatsächlich in Pernau Theater gespielt haben, sogar in estnischer Sprache.

Als ich ihm Masings Brief überreichte, schickte er seine vier oder fünf Rangen verschiedenen Alters aus dem Arbeitszimmer und zog eine Schublade heraus.

»Sehen Sie, hier bewahre ich Propst Masings Briefe auf. Ich habe schon mehr als hundert davon.«

Nachdem er den Brief, den ich ihm gebracht hatte, geöffnet und durchgelesen hatte, schaute er zuerst lange auf mich, dann auf die Straße hinaus und dann wieder auf mich.

»Nun«, bemerkte er langsam, »diesen Brief werden wir nicht hier in der Schublade aufbewahren.« Er entfernte sich für einen Augenblick und sagte, als er das Zimmer wieder betrat: »Natalie hat den Kaffee bereits aufs Feuer gestellt. Dank dieses Briefes wird er noch heißer sein.«

Rosenplänter redete eher langsam als hitzig, darum wurde unser Kaffee mehrmals kalt. Aber Rosenplänter hatte offenbar ernsthaft die Absicht, mir, oder genauer Eeva und Timo, zu helfen. Angesichts der Zweifelhaftigkeit unserer Angelegenheit und angesichts seines ausgeglichenen Wesens und soliden Berufs wäre das schwer zu erklären gewesen, hätte man dahinter nicht die tiefe Verehrung für den alten Windbeutel und Sonderling Masing geahnt, mit dessen Empfehlungsschreiben ich bei ihm aufgetaucht war. Und so breitete er die von mir aufgezeichneten Volkslieder auf dem Tisch aus und sagte, ich solle auf der Veranda Platz nehmen und lesen. Wir hielten es für angebracht, daß ich mich nicht in der Stadt zeigte, denn in einem Nest wie Pernau konnte ein Fremder leicht auffallen und unnötige Aufmerksamkeit auf sich lenken. Dennoch unternahm ich einen kleinen Spaziergang durch die Stadt. Aus Neugier. Und damit ich gegebenenfalls eine Vorstellung von ihr hatte. Ich sah mir den Handelshafen mit seinen sieben oder acht Segelschiffen und den zahlreichen Schaluppen an, die am großen Pernau-Fluß an der Mündung des Sauckschen Baches lagen. Und auch das Zollhaus und die Hafenwache. Und die beiden Kneipen am Fluß, wo sich wohl am günstigsten ein Gelage für die Hafenwache veranstalten ließ. Die meiste Zeit saß ich jedoch in der Königsstraße bei Rosenplänter und las oder unterhielt mich mit seiner freundlichen Frau oder schnitzte für die Pfarrerskinder aus Holzstäbchen eine Herde. Rosenplänter ging seinen Amtshandlungen nach, besuchte aber dazwischen bekannte Kaufherren und Reeder und trank mit ihnen Kaffee. Am Ende der Woche rief er mich am späten Nachmittag in den Garten. Sein Name bedeutet ja Rosenpflanzer. Und wirklich, er hat mit seinen Konfirmanden und Konfirmandinnen die Hälfte der Pernauer Friedhöfe nicht nur mit Rosen, sondern auch mit jungen Bäumen bepflanzt. Seinen eigenen Garten hat er in einen kleinen Mustergarten und eine Baumschule verwandelt. In der Laube zwischen den Holunderbüschen saß bei einem Krug Bier ein Mann mit kupferfarbenem Gesicht und eisengrauem Rauschebart. Rosenplänter stellte uns einander vor und ließ uns allein.

Der Mann war Kapitän Snyder, ein Friese aus Cockdorp auf der Insel Texel. In den letzten fünf Jahren war er nur selten in seinen Heimathafen eingelaufen, denn so lange segelte er für das Pernauer Handelshaus Jacke zweimal jährlich ein und dieselbe Route: mit einer Ladung Flachs aus Livland von Pernau nach Oporto in Portugal und von dort mit dem berühmten Portwein für die livländischen und Petersburger Feinschmecker zurück nach Pernau.

Nachdem Kapitän Snyder und ich ein paarmal abends in Rosenplänters Garten Bier und später auf der Veranda bei leisem Regen Tee getrunken hatten, war trotz anfänglicher Wortkargheit im wesentlichen alles geklärt. Ja, Kapitän Snyder war einverstanden. Er konnte etwa im Mai oder September des nächsten Jahres zwei oder drei reiselustige Personen in aller Stille in Pernau an Bord nehmen. Er würde sie im Laderaum, wo der Flachs lag, verstecken. Gewiß, einige der Seeleute mußte er einweihen. Aber das würden Männer sein, die das Maul halten können. Die Aufmerksamkeit der Hafenwache mußten die Reisenden jedoch selbst ablenken. Aber Kapitän Snyder meinte, das würde keinen allzu großen Aufwand erfordern... Ich spann meine Gedanken weiter: Ich könnte mit dem Oberwärter anbändeln. Ich könnte meine Dienste als Unteroffizier a.D. anbieten. Ich könnte der Wachmannschaft aus Freundschaft ein paar Runden spendieren und sie so gründlich freihalten, daß sie zur rechten Zeit stockbetrunken im Hinterzimmer der Kneipe läge... So oder so, Kapitän Snyder wird Pastor Rosenplänter sofort in Kenntnis setzen, sobald er im nächsten Jahr mit Gottes Hilfe wieder in Pernau eingelaufen ist.

Was die Höhe seines Entgelts betrifft, so haben wir noch nichts vereinbart. Auf meine Frage zog der Kapitän an seiner Pfeife und antwortete: »Sehen Sie, ich habe einigen Leuten, die aus Portugal fort mußten, geholfen, nach Amsterdam zu kommen. Dort gab es im vergangenen Sommer gewaltigen Krawall wegen der neuen Carta de lei, das heißt wegen der Verfassung. Die einen sind dafür, die anderen dagegen. Es kam zu einer Schießerei. Wie das so ist im Süden. Der Engländer mischte sich ein. In solchen Zeiten müssen manche Leute zwangsläufig verreisen. Aber ich kann mit gutem Gewissen sagen: Viel weniger haben die Silbertruhen meiner Reisenden nicht gewogen, als wir sie in Amsterdam ausluden. Also, wir rauben sie nicht aus.«

Gleich gestern abend erzählte ich Timo und Eeva von den Ergebnissen meiner Pernau-Reise. Timo sagte: »Ich danke dir. Es ist gut, daß wir wenigstens bis Mai Zeit damit haben.« Eeva meinte: »Gut, daß es nun, so Gott will, beschlossene Sache ist.«

SONNABEND, DEN 10. SEPTEMBER. An den letzten zwei Abenden habe ich bei verschlossener Tür Timos Handschrift wieder auf meinen Tisch geholt. Ich habe beschlossen, die wichtigsten Punkte aus seiner Verfassung abzuschreiben. Damit auch ich sie besitze. Denn sein Manuskript darf ich nicht als mein Eigentum betrachten. Aber ich möchte, daß ich die Paragraphen vor Augen habe, wenn ich über sie nachdenken oder vielleicht über Timo oder über unser Leben zu schreiben beabsichtige. Ich will mich gegebenenfalls nicht mit diesem raschelnden Berg steifen Papiers abmühen müssen ...

Also: *Unsere Grundordnung soll auf dem christlichen Glauben fußen. Daraus folgt größtmögliche Toleranz ... Der Glaube jedoch steht jeder irdischen Leidenschaft und jedem irdischen Interesse fern ... Vaterlandsliebe soll zu einem Moralprinzip werden wie die Achtung des Glaubens ...*

An dieser Stelle befindet sich mitten im Gesetzestext in Klammern Timos erster Kommentar, und obwohl er dabei die schwankende Haltung der russischen Obrigkeit Napoleon gegenüber im Auge hat, scheint mir sein erster Kommentar von Gewicht zu sein, und ich übertrage ihn: *(Wenn die Obrigkeit die Kirche verpflichtet, einen Mann, der mit ihr nichts gemein hat, mit dem Bann zu belegen und danach denselben Mann als Verbündeten zu ehren, untergräbt dies die Achtung des Volkes vor dem Glauben. Eine Obrigkeit, die das Volk Tag für Tag für Menschen zu beten zwingt, die die ganze Welt haßt, bringt die Kirche in den Verdacht, man habe es nicht mit einer Kirche zu tun, sondern mit einem Polizeitheater ...)*

Künste und Wissenschaften sind als Stützen der Bildung und somit des Glaubens zu fördern ... Oberstes Gesetz soll das öffentliche Wohl sein ... Der Souverän ist nur Mittel, nicht Zweck ... Das Vaterland sei unteilbar und bleibe in seinen Grenzen beständig ... Es hat feste Grenzen ... (Durch Rußlands Einverleibung von Finnland, Bessarabien und Polen hat Zar Alexander den berechtigten Verdruß Europas auf uns gelenkt, und während wir selbst unter einem unerträglichen Joch leiden, sollen wir auch noch darum bangen, daß dem Usurpator etwas zustoßen könnte ...)

Rußland soll von einem Herrscherhaus regiert werden. Eine

Monarchie ist der Anarchie vorzuziehen und ein Bourbone einem Robespierre ...

Für letzteres wird man ihn nicht gerade verhaftet haben. Obwohl man auch dies als Verbrechen auslegen kann. Denn behaupten, die Bourbonen wären Robespierre vorzuziehen, wird man nur, wenn man es nicht für selbstverständlich hält! Eine derartige Denkungsart ist an sich schon verbrecherisch zu nennen ... Das ist zum Lachen! Was jetzt kommt, gehört todsicher zu den Wahnwitzigkeiten, für die er eingesperrt wurde, vielleicht sogar zu denen, für die er seine Zähne eingebüßt hat.

Der Souverän soll nach dem Gesetz regieren, das höher steht als er. Der Name des Herrn darf nicht mißbraucht werden ... Der Souverän ist der erste Diener des Staates, heilig in seiner Person, aber verantwortlich für seine Taten, so daß er in Gewahrsam genommen werden kann, wenn er verwerflichen Leidenschaften frönt, seine Pflichten vernachlässigt und falsche Schritte unternimmt ... Das Vaterland wird vertreten durch gewählte Vertreter der Nation ... Diese vereinigen sich zu einer Konstituierenden Versammlung ... Die Nation untergliedert sich im eigenen Interesse in Klassen, jeder Angehörige des Volkes genießt jedoch gleichen Gesetzesschutz und gleiche Bürgerrechte. Keine Peiniger, keine Fesseln ... Wissen gilt als Unterpfand für ein Amt. Halt, halt – Wissen gilt als Unterpfand für ein Amt? Das ist ein unverschämt umfassender Gedanke in unverschämt knapper Form ... Nicht Stand, Name, Protektion, sondern Wissen ... Aber das ist ebenso unmöglich oder noch unmöglicher als alles andere, worüber er phantasiert: *Das Imperium soll über einen einigen und einflußreichen Adel verfügen, der als Verbindungsglied zwischen den verschiedenen Teilen des Imperiums dient. Er soll verhindern, daß die Herrscher zu Despoten werden. Er soll Hüter der nationalen Ehre sein ... Dabei soll der Adel nur Mittel zur Erreichung des Allgemeinwohls, nicht aber Zweck an sich sein ... Der Abstand zwischen den Klassen soll proportional sein zu ihrer Moral ... Die Aufgabe des Militärs eines Staates muß es sein, das Vaterland vor Gewalt zu schützen, nicht aber Gewalt auszuüben ... Kein Gesetz soll ohne Zustimmung der Nation in Kraft treten können ... Das gleiche gilt für die Steu-*

ern . . . Der Souverän bringt die Gesetze ein. Das Volk soll über das Recht verfügen, Gesetze von ihm zu fordern . . . Alle Richter sollen wählbar sein . . . Die Rechtsprechung, sowohl in zivilrechtlichen als auch in strafrechtlichen Fällen, hat ohne jede Einschränkung öffentlich zu erfolgen . . . Jedes geheime staatliche Verfahren ist als Gewaltakt aufzufassen . . . Jegliche Gesetzesverletzung ist als Verbrechen gegen den Staat zu betrachten. Jeder Bürger besitzt in einem solchen Fall das Recht, Anklage zu erheben . . . Niemand darf ohne Gerichtsverfahren verurteilt werden . . . Jeder darf alles tun, was nicht wider die öffentliche Ordnung ist . . . Jeder hat das Recht, nach seiner Überzeugung zu denken und auch zu sagen, was er denkt. Strafbar sind allein Lüge, Verleumdung und Aufruhr. Rußland braucht Bürger, Sklaven hat es mehr als genug . . .

Verdammt noch mal – das klingt ja, als wäre die Magna Charta der Engländer in die Sprache altrömischer Inschriften übertragen worden. Vielleicht ist sie woanders auf der Welt eher realisierbar als hier. Aber hier, in Livland, im Kreis Fellin, auf dem Gut Woiseck kann man bei Gott zu den Phantastereien meines Schwagers nichts anderes sagen als: vortrefflich und edel, aber Wahnsinn.

8. Oktober 1827, spätabends. Fast einen Monat lang habe ich kein Wort in dieses Heft geschrieben. Anscheinend bin ich des Tagebuchs müde, wie es früher oder später wohl jedem ergeht, der sich mit dergleichen befaßt. Zudem hat sich inzwischen nichts Besonderes zugetragen. Außer daß es Herbst geworden ist und auf den Winter zugeht. Die gelben Wälder nehmen immer mehr die Farbe der grauen Stoppelfelder an.

Vorgestern ist der kleine Jüri neun Jahre alt geworden. Liiso hat ihm einen Pflaumenkuchen gebacken. Vater und Mutter schenkten ihm einen großen Zeichenblock, der in Dorpat von einem Buchbinder in Kalbsleder gebunden und mit dem Familienwappen in Goldschnitt verziert wurde.

Der Bengel zeichnet gut für sein Alter und ist überhaupt

ein heller Kopf. Ich habe ihn auf Wunsch seiner Eltern eine Zeitlang in Mathematik und Geometrie unterrichtet. Und ich habe bemerkt, daß Timo große Hoffnungen in seine Zukunft setzt. Es ist aber ungewiß, inwieweit diese Hoffnungen beim Sohn eines solchen Vaters unter unseren Verhältnissen Wirklichkeit werden können. Jedenfalls währt die seltsame Gnade des Zaren, die Alexander der Familie verkündete und die sie nicht in Anspruch zu nehmen geruhte, auch jetzt, in den Tagen Nikolais, auf sehr merkwürdige Art fort. Während der Vater auf seinem Besitz so gut wie gefangengehalten wird, steht der Sohn durch Erlaß des Zaren seit diesem Herbst auf der Liste der Schüler des Lyzeums von Zarskoje selo. Wir wußten es schon seit dem Frühling. Gestern nun fuhr er in Begleitung seiner Mutter dem neuen Leben entgegen.

So wurde der Geburtstag vorgestern für seine Eltern zu dem Tag, an dem sie ihren Sohn verloren. Natürlich nicht für immer und hoffentlich nicht vollkommen, aber dennoch empfanden sie den Abschied bestimmt schmerzlicher als andere Adelsfamilien. Liegt es doch auf der Hand, daß die Sorge Seiner Majestät um die Bildung Jüris auf dem Entschluß beruht, das Kind so zeitig wie möglich dem zweifelhaften Einfluß seiner Eltern zu entreißen. Was vom Standpunkt des Staates freilich nichts anderes bedeutet als die Rettung des Kindes vor der beklemmenden Nähe des geistesgestörten Vaters.

Obwohl der Junge sich wie ein Kind über seinen Geburtstag freute, war er seit dem Morgen blasser und ernster als gewöhnlich, wußte er doch, daß übermorgen die Abreise bevorstand. Sicher erahnte sein frühzeitig entwickelter Verstand die Hintergründe dieser Veränderung in seinem Leben. Oder, Gott weiß, vielleicht hatte ihm gar der Vater in seiner erbarmungslosen Aufrichtigkeit erklärt: Junge, nun nimmt der Zar dich deinen Eltern fort. Damit du dem verderblichen Einfluß deines für geistesgestört erklärten Vaters nicht ausgesetzt bist. Damit aus dir ein Mann wird, wie ihn der Staat nach Meinung des Zaren braucht. Wir, Mutter und ich, haben darüber nachgedacht und beschlossen: Würden wir dich nicht gehen lassen, wären dir künftig alle Wege versperrt. Also – geh. Lerne. Werde erwachsen. Und entscheide selbst über Wahrheit und Lüge.

Vielleicht wußte der Junge dies alles schon.

Ich schenkte ihm ein schwarzweißkariertes Kästchen mit den winzigen Figürchen eines Reiseschachspiels. Nach unseren Rechen- und Geometriestunden haben wir stets mehrere Partien Schach gespielt, und im Sommer, nach Jettes Abreise, als meine Gedanken des öfteren woanders weilten, setzte mich der Knirps zwei- oder dreimal schachmatt ...

Vorgestern abend um elf Uhr klopfte es plötzlich an meine Tür. Ich griff hastig nach Timos Handschrift, legte sie im Vorbeigehen ins Versteck über der Tür und öffnete. Der kleine Jüri steckte seine blasse Nase herein. Er war im Nachthemd und hielt das Kästchen von mir unter dem Arm.

»Onkel Jakob, laß uns noch eine Partie spielen!«

Ich hieß ihn, meinen Morgenrock von der Stuhllehne zu nehmen und ihn sich umzulegen, denn mein Zimmer war ziemlich kühl. Ich habe Käsper gesagt, er solle das Heizen meiner Zimmer mir überlassen, vorgestern bin ich aber nicht dazu gekommen, weil ich mich wieder der Lektüre von Timos Konstitution gewidmet habe. Wir stellten die Figuren auf. Jüri nahm in jede Hand einen Bauern, hielt die Hände auf den Rücken und streckte mir dann seine kleinen Fäuste mit den weißen Knöcheln hin. Ich erhielt Schwarz, und das freute ihn sichtlich. Er sagte: »Weißt du, ich habe mir gedacht: Bekomme ich Schwarz, werde ich es schwer haben in Zarskoje selo. Aber ich habe Weiß gezogen.«

»Warum solltest du es dort schwer haben? In Mathematik bist du den Jungen der dritten Klasse voraus. In Französisch auch. In Deutsch sowieso.«

»Aber ich kann kein Russisch. Vater hat es mich gelehrt, doch nur zwei Monate.«

»Du wirst es lernen. Im Lyzeum gibt es viele wie du.«

»Meinst du?«

»Gewiß. Deutsch sprechende Deutsche und französisch sprechende Russen.«

Wir machten sieben oder acht Züge. Ich bemerkte, daß der Junge bei jedem neuen Zug länger nachdachte. Beim neunten sagte er: »Onkel Jakob, ich möchte dich etwas fragen . . .«

»Mich?«

»Mhm. Mutter und Vater kann ich nicht fragen. Und die anderen sind Fremde.«

Ich hatte längst bemerkt, daß ich für meinen Neffen kein Fremder war. Dennoch hörte ich es gern, daß der Kleine es zugab.

»Frage.«

»Sag, soll ich jetzt im Lyzeum – des Zaren Freund werden?«

Der schmächtige neunjährige Kerl schaute mir eindringlich in die Augen, seine bereits kurzgeschorenen rötlichbraunen Haare standen gesträubt, sein kleiner Mund war ernst wie der eines Erwachsenen, seine dunkelgrauen Augen im Kerzenlicht fast schwarz. Ich fragte (und spürte, ich wollte nur Zeit gewinnen): »Hat dir jemand gesagt, du sollst das tun . . .?«

Der Junge preßte die Lippen aufeinander und nickte.

»Wer?«

»Herr La Trobe, Frau La Trobe, Timm. Auch Doktor Robst.«

»Und Vater?«

»Natürlich nicht!«

»Mutter auch nicht?«

Er schüttelte heftig den Kopf. Ich fragte: »Also bis jetzt bist du nicht des Zaren Freund gewesen?«

Er schüttelte aufs neue den Kopf.

»Warum nicht?«

»Nun, wegen Vater. Und wegen allem . . . Du weißt doch . . .«

Wie kam er darauf, daß ich alles wußte? Er hatte seine Dame in Reichweite meines Springers gestellt. Er bemerkte es nicht. So eindringlich schaute er mich an. Und ich merkte seinen Fehler nur wie aus der Ferne, so eindringlich fühlte ich: Herrgott, ich weiß nicht, was ich ihm antworten soll! Ich könnte ihn mit einer ausweichenden Floskel abspeisen, mit einem blöden Witz, wie wir es meist mit Kindern tun. Und nicht nur mit ihnen ... Ich kann ihm doch nicht sagen (was ihm vielleicht nur sein wahnwitziger Vater sagen könnte, oder vielleicht auch seine Mutter, die diesem Mann ergeben ist): Junge, merke dir, ein Sohn solcher Eltern, wie es die deinen sind, sollte sich nie um die Freundschaft derartiger Herrscher wie die unsrigen bemühen! Aus vielerlei Gründen kann ich ihm das nicht sagen. Zunächst aus Verantwortungsgefühl seiner Zukunft gegenüber, selbst wenn meine Worte von derart geringem Gewicht wären, wie sie es bei Ratschlägen dieser Art meist sind, besonders wenn man sie Kindern erteilt. (Übrigens habe ich den Eindruck, daß der Junge jetzt und künftig meiner Antwort eine viel fatalere Bedeutung beimessen wird, als mir lieb ist ...) Aus Verantwortungsgefühl seiner Zukunft gegenüber? Mit welchem Recht dürfte ich wenn auch nur in geringem, aber möglicherweise doch entscheidendem Maße dazu beitragen, daß dieser gescheite Junge, Hoffnung und Sorge seiner Eltern, trotz aller Geistesgaben sein Leben lang ein Sonderling und Eigenbrötler bleibe inmitten seiner Felder; ein Krautjunker, ein spitzzüngiger Neunmalkluger an den Tarocktischen des livländischen Adels, von dem seine zu Ministern und Generälen beförderten Standesgenossen munkeln: Dieser Narr, dieser Georg von Bock könnte General oder Admiral sein, spielt aber den Oppositionellen aus Rache für seinen Vater! Mit welchem Recht dürfte ich dazu beitragen?!

Andererseits konnte ich ihm auch nicht raten, um der Wahrheit willen die Freundschaft des Zaren zu meiden. Um all der entsetzlichen, unleugbaren Dinge willen, die sein Vater unserem vorigen Zaren verkündet hat ... (Ich werfe einen bangen Blick auf das oberste Fichtenbrett über der Tür und habe das Gefühl, als würde es sogleich durchsichtig werden und meine Geheimnisse offenbaren, als würde das Brett zerbröckeln und der verhängnisvolle Inhalt meines Verstecks sich auf immer in die ganze Welt verstreuen ...) O Gott, da die Dinge, die der Vater getan hat, nicht zu leugnen sind, wäre es egoistisch und nutzlos, ja sogar ungerecht, noch unserem jetzigen Zaren zu grollen ...

Sollte ich darum dem Jungen, der mir in meinem Morgenrock wie ein großer gescheiter Vogel gegenübersitzt, nicht sagen: Lieber Junge, deine Aufnahme als Lyzeumsschüler zeigt, daß der Zar dir Gelegenheit gibt, sein Freund zu werden. Wenn du es willst. Und du kannst mir glauben, ich weiß von Dingen, die mir zu behaupten gestatten: Das ist überaus großmütig von ihm. Großmütiger, als du dir jetzt vorstellen kannst. Denn es ist – das Folgende würde ich sowieso nur zu mir selbst sagen –, denn es ist selbst dann großmütig, wenn er den Jungen seinen Eltern entfremden will. Sogar in dieser Absicht erahne ich, o Gott, gewiß keine Billigung, aber eine stumme Achtung der tollkühnen Tradition, die durch den Vater mit dem Namen des Jungen verknüpft ist. Selbst in dem Bemühen des Imperators, den Sohn seinen Eltern zu entfremden, liegt eine gewisse Ritterlichkeit ... (Ist das wirklich so? Gott mag es wissen ...) Und schließlich und endlich bedeutet es – wenigstens was die Familie betrifft – die Vergebung all der fürchterlichen Dinge, die Timo gesagt hat. (Ist das so? Wo doch Timo zur selben Zeit hier gefangengehalten wird?) Praktisch wäre es am klügsten, es so aufzufassen ... (Wäre es das wirklich?!)

Zum Teufel, nichts wußte ich meinem Neffen zu antworten. Ich sagte ihm: »Jüri, du hast deine Dame in die Reichweite meines Springers gerückt. Mach statt dessen einen vernünftigen Zug.«

Erst nach einer Weile riß er seinen Blick von meinem los, schaute auf das Schachbrett und sagte mit der Ruhe eines Außenstehenden: »Man macht einen Zug nicht rückgängig. Ich gebe auf.« Er schaute mich wieder an und sagte: »Ich warte auf deine Antwort.«

Ich entgegnete ihm: »Jüri, du hast mich etwas gefragt, was jeder Mensch selbst entscheiden muß. Aber du bist noch klein. Du kannst in so einer Sache noch nicht selbst entscheiden. So entscheiden, daß du es nicht bereuen würdest ... Darum – schiebe deine Entscheidung auf, bis du reif bist für sie. Zehn Jahre, fünf Jahre – wenn du so schnell heranreifst, wie es jetzt scheint. Bis dahin sei weder Freund noch Feind des Zaren. Sei nur der eifrigste Junge im Lyzeum des Imperators.«

Gestern morgen reisten Jüri und seine Mutter ab. Der Junge winkte mir aus dem Kutschenfenster zu, bis sie auf die Straße nach Oberpahlen abbogen. Eeva wird erst in zwei oder drei Wochen zurückkommen.

14. Oktober. Ich lese die Zeilen, die ich in der vergangenen Woche geschrieben habe.

Ich habe meinem Neffen also nicht gesagt: Beantworte dir deine Frage selbst. Aber denke dabei an deinen Vater. Vom Standpunkt des Staates ist dein Vater natürlich wahnsinnig. Doch seine Ehrlichkeit ist härter als Diamant, er ist der ehrlichste Mann, den du je in deinem Leben gesehen hast und sehen wirst. (Solltest du nicht das Glück haben, mit den Männern zusammenzutreffen, die wegen des Dezemberaufstandes im vergangenen Jahr nach Sibirien in die Erzgruben geschickt wurden.) Ja. Gerade in der Ehrlichkeit deines Vaters besteht sein Wahnsinn.

Das habe ich nicht gesagt. So etwas kann man unmöglich einem Kind sagen. Oder vielleicht doch? Vielleicht muß man es ihm sogar sagen?

Sonnabend, den 23. Oktober. Heute früh bat mich Timo, mit ihm in die Badestube zu gehen. Denn Käsper hatte, wie am Sonnabend üblich, unsere schöne Badestube im Keller geheizt, und Eeva war noch immer nicht aus Petersburg und Zarskoje selo zurück, und so meinte Timo, wir könnten einander mit dem Badebesen bearbeiten.

Timo ging mit mir vom Haupteingang durch den frischgefallenen Schnee ums Haus herum zur Kellertür. Ich bemerkte, daß er alte Holzschuhe mit zerfetztem Oberleder an den nackten Füßen trug und sich einen alten Uniformmantel um die Schultern gelegt hatte (er war sonst stets adrett gekleidet). Auf seine nackten Füße fiel Schnee, und er brummte vergnügt: »Donnerwetter, ist das kalt . . .« Und ich dachte: So sieht er also aus, wenn Eeva sich nicht darum kümmert, zeugt das davon, daß er nicht ganz richtig ist im Kopf, oder zeugt es von der Überlegenheit seines Verstandes?

Als wir auf der Schwitzbank saßen, rot von den Schlägen der Birkenruten und bunt von ihren Blättern, und uns der Schweiß den Körper hinabrann, fragte ich: »Durftest du in Schlüsselburg auch in die Badestube?«

Er erwiderte: »Einmal im Monat. Der Wärter saß hinter der Tür und schaute durchs Guckloch. Aber was war das schon für eine Badestube? Man konnte nur ein wenig mit lauwarmem Wasser planschen. Aber ich habe mir jeden Tag einmal ein Schwitzbad verschafft.«

»Wie das?«

Er strich sich die ergrauenden Haare aus der Stirn und lachte.

»Durch Laufen. Es war zugleich ein Geschichtskurs. Abgeleitet vom lateinischen cursus.« Er lachte erneut. »Ich war ja wie angeschmiedet. Zwar ohne Ketten, aber trotzdem. Mir fehlte jegliche Bewegung. So bin ich auf das Laufen verfallen. Die Kasematte war drei Faden lang und zwei breit. Eine Pritsche, ein Tisch, ein Schemel, ein Kübel. Tisch und Schemel stellte ich auf die Pritsche. Eine Runde durch die Kasematte betrug etwas über neun Faden. Später, als ich das Klavier hatte, stand es in der Mitte. Es störte also nicht. Ich kam an beiden Seiten bequem vorbei. Dann ging es los. Morgens. Mit entblößtem Oberkörper. Anfangs verbot mir der Oberwärter das Laufen. Immer wird alles erst einmal verboten. Ich lief weiter. Ich rief im Laufen: Schafft mir General Plutalow her! Er wurde nicht geholt. Aber man verbot mir nicht mehr zu laufen. Ich drehte also zehn Runden im und zehn Runden entgegen dem Uhrzeigersinn. Anfangs geriet ich nach etwa zwanzig

Runden außer Atem und ins Schwitzen. Nach einiger Zeit kam ich wieder zu Kräften. Und ich schwitzte weniger. Da wandte ich mich der Historie zu. Um mein Gedächtnis aufzufrischen. Und als moralischem Kraftquell. Auf Grund der Wahl der Ereignisse. Eine Runde – ein Jahr. Angefangen bei Christi Geburt. Acht Runden zum Erwärmen, an nichts konnte ich mich erinnern ... Die Flecken im Putz flogen an mir vorüber, mir wurde schwindlig davon ... Ich stieß mir den Ellenbogen an der Wand wund. Aber mein Körper wurde warm, und mein Herz erwachte ... Neunte Runde: Der Cherusker Arminius schlägt den Römer Publius Varus im Teutoburger Wald ... Varus stürzt sich in sein eigenes Schwert. Wie sein Vater bei Philippi. Eine Schwäche der Familie Varus. An der die Romanows nicht leiden ... Weitere fünf Runden. Die letzten Jahre des alten Augustus. Sterbend läßt er sich zum Gott erklären. Er hat damit wenigstens bis zu seinem Tode gewartet ... Es surrt in meinen Gliedern. Meine Stirn wird feucht ... Tiberius ist Imperator geworden ... Siebzehnte Runde: Germanicus hat die aufbegehrenden Cherusker gezüchtigt. Sein Triumphzug schlängelt sich durch das jubelnde Rom, man schleppt ein Weib mit. Wer ist sie? Thusnelda, die Frau des Arminius ... und der Junge – das ist ihr Sohn, ihr zweijähriger Sohn, der in römischer Gefangenschaft geboren wurde ... Ech! – Durchhalten, durchhalten ... Achtzehnte Runde: Ovid stirbt in der Verbannung ... Durchhalten ... Dreiunddreißigste Runde: Christus wird gekreuzigt ... Durchhalten ... Caligula, Claudius, Nero ... Durchhalten ... Fünfundsechzigste Runde: Seneca tötet sich auf Befehl des Imperators. Lucanus tötet sich auf Befehl des Imperators, Petronius tötet sich auf Befehl des Imperators ... Warum sind sie so schwach?! Warum fügen sie sich?! Durchhalten... Achtundsechzigste Runde: Nero tötet sich – auf wessen Befehl? Dennoch – durchhalten ... Siebenundsiebzigste, achtundsiebzigste, neunundsiebzigste Runde ... Zweitausend Pompejaner ersticken im Aschegegen des Vesuvs, achtzehntausend flüchten schreiend ... Entgegen dem schreienden Strom schreitet ein barhäuptiger Mann mit sehnigem Hals, stumm kämpft er gegen die Menge. Es ist der summus dux. Er ist Admiral. Niemand befiehlt es ihm, nur er selbst ... Plinius der Ältere. Er hat beschlossen herauszufinden, wie die Vulkane Feuer speien. Er hat beschlossen, dem feuerspeienden Berg und sich selbst zu trotzen. Eine Aschelawine begräbt ihn und tut es doch nicht ... Durchhalten ... Achtzigste Runde, neunzigste Runde ... Die Augen brennen. Der Schweiß läuft mir in Strömen herab. Graue und rote Putzflecken hüpfen im Wechsel umher ... Beim erstenmal brach ich während der Herrschaft des Domitian zusammen. Ich war wirklich schon sehr schwach. Als ich zu mir kam, übergoß ich mich mit kaltem Wasser und beschloß – nein, ich komme nicht frei, wenn ich nicht in einem Zug bis zum Jahr 1820 laufe. Ich mache mir nicht gern etwas vor. Ich beschloß also, ich komme nicht eher frei, ehe ich nicht imstande bin, ohne Unterbrechung von Christi Geburt bis zur Gegenwart zu laufen ... Ich begann jeden Morgen von neuem. Zuerst hatte ich Muskelkater in den Schenkeln, und Arme und Beine waren schwer wie Blei. Aber das gab sich mit der Zeit. Nach einem halben Jahr schaffte ich es bis zu den Hunnen. Jeden Tag wurden es ein paar Runden mehr. Manchmal waren es auch weniger als am Vortag. Oder ich lief überhaupt nicht. Wenn ich mit Fieber darniederlag. Auch das kam vor ... An jenem Morgen, an dem mein Gedächtnis noch in Ordnung war, erreichte ich das Jahr 1793 ...«

Ich fragte möglichst gleichgültig: »Was geschah eigentlich mit deinem Gedächtnis?«

Timo schien aus seinen Erinnerungen zu erwachen. Er schaute mich unangenehm überrascht an, griff nach der Kaltwasserkelle zu seinen Füßen (ich schreckte zusammen und dachte, er würde mir eins damit überziehen), goß sich den Inhalt über den Kopf und sagte, während das Wasser an ihm herunterlief: »Genug für heute. Ein andermal.«

Sonntag, den 13. November 1827. Heute früh geschah in unserem Hause etwas Unerwartetes. In gewisser Hinsicht war es recht erfreulich.

Wir saßen gegen acht bei Kerzenlicht am Frühstückstisch, tranken Kaffee und aßen Eevas Pflaumenkuchen, mit dem wir Geburtstage zu begehen pflegen. Timo wurde heute neununddreißig. Zwischen den wenigen Sätzen, die wir wechselten, empfand ich bedrückender als sonst die große Befangenheit unserer Gespräche, die uns die Vorsicht in der Wahl der Themen auferlegte. Wir waren unter uns, also zu dritt – abgesehen vom alten Käsper, der leise ein und aus ging –, und doch konnten wir weder von der Vergangenheit des Geburtstagskindes reden, die durch fatale Umstände allzu grausam ausgefallen war, noch von seiner Zukunft, die er nicht haben durfte ... Ich beschloß, über Timos Leben vor den verhängnisvollen Ereignissen zu sprechen.

»Timo, wie war das damals – du hast doch auf Woiseck deine Bauern schon 1813 aus der Leibeigenschaft entlassen?«

Timo erwiderte: »Nun ja, die wenigen, die ich hatte. Ich kam in Erbschaftsangelegenheiten kurz nach Hause. Aber 1817, als Kitty und ich hierherzogen, hatte man es ihnen noch nicht verbindlich mitgeteilt. Also verkündete ich es ihnen aufs neue. Doch es wurde nirgends schriftlich festgehalten, und ich wurde in die Kasematte gesteckt. Formal wurden sie erst durch das Gesetz 1819 frei.«

Während dieses Gesprächs über die Bauern trat Käsper unbemerkt ein und meldete – wobei er eine Schulter hochzog –, drei Männer aus dem Dorf und der Schmied Mihkel wollten Herrn von Bock sprechen.

Timo hob die Brauen.

»Sie müßten doch wissen, daß ich ihre Angelegenheiten nicht entscheiden kann. Sollen sie zu Timm oder La Trobe gehen.«

»Sie wollen unbedingt Herrn von Bock sprechen«, sagte Käsper. »Sie möchten dem Herrn zum Geburtstag gratulieren.«

»So . . .«, sagte Timo, »das ist ja . . . das ist ja sehr nett von ihnen . . .« Er lachte. »Haben sie für eine derartige Kundgebung die Genehmigung des Generalgouverneurs?«

»Das weiß ich nicht«, erwiderte Käsper treuherzig.

»Na, wenn du es nicht weißt, sollen sie hereinkommen«, sagte Timo, wandte sich zum Fenster und schaute in das Schneegestöber.

Die vier Männer folgten Käspers Wink und traten durch die Küchentür ins Speisezimmer. Sie trugen Halbpelze und Pasteln, ihre schneenassen Pelzmützen hielten sie in der Hand. Den Dorfschmied Mihkel kannte ich vom Sehen und noch einen der Männer, er war Waldheger der Spiegelfabrik, irgendwo flußabwärts. Ich erkannte ihn, da er nur ein Auge hatte, das zweite hatte er im Krieg gegen die Franzosen verloren. Die Männer standen stumm an der Tür, und ihre Mienen verrieten jene bäuerliche Verlegenheit, die in mir von jeher ein peinliches Gefühl hervorrief. Timo fragte: »Nun, was möchtet ihr?«

Die Antwort fiel unerwartet wortreich aus. Der dünnere und dunklere der beiden mir unbekannten Bärtigen neben Schmied Mihkel trat einen halben Schritt vor und sprach: »Herr, wir kommen im Namen der Bauern von Woiseck. Mit allen haben wir nicht gesprochen. Aber in den Wirtshäusern von Nömmafer und Auenmühle haben wir darüber geredet, und keiner hatte etwas dagegen, daß wir vier dem Herrn gratulieren. Nachträglich zu seiner Heimkehr. Und auch anläßlich des heutigen Geburtstages . . .«

Der Schmied Mihkel und der mit dem helleren Bart begannen ein kleines Bündel aufzuknüpfen; der Sprecher fuhr fort: »Der Bruder des Schmieds Mihkel lebt in der Nähe des Gutes Wolmarshof an der Loper, auf der Kukkucksinsel. Dort gibt es einen Ort, wo man zur Zeit der Schweden Blei gefördert hat, auch jetzt liegt noch welches im Boden. Mihkels Bruder hat einen Batzen Erde zur Probe in die Schmiede gebracht, und wir haben zugeschaut, wie Mihkel das Blei aus der Erde schmolz. Und da kam uns im Wirtshaus in Auenmühle der Gedanke, Mihkel könnte daraus einen Leuchter anfertigen, und wir bringen ihn dem Herrn als Geschenk. Als Dank, daß wir immerhin sechs Jahre vor den anderen Bauern Livlands die Freiheit erhielten – obwohl es dem Herrn nicht möglich war, die Ausführung seines Befehls zu überwachen. Und auch als Geschenk zur Heimkehr und zum Geburtstag . . .«

Er nahm den aus dem Tuch gewickelten dunkelgrauen Leuchter aus der Hand von Schmied Mihkel und reichte ihn Timo.

»Also bitten wir, ihn in Empfang zu nehmen. Obwohl er aus Blei ist und leicht dunkel wird. Dafür stammt das Blei aus hiesigem Boden. Und wir haben es ausprobiert: Auch das schärfste Vitriolöl kann ihm nichts anhaben.«

Timo erhob sich und nahm das Geschenk entgegen. Er überlegte einen Augenblick und befahl Käsper, eine Kerze zu holen. Käsper nahm eine Wachskerze aus dem Buffet. Timo entzündete sie an einer der Kerzen auf dem Tisch und steckte sie in den Leuchter, den er geschenkt bekommen hatte. Den Leuchter in der Hand, wandte er sich an die Männer: »Ich danke euch. Ich verspreche, ich werde euren Leuchter benutzen. Obwohl ich nicht weiß, ob euch oder mir daraus viel Nutzen erwächst.«

Er schaute Eeva an, als wollte er fragen, was er noch sagen oder tun sollte. Dann stellte er den Leuchter auf den Eßtisch, trat zu den Bauern und drückte jedem von ihnen mit beiden Händen die Hand. Was gewiß kein hiesiger Gutsherr von halbwegs gesundem Verstand getan hätte. Er ging noch weiter: Er legte die Wurzeln seines seltsamen Tuns bloß. Denn er begab sich um den Eßtisch herum zu Eevas Stuhl, hob ihr Gesicht zu sich empor, beugte sich hinab und küßte sie auf den Mund.

»Kitty, war diese Idee von dir?«

Eeva schüttelte den Kopf.

»Es war ihre eigene Idee. Ich hatte keine Ahnung davon.«

Die Männer verließen das Zimmer. Timo zündete seine Pfeife an. Seine Finger verrieten, daß er erregter war, als ich gedacht hätte. Daß er sich besonders angebiedert hätte bei den Bauern, habe ich auch vor zehn Jahren nicht bemerkt. Obwohl er in seinem Brief an den Imperator schreibt, die Gutsherren sollten sich um die Gunst der Bauern bemühen. Jetzt schien er sich von den Bauern erst recht fernzuhalten. Wie ja wohl von allen außer seinen Nächsten.

Dienstag, den 29. November 1827. Soweit ich mich erinnere, war es heute vor genau acht Jahren. Oder wenigstens um diese Zeit herum vor acht Jahren.

Eeva ließ mich am Abend aus meinem Erkerzimmer im Herrenhaus hinunter in ihr Schlafzimmer rufen. Sie saß dort vor ihrem ovalen Spiegel und kämmte ihr pechschwarzes Haar, mit dessen Farbe ich mich noch immer nicht anfreunden konnte. Ich erinnere mich, daß sie die Tür zum gelben Saal hinter mir schloß, obwohl wir beide damals noch keine Spitzel in unserem Hause vermuteten. Dann setzte sie sich wieder vor den Spiegel, fuhr sich mit dem Kamm durchs Haar und fragte leise (denn der kleine Jüri schlummerte am Fußende ihres Bettes in seinem Körbchen): »Jakob, kannst du dich an unser letztes Frühstück genau erinnern?«

Ich begriff nicht, welches Frühstück sie meinte.

»An welches? An das heutige?«

»Nun, als Paulucci hier war und nicht verstand, worüber wir in der Bauernsprache redeten. Im Teezimmer.«

»Ich glaube, ich erinnere mich genau.«

»Erinnerst du dich, daß ich Timo fragte: ›Sag, an wen könnte ich mich deinetwegen wenden?‹«

»Jawohl.«

»Und weißt du noch, was Timo antwortete?«

»Allerdings. ›An niemand anderen als den Zaren. Aber ich bitte dich, tue es nicht.‹«

»Ja. Aber ich hörte heute mittag von Frau La Trobe – Frau von Wahl hat es ihr in Oberpahlen erzählt –, die Zarinmutter sei dieser Tage von Riga nach Petersburg unterwegs und beabsichtige, in Torma zu übernachten.« Sie zog mit einer heftigen Bewegung den Schildpattkamm aus ihren Haaren und schaute mich an.

»Und weiter?«

»Nun, da Timo mir verboten hat, mich an den Zaren zu wenden – was meinst du, dürfte ich mich wohl an die Mutter des Zaren wenden?«

Es war nie unsere Art, wie die Katze um den heißen Brei zu schleichen. Wir pflegten und pflegen einander frisch von der Leber weg die Meinung zu sagen. Wenn es darauf ankommt oder der andere etwas fragt. Wir schonen einander nicht. Übrigens, was ich niemandem gegenüber zugeben würde, außer dem Papier: Wenn mich meine Schwester fragt: »Jakob, was meinst du, wie wird das Wetter morgen?«, schaue ich aus dem Fenster und denke: Wer weiß, vielleicht hellt sich der Himmel auf; doch statt dessen sage ich häufig: »Glaubst du etwa, morgen würde es nicht Strippen regnen?« Aus Trotz ... Ich weiß selbst nicht, warum. Vielleicht aus Rache für ihren unglücklichen Höhenflug ... Also antwortete ich damals auf ihre Frage: »Maria Fjodorowna kann deinen Timo natürlich nicht freilassen. Sie kann höchstens ihren Sohn darum bitten. Falls sie das zu tun geruht, versteht sich. Möglicherweise macht sie es. Man sagt, sie sei eine herrschsüchtige Frau. Nach dem Tode Pauls I. wollte sie sogar selbst den Thron besteigen anstelle ihres Sohnes. So wurde gemunkelt. Aber der Sohn hat ihr nur zugestanden, sich auf dem Gebiet der Wohltätigkeit zu betätigen. Wie zu Zeiten Pauls. Vielleicht würde sie versuchen, etwas für dich zu tun. Nur ...«

»Ja?«

»Das wäre nur der Form nach etwas anderes, als würdest du dich an den Imperator wenden.«

»Du meinst also, ich darf es nicht?«

»Das mußt du selbst entscheiden.«

Eeva sprang auf, sprach aber nach wie vor leise, denn der kleine Jüri schlief zwischen uns in seinem Körbchen. Sie sagte: »Meines Erachtens darf eine Frau für ihren Mann alles tun, was in ihren Kräften steht. Vielleicht mit Ausnahme dessen, was ihr der Mann strikt verboten hat, was an die

Ehre des Mannes geht. Also steht mein Entschluß fest. Halte dich morgen bereit. Wir fahren nach Torma.«

Wir fuhren also. Ich würde eher sagen, wir jagten dahin. Denn Eeva hatte dem Kutscher befohlen, die Pferde laufen zu lassen, so schnell sie konnten. Schneeschaufeln hatten wir natürlich mitgenommen auf die lange Reise (gute achtzig Werst), die häufig durch Wälder führte, und auch mein Gewehr. Wir hatten das Gut Kawa passiert, aber die Landstraße noch nicht überquert, da sahen wir, wie uns im dichten Fichtenwald beiderseits des Weges tatsächlich zwei Wölfe folgten. Die Pferde scheuten, ich ließ den Schlitten halten und erschoß einen von ihnen aus fünfzig Schritt Entfernung durch das Fenster. Der andere schlug sich ins Dickicht. Ich wollte dem Kutscher das Gewehr in die Hand drücken, um auf den Weg zu springen. Er sagte, er brauche beide Hände, um die Pferde im Zaum zu halten. Ich blickte Eeva an.

»Nimm und schieß, wenn es not tut.«

Eeva erwiderte nur: »Gut.« Aber sie brauchte nicht zu schießen. Ich rannte fünfzig Schritt zurück und zerrte den Kadaver in unseren Schlitten. Es war ein schöner großer Rüde, dessen Fell verriet, daß er sich den Sommer über von Schafen ernährt hatte, er wog gut hundertfünfzig Pfund. Ich hatte das Tier in die Brust getroffen. Mehrere Werst ließen wir eine Blutspur hinter uns zurück, ehe der Kadaver soweit erkaltet war, daß er nicht mehr blutete; die Pferde konnten sich bis Lais nicht beruhigen. Dafür hängt jetzt das Fell hier über meinem Schreibtisch an der Balkenwand, obgleich schon ein wenig die Motten drin sind. Ich weiß nicht, wie Legenden entstehen, sie dürften von einer gewissen Logik oder Unlogik hervorgebracht werden. Das Fell hier an der Wand hat man nie für dasjenige des von mir erlegten Wolfs gehalten. Obwohl ich schon damals, als ich mit den Geodäten Tenners zuweilen Schießübungen machte, ein gar nicht so schlechter Schütze war. Von diesem Fell erzählt man sich seit acht Jahren, es wäre dasjenige des Wolfs, den Frau von Bock auf ihrer Fahrt zur Zarinmutter erlegt habe . . .

Doch hat Eeva den Wolf auf dieser Reise weder in direktem noch in übertragenem Sinne geschossen. In der Abenddämmerung trafen wir im Pastorat von Lais ein, und ich sah den alten Propst Jannau noch mit eigenen Augen: ein großer Mann mit schütterem blondem Haar und bleigrauem Gesicht. (Bereits im nächsten Jahr rief ihn der Herr zu sich.) Er nahm uns freundlich auf, ließ den Wolf dem Förster zum Abhäuten bringen und segnete Eeva auf der Treppe des Pfarrhauses, als wir uns im Morgengrauen wieder auf den Weg machten.

Um die Mittagszeit erreichten wir die Poststation Torma. Ganz umsonst waren wir nicht gekommen. Postmeister Anderson, ein rüstiger alter Mann, sagte uns, Ihre Hoheit die Zarinmutter sei am Nachmittag zu erwarten, der Hofmarschall Graf Albedyll sei jedoch schon eingetroffen und habe geruht, die Poststation und das Herrenhaus des Gutes Torma zu besichtigen, und letzteres für geeigneter befunden, seine Gebieterin eine Nacht zu beherbergen.

Anderson hatte einen Reiter in Richtung der Poststation Igavere ausgeschickt, der zeitig Kunde vom Nahen der Zarinmutter bringen sollte. Eeva beschloß, daß, sobald der Reiter sich mit der Nachricht von der Ankunft des Gefolges der Zarinmutter näherte, Juhan unsere Pferde anspannen sollte. Wir würden die Ankömmlinge vorbeifahren lassen und ihnen in gemessenem Abstand bis Torma folgen. Dort würden wir der Dinge harren, die da kommen.

So geschah es dann auch um vier herum. Wir ließen die fünf Schlitten und sechs oder sieben Reiter an uns vorbei in Richtung Ninasi passieren und folgten ihnen in gemessenem Abstand bis zum Herrenhaus von Torma. Dort standen bereits einige Schlitten von Neugierigen, die von den umliegenden Gutshöfen gekommen waren. Wir sahen, wie Maria Fjodorowna die vom Schnee gesäuberte Freitreppe emporstieg, wie die Diener ihre Koffer trugen und wie der aus Dorpat herbeigeeilte Besitzer des Gutes, Herr von Samson, ihr auf halber Treppe entgegeneilte, um ihr die Hand zu küssen und vor ihr Kratzfüße zu machen. Als die Zarinmutter im Hause verschwunden war, trat Herr von

Samson, rot vor Aufregung, wieder heraus und bat die Herrschaften aus der Umgegend, darunter auch uns, in die verstaubten, aber prächtigen Gästezimmer. Es fanden sich viel mehr Leute ein, als man hätte annehmen können. Der strebsamere Teil des hiesigen Adels hielt es anscheinend für eine Sache der Ehre und des Vorteils, der Zarinmutter seine Reverenz zu machen – für die Ehre, die sie der Gegend mit ihrer Durchreise erwies. Und beim Handkuß wollte man ihr sicher zuhauchen, wie innig man um Gottes Segen für sie und ihren teuren Sohn bete. Wie das so üblich ist. Eeva unterhielt sich mit einigen Anwesenden. Und ich bemerkte wieder einmal, wie sich die Köpfe wendeten, die Brauen hoben und wie die Mienen die verschiedenen Schattierungen von Wut und Staunen bis zu unverhohlener Neugier widerspiegelten, während von Mund zu Mund ging, wer sie war . . .

Ich hörte aber eigentlich nur, was eine grauhaarige alte Dame sagte. Sie war die Witwe des im vergangenen Jahr verstorbenen Pastors Asverus, und es stellte sich heraus, daß sie nicht hier war, um der Zarinmutter ihre Reverenz zu erweisen. Sie lächelte, als sie halb flüsternd zugab, daß sie auf Drängen ihres zehnjährigen Enkels gekommen war, ihm Ihre Majestät zu zeigen. Der stupsnasige Junge mit den vorstehenden braunen Augen neben ihr wiederholte trotzig, aber lachend: »Ich will sehen, wie die Mama des Zaren aussieht, ich will!«

Dann trat Graf Albedyll ein, fragte nach den Namen derjenigen, die um eine Audienz ersuchten, und ließ sie von seinem Sekretär notieren. Als er Eevas Namen vernahm, hieß er den Schreiber warten und zog sich in die inneren Räume zurück. Unter den Herrschaften erhob sich verständnisloses Gemurmel, doch die alte Frau Asverus flüsterte Eeva zu: »Der Graf macht zwar den Eindruck, als hätte er einen Rohrstock verschluckt, aber Sie haben Glück, gnädige Frau, denn es heißt, der Graf wäre, als der Zar jung war – nun ja, das sind reichlich zwanzig Jahre her –, der Vorsitzende jener Kommission gewesen, die in Rußland Folter und Prügelstrafe abschaffen wollte . . .«

Und ich dachte unsinnigerweise: Vielleicht hält sich der Graf deshalb so steif, weil er den Rohrstock des Landes verschluckt hat ... Und weiter: O nein! Dieser Stock tanzt nach wie vor über die Rücken, selbst über die freier Menschen, und folglich haben die Grafen noch gar nicht begonnen ihn zu verdauen.

Dann wurde Eeva zur Zarinmutter gebeten, wo sie sich eine gute halbe Stunde aufhielt. Inzwischen versuchten mehrere Herrschaften bei mir zu erkunden, wofür denn ihr Mann eingesperrt worden sei, und ich erwiderte, ich hätte keine Ahnung – was zu der Zeit sogar beinahe stimmte.

Dann kam der Sekretär des Grafen Albedyll wieder und sagte: »Son Altesse Impériale a le plaisir de prier Monsieur ...«, er schaute auf ein Blatt Papier und fuhr fort: »Monsieur Jakob Mettique!« Ich zuckte erst nach einer Weile zusammen, als mir aufging, daß ich gemeint war.

Als ich in Begleitung des Sekretärs die Räume der Zarinmutter betrat, bot sich mir ein fast idyllisches Bild: Am brennenden Kamin, anscheinend in Frau von Samsons Boudoir, saßen meine tollkühne Schwester und Maria Fjodorowna hübsch nebeneinander auf dem Sofa, und ich verspürte den Wunsch loszulachen, denn ich dachte: Wie alte Freundinnen, die sich nach langer Trennung wiedersehen ... Maria Fjodorowna sah ich von ganz nahe. Die geborene württembergische Prinzessin Sophie Dorothea war zu jener Zeit erst sechzig Jahre alt (sie wurde bereits als Sechzehnjährige mit Paul I. vermählt), und man sah ihr nicht an, daß sie ihrem halbverrückten Mann einen Zaren, drei Großfürsten und vier Großfürstinnen geboren hatte. Sie wandte mir ihr ziemlich spitzes Gesicht und ihren kühlen, aber aufmerksamen Blick zu und sagte: »*Und Sie sind also das zweite Wunderexemplar, mein Herr ...?*«

Ich verbeugte mich und schwieg, und Maria Fjodorowna fuhr fort: »In Deutschland trifft man durchaus auf hochgebildete Menschen, die aus dem Bauernstande kommen. Es ist aber selten. Sogar in Rußland habe ich solche Menschen gesehen. Einzelne. Musiker. Schauspieler. Daß es aber auch Esten gibt, die Deutsch und Französisch sprechen und fast bis zum Adel aufgestiegen sind – das ist mir neu.«

Dabei schaute sie mich an, und mir schien, ich müßte etwas erwidern. Etwas, dessen ich mich nicht zu schämen brauchte. Etwas, wie es Eeva stets so treffend zu sagen wußte – höflich und doch ein wenig spitz ... Ich sagte: »Eure Majestät, ich erkühne mich zu hoffen, daß diese Erkenntnis erfreulich ist ...«

»O ja«, sagte Maria Fjodorowna mit einer Liebenswürdigkeit, die zu nichts verpflichtete, »und Ihre Frau Schwester gefällt mir sogar ausnehmend gut. Sie ist eine wahre Frau. Und eine wahre Aristokratin. Aber die Angelegenheit, die Sie zu mir geführt hat, die gefällt mir weniger. Ich habe davon gehört. Wie alle. Und nicht nur das. Ich habe darüber mit Alexander Pawlowitsch gesprochen. Liebes Kind« – Maria Fjodorowna nahm sogar Eevas Hand in die ihre –, »ich muß Sie betrüben: wenn Ihr Mann Ihnen versichert hat, er habe sich in korrekter Form an den Zaren gewandt, so unterscheidet sich seine Auffassung von Korrektheit von der allgemein herrschenden – gelinde gesagt – vollkommen.«

»Hoheit«, erwiderte Eeva, »ist es nicht natürlich, daß sie sich von der allgemein gültigen Auffassung unterscheidet?«

»Wieso?« fragte Maria Fjodorowna erstaunt. Und Eeva entgegnete: »Weil der Zar meinen Mann einen Eid hat schwören lassen.«

»Was heißt das – einen Eid?«

»Den Eid, daß er ihm stets seine wahre Meinung sagt.«

Maria Fjodorowna schwieg einen Augenblick. Ich bemerkte, daß sie mit sich haderte, ob sie Eevas Hand loslassen sollte oder nicht. Dann sagte sie, Eevas Hand streichelnd: »Ich weiß, Alexander Pawlowitsch standen einst einige Menschen dieser Art nahe. Aber Ihr Mann ist der einzige, dem das Unglück gebracht hat. Denn kein Eid verpflichtet zu Grobheiten. Besonders nicht zu Grobheiten gegenüber dem Herrscher.«

»Aber die Wahrheit ...«, hub Eeva an.

»Meine Liebe, auch die Wahrheit nicht. Oder was sich

Wahrheit nennen möchte. Ihr Mann kann von Glück sagen, daß seine Äußerungen als die eines Geistesgestörten aufgenommen wurden. Ich kann Sie verstehen. Ja, ich bewundere Sie sogar. Und ich verspreche Ihnen: Ich werde die Sache Ihres Mannes nicht aus den Augen lassen. Aber es ist das beste, Sie machen sich keine Hoffnungen.«

Also kehrten wir bar jeder Hoffnung aus Torma zurück. Als ich Eeva unterwegs fragte, um was für einen Eid es sich handle und wie der Zar ihn Timo hatte schwören lassen, erwiderte sie: »Jakob, ich möchte nicht mehr darüber sprechen. Und du erzähle auch niemandem davon.«

So erfuhr ich nichts weiter über den Eid, den Timo dem Zaren geleistet hatte. Bis Eeva es mir acht Jahre später erzählte. Wie ich bereits schrieb.

Am zweiten Weihnachtsfeiertag 1827. Gestern saßen wir bei unserem bescheidenen weihnachtlichen Abendbrot in völlig unerwarteter Gesellschaft: Georg war auf Woiseck aufgetaucht. Georg senior, Timos Bruder und Oberst a. D. Wir speisten zusammen im Kivijalg, im Eßzimmer mit dem unebenen Bretterfußboden. Obwohl Herr La Trobe persönlich gebeten hatte, der Gast möge doch im Herrenhaus absteigen, zog Georg es vor, höflich abzulehnen und im Kivijalg zu bleiben, im zur Zeit unbewohnten Zimmer seines Neffen und Namensvetters, das wir einen halben Tag heizen mußten, ehe das Eis an den Fensterscheiben schmolz. Vor ein paar Jahren hatte sich Georg im Rang eines Obersten in den Ruhestand versetzen lassen und war ins Ausland gegangen. Zuvor jedoch hatte er sich in Petersburg mit der polnischen Gräfin Teresa Lopużka vermählt, die ihm eine Tochter gebar. Die Gesundheit der Tochter diente als offizieller Vorwand dafür, das Land zu verlassen. Vor ihrer Abreise im Herbst 1821 erzählte Georg – ich erinnere mich, daß es im Herrenhaus war, in Timos Arbeitszimmer – Eeva und mir fast flüsternd: »Versteht ihr – in Rußland hängt stets Timos Schatten über mir. Egal, ob mich das am Fortkommen hindert oder der Zar aus Gewissensbissen meine Beförderung beschleunigt ... Übrigens, seit einiger Zeit habe ich Ursache, letzteres anzunehmen, denn ich bin in anderthalb Jahren vom Oberstleutnant zum Oberst befördert worden. Ich muß zugeben, daß mir das noch mehr wider den Strich geht, als es ein Stocken meiner Karriere getan hätte. Denn das wäre normal gewesen. Die vorzeitige Beförderung muß ich als Gnadengeschenk von seiten des Zaren verstehen, mit dem er mich mit Timos Schicksal zu versöhnen sucht ... Glänzend wird es uns im Ausland gewiß nicht gehen. Wir verlassen uns fürs erste auf Teresas bescheidene Mitgift ... Nun, ich werde versuchen, dort etwas zu schreiben – obwohl mein schriftstellerisches Talent im Vergleich zu Timos jämmerlich ist ... Vielleicht schickt uns Herr Cube von Zeit zu Zeit etwas aus Woisecks Einkünften. Ich hoffe, wir kommen irgendwie zurecht. Jedenfalls bin ich nicht in einer so zwielichtigen Lage wie ihr. Denn daß ich in der Heimat nichts für Timo tun kann, ist mir jetzt endgültig klar.«

Damals erzählte er uns noch, welch einen Husarenstreich er sich vor einiger Zeit in Petersburg geleistet hatte. Nein, er hatte es auf schicklichste Weise angefangen. Er hatte erkundet, wann und auf welchen Wegen der Zar im Park von Zarskoje selo spazierenzugehen pflegte. Dann hatte er in einem Gebüsch das Herannahen des Zaren erwartet. Seine Nerven waren gespannt wie die eines Pferdes vor einem hohen Hindernis. Er hatte sämtliche Orden angelegt, und die Worte lagen ihm schon auf der Zunge: Majestät, mein unglücklicher Bruder schmachtet auf Euren Befehl das dritte Jahr an einem seiner Familie unbekannten Ort, wodurch die Familie nicht weniger leidet als er ... Majestät, er hat einen dreijährigen Sohn, der seinen Vater nie gesehen hat! Wie auch der Vater seinen Sohn nie gesehen hat ... Majestät, die Frau meines unglücklichen Bruders, die skandalöserweise dem Bauernstande entstammt (und die Ihr gnädigst vor aller Bedrängnis zu bewahren befohlen habt), hat all die Jahre schwerste Bedrängnis von zwei Seiten ertragen müssen ... Majestät ...

Da war Seine Majestät wahrhaftig den mit Blumen eingefaßten Sandweg neben den Sträuchern dahergekommen, Georg war hervorgetreten und hatte am Wegrand Haltung angenommen. Doch bevor Georg ein einziges Wort hatte hervorbringen können, hatte ihn der Zar erkannt, war im Nu in einen Querweg eingebogen und hatte sich fast laufend entfernt ... Eine Stunde danach hatte ein Gendarmerieoffizier Georg aufgesucht und ihm befohlen, sich im Schloß zu melden, beim Hofminister Wolkonski (demselben, den Timo in seinen Aufzeichnungen einen Zuhälter und Oberkellner nennt), und der hatte Georg gesagt, er solle in Sachen seines Bruders ja nie um eine Audienz beim Zaren ersuchen! Er solle ja nicht glauben, der Zar würde geruhen, ihn je in Timotheus' Angelegenheit anzuhören! – Was ich jetzt leider sehr gut verstehe, was aber Georg wohl bis zum heutigen Tag für schrecklich ungerecht und unverschämt hält.

Einen anderen hätte eine derartige Auskunft völlig gelähmt. Aber in Georg steckte und steckt ein gewaltiges Stück von der Bockigkeit der von Bocks. Ja, diese Eigenschaft ist wohl wirklich charakteristisch für sie. Timos Schicksal stellt mehr als einen überzeugenden Beweis dafür dar. Ebenso wie die allgemeine Meinung, die ich häufig zu hören bekam: Schon allein der Name von Bock zeuge von dieser besonderen Eigenschaft der Familie ... Anstatt zu resignieren, brachte Georg einige tausend Rubel ins Spiel. Ich weiß nicht genau, wieviel es waren und wer sie bekam. Aber schließlich erfuhr er etwas, was weder Wolkonski noch die persönliche Kanzlei des Zaren bis dahin der Familie auf ihre Nachfragen mitgeteilt hatte. Er erfuhr, wo Timo festgehalten wurde. Er erfuhr, daß es Schlüsselburg war, ein Ort, noch übler als die Peter-Pauls-Festung.

Und dann vollführte er den Streich, den ich einen Husarenstreich nannte. Er suchte die zuständige Behörde auf – welche, weiß ich nicht – und behauptete, er wäre – sagen wir – Iwan Iwanowitsch Plutalow, der Neffe Generalmajor Plutalows, des Kommandanten von Schlüsselburg, er wäre von einem fernen Regiment angereist, aus Polen oder sonstwoher, und wünsche seinen Onkel zu besuchen, wozu er die entsprechende Genehmigung fordere. Dank seines sicheren Auftretens, seiner Oberstenuniform, seiner Orden und weil glücklicherweise keine höheren Offiziere anwesend waren, erhielt er sofort eine schriftliche Genehmigung für Schlüsselburg. Er sprang in den Sattel, um an Ort und Stelle zu sein, bevor der Betrug ans Licht kam.

Er galoppierte in die Stadt Schlüsselburg, dorthin, von wo aus Eeva und ich die Insel und die Türme der Festung mit der vagen Besorgnis betrachtet hatten, dies könnte der Ort sein, wo Timo schmachtete. Da wir aber keinen Passierschein hatten, kamen wir natürlich nicht weiter. Georg warf seinen Schein der Hafenwache auf den Tisch, ein Beamter schlug die Hacken zusammen und ließ ihm Boot und Ruderer geben. Er wurde zur Insel gerudert. Man ließ ihn in die Festung. Dann stand er in Plutalows von Kerzen beleuchtetem Arbeitszimmer, dessen Mauern beinahe fadendick waren, vor dem alten Festungskommandanten mit den Narben im Gesicht. Als jener seinen Passierschein musterte, zu schnaufen begann, die Brauen hob und den Mund auftat, um Georg anzubrüllen, sagte dieser: »Herr General! Anders hätte man mich nicht zu Ihnen gelassen. Ich bin Oberst Georg von Bock. Der Bruder Ihres Gefangenen Timotheus von Bock, der unter strengster Geheimhaltung steht. Ich bitte Sie, nicht in Ihrer Eigenschaft als General und Festungskommandant, sondern als Mensch und Ehrenmann: Ermöglichen Sie mir in Ihrer persönlichen Gegenwart eine Zusammenkunft mit meinem Bruder.«

General Plutalow starrte ihn eine geraume Weile stumm an. Vielleicht lag es am flackernden Kerzenlicht, daß seine Schmarren bald blaß, bald rot wirkten. Dann begann er, immer noch stumm, vor Georg auf und ab zu gehen. Georg erzählte uns, er hätte den Eindruck gehabt, der General hätte sich abgewandt und hin und her zu gehen begonnen, um sein Gesicht vor ihm zu verbergen. Als er schließlich vor dem Eindringling stehenblieb, so nahe, daß diesem der Zwiebelgeruch seines Abendessens in die Nase stieg, war seine Miene undurchdringlich düster. Er sagte: »Herr

Oberst, man merkt, daß Sie der Bruder Ihres Bruders sind. Wissen Sie, was ich mit Ihnen tun müßte?«

»Ich glaube, ich weiß es«, erwiderte Georg. »Sie müßten mich verhaften lassen und auf die Befehle des Imperators warten. Als General und Kommandant. Aber als Ehrenmann müßten Sie meine Bitte erfüllen.«

General Plutalow schrie ihn an: »Verdammt noch mal! Treiben Sie es nicht zu weit! Sie sollten Gott danken, daß ich ein Ehrenmann bin und nicht tue, was ich tun müßte!« Er fuhr beinahe leise fort: »Kommen Sie her.« Er nahm aus der Schublade des Tisches eine Flasche mit blauem Verschluß, goß ein Wasserglas voll Wodka und stellte es vor Georg hin. »Setzen Sie sich!« Dann füllte er ein zweites Glas und nahm ihm gegenüber auf einer Holzbank Platz.

»Auf Ihr Wohl!« Er leerte sein Glas bis zur Neige. »Eigentlich müßte ich Ihnen sagen, daß ich seinen Aufenthaltsort nicht kenne und von der ganzen Sache keine Ahnung habe. Und daß er sich auf jeden Fall nicht hier befindet. Und so weiter. Oder noch besser: ich sollte mich überhaupt nicht mit Ihnen unterhalten. Sie sollten schon seit einer halben Stunde bei mir im Karzer sitzen, Herr Oberst. Aber ich unterhalte mich mit Ihnen. Ohne Ihnen etwas vorzumachen. Ihr Bruder ist hier. Auf Befehl des Zaren habe nur ich Zutritt zu ihm. Und diejenigen Personen, denen Graf Lieven mit Erlaubnis des Zaren die Genehmigung erteilt. Ich bin sicher, daß Sie sich in Ihrer Angelegenheit an Graf Lieven wenden werden. Falls Sie es tun, will ich hoffen, daß Sie meinen Namen nicht erwähnen. Khm. Sie wollen wissen, wie es Ihrem Bruder geht. Ich sage Ihnen, so, wie es einem hier eben gehen kann. Den Umständen entsprechend. Und ich füge meinerseits hinzu: Ich glaube, er brauchte nicht hier zu sein, hätte er nicht beschlossen, daß er es muß. So. Und jetzt gehen Sie mir aus den Augen! Rudern Sie zurück in die Stadt. Halt, trinken Sie Ihr Glas aus, damit Sie sich im Boot nicht erkälten. Adieu! Ich habe Sie nie gesehen.«

Georg erzählte uns damals weiter: »Lieven habe ich danach wirklich aufgesucht. Und was ich dort zu sehen und zu hören bekommen habe, hat mir die letzte Hoffnung genommen, in Timos Angelegenheit etwas ausrichten zu können. Wie Timo kannte ich den Grafen noch aus der Dorpater Zeit. Sogar länger. Schon unsere Väter hatten einander gekannt. Von den Landtagen in Riga her. Aber ich muß sagen, dieser Graf, Kurator der Universität, der nächste Vertraute des Zaren und der Erzengel der Bibelgesellschaften, verhielt sich so, daß sich das alte Rauhbein Plutalow im Vergleich zu ihm wirklich als Ehrenmann erwies ... Zunächst leugnete er, daß er mit Timos Fall überhaupt etwas zu tun hätte. Von altem Adel, mit dem Ruf, fast ein Heiliger zu sein, wonach er eifrig strebte, wandte mir Lieven seine gelbliche Pferdefratze zu, auf der sogleich die Maske eines höfischen Lächelns erschien. Er gab sich den Anschein, als müsse er sich längst vergessene Dinge ins Gedächtnis rufen, und log mir direkt ins Gesicht: ›Ja, ja, ja, vor einigen Jahren habe ich in der Tat etwas von einem unüberlegten Schritt von Timotheus gehört ... Und davon, daß der Zar tief entrüstet, ja zutiefst entrüstet war. Aber mehr weiß ich nicht von dieser Geschichte, nein, nein, nein. Und Sie verstehen, Herr Georg: Es wäre mir höchst unangenehm, mich in diese Sache einzumischen und dafür Interesse zu zeigen ... Wächst und gedeiht Ihr Töchterlein? Fühlt sich Frau Teresa in Sankt Petersburg wohl?‹«

Georg fuhr fort: »Darauf blieb ich ihm die Antwort schuldig. Ich trat mit dem Recht eines alten Bekannten an seinen Tisch und sagte: ›Graf, ich weiß ganz sicher, daß Timotheus in der Kasematte des Geheimen Hauses in Schlüsselburg gefangengehalten wird. Und Sie haben die Macht, ihm Besuche zu gestatten.‹ Als ich sah, wie er seine wächsernen Hände ausbreitete, um auch dies zu leugnen, da ... da er mich auf so billige Art hinters Licht führen wollte und die von Bocks auch ein klein wenig Schauspieler sind, zog ich die Pistole! Gottbewahre, ich drohte natürlich nicht ihm. Ich legte den Lauf an meine Schläfe und sagte: ›Graf! In der Heiligen Schrift steht geschrieben: Der Mund, so da lüget, tötet die Seele. Sagen Sie die Wahrheit!

Oder ich drücke ab – und stehe in zehn Sekunden vor meinem Herrn! Und obwohl er mich ins Fegefeuer schickt wegen meiner Tat, werde ich Zeit haben, ihm zu sagen: Herr, meine Seele kommt geläutert aus dem Fegefeuer, denn sie lebt! Aber der fromme Lieven dort an der Spitze Rußlands, der hat seine Seele durch Lüge getötet! Er ist ein seelenloser Leichnam! In zehn Sekunden bin ich dort . . .‹ Und ich zählte: ›Eins – zwei – drei – vier – fünf . . .‹ Als ich bis sechs gekommen war, rief er: ›Halt!‹« (Georg lachte.) »Ich will nicht behaupten, er wäre überwältigt gewesen. Das ist nicht das richtige Wort. Aber dieser verdammte Frevler, dieser Jammerlappen und alte Narr hatte innerlich doch einen Schreck bekommen und versuchte es auf andere Art und Weise. Er erhob sich, drückte mich aufs Sofa und nahm neben mir Platz. Er legte mir die Hände auf die Knie und sagte emphatisch: ›Oh, Herr Georg, durch Salomos Weisheit mußten Sie mich an die Wahrheit gemahnen . . . Ich danke Ihnen dafür . . . Hören Sie mich an . . . Mit Ihrem unseligen Bruder ist es eine überaus tragische Geschichte . . . Sie können sich nicht vorstellen, wie ich um seine Seele gerungen habe . . . Aber er hat sich auf verhängnisvolle Weise dem Unglauben verschrieben! Es ist schrecklich, was aus ihm geworden ist. Ein absoluter Gottesleugner! Und just dies will ihm der Zar nicht vergeben! Darum ist jeder Gedanke an Begnadigung hoffnungslos . . .‹«

Georg erzählte weiter: »Er schaute mich aus seinem vor Wehmut blassen Pferdegesicht an, und ich sah mit eigenen Augen Tränen über seine gelbe Maske rinnen. Doch ich wußte – kürzlich hatten uns Timos erste Briefe erreicht, in denen er schrieb: ›Meine Lieben, auf Menschen dürfen wir nicht hoffen. Also hoffen wir auf Gott; ich vertraue fest auf ihn . . .‹ Ihr versteht doch«, fuhr Georg fort, »daß mir eine derart unverschämte Lüge von so hoher Stelle klarmachen mußte, daß ich nichts zu hoffen habe. Wegfahren, ins Ausland umsiedeln – das ist der einzige Weg. Und das tun wir nun. Die Erlaubnis des Zaren haben wir . . . Ach, Gott weiß, vielleicht gibt es nirgends weniger Falschheit und mehr Luft zum Atmen als hier . . . Nein, nein! Ich fühle es.

Oder erahne es zumindest ... Selbst wenn ich mich irre, selbst wenn mein Eindruck vom Leben in Frankreich oder in der Schweiz flüchtig und oberflächlich ist – selbst dann besteht ein riesiger Unterschied! Jawohl, der Unterschied bleibt auch dann noch gewaltig, wenn es dort draußen genauso ist wie hier: lauter Niedertracht und Gewalt. Denn dort würde ich mich nicht auf Schritt und Tritt für all diese Greuel verantwortlich fühlen, versteht ihr ... Nein, ich glaube nicht, daß ihr mich ganz versteht ... Denn ihr kommt von unten, wie meine Standesgenossen zu sagen pflegen – verzeiht – vom Mist. Ihr seid gebildet, habt einen weiten Horizont und eine Vorstellung von der Welt. Das ist ein Zufall und mutet an wie ein Wunder. Um so schmerzlicher empfindet ihr die Absurditäten dieser Welt. Aber dank eurer Herkunft verfügt ihr über die innere Freiheit, die Greuel beim rechten Namen zu nennen. Wenn nicht in aller Öffentlichkeit, so doch in eurem Herzen. Ich habe diese Freiheit nicht. Ich gehöre zum Adel des Imperiums. Ich bin eine Stütze der Gesellschaft! Ich bin und muß und – lieber Gott – ich will es sein! Aber wie sieht die Ordnung aus, die mir das Schicksal zu stützen beschieden hat! Ich muß jede Scheußlichkeit zugunsten des Zaren auslegen, sie rechtfertigen ... Ich muß sagen: Im Imperium gibt es das Böse nur, weil der gute Zar noch nichts davon weiß ... Genug!«

Beim letzten Satz steigerte sich sein Flüstern fast bis zum Schreien, dann fuhr er leise fort: »Ich bin nicht der einzige, der dies begriffen hat. Unter den Offizieren gibt es ehrliche, denkende Köpfe. Ich weiß es. Vielleicht ist von ihnen eher etwas zu erwarten, als wir annehmen. Sie haben mich aufgefordert, mich ihnen anzuschließen. Aber ich kann mir ihre Freundschaft nicht leisten. Leider. Denn ich bin völlig davon überzeugt, daß mir seit vier Jahren Spitzel an den Fersen hängen ... Jede Annäherung an einen – nun, einen Geheimbund wäre ein Judaswerk. Also ist das einzige, was Teresa und ich tun können, uns hinter dem Rücken unserer dreijährigen Tochter zu verbergen (was tun wir denn anderes!) und uns ins Ausland abzusetzen ...«

Nach einigen Tagen traf Teresa mit ihrer Tochter bei uns ein. Sie ist eine schwarzhaarige energische junge Dame von einem Typ, den man hierzulande spanisch nennt. Sie ist sicher nicht dumm, aber ihr Bemühen, klug zu erscheinen, trat meiner Ansicht nach allzu deutlich hervor. Übrigens, ihre dreijährige Agnes machte auf mich den Eindruck, als sei sie kerngesund.

Sie hielten sich einige Tage auf Woiseck auf und reisten dann in Richtung Riga; wenn ich mich recht besinne, war das im September 1821. Jahrelang hörten wir nur per Zufall etwas von ihnen. Ich erinnere mich, daß wir bald nach ihrer Abreise ein paar Zeilen aus Krakau, dann aus Berlin erhielten. Timos alter Freund Shukowski, der kurz darauf für ein paar Tage in Dorpat weilte, erzählte, er hätte Georg in Berlin getroffen und ihn dort seiner Gebieterin, also der Gattin unseres jetzigen Zaren Nikolai I., vorgestellt. Darauf vernahmen wir jahrelang nichts von Georg. Bis es hieß, er hätte sich einige Monate in Deutschland aufgehalten und von dort aus schriftlich irgendwelche finanziellen Angelegenheiten in Riga geregelt. Und nun saß er plötzlich hier an unserem Weihnachtstisch, lachte schallend und sagte, nachdem Käsper den Schweinebraten aufgetragen und das Zimmer verlassen hatte: »Gott sei Dank, jetzt sehe ich es mit eigenen Augen: Timo, du bist genauso wahnsinnig und kein bißchen wahnsinniger als damals, erinnerst du dich, vor zwölf Jahren, als sie in Petersburg zum erstenmal von deinem Wahnsinn zu sprechen begannen, weil du die Pläne des Zaren mit Fräulein Naryschkina durchkreuztest und deiner Kitty treu bliebst. Weißt du, als wir im Sommer in Deutschland hörten, daß sie dich entlassen hätten, weil du den Verstand verloren hast, erschrak ich zunächst ein wenig. Ja. Ich dachte: Mein teurer Bruder hatte ja schon immer eine eigenartige Art zu denken ... Vielleicht ist er wirklich nicht mehr ganz richtig im Kopf nach all den Jahren unter dem Schlüsselburger – wie soll ich es sagen – Schmiedehammer? Um so mehr freue ich mich jetzt, dich in so guter Form vorzufinden.«

Timo sagte nichts. Ich sah, daß sein linkes Augenlid

leicht zitterte. Er schaute auf seinen Teller und schnitt den ziemlich zähen Schweinebraten mit dem Messer in winzige Stückchen, um ihn mit seinem zahnlosen Mund bewältigen zu können. Und mir ging durch den Kopf: So ganz aufrichtig konnte Georgs Begeisterung über Timos Wohlbefinden nicht sein . . .

Am dritten Weihnachtsfeiertag. Heute gegen zehn klopfte Käsper an meine Tür und sagte, Herr Timotheus lasse mich zu sich bitten. Als ich den Saal betrat, saßen sie zu dritt, Eeva, Timo und Georg, am Kamin in den alten knarrenden Sesseln, die Nacken dem schneegrauen Licht hinter den Fenstern und die Gesichter dem Feuer zugewandt. Vor Georg auf dem Tisch am Kamin stand ein Seidel mit Bier, und vor Eeva lag ein Blatt Papier.

»Jakob, du bist auf deine Art eine rauhe, aber gerechte Seele. Entscheide, wer von uns recht hat. Ich bin Georg seit dem Frühjahr achtzehn 1600 Rubel schuldig. Mit Zinsen macht das 2500 Rubel. Bei Georg und seiner Familie in Deutschland ist Schmalhans Küchenmeister. Georg möchte die Schuld über den Generalgouverneur aus den Einkünften von Woiseck eintreiben lassen, Kitty aber ist der Ansicht, ein Ehrenmann würde das nicht tun . . .«

»Liebster, vielleicht war ich Georg gegenüber ungerecht«, sagte Eeva und streichelte Timos Hand, »aber das Schriftstück, das er verlangte, habe ich doch schon vor zwei Monaten verfaßt.«

»Warum mußt *du* das schreiben?« fragte ich verwundert.

»Nun, ich bin doch verrückt«, erklärte Timo, »ein von mir ausgestellter Schuldschein ist ungültig.« Er schob mir das Papier hin, und ich las:

Ich, die Endesunterzeichnende Catharina von Bock, Ehefrau des Obersten a. D. und Ritters Timotheus von Bock, erkläre hiermit nach bestem Wissen und Gewissen:

Wie mir aus wiederholten mündlichen und schriftlichen Äußerungen meines Mannes, die er bei voller körperlicher und geistiger

Gesundheit getan hat, bekannt ist, hat er von seinem Bruder, dem Herrn Obersten a. D. und Ritter George de Bock, verschiedentlich Bargeld geliehen und schuldet ihm eintausendsechshundertsechsundsechzig Rubel und achtzig Kopeken in Silber, welcher Summe die gesetzlich festgelegten Zinsen seit dem 17. April 1818 hinzuzurechnen sind.

Als die gerichtliche Registrierung der Schulden meines Mannes erfolgte, hat Herr Oberst a. D. George de Bock sich nicht innerhalb des festgelegten Zeitraums als Gläubiger gemeldet, teils weil er keinen formellen Schuldschein vorzuweisen hatte, teils aus familiärer Rücksicht, um nicht quasi Anklage gegen seinen ohnehin unglücklichen Schuldner zu erheben. Denn er hoffte, daß dieser bald aus dem Gefängnis entlassen werden würde und selbst seiner Pflicht nachkommen könnte. Diese Hoffnung wurde mit den Jahren zunichte. Und als mir mein Mann nach neunjähriger Abwesenheit auf Allerhöchsten Befehl des Zaren zurückgegeben wurde, hatte sich sein seelischer Zustand derart verschlechtert, daß ihm die Begleichung seiner Schulden unmöglich wurde.

Da mein geringes Einkommen es nicht zuläßt, anstelle meines Mannes der berechtigten Forderung seines Bruders nachzukommen, bitte ich den letztgenannten, dieses Schriftstück als Bestätigung der leider immer noch unbeglichenen Schuld von zweitausendfünfhundertsechsundsechzig Silberrubeln und siebenundachtzig Kopeken anzusehen. Sollte nach meinem Ableben die Schuld, die zu begleichen mein fester Wunsch ist, nicht getilgt sein, erwarte ich von meinem geliebten, zur Zeit noch minderjährigen Sohn Georg von Bock, der sich im Lyzeum von Zarskoje selo aufhält, daß er der unerfüllten Pflicht seines Vaters unverzüglich nachkommt, sobald er die Volljährigkeit erreicht hat, zumal seines Onkels freundliches und wahrlich brüderliches Verhalten während vieler Jahre, in denen er sich selbst häufig in großen finanziellen Schwierigkeiten befand, ihm das begründete Recht verleiht auf seines Bruders, d. h. meines Mannes und folglich auch meine und unseres Sohnes Dankbarkeit.

Auf Woiseck, im Gouvernement Livland,
Kreis Fellin, am 26. Oktober 1827
Catharina von Bock

Ich schaute die drei verständnislos an. Ich fragte, was ich denn in dieser Sache sagen könnte. Georg hielt es offensichtlich – wie ich selbst – für albern, daß ich zum Schiedsrichter erkoren worden war. Er trank schweigend sein Bier. Timo aber sagte: »Hat Georg deiner Meinung nach das Recht – du verstehst, hier ist nicht vom juristischen Recht die Rede, das steht außer Zweifel –, hat er das moralische Recht, sein Geld einzutreiben?«

Ich fragte: »Meint Eeva, er hätte es nicht?«

Eevas besorgter Blick zu Timo hin zeigte mir, daß sie die Wahrheit sagen, zugleich aber seine Erregung mindern wollte.

»Ich habe geglaubt, daß er es nicht hat ... Angesichts unserer Lage ... Aber ich habe schon gesagt, ich kann mich irren.«

»Was du da von der Pflicht, Georg dankbar zu sein, schreibst, ist doch aber die reine Wahrheit, soviel ich weiß?«

»Allerdings«, bestätigte Eeva.

»Wieso meintest du dann, daß er nicht im Recht ist?«

»Weil mir schien, wenn seine Not auch noch so groß wäre, im Vergleich zu uns ist er immerhin – nun, ein freier Mann, der kommen und gehen kann, wann und wohin er will, und der für sich einstehen kann. Und darum schien mir, er dürfte dieses Papier nicht verwenden.«

Timo erhob sich und schritt mit angespannter Miene zwischen Kamin und Klavier auf und ab. Dann blieb er neben dem Kamin stehen, blasser als gewöhnlich, die rechte Seite des Gesichts vom Feuerschein gerötet. Er sagte: »Freunde, diese zweieinhalbtausend sind eine Lappalie! Ich bin natürlich ein Niemand. Ich bin nur das Echo eines einstigen Namens. Und ein Habenichts. Und dennoch sage ich: Diese zweieinhalbtausend sind ein Nichts! Mir macht etwas anderes Angst. Wie kann ich glauben, man könnte jemals ein gerechtes Staatswesen errichten, wenn zwei meiner Allernächsten eine derart verschiedene Auffassung von Moral haben?! Und wenn es unmöglich ist, zu entscheiden, wer recht hat?!«

Ich muß zugeben, der Vorschlag, über diese drei zu Gericht zu sitzen, von denen zwei Adlige sind – obwohl sie beide nichts haben –, einer offiziell für geistesgestört erklärt worden ist und die dritte sich in Briefen ebenfalls als eine »von« bezeichnet, wie ich gesehen habe, auch wenn sie »vom Mist kommt« und meine leibliche Schwester ist – dieser Vorschlag erschien mir verlockend. Und die Antwort auf ihre Frage, die mir durch den Kopf ging, schien obendrein richtig zu sein. Sie war auch geeignet, Timos ein wenig lächerliche Besorgnis zu zerstreuen. Also sagte ich: »Hört, was ist daran so furchtbar, daß wir die Frage nicht entscheiden können? Es ist doch keine prinzipielle Frage, oder wenn Timo so will, keine philosophische. Meiner Meinung nach ist das einfach eine Frage von Wissen und Nichtwissen. Georg ist im Recht, sowohl im juristischen als auch im moralischen Sinne, falls seine Not größer ist als unsere.«

Timo kreuzte die Arme über der Brust und schaute mich begeistert an.

»Jakob, du solltest Salomo heißen!«

Ich erwiderte: »Eine Elle zum Messen unserer Not haben wir nicht. Wir haben nur zwei Gefühle. Und jeder hat das Gefühl, seine Not wäre die größere.«

»Das läßt sich nicht widerlegen!« rief Timo. »Wißt ihr, was wir tun? Wir lösen unser Dilemma! Wir rufen das Gottesgericht an.«

Wir sahen ihn erstaunt an. Mir schien, er genoß unsere Ratlosigkeit ein wenig. Er sagte: »Im Laufe der Geschichte hat man das auf verschiedene Art getan. Vor vierhundert Jahren hätte man Georg bis an den Gürtel in die Erde eingegraben und ihm und Kitty Schwerter in die Hand gedrückt. Oder sie hätten die Wasser- oder Feuerprobe bestehen müssen. Doch auch die Art, zu der wir Zuflucht nehmen, gibt es schon lange . . .«

Er schritt aus dem Saal, und wir blickten einander an. Georg fragte über sein Bierseidel hinweg und, wie ich bemerkte, nicht ohne Erregung: »Kitty, was hat er vor?«

Eeva erhob sich, um Timo zu folgen, doch der kehrte bereits zurück. Er hatte zwei Würfel in der Hand. Er gab Eeva den einen und Georg den anderen. Dann sagte er heiter und sachlich: »Erst Kitty, dann du ... Einverstanden? Ist der erste Wurf unentschieden, würfelt ihr weiter, bis einer mehr Augen hat. Gewinnt Georg, kassiert er die Schulden, gewinnt Kitty, verzichtet er.« Er wandte sich an mich: »Ist das so richtig?«

Was sollte ich darauf sagen?! Selbst wenn Timo nicht neben uns gestanden hätte, ich hätte die beiden nicht fragen können, ob sie seinen Vorschlag für verrückt hielten oder nicht ... Aber der Vorschlag war genauso unerwartet wie – wie sollte man es nennen? Verrückt? Albern? Komisch? Schrullig? Oder war er möglicherweise – sogar vom Standpunkt des gesunden Menschenverstandes aus – denkbar? Vielleicht sogar logisch? Oder sogar die einzig logische Variante, mit deren Hilfe man unter den gegebenen Umständen entscheiden konnte, wessen Misere größer war, die derjenigen, die entwurzelt in einem fremden Land umherzogen, oder die des in einen Schatten verwandelten Gefangenen in der eigenen Heimat? Weiß der Teufel! Mir war das heute morgen nicht klar und ist es auch jetzt nicht. Auf jeden Fall antwortete ich Timo: »Nun, also meiner Meinung nach ist das richtig so.«

Georg wollte etwas sagen, anscheinend widersprechen, machte aber nur eine wegwerfende Handbewegung. Da er einen Würfel in der Hand hielt, ballte er sie zur Faust und fuhr mit ihr durch die Luft.

»Timo, wie gesagt: Du hast nie den Verstand verloren. Du bist dein Leben lang verrückt gewesen! Hahahaha! Kitty, würfle!«

Eeva machte das Spiel mit, und das Problem war nach dem ersten Wurf gelöst. Sie warf fünf Augen und Georg drei. Wahrscheinlich war Georg enttäuscht, denn sicher hätte ihm der Generalgouverneur das Geld auszahlen lassen, und wenn es von dem Kapital gewesen wäre, das auf seinen eigenen Befehl für die Erziehung von Georg junior bestimmt war. Sicher wäre das mit der Begründung geschehen, die Familie müßte ja nicht mehr für die Ausbildung des Sohnes aufkommen – jetzt, wo der Zar selbst gnädigst et cetera. Auf jeden Fall ließ er sich seine Enttäuschung nicht anmerken, sondern trug nach wie vor joviale Heiterkeit zur Schau. Nur seine Abreise am Nachmittag über Riga nach Deutschland, die er zwei Stunden nach dem Würfelspiel verkündete, schien eiliger zu sein, als er beabsichtigt hatte.

11. Februar 1828. Wieder anderthalb Monate Tagebuchmüdigkeit. Wahrscheinlich zeugt das auch davon, daß sich inzwischen nichts Außerordentliches zugetragen hat. Offenbar wird unser Leben in seiner merkwürdigen Gestalt, die es angenommen hat, mit der Zeit zur Alltäglichkeit.

Wir leben ganz still, fast lautlos. Wir gehen nirgendwo oder beinahe nirgendwo hin. Und zu uns kommt fast niemand. Nur der Herr von Neu-Oberpahlen, Carl Lilienfeldt, der irgendwie mit den von Bocks verwandt ist, wohl sogar ziemlich nah, hat uns unerwartet nach Neujahr einen Besuch abgestattet. Er war recht nett und freundlich und hatte sogar seine Frau Charlotte und seinen dreizehnjährigen Carl junior mitgebracht, es war also völlig, wie man sagt, comme il faut. Mir war recht erbärmlich zumute, als ich bemerkte, wie sehr sich Timo darüber freute, wenn auch eher um Eevas als um seiner selbst willen. Weil nicht alle seine Verwandten sich weigern, seine Frau zu akzeptieren. Das ist für Timo, ich kann es verstehen, überaus wichtig. Denn zwangsläufig fühlt er sich für das Verhalten seiner Verwandten Eeva gegenüber mitverantwortlich, so absurd das auch sein mag. Dabei ist die Abgeschiedenheit, in der wir leben, schon längst nicht mehr in erster Linie auf die durch Eevas Person ihrem Stand zugefügte Schande zurückzuführen, wie es anfangs der Fall war. Gewiß, diese Schande bleibt für viele immer und ewig bestehen. Als Eeva und ich vor einem Monat, am Dreikönigsfest, die Schloßkirche von Oberpahlen betraten und im Adelsgestühl Platz nahmen, erhob sich Frau von Samson und verließ die Kirche. Genau wie vor zehn Jahren. Der Unterschied war allerdings groß. Damals hatte sich das Adelsgestühl geleert. Jetzt aber – ihren Reinhold konnte sie nicht mehr hinter sich herziehen, der ruht seit mehreren Jahren hier auf dem Kirchhof, und all die anderen Damen und Herren blieben sitzen. Und als wir nach dem Gottesdienst aus der Kirche traten, grüßten alle Herren Eeva mit Verbeugungen, und von den Damen nickten ihr fünf oder sechs zu. Zwei oder drei drückten ihr im Vorbeigehen die Hand und fragten lächelnd, wie es dem kleinen Georg in Zarskoje selo gehe ... Jetzt werden wir vor allem Timos wegen gemieden. Nur in den ersten Monaten und nur in Einzelfällen war die Neugier stärker als die Angst. Ich meine die Angst, sich durch den Verkehr mit Timotheus von Bock zu kompromittieren, und die Neugier, herauszufinden, ob er verrückt oder normal sei.

Ich habe beobachten können, daß für weite Kreise sein Geisteszustand überhaupt kein Problem darstellt. Man hat sich damit abgefunden, daß er neun Jahre in Haft war. Man wird sich damit abfinden, daß er vor neun Monaten freigelassen wurde. Man sieht die Sache nun folgendermaßen: Hat also der Mann seinerzeit dem Zaren doch irgendwelche unüberlegten Dummheiten geschrieben. Frechere, als man angenommen hat. Denn bei all seiner Bildung und Gewissenhaftigkeit ist er stets ein Heißsporn gewesen. Man bedenke nur, wen er geheiratet hat! Total irrsinnig ist er damals sicher nicht gewesen. Aber mit den Jahren hatte sich dieser bedauernswerte Zustand verfestigt. Hätte ihn der Zar sonst zum zweitenmal als geistesgestört gebrandmarkt? Obwohl er beim erstenmal wahrscheinlich doch nicht ... Nein, wenn das von allerhöchster Stelle erklärt worden ist, wird es gewiß stimmen ...

Es gibt fast niemanden, der daran zweifelt, daß er verrückt ist. Und noch weniger Leute gibt es, die über soviel Eitelkeit und Neugier verfügen, sich hierherzubegeben, um den Übeltäter, der dazu verurteilt ist, in diesem Provinznest dahinzuvegetieren, mit eigenen Augen zu sehen. Andererseits – Gott sei gelobt und gepriesen dafür!

Jedenfalls empfing Eeva Herrn Lilienfeldt mit dem bräunlichen Ziegenbart, seine Frau und seinen Sohn ebenso liebenswürdig, aber mit mehr Herablassung als Timo. Die Lilienfeldts wollten niemanden kränken und übernachteten darum einmal im Herrenhaus und einmal unter unserem Dach. Während ihrer Anwesenheit kam auch Herr La Trobe wieder einmal zu uns, brachte Frau Alwine mit und speiste mit uns zu Mittag. Obwohl er behauptet hatte, er möge Beethoven nicht besonders (»Gewaltig, aber meist zu ungeschlacht«), spielte er uns nach dem Essen das Lied »Ich denke dein« zum Gedenken an den Großen Liebenden, wie er sich ausdrückte. Beim Kaffee erzählte er uns, und er muß es ja wissen: Dieses Lied habe Beethoven aus hoffnungsloser, wenn auch erwiderter Liebe nach Versen von Goethe für Fräulein Josephine von Brunsvik geschrieben, die spätere Josephine von Stackelberg, Gutsherrin von Faehna in Estland und angeheiratete Verwandte von Alwine La Trobe. Darauf sagte Timo, große Liebende wären auch die größten Rebellen und er wolle etwas zum Gedenken an den großen Rebellen Beethoven spielen. Er spielte etwas Feierliches und Ernstes, das ich nicht kannte. Als er danach ins Nebenzimmer ging, hörte ich Herrn Lilienfeldt Herrn La Trobe fragen, was es gewesen sei, und letzteren antworten: »Etwas aus der ›Missa solemnis‹!«

»Hat er Ihrer Meinung nach gut gespielt?« fragte Herr Lilienfeldt.

»Brillant!« flüsterte Herr La Trobe. »Ich wundere mich nur, wann er das hat einstudieren können.«

»Also . . .?« Herr Lilienfeldt neigte sich zu Herrn La Trobe, ich verstand nicht recht, was er damit meinte. Aber Herr La Trobe begriff anscheinend sofort.

»Also können wir Gott danken, daß es nicht seine musikalischen Fähigkeiten waren, nach deren Vollkommenheit oder Unvollkommenheit seine Freilassung beschlossen wurde.«

Am Morgen des übernächsten Tages machten sich die Lilienfeldts auf den Weg nach Hause, und bislang hat uns in diesem Jahr niemand mehr besucht. Unsere Wirtschaftsangelegenheiten werden im Herrenhaus bei La Trobe geregelt oder im Verwalterhaus im Kontor des alten Timm. Nicht einmal Doktor Robst hat in den letzten Wochen seinen Fuß in das Kivijalg gesetzt, denn er kommt nur, wenn Eeva nach ihm schickt, weil Timo Schweißausbrüche oder Kopfschmerzen hat. Ansonsten hören wir das Leben und Treiben auf dem Gut nur von fern, hinter den verschneiten Rosenhecken und der Parkmauer. Frühmorgens sind in den Schneewehen direkt unter unseren Fenstern Rehfährten zu sehen.

Donnerstag, den 22. Februar 1828. Gestern früh fuhr Eeva trotz des starken Frostes nach Dorpat, um für Timo Bücher zu kaufen und wahrscheinlich auch um zu erfahren, was es Neues gibt in der Welt. Mich bat sie, zu Hause zu bleiben, denn Timo fühle sich nicht wohl. Sie sagte: »Er ist nervöser als gewöhnlich.«

Ich blieb zu Hause, und mir fiel ein: Im Februar 1822, also genau vor sechs Jahren, fuhr der Diener von Propst Masing eines Abends bei heftigem Schneegestöber auf Woiseck vor und brachte Eeva einen Brief. Ich war gerade von Major Tenners Landvermessern auf Urlaub gekommen, und sie lief mit dem Brief zu mir nach oben. Es waren einige in aller Eile niedergeschriebene französische Zeilen. Wörtlich kann ich mich natürlich nicht mehr an sie erinnern, aber ihr Sinn war ungefähr folgender:

Liebe gnädige Frau!
Leider hatte ich nicht das Glück, Sie persönlich kennenzulernen, aber ich habe von Ihnen unendlich viel unendlich Gutes gehört. Und ich hoffe, daß auch mein Name Ihnen bekannt ist und Ihr Vertrauen verdient. Ich bin heute in Dorpat eingetroffen und bleibe vier oder fünf Tage hier. Sollte es Ihnen nicht zu beschwerlich sein, wäre ich glücklich, wenn Sie die Mühe auf sich nähmen hierherzukommen und mir so Gelegenheit böten, Sie kennenzulernen und mit Ihnen zu sprechen. Ich bin im Hause von Professor Moier abgestiegen, wo Sie ja des öfteren weilten.

In tiefster Ehrerbietung Ihr
W. Shukowski

Wir wußten natürlich, daß Shukowski ein alter Freund von Timo war. Obwohl ich weder damals verstand noch heute verstehe, was Timo mit diesem Dichter gemein haben konnte: der eine war Offizier und Pflichtmensch im Sinne der alten Römer, den anderen nannte man in Dorpat, wie ich mich entsinne, den russischen Ossian. Jedenfalls war uns sofort klar: Monsieur Shukowski schickte diesen Brief nicht, um Eeva die Cour zu schneiden. Eeva sagte: »Er muß Nachricht von Timo haben.«

Wir fuhren an einem einzigen Tag achtundsechzig Werst durch tiefe Schneewehen und waren am Abend um acht in demselben niedrigen Haus an der Ecke des Karlowa-Weges, in demselben Empfangszimmer mit den verschneiten Fenstern, wo ich vor vier Jahren beim Lärm einer großen Gesellschaft Timos merkwürdigen Worten über Praxiteles, Eeva und Christus gelauscht hatte, dessen Antlitz man in Livland angeblich Tag für Tag in den Schmutz zerrte... Jetzt gab es dort weder Bowlegläser noch Zigarrenrauch noch Streitgespräche. Aber eine Gesellschaft hatte sich versammelt. Frau Moier stellte uns einem Dutzend Herren und Damen vor, die erwartungsvoll in den grünen Lehnsesseln saßen. Unter den Gästen befand sich der ehemalige Dorpater, damals schon Petersburger Professor Wojeikow, Frau Moiers ungeschlachter Schwager, der, wie es hieß, seiner Frau elegante Liebesgedichte schrieb (ich weiß nicht mehr, von wem ich das gehört hatte), sich in seiner Familie aber wie der fürchterlichste Schurke und Radaubruder aufführte. Auch der ehemalige Postbeamte Weyhrauch war dort, dessen sentimentale Lieder mit den süßlichen Melodien von der Dorpater Jugend mit immer größerer Begeisterung gesungen wurden. Des weiteren waren mehrere Herren von der Universität mit ihren Gattinnen anwesend. Frau Moier sagte, sie freue sich, uns unter ihrem Dach empfangen zu dürfen, zumal an einem so feierlichen Tag, an dem der Herr Dichter Shukowski versprochen habe, seinen Freunden etwas vorzutragen. Etwas Neues und besonders Wichtiges: die russische Übersetzung der Schillerschen »Jungfrau von Orleans«, die Herr Shukowski kürzlich fertiggestellt habe.

Darauf holte Frau Moier den Dichter aus einem Zimmer im Dachgeschoß zu uns. Es stellte sich heraus, daß Eeva und ich die einzigen waren, die ihn nicht kannten und ihm vorgestellt werden mußten. Shukowski war ein hochgewachsener, überaus elegant gekleideter Herr. Dunkles Haar und ein gestutzter Backenbart umrahmten sein hageres Gesicht mit der blassen Stirn und den geschwungenen Brauen. Seine großen Augen von leicht asiatischem Schnitt wirkten in erstaunlichem Wechsel aufmerksam und verschleiert. Er nahm Eevas Hände in die seinen und schaute sie lange sehr ernst an.

»Madame, Sie sind also die Frau meines unglücklichen Freundes ... Ich muß mich entschuldigen, ich habe Sie nicht so bald erwartet und habe den heutigen Abend unseren Freunden versprochen – doch ich weiß, daß alle in diesem Hause auch Ihre Freunde sind –, ich habe ihnen versprochen, etwas vorzulesen, Sie haben es vernommen. Also bitte ich Sie, mir die Ehre Ihrer Anwesenheit zu erweisen. Und nachher«, er senkte unwillkürlich die Stimme, endete aber für alle vernehmbar, »würde ich mich gern mit Ihnen unterhalten.«

So befanden wir uns an jenem Abend unter seinen Zuhörern. Natürlich hatte ich Schillers »Jungfrau von Orleans« auf deutsch gelesen. Es war eines der ersten Bücher, das wir beim alten Masing lesen und teilweise auswendig lernen mußten. Das Stück auf russisch zu hören war irgendwie befremdlich, denn mit meinen Russischkenntnissen war es nicht weit her. In Tenners Gruppe wurde ein russisch-deutsches Kauderwelsch gesprochen. Des Russischen bediente ich mich meist nur, wenn ich mit einfachen Soldaten, Pferdeknechten und Erdarbeitern zu tun hatte. Auf diesem Niveau sind meine Russischkenntnisse ungefähr geblieben. Obwohl ich später recht viel Karamsin und Dershawin gelesen habe. Nach den Abschnitten, die Shukowski uns vortrug, konnte ich jedenfalls folgern, daß seine Übersetzung bewundernswert flüssig war. Einige Stellen blieben mir im Gedächtnis haften, jedoch aus einem ganz anderen Grunde: Shukowski brachte sie unerwartet mit uns oder vielmehr mit Eeva in Verbindung. Zum Beispiel erzählt im zweiten Auftritt des ersten Aufzugs Dunois dem König ausführlich vom Glück seines Vaters gegenüber feindlichen Schlössern und bei weiblichen Herzen und sagt folgendes:

> . . . . Wie ich
> Aus jenen alten Büchern mir gelesen,
> War Liebe stets mit hoher Rittertat
> Gepaart . . . .

An dieser Stelle hob er den Blick vom Manuskript, schaute Eeva an und sagte: »Was den Übersetzer dieser Zeilen angeht – ich habe dazu keine alten Bücher zu Hilfe nehmen müssen. Ich hatte das Glück, ein Beispiel der Einheit von Liebe und ritterlichen Tugenden direkt im Leben zu erfahren. Bei meinen Freunden. Ja, gnädige Frau . . .«

Daß er den Gatten der gnädigen Frau, den Staatsverbrecher, meinte, sprach er selbst hier, im Kreise seiner alten Freunde, nicht laut aus. Ein Höfling und Mann von Welt, der er war . . .

Und als er die Stelle las, wo . . .

Ich habe mir eben aus unserer Bibliothek die russische Ausgabe der »Jungfrau von Orleans« geholt. Der Widmung nach zu urteilen, hat Shukowski sie Timo und Eeva im vergangenen Herbst aus Stuttgart geschickt. Darin lese ich nun aufs neue die Zeilen, die ich mir ins Gedächtnis rufen wollte. Im zehnten Auftritt des zweiten Aufzugs spricht die Jungfrau zum Herzog von Burgund:

> Ist aber das, was ich dir sage, gut,
> Wo anders als von oben könnt ich's schöpfen?
> Wer hätte sich auf meiner Schäfertrift
> Zu mir gesellt, das kind'sche Hirtenmädchen
> In königlichen Dingen einzuweihn?
> Ich bin vor hohen Fürsten nie gestanden,
> Die Kunst der Rede ist dem Munde fremd,

Doch jetzt, da ich's bedarf, dich zu bewegen,
Besitz ich Einsicht, hoher Dinge Kunde ...

Hier schaute Herr Shukowski Eeva erneut an. Er sagte: »Liebe gnädige Frau, vor Weihnachten, als ich diese Zeilen übersetzte, standen Sie mir in seltsamer Deutlichkeit vor Augen. Obwohl ich Sie heute zum erstenmal sehe. Aber ich habe wundersame Dinge über Ihren Kampf um Ihren Mann gehört. Daß Sie sich an Minister und an Maria Fjodorowna gewandt haben. Und bei diesen Zeilen habe ich gedacht: Was die Jungfrau von Orleans hier von sich sagt, könnte Frau von Bock ebenfalls Wort für Wort von sich sagen!«

Nach der Lesung wurde Tee gereicht. Während die Herren und Damen Shukowskis Übersetzung priesen, betrachtete ich mit Interesse ihn und die Schwestern Protassowa, das heißt Frau Wojeikowa und Frau Moier. In letztere soll Shukowski sein Leben lang verliebt gewesen sein, verhängnisvollerweise hatte er sie aber nicht heiraten dürfen. Wie er erst sehr spät erfahren hatte, war die Mutter der Fräulein Protassowa, mit denen er als Kind in einer Familie lebte, seine, Shukowskis, Halbschwester ... Die Familienverhältnisse von Shukowski waren wirklich überaus ungewöhnlich. Ich hatte schon vor unserer Begegnung in Dorpat gehört, daß sein Vater ein Herr Bunin, ein Gutsbesitzer aus dem Gouvernement Tula, gewesen sei und seine Mutter eine getaufte Türkin. Ich folgte also den behutsamen, klugen Bemerkungen Frau Wojeikowas, beobachtete die bezaubernd stille Art von Frau Moier und das zärtlich-besorgte Lächeln des dunkelhaarigen Wassili Andrejewitsch, der zwischen den beiden Damen am Teetisch saß, sowie die Gatten dieser Damen – den lauten russischen Bohemien Wojeikow und den höflichen baltisch-holländischen Pedanten Moier – und dachte dabei mit einiger Gereiztheit: Sollen Eeva und ich das ziemlich verfitzte Knäuel ihrer Probleme wirklich ernst nehmen, wo unsere eigenen Probleme doch unvergleichlich komplizierter und weitreichender sind, wo es bei uns um Leben und Tod geht?

Nach dem Tee begaben wir uns wieder in das Zimmer, dessen Fenster zum Fluß gelegen sind. Die Gäste verabschiedeten sich bald. Auch die Gastgeber zogen sich zurück, und wir waren nun zu dritt. Eeva bat Shukowski, er möge gestatten, daß ihr Bruder ihrer Unterredung beiwohne. Nach kurzem Zögern erklärte Shukowski sich einverstanden. Er setzte sich zu ihr auf das mit grüner Seide bezogene Sofa und sagte: »Madame, ich glaube, es ist Ihnen und Ihrem Bruder nicht neu, daß Timofej Jegorowitsch einer der Menschen war und ist, der ... meinem Herzen am nächsten steht. Sehen Sie, jeder von uns ist in hohem Maße das Werk seines Schicksals. Und mich hat das Schicksal so geformt« – er suchte anscheinend nach einem passenden Wort, und ich bemerkte, daß er unwillkürlich über das Sofakissen strich, an das sich Frau Moier während der Lesung der »Jungfrau von Orleans« gelehnt hatte –, »mich hat es so geformt, daß Freundschaft für mich von allen menschlichen Gefühlen – khm – das wichtigste darstellt. Dabei muß ich Ihnen sagen – nicht etwa, um mich von ihm zu distanzieren oder meine Distanziertheit in der jetzigen Situation zu rechtfertigen, sondern damit Sie die Wahrheit wissen: Ich bin kein Gesinnungsgenosse von Timofej Jegorowitsch. Denn soweit mir seine Gesinnung bekannt ist, war er ... das heißt ist er trotz allem ein Revolutionär. Ich aber vertrete den Standpunkt, man soll sichere vorhandene Werte nicht für unsichere künftige Werte aufs Spiel setzen. Besonders sollten das jene nicht tun, die der Wahrheit Gottes fernstehen. Er stand, trotz seiner Ideen, der Wahrheit Gottes erstaunlich nahe. Darauf gründete sich unsere Freundschaft. Aber was ich am meisten an ihm bewunderte – und bewundere, ist die Folgerichtigkeit seines Denkens. Und was ich am meisten an ihm schätze, ist seine, nun, ich darf wohl sagen – seine absolute Ehrlichkeit. All das hat mich, gnädige Frau, bewogen, für ihn zu tun, was in meinen Kräften steht. Bis zu einem Gespräch mit dem Imperator. Ich muß jedoch bekennen: Ich habe nichts erreicht. Als ich den Versuch unternahm, mit dem Imperator über ihn zu sprechen, stieß ich gleichsam auf eine Wand aus Eis. Ich begriff: Es muß offenbar ein fürchterliches Mißverständnis vorliegen, denn Timo hatte doch dem Imperator sehr nahegestanden ... Und dann fiel mir ein, daß Timo selbst mir einmal gesagt hatte: ›Meine Frau, meine Kitty, steht zu mir und teilt alle meine Ansichten.‹ Und ich beschloß, Sie aufzusuchen. Vielleicht können Sie es mir erklären. Und jetzt, an dieser Stelle, gestatten Sie mir zu fragen: Gnädige Frau, was war das für ein Schreiben, das Timo dem Zaren geschickt hat, falls er ihm überhaupt eines geschickt hat? Oder was könnte Ihres Erachtens die Ursache der großen Empörung des Zaren sein? Sie verstehen: ohne diese zu kennen, ohne sie auch nur zu ahnen, kann ich nichts für ihn tun ... Vielleicht kann ich es auch dann nicht, wenn ich vollkommene Klarheit darüber besitze, und dennoch: Können Sie mir, sich selbst und ihm irgendwie weiterhelfen?«

Jetzt, da mir der Inhalt von Timos verwegenem Schreiben bekannt ist und ich überzeugt bin, daß Eeva es ebenfalls in vollem Umfange kennt, ist es für mich um so interessanter, mir ihr damaliges Verhalten ins Gedächtnis zurückzurufen. Damals, im Empfangszimmer von Professor Moier, hinterließen ihr trauriges bedauerndes Kopfschütteln und ihre sanfte klare Stimme keinen besonderen Eindruck auf mich.

»Werter Herr Shukowski, ich bin Ihnen im voraus von Herzen dankbar für alles, was Sie getan haben. Aber ich vermag Ihnen nicht zu helfen. Weder Ihnen noch Timo noch mir selbst.«

»Sie wissen also nichts von diesem Schreiben?«

»Leider nein.«

»Und er hat Ihnen auch keinen Fingerzeig hinterlassen? Auch nicht bei der Verhaftung? Keine Andeutung?«

»Doch, eine.«

»Welche?«

»Als ich fragte, an wen ich mich in seiner Angelegenheit wenden könnte, antwortete er: ›Nur an den Imperator. Aber ich bitte dich, tue es nicht.‹«

»Lieber Gott!« rief Shukowski aus, »so muß ich offenbar

um Entschuldigung bitten, daß ich an der Sache überhaupt gerührt habe . . .«

»Es geschah in bester Absicht. Warum sollten Sie sich deshalb entschuldigen«, sagte Eeva. »Und überhaupt, dieses Verbot, sich an den Imperator zu wenden, galt für mich. Ich weiß nicht, ob er es auch anderen verboten hätte. Es läßt sich jedoch vermuten . . .«

»Warum hat er es verboten?«

»Das weiß ich nicht.«

(Aber ich weiß jetzt beinahe mit Sicherheit, daß sie es wußte, doch davon zu sprechen schien ihr, nun, vielleicht nicht gerade gefährlich, da es sich um Shukowski handelte, aber dennoch unmöglich. Denn jetzt war sie fern von Timos Zauber, frei von seiner seltsamen Logik und ernüchtert durch die Schicksalsschläge, die ihn ereilt hatten.)

»Nein, ich weiß es nicht«, sagte sie. »Ich kann nur Vermutungen anstellen. Entweder hielt er es für moralisch unzulässig, daß ich mich an den Imperator wende . . .«

»Moralisch unzulässig?!« Ich erinnere mich, mit welchem Unverständnis Shukowski die Worte wiederholte.

»Oder er hielt es einfach für hoffnungslos.«

»Aber warum?«

»Vielleicht wegen des Schreibens.«

»Von dessen Vorhandensein Sie nicht überzeugt sind?«

». . . Nein.«

»Und dessen Inhalt Sie nicht kennen?«

»Nein.«

»In diesem Fall, Gott stehe uns bei, können wir wohl wirklich nichts tun.«

23. Februar 1828. Und das war die Wahrheit. Denn was hätten sie tun können, da Timo in diesem wahnwitzigen Manuskript zum Beispiel folgendes schreibt (Eeva ist nicht da, Timo ist ausgeritten. Ich habe die Tür verschlossen und seine Papiere nach langer Zeit wieder auf meinem Tisch ausgebreitet . . .), ja, was hätten Eeva oder selbst Shukowski oder sonst jemand dagegen tun können, daß der Zar ge-

kränkt war, wenn hier schwarz auf weiß zu lesen steht: *Was die Fähigkeit Seiner Majestät anbelangt, Achtung zu erringen, so bietet seine letzte Reise nach Riga beredtes Zeugnis dafür. Der Imperator traf ein, rügte den Gouverneur wegen des Gerüttels, das er auf der Fahrt hatte erdulden müssen, nächtigte im Schloß, kujonierte am Morgen die brave Division, gab einen Tagesbefehl, der ihn zum Gelächter ganz Europas machte, plapperte verdienten Männern, Strauchdieben, Dummen und Gebildeten die gleichen Torheiten vor, speiste zu Mittag, nahm beim Braten zur Kenntnis, daß die neue Steuerordnung keinen Sinn hat, trank Tee, tanzte Walzer, was das Zeug hielt, bestieg mit seinem Schuft von Majordomus die Kutsche, ließ ein Dutzend Postpferde zu Tode hetzen und schrieb Marquis Paulucci, er hätte Livland in blühendem Zustand vorgefunden.*

Arme Pferde!

Oder daselbst: ... *Fragen Sie in allen Gouvernements des Imperiums, wieviel die Zinsbauern der Krone über ihre Abgaben hinaus der Raubgier der Steuerbeamten opfern müssen! Bekommen Sie nicht Krämpfe vor Angst und Empörung, wenn Sie die unseligen Ortschaften erblicken, wo Seine Majestät geruhten, Militärsiedlungen zu gründen?*

Oh, sollte unser Zar, wie einst die ägyptischen Pharaonen, vor dem Totengericht stehen, wo jeder gepeinigte Untertan das Recht hatte, seine Beschwerden vorzubringen, ehe man über das Weiterleben des Herrschers entschied – wie würde das Urteil über Dich lauten, Alexander?

Wenn ich Dich sehe, Alexander, all Deinen Schmeichlern und Wüstlingen voran, jenen, denen Du Unglück gebracht hast, vor dem Hintergrund der Monumente, die Dich an Deine unerfüllten Pflichten erinnern sollen, wenn ich sehe, wie Du unter Trommelwirbel auf den Altan vor der Kirche trittst, ist mir, als stünde ich gleich einem drohenden Schatten neben Dir und hörte die dröhnende Stimme des Gottessohnes: Unglücklicher, was tust Du! Verbirg Deine Missetaten nicht unter dem Deckmantel der Frömmigkeit! Sieh auf diese abscheulichen Gespenster!! Alle drei waren einst gekrönte Häupter. Justinian, der feige Wüstling, der sein Reich und seine Ehre dem edlen Belisar verdankte und ihm die Augen ausstach. Philipp II. von Spanien, der Undankbare, der nach der Krone seines ehrwürdigen Vaters griff. Er vergiftete seinen Bruder, den heroischen Don Juan d'Austria, tötete seinen leiblichen Sohn und sein Weib, weil auch der schnödeste Verrat die Herzen, die er selbst zusammengefügt hatte, nicht zu trennen vermochte. Tausende und aber Tausende fielen dem Beil seiner Henker zum Opfer. Und da ist Ludwig XIV., Sklave seiner Nichtigkeit, der ganze Völker ausrottete und die blühendsten Länder ausplünderte. Seinen leiblichen Bruder, der ihm nicht das geringste Unrecht zugefügt hatte, ließ er im Kerker verschmachten. Er verschleuderte den Reichtum seines Volkes. Er verwandelte die Adligen in Sklaven, der blutbefleckte Barbar in der Maske eines Christen! Welche Folgen das hatte, weißt Du!

Alle drei errichteten mir Tempel und verkündeten der Welt Tag und Nacht meine Heiligkeit. Hüte Dich, ihnen gleichzutun, denn sie glichen weißgetünchten Gräbern, schön anzusehen von außen, von innen aber voller Schrecken und Moder.

Sei nicht wie die Heuchler, die an allen Straßenecken beten und ins Horn stoßen lassen, wenn sie Almosen verteilen, sei lieber wie die Kindlein, denn ihnen gehört das Himmelreich . . .

Hol's der Teufel, ich kann das noch immer nicht ruhig lesen und in mein Heft übertragen . . . Sein Predigtton ist befremdlich, aber doch viel eindrucksvoller als bei den meisten Pastoren. Die Vision seiner Verwandlung in Gottes Sohn ist noch befremdlicher. Sie ist geradezu albern, obwohl sie andererseits beinahe erschreckend ist . . . Die Art, in der sich Timo an den Imperator wendet, ist irrsinnig naiv, und dennoch macht er damit für sich wahr, was er dem Imperator rät: Seid wie die Kindlein . . . Er ist ein Narr, trotzdem treibt er mir die Tränen in die Augen . . . und die Sache läßt mir keine Ruhe.

23. November, spätabends. Da ich keine bessere Idee hatte, handelte ich nach Erfahrung. Ich legte die Papiere in ihr Versteck, ging in den Keller und machte im Ofen in der Badestube Feuer.

Etwa um ein Uhr kehrte Timo von seinem Ritt zurück. Seine Wangen hatten etwas zuviel Frost abbekommen, und er mußte sie mit Schnee abreiben. Ich sagte ihm, daß die Badestube geheizt wäre. Er überlegte einen Augenblick und ging hinein.

Während wir uns im Vorraum auszogen, wechselten wir einige belanglose Worte. Ich kann mich nicht erinnern, worüber. Sobald wir auf der Schwitzbank saßen, wollte ich ein Gespräch anfangen. Nur wußte ich nicht, wie. Sollte ich mit der Tür ins Haus fallen oder wie die Katze um den heißen Brei herumschleichen? Beides mißfiel mir. Drumherumzureden erschien mir gemein, vielleicht, weil ich gerade seine Aufforderung gelesen hatte: Seid wie die Kindlein ... Aber der Gedanke, ihn geradeheraus zu fragen, lähmte mir die Zunge ...

Wir saßen auf der heißen Schwitzbank aus Espenbrettern in der bläulichen Dämmerung, die durch das winzige verschneite Kellerfenster drang, und je länger sich das Schweigen hinzog, um so unüberwindlicher wurde meine Hemmung. Timo saß mir gegenüber, die Ellbogen auf die Knie gestützt, die Hände an den Schläfen, das Kinn an den eisengrauen Brusthaaren. Über sein blasses Gesicht, das langsam rote Flecken bekam, troff der Schweiß, und die Tropfen fielen hörbar zu Boden: pop, pop, pop, pop. Ich dachte, bis zum neunzehnten Tropfen muß etwas geschehen, oder ... Nach dem siebzehnten Tropfen sagte Timo, wobei er nach wie vor zu Boden blickte: »Du hast voriges Mal gefragt, was in Schlüsselburg mit meinem Gedächtnis geschah ...«

(Ich bemühe mich, möglichst genau niederzuschreiben, was er mir an dem Tage in der Badestube erzählt hat. Es soll hier stehen, als hätte er es selbst zu Papier gebracht. Damit ich wenigstens der Form nach nicht zwischen ihm und seiner Erzählung stehe. Ich glaube zwar nicht, daß jemals ein Psychiater diese Zeilen liest, der im nachhinein seinen Zustand diagnostizieren möchte. Trotzdem ...)

»... Ich habe dir bereits von der Nervosität und der Schlaflosigkeit erzählt, die mich peinigten. Und von der – wie soll ich es sagen – Fülle von Gedanken abends in meinem von der Schlaflosigkeit aufgepeitschten Hirn ... Zunächst war es nicht allzu quälend. Und mir fiel ein, daß ich ähnliches schon früher erlebt hatte. Zwischen den Schlachten in Bessarabien und Preußen und bei Paris. Wenn ich abends in der Stabsbesprechung gegen die Disposition der Schlacht am nächsten Morgen Einwände erhoben hatte und nachts im Traum den Streit fortsetzte. Aber im Sommer 1820 wurden die Anfälle heftiger. Und die Dispositionen, um die der Streit in meinem Kopf ausbrach, waren nicht die eines zufälligen Gefechts, und wenn sie es waren, dann nur für kurze Zeit, verstehst du ... Immer mündete alles bald in die Hauptfrage ... So stritt ich mich meist mit dem Zaren persönlich. Ich zitierte ihn, die Philosophen und Propheten und das Evangelium. Teils bewußt, um mein Gedächtnis zu üben. Aber häufiger und immer häufiger – in solchen Stunden der Gedankenfülle – wider meinen Willen ... Gedanken, die mir von Lehrberg und aus Vorlesungen und Büchern bekannt waren, fluteten in Unmengen und mit beklemmender Klarheit in mein Gedächtnis, später waren es ihrer so viele, daß mir angst wurde ... Stell dir vor, die Argumente verdichten sich und nehmen die Gestalt von geometrischen Gebilden an ... Aus Syllogismen entstehen Treppen ... Thesen türmen sich zu behauenen Steinsäulen auf. Plato und Aristoteles spazieren auf den Treppen zwischen den Säulen einher und rufen sich mit Schlegel und Kant etwas zu ... Ihre Lehrgebäude verflechten sich ineinander und spiegeln einander wider ... Es sind plötzlich so wahnsinnig viele Bilder und Begriffe, daß ich einem Ertrinkenden in einem Strudel gleiche ... Der Strudel befindet sich in meinem Kopf – und reißt ihn in Stücke ... Der Strudel brodelt unaufhörlich, und das Brodeln wird begleitet von disharmonischen Klängen ... ich bemühe mich verzweifelt, mich an irgendeinem vernünftigen Gedanken festzuhalten, um mich aus dem Strudel zu befreien. – Und dann, im Herbst 1820, spätabends, damals waren die Anfälle schon sehr heftig, und ich hatte oft Angst, den Verstand zu verlieren, fühlte ich, daß da etwas war, woran ich mich mit Gottes Hilfe halten konnte ... Ich klammerte mich daran fest und versuchte zu begreifen, was es war ... und plötzlich ging mir ein Licht auf. Es wurde an die Tür gehämmert und geschrien: Замолчи! Замолчи, преступник!

Ich begriff erst nach einer Weile mit grausigem Schrekken: Ich hatte alles, was mein Bewußtsein überflutete, laut hinausgeschrien ... Und dann begann es sich zu wiederholen. Das erstemal stürzten sie sich noch nicht auf mich, um mich zu beruhigen. Aber die Anfälle wurden schlimmer. Als ich zu mir kam, befand ich mich in einer Zwangsjacke. Man hatte mich mit kaltem Wasser übergossen, mein Hemd war durchnäßt und mein Körper voller blauer Flekken. Man sagte mir, ich hätte mich umhergewälzt und mich am Kübel und dem Fußboden blau geschlagen ... Und ähnliches ... Ich bezweifle das ...«

Hier schien mir, Timo wollte das Schicksal seiner Zähne verschweigen, und ich fragte ihn direkt: »Und deine Zähne ... sind sie auch so einer Beruhigung zum Opfer gefallen?«

»Ja«, erwiderte Timo, und es kam mir vor, als zuckte er zusammen, »aber ich erinnere mich nicht genau an all diese Dinge ... Man brachte mich um so wütender zur Ruhe, je wütender ich mich mit dem Zaren stritt. Und meine Wut war zeitweise wirklich irrsinnig. Plutalow sagte mir, ich hätte den Schemel an der Wand zerschlagen und die Tür der Kasematte zertrümmern wollen ... Je lauter ich wurde, desto grausamer ging man mit mir um. Die anderen Gefangenen durften ja nicht hören, was ich über den Imperator sagte. Und die Aufseher schon gar nicht ... Klar, daß man mit mir nicht viel Federlesens machte. Plutalow hatte ihnen vielleicht gesagt, sie sollten mich nicht allzu roh behandeln ... Aber indem ich den Imperator lauthals mit den Maßstäben eines Beccaria maß und ihn einen Mörder nannte, rief ich ihre Roheit ja selbst hervor ... Sobald ich wieder bei Sinnen war, wurde mir alles klar. Und verstehst du, mich quälte sogleich eine grauenhafte Angst vor dem nächsten Anfall. Denn ich war während dieser Anfälle völlig wehrlos, ich war leiblich, aber vor allem seelisch – vollkommen nackt, und das an einem derartigen Ort! Nun, ich versuchte mir einzureden, es würde mir nicht mehr passieren ... Aber das half nichts. Eher bewirkte es das Gegenteil. Es erhöhte meine Angst. Meine Anstrengungen trieben mich in einen Zustand der Ohnmacht. Da versuchte ich mir zur Regel zu machen, in für sie fremden Sprachen zu denken. Ich übte mich, englisch, polnisch, lateinisch und estnisch zu denken. In gewisser Weise gelang es mir, diese Sprachen während meiner – nun ja, Wahnsinnsanfälle zu benutzen. Das bewahrte mich ein wenig vor der Wut der wachhabenden Unteroffiziere. Es ärgerte sie nur insoweit, als das Reden in einer fremden Sprache einen russischen Unteroffizier zu ärgern pflegt. Aber in einer Fremdsprache handelte es sich nur um eine laesio optionis, nicht mehr um eine laesio majestatis, nicht wahr. Denn der Sinn meiner Reden erreichte sie nicht. Doch ich bediente mich der Fremdsprachen wohl kaum sehr konsequent. Wahrscheinlich verfiel ich von Zeit zu Zeit doch wieder ins Russische oder Deutsche. Und bald fanden sich unter den Aufsehern Spitzel, die fremde Sprachen beherrschten ... Es geschah im Herbst 1821, ganz sicher nachdem der Imperator bei mir in der Kasematte gewesen war, während Plutalow Urlaub hatte. Den Namen des diensthabenden Oberwärters weiß ich natürlich nicht. Wir tauschten dort keine Visitenkarten. Ich erinnere mich, daß sie meine Zähne in zwei Anläufen ausschlugen. Das erstemal, als ich durch die Mauer der Kasematte wollte und dabei wahrscheinlich irgend etwas sagte. Das zweitemal, als es mir gelungen war, bis zur Wachstube vorzudringen, und ich der Wachmannschaft etwas zu erklären versuchte. Ich weiß noch, daß man mir Arme und Beine festhielt und jemand auf mich einschlug. Das erstemal mußten die Vorderzähne dran glauben, acht auf einmal. Das zweitemal, etwa eine Woche später – sie schlugen nun nicht mehr zaghaft, sondern mit wahrer Wut –, blieben mir nur die Backenzähne. Ich hatte den Eindruck, daß sie dazu den Schlüssel zum Geheimen Haus verwendeten. Das war ein wuchtiges Eisending, länger als eine Elle. Es tat eigentlich nicht weh. Erst nachher bekam ich Fieber, und mein Mund glich einer einzigen großen Wunde, ich mußte lange liegen und konnte nichts essen. Als Plutalow vom Urlaub zurückkehrte, ließ ich ihn rufen. Neue Zähne konnte er mir nicht machen. Aber ich wollte, daß er wußte, welch eines Hauses Kommandant er war. Das war natürlich naiv. Als hätte er es nicht bereits gewußt. Als wüßten solche Leute nicht, worüber sie befehligten. Mein Gesicht war einigermaßen geheilt. Er schaute mich an. Ich sagte: ›Guten Tag, Herr General . . .‹, lächelte und riß den Mund auf. Er starrte einen Augenblick auf meinen Mund und wandte das Gesicht ab. Wie wir alle es in solchen Fällen tun. Wir alle wenden das Gesicht ab, wenn etwas allzu klar ist. Plutalow sagte, man hätte ihm erklärt, ich hätte während eines Tobsuchtsanfalls mit den Zähnen geknirscht und mir selbst das Gebiß kaputtgemacht. Er sagte, dies wäre zweifellos die beste Erklärung. Wie wir es meist sagen, nicht wahr. Und dabei blieb es. Und dabei bleibt es. Und Gott sei Dank. Denn ich habe ein ganz anderes Problem . . . Nun, greifen wir zu den Badebesen!«

Wir schlugen mit den Birkenbesen aufeinander ein, und ich traute mich nicht, noch etwas zu fragen. So erfuhr ich nicht, um was für ein Problem es sich handelte.

Sonnabend, den 24. Februar 1828. Lange sollte meine Unwissenheit nicht währen. Nach einigen belanglosen Worten am Frühstückstisch (wenn Käsper und Liiso in Hörweite sind, spricht er jetzt selten mehr) rief Timo mich auf sein Zimmer. Er pfropfte beschriebene Blätter in die übervolle Tischschublade, schloß sie, schob mir eine gestopfte Meerschaumpfeife herüber und zündete die seine an. Er sagte ohne jede Einleitung: »Mein Problem besteht darin, daß Kitty mich für einen gesunden Mann hält.«

Ich erwiderte, mich insbesondere auf seine gestrige Erzählung stützend, fast treuherzig: »Du bist doch in der Tat ein gesunder Mann!«

Er blies eine dicke blaue Wolke in die Luft und sprach in sie hinein, den Blick auf die unebenen Eichenbretter des

Fußbodens gerichtet: »Hast du einmal die Lustseuche gehabt und alle Welt weiß es, kannst du dich auch noch so gut kuriert haben, deine Reputation wird dadurch nicht besser. Da hilft weder Schwefel noch Quecksilber. Das zum ersten. Zum zweiten«, er beendete den Satz ganz leise, »ich weiß selbst am besten, wie es um meine Gesundheit steht.«

»Wie denn?«

Er blies den Rauch in die Luft und sagte: »Du weißt es nicht, niemand weiß es, welch eine Anstrengung es von mir erfordert, normal zu sein. Die Grenzen einzuhalten. Mich still zu verhalten. Die Fülle der Gedanken mit Hilfe von Schlafpulvern in mich hineinzuschlucken. Bis jetzt ist es mir gelungen. Mehr oder weniger. Wegen Kitty. Sie glaubt, ich wäre ein gesunder Mann. Wenigstens jetzt. Und wenn ich, na, mich vergesse, so ist das in ihren Augen Spiel. Ein Spiel, das ich spielen muß. Damit man mich nicht dorthin zurückschafft.«

Ich sagte: »Zuweilen spielst du ja auch . . .«

»Zum Beispiel?«

»Nun, zum Beispiel das Alexander-Spiel mit dem aalglatten Laming . . .«

Einen Moment schien es, als wollte er lächeln. Aber er sagte sehr ernst: »Weißt du, das ist eine verdammt widersprüchliche Angelegenheit. Vor einem Menschen, der bei mir in Lohn steht und in mein Haus kommt, um mir nachzuspionieren – und wenn es ihm drei Zaren befohlen haben –, vor so einem Menschen bin ich jeder ethischen Normen ledig . . . Aber vor mir selbst bin ich dennoch gebunden, denn ich fühle, es wäre am seligsten, weißt du, alles zu verstehen und nichts zu begreifen und einfach durch alles hindurchzugehen, wie ein Kind. Jawohl, ich habe diesen Laming ein wenig gepiesackt . . . Aus Übermut. Weil es so glatt ging. Und weil Kitty von mir etwas Derartiges erwartete. Von ihrem Mann, den sie für gesund hält und der nur zur Selbstverteidigung so geschickt den Irren spielt. Und nun sind wir wieder bei meinem Problem. Es war Kitty, die mich sozusagen gesund machte. Als ihr endlich in der Peter-Pauls-Festung eine Zusammenkunft mit mir gewährt wurde. Daß sie kam, daß sie da war – es war, als hätte sie mich aus dem tiefsten Abgrund emporgeholt. Ich erinnere mich, der Kommandant General Sukin und der Arzt, wie hieß er doch gleich – Elkan –, führten mich aus der Zelle in irgendein Arbeitszimmer – die Sonne schien herein ... Gott, das war ja Ende Februar vergangenen Jahres, genau vor einem Jahr ... Und dort im Sonnenschein ... Aber ich war trotz all meiner Abgestumpftheit auf der Hut. Diese Dame – das grelle Licht störte mich bei ihrer Betrachtung –, diese Dame sah ungeachtet ihrer schwarzen Haare ganz so aus, wie Kitty wohl jetzt aussehen müßte. Aber Kitty hatte ich neun Jahre lang nicht gesehen, und diese Dame war auf jeden Fall nicht das Mädchen, das mir auf Woiseck von der Treppe nachgewinkt hatte. Und was hätte den Behörden ähnlicher gesehen als der Versuch, mich mit Hilfe einer Doppelgängerin in eine Falle zu locken ...

Sukin fragte: ›Erkennen Sie Ihre Frau nicht?‹

Ich entgegnete: ›Gestatten Sie, daß ich vergleiche ...‹

Ich holte aus meiner Tasche den Geldbeutel, den Kitty mit blauen Perlen bestickt hatte, und entnahm ihm ihr Miniaturporträt – ich weiß nicht, wer es gemalt hatte, aber den Geldbeutel hatte sie selbst bestickt; sie hatte mir beide Gegenstände 1820 geschickt, sie waren fünf Monate unterwegs gewesen. Der vergoldete Blechrand des Medaillons war aufgebrochen worden, um zu prüfen, ob hinter dem Bild ein verbotener Brief verborgen wäre. Ich nahm das Porträt und betrachtete es ... und betrachtete sie ... und fühlte, wie ich vom Meeresgrund emporstieg ... Alle Dinge ringsum traten deutlicher hervor, und alle Stimmen wurden klarer ... Ich ging auf sie zu und umfaßte sie. Und sie fragte flüsternd – sie hatten ihr ja bereits alles mögliche erzählt –, sie fragte: ›Liebster, wie steht es um deine Gesundheit?‹

Als ich ihren Duft einatmete – du weißt nicht, welche Macht die Düfte der Vergangenheit und Zukunft in der Gefängnisluft besitzen –, da ahnte ich ihren neunjährigen

Kampf um mich und spürte durch Kitty unseren Sohn; von ihren vierzig Briefen hatten mich in all den Jahren zwei erreicht. Weißt du, in diesem Augenblick glaubte ich an meine Genesung. Und ich flüsterte mit einem Seitenblick auf den Arzt und den Kommandanten: ›Es ist längst alles in Ordnung . . .‹ Jakob, das ist jetzt ein Jahr her. Ich habe es bis heute nicht vermocht, ihr die Wahrheit zu sagen. Denn ich habe hin und wieder selbst an meine Genesung geglaubt. Und ich habe begriffen, was es heißt, einen Sohn zu haben. Ich kann mir jetzt vorstellen, wie Kitty all die Jahre gelebt hat. Und so habe ich es nicht übers Herz gebracht. Und . . . geschämt habe ich mich auch. Ich habe ihr erzählt, daß es um meine Nerven nicht zum besten stand, daß dies aber jedem passiert, der in Einzelhaft sitzt. Der Gedanke, ich hätte dort nur den Wahnsinnigen gespielt, um freizukommen, lag ja in der Luft. Und daß die Ärzte ein Auge zudrückten, ebenfalls. Und daß auch Nikolai ein Auge zudrückte. Um das stinkende Erbe Alexanders loszuwerden . . . Und daß ich jetzt weiterhin gerade so viel den Wahnsinnigen spiele, um nicht wieder in den Kerker zu kommen. Kitty wünscht natürlich von ganzem Herzen, ich wäre wirklich gesund. Doch alles in allem ist das eine erbärmliche Lüge. Und jetzt möchte ich, daß du mir hilfst.«

»Wie soll ich das machen?«

»Du sollst es ihr erzählen, nach und nach.«

»Was?«

»Daß ich doch nicht so gesund bin, wie sie annimmt. Daß ich möglicherweise wirklich krank bin. Wenn sie vorbereitet ist, fasse ich mir ein Herz und sage ihr die Wahrheit.«

»Welche Wahrheit?«

»Daß meine Genesung rein äußerlich ist. Daß sie trotz allem die Frau eines Irrsinnigen ist.«

Ich erhob mich unwillkürlich und ging zwischen seinen Bücherstapeln auf und ab. Ich wußte nicht, was ich ihm sagen sollte. Schließlich sagte ich, es sei eine lebenswichtige Frage und ich wolle sie nicht übereilt beantworten. Er solle mir Zeit zum Nachdenken lassen. Morgen würde er meine Antwort erfahren.

Was soll ich also tun? Soll ich behaupten, er sei wahnsinnig, soll ich behaupten, er sei normal? Oder soll ich sagen: Entwirrt das Knäuel eurer Probleme selbst und laßt mich in Frieden!

Einen halben Tag habe ich darüber nachgedacht.

Das letztere wäre natürlich das einfachste. Aber ich fürchte, es ist unmöglich. Denn leider bin auch ich in ihr Knäuel von Problemen verstrickt. Ich weiß selbst nicht, warum. Aber so ist es eben. Also noch einmal: Soll ich behaupten, er sei wahnsinnig, soll ich behaupten, er sei normal?

Offenbar hängt das auch davon ab, was er tatsächlich ist. Und das weiß ich nicht. Ich weiß nicht einmal, ob ich ihn für normal oder für wahnsinnig halte. In der Kasematte war er zeitweise wirklich wahnsinnig. Ich sehe keinen Grund, daran zu zweifeln. Kann man von derartigem unter derartigen Umständen genesen? Ich glaube (ich bin mir meiner tiefen Unkenntnis bewußt, aber ich muß zu einem Standpunkt gelangen), ich glaube, eine solche Genesung stellt eine Seltenheit dar, aber sie ist nicht unmöglich.

Sonntag, den 25. Februar, früh um 3 Uhr. Ich habe sein Manuskript erneut hervorgeholt, es neben mein Tagebuch gelegt und bis jetzt darin gelesen. Und ich habe mich zweimal bei jeder Zeile gefragt: Sind nicht schon hier (wie Zar Alexander behauptete) Anzeichen seines Irrsinns zu bemerken? Ich bin zu einem merkwürdigen Schluß gekommen. Ich habe festgestellt, daß alles, was Timo schreibt, die reinste Wahrheit ist, die vielleicht nicht allen, aber doch vielen bekannt ist. Falsch war nur, wie er damit umging. Ja, es war sogar verbrecherisch. Wie es die Geschichte mit den Dekabristen im vorvorigen Jahr noch einmal gezeigt hat. Aber irrsinnig war sein Unterfangen offenbar nicht. Im Zusammenhang mit den Dekabristen ist, soviel ich weiß, nie das Wort gefallen, daß sie geistesgestört seien. Einen einzelnen konnte man für verrückt erklären, aber bei Hunderten war das unmöglich.

Jedenfalls weiß ich jetzt, was ich ihm morgen früh antworte.

Sonntag, den 25. Februar, abends. Heute früh fand ich keine Gelegenheit, mit Timo unter vier Augen zu sprechen. Eeva war vor dem Frühstück eingetroffen. Sie war schon gestern spätabends in Oberpahlen angekommen, hatte aber bei den von Wahls übernachtet, weil der Weg vom Schnee verweht war. Jetzt saß sie, frisch und rosig von der Reise, an unserem Frühstückstisch, schenkte Timo Kaffee ein und erzählte, was es in Dorpat und der Welt Neues gab. Auf dem leeren vierten Stuhl an unserem runden Tisch lag der Stapel Bücher, den sie aus Dorpat mitgebracht hatte. Während ich in einem der Bücher blätterte (ein kleiner im vergangenen Jahr in Hamburg erschienener Band mit teils rührenden, teils merkwürdigen Versen, auf dem Titelblatt stand »Buch der Lieder«, an den Verfasser erinnere ich mich nicht), erzählte Eeva uns die Dorpater Neuigkeiten. Frau Wojeikowa sei erkrankt, nach Meinung der Dorpater Ärzte an den Lungen, im Frühling beabsichtige sie in die Schweiz oder nach Italien zu fahren, um sich zu kurieren. Die Ärzte erhofften sich davon ihre sichere Genesung. Eeva sagte zu Timo: »Siehst du, alle suchen dort Heilung ...« Und Professor Moier (ich stellte mir seinen Scheitel vor – ein großes glänzendes rosa Vogelei im Nest eines roten Haarkranzes) hätte lachend erzählt, ein ehemaliger Student der Universität Dorpat, anscheinend ein Schüler von ihm, jetzt Doktor der Medizin und frischgebackener Professor in Königsberg, ein Herr von Baer, hätte behauptet, alle Menschen gehörten der Gattung Vögel an, denn er hätte angeblich die menschliche Eizelle, das heißt das menschliche Ei entdeckt ... Worauf ich sagte, warum sollten sie nicht zu den Vögeln gehören, wo sie sogar alle einem adligen Geschlecht angehören. Und ich las ihnen ein paar Zeilen vor, auf die ich in dem Buch zufällig gestoßen war:

Jetzo, da ich ausgewachsen,
Viel gelesen, viel gereist,
Schwillt mein Herz, und ganz von Herzen
Glaub ich an den Heil'gen Geist.

Dieser tat die größten Wunder,
Und viel größre tut er noch;
Er zerbrach die Zwingherrnburgen
Und zerbrach des Knechtes Joch.

Alte Todeswunden heilt er
Und erneut das alte Recht:
Alle Menschen, gleichgeboren,
Sind ein adliges Geschlecht.

Eevas Ankunft, die Neuigkeiten aus der Stadt und nicht zuletzt diese hübschen frechen Verse riefen in Timo und, wie mir scheint, in uns allen eine seltsam freudige Erregung hervor. Aber mir fiel mein Entschluß ein, Timo zu antworten. Und als wir unser Frühstück beendet hatten, fragte ich: »Timo, hättest du Lust, Schnee zu schippen?«

Er war sofort einverstanden. Ich hatte ihn auch früher morgens ums Haus herum Schnee schippen sehen. Er küßte Eeva auf die Stirn und schickte sie mit den Büchern in den Saal. Wir zogen uns alte Sachen über und stapften nach wenigen Minuten, mit breiten Schneeschaufeln bewaffnet, vom Haupteingang des Kivijalgs zum Parktor. Von dort schaufelten wir den Weg frei, daß der Schnee nur so stiebte ... Als ich mich warm gearbeitet hatte und meine Fäustlinge voller Schnee waren, lehnte ich mich an den Steinpfosten des Parktores, klopfte den Schnee aus dem Handschuh und sagte: »Timo, komm mal her.«

Timo trat zu mir und stützte sich auf den Schaufelstiel.

»Ja?«

Ich erklärte ihm alles, was ich mir selbst klargemacht hatte. Ausführlich und ehrlich. Denn nur so konnte ich ihn überzeugen.

»Timo, es gibt zwei Möglichkeiten. Entweder du bist krank, oder du bist gesund, hast aber Angst, die Krankheit könnte wiederkehren. Ich weiß nicht, was tatsächlich der Fall ist. Und du weißt es auch nicht. So ist es eben mit solchen Krankheiten. Du kannst nur Mutmaßungen anstellen. Aber die Mutmaßung, du wärest gesund, erlegt dir Pflichten auf und verleiht dir Kraft. Verstehst du? Sie erlegt dir die Pflicht auf, Eeva und Jüri und dich selbst zu verteidigen. Und für Eeva gilt dasselbe. Die Vermutung, du wärest krank, lähmt euch beide. Daher rate ich euch, zu glauben, du seist gesund. Das könnte nur dann schlimme Folgen haben, wenn du wirklich krank sein solltest und dich nicht mehr behandeln läßt. Aber du brauchst ja die Ärzte nicht zu meiden. Sie können den Glauben an deine Gesundheit in dir stärken. Wie Doktor Faehlmann. Ich habe mit ihm gesprochen, er hält dich für gesund. Und in jeder anderen Hinsicht ist es besser, an deine Gesundheit zu glauben. Selbst wenn du krank sein solltest. Verstehst du, das ist wie der Gottesbeweis von Kant. Du wirst dich erinnern, er stand in Lehrbergs Heften. So schlage ich dir vor: Bist du gesund, so gehen wir alle davon aus. Solltest du dennoch krank sein, so betrügen wir gemeinsam in bester Absicht die Welt und uns selbst.«

Ich verstummte und holte Atem. Ich hörte die Sperlinge in der verschneiten Hecke tschilpen. Ich roch den merkwürdig ermutigenden Geruch von Pferdemist und Stroh, der durch das offene Stalltor über den Hof strömte; Morgenkaffee, Schneeschippen und die Verse – ein adliges Geschlecht – vermischten sich in meinem Leib zu einem eigenartigen Surren. Timo ging es wohl ebenso. Er sagte leise (es mußte ja auch gar nicht laut sein): »Also gut. Ich werde dir sagen, wenn ich nicht mehr kann.«

16. März 1828. Wahrscheinlich habe ich bereits irgendwann einmal die Spiegelfabrik Röika erwähnt, die man hier auch die Katharinenfabrik nennt. Sie befindet sich auf dem Territorium der Gemeinde Woiseck einige Dutzend

Werst vom Gut entfernt. In den Baltischen Provinzen trifft man sehr selten auf derartige Fabriken, und auch im gesamten Russischen Reich findet man nur wenige.

Dem Hörensagen nach verdankt die unsere ihre Existenz dem schwachsinnigen, doch auf seine Art überaus gewandten Major Lauw aus Oberpahlen. Vor etwa sechzig Jahren hat er, wie auch Hupel in seinem berühmten Buch berichtet, die ganze hiesige Gegend mit seinen phantastischen Unternehmungen in Aufregung versetzt: Kupferschmieden, Porzellanfabriken, Glashütten und anderes mehr, weiterhin Apotheken, Druckereien und, die Krone von allem, eine Zeitung in der Bauernsprache.

Die Spiegelfabrik auf dem Boden von Woiseck muß allerdings erst erbaut worden sein, als der ruhmreiche Herr Lauw ruhmlos Bankrott gemacht hatte und gestorben war. Acht Jahre nach seinem Tode trieb seine Idee in dieser Gegend neue Blüten. Denn ein anderer komischer Kauz entriß die Sache der Vergessenheit: der alte Herr von Bock, Timos Vater. Mit seinem Schwiegervater, dem Rigaer Ratsherrn von Rautenfeldt, und dem Petersburger Kaufmann Amelung senior gründete er ungefähr zu der Zeit, als die Franzosen ihren König um einen Kopf kürzer machten, am Fluß Oberpahlen, wenige Werst vom Gutshof entfernt, die Fabrik. Zum Gedenken an die früh verstorbene Tochter Herrn von Rautenfeldts, das heißt an die früh verstorbene Frau von Bock, Timos Mutter, nannten sie sie die Katharinenfabrik. Dort gibt es eine Schleiferei, eine Polierwerkstatt, einige Dutzend Wohnhäuser für die Arbeiter von hier und für die aus Braunschweig geholten Meister und Spiegelmacher. Einige Werst weiter wurde im Wald von Katharina-Lisette eine neue Glashütte errichtet. Übrigens hat das Gut schon lange nichts mehr mit den Fabriken zu tun. Denn spätestens seit Eeva und ich hier sind, gehört der Boden, auf dem die Fabriken stehen, nicht mehr dem Gut, sondern, wie es neuerdings heißt, der »Firma Amelung«. Aber die Gebäude der Katharinenfabrik sind immer noch dieselben: die neue Polierwerkstatt, ein zweistöckiges Gebäude – unten Naturstein, oben Fachwerk – mit einem grünlich angehauchten Ziegeldach und die alte Polierwerkstatt, ein Holzbau, aber ebenfalls zweistöckig, jedoch mit einem Strohdach. Beide haben an der Flußseite gewaltige Wasserräder von mehreren Faden Durchmesser, die sich im Sommer unermüdlich drehen und im Winter mit einer Winde zum Ausruhen aufs Eis gehoben werden. In den beiden Fabrikgebäuden befinden sich insgesamt sechsundneunzig Schleif- und Polierbänke, dazu allerlei Stampfer für Ton, Gips und Schmirgel, insgesamt über zwanzig Stück. Das Innere der Polierwerkstätten ist rostrot vom Eisenstaub und grau vom Schmirgel- und Glasstaub, im Sommer glänzt es von der Glut der Sonne und im Winter von der der gewaltigen Ziegelöfen. An den Schleifsteinen und den Polierbänken, die mit Hilfe einer Transmissionsanlage von den Wasserrädern betrieben werden, hocken auf Holzböcken die Schleifer und Polierer, die im rostroten Eisenstaub ihr schwieriges Handwerk ausüben. Die Spiegelmacher der Fabrik sind im allgemeinen Männer mittleren Alters. Denn seit Großvater Amelung bis derzeit zu seinem Enkel ist es üblich, nur verheiratete Männer, noch besser Familienväter einzustellen. Damit sie seltener in der Fabrikkneipe herumsitzen (sei es andererseits dem Herrn Amelung auch noch so nützlich), damit sie sich weniger mit liederlichen Weibspersonen herumtreiben, damit es überhaupt weniger unruhiges, umherziehendes Volk in der Fabrik gibt. Links von den Fabrikgebäuden befinden sich die Depots, leichtgebaute Schuppen mit Strohdächern, wo in Kisten das aus Katharina-Lisette geholte ungeschliffene Glas aufbewahrt wird, außerdem Gips und Schmirgel in Säcken und in großen Tonflaschen das teure Merkur. Rechts von der Fabrik, am Kiefernwald, steht eine und am Fluß eine zweite Reihe von Wohnhäusern. Sie wurden zu verschiedenen Zeiten gebaut und sehen verschieden aus. Es gibt Häuser mit sechs oder acht Kammern und einem gemeinsamen Herd, die Knechtsbehausungen ähneln und für Erd- und sonstige Arbeiter bestimmt sind. Es gibt welche mit vier Wohnungen zu je zwei Zimmern für die Vorarbeiter und solche mit drei Zimmern und Küche für die Meister und ihre Gehilfen, zu diesen Wohnungen gehören ein wenig Gartenland und einige kümmerliche Apfelbäume und Johannisbeersträucher.

In diesen Häusern leben, nach ihrer Stellung getrennt, aber auch miteinander vermischt, meist Arbeiter und Ladearbeiter, die in der Gemeinde Woiseck angeworben wurden, deutsche, estnische und russische Spiegelschleifer und deutsche Polierer aus Braunschweig oder Livland, die sich für die allerwichtigsten in der Fabrik halten, zu denen sich aber neuerdings auch Esten und Russen gesellt haben.

Sonnabend, den 14. April 1828. Heute vormittag, als ich von der Fabrik in Röika nach Hause ritt, sah ich bei der Brücke des Riivli-Baches das erste Fettkraut dieses Frühlings. Unterwegs ging mir im Zusammenhang mit dieser Fabrik und den anderen Fabriken unserer Gegend allerlei durch den Kopf.

Die Fabriken der Herren Lauw, von Bock, von Rautenfeldt und Amelung haben im Herzen Nordlivlands ein seltsames Völkchen zusammengeführt. Da sind erst einmal diese Herren selbst. Von Herrn Lauw weiß ich kaum mehr, als daß ihm der anfängliche Erfolg seiner Unternehmungen zu Kopfe gestiegen war, so daß er das Schloß Oberpahlen zu einem richtigen Fürstenschloß umbauen ließ und dort in Saus und Braus lebte, bis er, wie ich ja wohl schon geschrieben habe, Bankrott machte. Und daß er, außer einem großen Berg von Schulden, eine große Sammlung unzüchtiger französischer Kupferstiche hinterließ. Trotz seines bürgerlichen Unternehmungsgeists sehe ich ihn stets als einen Herrn aus dem vorigen Jahrhundert vor mir, mit gepuderter Perücke. Herrn von Bock senior kann ich mir nur bruchstückhaft vorstellen. Von Herrn von Rautenfeldt weiß ich noch weniger. Aber eins ist klar: Durch irgend etwas unterschieden sich diese Herren von den durchschnittlichen livländischen Adligen ebenso stark, wie ihre Fabriken sich von ihren eigenen und fremden Gutshöfen unterscheiden. Die Herren Amelung – Vater, Sohn und Enkel –

gehörten und gehören der wenigstens in unserem Nordlivland neuen Menschengattung an, die ungelernte und gelernte Arbeiter für Lohn an Maschinen beschäftigt und auf diese Weise Geld anhäuft (welches die Gutsherren bis zum heutigen Tage vor allem durch ihre Felder einnehmen) und die in der Gesellschaft allmählich die Rolle spielen wird, die bisher der Adel gespielt hat (und vielleicht sogar eine wichtigere, sollte sie klug genug sein).

In den Einzelheiten mag es Erfindung der Leute sein, im großen und ganzen ist es aber sicher wahr, was man sich in den Katen von Woiseck erzählt: daß nämlich der alte Herr Amelung als noch ganz junger Mann Herrn Lauw dessen Fabriken und dessen sonstiges Vermögen für ein Butterbrot abgekauft haben soll. Er soll Lauws anrüchige Liebesaffären entdeckt und ihm gedroht haben, seine Frau von seiner Hurerei in Kenntnis zu setzen. Und Lauw war vollkommen abhängig von der Mitgift seiner reichen Frau ... Schriebe ich hier nicht bloß ein Tagebuch, sondern einen Roman, ich könnte im Umkreis von einigen Meilen sehr interessante Dinge über einige Adelshäuser aufspüren und sie zu Geschichten zusammenfügen, die es in sich hätten ...

Die Tausende von Rubeln, welche diese Herren in Grund und Boden, in Gebäuden und Maschinen investierten, lockten viel Volk herbei, das es hier weder auf dem Lande noch in den Städtchen bisher in solchen Mengen gegeben hatte: Fabrikleiter und Meister, Buchhalter und Schreiber, Lagerverwalter, Krämer, Handwerker und schließlich Hunderte von Fabrikarbeitern mindestens drei verschiedener Nationen ... Ich ließ sie an meinem geistigen Auge vorbeiparadieren: die ersten lauter richtige Herren, aber auch die folgenden, die nachfolgenden und die letzten – zumindest in der Kirche und an der heimischen Festtafel – fast ebenso gewichtig und steif, bei ihrer Arbeit jedoch, an ihren Pulten, Schreibtischen und Schleifbänken geschäftig und rege, was das Zeug hält ... Und da verstand ich, woher Timo den Gedanken gehabt haben könnte, der mich in seinem Memorandum so überrascht hatte. Er schreibt dort folgendes über das russische Imperium: *Leider haben wir keinen dritten Stand. Darauf ist es zurückzuführen, daß wir trotz größter Anstrengungen* (damit meint er natürlich den Sieg Rußlands über Napoleon) *wieder im Schlamm versinken. Was hindert uns jedoch, den dritten Stand zu schaffen? Angesichts der bemerkenswerten Eigenschaften des russischen Volkes würden dazu zwölf vernünftige Jahre reichen . . .*

Und es ging mir durch den Kopf: Hier, unter den Eindrücken seiner engsten Heimat, mußte die Frage in ihm aufgekeimt sein, ob sich nicht vielleicht in Livland, bei den Esten, einem Volk mit noch unentdeckten Eigenschaften unter Mitwirkung der Deutschen und Russen, derselbige dritte Stand schon eine Weile im Entstehen befand? Im Entstehen und vielleicht auch schon in der Spaltung (wie es zum Beispiel bei den Franzosen schon längst geschehen ist und weiterhin geschieht) zu einem Herrenstand, der in Kutschen fährt und im Geld schwimmt, und solchen, die in der Glut der Glasöfen, im Staub der Schleifbänke und bei Quecksilberdämpfen hustend schuften . . .

Zum Teufel, warum schwatze ich von unseren Fabriksiedlungen, von Nationalökonomie und von weiß ich was! Diese Seiten wird niemand lesen, zumindest nicht, solange ich lebe. Folglich kann mich niemand wegen übermäßiger Ehrlichkeit mir selbst gegenüber in die Kasematte stecken, obwohl eine solche Ehrlichkeit nicht weniger selten ist als übermäßige Ehrlichkeit dem Zaren gegenüber. Warum rede ich um die Dinge herum? Cherchez la femme, das ist die ganze Weisheit.

Allerdings. Die am Walde und am Fluß gelegenen Häuschen der Arbeiter von Röika, von denen ich schreibe, würden mich wohl auch sonst interessieren, vor allem aber interessieren sie mich, weil eins davon besonders meine Aufmerksamkeit fesselt: wenn man von Norden kommt, das erste direkt am Fluß. Eins mit drei Kammern. Mit weißen Gardinen und Blumen am Fenster. Im Garten, der noch fleckig vom Schnee ist, fünf oder sechs junge Apfelbäume, die in diesem Jahr zum erstenmal Früchte zu tragen versprechen. Das Haus der Anna Klaassen.

Donnerstag, den 19. April. Diese Frau fiel mir vergangene Weihnacht zum erstenmal auf, in der Kirche zu St. Johannes während der Predigt des alten Rücker. Obwohl wir zu viert dort waren – Eeva, Mutter, Vater und ich –, fiel sie mir sofort ins Auge. Durch die Inbrunst, mit der sie ihr blasses Gesicht Rücker zuwandte und auf sein langweiliges Gemurmel hörte. Und durch die Leidenschaftlichkeit ihres Mienenspiels, als wollte sie den Tönen der Orgel in die Lüfte folgen. Nach dem Gottesdienst sah ich sie noch einmal an der Theke im Gasthaus. Ihr Schafpelz stand offen, so daß ich ihre übermäßig großen Brüste unter dem hellbraunen städtischen Kleiderstoff bemerkte. Sie holte aus der Tasche des Schafpelzes ihr Portemonnaie hervor und legte, vor sich hin lächelnd, Kupfermünzen für Weißbrot und ein Pfund Konfekt, das sie gekauft hatte, auf die Theke.

Das nächste Mal sah ich sie drei Wochen später im Haus des Buchhalters der Röika-Fabrik, Schwalbe. Ich war schon früher hin und wieder dort zum Tee gewesen. Schwalbe ist etwa fünfzig, trägt einen roten Schnauzbart, er ist ein Möchte-gern-Deutscher aus der Gegend von Pernau, hat in Riga, Kurland und Petersburg als Buchhalter gearbeitet, ist viel in der Welt herumgekommen und weiß zuweilen recht interessant zu philosophieren. Wie es heißt (was ich aber von so einem kleinen Rechnungsführer nicht glauben kann), ist er in Riga sogar Mitglied einer Freimaurerloge gewesen, bevor Paulucci vor etwa fünf Jahren diese Logen als Geheimorganisationen auflöste. Frau Schwalbe sieht mit ihrem grauen Haar viel älter aus als ihr Mann. An ihr scheint alles mit dem Lineal gezogen, aber sie ist eine freundliche Frau. Ich weiß nicht, wer von den beiden den angenehm herben Kirschlikör herstellt, der bei ihnen zum Tee gereicht wird. Über Anna habe ich gleich beim erstenmal allerhand erfahren. Dies und jenes von ihr selbst, dies und jenes von den Schwalbes, wenn sie gerade nicht am Tisch saß.

Sie bekannte, ich wäre ihr im Ort schon längst aufgefallen. Sie war die Tochter der Faßbinderwitwe Maali Vahter aus Fellin. Noch keine dreißig Jahre alt, war sie bereits sieben oder acht Jahre die Frau des Meistergehilfen Peeter Klaassen aus der Spiegelfabrik gewesen. Bis er im vergangenen Frühjahr an einer langwierigen Brustkrankheit starb. Jetzt war sie Kindermädchen bei Fabrikdirektor Malm, und auf Frau Malms Bitte hatte der Direktor eingewilligt, daß sie vorläufig noch im Haus des Meistergehilfen wohnen durfte.

In meinem ganz persönlichen Tagebuch kann ich es zugeben: Anna erschien mir zuerst nicht anziehend. Sie saß neben mir, reichte mir die Zuckerdose, und ich schaute sie mir von der Seite an: Sie hatte glattes aschblondes Haar, runde dunkelgraue Augen und einen kleinen roten Mund. Ich dachte, ihr Lächeln mag ja etwas Geheimnisvolles haben, aber der Schnitt ihrer prallen Lippen erinnert trotzdem an einen Fisch ... Und für ihren kleinen Wuchs fallen ihre fraulichen Formen zu sehr ins Auge. Und ihrer weiblichen Anziehungskraft ist sie sich allzu bewußt. Dabei zeigte sie Gegenständen gegenüber eine heitere Gleichgültigkeit, die man selten bei Damen aus der Vorstadt, ja sogar bei adligen Damen antrifft. Sie trug und trägt bis heute keinen Schmuck außer den beiden Eheringen der Witwen. Bei weiblichem Geplauder über Turnüren, Locken und Plissee, von dem sich sogar Frau Schwalbe hin und wieder enthusiasmieren läßt, schweigt sie einfach. Ebenso bei den Unterhaltungen über die Dorpater Sternwarte und Rosenplänters Zeitung, die ich mit dem alten Schwalbe führe. So daß ich gar nicht sagen kann, worüber sie damals redete. Obwohl ich ihre tiefe, ein wenig dumpfe und beinahe flüsternde Stimme deutlich im Ohr habe.

Vom ersten Augenblick an aber erregte mich ihre Gegenwart. Ich erinnere mich an unsere Begegnung bei den Schwalbes: Der Hausherr und ich saßen an einem kleinen Mahagonitisch und spielten Schach, Frau Schwalbe und Anna deckten im Nebenzimmer den Tisch für das Abendessen. Dann kam Anna zu uns. Sie blieb hinter mir stehen. Ich weiß nicht, warum. Schach spielen kann sie nicht, und folglich interessierte sie unser Spiel nicht. Plötzlich nahm meine Nase ihren schwachen, aber betäubenden Fliederduft wahr, und mit dem Körper spürte ich ihre Nähe. Mit dem ganzen Körper unsere Nähe in der Einsamkeit. Unser beider Liebeshunger.

Ich ließ dieses Gefühl eine Weile in mir wogen, dann wandte ich mich mitsamt dem Stuhl zu ihr. Ich stieß dabei mit dem Ellbogen einige Figuren zu Boden, und während Herr Schwalbe sie aufhob, schaute ich Anna an.

»Was ist?«

Sie antwortete mit einem langen, unerschrockenen Blick und sagte mit kaum wahrnehmbarem Lächeln, als hätte sie in meinen Gedanken das Wort Hunger gelesen: »Kommt zu Tisch.«

Wir aßen zu Abend. Wir plauderten. Über Spiegelsorten, die Bedeutung der Spiegel und das Ansteigen der Spiegelpreise. Anna saß neben mir, und den Blicken, die wir tauschten, konnte man wahrscheinlich entnehmen, daß die Dinge zwischen uns entschieden waren.

Ich wollte bei Schwalbes übernachten und am Morgen zurückreiten. Nach dem Abendessen zogen wir uns Filzstiefel an und gingen zu viert eine viertel Werst am Flußufer entlang, vorbei am Gasthof und den Häusern, und begleiteten Anna nach Hause. Aus Höflichkeit und um uns Bewegung zu verschaffen. Zu ihrem Zwergenhäuschen, das samt Stall, Schuppen und Brunnen im Schutz der Hecke, die der Schnee in eine Mauer verwandelt hatte, im Mondenschein stand, die Rückseite zum Fichtenwald, die Vorderseite zum schneebedeckten Fluß gewandt. Anna bat uns einzutreten. Wir blieben eine halbe Stunde. Sie schenkte uns ein Gläschen von dem herben Schwalbeschen Kirschlikör ein; sie hatten ihr ein Fläschchen davon mitgebracht. Ich erinnere mich an die Spuren, die unsere Filzstiefel auf dem roten Läufer hinterließen, und daran, daß ich mit ihr wohl kein Wort wechselte. Eine Woche darauf war ich wieder bei den Schwalbes eingeladen. Ich sagte schon bei der Ankunft, daß ich am Abend nach Woiseck zurückreiten würde. Wir tranken Tee, spielten Schach, aßen zu Abend, begleiteten Anna nach Hause und kehrten zu den Schwalbes zurück. Ich verabschiedete mich und holte das Pferd. Schwalbes versuchten, mich zum Bleiben zu überreden. Ich sagte, ich müßte in aller Frühe in Oberpahlen sein. Die Schwalbes fragten, ob ich keine Angst hätte vor den Wölfen. Ich zeigte ihnen meine Pistole.

Ich ritt eine Werst in Richtung Woiseck und bog nach rechts ab. Die Häuschen am Rande der Siedlung waren in Schneewehen versunken. Der Mond hatte sich glücklicherweise in dichte Wolken gehüllt. Bei Anna brannte noch Licht. Ich klopfte. Sie rief nicht: »Wer ist da?« Sie öffnete sogleich die Tür. Sie stand mit einer Kerze an der Schwelle. Ich sagte: »Verzeihung, ich habe wohl meine Handschuhe vergessen.«

Sie antwortete: »Ach so. Warten Sie. Ich hole eine Laterne. Stellen Sie das Pferd unter.«

Alles war erstaunlich einfach. Fast zu einfach, wie ich in manchen Augenblicken denke.

Sonntag, den 6. Mai 1828. Morgen früh fahre ich nach Pernau. Um etwas über Kapitän Snyder in Erfahrung zu bringen. Eeva macht sich in einer Woche auf den Weg nach Zarskoje selo, um Jüri nach Hause zu holen. Damit die Familie beisammen ist, sollte es soweit sein.

Montag, den 14. Mai 1828. Ich war kaum in Pernau angekommen und in Rosenplänters Haus getreten, als der Herr Pastor aus der Stadt heimkehrte, die Tür seines Arbeitszimmers hinter uns schloß und mir die letzten Neuigkeiten berichtete, die das Handelshaus Jacke erreicht hatten. Gestern abend war ein Segelschiff aus Oporto im Hafen eingelaufen. Kapitän Snyder hatte gebeten, in Pernau mitzuteilen, er käme in diesem Frühjahr nicht an die Ostsee. Wegen anderer, bestimmt vorteilhafterer Aufträge. Aber Ende September wollte er ganz gewiß nach Pernau kommen, »so gewiß, wie die Erdbeere in den Magen des Bären gelangt«. (Was er genau gesagt hatte, weiß ich nicht, aber Rosenplänter meinte, diese estnische Wendung entspreche seinen Worten am besten.) Snyder hatte hinzugefügt, alle, die an seinem Kommen interessiert wären, sollten das erfahren. Dies schien der Sache zu gelten, die ich betrieb. Dennoch überlegte ich einen Augenblick, ob ich versuchen sollte, den portugiesischen Kapitän einzuweihen. Doch ich ließ den Gedanken fallen, nachdem ich den Portugiesen an der Theke von Parkmans Hafenkneipe aus der Nähe gesehen hatte. Er hatte ein Seeräubergesicht mit einem lila Kinn und trug einen Messingring im Ohr; im Vergleich zu ihm war Snyder mit seiner kupferfarbenen Physiognomie und seinen blauen Augen die Zuverlässigkeit in Person.

Ich stieg am nächsten Morgen auf dem Pernauer Markt in die Postkutsche und kam gerade zurecht, Eeva die Neuigkeiten noch vor ihrer Abfahrt mitzuteilen. Wie ich vermutet hatte, fuhr sie nun in diesem Frühling nicht nach Zarskoje selo. In der Regel dürfen die Zöglinge des Lyzeums nicht nach Hause. Auch nicht in den Sommerferien. So entschloß sie sich, den sich plötzlich verschlechternden Gesundheitszustand seines Vaters als Begründung für Jüris Abreise bis zum September aufzuheben. Jedenfalls bemerkte ich, daß ihre Stimme bebte, als sie diesem Entschluß hinzufügte: »Nun ja, da ist nichts zu machen ... Mit unseren geringfügigen Finanzen hätten wir es schon wagen können ... Hoffen wir also auf den Herbst.«

Timo hörte sich meine Nachrichten ohne jegliches Zeichen von Enttäuschung an und sagte: »Na, da wir bis jetzt damit zurechtgekommen sind, wird es uns auch weiterhin gelingen. Bis September und länger.«

So werde ich um den Matthiastag herum wieder nach Pernau fahren. Um Herrn Rosenplänter neue Volkslieder zu bringen, zum Beispiel.

Freitag, den 8. Juni 1828. Eigentlich hätte ich mein Tagebuch dorthin, woher ich komme, mitnehmen müssen. Dorthin, wo ich während der vergangenen Woche meine Gedanken zu sammeln versuchte. Auf den Paluka-Hof bei der Kirche von St. Johannes, unter Vaters und Mutters Dach. Damit ich dort, in der völlig anderen Umgebung, einige Erwägungen dieser Woche hätte festhalten können.

Dieses halbherrschaftliche Zimmer im Kivijalg, diese Abendstunden hinter sorgfältig verschlossener Tür, mein unwillkürlich zur Gewohnheit gewordenes unnützes Bestreben, das Heft jedesmal möglichst leise hervorzuholen, möglichst wenig mit den Blättern zu rascheln und hin und wieder zum Fenster zu spähen, ob die Vorhänge auch dicht zugezogen sind, ich fürchte, all das verleiht meinem Tagebuch einen geheimen, verschwörerischen Geist. Dort dagegen ... Ich weiß es nicht.

Ich kann mich nicht erinnern, ob ich bereits darüber geschrieben habe. Vater baute sich schon 1814, als wir den heimatlichen Hof verließen, auf dem zu Rückerts Pastorat gehörenden Land ein Häuschen. Natürlich kümmerte sich Timo um die Genehmigung und vermittelte die Sache. Es ist anzunehmen, daß er den alten Rücker für das Stückchen Weideland recht gut bezahlte. Nun bestellt Vater schon gute fünfzehn Jahre lang seine vier oder fünf Lofstellen Land. Damit verdient er sich sein täglich Brot; was er sonst noch braucht, bringt ihm das Schuhmacherhandwerk ein, das er zum Verdruß der Schuhmacherzunft von Fellin bis heute ausübt. Mutter strickt neben ihrer Hausarbeit den Leuten im Pfarrhaus und in der Ortschaft Handschuhe und Socken. Das tun sie, um Beschäftigung zu haben, nicht etwa aus Not, denn Eeva hat ihnen in den letzten zehn Jahren jährlich etwa zweihundert Rubel zukommen lassen. Was meiner Meinung nach vollkommen ausreicht, so daß ich keinen besonderen Eifer zeigte, von meinem geringen Unteroffizierssold noch etwas hinzuzufügen, nachdem sie mein erstes Angebot ausgeschlagen hatte. Sie ist immerhin eine Gutsherrin, und ich bin nur ein Unteroffizier a. D.

Schon bevor man Timo wegholte, machte Eeva unseren Eltern den Vorschlag, auf Woiseck zu wohnen (mit Timos Erlaubnis, versteht sich). Ich kann mich deutlich erinnern, wie Vater darauf die Lippen schürzte und sagte, die Tochter solle zusehen, daß sie selbst mit ihrem Leben dort zurechtkomme. Sie, die Junge, werde diesen Sprung in all das Fremde vielleicht schaffen, ohne sich den Hals zu brechen. Besonders wenn dieser junge Herr sie wirklich auf Händen trüge, wie geschwätzige Zungen behaupteten. Und wenn – Vater konnte es sich nicht verkneifen, dies bitter hinzuzufügen – wenn sie sich den Hals nicht bereits gebrochen habe, als sie auf ihren Taufnamen verzichtete und auf Wunsch desselben jungen Herrn den Namen Katharina annahm, zum Gedenken an dessen Mutter. Also es mag sein, daß sie ... Aber für alte Leute wie ihn und seine Frau wäre es zu spät, sie wären es zu lange anders gewohnt, um die Dummheit zu begehen, im Alter Gutsherren werden zu wollen ...

Darauf wandte sich Eeva, Ratlosigkeit in Miene und Stimme, von Vater zu Mutter und fragte: »Mutter, lehnst auch du unser Angebot ab wie Vater?«

Und Mutter antwortete, wobei ihre Augen auf den Boden gerichtet waren, den neuen, fast städtischen Fußboden ihres Häuschens, mit dem die beiden sich immerhin angefreundet hatten: »Ja, in dieser Sache denke ich genau wie Vater.«

Dabei blieb es, zumal Timo ja bald verhaftet wurde und Eeva mit ihren eigenen Angelegenheiten mehr als genug zu tun hatte. Aufs Gut sind Mutter und Vater kein einziges Mal gekommen, obwohl sie nur etwa fünfzehn Werst entfernt wohnen. Eeva aber besucht sie einige Male im Jahr und bleibt dann einen oder zwei Tage. Manchmal begleitete ich sie dorthin. Zum Beispiel habe ich es nach Timos Verhaftung getan und einige Jahre später, als ich bei Tenner diente und auf Urlaub gekommen war.

An diesen ersten Besuch erinnere ich mich noch genau. Unsere Eltern hatten natürlich erfahren, daß man Timo abgeholt hatte. Es lag ja schon eine Woche zurück. Wir aßen gemeinsam, Hafersuppe und in der Pfanne geröstetes Schwarzbrot. Wir saßen in der kühlen bläulichgelben Abenddämmerung an ihrem niedrigen Tisch. Vater sagte: »Ich habe es geahnt... so etwas geht nicht gut...«

Mutter wandte ihren Blick von Eeva mir zu und sagte: »Sieh zu, Jakob, daß man sie nicht kränkt – wo sie doch mit dem Balg dieses Herrn schwanger geht...«

Vater fragte: »Und ihr habt keine Ahnung, warum sie ihn festgenommen haben?«

Eeva schüttelte den Kopf. Vater sagte, und in seiner Stimme mischten sich Hoffnung und Trost mit einer gewissen Schadenfreude, was sie rauh klingen ließ: »Na, allzu schlecht werden sie ihn nicht behandeln... Es sind ja immerhin Herrschaften unter sich...«

Drei Jahre später, im Herbst 1821, saßen Eeva und ich wieder dort. Ich hatte Vater geholfen, das Stoppelfeld des Pastors zu pflügen. Die Knechte waren krank, sie hatten Durchfall oder Ruhr oder sonst etwas, und der Pastor hatte ihn gefragt, ob er diese Arbeit nicht übernehmen wolle. Er hatte sich sofort einverstanden erklärt. Offen gesagt, ich weiß nicht, ob er dem Pastor einen Gefallen tun wollte oder ob sich sein alter Rücken nach mehr Arbeit sehnte, als sein eigener Acker ihm ermöglichte. Jedenfalls pflügte er das Feld des Pastors, als Eeva und ich im Einspänner den Paluka-Hof erreichten. Ich zog mir alte Sachen an und begann mit meinem Braunen am anderen Feldrand zu pflügen. Bald fing es an zu regnen, aber wie zum Trotz arbeiteten wir weiter, um vor der Dunkelheit fertig zu werden. Das schafften wir auch. Unsere Kleider, Strümpfe und Pasteln dampften am Feuer. Mutter trug heiße Plinsen auf, die sie aus feinem Woisecker Mehl gebacken hatte, und Eeva goß heißen Kaffee in die alten blauen Tassen aus Oberpahlener Porzellan.

Ich weiß nicht, was Vater inzwischen von Timos Schicksal gehört und gedacht haben mochte. Er nahm die dampfende Kaffeetasse in die Hand und stellte sie wieder auf den Tisch. Er sagte: »Es heißt, man hält ihn im Keller irgendeiner Festung gefangen... Ist das etwa wahr?«

Eeva nickte. Ich sagte: »Das wird derart geheimgehalten,

daß sein Bruder es nur mit größter Mühe in Erfahrung gebracht hat.«

Vater fragte: »Dürft ihr ihm manchmal etwas schicken?«

Wohl eher zum eigenen und zu unser aller Trost und vielleicht in der Hoffnung, ihr perlenbesetzter Geldbeutel hätte ihn erreicht, erwiderte Eeva: »Selten ein ganz klein wenig . . .«

Vater schloß die Augen und sagte langsam: »Mein geringer Verstand sagt mir, es ist wie auf Golgatha. Er ist entweder der schlimmste Verbrecher oder der Rechtschaffenste der Rechtschaffenen. Was ist er?«

Eeva schaute eindringlich in sein Gesicht mit den geschlossenen Augen und sagte leise, aber entschieden: »Er ist der Rechtschaffenste der Rechtschaffenen!«

Mutter seufzte. »Mag sein. Aber uns bringt das nur Unheil . . .«

»Warte mal«, sagte Vater, »Maria hat zu Joseph sicher dasselbe gesagt.« Er stand auf und kehrte aus der hinteren Kammer mit einem Bündel zurück. »Wenn ihr ihm wieder etwas schicken dürft . . .« Er öffnete das Bündel. »Ich habe ihm Stiefel gemacht. Keine eleganten. Aber dort im kalten Keller . . . Sie sind mit Schaffell gefüttert . . .«

Diesmal hielt ich mich über eine Woche auf dem Paluka-Hof auf. Ich half Vater beim Säen. Ich machte Mutter einen neuen Futtertrog für die Ferkel. Besserte das Dach aus. Streifte durch den Wald. Und kam zu dem Schluß – und obwohl ich es vorausgeahnt hatte, bereitete es mir doch Kummer –, so ganz zu Hause fühlte ich mich bei den Alten nicht . . .

Sie hatten sich in den fünfzehn Jahren an ihrem neuen Wohnort besser eingelebt, als das für Bauern überhaupt möglich scheint. Denn eine durchschnittliche Bauernfamilie im heutigen Livland ist im Vergleich zu ihnen meist viel mehr der Willkür des Gutsherrn und dem Zufall ausgeliefert. Und an ein paar bessere Lebensbedingungen, die ihnen zunächst fremd waren (auf Timos Wunsch hat das Haus einen Schornstein, und die Zimmer haben Fußböden aus Dielen), haben sie sich jetzt vollkommen gewöhnt. Ich aber bin für die Bauern aus Wissofer und Taskfer dennoch eine Person, die Verwirrung hervorruft. Vater und ich besuchten einige Bauernfamilien. Pfingstbier wurde auf den Tisch gestellt. Der Paluka-Peeter ist für sie, was er eben ist. Das war klar. Und daß ich Paluka-Peeters Sohn Jakob bin, begriffen die breitgesichtigen Bauern und ihre älteren oder jüngeren Weiber sofort. Daß ich acht Jahre der Krone gedient habe, ging ihnen auch ohne weiteres ein. Aber daß ich im alten Herrenhaus von Woiseck wohne und der Schwager des angeblich irrsinnigen Herrn von Bock bin, verwandelte mich in jemanden, der aus einer anderen Welt kam, und ich spürte mit der Haut, wie sie in meiner Nähe steif wurden, fast so, wie sie es beim Eintreten eines fremden Herrn geworden wären. Unter dem Dach meiner Eltern habe ich, ehrlich gesagt, dasselbe Gefühl. Freilich nicht so ausgeprägt. Manchmal verschwindet es sogar ganz, dank der Kindheitserinnerungen, aber plötzlich tritt es um so deutlicher hervor.

... Ich stehe am Morgen in Hemd und Socken mitten in der Kammer, die sie mir zur Verfügung gestellt haben, fahre mir mit dem Kamm durch das Haar und werfe einen Blick in den kleinen Spiegel, der an der weißgetünchten Balkenwand hängt und fünf Kopeken gekostet hat. Man trifft in vielen Bauernhäusern dieses Kirchspiels auf solche Spiegel, Eeva hat den Eltern einen recht hübschen gebracht. Ich sehe im Spiegel, daß Mutter an der offenen Kammertür steht und mich betrachtet. Ich frage: »Nun, was schaust du, Mutter? Du prüfst wohl, ob du mich häufig genug an den Haaren gezogen hast und mein Schopf dicht genug geworden ist?«

»Gottchen, wie oft hätte ich dich ...«

»Na, na, es ist schon vorgekommen, daß du mich nicht nur gestreichelt hast. Kannst du dich an unsere Enten am Bach auf dem Kannuka-Hof erinnern?«

»Sicher, du warst gerade sechs oder sieben ... Wie hätte ich dich nicht an den Haaren ziehen sollen, wo du ständig zwischen Hof und Stube hin- und hergelaufen bist, die Füße mit Entendreck beschmiert ... Mein Gott, du hast ja gesagt, du wolltest heute zu den Herrschaften nach Röika reiten, und deine Stiefel stehen seit gestern schmutzig an der Wand. Warte, ich putze sie . . .«

Ich schrie fast: »Nein, Mutter, nicht! Erstens – ich reite nicht nach Röika. Und zweitens – ich möchte es nicht! Ich putze meine Stiefel selbst! Mutter, du sollst nicht . . .«

Plötzlich ist es mir schrecklich wichtig, Mutter daran zu hindern. Denn ich fühle, ihre Bereitschaft, ihrem Jungen, den sie einst an den Haaren zog, die Stiefel zu putzen, besteht zu einem Viertel aus freudigem Stolz über ihn und zu drei Vierteln aus verschämtem Schmerz über seine Entfremdung. Gleichzeitig frage ich mich (zumindest in einer der unteren Schichten meines Gehirns): Verbirgt sich hinter meinem Verbot nicht als gemeine Konterbande die heimliche Sorge, sie würde meine Stiefel mit Schweinefett einschmieren, während ich selbst schon längere Zeit Schreibers Schuhwichse benutze? Und ich fühle mich elend und hin und her gerissen. Ich zwinge mich, in Mutters altes Gesicht zu schauen, dessen Wangen Äpfeln im Februar gleichen, in ihr verlegenes, ergebenes Gesicht, und ich wiederhole: »Ich reite nicht nach Röika. Jedenfalls nicht heute . . .«

Ich putzte meine Stiefel selbst. Und nach Röika bin ich natürlich nicht geritten. Aber ich weiß bereits, daß ich sonst nirgendwo hingehen kann. Und daß ich irgendwohin muß. Wenn Eeva und Timo im September die Flucht geglückt sein wird. Auf Woiseck habe ich dann nichts mehr verloren. Selbst wenn ich es wollte, könnte ich kaum dort bleiben. Und ich will es keinesfalls. Auch nicht, wenn man mich darum bitten würde, wenn Peeter von Manteuffel höchstpersönlich käme und mich anflehte zu bleiben. Denn ich bin dort ein Fremder. Ohne Eeva und Timo (seltsam, ich habe neben Eevas Namen auch ganz selbstverständlich Timos hingeschrieben), ohne sie bin ich dort ein Wildfremder. Und auf dem Paluka-Hof ebenfalls. Nein, auf dem Paluka-Hof bin ich natürlich nicht ganz so fremd. Aber gerade deshalb wäre das Gefühl, fremd zu sein, hier noch viel schmerzlicher.

Montag, den 19. August 1828. Sieben oder acht Werst flußaufwärts oberhalb der Röika-Fabrik reicht der westlich vom großen Epramoor gelegene Forst bis dicht an beide Flußufer heran. Diesen gesamten Forst hat Amelung für den Bedarf der Glashütte Katharina-Lisette und der Spiegelfabrik gekauft; ein Waldheger wurde eingestellt, auch wegen der Wilddiebe, doch vor allem, um dem Brennholzstehlen der Verwalter von Woiseck und Soosaar ein Ende zu setzen.

Vom Weg nach Röika biegt ein kaum wahrnehmbarer Pfad ab, führt einige Werst durch dichten Wald gen Südosten, bis zum Fluß, zum Haus des Waldhegers. Das Haus steht direkt am Ufer auf einer sandigen Anhöhe. Im Frühling habe ich mit dem Haus und seinem Besitzer Bekanntschaft geschlossen. Er heißt Näresaare-Tiit, hat in Preußen gegen Bonaparte gekämpft, ein Auge verloren und dafür ein Kreuz an die Brust geheftet bekommen. Sein noch vorhandenes Auge ist jedoch scharf genug, um auf den Waldabschnitt beiderseits des Flusses achtzugeben. Ans östliche Ufer gelangt er mit einem Boot.

Im Wirtshaus der Röika-Fabrik bin ich zufällig mit ihm ins Gespräch gekommen, seiner Redseligkeit und Geselligkeit ist es zu verdanken, daß ich zu ihm ging und sein selbstgebrautes Bier probierte. Sein Häuschen ist natürlich eine Hütte ohne Rauchfang und mit glänzendschwarzen Wänden. Fünfzig Schritt davon entfernt hat er einen Bootssteg und ein Boot im Schilf. Dort auf dem Steg kam mir eine Idee.

Denn im Frühjahr, als die Abende und die Morgen heller wurden und man mich zuweilen in der Siedlung antraf, hatte mich Anna zur Vorsicht gemahnt, weil sonst Gerüchte entstehen könnten. Besonders nachdem ihre Nachbarin Lotte, die Frau des Versilberers Palter, in der Siedlung Quassel-Lotte genannt, zweimal bei Anna an die Tür geklopft hatte, während ich bei ihr war. Freilich hätte Anna sagen können, es sei an der Zeit, zu Rücker zu gehen. Aber sie tat es nicht. Hin und wieder schien mir, daß sie unsere wilde Ehe nicht nur duldete, sondern daß ihr die Geheimnistuerei sogar Spaß machte. Mir schien, als verberge sich hinter ihrem Seufzen heimliches Lachen, als sie mir ihre erstaunlich glatten Arme um den Hals schlang (die Vorhänge waren dicht zugezogen, die Tür versperrt, die Kerzen gelöscht, hinter den Fenstern sangen im Morgengrauen die Vögel) und fast flüsternd erklärte: »Jakob, jetzt kommt die helle Zeit. Im Ort hat man schon bemerkt, daß du zu mir kommst. Wir müssen uns etwas ausdenken.«

Und ich dachte mir etwas aus. Vielleicht tat ich es um so beflissener, weil ich fürchtete, es könnte leicht von Traualtar die Rede sein, wenn mir nichts einfiele. Ich kaufte vom Gärtner der von Wahls in Oberpahlen ein Boot, das hinten und vorn eine grüne Bank hatte. Ich durchstöberte die Rumpelkammer des Kivijalgs und die Laube auf der Insel des Sees von Woiseck nach Angelhaken und Angelruten und wählte die besten aus. Ich fand auf dem Heuboden der Remise ein großes Stück Segeltuch. Ich nahm das beste der drei alten Jagdgewehre, die im Kivijalg herumlagen. Und verbrachte die meiste Zeit des Frühlings und des diesjährigen Sommers auf dem Fluß.

Ich spannte vier Bögen aus glatten Weidenruten über das Boot und nagelte sie an die Bootsränder, darüber zog ich von achtern das Segeltuch als Sonnenschutz. Mit Tiits Einwilligung liegt mein Boot nun an seiner Anlegestelle. Vom Gutshof zum Waldheger reite ich gewöhnlich, dann binde ich das Pferd im Wald hinter dem Häuschen an eine Fichte, steige ins Boot und lasse mich flußabwärts treiben.

An den Windungen des Flusses bis zur Insel Peofer und weiter gibt es unermeßlich viel Schilf und Gebüsch. Ich versuche, mir möglichst die Biegungen des Flusses und die Buchten einzuprägen. Nach drei oder vier Werst wird, wegen des Staus an der Fabrik, das einige -zig Ellen breite Flußbett hundert oder gar zweihundert Ellen breit.

Ich angele eigentlich selten. Manchmal fange ich ein paar Barsche oder Plötzen, wenn ich weiß, daß ich abends bei Tiit bleibe; damit wir uns eine Fischsuppe kochen können. Noch seltener schieße ich etwas. Was ich des öfteren tue: ich rudere zur vereinbarten Zeit einige hundert Schritt flußaufwärts zum nördlichsten Haus der Siedlung, das sich hinter der Schilfwand verbirgt, und helfe Anna ins Boot, die, von Schilfrohr umgeben, auf einem Stein sitzt.

Sie trägt ein leichtes hellblaues Sommerkleid mit Puffärmeln und einen dünnen Schal um den Kopf. Sie setzt sich neben mich auf die hintere Bank. Wenn das Boot schaukelt, fürchtet sie sich ein wenig. Ich lege ihr den Arm um die Taille und helfe ihr auf die Vorderbank unter dem Segeltuchdach, das vor Sonne und neugierigen Blicken schützt. Ich lasse die Ruder ins Wasser gleiten.

»Lotte hat dir nicht aufgelauert?«

Sie schüttelt lachend den Kopf.

Sie hat etwas Rätselhaft-Vertrautes. In ihr großäugiges und lächelndes Schweigen kann man beliebig tiefe oder nichtige Gedanken hineinlegen. Sie streckt ihren vollen weißen Arm aus und greift nach einer grünlichen Seerose, an der unser Boot vorbeischwimmt. Ihr schlangengleicher Stiel hebt sich aus dem Wasser und gleitet mit uns. Gerade als ich denke, nun reißt sie die Blüte vom Stiel, läßt sie sie ins Wasser zurückfallen.

»Warum?«

»Laß sie blühen.«

Nach einer halben Stunde flußabwärts befinde ich mich an einer schmalen Stelle des Flusses – die Strömung ist oberhalb des Staus kaum zu spüren – und rudere ins Schilf am Ufer. Hinter der Schilfwand – der Wald, hinter dem Waldgürtel – das gewaltige Epramoor. Weit und breit kein Haus, niemand, der Beeren sucht. Oben die unbeständige Weite des Himmelszelts. Ringsumher das stille Wasser und die grünen Schilfvorhänge der kleinen Buchten. Hin und wieder das Plätschern eines Barsches. Das Flügelschlagen einer Wildente. Das Rascheln des Schilfs. Das seltsame Vorbeigleiten eines Schilfrohrs. Ein Schilfrohr unter Millionen wird durch sein Herannahen unglaublich einmalig. Ein Gebilde mit ellenlangen Blattstrahlen und einer buschigen bräunlichlila Rispenkrone – eine schaukelnde abgeschiedene Welt. Sie gleitet so nahe an unseren Gesichtern vorbei, daß es scheint, es genüge ein Zoll, und wir würden, für uns unbemerkt, fünfhundertmal kleiner werden und uns in dieser schaukelnden abgeschiedenen Welt befinden ...

An den Biegungen des Flusses trifft man auf sandige Uferstücke und grasbewachsene Erhöhungen, trocken genug zum Hinlegen und Umarmen. Aber meist gibt sich mir Anna im Boot hin. Wir liegen splitternackt in der grünlichen Abend- oder Nachtdämmerung, in unserer schaukelnden abgeschiedenen Welt. Wir wissen, oder wenigstens ich weiß es, daß wir mit Worten unser beider Einsamkeit nicht durchdringen können. Aber wir haben erfahren, daß unsere Körper das vermögen. Die alte Pein unserer Einsamkeit und die vage Freude der Erlösung wecken unsere Leidenschaft. Ich weiß nicht, was sie von mir denkt. Ich möchte es wissen, getraue mich aber nicht zu fragen. Doch ich schreibe nieder, was ich von ihr denke. Damit ich mich später daran erinnere. Oder besser, damit ich mich daran erinnere, wie ich mich ihr gegenüber verhalten habe bei unseren Bootsfahrten auf dem Fluß Oberpahlen, in einer schaukelnden abgeschiedenen grünen Welt, im Spätsommer des Jahres 1828.

Ihre Glut kränkt mich ein wenig – weil sie ihre früheren Erfahrungen offenbart, gefällt mir aber sehr, wenn ich bedenke, daß ich es bin, der sie immer wieder entfacht. Die übermäßige Üppigkeit ihres weißen Leibes könnte vielleicht ein wenig lächerlich wirken oder sogar ein wenig vulgär, würde sie Vornehmheit vortäuschen. Aber sie täuscht gar nichts vor. Sie ist so, wie sie ist. Gut oder schlecht, klug oder dumm, ich weiß es nicht. Ist ja auch egal. Wenn es mich nur genügend zu ihr zieht. Ich habe nicht die Absicht, mit ihr sozusagen eine ideale Dynastie zu gründen für einen idealen Staat, von dem Timo vermutlich immer noch träumt. Zumindest ist sie vollkommen natürlich. Wenn ich von der Natürlichkeit der Frauen überhaupt etwas verstehe. Und sie ist mir irgendwie wundersam vertraut.

Wenn ich in unseren Schilfhochzeitsnächten auf dem Strohsack im Boot wieder zu mir komme, Annas ruhigen

Atemzügen, dem leisen Plätschern des Flusses jenseits der dünnen Bretter und dem Rascheln des Schilfs lausche, wenn ich mit der einen Hand die Spuren der Tränen auf Annas heißen Wangen spüre und mit der anderen im Dunkeln nach dem sich über den Bootsrand neigenden Schilf greife, kommt mir gleich einer Berührung der realen Welt in den Sinn, was ich in Timos Manuskript gelesen habe: *Ich brauche das Glück nicht außerhalb meines Heimes zu suchen . . .* Nun, ich müßte folglich sagen, außerhalb dieses Boots, dieser schaukelnden abgeschiedenen Welt . . . *Und wenn ich dennoch*, schreibt Timo, *zuweilen Undankbarkeit und Kränkung erfahren habe, bin ich dafür dort mit Güte und Freundschaft überschüttet worden, wo ich es am wenigsten erwartet habe, und verlöre ich den Glauben an die Menschheit* (wahrlich, der Mensch befindet sich manchmal in einer Lage, in der er diesen Glauben verlieren könnte, wie es mir durch Jette und Laming geschehen ist), *ich würde Trost finden in jedem grünen Blatt, in jedem Grashälmchen . . .* Natürlich schreibt Timo dort ebenfalls, er könne sich dennoch nicht allein mit dem häuslichen Glück, mit den Grashälmchen oder dem Genuß von Wissenschaft oder Kunst zufriedengeben, denn außer all dem gäbe es noch *Gott* und das *Vaterland* . . .

Ich denke: Um Gott mag es stehen, wie es will, vom Vaterland jedoch lasse ich mich nicht stören. Denn ich habe gesehen, was selbstvergessener Dienst am Vaterland mit sich bringt. Dient man dem Vaterland nur halb, ist die andere Hälfte Verbrechen. Vielleicht gibt es einen Mittelweg? Oder sind alle Möglichkeiten lediglich Mittelwege? Auch »in der schaukelnden abgeschiedenen gründunklen Welt« der Liebe?

Den 21. August 1828. Ich habe das vorgestern Geschriebene noch einmal gelesen. Bei Gott, nie zuvor habe ich hier derartigen Unsinn von mir gegeben. Doch wem zuliebe sollte ich die Seiten herausreißen?

Montag, den 3. September 1828. Morgen mache ich mich wieder auf den Weg nach Pernau. In Sachen Kapitän Snyder. Eeva ist Anfang der vergangenen Woche nach Zarskoje selo gefahren.

Gestern abend war ich mit Anna noch einmal auf dem Fluß. Das kühle Wetter scheint den Herbstbeginn anzuzeigen. Nachdem ich Anna in der Nähe ihres Hauses am Schilfufer an Land gesetzt hatte, ruderte ich zu Näresaare-Tiit und blieb über Nacht dort. Bei Fischsuppe und einem Schluck Schnaps (ich hatte in der Brennerei ein Fläschchen zugesteckt bekommen) erfuhr ich von ihm einen völlig neuen Sachverhalt zu einer alten Geschichte, woraufhin ich mich fragte (denn wen außer mir selbst sollte ich fragen?): Ist es wirklich so, daß alles, was sich sichtbar zuträgt, zugleich oder vielleicht allein ein Zeichen unsichtbarer Verkettungen einer unsichtbaren Welt ist?

Ich hatte die Geschichte schon vor mehr als zehn Jahren von Georg gehört.

Im Herbst 1813 stand Timo mit seinem Regiment unter dem Oberkommando von Barclay de Tolly in Deutschland. An der großen Völkerschlacht zu Leipzig nahm sein Regiment nicht teil. Aber nach der Schlacht hatte er die Aufgabe erhalten, Weimar vor den Franzosen zu schützen, die sich von Leipzig nach Westen zurückzogen und auf Grund ihrer Schlappe aller Wahrscheinlichkeit nach gefährlich gestimmt waren. Die Nachricht vom großen Sieg bei Leipzig war am Abend des 20. Oktober in Weimar eingetroffen, und den Kundschaftern nach ließen die Franzosen bei ihrem Rückzug nach Norden Weimar seitlich liegen. Was um so wahrscheinlicher war, da sich Leipzig hundert Werst nordöstlich von Weimar befindet.

Trotz der schrecklichen Nachrichten von der Verwüstung ganz Sachsens war die Erleichterung in Weimar so groß, daß der Herzog am 22. ein festliches Mittagessen gab. Außer ihm, der Herzogin und dem Hofstaat waren alle Weimarer Minister zu Tisch geladen, unter ihnen Goethe; Herr Oberstleutnant Timotheus von Bock nahm in seiner Eigenschaft als Befehlshaber der in der Stadt anwesenden verbündeten Streitkräfte an dem Essen teil. Herzog Karl August dankte in einer festlichen Tischrede den Siegern über Napoleon im allgemeinen und Herrn von Bock im besonderen – für das Gefühl der Sicherheit, das sein Regiment der Stadt und der Tischgesellschaft verleihe, und für den guten Appetit, den diese Sicherheit beförderte.

Man befleißigte sich der in solchem Rahmen üblichen Konversation, und der alte Geheimrat und Olympier hatte, über das herzogliche Porzellan hinweg, mit Vergnügen mit seinem schnurrbärtigen Gegenüber, dem jungen Oberstleutnant mit Olympierprofil, der Kant ebenso gut zu kennen schien wie Clausewitz, Gedanken ausgetauscht... (Während dieser Unterhaltung hatte er vielleicht flüchtig gedacht, es gäbe außer einem derart allumfassenden Phänomen wie der *Weltliteratur*, deren Vorhandensein er, wenn er in dieser verworrenen, zur Unordnung neigenden Welt die Zeit dazu fände, einst beweisen wollte, möglicherweise ein noch umfassenderes Ding, das *Weltkultur* genannt werden könnte...) Während die herzoglichen Damen den jungen Oberstleutnant ins Gespräch zogen, hatte der alte Goethe sich auf einem silbernen Tablett Schreibutensilien und ein reines Blatt Papier bringen lassen, etwas darauf niedergeschrieben und den Herzog um Erlaubnis gebeten, das Geschriebene allen vorzutragen:

AN HERRN OBRISTLIEUTENANT
VON BOCK
Von allen Dingen, die geschehn,
Wenn ich es redlich sagen sollte,
So war's, Kosaken hier zu sehn,
Nicht eben, was ich wünschen wollte.
Doch als die heilig-große Flut
Den Damm zerriß, der uns verengte,
Und Well auf Welle uns bedrängte,
War *dein* Kosak uns lieb und gut.

Unter dem begeisterten Applaus der herzoglichen Tischgesellschaft hatte er seine Verse unterschrieben und sie Timo über den Tisch gereicht.

Der Nachtisch war gerade aufgetragen, als schreckensbleiche Kuriere mit der Nachricht in den Saal stürmten, eine französische Abteilung hätte sich von der auf dem Rückzug befindlichen Armee gelöst, sich nach Süden gewandt und wäre drauf und dran, in Weimar einzufallen.

Timo war mitten in der entstandenen Panik aufgesprungen. Er hatte das Saalfenster aufgestoßen und in den Hof hinabgerufen: »He! Pferde satteln!«

Als er die Treppe hinuntergerannt kam und über die Terrassenbrüstung in den Sattel sprang, warteten bereits ein Unteroffizier und ein Bursche hoch zu Roß auf ihn. Alle drei Reiter zogen ihre Säbel aus der Scheide, galoppierten durch das Schloßtor und entschwanden den Blikken der Tischgesellschaft, die ihnen durch die hinteren Saalfenster nachschaute.

Im nächsten Augenblick erschienen sie im Blickfeld derjenigen, die durch die Vorderfenster hinaussahen. Im selben Moment spien die auf den Platz führenden Straßen blau-rot uniformierte französische Kürassiere auf staubigen Pferden aus.

Timos Trio durchbrach im Galopp säbelschwingend die erste Reihe der Franzosen. Nach etwa zwanzig Schritt stießen sie auf mindestens ein Dutzend Reiter. Sie beförderten einige aus dem Sattel. Die Gegner schlugen mit Säbeln auf sie ein, schossen auf sie, trafen aber nicht. Wie durch ein Wunder kämpften sie sich durch die Horde berittener Männer. Einer von Timos Leuten hatte anscheinend etwas abgekriegt, denn man sah ihn auf den Hals des Pferdes sinken. Aber er hielt sich im Sattel, riß sich von den Franzosen los und verschwand mit seinen Kameraden in einer der Straßen.

Georg hatte all das im nachhinein vom Oberforstmeister des Herzogs von Weimar erfahren, der im Saal gewesen war und die Ereignisse mit eigenen Augen verfolgt hatte, so lange, bis Timo nach einer halben Stunde mit seinem Regiment aus dem Lager jenseits der Ilm in die Stadt zurückkehrte und die Franzosen mit heftigen Säbelhieben aus Weimar vertrieb, noch bevor sie Schlimmeres anrichten konnten, als den Wirten einiger Gasthäuser das Fleisch von den Bratspießen zu fressen und sie um ihren Wein zu prellen.

Gestern saß ich mit Amelungs Waldheger Tiit auf der Schwelle seines Häuschens, den Rücken an die Balkenwand gelehnt, zwischen uns ein Humpen Bier und ein Fläschchen Schnaps. Wir hatten zum Abend Barschsuppe gegessen und Tiits starkes Bier und meinen Gutskorn dazu getrunken. Ich dachte mit einer gewissen Besorgnis an die Reise nach Pernau, die ich am nächsten Tag antreten sollte. Es wäre sehr ärgerlich, sollte sie wiederum erfolglos verlaufen. Sollte Snyder aber dort sein und die Sache käme ins Rollen, wäre es ein fast übermäßig verantwortungsvolles Unterfangen. Denn Möglichkeiten, gefaßt zu werden, gab es viele. Man konnte uns auf halbem Wege aufhalten und Aufklärung fordern, wohin wir führen. Man konnte uns auf der Landungsbrücke von Pernau die Hand auf die Schulter legen. Eine schnelle Schaluppe der Grenzwache konnte Snyder auf offener See anhalten und die blinden Passagiere aus seiner Flachsladung holen (falls unter seiner Besatzung Männer waren, die es auf den Judaslohn abgesehen hatten). Tiit und ich saßen dicht nebeneinander – er mir zur Rechten – und betrachteten unter dem niedrigen Strohdach hervor den mondbeschienenen Fluß. Tiits leere Augenhöhle und die von der Stirn bis zur Wangenmitte reichende Narbe hoben sich dunkel von seinem graustoppeligen Gesicht ab. Und ich dachte: Ja, ich habe in Zeiten gelebt, in denen es so viele Tote, Verwundete, Verhungerte und Erfrorene gab, daß ich von Glück sagen kann, dies alles unversehrt überlebt zu haben, aber eigentlich ist es auch eine Schande. Und darum bin ich geradezu verpflichtet, dieses Risiko auf mich zu nehmen und Eeva und Timo zu helfen – schon um meiner selbst willen ... Und um ihretwillen natürlich auch. Ich fragte: »Tiit, wie ist das mit deinem Auge geschehen?«

Tiit nahm einen Schluck aus der Flasche, die auf der Schwelle stand, und erwiderte: »Es war in Deutschland. 1813. Ende Oktober, soviel ich mich erinnere. In Weimar oder wie immer die Stadt hieß. Nachdem die Franzosen in der Völkerschlacht geschlagen worden waren . . .«

Ich durchforschte mein Gedächtnis und sagte: »Warte mal, damals war doch auch mein Herr Schwager dort, wie ich gehört habe.«

»Stimmt«, meinte Tiit, »ich war ja sein Bursche.«

Eigentlich ist das nicht weiter verwunderlich. Im Gegenteil, es ist sogar natürlich, daß der Gutsherr von Woiseck als Befehlshaber des Regiments einen Mann aus seiner Gegend als Burschen zugeteilt bekam. Zumal jener in seiner Jugend Diener und Stallbursche auf dem Gut gewesen war und mit Pferden umgehen konnte, was dem Kavallerieregiment der Leibgarde sehr zupaß kam, und auch ohne mit dem Finger nachzuprüfen, allein am Dampfen des Rasierwassers des Herrn Obersten erkennen konnte, wann es heiß genug war. Und dennoch erschien mir die Verkettung dieser alten Geschichten hier in der Hütte des Waldhegers als ein neuer erschütternder Beweis dafür, daß die Welt tatsächlich viel kleiner ist, als wir annehmen, und daß die Wahrscheinlichkeit der für unwahrscheinlich gehaltenen Koinzidenz unvergleichlich größer ist, als es den Anschein hat. Ich fragte mit aus Vorahnung wachsendem Interesse, wie sich alles zugetragen hätte. Und Tiit, dieser eigenartige, schüchterne Kerl, in dem aber ein gesunder, eigenständiger Geist steckt, erzählte beinahe widerwillig: »Wie es sich zugetragen hat . . . Wir waren in dieser Stadt hinter dem Flüßchen in alten deutschen Kasernen untergebracht. Eines Tages befahl unser Oberst dem Lwowitsch, dem Unteroffizier, und mir, mit ihm in die Stadt zu reiten. Er war zum Herzog zu Tisch geladen. Nun, wir ritten zum Schloß, es war prächtiger als Woiseck, aber nicht wer weiß wie großartig. Herr Timo befahl uns zu warten und wurde hineingeführt. Wir schauten zu, wie die Kutschen der Herrschaften vorfuhren, brachten unsere Pferde mit Hilfe der Stallburschen in den herzoglichen Stall und legten ihnen Hafer vor. Das Land mag noch so verwüstet sein, für die Futterkrippen des herzoglichen Stalles findet sich stets Hafer. Auch uns wurde in der Kammer der Stallburschen etwas vorgesetzt: Schwarzbrot aus Sägemehl und ein zähes Stück Rindfleisch. Das Bier aber war nicht schlecht. Nun, wir unterhielten uns mit den Stallburschen des Herzogs. Ich machte für Lwowitsch den Dolmetscher, soviel wie ich selber verstand. Erzählte, daß wir nun geradewegs auf Paris losmarschieren und dem Bonaparte die Eier abschneiden. In dieser Angelegenheit waren die Deutschen mit uns einer Meinung. Dann spazierten wir im Schloßhof umher. Plötzlich ging oben ein Fenster auf, und Herr Timo rief hinab: »Pferde satteln!« Wir rannten in den Stall, und sofort waren wir mit den gesattelten Pferden zur Stelle. Der Hof war voller Geschrei, die Franzmänner wären in der Stadt. Herr Timo war wie der Blitz unten, und schon saßen alle in den Sätteln. Na ja, dann ritten wir auf den Schloßplatz, um das Regiment in die Stadt zu holen und die Franzosen zurückzudrängen. Und auf dem Platz standen wir Aug in Auge einer Schar Franzosen gegenüber.«

Tiit verstummte, und ich fragte: »Ihr habt dort, wie ich gehört habe, mehrere Männer aus den Sätteln geholt?«

»Herr Timo geloppierte voran«, sagte Tiit und nahm einen kräftigen Zug aus der Flasche. »Galoppierte voran und schlug mindestens drei Mann aus dem Sattel.«

Ich fragte: »Und da hat es dein Auge erwischt?«

»Jawohl, dort.« Plötzlich wandte er mir seine im Dunkeln klaffende linke Augenhöhle zu und sagte: »Aber das war nicht das Werk der Franzosen.«

»Wieso?«

»Herr Timo hieb um sich, nach vorn und hinten. Und ich befand mich zwei Schritte rechts hinter ihm.«

»Herrgott, du willst sagen, Timo hätte dir mit dem Säbel ins Gesicht geschlagen?!« Ich weiß selbst nicht, warum mich das so sehr erschreckte.

»Leider ja. Aus Versehen natürlich.«

»Und – was hat er dann getan?«

»Er hat es nicht bemerkt.«

»Nun ja, in dem Durcheinander. Aber später?«

»Er dachte, es wären die Franzosen gewesen.«

»Aber als er es erfuhr?« Mir war es plötzlich schrecklich

wichtig, zu hören, was er machte, als ihm seine unselige Tat bewußt wurde.

»Ich frage, was er getan hat, als er es erfuhr?«

»Er hat es nie erfahren.«

Es stellte sich heraus, daß Timo ihm geholfen hatte, sich im Sattel zu halten, bis sie durch den Fluß geritten waren und die Kaserne erreichten. Er ließ Tiit ins Lazarett bringen und forderte persönlich bei Barclay de Tolly das Tapferkeitskreuz für ihn. Aber er weiß bis heute nicht, was er angerichtet hat.

In die Dunkelheit starrend, sagte Tiit: »Warum hätte ich es ihm später unter die Nase reiben sollen?«

Ich fragte: »Und die anderen? Zum Beispiel dieser Lwowitsch?«

Tiit erwiderte: »Außer ihm war ja keiner da. Ihm ging es auch an den Kragen, er hat nichts bemerkt.«

»Irgend jemandem wirst du es doch erzählt haben?«

»Nein.«

»Und warum erzählst du es jetzt mir?«

Tiit zuckte die Achseln.

»Weiß der Teufel. Manchmal tut sich einem eben das Maul von selber auf.«

Ich habe hier in meinem Zimmer heute lange überlegt, warum Tiit mir plötzlich diese alte Geschichte erzählt hat. Vielleicht aus dem Wunsche heraus, endlich wenigstens einem Menschen gegenüber ein gewaltiges Mißverständnis aufzuklären, damit es auf diese Weise der ganzen Welt gegenüber aufgeklärt sei. Das mag Gott wissen. Aber was ich deutlich spüre, ist die unheilvolle Bedeutung dieser alten Geschichte für Timo. Sie lastet seit Jahren wie der Schatten eines Fluches auf ihm: Er wollte den Feind treffen und hieb einem seiner treuesten Männer ein Auge aus. Er wollte das ihm liebste Wesen glücklich machen und machte es unglücklicher als alle anderen nah und fern. Er wollte Torheit, Gemeinheit und Unrecht im Reiche aller Reußen beseitigen, kurz also den Zaren, und vernichtete sich selbst . . .

Donnerstag, den 13. September 1828. Jetzt werde ich hier, wie es mir zur Gewohnheit geworden ist, von meiner letzten Reise nach Pernau berichten.

Ich bin dort am Sechsten angekommen. Es gibt in Pernau zwar ein oder zwei Gasthäuser, aber da Rosenplänter nicht angedeutet hatte, ich fiele ihm zur Last, und ein Aufenthalt beim Herrn Pastor am harmlosesten aussieht, bin ich seiner Einladung gefolgt und wohnte wieder unter seinem Dach.

Diesmal schien wirklich Gottes Segen auf unserem Unternehmen zu ruhen.

Snyder war bei meiner Ankunft bereits in Pernau. Er war vor einigen Tagen in den Hafen eingelaufen, und ich erkannte beim Vorbeispazieren seinen stattlichen Dreimaster namens »Ameland«. Um nicht unnötig aufzufallen, hielt ich mich zunächst vom Schiff fern. Gleich am ersten Abend erschien Kapitän Snyder in gewohnter Munterkeit bei Rosenplänter zum Tee, und während sich der Herr Pastor höflich in den Garten zurückzog und die Pastorin oben in den Dachkammern die Kinderschar zu Bett brachte, vereinbarten wir alle notwendigen Einzelheiten.

Bevor das Schiff in See stechen würde, würde Snyder tausend Rubel in Gold auf die Hand erhalten. Weitere tausend im ersten sicheren Hafen. Abreise bei günstigem Wetter am Montag, dem 16., oder am Dienstag, dem 17., im Morgengrauen. Nicht früher. Falls notwendig, auch später, versteht sich.

Snyder selbst spielte mir das Ende eines anderen Fadens in die Hand: Der Kapitän der Hafenwache pflegte bei Ingerfeld zu Mittag zu essen. Ich muß sagen, dieser entscheidende letzte Schritt in der Angelegenheit war mir zutiefst zuwider. Nicht nur wegen des Risikos, das ich damit auf mich nahm, sondern auch wegen der Notwendigkeit, mich zu verstellen, was mir an sich schon zuwider ist. Aber an einer Straßenecke irgendwo hinter dem Winterhafen gab ich mir einen Ruck, schritt schnell über das vom Nieselregen nasse Kopfsteinpflaster und stieß die Glastür der Restauration auf. Ich erblickte einen Kapitän von starker Statur mit dunklem Haarschopf, verwittertem Gesicht und schmierigem Uniformkragen, der an einem Tisch in der Nähe der Theke saß und eine Suppe schlürfte. Als würde ich mich ins kalte Wasser stürzen, schritt ich durch den Raum und bat um die Erlaubnis, an seinem Tisch Platz zu nehmen. Er warf mir einen ziemlich überraschten Blick zu und nickte. Da war ich denn nun. Ich bestellte eine Flasche Oporto-Wein (die »Ameland« hatte ihn vorgestern in den Hafen gebracht) und zwei Gläser. Ich stellte mich vor als Leutnant Soundso a. D. der Kartographieabteilung (denn es schien mir notwendig, daß unser Gespräch unter Offizieren stattfand) und füllte beide Gläser. Ich muß zugeben, jetzt, wo ich mich bereits im Wasser befand und zum Schwimmen gezwungen war, wollte ich es möglichst gewandt tun, so daß mein erstes Vorwärtskommen mir fast Vergnügen bereitete.

Ich erzählte meinem Gegenüber, das Kartographieren (vor allem das von Seekarten!) hätte meinen Augen geschadet und die Ärzte hätten mir Seeluft empfohlen und eine Arbeit, bei der man viel in die Ferne schauen muß. Ich fragte, ob es bei ihm in der Hafenwache nicht einen passenden Posten gäbe, einen Posten, der für meinen bescheidenen Rang in Frage käme. Oder, falls der Herr Kapitän diese Frage nicht selbst entscheiden könne, ob er meine Bitte nicht bei seinen Vorgesetzten unterstützen könne? Währenddessen ließ ich zum Braten eine zweite Flasche auftischen. Schließlich sagte ich, meine Freude über die Bekanntschaft mit ihm wäre so groß, daß es mich unendlich betrüben würde, wenn er mir nicht gestattete, seine Zeche zu bezahlen. Er war ein einsichtiger Mensch und wollte mich nicht betrüben. Er versprach, mein Anliegen zu überdenken, und wir verabredeten, am nächsten Tag am selben Orte zusammen Mittag zu essen. Das taten wir auch. Am Abend zechten wir bei Parkman weiter, wo ich ihm ein hübsches Sümmchen für Bier und Schnaps für seine Mannschaft zusteckte. Beim Abschied waren wir dicke Freunde. Mir schien, ich hatte das vollkommene Vertrauen des Kapitäns gewonnen, und zwar aus zwei Gründen: Ich kannte mich in Sachen Seekarten wirklich gut aus (er konnte das beurteilen), und als Leutnant a. D. hatte ich vor ihm als Kapitän im Dienst nicht mit dem notwendigen Respekt gegeizt. Also versprach mir Herr Kapitän Glans feierlich, er werde mit seinem Freund, einem General, dessen Name mir entfallen ist, über mein Anliegen sprechen. Und ich versprach ihm, in einer Woche, nachdem ich meine Angelegenheiten geregelt hätte und zurückkäme, für ihn und seine wackeren Mannen ein großes Gelage zu veranstalten. Dabei spürte ich deutlich, daß er mich betrog und nicht daran dachte, sein Versprechen zu halten, ebenso wie ich ihn betrüge und meins Punkt für Punkt halten werde.

Als ich aber gestern im Kivijalg eintraf, ins Haus eilte und ihnen geschwind zuflüstern wollte, sie sollten rasch ihre kostbarsten Sachen in einigen unauffälligen Koffern verstauen, waren Eevas und Jüris Zimmer leer, und Timos Zimmer war verschlossen wie gewöhnlich, und niemand antwortete auf mein Klopfen. Käsper teilte mir mit, die gnädige Frau und der junge Herr wären noch nicht aus der Hauptstadt zurück und der Herr wäre ausgeritten.

Timo kehrte zum Mittagessen zurück. Er hörte sich meinen hastigen Bericht mit überaus ruhiger Miene an. Er war so ruhig, daß ich mich fragte, ob die Flucht, die ich für ihn organisierte, ihn überhaupt interessierte. Als ich aber sagte, daß das Schiff ab 16. September frühmorgens zum Auslaufen bereit sei, bemerkte ich, wie er die Augen zukniff und tief seufzte. Dann öffnete er sie wieder, holte Eevas Brief aus der Jackettasche und reichte ihn mir. Er sagte: »Lies. Diesmal wird leider nichts daraus.«

Eeva schrieb aus Zarskoje selo, sie hoffe sehr, die Gesundheit ihres teuren Timoscha hätte sich inzwischen nicht verschlechtert, was überaus traurig wäre, da ihr Sohn Jüri zur Zeit beim besten Willen nicht an das Krankenlager seines Vaters kommen könnte, obwohl es ihr gelungen sei, von dem freundlichen Lyzeumsdirektor die Einwilligung für eine Heimfahrt zu erhalten. Gottes Ratschluß hätte Jüri gestern mit hohem Fieber und einer gefährlichen Rachenentzündung ans Bett gefesselt. Der Arzt des Lyzeums hätte befohlen, den Jungen zu isolieren, so daß selbst die Mutter sich nur unter äußerster Vorsicht um ihn kümmern könne.

Sie schloß, wie ich mich erinnere, mit den Worten: *Lieber Timoscha, also kann ich nichts weiter tun als bei unserem Sohn bleiben, bis er gesund wird, was ich von ganzem Herzen hoffe. Ich liebe Euch beide und bete für Euch.*

Stets Deine K.

Timo nahm aus einer Tischlade zehn Goldimperiale und bat mich, sie Pastor Rosenplänter zukommen zu lassen, damit er sie Kapitän Snyder gebe mit der Entschuldigung, ihn diesmal umsonst bemüht zu haben. Ich widersprach und meinte, wir sollten warten, Eeva und Jüri würden vielleicht rechtzeitig zurück sein. Ich sagte Timo, er könnte dieses Geld lieber Snyder geben, damit er in Pernau auf uns wartete. Aber Timo schüttelte den Kopf.

»Es ist praktisch unmöglich, daß sie rechtzeitig kommen. Und es ist nicht wichtig, daß wir fortfahren können, sondern daß Georg gesund wird. Kittys Brief läßt mich befürchten, daß es sich bei seiner gefährlichen Halskrankheit um eine Angina maligna sive gangraenosa handelt. Wenn es so ist, sind Kittys Gebete um seine Genesung durchaus begründet. Auch wenn sie – Gott gebe es! – erhört werden, kann es Monate dauern, bis er gesund ist.«

Ich riet, zumindest ihren nächsten Brief abzuwarten, der in ein oder zwei Tagen ankommen könnte. Dann hätten wir noch Zeit, die Sache endgültig zu entscheiden. Damit war Timo einverstanden.

15. September 1828. Nach dem heute eingetroffenen Brief (er war sechs Tage unterwegs) lag Jüri am Neunten mit hohem Fieber und geschwollenem Rachen zu Bett, und wenn alles bestens verlief, wäre eine Heimfahrt nicht vor drei Wochen denkbar. Also muß ich mich morgen wieder auf den Weg nach Pernau machen, eine Begegnung mit Kapitän Glans vermeiden und Timos zehn Imperiale Rosen-

plänter oder Snyder übergeben. Samt einer Erklärung, wofür das Geld ist. Und Snyder auf den kommenden Frühling vertrösten.

23. Oktober. Eeva und ich sind schon zwei Wochen zurück. Der eine aus Pernau, die andere aus Zarskoje selo. Aber Eeva hat sich noch nicht von den Sorgen und Anstrengungen erholt. Als sie zu Hause eintraf, war sie sehr abgemagert und hatte aschgraue Schatten unter den Augen, die aber trotzdem strahlten. Mit Gottes Hilfe ist Jüri am Leben und befindet sich auf dem Wege der Besserung, und er wird künftig auch nicht heiser oder gelähmt sein noch sonst ein Gebrechen haben, wie es nach dieser Krankheit häufig der Fall ist. Eeva rief mich gestern abend auf ihr Zimmer und erzählte: »Weißt du, Jakob, ich habe gedacht – unsere Flucht ist fehlgeschlagen und all deine Mühe und das Spiel mit dem Feuer waren umsonst. Das tut mir vor allem wegen Timo weh. Andererseits aber, hätten wir nicht diesen Plan gehegt, wäre ich nicht nach Zarskoje selo gefahren. Das war ein Fingerzeig Gottes. Denn ich kam just an dem Tage an, als Jüri erkrankte. Sonst hätten wir möglicherweise erst durch die Todesnachricht von seiner Krankheit erfahren. Ich kann wohl sagen, daß er kaum noch am Leben wäre, hätte ich ihn nicht gepflegt.«

Nach etlichen Fragen hatte ich mir ein Bild davon gemacht, was sie durchlitten hatte. Am dritten oder vierten Tage glühte der Junge vor Fieber und war nach den Worten des Arztes bereits sehr geschwächt. Sein Hals schwoll immer mehr an, und sein Rachen war mit Abszessen bedeckt. Fünf Tage und fünf Nächte hatte Eeva an seinem Bett gewacht und ihm Brühe und Wein in den Mund getröpfelt und seine schrecklichen Wunden im Rachen mit Medizin betupft, die der Lyzeumsarzt bis an die Tür des Krankenzimmers brachte. Bis endlich die Genesung einsetzte.

Eeva nahm Jüris kleines ovales Aquarellporträt vom Kaminsims (es stammt aus der Zeit, als er sein rotbraunes

Haar noch lang trug; ich weiß nicht, wer es gemalt hat), betrachtete es und sagte: »Mir ist, als hätte ich ihn neu geboren.«

Ich meinte: »So siehst du auch aus. Du mußt dich jetzt erst einmal erholen, anstatt hier herumzuwirtschaften.«

Eeva sah während unserer Unterhaltung die Schubfächer ihres Sekretärs aus Karelischer Birke durch, holte Briefe und Papiere hervor, sortierte sie, knüllte einen Teil zusammen oder warf ganze Päckchen auf den Kaminrost. Sie war anscheinend schon eine Weile damit beschäftigt, denn auf dem Rost lag ein ganzer Berg Papier. Sie sagte: »Ich muß das unbedingt tun. Ich bekam es mit der Angst, als ich bemerkte, wie viele für fremde Augen ungeeignete Briefe wir hinterlassen hätten, wären wir im September in aller Eile weggefahren und hätten nicht daran gedacht.«

Sie zündete den Papierberg mit einer Kerze an. Er fing Feuer, brannte mit niedriger bläulicher Flamme, wurde am Rand schwarz und erlosch. Anscheinend war der Luftzug zu schwach und die Luft im Kivijalg feuchter, als es den Anschein hatte. Auch ich bemühte mich, das Papier anzuzünden, aber der Kamin hatte an diesem Abend – draußen war Schneematsch – überhaupt keinen Zug. Das Zimmer füllte sich nur mit Rauch und brenzligem Geruch, aber die Papiere brannten nicht. Vielleicht war mein letzter Versuch auch nicht allzu beharrlich gewesen.

Vor dem Kamin stand ein Korb aus Kupferdraht mit Holzscheiten. Ich legte die Scheite auf den Fußboden und sagte: »Ich verbrenne das Zeug in meinem Kamin. Der zieht, wie es sich gehört.«

Eeva entgegnete: »Gut. Paß nur auf, daß du nichts herumliegen läßt.«

Ich stopfte den Korb voller Papiere und trug ihn in mein Zimmer. Eeva überprüfte nicht, was ich damit machte, und das nutzte ich aus – ich weiß nicht, wie ich es sagen soll, war es gemein, oder hätte jeder andere dasselbe getan, jeder, der nicht gerade beschränkt war oder zu denen gehörte, die sich für unsere Angelegenheiten überhaupt nicht interessierten: ich sah die Papiere durch, bevor ich sie in den Kamin warf.

Meist handelte es sich um recht uninteressante Sachen. Den Löwenanteil bildeten alte Papiere, die Klarfeldt bei seinem Weggang der Herrin übergeben hatte: Rechnungen über Einnahmen und Ausgaben, Notizen über Aussaat und Ernte, über die Renovierung der Gebäude und über Melioration, die teils sogar bis in Lamings Zeiten zurückreichten. Die Abschriften und Entwürfe einiger Briefe und andere Papiere sind jedoch für die hier festgehaltenen Dinge so wesentlich, daß ich sie heute an einen bestimmten Ort lege (ich lasse sie nicht herumliegen!) und sie ein andermal in mein Heft übertrage.

2. November 1828. In diesem Tagebuch findet sich noch närrischeres Zeug als mein heutiger Traum. Warum sollte ich mich also genieren, ihn aufzuschreiben, wo ich den halben Tag schon das Gefühl habe, ihn weiterzuträumen.

Ich ruderte in aller Frühe in meinem Boot den Fluß entlang. Im Traum. Anfangs schien es mir, als befände ich mich auf einem großen, grauen, offenen und stillen Gewässer, ja fast auf dem Meer selbst, und ich wunderte mich, daß ich nicht im Wasser versank, aber Angst hatte ich nicht. Im ersten Augenblick hielt ich es für selbstverständlich, daß das Gefährt, das mich trug, mein grünes Boot war. Dann aber begriff ich, daß es ein aus grünem Schilf geflochtener viereckiger Korb war, wie ich ihn noch nie im Leben mit eigenen Augen gesehen hatte, wie ich ihn mir aber seit meiner Kindheit habe vorstellen können. In einem solchen Korb war Moses als Säugling im Schilf des Nils ausgesetzt worden. Nur war das geflochtene Boot, in dem ich schaukelte, viel oberflächlicher mit Pech und Harz abgedichtet worden als das seine, so daß ich durch die Löcher im Flechtwerk sehen konnte, wie das Wasser dahinplätscherte. Angst verspürte ich jedoch nicht. Teils wohl, weil das Boot recht groß war. Plötzlich sogar unerwartet groß. Es hatte drei Bänke, ich saß am Bug. Aber ich ruderte nicht, das Boot glitt von allein dahin, als schwimme es tatsächlich auf einem Fluß. Anfangs schien niemand auf den hinteren Bänken zu sitzen. Aber als ich wieder über die Schulter schaute, sah ich, daß ich mich geirrt hatte: auf der mittleren Bank saß Jette. Als ich mich erneut umschaute, war es Anna. Ich wollte jeder der beiden etwas sagen, wußte aber nicht, welche von ihnen dort saß. Schließlich begriff ich: Schaute ich über die rechte Schulter, sah ich Jette, schaute ich über die linke, sah ich Anna. Das hieß, daß beide dort nebeneinander saßen, Jette rechts und Anna links. Ich konnte mich nicht mehr zu ihnen umdrehen, denn ich sah Wasser ins Boot dringen, während wir von der offenen See in einen Fluß einbogen, dessen Ufer mit Schilf bewachsen waren. Es wunderte mich, warum das nicht schon früher geschehen war, denn das Boot war ganz durchlöchert, als ich das jedoch Jette und Anna sagen wollte (das Wasser stand schon fast bis an die Bänke), schaute ich zurück und sah: Jette und Anna hielten einander umfaßt, und jede hatte der anderen einen Finger auf den Mund gelegt. Ich wollte fragen, was sie einander mir zu sagen verboten, da aber ging mir ein Licht auf: Sie machten mir Zeichen zu schweigen. Und ich begriff auch, warum. Die Bank hinter ihnen war nicht mehr leer wie bisher. Dort saß jetzt Zar Alexander in einem weißen Leinenanzug und reinigte seine Pistole. In diesem Augenblick fühlte ich, wie unser Boot endgültig versank. Aber Angst hatte ich nach wie vor nicht, mich schauderte nur angenehm. Zumal ich überzeugt war, daß der Zar seine Pistole nicht reinigte, um mich zu erschießen. Zudem sah ich, daß wir bereits in dichtes Schilf und folglich in seichtes Wasser gedriftet waren. Wir befanden uns in jener kleinen Bucht, in der Anna und ich im Sommer die meiste Zeit zugebracht hatten. Hier zerfiel das Boot unter uns, und ich sah Zar Alexander, die weiße Hose bis zum Bauch naß, in seinen hohen Schaftstiefeln ans Ufer waten und über den Hügel laufen. Das von seinen Stiefeln niedergetretene Gras richtete sich wieder auf, und ich fragte mich im Traum: Wie können Tote, von denen man träumt, einen so schweren Schritt haben, daß sie das Gras niedertreten? Als der Zar im Dickicht verschwunden war, sah ich mich nach Jette und Anna um. Keine von beiden war mehr da. Ich rief nach ihnen und wachte vom Klang meiner eigenen Stimme auf.

Mittwoch, den 14. November 1828. Gestern war Timos vierzigster Geburtstag. Wie im vergangenen Jahr gab es Pflaumenkuchen zum Frühstück. Aber in diesem Jahr kamen die Bauern dem Geburtstagskind nicht gratulieren. Herr La Trobe hatte schon vor zwei Wochen, als wir uns zufällig an der Brauerei trafen und zusammen durch eisigen Matsch zum Kivijalg stapften, zu mir gesagt: »Ich habe gehört, Abgesandte der Bauern hätten Herrn von Bock vor einem Jahr zum Geburtstag ihre Reverenz erwiesen. Kürzlich vernahm ich, sie wollten es auch in diesem Jahr tun. Wissen Sie, Herr Jakob, ich habe ihnen sagen lassen, sie sollten begreifen, es wäre für sie und Herrn Bock besser, wenn sie es unterließen.«

Ich fragte, vielleicht, um Herrn La Trobe ein wenig zu ärgern: »Wer sollte denn so eine Nichtigkeit bei höherer Stelle melden, denn das fürchten Sie doch offensichtlich?«

Er wischte sich auf komische Art mit der Hand über das Gesicht, als entferne er ein Spinnennetz von Mund und Augen, und entgegnete: »Wir leben hier vor aller Augen und für alle sichtbar. Also nehmen Sie mir meine Vorsicht nicht übel. Denn sie ist nur gut gemeint . . .«

Dienstag, den 4. Dezember 1828. Ehe ich die Briefe, von denen vorhin die Rede war, in mein Tagebuch abschreibe, muß ich kurz über den Wechsel auf dem russischen Thron vor drei Jahren berichten. Denn einer von Eevas Briefen ist nur durch diesen Wechsel möglich gewesen. Und aus den Zeilen eines zweiten Briefes, geschrieben von Georg, ist zu ersehen, von welch großer Bedeutung der Wechsel des Zaren auch für unsere Sache gewesen ist.

Darüber, wie Alexander im November 1825 in Taganrog starb, wie viele in Rußland den Großfürsten Konstantin für seinen Nachfolger hielten, wie sich dann herausstellte, daß sein jüngerer Bruder Nikolai den Thron erben sollte, wie in Petersburg bei seiner Vereidigung einige Garderegimenter rebellierten und mit welchen Grausamkeiten das alles endete, darüber mögen diejenigen schreiben oder schweigen, die zum Schreiben oder Schweigen berufen sind. Denn was weiß ich schon von all dem? Wenn ich überhaupt etwas weiß, sind es nur zweitrangige Nebensächlichkeiten, die alle wichtigen Dinge als bloße Zufälle erscheinen lassen. So habe ich bei meiner Pendelei zwischen Pernau und Woiseck im Herrschaftszimmer der Schenke in Kurkund folgende Geschichte gehört:

Die Nachricht von Zar Alexanders Tod war von Taganrog nach Petersburg gelangt. Großfürst Nikolai wußte, daß sie ungefähr zur gleichen Zeit seinen älteren Bruder Konstantin in Warschau erreichte. Bei Konstantin hielt sich gerade Michail auf, der jüngste der Großfürsten. Wie Konstantin jetzt, wo der Zar tot war, über seinen einstigen Verzicht auf den Thron dachte und ob er ihn seinem jüngeren Bruder Nikolai abtrat, darüber sollte Michail aus Warschau Nikolai die endgültige Entscheidung bringen. Nikolai war zu ungeduldig, zu warten, bis Michail in Petersburg eintraf, und er eilte ihm ein Stück Weges entgegen. Sie begegneten sich auf der großen Petersburger Landstraße in der Poststation Ninasi am Peipussee (eine Station weiter in Richtung Narwa gelegen als Torma, wo Eeva und ich auf Maria Fjodorowna gewartet hatten). Von dort fuhren sie zusammen in die Hauptstadt. Nikolai, so erzählte man, hatte Konstantins Verzichterklärung in der Tasche und faktisch die Zarenkrone schon auf dem Kopf. Sie erreichten Petersburg am Morgen des 14. Dezember. Bis zum Ausbruch des Aufstands waren es noch zwei Stunden. Nikolai begab sich zum Ingenieurkorps, dessen Ehrenkommandeur er war. Als er vor den Kasernen auf dem Exerzierplatz stand, die Karrees in Reih und Glied beiderseits von ihm, und die Soldaten und Offiziere ihm, dem Zaren, den Eid zu leisten aufrief, da zog einer der Offiziere, Mitglied eines Geheimbundes (es gab viele davon in den Regimentern), die Pistole und richtete sie auf ihn. Er traf nur darum nicht, weil jemand im rechten Augenblick seiner Hand einen Schlag versetzte. Was mit dem Schützen geschah, kann man sich denken. Derjenige, der den Anschlag vereitelt hatte, war ein Korporal, ein Este aus dem Kirchspiel Saarde (deshalb hörte ich die Geschichte auch in der Schenke zu Kurkund), er trug den Familiennamen Friedrich. Er wurde auf der Stelle zum Leutnant befördert. Der Zar ernannte ihn zum Postenführer der Poststation Ninasi, offenbar weil er Ninasi für den Ort hielt, wo sein Zarentum seinen eigentlichen Anfang genommen hatte. Und ich dachte mir: Die Handbewegung jenes Friedrich aus dem Kirchspiel Saarde beweist nur, daß Nikolais Zarentum purer Zufall ist. Und auch, daß Rußlands Eintreten aus einem dämmerigen Saal in die Dunkelheit eines Verlieses purer Zufall ist. Es ist ebenfalls purer Zufall, daß der Aufstand der Dekabristen nicht anders endete und ihre wahnwitzigen Ideen nicht siegten, um derentwillen Timo in der Festung saß (denn es waren ja ähnliche Ideen, die all das hervorgerufen hatten). Und Zufall war auch, daß die Festung Schlüsselburg durch Woiseck ersetzt und die Kasematte bis zu den Grenzen des Gutslandes erweitert wurde ...

Mir scheint, die liberale Öffentlichkeit betrachtete Alexanders Tod als Verlust für Rußland, obwohl es in seinen letzten Regierungsjahren recht tyrannisch zugegangen war. Vermutlich wurden jene, die den Geschehnissen nahestanden, von ihrer Vorahnung nicht betrogen. Wahrscheinlich hatten die Leute recht, die prophezeiten, Rußland würde durch Alexanders Tod aus einem dämmerigen Saal in die Dunkelheit eines Verlieses treten. Aber die Lage eines einzelnen oder einer Familie kann sich vom allgemeinen Hintergrund dermaßen unterscheiden, daß ihre Hoffnungen plötzlich gerade dort aufblühen, wo die der anderen endgültig gefrieren.

Ich kann mich noch genau erinnern, wie aufgeräumt

Eeva eines Tages in meine damalige Kammer kam. Es muß Anfang Dezember 1825 gewesen sein, ich hatte von Tenner Winterurlaub erhalten. Eeva legte eine neue Petersburger Zeitung vor mir auf den Tisch, und ich sah, noch während sie das Blatt in der Hand hielt, einen schwarzen Trauerrand und ahnte, daß der Zar gestorben war. Ich las die amtliche Mitteilung und sagte: »Nun, da bekommen wir einen neuen Zaren. Na und?«

Eeva entgegnete, und ich spürte mit der ganzen Haut die von ihr ausgehende Energie: »Erstens hat Timo mir nicht verboten, mich an den neuen Zaren zu wenden . . .«

»Und zweitens?«

»Zweitens ist der neue Zar auf jeden Fall der Bruder Alexanders. Er braucht über etwas, was einst zu Alexander gesagt worden ist, nicht so beleidigt zu sein wie jener. Nicht wahr? Also besteht ein Fünkchen Hoffnung, wenn ich mich an ihn wende . . .«

Eevas erstes Gesuch an Nikolai habe ich nicht gelesen. Sein Entwurf befand sich nicht unter den Papieren, die ich verbrennen sollte. Aber die Abschrift von Georgs Bittschrift an Nikolai, seine erste an Nikolai als Zaren, verfaßt in Berlin am 30. Juli 1826, war noch vorhanden.

Sire,
als ich vor fünf Jahren um die einflußreiche Fürsprache Eurer Kaiserlichen Majestät in der Angelegenheit meines unglücklichen Bruders bei unserer seligen Kaiserlichen Majestät Alexander Pawlowitsch bat, mußte ich diesen Schritt bereuen, der Euch, Sire, einer Ablehnung aussetzte, die ich verursacht hatte, was mich um so mehr berührte, als dies Eure Großmut in ihrem ganzen Umfang offenbarte, und wenn ich in dieser Situation überhaupt Trost finden konnte, so nur aus dem Grunde, der mich zum Handeln bewogen hatte und der, was ich nicht bezweifle, in Euren Augen, Sire, für mich einen entschuldigenden Umstand darstellte.

Von diesem Augenblick an wurde vollkommene Zurückhaltung zum Gesetz meines Handelns; bereit, alles von der Hochherzigkeit Eures Durchlauchtigsten Vorgängers zu erwarten, befahl ich der Sorge und dem Schmerz, die mich erfüllten, zu schweigen und ver-

suchte, mein Herz durch Geduld zur Ruhe zu zwingen. Die Jahre verstrichen, ohne daß die Hoffnung, meinen Bruder wieder in Freiheit zu sehen, in Erfüllung gegangen wäre, eine Hoffnung, zu der mich der Erhabene Verblichene selbst kurz nach der Verhaftung meines Bruders ermuntert hatte . . .

Ich hatte zwar vor, den Brief erst bis zu Ende abzuschreiben und dann vielleicht einige Worte hinzuzufügen, aber die Versuchung ist allzu groß . . . Georgs höfische Reverenzen mögen unnütz und albern erscheinen, aber mit der Zeit offenbart sich einem unwiderlegbar ihre schlaue Folgerichtigkeit. Aus dem oben zitierten Abschnitt werden folgende Alternativen deutlich: Die Behauptung, Alexander hätte davon gesprochen, daß Timo bald freikäme, war entweder ein Bluff Georgs oder ein Bluff Alexanders. Hatte Alexander nichts dergleichen zu Georg gesagt, war das ein kühner Bluff Georgs, der darauf setzte, daß Nikolai sich bei seinem verstorbenen Bruder nicht vergewissern konnte, die Sache aber als wahr hinnehmen mußte, wenn ein Adliger und Offizier dies versicherte. Hatte Alexander das tatsächlich zu Georg gesagt, so war das äußerst charakteristisch für ihn, denn es handelte sich um einen feigen Bluff des Zaren. Alexander war berüchtigt für seine Zusagen, Versprechen und Gelübde, die jeder realen Grundlage entbehrten, zumindest nach jener Einschätzung, die ich aus dem zuckersüßen Gerede des Adels im Laufe der Jahre herausgehört hatte.

Die Last der Sorgen ließ mich beinahe zusammenbrechen. Ich fühlte deutlicher denn je, wie unerbittlich das Schicksal mir die Hoffnung entriß, die ich mir auf höchste Veranlassung gemacht hatte, bis meine Kühnheit durch ganz unerwartete Umstände zu neuem Leben erwachte. Die bedeutende Wahrheit, die Eure Majestät in einem Eurer ersten Manifeste zu äußern geruhten, daß »die Vorsehung sich häufig des Bösen bedient, um Gutes zu bewirken«, diese Wahrheit, so sagte ich mir, muß sich an meinem unglücklichen Bruder beweisen.

Die Ermittlungen, die Eure Kaiserliche Majestät eingeleitet haben, in Verbindung mit den odiösen Vorgängen, zu denen es unmittelbar nach Eurer Thronbesteigung kam, müssen Euch über-

zeugt haben, Sire, daß mein Bruder unter keinen Umständen etwas gemein haben kann mit jenen Störenfrieden der öffentlichen Ruhe; und allein der Gedanke, sein Souverän könnte ihn mit jenen in Verbindung bringen, muß ihn erschaudern lassen.

Georg scheint Grund gehabt zu haben zu der Überzeugung, daß Timo mit keinem Geheimbund in Verbindung stand. Wie sehr er sich beeilte, dies dem Zaren zum Nutzen seines Bruders unter die Nase zu reiben, gereicht ihm jedenfalls zur Ehre: am 13. Juli wurden die Führer des Dekabristenaufstandes im Kronwerk der Peter-Pauls-Festung durch den Strang hingerichtet, und am 30. Juli schreibt Georg dem Zaren aus Berlin:

... *Zu meiner größten Freude bestätigen die Ergebnisse der Ermittlung meine innere Überzeugung, daß mein Bruder keiner verbrecherischen Absichten fähig ist* ...

Hier wird deutlich, daß Georg keine Ahnung vom Inhalt des Memorandums hatte, denn er schreibt:

... *diese Überzeugung hat mich keinen Augenblick verlassen, denn ich kenne meinen Bruder von Kindesbeinen an, und eben diese Überzeugung hat bis zum heutigen Tage meine Standhaftigkeit gestärkt und gefestigt sowie meine Gewißheit, daß der Unvergessene, Selig-Entschlafene in seiner himmlischen Heimstatt erkannt hat, wie trügerisch der Schein war, auf dem seine Meinung über meinen Bruder beruhte* ...

Da kann man nur sagen: Armer Georg! Doch die Wendung, die er seinem Schreiben dann gibt, ist dermaßen unerwartet und meisterhaft, daß ich ihn trotz allem eher bewundern als bemitleiden muß:

... *Doch deshalb bin ich mir nicht weniger bewußt, Sire, wie groß die Schuld meines Bruders ist, denn die Verletzung gewisser Formen und mangelnde Ehrerbietung dem Souverän gegenüber sind bedauernswerte Vergehen, selbst wenn einen allein grenzenlose Ergebenheit dem Herrscher gegenüber mit dem heißen Wunsch erfüllt, bis an die Stufen des Thrones die Wahrheit zu verkünden, die man für das Imperium dienlich hält* ...

Dennoch, armer Georg! *Allein grenzenlose Ergebenheit dem Herrscher gegenüber*, den er zum Vaterlandsverräter und Hanswurst erklärte!

... Ergebenheit dem Herrscher gegenüber, die nicht danach fragt, ob man ihr nicht seine Zukunft opfert. Ein derartiger Schritt, mag ihn auch die Lauterkeit der Absicht, auf die ich hingewiesen habe, rechtfertigen, ist und bleibt tadelnswert. Setzt die Gerechtigkeit Eurer Kaiserlichen Majestät dieses Vergehen, diesen blinden Eifer meines Bruders wirklich dem Vaterlandsverrat gleich? Findet Eure Kaiserliche Majestät nicht, daß das unbedachte Verhalten meines Bruders gesühnt ist durch den Verlust von acht der besten Jahre seines Lebens und durch die ebenso lange Trennung von all seinen Lieben? Und ich selbst, Sire, würde ich mich anderenfalls erkühnen, noch einmal für ihn um die Euch eigene Gnade zu bitten?

Einige Äußerungen Seiner entschlafenen Kaiserlichen Majestät Alexander, besonders jene, die Ihr mir gnädigst nach Berlin übermitteln ließet, veranlassen mich zu der Annahme, daß die Leiden des Unglücklichen sich seit einiger Zeit durch seine geistige Verwirrung noch vergrößert haben, obwohl man mir das, zweifellos um mich zu schonen, nicht direkt mitgeteilt hat. Sollten meine diesbezüglichen Befürchtungen begründet sein, bitte ich Eure Kaiserliche Majestät, dies nicht als Hindernis für eine Befreiung des Gefangenen aus dem Kerker aufzufassen, denn dieser schon an sich beklagenswerte Umstand verstärkt seine Leiden um ein Vielfaches und macht seine Genesung beinahe unmöglich, die man nur von der Pflege im Kreise seiner Familie, von Ruhe, die man der Heftigkeit seiner Ideen entgegensetzt, und von der Nähe seiner Lieben, die er so lange vermißt hat, erhoffen kann ...

Ich muß sagen, dies ist der geschickteste und der wesentliche Teil seines Briefes. Was folgt, ist meines Erachtens recht absonderlich. Ich würde es sogar als widerwärtig bezeichnen, hätte sich Georg, wie mir scheint, dadurch nicht die Möglichkeit erkauft, sich zum Schluß geradezu heldisch neben seinen Bruder zu stellen:

... Ich würde Eure Kaiserliche Majestät um die Erlaubnis ersuchen, Euch meine inständige Bitte persönlich überreichen und Euch meine Ehrerbietung zum Ausdruck bringen zu dürfen wie auch die besten Wünsche zum Gedeihen Eurer Herrschaft, zwänge mich nicht ein schwereres Augenleiden, an dem ich seit langem kranke (tatsächlich leidet er seit Jahren an einer Augenent-

zündung, die ihn bald mehr, bald weniger quält), *mich in der Nähe meiner Ärzte aufzuhalten. Aus diesem Umstande heraus, der mich zu meinem größten Leidwesen nicht meinem Wunsch nachkommen läßt, mich Euren eifrigen Dienern anschließen zu können, Sire, um bei der feierlichen Zeremonie zugegen zu sein, die uns durch einen neuen Eid mit Eurer Kaiserlichen Majestät verbinden wird, aus demselben Umstand, der es mir, wie gesagt, nicht erlaubt, meine Bitte persönlich vorzutragen, mit der meine allerteuersten Interessen verbunden sind, bin ich wider meinen Willen gezwungen, sogar diese Bitte durch fremde Hand dem Papier anzuvertrauen.*

Geruhet, Sire, dieselbige gnädig aufzunehmen, geruhet, der verzweifelten Gattin den Beschützer, dem Kind, das schon vor seiner Geburt eine Waise war, den niegesehenen Vater, dem tieftraurigen Bruder den vertrautesten Freund, den er je gehabt, zurückzugeben . . .

Verdammter Kerl! Er weiß nicht, was Timo dem Zaren geschrieben hat. Aber er kennt doch seinen Bruder! Er kennt sowohl dessen unerschütterliche Wohlerzogenheit als auch dessen tollkühne Sinnesart. Seine Darstellung des Bruders im Brief an den Zaren läßt beides erahnen. Und dennoch sagt er dem Zaren ins Gesicht: den vertrautesten Freund, den ich je gehabt . . . Was ist das? Übermut? Stolz? Unbedachtsamkeit? Treue?

. . . *Möge den Tag, an dem diese Zeilen Euch erreichen, Sire, möge diesen Tag das Wissen in Eurer Seele schmücken, daß Ihr einer Familie ihren Frieden wiedergegeben habt!*

In tiefster Verehrung, Sire,
Eurer Kaiserlichen Majestät
treuer
Untertan
George de Bock
Colonel

DONNERSTAG, DEN 6. DEZEMBER 1828. Was jetzt folgt, ist Eevas Brief an Nikolai vom 23. Januar des vergangenen Jahres:

Seiner Kaiserlichen Hoheit,
dem Allergnädigsten Herrscher
Nikolai Pawlowitsch,
Selbstherrscher aller Reußen
etc. etc. etc.
Eine unglückliche Gattin, die tiefbetrübte Mutter eines minderjährigen Sohnes erkühnt sich, noch einmal demütig vor dem Thron Eurer Kaiserlichen Majestät niederzuknien.

Acht Jahre lang ist mein Mann, Oberst Timofej von Bock, uns entrissen, ohne daß ich etwas über sein Schicksal in Erfahrung bringen konnte: weilt er noch unter den Lebenden, oder bin ich Witwe und mein Sohn ein vaterloses Waisenkind ...

Nun, es ist ein ziemliches Wagnis, dem Zaren zu schreiben: Mir ist nichts bekannt ... Aber warum eigentlich nicht?! Wo man auf all unsere verzweifelten Nachfragen offiziell nicht zu antworten geruht hat. Wo man uns alles, was wir wissen, Krümchen für Krümchen, dank Schmiergeldern und Husarenstreichen vertraulich mitgeteilt hat?! Uns acht Jahre entrissen – weiß Gott! Und sechs Jahre keinen Brief, keine Zeile. Warum sollte Eeva also nicht schreiben dürfen, was sie schreibt:

... Erbarmt Euch, erbarmt Euch meiner, Kaiserliche Majestät, gebt mir wenigstens Gewißheit, wenn es schon nicht möglich ist, meine noch inständigere und ergebenere Bitte zu erhören und meinen Mann und den Vater meines Kindes zu begnadigen! ...

Nun, mit diesem *wenn es schon nicht möglich ist* zeigt sie wenigstens mir deutlich, daß sie alles weiß. Sowohl, daß eine Begnadigung unmöglich ist (oder zumindest bis jetzt nicht möglich war), als auch, warum sie sich als unmöglich erwiesen hat ... Und deshalb endet ihr Brief wie folgt:

... Ich flehe Eure Kaiserliche Majestät an: So viele Tausende genießen die väterliche Fürsorge des teuren Gebieters, und auch ich erkühne mich, in meinem tiefen Kummer auf den Trost des edelmütigen Herrschers zu hoffen, ich bitte, ich flehe darum in Demut.

Eurer Kaiserlichen Majestät ergebenste Dienerin
K. v. Bock
Petersburg, den 23. Januar 1827

Wie stets auf Woiseck, den 11. Dez. 1828. Heute morgen saß ich mit Eeva und Timo am Frühstückstisch und betrachtete, wohl auf Grund des oben zitierten Briefes, meine Schwester mit aufmerksameren Augen.

Jedenfalls ist der Brief meiner Ansicht nach durchaus nicht unwürdig. Von Auflehnung kann nicht die Rede sein. Mit seinen fünfzehn Zeilen ist er von klassischer, geradezu antiker Knappheit. Der Verzicht auf jeglichen Versuch zu argumentieren war das einzig Richtige in der gegebenen Situation. Zumal der Appell an die Gefühle des Adressaten (mögen die kaiserlichen Gefühle auch noch so abgestumpft und versteinert sein) von idealer Weiblichkeit ist.

Ich habe bereits irgendwann geschrieben, daß ich meine Schwester nicht liebe. Heute habe ich sie mir angeschaut. (Nach langer Zeit das volle kastanienbraune Haar wieder offen; ein einfaches grasgrünes Kleid, eine winzige goldgefaßte Kamee, und ihr Gesicht in seiner gewöhnlichen Frische, das jetzt, nach den bedrückenden Wochen an Jüris Krankenbett, wieder den Eindruck erweckt, als wäre sie gerade aus dem Bad gestiegen; an den Schläfen überraschenderweise einige weiße Strähnen, wie von der Berührung der eisigen Hand des Lebens.) Ich betrachte sie. Sie schenkt dem düster dreinschauenden Timo ein ermunterndes Lächeln. »Ja, natürlich. Wenn du willst, werden wir heute zusammen ausreiten ...« Sie wendet sich mit leichtem Tadel an den greisen Käsper: »Die Kaffeemütze liegt in der zweiten Schublade von oben. Wie immer, Käsper ...« Dann wieder zu Timo: »Ich habe Jüri gestern einen Brief geschrieben. Ich lese ihn dir vor, wenn wir zurück sind. Du könntest einige Zeilen hinzufügen. Er wartet auf sie, du weißt es.« Darauf zu mir: »Jakob, wenn du nach Röika reitest, zu Schwalbe, dann schau, ob sie dort vielleicht einen passenden Spiegel für unser Speisezimmer haben. Miß die Wand zwischen den Türen aus.«

Ich spüre, alles an ihr ist allzu ausgeglichen, allzu heil, als daß ich sie lieben könnte. Es wäre sogar zuviel für bloße Verehrung, wenn es nicht so vollkommen natürlich wäre.

Als sich Timo erhob und auf sein Zimmer ging, Eeva

aber noch einen Augenblick am Tisch sitzen blieb, um im Kochbuch nachzusehen, welche Sauce sie Liiso zum Kalbfleisch zubereiten lassen sollte, sagte ich: »Eeva, ich habe diese Papiere verbrannt, du erinnerst dich ... Ich glaube, du hast nicht erwartet, daß ich mir dabei die Augen verbinde ...«

Sie blickte von ihren Saucenrezepten auf.

Ich sagte: »Mir fiel der Beginn eines deiner Briefe ins Auge. An Timo, vom Sommer 1820 ...«

»Wovon handelt er?«

»Von häuslichen Dingen. Und davon, ein wie treuer Bruder Georg Timo stets gewesen ist. Und dazwischen plötzlich: *Dein Bruder Karl treibt sich in der Welt herum, und das ist mir recht, denn solange er nicht hier ist, kann ich auf Woiseck ruhig leben* ... Wie hätte Karl dir auf Woiseck im Wege sein können?«

Eeva schaute mich an. Ihre Augen wanderten nach links zur Flurtür, wo Timo vor einer Weile verschwunden war, und zurück zu mir. Sie sagte: »Wenn du es wissen willst, erzähle ich es dir. Doch erst am Abend.«

Es ist elf Uhr, aber sie ist nicht gekommen. Eigentlich wollte ich mich nur ein wenig über ihre Vollkommenheit lustig machen mit meiner Frage.

Übrigens habe ich Timos jüngeren Bruder Karl (er ist fünf Jahre jünger als Timo und drei Jahre jünger als Georg) nur einige wenige Male gesehen. Im Herbst 1817, einige Wochen nach Eevas und Timos Hochzeit und unserem Umzug nach Woiseck, kam er das junge Paar besuchen und blieb fast eine Woche. Als Timo weg war und ich bei Tenner Theodoliten schleppte, ist er, dem Hörensagen nach, ein- oder zweimal hier aufgetaucht. Einmal hieß es, Karl wäre in Petersburg in ein Regiment eingetreten, aber das hat er offensichtlich doch nicht getan. Soviel ich weiß, hat er an der Universität in Dorpat ein wenig an der Jurisprudenz geschnuppert, aber einen Dienstrang oder einen wissenschaftlichen Grad hat er nicht. Er ist einfach Herr von Bock. Wird er aufgefordert, seinem Namen etwas hinzuzufügen, schreibt er *Gerichtsassessor*, was überhaupt nichts bedeutet. Gegenwärtig soll er in Deutschland oder sonstwo leben und auf sein Erbteil aus Woiseck warten, genau wie Georg, aber nicht zusammen mit ihm und Gerüchten nach auch getrennt von seiner Frau. An sich ist er, soweit ich mich entsinnen kann, ein hübscher dunkler Kerl, eher vom leichtfertigeren Typ Georgs als von Timos würdigerem. Von Lehrbergs Humanismus ist wohl etwas an ihm haftengeblieben, wie mir schien, weniger jedoch von dessen anspruchsvoller Ethik.

Um halb zwölf klopfte Eeva an meine Tür. Ich schob das Heft in die Schublade und rief: »Herein!« Sie nahm in meinem alten Korbstuhl Platz.

»Nun, Herr Untersuchungsrichter – du merkst aber auch alles. Manchmal selbst Dinge, die es gar nicht gibt. Ist dir denn nicht aufgefallen, daß Karl versucht hat – wie soll ich es ausdrücken –, sich mir zu nähern?«

Ich mußte zugeben, daß ich *das* wirklich nicht bemerkt hatte, und fragte, wann und wie es geschehen sei. Und Eeva erzählte es mir. Ein wenig spröde, ein wenig verlegen, aber dennoch . . .

Karl hatte ihr schon damals, als er im Herbst 1817 seinen Bruder und dessen junge Frau für eine Woche auf Woiseck besuchte, seine Liebe erklärt. Und hatte es auf der Stelle auch Timo gestanden, worauf dieser ihm befohlen hatte, zum Militär zu gehen und sich von Woiseck fernzuhalten. Karl verschwand. Zum Militär, ins Ausland oder sonstwohin. Etwa ein Jahr nach Timos Verhaftung aber kehrte er zurück, er machte den Eindruck eines tief unglücklichen Menschen, er erzählte, er hätte seine Frau verlassen, schüttete Eeva sein Herz aus und flehte sie erneut an . . . Als sie ihm deutlich zu machen versuchte, er könne verständlicherweise von ihr nichts erhoffen, hatte Karl gemeint, daß gerade ihre – wie er sich ausdrückte – *heilige Keuschheit* ihn um den Verstand brächte.

Eeva sagte: »Dann fuhr er fort, zuvor gelobte er, nie wiederzukehren. Ich fühlte mich dermaßen erleichtert, daß ich Timo geschrieben habe, was du in diesem Papierhaufen gelesen hast . . .«

Ich fragte, möglicherweise in der Absicht, sie zu reizen: »Hat Karl dich danach in Frieden gelassen?«

Eeva schüttelte den Kopf.

»Im Frühling 1826 kam er wieder. Jüri hatte damals diesen schrecklichen Scharlach. Der Prozeß gegen die Dekabristen war im Gange. Und die Gerüchte von Timos Geisteskrankheit waren neu aufgeflackert. Nein, nein, Karl sagte natürlich nicht, ich könnte mich auf Grund dieser Gerüchte nun als frei betrachten. Aber mir schien, er deutete es an, vielleicht ohne sich dessen bewußt zu sein. Er sagte, ich solle mit ihm ins Ausland fahren, um, wie er sich ausdrückte, meiner Seele Ruhe zu gönnen. Er erwarte von mir nichts als freundschaftliche, verwandtschaftliche Nähe. All meine Sorgen hatten mich derart zermürbt, daß ich fühlte, es fehlte nicht viel, und ich würde sagen: In Gottes Namen, für einige Wochen andere Gesichter und andere Luft ... Aber ich habe ihm geantwortet, ich weiß selbst nicht, wo ich die Dreistigkeit hernahm, vielleicht aus meiner Bedrängnis, ich habe geantwortet, er solle doch verstehen, wenn ich schon mit jemandem auf Reisen ginge, um meiner Seele Ruhe zu gönnen, dann nicht nur auf Grund von verwandtschaftlicher Nähe. Doch bei Timos Bruder wäre mir mehr absolut unmöglich.«

»Und dann?«

»Dann redete er allerlei Unsinn, so daß ich ihm die Hand auf den Mund legen mußte ...«

Ich betrachtete sie und überlegte: Interessant, was das für eine Situation gewesen ist, in der sie ihm mit der Hand den Mund verschließen mußte. Ich war drauf und dran, danach zu fragen, traute mich aber nicht. Ich fragte nur: »Und dann?«

Eeva sagte: »Er behauptete, diese – oh, ich weiß nicht – Unverfälschtheit eines Naturkindes an mir ließe ihn nicht von mir ablassen.«

»Aber er hat es doch getan?«

Eeva entgegnete: »Nun ja. Damals ist er abgereist. Und ein Jahr danach wurde Timo entlassen. Seitdem ist er spurlos verschwunden.«

MONTAG, DEN 19. MÄRZ 1829. Beim Anblick dieses Datums erschrecke ich geradezu – über drei Monate habe ich keine Zeit gehabt für dieses Tagebuch.

Heute früh bin ich nach Oberpahlen geritten. Anna hat mich gebeten, in Kärms Laden Kardamom zu kaufen und es ihr zu Ostern nach Röika mitzubringen. Sie hat von den russischen Frauen des Ortes gelernt, Osterbrot zu backen.

Nach dem Tauwetter vor kurzem ist es wieder kalt geworden, und die Straße, die einige Wochen matschig gewesen ist, war heute morgen knochenhart. Ich hatte bereits einige Werst in Richtung Pillistfer zurückgelegt – links von mir die schneebedeckten Wälder von Nömmafer –, als ich durch das Hufgetrappel meines Pferdes hindurch hinter mir ein anderes Hufpaar vernahm und jemanden rufen hörte: »He! Herr Jakob!«

Es war unser Pachtherr La Trobe. Ich hielt. Herr La Trobe lenkte seinen Grauen neben meinen Apfelschimmel. Sein Gesicht verriet, daß er recht schnell geritten war. Man merkte es auch seinem kurzen Atem an. Jetzt aber hatte er Zeit, gemütlich mit mir weiterzutraben. Keuchend sprach er: »Sie sind anscheinend wie ich nach Oberpahlen unterwegs. Ich ... muß Doktor Robst holen. Es ist besser so, wissen Sie ... Obwohl ich ja selbst ... Aber wenn es ums eigene Kind geht ... Unsere Pauline, die Anderthalbjährige ... liegt schon lange mit Fieber darnieder ... Ich verstehe nicht, was ihr fehlt. Übrigens, wir ziehen fort von Woiseck. Ja. In einer Woche ... Mit dem kranken Kind möchte man eigentlich nicht. Das Wetter ist noch so unfreundlich. Aber der Befehl des Generalgouverneurs lautet dementsprechend ...«

Davon hatte ich noch nichts gehört. Ich wußte, daß dies für Woiseck große Veränderungen nach sich ziehen konnte. Aber ich versuchte meine Unkenntnis und meine Überraschung zu verbergen. Ich sagte: »Soso. Sie ziehen also weg. Und warum?«

»Sie wissen es nicht?« Herr La Trobe griff nach dem Zaum meines Pferdes und brachte beide Tiere mitten auf dem Weg zum Stehen. Er schaute mich unter seiner recht abgetragenen Biberfellmütze hervor an.

»Einen Moment. Herrn von Bock kann ich es nicht sagen. Und der gnädigen Frau auch nicht. Aber ich möchte, daß es jemand weiß. Sie sind ohnehin eingeweiht. Sehen Sie, nachdem Ihr Schwager meinen Vorschlag zurückwies, meine Berichte durchzusehen und, wo nötig, zu ändern – nein, nein, hier hört uns keiner zu außer den Pferden –, konnte ich keine Berichte verfassen ...« Er schaute mich an, als erwarte er ein Zeichen dafür, daß ich ihm glaubte. Aber ich schwieg. Warum eigentlich, weiß ich nicht. Teils wahrscheinlich, um ihn zu reizen, ich weiß nicht recht, weshalb. Und er rief so laut, daß die Pferde vor Schreck die Ohren bewegten: *»Verstehen Sie, ich habe keine einzige Zeile geschrieben!«* *

Ich sagte nichts. Aber ich gab klein bei. Ich nickte. Das genügte ihm. Er sagte leise: »Na, Gott sei es gelobt ... Aber die Folgen haben nicht auf sich warten lassen. Herr von Manntеuffel übernimmt den Gutshof am Georgstag.«

Ich fragte: »Als neuer Pächter des Vormundschaftskollegiums?«

»Genau.«

»Und als neues Ohr des Generalgouverneurs?«

Herr La Trobe ließ die Zügel fahren und hob beide Hände, wobei er die Finger spreizte.

»Herr Mättik, ich bitte Sie! Über diese Seite der Angelegenheit will ich kein Wort gesagt haben ...«

»Nicht einmal, wenn nur die Pferde dabei sind?«

Herr La Trobe richtete sich in den Steigbügeln auf. Die Finger – ich bemerkte erst jetzt, daß er keine Handschuhe trug – hielt er vor dem Hintergrund der entlaubten Eschen noch immer gespreizt. Er sagte: »Jawohl! Auch nicht, wenn nur die Pferde dabei sind. Ich spreche nur von dem, was mich betrifft. Über alles andere schweige ich prinzipiell. Ich hoffe, künftig nichts mehr mit den hiesigen Herrschaften zu tun zu haben. Wir ziehen fürs erste nach Oberpahlen. Aber ich versuche, sobald es geht, nach Dorpat überzusiedeln. Von Liphart möchte, daß ich mich um sein

Streichquartett kümmere. Und ich habe, wissen Sie – *ich habe die Idee, in Dorpat einen großen gemischten Chor zu gründen.** Stellen Sie sich vor, das hundertstimmige Halleluja von Händel unter dem Gewölbe der Dorpater Johanniskirche ... Ich kann Ihnen sagen, wenn die Engel im Himmel das Halleluja anders singen, verstehen Sie, anders als bei Händel, dann will ich nicht in den Himmel! Aber jetzt entschuldigen Sie, ich habe es eilig. Doktor Robst könnte zu seinen Patienten gehen, und ich erreiche ihn nicht mehr. Wir werden uns ja vor unserem Umzug noch sehen ...«

9. April 1829. Jetzt sind die La Trobes fast zwei Wochen weg. Ich habe sie vor ihrem Umzug nicht mehr gesehen. Nur noch beim Abschied an der Kutsche, im Schneematsch vor dem Herrenhaus. Frau Alwine saß mit den Kindern in der Kutsche, blasser als gewöhnlich, die Kleine auf ihrem Schoß und der Junge neben ihr. Herr La Trobe stand an der offenen Kutschentür und schüttelte mir die Hand. Unerwartet lange. Und ließ sie nicht los, sondern neigte sich zu meinem Ohr und fragte: »Herr Jakob, sagen Sie, habe ich mich hier«, er beschrieb mit der Rechten einen Bogen, der ganz Woiseck einschließen sollte, aber als seine Hand haltmachte, zeigte sie deutlich auf das Kivijalg zu den entlaubten Heckenrosen, »allen gegenüber, wie die Engländer sagen, wie ein Gentleman verhalten?!«

Aus irgendeinem Grunde zögerte ich, antwortete dann aber: »Jawohl, Herr La Trobe. Ich hege absolut keinen Zweifel daran.«

Darauf küßte mich dieser nette Einfaltspinsel auf die linke Schläfe und sprang in die Kutsche; bis jetzt habe ich nichts mehr von ihnen gehört. Auch Herr von Mannteuffel ist noch nicht eingetroffen, ich mag an seine Ankunft nicht einmal denken. Gott sei Dank habe ich einige angenehmere angeheiratete Verwandte. Jedenfalls die wenigen, an die ich gerade denke.

Heute früh brachte mir Eeva einen soeben eingetroffenen Brief von Georg. Ich schreibe ihn Wort für Wort ab:

Lieber Bruder und liebe Schwägerin!
Als ich aus Livland zurückkam, stand es um unsere Angelegenheit in Berlin recht hoffnungslos. Dann aber haben wir uns durch unerwartet günstige Ereignisse endlich auf anständige Art einrichten können. Vor allem dank des Umstandes, daß unser lieber Schwager Peeter mir meinen Anteil an Woiseck zugeschickt hat: fünfzehntausend Rubel in Silber. Das macht hier ein wenig über zweitausend Louisdor. So sind wir von Berlin in die Schweiz übergesiedelt und haben uns in der Nähe von Vevey ein Schlößchen gemietet. Nun, es ist wirklich ein winziges Schlößchen, wäre es neueren Datums, würde man es kaum so nennen, da es aber aus dem sechzehnten Jahrhundert stammt, hat es seine stolze Bezeichnung im Munde aller Anlieger bis auf den heutigen Tag in Ehren bewahrt, Teresa macht das noch mehr Spaß als mir. Tatsächlich ist es ein Steinturm mit rundem Grundriß und vier Geschossen. In jedem Geschoß gibt es ein Treppenhaus und zwei oder drei größere Zimmer. Aus allen Fenstern hat man einen wunderbaren Blick auf die Weinberge, in deren Mitte wir uns befinden, und auf die wirklichen Berge im Norden hinter uns. Nach Süden sehen wir den blaugrünschillernden Genfer See, in dem sich Himmel und Berge spiegeln und der von unserer Tür weniger als eine Viertel Werst entfernt liegt. Je weiter oben man sich befindet, desto erhabener ist die Aussicht. Ich kann mir vorstellen, wie sehr ein Aufenthalt unter unserem Dach Deinen Nerven, Timo, guttäte und wie sehr sich Kitty erholen würde; ich stelle mir vor, wie Ihr hier am offenen Fenster des Salons im obersten Stockwerk steht und den von Nordosten aus Ferney herüberwehenden Wind einatmet . . . Also schlagen wir Euch dringend vor, Euch an den gnädigen Zaren zu wenden mit der Bitte, er möge einer Reise zu uns seine Einwilligung geben – natürlich auch für den kleinen Georg. Wenn es um die Gesundheit seiner Untertanen geht, wird der jetzige Herrscher nicht mehr mit der Einwilligung geizen als sein Bruder vor ein paar Jahren, der uns gnädigst gestattete, wegen der schwachen Lungen unserer Agnes die ausländische Luft der russischen vorzuziehen. Sollte es wider Erwarten dennoch geschehen, daß Ihr seine Zustimmung zu der Reise nicht erhaltet, was für uns ebenso betrüblich wäre wie für Euch, nun, was soll's, der Gescheite findet im tiefsten Kummer Trost, und auch Ihr werdet ihn finden, und

sei es auf jene lustige Art, auf die sich einer der Neffen des verstorbenen Generals Plutalow (der General hat mir einst selbst davon erzählt) getröstet haben soll, als man ihm Schwierigkeiten machte, mit seinem lieben Onkel die Gläser klingen zu lassen. Und wie er sich getröstet hat! Ich weiß nicht, ob Ihr Euch an diese Geschichte erinnert, aber jemandem von Euch habe ich sie erzählt, und wir haben herzhaft darüber gelacht. Nun, das wär's. Teresa und Agnes grüßen Euch herzlich und hoffen mit mir, daß wir Euch bald sehen und umarmen können.

Euer Euch liebender Bruder und Schwager Georg

Vevey, den 26. März 1829

Am Nachmittag kam Eeva auf mein Zimmer und fragte, was ich von Georgs Brief hielte. Ich hatte ihn bereits abgeschrieben, reichte ihn ihr und sagte ungefähr folgendes: »Seine Verschwendungssucht kann ich ihm nicht verzeihen. Mögen die Würfel vergangene Weihnachten gefallen sein, wie sie wollen, aber für diese fünfzehntausend, die uns hier den Mannteuffel auf den Hals hetzen, mietet er sich dort ein Schloß! Der Herr Baron! Sein Gerede, ihr solltet den Zaren um eine Ausreiseerlaubnis bitten, vergebe ich ihm. Obschon es mich zunächst am meisten geärgert hat. Denn es ist ein überaus dummer Rat. Das weiß er sehr gut. Doch dann habe ich plötzlich begriffen: Georg meint es gar nicht ernst. Er hat das nur geschrieben, um den Schnüfflern Sand in die Augen zu streuen. In Wirklichkeit glaubt er nicht im mindesten, daß der Zar euch eine Reise ins Ausland genehmigen würde. In Wirklichkeit will er euch dazu bringen, auf ebenso halsbrecherische Art aus Rußland zu fliehen, wie er einst in Schlüsselburg eingedrungen ist – du erinnerst dich doch?«

»Natürlich erinnere ich mich«, erwiderte Eeva.

Ich fragte, ob sie Georgs Brief ebenso verstehe, und sie bejahte es. Ich wollte wissen, wozu sie mich dann aushorche, und sie entgegnete, um ihre Meinung zu überprüfen. Und dann sagte sie, ich solle im Juni wieder nach Pernau fahren und mit Kapitän Snyder eine Vereinbarung treffen. Sie selbst wolle sich im Mai nach Zarskoje selo begeben, um Jüri rechtzeitig nach Hause zu holen. Ich fragte: »Hör mal, ich habe schon im Herbst, als ich in derselben Angelegenheit dort war, überlegt, wie Timo von hier wegkommt. Wenn er Pech hat, heftet man ihm sofort Büttel an die Fersen.«

»Wenn er Glück hat, nicht. Und im Frühling wird man das sicher nicht tun«, sagte Eeva. Dann trat sie näher an mich heran. Sie setzte sich auf die Kante meines Schreibtisches und fuhr flüsternd fort: »Anstelle von La Trobe ist von Lilienfeldt aus Neu-Oberpahlen jetzt Mitglied des Vormundschaftskollegiums. Was immer er auch für ein Mensch sein mag, er ist der Freund des Ordnungsrichters Loringhoven in Fellin . . .« Ihr Gesicht war dem meinen ganz nahe, als sie noch leiser sagte: »Ich habe Herrn von Lilienfeldt gebeten, mal bei ihm vorzufühlen, und vergangene Woche war ich bei Loringhoven und sprach mit ihm. So gut es ging. Ob er als Ordnungsrichter Timo nicht im Frühling die Erlaubnis erteilen könnte, aus gesundheitlichen Gründen und damit er Abwechslung hätte, nach Harrien zu fahren. Verwandte besuchen. In meiner Begleitung und auf meine Verantwortung . . .«

»Und Loringhoven?«

»Er lächelte, druckste herum und wollte sich durchaus ritterlich verhalten . . . Er hält sich so viel auf seine Abstammung zugute, daß er sein Amt als Ordnungsrichter von Fellin beinahe als Scherz betrachtet . . .«

Ich fragte, welcher Abstammung er denn seiner Meinung nach sei. Eeva erklärte es mir.

»Nun, einer der Ahnherren der Loringshovens soll Ordensmeister von Livland gewesen sein. Und die waren einst Königen gleich.«

Ich pfiff und erkundigte mich, was der königliche Sproß denn geantwortet hätte.

Sie berichtete: »Er las die Vorschriften, die er vom Generalgouverneur erhalten hatte, in meiner Anwesenheit aufs neue durch und befand – nun, ich weiß nicht, ob es der Wahrheit entsprach oder ob ihn Galanterie dazu bewegte, aber das ist ja egal –, er befand, wenn man es wünschte, könnte man die Vorschriften auch so auslegen, daß der Ordnungsrichter berechtigt sei, nach eigenem Ermessen eine derartige Reise zu gestatten . . .«

»Also . . .?«

»Also bat ich ihn, mir die Genehmigung zu erteilen. Weißt du, ich habe festgestellt, wenn ich all meine Kraft zusammennehme und will, daß jemand etwas Bestimmtes tut, so tut er es meist. Wenn er sich in meiner Nähe befindet. So auch diesmal.«

»Wieso?«

»Ich habe die Genehmigung. Das Datum muß ich selbst eintragen, wenn wir uns auf den Weg machen.«

Das war freilich eine frappierende Leistung. Aber ich fragte: »Und du fährst mit und bürgst für ihn?«

Eeva zog ihre weichen, eigensinnigen Lippen zwischen die Zähne und nickte.

Ich fragte: »Du hast doch aber unterschrieben und gelobt, aufzupassen . . .«

Sie glitt von meinem Tisch, sichtlich, um mit dem Fuß aufstampfen zu können, was mich trotz ihrer Worte lächeln ließ.

»Ich weigere mich, zu glauben, daß eine derartige Unterschrift etwas gilt! Wenn sie unter solchen Bedingungen geleistet wurde!«

Ich sagte: »Der Zar meint aber, sie gilt . . .«

Eeva entgegnete: »Meinetwegen. Wenn er so naiv ist. Aber er glaubt es nicht. Er tut nur so. Und ich tue auch nur so. Bis wir endlich unterwegs sind. Dann ist das Spiel vorbei, und der Ernst beginnt.«

29. April 1829. Was kommen mußte, ist geschehen: In der vergangenen Woche sind die von Mannteuffels ungeachtet der aufgeweichten, schlammigen Wege mit zwei riesigen Fuhren hier eingetroffen. Noch nicht mit der ganzen Familie, doch sind es ihrer mehr als genug: Peeter, wie eh und je

mit dickem bläulichem Kinn und kurzgeschorenem schwarzem Haar, hat es bereits fertiggebracht, seine pedantische Nase überall hineinzustecken; seine nach wie vor verschnupfte und stille, anscheinend jedoch nicht ganz unsympathische Elsy; die fünfzehnjährige Claire mit den wogenden Formen einer Bäckersfrau, die sich über ihre Beleibtheit durch ihr lästiges, zuweilen aber recht geistreiches Geschwätz hinwegsetzt; die elfjährige, schwarzhaarige Emma, ein kleines Biest; der zehnjährige Max und der sechsjährige Alex, zwei überaus laute sommersprossige Lausbuben. Dabei sind die drei ältesten Söhne, Gerhard, Otto und Carl, schon über zwanzig und betätigen sich anderswo, die beiden ersten sind Offiziere der Krone, soviel ich weiß, und letzterer studiert an der Universität Dorpat. Also werden wir wohl erst im Sommer die Ehre und die Freude haben, sie nunmehr auf dem Erbgut ihres Herrn Vaters erwarten zu dürfen.

3. Mai 1829. Was kommen mußte, ist geschehen. Wir saßen heute morgen, da Sonntag ist, zu dritt im Saal des Kivijalgs, und Timo spielte für uns Klavier, als Peeter mit jovialer Miene hereinspazierte. Mit jovialer Miene, soweit das sein für das massive Kinn zu kleiner, dazu noch schiefer Mund und seine schwerblickenden, tiefliegenden Augen zuließen.

Timo schien seinen Gruß kaum zu bemerken, Eeva jedoch forderte ihn auf, Platz zu nehmen. Nachdem er sich auf unserem knarrenden Sofa breitgemacht hatte, sagte er nach ein paar Höflichkeitsfloskeln mit seiner tiefen Stimme, die stets einen nörgelnden Unterton hat, ungefähr folgendes: »Freunde, ich spiele gern mit offenen Karten. Immer und überall. Timo, es heißt, du schreibst an irgend etwas. Nein, ich will es dir nicht, na ja, verbieten. Schreib nur. Wenn du nicht anders kannst. Aber ich will lesen, was du schreibst.«

Wir schauten ihn alle mit unverhohlener Verblüffung an. Anscheinend war Timo der erste, dem ein Licht aufging, denn mir schien seine Stimme dumpf vor Empörung.

»Wie ist das zu verstehen?«

»Was ist da groß zu verstehen«, meinte Peeter. »Ich habe gesagt, ich spiele gern mit offenen Karten.« (Übrigens habe ich ihn während seiner ersten Woche auf Woiseck bereits mehrmals erwähnen hören, daß er es liebe, mit offenen Karten zu spielen, und Elsy habe ich behaupten hören, er wäre ein durch und durch ehrlicher Kerl.) »Jawohl, mit offenen Karten. Damit du es weißt und ihr auch: Ich schreibe dem Generalgouverneur Berichte über dich. Zweimal im Monat. Wie du lebst, worüber du sprichst, womit du dich beschäftigst. Ich werde natürlich nicht schreiben, du schriebest an etwas, ich hätte mich aber nicht dafür interessiert, was es ist.«

»Warum könntest du das nicht tun?« fragte Timo. »Keiner, der dich kennt, würde dich verdächtigen, daß du dein ausgeprägtes Interesse für das geschriebene Wort verleugnest. Übrigens – verletzt du jetzt nicht deine Vorschriften? Wo du uns laut verkündest, du seist berufen, in meiner Angelegenheit Berichte zu schreiben? Es sollte doch eine geheime Überwachung sein?«

Peeter neigte den Kopf nach rechts und schob das Kinn vor.

»Hör mal, von Bock, du solltest eins begreifen, wenn du auch nicht ganz bei Verstand bist: Ein von Mannteuffel ist kein Spitzel. Das zum ersten. Und auch kein blinder Vollstrecker von Vorschriften. Und zweitens: Was würde eine geheime Überwachung nützen?«

»Und was nutzt eine offene?« fragte Timo.

»Die könnte etwas nützen. Vorausgesetzt, du bist soweit vernünftig und unterläßt dein Geschreibsel. Falls es von zweifelhaftem Inhalt ist und falls dir klar ist, daß man ein wachsames Auge darauf hat.«

»Du willst also lesen, was ich geschrieben habe? Und du meinst, das würde dir Spaß machen?«

»Das weiß ich nicht«, antwortete Peeter. »Aber jetzt mache ich jedenfalls keinen Spaß: ich muß noch ein riesiges

Feld abschreiten und prüfen, wie nachlässig Timm den Mist hat streuen lassen. Also, gib mir den Schlüssel zu deinem Schreibtisch.«

Timo stützte die Ellbogen auf die Sessellehnen und legte die Fingerspitzen beider Hände leicht aneinander. Er sagte leise, ohne jeglichen Affekt: »Dir? Freiwillig nie!«

Ich sah Eeva erblassen und sich auf die Lippen beißen, doch ehe sie etwas sagen konnte, entgegnete Peeter, schneller und gewandter, als ich erwartet hätte: »Hm. Nun, Gewalt werde ich gegen dich nicht anwenden. Wenn nicht, dann nicht.« Er lächelte sauer und brachte die Rede auf etwas anderes.

»Könnt ihr euch erinnern, wie beleidigt ihr wart, als ich euch aus dem Herrenhaus hierher umziehen ließ. Aber was fehlt euch hier? Es ist so trocken, daß es knistert. Und vor den Fenstern – ich kann mir vorstellen, wie es im Frühling duften wird, wenn alles blüht. Wunderschön. Hätten wir alle hier Platz, würde ich sofort hier einziehen. Und euch ins Herrenhaus zurückschicken. Dort sind die Wände der Zimmer, die zum Garten gehen, ganz feucht.«

Timo fragte: »War es im Herrenhaus von Harm nicht feucht?«

Peeter antwortete einfältig: »Viel weniger als hier.«

Timo, fast ohne Spott: »Ich rate dir, geh dorthin zurück. Es wäre für dich das beste und für alle anderen auch.«

Peeter schaute Eeva und mich fast hilfesuchend an. Er schien ein Lächeln probieren zu wollen, blieb aber ernst. Er breitete die Arme aus und brummte in unsere Richtung: »Na sagt, was soll man diesem Narren antworten . . .?!«

Darauf rappelte er sich hoch, nickte uns zum Abschied zu und spazierte hinaus. Ich fragte Timo, ob er seine Papiere irgendwie gegen ihn schützen wolle, er erwiderte einsilbig: »Mal sehen . . .« Darauf erwog ich nicht länger die Möglichkeit, ihm vom Versteck meiner eigenen Papiere zu erzählen. Es ging mir zwar durch den Sinn, aber ich hielt es für eine allzu große Bloßstellung meiner selbst. Obwohl ich nicht glaube, daß Peeter auf seinen Plan, Timos Papiere zu sehen, verzichten wird.

4. Mai 1829. Gestern spätabends klopfte Timo bei mir an. Ich sollte doch mal zu ihnen kommen. Er sagte: »Du hast doch schon einmal den Schiedsrichter gespielt. Erinnerst du dich, zwischen mir und Georg. Tu es jetzt für mich und meine Frau.«

Wir gingen ins Speisezimmer. Als wir eintraten, saß Eeva am Eßtisch und strickte an einem Strumpf, und ich bemerkte, daß sie eine starrere Miene zur Schau trug als sonst in der letzten Zeit. Auf dem Tisch, zwischen halbleeren Teeschalen lagen, in eine Silberschüssel gebettet, auf einer weißen Serviette einige Stücke safrangelben Rosinenkuchens. Ich sagte: »Was für schönen Kuchen du gebacken hast.« Liisos Werk konnte er nicht sein, ich hatte nie gesehen, daß sie solchen Kuchen auftrug.

»Ich habe ihn nicht gebacken«, sagte Eeva, »und eben darum hielt Timo es für notwendig, dich zu rufen.«

Es erwies sich, daß Elsy den Kuchen im Herrenhaus gebacken hatte. Sie selbst hatte ihn in das Kivijalg gebracht und auf den Eßtisch gestellt, während Eeva und Timo im Park am trockenen Feldrain ihren Sonntagabendspaziergang machten und sich über Peeters Worte am Morgen aufregten. Als sie zurückkamen, hatte Käsper ihnen Elsys Kuchen gezeigt und ihnen ihre Worte wiederholt, sie hätte den Rosinenkuchen nach einem Rezept der verstorbenen Mutter von Frau Elsy und Herrn Timo gebacken. Timo sagte zu mir: »Ich bemerkte, daß Eeva bei diesen Worten die Stirn kraus zog. Und ich fragte, warum es ihr nicht gefiel, daß meine Schwester uns Kuchen gebracht hatte. Und als sie nicht antwortete, bat ich sie, mir unverblümt die Wahrheit zu sagen. Aber so etwas darf man offenbar selbst innerhalb der eigenen Familie nicht verlangen ... denn ... Kitty, bitte wiederhole, was du darauf gesagt hast.«

Eeva hob den Blick von ihrem Strumpf. Ein schiefes Lächeln verriet ihr Unbehagen, ihr Blick war voller Schmerz und Ernst.

»Ich sagte, meiner Meinung nach dürften wir Elsys Kuchen nicht annehmen. Denn ich bin sicher, daß Elsy von Peeters Visite am Morgen unterrichtet war und den Kuchen gebracht hat, um wiedergutzumachen. Oder unter anderem auch aus diesem Grunde. Wenn wir ihn annehmen, betrachtet sie das als Zeichen der Versöhnung.«

Timo nickte. »Das hast du gesagt. Und ich habe gesagt, daß Elsy in erster Linie meine Schwester ist, eine geborene von Bock. Und man könne doch nicht davon ausgehen, daß sie alle Schritte Peeters gutheißt, nur weil sie bedauerlicherweise seine Frau ist.«

Eeva sagte: »Darauf habe ich gefragt, ob Timo denn nicht aus eigener Erfahrung wüßte, wie sehr eine Frau mit den Schritten ihres Mannes übereinstimmen kann. Und daß ich vielleicht nicht solche Haarspalterei betriebe, hätte er mich nicht selbst zu äußerster Wachsamkeit in solchen Dingen erzogen.«

Ich betrachtete die beiden mit tiefstem Unbehagen und Bedauern. Ich ahne, daß ihre neue Lage bedrückende Spannungen zwischen ihnen aufkommen lassen wird. Ich fragte: »Und was sollte ich euch dazu sagen können?«

Timo schritt hinter Eevas Stuhl auf und ab und sprach: »Sag uns, was wir tun sollen. Ich verstehe, daß Kitty in gewissem Grade recht hat. Aber wir können Elsy den Kuchen nicht zurückschicken. Wie sollten wir das machen? Wer sollte ihn hinbringen? Der Diener, ich, Kitty? Auf jeden Fall wäre es Elsy gegenüber eine Unverschämtheit, die sie nicht verdient hat. Wir wären dann wohl nicht länger Bruder und Schwester. Vielleicht werde ich gezwungen sein, mit ihr zu brechen. Vielleicht wird das bald sein. Aber heute ist es noch nicht notwendig. Und ich möchte nicht, daß Kitty den Kuchen zurückbringt. Denn dann wäre sie in Elsys Augen der böse Geist, der zwischen Bruder und Schwester tritt. Also . . .«, wandte er sich an mich, »was sollen wir tun?«

Ich sagte, ich wüßte es nicht. Und fügte hinzu, sie müßten meiner Meinung nach sehr großzügig sein (sonst könnten sie in unangenehme familiäre Spannungen hineingeraten) und zugleich sehr wachsam (sonst könnte ihnen Peeter übel mitspielen), aber wie diese beiden Dinge, Großzügigkeit und Wachsamkeit, zu verbinden seien, wüßte ich ihnen auch nicht zu sagen. Ich zog mich zurück, und bis ich in meinem Bett mit den sich feucht anfühlenden Laken einschlief, ließen mich Ratlosigkeit und Bedrücktheit nicht los.

Heute am Frühstückstisch waren ihre Mienen, Gott sei Dank, wieder heiter, und Eeva erzählte, zehn Minuten später sei Claire aufgetaucht. Sie hält sich für so erwachsen, daß sie nicht zur gleichen Zeit wie die anderen Kinder schlafen gehen will, und war gekommen, um mit Onkel und Tante zu plaudern. Ihre merkwürdigen Mienen hatte sie nicht wahrgenommen, aber den Rosinenkuchen auf dem Tisch sofort. Sie hatte in die Hände geklatscht und verkündet, die Hälfte von diesem herrlichen Rosinenkuchen wäre auf geheimnisvolle Weise vom Kaffeetisch im Herrenhaus verschwunden und nun hätte sie sie wiedergefunden! Und sie hatte gefragt, ob sie ein Stück davon essen dürfe. Eeva sagte: »Sie gehört doch zu den Mädchen, die von morgens bis abends über ihre Figur jammern und von morgens bis abends jammernd alles in sich hineinstopfen, was sie sehen, und so hätte ich es ihr eigentlich nicht erlauben dürfen, aber ich sagte: ›Iß alle vier! Nur – sag deiner Mutter, daß du sie gegessen hast!‹ Und Claire gelobte, sie würde bei der ersten Gelegenheit der Mutter ihre Sünde beichten, und aß alle vier Stück Kuchen . . .«

Ich habe aber dennoch düstere Vorahnungen.

9. Mai 1829. Es dauerte nicht lange, bis sich meine düsteren Vorahnungen bewahrheiteten. Und wenn sie es auch noch nicht ganz taten, so konnte man doch vermuten, was uns erwartete und wie man mit uns umzuspringen gedachte. (Eigentlich ist es naiv, so zu tun, als hätte ich das erst heute begriffen. Wo ich mir doch bereits wochen-, ja mein Gott, jahrelang darüber im klaren bin.)

Eeva fuhr heute früh nach Fellin, um bei Schoeller unsere Hausapotheke zu ergänzen, weil, wie sie sagte, Timo sein Ekzem wieder zu schaffen mache. Auch im Dorf findet sie stets einige Bedürftige, die Medikamente brauchen.

Timo ritt um elf herum aus und sollte, wie immer, zum Mittagessen, also um vier Uhr, zurück sein.

Er war kaum über den Mühlensteg galoppiert und im Erlengebüsch verschwunden, als an meine Tür geklopft wurde. Sie war unverschlossen. Ich rief »Herein!«, und Herr Peeter von Mannteuffel trat ein.

Anstatt mich zum Gruß zu erheben, blieb ich instinktiv in meinem Korbsessel sitzen. Ich weiß nicht, ob er mich überhaupt grüßte. Jedenfalls sagte er ohne Umschweife in befehlendem Ton: »Jakob, kommen Sie mit!«

Es war zwar kleinlich, aber ich blieb sitzen. Ich zeigte lässig auf den anderen Korbsessel.

»Nicht so eilig, Herr Peeter! Wohin denn?«

Er erklärte im Stehen: »Ihnen ist sicher bekannt, daß ich jetzt auf diesem Gut die Polizeimacht ausübe. So. Sehen Sie, hier habe ich den Schlüssel zum Schreibtisch Ihres Schwagers. Einen Nachschlüssel, wie man das nennt. Aber er paßt genau. Ich will mir seine Papiere ansehen. In seiner Abwesenheit. Sie verstehen, ich tue das nur, damit er mich nicht daran hindern kann. Natürlich werde ich es nicht abstreiten. Aber danach, da kann er protestieren, soviel er will. Ich glaube jedoch, er wird gar nicht wollen. Denn er weiß, daß es in seiner rechtlichen Lage verlorene Liebesmüh ist, Geschrei zu erheben.«

»Und warum soll ich mit Ihnen gehen?«

»Sie müssen mein Zeuge sein, sollte Ihre Schwester protestieren. Denn auch sie ist gewissermaßen als Vormund ihres Mannes eingesetzt. Das war höchst unüberlegt von seiten der Behörden. Es ist aber so. Da sie ein Frauenzimmer ist, kann sie allerlei Blödsinn reden und, da man sie nicht für verrückt erklärt hat, mich wer weiß welcher Gesetzesüberschreitungen beschuldigen. Irgendwo könnte man ihr vielleicht Glauben oder ihr zumindest in gewissen Grenzen Gehör schenken. Denn sie ist ja Frau von Bock. Nach ihrer Herkunft fragt jetzt keiner mehr. Und es gibt Narren, bei denen ihre skandalöse Abstammung ihr sogar von Nutzen sein könnte. Und dann, Sie könnten bemerken, daß ich mich in sein Arbeitszimmer begebe. Sie könnten mir folgen und Rechenschaft fordern. Deshalb ist es besser, Sie kommen lieber gleich mit.«

Ich ertappte mich dabei, mir in aller Eile klarmachen zu wollen, ob Herrn von Mannteuffels Auftreten in höchstem Grade zynisch war oder nur die charakteristische Geradheit eines baltischen Edelmannes mit groben Manieren darstellte. Doch mir wurde deutlich, daß es eine ganz andere Frage war, die ich zu beantworten hatte. Ich sagte: »Sie haben den Schlüssel zu seinem Schreibtisch. Aber auch sein Zimmer ist verschlossen, soviel ich weiß.«

»Im Herrenhaus gibt es einen Bund sämtlicher Schlüssel vom Kivijalg«, entgegnete Peeter unbeirrt und holte aus der Tasche seiner blauen Hausjacke den entsprechenden Schlüssel hervor. »Sehen Sie, Nummer fünf.«

Ich mußte ihm antworten.

Ich sagte: »Hören Sie, Herr von Mannteuffel...« Ich wollte sagen: Tun Sie, was Sie wollen. Ich halte mich da auf jeden Fall raus. Aber ich rate Ihnen, von diesem Einbruch abzusehen. Denn meiner Meinung nach ist das eine Frechheit, und Gewalt.

Aber ich schwieg. Ich überlegte. Es war klar, daß meine Worte auf ihn nicht den geringsten Eindruck machen würden. Sie würden ihn gar nicht kratzen. Er würde trotzdem genau das tun, was er sich vorgenommen hatte. Soweit kenne ich ihn. Doch vielleicht könnte ich irgend etwas verhindern, wenn ich mit ihm ginge? Kaum. Aber ich würde wenigstens sehen, was er dort täte und ob er Timos Papiere an sich nähme. Bei Gott, ich könnte wenigstens Zeugnis ablegen von dem, was dort geschah. Ich sagte: »Gut, ich komme mit.« Und bemerkte, daß dies ganz anders klang als das, was ich hatte sagen wollen, und fügte also hinzu, als wir das Zimmer bereits verlassen hatten: »Aber ich rate Ihnen, von Ihrem Vorhaben abzulassen.« Bei diesen Worten verlangsamte ich sogar meinen Schritt, er aber tat es nicht, und so mußte ich beim Durchqueren des Speisezimmers den meinen wieder beschleunigen, um ihn einzuholen. Als wir in den Flur traten, sagte ich scharf (vielleicht auch, weil ich gezwungen worden war, schneller zu gehen):

»Selbstverständlich komme ich nur mit, um nötigenfalls gegen Sie auszusagen.«

Herr von Mannteuffel blieb stehen und wandte sich mir zu, so standen wir im halbdunklen Flur einander plötzlich Aug in Auge gegenüber. Ich dachte: So, jetzt bin ich die Sache los. Und zugleich auch: Nun läßt er mich nicht zuschauen, was er dort tut ... jetzt sehe ich nicht, was für Papiere Timo dort hat ...

Herr von Mannteuffel war sich seiner selbst jedoch sicherer, als ich angenommen hatte. Er starrte mich einen Augenblick lang an und sagte nur: »Öhöm.« Dann tat er weitere fünf Schritte und schloß Timos Tür auf. *»Bitte schön.«* *

Fürs erste schenkte er mir demonstrativ keinerlei Beachtung. Er ließ sich schwer und unbekümmert auf Timos Schreibtischsessel nieder, suchte den Schlüssel hervor, schloß beide Mahagonitüren auf und zog die Fächer heraus.

In zwei von den sechs Schubfächern befand sich allerlei Krimskrams: ein kaputter und ein heiler Sporn, ein alter Tabakbeutel aus einer Schweinsblase, ein verrosteter Pistolenlauf und einige Patronenhülsen, ein paar kupferne Löffel, ein Hosenriemen und einige Schnallen, zwei niedrige Leuchter, zwei, drei einfache Feuerstähle, anscheinend die Arbeit des Gutsschmieds von Woiseck, einige Bündel unangespitzter Gänsekiele, einige Federmesser und ein halbes Schubfach Schellen fürs Pferdegeschirr. Eine Schublade enthielt etwa ein viertel Ries weißes Papier, eine andere Bücher und die beiden letzten mehr oder weniger ordentlich gestapelte beschriebene Blätter.

Dem Krimskrams zollte Herr von Mannteuffel keine Aufmerksamkeit. Den Rand des leeren Papierstapels ließ er über den Daumen gleiten und überzeugte sich so davon, daß die Blätter unbeschrieben waren. Die Bücher stapelte er auf dem Tisch. Ich zählte sie, es waren siebenundzwanzig Bände von verschiedenem Format. Er schlug das erste Buch auf, betrachtete das Titelblatt und legte es zurück ins Schubfach. Nahm das zweite. Das dritte. Das vierte. Das fünfte. Mir schien, in seine gemessenen Bewegungen kam eine gewisse Gereiztheit. Ich stand einige Schritt von ihm entfernt. Mein Blick glitt über das Sofa, die Stühle, den Rauchtisch mit Timos Pfeifen und über den großen Globus, der mich an Eevas und Pauluccis dramatische Kontroverse erinnerte, und wanderte über die Bücherregale mit ihren gut fünfhundert Bänden, die wegzuschließen Timo nicht für notwendig erachtet hatte. Ich machte einen Schritt auf Herrn von Mannteuffel zu und schaute über seine Schulter in das neunte Buch, das er gerade aus der Schublade genommen hatte. Es war ein französisches Kochbuch. Auch das nächste und übernächste waren französische Kochbücher. Es gab auch deutsche, russische, polnische, englische und estnische Kochbücher. Von letzteren sogar zwei, soviel ich mich erinnern kann, erschienen 1781 und 1816. Ich fragte: »Alles Kochbücher?«

»Alles«, erwiderte Herr von Mannteuffel, »ich habe immer gesagt, er ist verrückt.« Er drehte sich jäh zu mir um und schaute mich aus zusammengekniffenen Augen an. »Oder meinen Sie vielleicht, er ist es nicht?«

Ich sah ihm in die Augen und sagte ohne jegliche Gewissensbisse: »Wieso denn nicht?! Wo zwei Zaren es gesagt haben und Sie doch auch?«

Herr von Mannteuffel starrte mich einen Augenblick an und wandte sich schnaufend wieder den Schubfächern zu. Über zwei Stunden sah er mit der Hand beschriebene Seiten durch. Wäre ich nicht gewesen, hätte er noch einmal so lange in ihnen herumstöbern müssen. Denn ich konnte ihm auf Anhieb mit absoluter Genauigkeit sagen, worum es sich handelte. Es waren Mitschriften aus Lehrbergs Unterricht, die Timo in seiner Schulzeit von 1794 bis 1800 angefertigt hatte. Nach diesen Aufzeichnungen hatte ich im Hause Masing meist gelernt, und anschließend hatte ich sie nach Woiseck mitgebracht. Erst auf dem Boden der untersten Schublade, unter den letzten Schulaufsätzen (den Schluß bildete eine Beschreibung der »Himmelsmechanik« von Laplace), fand Herr von Mannteuffel das einzige Blatt, das sich von den anderen unterschied, aus späterer Zeit stammte und möglicherweise seiner Vorstellung von den Aufzeichnungen entsprach, nach denen er offensichtlich suchte.

Er zerrte dieses letzte Blatt hervor und betrachtete es eine geraume Weile. Schließlich brummte er: »Kommen Sie her. Was ist das Ihrer Meinung nach?«

Ich sah es mir an. Ich bemühe mich, so genau wie möglich wiederzugeben, was ich las. Ganz genauso wird es nicht werden, denn es ist unmöglich, sich so etwas vollständig zu merken.

Hochverehrter Herr Feldmarschall,
Eure Hoheit Burchard Christoforowitsch!
Da ich die Nachricht erhalten habe, Neptun Wotanowitsch Perunski sei zum neuen Generalprokurator des Heiligen Synods ernannt worden, bitte ich Eure Hoheit, dafür Sorge zu tragen, daß mein Brief mit seinen für den Staat hochwichtigen Anregungen unverzüglich in die Hände der entsprechenden Autoritäten gelangt.

Die allersphärischste Tugend meines allervertrautesten Freundes Iwan Diabolowitsch besteht in seiner einzigartigen Fähigkeit, mit Hilfe von Orgelklängen Thukydidesse zu säen. Wassili Nikolajewitsch jedoch kauft und verkauft das Badewasser der Musen für Geld, das ja nicht stinkt. Und sollte Eure Hoheit einen Allerhöchsten Schiedsrichter der Ehrlichkeit im Reiche für einen zweifellos überaus einträglichen Posten brauchen, wäre es infam, unseren teuren Oheim Pjotr Pawlowitsch zu übersehen. Denn wem würde mehr Verehrung gebühren als unseren teuren Verwandten! Grüßt mir herzlichst Euren Neffen, den Gardehauptmann, den ich zuletzt in Nikaragua oder in Witebsk getroffen habe, der freilich erst dreißig Jahre tot und ergo dieser menschlichen Grundbeschäftigung erst so kurze Zeit nahe ist, daß Euch Schwierigkeiten entstehen könnten bei der Übermittlung meiner Grüße.

Dessenungeachtet verbleibe ich stets
der allerzweifelhafteste Diener
der Feinde Eurer Hoheit
Timothy Shock

»Na, was ist das?« fragte Herr von Mannteuffel (Herr Pjotr Pawlowitsch von Mannteuffel) und preßte die Kiefer zusammen.

Ich antwortete, daß ich daraus nicht klug würde.

»Wer ist Feldmarschall Burchard Christoforowitsch?« fragte Herr Peeter.

Ich sagte: »Ich glaube, Münnich.«

»Wie lange ist Münnich tot?« fragte Herr Peeter.

Ich sagte: »Na, an die siebzig Jahre.«

Wer meiner Meinung nach unser teurer Oheim Pjotr Pawlowitsch sei, wollte Herr Peeter nicht wissen. Statt dessen fragte er mit Nachdruck: »Was zum Teufel hat das alles zu bedeuten?«

Ich wiederholte, daß ich daraus nicht klug würde. Er schrieb das meinem bäuerlichen Stumpfsinn zu und vergab mir mit einem Brummen. Dann legte er Timos phantastischen Brief zurück in die Schublade und die Mitschriften von Lehrbergs Lektionen fein säuberlich darauf, schob das Fach sorgfältig zu und schloß den Schreibtisch ab. Als er Timos Zimmertür hinter uns versperrte, sagte er: »Ob Sie es ihnen sagen oder nicht, ist Ihre Sache. Wenn Sie aber schweigen, kann man nicht annehmen, daß . . .«

Ich sagte: »Keine Sorge, ich werde es ihnen auf jeden Fall sagen.«

Er antwortete mit einem kurzen »Hm« und sah mich lange an. An der Tür zum Speisezimmer trennten wir uns. Ich begab mich in mein Zimmer und versuchte zu begreifen, was geschehen war.

Daß in Timos Schreibtischfächern herumgestöbert wurde, werde ich zuerst Eeva erzählen. Zuerst ihr. Sobald sie aus Fellin zurück ist. Ich wage gar nicht daran zu denken, wie diese Nachricht auf Timo wirken mag. Soll Eeva entscheiden, ob sie es Timo erzählt oder nicht. Aber das ist nicht die Hauptsache. Die Hauptsache ist, daß Peeter auch weiterhin versuchen wird, an Timos Papiere heranzukommen. Denn in Wirklichkeit hat Timo seine letzten Aufzeichnungen irgendwo versteckt, und Peeter weiß, daß es sie gibt. Sollte ich bei seinen folgenden Nachforschungen auch nicht zugegen sein, so weiß ich doch, daß er sie fortsetzt. Die Hauptsache besteht in der neuen Gewaltherrschaft nicht nur über Timos Papiere, sondern auch über ihn selbst, über Eeva, über uns alle. Das zum ersten. Zum zweiten und von entscheidender Bedeutung: Peeter könnte sich fragen, und angesichts des ihm eigenen nörglerischen Argwohns ist es wahrscheinlich, daß er es tut, ob sein verrückter Schwager nicht mit diesem Bauerntrottel von seinem Schwager gemeinsame Sache macht? Vielleicht führt sein verrückter (oder halbverrückter oder gar übermäßig kluger) Schwager ihn an der Nase herum und verwahrt seine verdächtigen Papiere im Zimmer seines Schwagers? Peeter hat ja alle Schlüssel vom Kivijalg, das habe ich mit eigenen Augen gesehen. Wenn ich das nächste Mal zu Anna reite, nimmt er fünf Minuten, nachdem ich weg bin, Schlüssel Nummer sechs von seinem Bund und kommt an meine Tür, mit der Miene eines unbeteiligten Weltmannes, dem es egal ist, ob man sein Kommen bemerkt oder nicht, schließt die Tür auf und tritt ein samt seiner unverwüstlichen boshaften Neugier. Und dann trennt ihn nur ein halbzollstarkes Fichtenbrett über der Tür von meinem Tagebuch.

Ich muß entscheiden, ob ich weiter in diesem Hause bleiben kann, wenn ich mein Tagebuch nicht aufgeben will. Und ob ich hierbleiben kann, selbst wenn ich mich entschließe, es zu verbrennen. Und ich muß entscheiden, was ich in diesem Fall mit Timos Memorandum an den Zaren anfange. Denn ich habe das Gefühl, daß ich kein Recht habe, es zu verbrennen, egal, was er selbst damit täte, wenn ich es ihm zurückgäbe. Ich weiß schon, was ich mache: Ich schwinge mich in den Sattel und reite davon. Und bleibe bis morgen abend weg. Timo kommt in einer Stunde zurück von seinem Ritt, Eeva kehrt jedoch erst morgen mittag aus Fellin heim. Ich will Timo nicht begegnen, ehe ich ihr nicht von Peeters Schnüffelei erzählt habe. Jawohl, ich steige auf mein Pferd und reite weg. Ich stecke das Tagebuch und Timos Memorandum in die Satteltasche. Nein, zu Anna reite ich nicht. Ich will in aller Ruhe nachdenken, was werden soll. Ich reite zur Hütte von Näresaare Tiit. Ich verstecke meine Papiere auf dem Stallboden an einer regendichten Stelle. Ich recke mich aus, lege die Faust unter den Nacken, beobachte die im Windhauch hin- und herschaukelnden Spinngewebe an den Dachlatten, lausche dem Rauschen des Waldes und überlege, was werden soll.

13. Mai 1829. Tatsächlich hat sich alles entschieden. Mir bleibt nur, in aller Eile niederzuschreiben, wie es dazu gekommen ist.

Wie ich bereits erwähnt habe, ritt ich am 9. Mai unverzüglich zu Tiit in den Wald. Schon von weitem sah ich, daß der Rechen an der Tür lehnte, was besagte, daß der Hausherr nicht da war. Ich ließ mich davon nicht stören. Ich stellte das Pferd unter, legte die Papiere in einen Sack aus Ölzeug und steckte ihn ins Strohdach links hinter den vierten Sparren. Ich stieg die Leiter hinab, blieb mitten im Hof stehen und betrachtete den windschiefen Stall, aus dem Tiit seinen Klepper und die magere Kuh auf die Weide geführt hatte und aus dessen halbgeöffneter Tür nur das Schnaufen meines Apfelschimmels zu hören war. Ich schaute auf die leere Hundehütte – Tiit hatte seinen Hund in den Wald mitgenommen –, die von Tiit ausgetretenen Pfade zwischen Stall, Hundehütte und Haus im noch spärlichen hellgrünen Rasen, durch den die braune Erde hervorsah, und dann betrachtete ich wieder die Haustür, wo der angelehnte Rechenstiel verkündete: Bist du ein Fremdling, geh nicht hinein ... Ich war hier zwar kein Fremdling, aber dennoch ...

Ich stand dort auf dem Näresaare-Hof an diesem kühlen Maientag, einem Tag, an dem jeder Grashalm und jede Kiefernnadel plötzlich nahe daran scheinen, ihr Geheimnis preiszugeben, und an dem man doch fühlt, daß sich nichts klären wird. Ich stand dort, noch immer mit einer bedrükkenden Last auf den Schultern und zugleich doch schon jeglicher Last bar, und verdammt einsam. Da erblickte ich im Schilf am Ufer mein Boot, das ich vergangene Woche abgedichtet und gestrichen hatte. Ich stürzte zur Böschung, drehte mühsam das Boot um, stieß es ins Wasser, ergriff die Ruder, die am Ufer lagen, sprang ins Boot und legte mich in die Riemen. Ich ruderte stromabwärts. Erst nach einer Werst fiel mir ein, daß ich zu Pferde mein Ziel doppelt so schnell erreicht hätte.

Ich machte den Kahn direkt an Annas Steg fest und trat ins Haus. Ich riß sie in meine Arme, verschloß ihren vor Verwunderung offenstehenden Mund mit Küssen und fühlte, daß mein Verlangen, mir endlich alles von der Seele zu reden, alle Fragezeichen von meinen Worten nahm.

»Anna, verschiedene Umstände sind mir zu Hilfe gekommen und haben Öl ins Feuer gegossen, ins Feuer meines längst gefaßten Entschlusses. Anna, du bist ja seit vergangenem Jahr vor Gott bereits mein Weib. Nun werde es auch vor den Menschen.«

Dann legte ich ihr die Umstände dar, die diesen Entschluß befördert hatten. Jetzt im nachhinein scheinen es mir ihrer sogar allzu viele zu sein. Ich sagte: »Ich habe beschlossen, Woiseck zu verlassen. Du hast mir vor einigen Wochen erzählt, du müßtest dieses Haus bis zum Sommer räumen. Und ich habe gehört, daß die Witwe von Lilienfeldts ehemaligem Verwalter in Neu-Oberpahlen ihr Haus verkauft. Es steht in der Vorstadt, ein viertel Werst vom Schloß flußabwärts, am linken Ufer und ist auf den Mauern des Hauses vom alten Fick gebaut worden. Nun ja, es ist natürlich uralt, hat aber einen schönen Garten am Fluß, vier geräumige Zimmer und eine Küche mit Mantelschornstein. Ich bin in dem Haus gewesen, ich glaube, wenn wir zwei es uns wohnlich machen, läßt es sich dort gut leben.«

Von Anna ging ich zu Schwalbe ins Büro der Spiegelfabrik und erbat mir von ihm Pferd und Wagen. Nach einer Stunde war ich wieder bei Anna. Sie hatte sich inzwischen ihr neues hellbraunes Kleid angezogen und den dunkelbraunen kurzen Überwurf um die Schultern gelegt. Und ich hatte nie zuvor bemerkt, daß ihr aschblondes Haar in der Sonne so schön glänzen konnte wie jetzt neben mir in dem gelben Reisewagen der Spiegelfabrik, mit dem wir zum alten Rücker fuhren, um uns aufbieten zu lassen ...

Im Wagen faßte sie mich unter und fragte: »Wieviel kostet das Haus in Oberpahlen?«

Ich erwiderte, was ich gehört hatte: »Verlangt werden siebenhundert Rubel. Aber am Ende ist es sicher für nur fünfhundert in bar zu haben.«

»Und über wieviel Bargeld verfügst du?« fragte Anna.

Ich überlegte einen Augenblick. Ich fühlte, daß ich eine wichtige Frage auf lange Sicht zu entscheiden hatte. Und dann begriff ich, daß sie bereits entschieden war: die Frage der Aufrichtigkeit meiner Frau gegenüber. Ich spürte: Gewisse Angelegenheiten, die ja eigentlich eher die Angelegenheiten anderer Leute waren als meine eigenen, würde ich meiner Frau nicht sagen. Ich meine die Angelegenheiten meiner Schwester und ihres Mannes, die ich mitunter sogar dem Tagebuch nur widerstrebend anvertraue. Deshalb wollte ich in Gelddingen meiner Frau gegenüber um so aufrichtiger sein. Ich sagte: »Dreihundert kann ich gleich auf den Tisch legen. Und ich glaube, meine Schwester ...«

Anscheinend zögerte ich, ihr meine Absicht kundzutun, meine Schwester um eine Anleihe zu bitten, denn Anna kam mir zuvor.

»Warum sollte es nicht deine Frau sein, von der du das Geld bekommst?«

Es stellte sich heraus, daß sie von ihrem Mann über vierhundert Rubel Erspartes geerbt hatte. Und ich erinnerte mich, daß ich, als wir in der Nähe von Türgi gegen den kühlen Wind, abwechselnd in Schatten und Sonnenschein, durchs Schilf ruderten, gedacht hatte: Wie kann ich mich darüber beklagen, daß ihr Leib nicht mehr jungfräulich ist? Wo ich es sogar Jette zu verzeihen bereit war?! Aber daß sie alles andere als arm ist, das war für mich tatsächlich eine Überraschung, denn von dieser Seite hatte ich meinen Entschluß noch gar nicht betrachtet.

Am selben Abend trug uns der alte Rücker, gemütlich schnaufend, in seine Aufgebotsliste ein. Ich sagte ihm, wir wären in Eile und könnten meine Eltern heute nicht aufsuchen, darum solle er sich nicht beeilen, es ihnen zu erzählen, ehe wir selbst nicht die Zeit dazu gefunden hätten. Doch als wir etwa eine Werst des Heimwegs zurückgelegt hatten und in der leichten Abenddämmerung rechts vom Feld des Kirchguts hinterm Gebüsch den Dachfirst vom Paluka-Hof erblickten und ihn hinter den Bäumen wieder verschwinden sahen, bog ich doch von der Straße ab, und wir fuhren zu meinen Eltern. Ich wollte sie nur begrüßen, ihnen Anna vorstellen und wieder gehen. Aber Mutter hatte den Kaffeekessel gerade auf dem Feuer stehen, so daß sich unser kurzer Besuch zu einer Stunde am Eßtisch ausdehnte. Nachdem ich gesagt hatte: »Seht, dies ist eure künftige Schwiegertochter«, schwiegen wir alle plötzlich. Die Alten aus Verwirrung, denn sie hatten bisher von einer künftigen Schwiegertochter nicht das geringste gehört, und ich wohl aus Verlegenheit. Überraschenderweise war es Anna, die das Gespräch in aller Schicklichkeit zu führen wußte, während Mutter Kaffee einschenkte und Vater Vogelbeerlikör aus dem Schrank holte. Es war schon fast dunkel, als wir wieder bei Anna zu Hause ankamen. Ich blieb über Nacht bei ihr. In aller Frühe begaben wir uns im Reisewagen der Spiegelfabrik auf den Weg nach Oberpahlen. Ich machte einen Umweg zum Näresaare-Hof und steckte dort meine Papiere, ohne daß es Anna sah, in die Tasche meines Staubmantels. Tiit wußte natürlich schon längst von unserem Verhältnis, und auch er holte eine Flasche Schnaps hervor, aber wir benetzten kaum unsere Lippen, denn wir wollten möglichst frisch und mit klarem Kopf bei Frau Kolts eintreffen.

Dort kam es erst gar nicht zum Handeln. Wir sahen uns das alte altfränkische, ziemlich verwahrloste Steingebäude flüchtig an, und es schien uns in unserem leichtfertigen Eifer vollkommen für uns geeignet. Die alte Frau Kolts wollte demnächst zu ihrer Schwester nach Fellin ziehen, und ihr Hab und Gut lag überall im Zimmer aufgestapelt oder halbverpackt in geflochtenen Körben. Auf unser Angebot hin schüttelte sie nicht etwa den Kopf mit dem stäubchenleichten Pusteblumenhaar, sondern ging darauf ein. Fünfhundert Rubel am nächsten Montag bei Notarius Redlich auf die Hand, und das Haus würde noch am selben Tag von Menschen und Hausrat geräumt sein. Danach schickte ich Anna mit Pferd und Wagen nach Röika und ritt selbst auf einem Mietpferd von Oberpahlen, nun ja, nach Hause. Denn vorläufig muß ich Woiseck ja noch so nennen.

Ich ritt nach Hause, legte das Tagebuch und die anderen Dinge in ihr Versteck zurück, warf meinen Staubmantel auf den Haken und rief Eeva in mein Zimmer. Ich berichtete ihr, was sich seit vorgestern zugetragen hatte. Alles. Nur in einer ein wenig veränderten Reihenfolge. Als hätte das irgendeine Bedeutung. Zunächst erzählte ich ihr, daß ich beschlossen hätte, zu heiraten und nach Oberpahlen zu ziehen. Und daß ich hoffte, sie hätte nichts dagegen einzuwenden. Denn es wäre ohnehin klar, daß ich ihr und ihrem Mann in keiner Weise helfen könnte. Und als zweites sagte ich, daß Peeter vor zwei Tagen in Timos Papieren herumgestöbert habe und über die Schlüssel zu allen Türen des Kivijalgs verfüge. Bei dieser Nachricht öffnete Eeva den Mund und schaute mich mit verzweifeltem Blick an. Doch wenigstens dieses Mal hätte er nichts gefunden und nichts mitgenommen, das wisse ich genau, weil ich auf seine Aufforderung hin anwesend gewesen sei bei der Durchsuchung. Und daß ich, wie versprochen, Anfang nächsten Monats, soviel ich vermag, für ihre Flucht tun würde.

Eeva hörte mir reglos zu, bis ich geendet hatte, und sagte dann ganz ruhig und leiser, als ich erwartet hatte: »Daß du da warst, hat mir immer wieder geholfen, aber wem sage ich das. Doch ich muß mich daran gewöhnen, allein zurechtzukommen, das ist klar. Ich habe es gekonnt, all die Jahre, als du bei deinen Landvermessern warst. Ich kann nicht verlangen, daß du Timos und meinetwegen auf ein eigenes Leben verzichtest. Du bist schon geduldig genug gewesen mit deiner Anna, und du könntest sie auch ruhig hierher nach Woiseck holen. Aber ich verstehe natürlich ... Also das Haus von Frau Kolts kauft ihr euch. Nun, sollte ich dich mal dringend brauchen, ist das ja nicht wer weiß wie weit. Und da du uns bei unserem Unternehmen im Frühjahr behilflich sein willst ... in Gottes Namen.«

Übrigens sagte Eeva, ich könnte Timo ruhig selbst von Peeters Besuch erzählen. Ja, ich sollte es sogar tun, es würde ihm sicher Spaß machen.

Ich fragte, warum. Sie erwiderte: »Nun, du warst ja dabei, du hättest begreifen müssen, diese Kochbücher und Schellen und das ganze andere Zeug – das hat er hineingetan, um seinen lieben Schwager zum besten zu halten ... Was aber unsere Flucht anbelangt, so möchte ich Jüri bald schreiben. Er soll meinen Brief dem Direktor des Lyzeums bringen und bitten, nach Hause fahren zu dürfen – weil sein Vater schwerkrank ist. So haben wir es verabredet. Von unserer Flucht habe ich ihm kein Wort gesagt. Er ist immerhin noch ein Kind. Sollte also Snyder mit Gottes Hilfe dasein und es dir gelingen, die Flucht vorzubereiten, wärst du uns und unsere Sorgen endlich los.«

20. Mai 1829, spätabends. Dies ist das erste Mal, daß ich hier in unserem Haus in Oberpahlen etwas in mein Tagebuch schreibe. An einem von Frau Kolts zurückgelassenen alten Küchentisch, eine Kerze auf einer zerbrochenen Untertasse, das Fenster mit einem Sack verhängt.

Vor zwei Tagen waren wir beim Notar, ich legte mein und Annas Geld auf den Tisch und steckte den gesiegelten Kaufvertrag in die Tasche. Anna ist in Röika und packt ihre Sachen, und ich werde ein paar Tage hier Ordnung schaffen. Übrigens habe ich bereits ein Versteck für meine Papiere vorbereitet, unter einem Dielenbrett in meinem künftigen Arbeitszimmer, für den, der es weiß, mit einer Handbewegung zu erreichen. Denn auch hier kann ich meine Papiere nicht an einem allzu mühelos auffindbaren Ort aufbewahren. Obwohl Peeter die Schlüssel zu diesem Haus nicht haben dürfte. Und Leute von Lamings Sorte werden mir hier kaum aufgezwungen werden.

Heute um die Mittagszeit habe ich die Wände unseres großen Zimmers getüncht. (Anna sagt, unseres Salons –

nun ja!) Ich möchte, wenn es irgend geht, das Haus fertig haben, bevor ich wieder nach Pernau muß. Damit Anna bereits hier wohnt, wenn ich dort mit den Hafenbehörden verhandele. Denn Gott allein weiß, was geschehen mag, sollte Timo und Eeva die Flucht nicht gelingen und man sie festnehmen. Dann bin ich auch dran. Als Helfershelfer bei der Flucht von Leuten, die aus politischen Gründen unter Polizeiaufsicht stehen. Sollte mir wirklich etwas dergleichen zustoßen, so hoffe ich, daß meine Frau aus unserem gemeinsamen Haus nicht hinausgejagt wird, wenn sie bereits eingezogen ist.

Der Fußboden war mit alten Papiersäcken aus der Glasfabrik bedeckt, und ich trug gerade mit einem großen Pinsel mit Leim gemischtes Kalkwasser auf die Steinmauern des großen Zimmers auf, als Eeva plötzlich eintrat. Ich sah ihrem Gesicht an, daß etwas geschehen war.

»Jakob, bist du allein zu Hause?«

Ich nickte, und Eeva sagte: »Aus unserer Flucht wird nichts.«

»Wieso? Snyder sollte doch diesen Frühling ganz bestimmt . . .«

»Nicht wegen Snyder«, entgegnete Eeva, »wegen Peeter. Ich mußte ihn doch vorbereiten. Ich habe ihm vor einigen Tagen erzählt, daß Timo und ich etwa im Juni die Radigs im Kreis Harrien besuchen möchten. Ich sagte zu ihm, natürlich nur, falls ich die Erlaubnis des Generalgouverneurs oder des Ordnungsrichters erhielte. Ich habe ihm auch die Einladung von Herrn von Radig gezeigt. Ich hatte sie schon vor einiger Zeit schicken lassen. Peeter las sie und sagte – du kannst dir sicher vorstellen, wie er das mit seiner näselnden Stimme tat: ›Du kriegst keinerlei Erlaubnis. Das erstens. Und zweitens, solltest du sie trotzdem erhalten, habe ich‹ – verstehst du, Peeter – ›im Juni keine Zeit, mit euch dorthin zu gondeln.‹ Ich sagte: ›Aber Peeter, *du* brauchst deine Zeit natürlich nicht dafür zu vergeuden. Ich fahre zusammen mit Timo.‹ Darauf wandte er mir sein kantiges Kinn zu und sagte: ›Ohne mich – keinen Schritt!‹

Als ich Timo das erzählte, meinte er, unser Unternehmen wäre also hoffnungslos, solange Peeter hier wohnt und uns überwacht.«

Ich fragte, was nun werden sollte, und sie sagte: »Im Frühling wird es also nichts. Ich habe auch Jüri nicht geschrieben. Aber für den Herbst habe ich mir etwas ausgedacht, glaube ich. Ich habe es Timo schon erzählt, er schien prinzipiell einverstanden zu sein. Aber er möchte es sich noch überlegen. Kurz gesagt, wir müssen Peeter im September für einige Zeit loswerden.«

Ich fragte: »Und wie willst du das machen?«

Eeva fingerte an den Borsten meines Kalkpinsels herum. Sie sagte: »Nun, dieser Peeter ist ein widerlicher Kerl und schwer zu übertölpeln. Aber eine Schwäche hat er: Er hängt am Gängelband seiner Elsy. Obwohl er auch sie tyrannisiert. Kurz, wir müssen das ausnutzen. Wir müssen Elsy in unser Unternehmen einweihen, verstehst du. Ich habe ihr auf den Zahn gefühlt, und mir scheint, das ließe sich machen. Sie wird uns ihrem Mann nicht ausliefern. Sie hängt seit ihrer Kindheit an Timo. Sie vergöttert ihren Bruder. Ich habe bemerkt, daß sie Peeters Tyrannei Timo gegenüber als sehr schmerzlich empfindet. Wenn Timo die Flucht gelingt, ist Elsy eine zweifache Last los: Sie braucht sich weder um Timo zu grämen noch sich für Peeter zu schämen.«

»Wie stellst du dir das genauer vor?«

Eeva flüsterte beinahe, und ich bemerkte, daß sie alle Einzelheiten gründlich durchdacht hatte.

»Im August vielleicht, nicht eher, wenn Peeter sich wieder einmal Timo gegenüber recht grob aufgeführt hat und Elsy deshalb den Tränen nahe ist, ziehen wir sie ins Vertrauen. Wir sagen ihr, wir hätten alle Vorbereitungen getroffen, um uns zu retten und sie vom Alpdruck unserer Anwesenheit zu befreien. Nur helfen müßte sie uns dabei ein wenig. Uns und sich selbst. Und schließlich und endlich auch ihrem Peeter. Wenn sie einwilligt, und das muß sie, oder sie ist keine geborene von Bock, dann stelle ich es mir so vor, daß sie Mitte August unter einem Vorwand, sagen wir, beispielsweise nach Reval fährt. Zu Verwandten.

Und Anfang September schickt sie eine Nachricht: Peeter solle sofort zu ihr kommen, sie läge im Sterben, zum Beispiel. Er schwingt sich dann totsicher in den Sattel und galoppiert zu ihr. Einerlei, ob sie ihre Rolle gekonnt spielt oder nicht, ich weiß, daß jede Frau sich in solchen Dingen als wahre Schauspielerin erweist und den erfahrensten Arzt eine Zeitlang an der Nase herumzuführen vermag, ob sie ihm nun fürchterliche Schwäche vorspielt oder daß sie verblutet oder sonstwas ... Uns bleibt mindestens eine Woche Zeit. Das reicht vollkommen.«

Die alte Frau Kolts hatte im vergangenen Jahr in der nördlichsten Ecke des Gartens Kartoffeln angebaut, aber für die geernteten Knollen hatte sie sich nicht sonderlich interessiert. Wie viele Leute, die Kartoffeln noch immer eher für eine Teufels- als für eine Gottesgabe halten. So überließ sie mir für ein paar Rubel in ihrem Keller eine halbe Kiste voll davon. Ich legte ein paar Kartoffeln in heiße Asche, aus Woiseck hatte ich noch einen Laib Brot. Heute morgen habe ich auf meinem eigenen Grundstück im Schilf am Ufer ein paar Plötzen und junge Barsche geangelt und daraus in einem Tontopf Fischsuppe gekocht. Ich fragte Eeva, ob die Frau Gutsherrin auf Bauernart essen möchte. Und so verzehrten wir unser Mittagbrot auf den Steinen am Herd sitzend, Suppenschüssel, Brot und Salz auf einer niedrigen Bank vor uns. Eeva trug ein Kleid aus feinem rosa Rips mit braunen Punkten, das ihre schmale Taille eng umschloß und einen weiten Rock hatte, ich hatte mein halbhedenes Hemd und die mit Kalk und Farbe beschmierte Hose an, und unsere Hände und Münder waren rußig von den gebackenen Kartoffeln. Ich betrachtete meine Schwester, spuckte die Barschgräten in die Asche und dachte: Ein Prachtmädel! Ich sagte: »Also gut. Wenn du mich im Herbst brauchst, dann sag mir Bescheid. Am Sonnabend, das ist heute in einer Woche, komm mit Timo, wenn er Lust hat, so um sechs oder sieben herum hierher, das Hochzeitsbier deines Bruders kosten. Wenn's gut geht, gibt's auch Hochzeitsbrot. Ganz ohne solchen Firlefanz geht's wohl doch nicht ...«

Um vier Uhr fuhr Eeva im großrädrigen Zweispänner fort, ohne Kutscher, wie sie gekommen war, und ich schuftete bis zur Dunkelheit im Haus. Ach ja, Eeva sagte mir beim Abschied, schon im Zweispänner sitzend – ich hatte sie bis zur Pforte begleitet –, daß ich in diesem Frühling ihretwegen nicht nach Pernau zu fahren brauche. Sie will Kapitän Snyder die Nachricht von der Verzögerung ihrer Reise und eine Vergütung oder Entschädigung irgendwie selbst zukommen lassen.

22. Mai morgens, 6 Uhr. Ich schreibe es auf, ehe die Einzelheiten mir entfallen.

Es begann in vager grauer Finsternis. Ich hörte jemanden rufen und wollte zu ihm gehen. Meine Knie und Knöchel waren wie gefesselt, und ich kam nur mühsam vorwärts, aber ich mußte gehen. Und dann schlugen sie mich auf Brust und Schultern und Augen. Nicht allzu schmerzhaft. Es war, als schlügen sie mich mit schweren schwarzen Fliegenklatschen aus Leder, die jedesmal zurückgezogen wurden, ehe ich nach ihnen greifen konnte. Daß ich sie nicht zu fassen bekam, rief in mir eine eigenartige Hilf- und Hoffnungslosigkeit hervor, und ich versuchte es nicht länger. Ich unterließ es auch darum, weil sie mir immerfort auf die Hände klatschten (aber völlig lautlos, »klatschen« ist also nicht das richtige Wort) und daran festzukleben schienen. Wenn ich die Hände für einen Augenblick freibekam, waren sie vor Anstrengung völlig kraftlos. Mitunter traf mich das lautlose Klatschen ins Gesicht und erschwerte mir das Atmen. Ich erinnere mich, wenn meine Augen für drei oder vier Herzschläge bedeckt waren, dachte ich, sei's drum. Ringsumher ist so wenig Licht, daß ich so gut wie nichts versäume.

Ich bewegte mich weiter auf die Rufe zu, obwohl es mir immer schwerer fiel. Ich begriff (und es wunderte mich, daß ich mich nicht wunderte), was mich peinigte: Es waren Ikvibis. Und ich wußte auch, daß ich zu dem Rufenden hinstrebte, um ihn in seinem Irrtum aufzuklären. Denn derjenige, der gerufen wurde, war nicht ich. Ich vernahm deutlich, nein, nicht deutlich im eigentlichen Sinne des Wortes, sondern eher recht undeutlich, aber unüberhörbar irgendwo weit vor mir Geflüster.

»Timothée! Timothée . . .«

Und ich strebte weiter, nur um klarzustellen, daß ich jemand ganz anderes sei, daß ich mit all dem nichts zu tun hätte. Und obwohl alles auf beklemmende Art absonderlich war, wie es häufig in Träumen vorkommt, wunderte ich mich nur über eines: daß ich mich plötzlich mit den Ikvibis herumschlagen mußte. Denn ich hatte nie mit ihnen zu tun gehabt. Zu mir hatten sie nie gehört. Ich hatte sie nie mit eigenen Augen gesehen, und auch jetzt konnte ich im Finstern nicht erkennen, wie sie aussahen. Aber ich war steif und fest überzeugt, daß es sich um sie handelte. Und daß der salzige Geschmack, den ich um den Mund wahrnahm, vom Blut kam; und daß sie mit ihren winzigen Krallen, die kaum zu spüren waren, mir das Gesicht zerkratzten und es davon blutig sein mußte. Dann war ich plötzlich aus der Höhle der Beklemmung heraus und befand mich in der Landschaft meiner Kindheit in Tömbi auf dem Kannuka-Hof. Mitten auf dem Hof liegt ein Haufen frischer Kiefernborke. Vaters Schälmesser ragt daraus hervor. Daneben am Brunnen erhebt sich aus dem Gras ein Kreuz von anderthalb Faden Höhe und einem Faden Breite aus zwei hellen, nachlässig geschälten Baumstämmen. Darunter steht Jette und wischt sich mit einem weißen Taschentuch die Augen. Anna unterhält sich sittsam mit La Trobe und Näresaare-Tiit. Herr La Trobe hat einen Holzhammer und Tiit neben ihm vier lange Schmiedenägel in der Hand. Timo entfernt sich von ihnen, tritt freundlich zu mir, legt mir den Arm um die Schultern und sagt bewegt: »Jakob, das ist schön von dir, daß du kommst, dich an meiner Statt kreuzigen zu lassen.«

Er wendet sich an Herrn Laming – selbiger steht plötzlich auch da – und sagt zu ihm: »Majestät, reicht mir bitte die Leiter, damit ich hinaufsteigen kann, und dann tut, was Eure Pflicht ist.«

Ich sehe: Herr Laming lehnt die dreisprossige Leiter an das Kreuz. Dann kommt er zu uns, zu Timo und mir. Er faßt uns beide am Ellbogen und schreitet mit uns auf das Kreuz zu. Mein Gott, ich weiß nicht, was ich tun soll. Wäre ich sicher, daß ich es bin, den sie kreuzigen wollen, wäre ich dessen sicher, stieße ich Timo von mir fort und schrie: Was ist das für ein riesiger Unsinn! Aber ich schäme mich, zu schreien und zu protestieren, denn vielleicht ist es doch Timo, der gekreuzigt werden soll. Und ich weiß auch nicht recht, ob ich, falls es Timo ist, ihnen nicht trotzdem anbieten sollte, mich zu kreuzigen. Denn Timo glaubt, ich würde es tun, und Jette schaut zu und Anna ebenfalls. Trotz der fürchterlichen Schmerzen und des langsamen Todes ist Kreuzigen ja eine ehrenvolle Angelegenheit. Ich weiß nicht, was ich tun soll. Mein Inneres ist so sehr in Zweifel verstrickt, daß ich fühle, ich werde an ihnen ersticken, bevor ich am Kreuz angelangt bin.

Ich erwachte in Schweiß gebadet und betrachtete verwirrt die alten Deckenbalken, die getünchten Mauern und das Fensterkreuz im aschfarbenen Morgengrauen, bis ich begriff, daß ich mich, auf einem Strohlager liegend, in meinem eigenen neuen alten Haus in Oberpahlen befand, auf dem Fußboden unseres künftigen Schlafzimmers.

Oberpahlen, Montag, den 29. Mai 1829. Samstag vormittag waren Anna und ich bei Rücker in der Sakristei, und er sprach die Trauformeln. Ich hatte ihm unter vier Augen gesagt (sicher wußte er es ohnehin), Anna und ich hätten schon längst ein Kind miteinander haben können und er brauche auf uns nicht so viele Worte zu verschwenden, wie das bei jungen Paaren sonst üblich ist. Er war vernünftig genug, uns für unsere voreilige Liebeslust nicht zu rügen. Aber er ist schon vierzig Jahre im Amt und redete anderthalbmal soviel, wie notwendig gewesen wäre.

Wir haben unseren geringen Hausrat in der letzten Woche in unsere neue Wohnstätte gebracht. Ich besitze eigentlich nichts außer Kleidung, Wäsche, Büchern und einem Schreibtisch, der vom Dachboden des Herrenhauses von Woiseck stammt. Für den Schreibtisch gab ich Herrn von Mannteuffel beim Umzug aus Trotz vier Rubel, die er auf meine Anfrage hin aus Trotz dafür verlangt hatte. Anna hat natürlich viel mehr Sachen, denn ihr verstorbener Peeter vergeudete, wie ich gehört habe, fast keine Kopeke für Schnaps und dergleichen, sondern kaufte dafür Möbel. Die beiden Fuhrwerke der Fabrik Röika waren damit vollgepfropft: ein kleines Sofa, einige Stühle und ein Regal, das jetzt im Wohnzimmer steht, ein Tisch, Bänke und ein Geschirrschrank fürs Speisezimmer, ein Ehebett und eine Kommode fürs Schlafzimmer, zwei, drei Truhen, darüber hinaus Küchenmöbel, Waschtröge und Schüsseln. Auch einige Teppiche und Läufer, die Anna sehr geschickt auszulegen wußte: das öde Haus wurde sogleich wohnlicher. Am Samstag, nachdem wir bei Rücker gewesen waren, kamen die Gäste. Die Hochzeitsgäste sozusagen.

Ich weiß nicht recht, warum ich »sozusagen« geschrieben habe. Zumal bei uns nicht nur Bauern, Handwerker und Bürger, sondern, das ist fast unglaublich, sogar geborene Adlige zu Gast waren, gleich zwei auf einmal. Aber vielleicht kam mir die Gesellschaft eben deshalb seltsam vor. Eeva hatte dem Ordnungsrichter eine Sondererlaubnis für Timo abgeschmeichelt. Wegen Peeter, versteht sich. Denn der betont stets, Timo dürfte sich nach dem Gesetz nur in den Grenzen der Gemeinde bewegen. Das heißt, er darf vom Gut fünfundzwanzig Werst in Richtung Südosten reiten, aber nicht fünf Werst nach Nordosten. Als Timo und Eeva ihm die Genehmigung auf den Tisch legten, sagte er in seinem näselnden Ton: »Ohne mich fährst du nicht dorthin, und ich bin nicht eingeladen.« Worauf Timo geantwortet hatte: »Gefängniswärter werden nirgends eingeladen, jeder muß die Last des Amtes, das er gewählt hat, selbst tragen. Da mußt du eben uneingeladen hingehen.« Und Peeter hatte gesagt: »Ich denke nicht daran, hinter einem Verrückten herzurennen und mich zum Narren zu machen.«

Doch da war Elsy für Timo eingetreten und hatte gerufen, Sie, Elsy, wäre doch auch eine von Mannteuffel und Peeter müsse es genügen, wenn sie mit Timo führe, ob sie nun eingeladen sei oder nicht. Dabei glühten ihre sonst so kühlen grauen Augen derartig, und ihre sonst so leise, verschnupfte Stimme war plötzlich so schneidend, daß er sich laut brummend fügen mußte.

Es scheint fast unglaublich, aber so war denn der bunte Reigen meiner Verwandten und Bekannten am Samstagabend bei uns versammelt, angefangen beim Flügeladjutanten, Obersten und Verrückten des Imperators und seiner vornehmen Schwester und meiner eigenen, nicht weniger stolzen und eigensinnigen Schwester über den schnauzbärtigen Herrn Malm, den einzuladen Anna für notwendig gehalten hatte, die Schwalbes und noch einige Leute aus der Fabrik mit ihren Frauen bis zu meiner Schwiegermutter, der Handwerkerwitwe, und meinen eigenen Eltern, den armen Bauern vom Pastoratsgut.

Meine Schwiegermutter sah ich am Samstag zum erstenmal. Sie lebt allein in der Nähe von Fellin, und Anna scheint zu ihr kein allzu enges Verhältnis zu haben. Im Vergleich zu der behäbigen, üppigen Anna ist die Faßbinderwitwe erstaunlich dürr und flink. Sie war vom Hochzeitsbier und ein paar Schluck Wein bald beschwipst und wollte mir unbedingt klarmachen, daß ich eine weitaus prächtigere Partie gemacht hätte, als ich mir vorstellen könne. Ich beeilte mich natürlich nicht, ihr zu sagen, daß Anna und ich schon gute anderthalb Jahre zusammengelebt haben und daß ich all ihre Pracht kenne.

Ich hatte auch Näresaare-Tiit gebeten, am Samstagabend vorbeizukommen. Ich hatte ihm gesagt, ich hätte Timo die traurige Geschichte von seinem Auge selbstverständlich nicht erzählt und würde es auch nicht tun. Aber Tiit erwiderte prompt: »Mein Lieber, ich möchte auf deiner vornehmen Hochzeit nicht die komische Figur abgeben. Später, wenn du wieder auf dem Fluß spazierenfährst, mit oder ohne deine Frau, vergiß nicht, in meine Hütte zu kommen. Aber ich zu deiner Hochzeit – nein!«

Tiit kam also nicht. Wer aber ganz unverhofft eintrat

(mir war nicht einmal der Gedanke gekommen, ihm eine Einladung nach Dorpat zu schicken), war Herr La Trobe. Er hatte in Oberpahlen etwas zu erledigen gehabt und hatte bei den von Wahls von meiner Hochzeit gehört. Er brachte einen riesigen lila Fliederstrauß mit und drückte ihn Anna mit weltmännischer Verbeugung in den Arm. Er saß bis zum frühen Morgen bei uns am Tisch und erzählte von der Misere des Dorpater Musiklebens und daß er, falls es ihm nicht gelänge, dort seine musikalischen Pläne zu verwirklichen, nach Amerika auszuwandern gedenke, wo sein Bruder, ein berühmter Brückenbauer, lebe. Noch bevor der Morgen graute, ging Herr La Trobe mit dem Bierseidel in der Hand an den Fluß, um den Morgen zu begrüßen. Er stolperte von einer Sode ins Wasser, und seine Hose wurde naß bis zu den Knien. Er hielt uns in einem Kauderwelsch aus Deutsch und Estnisch eine endlos lange Hochzeitsansprache. Aber übelnehmen konnten wir ihm das nicht, denn er redete viel weniger von Braut und Bräutigam als von der Schwester des Bräutigams. Und er fand für Eeva Worte, von denen ich einige wegen ihrer Absonderlichkeit hier wiedergeben will: *Eine vom Himmel gegebene Erscheinung, eine Dame, die überall geboren werden kann, wo Gott will . . . Eine ganz außerordentliche Frau!** Eine Frau, die das Volk, dem sie angehört, wenn es sich seiner selbst bewußter wäre, als es ist, als Heldin der Zärtlichkeit und Beharrlichkeit preisen würde. Und weiter in diesem Ton, allein beim Aufschreiben komme ich mir albern vor.

Eeva folgte Herrn La Trobes schwülstigem Erguß mit verlegener Miene und leichter Ironie um die Mundwinkel, was ich gut verstehen konnte. Erst kürzlich hatte sie mir erzählt, daß La Trobe einst diejenigen Adligen Esel genannt hatte, die Frau von Bock nicht verehrten. Doch war das zu einer Zeit gewesen, als jene Dame noch die Frau eines Freundes des Zaren war und Arm in Arm mit dem Freund des Zaren im Park von Woiseck lustwandelte. Später (als ich bei Tenner Sextanten schleppte und Karten kopierte und das Geschehen auf Woiseck nur selten verfolgen konnte), als Frau von Bock mit der Dornenkrone des

Hochverräters von Bock umherging, hatte Herr La Trobe geflissentlich den Eindruck zu erwecken versucht, er hätte mit dieser Dame nicht das geringste zu tun. Was mitunter so weit ging, daß er in Gesellschaft tat, als kenne er sie überhaupt nicht.

Nun ja, ziehen wir in Betracht, daß Petrus den Heiland dreimal verleugnete, ehe der Hahn zweimal krähte, derselbe Petrus, den der Heiland einen Fels genannt hatte, auf dem er seine Gemeinde bauen würde. Aber auf Herrn La Trobe hatte der Imperator nicht einmal die Verwaltung des Gutes bauen können. Was konnte man also von Herrn La Trobe verlangen!

(Und überhaupt, was ist richtig: daß man vom Menschen nicht allzuviel verlangen kann? Oder daß man von ihm mehr verlangen sollte? Ich fühle, daß beides richtig ist. Aber ich mache mir nicht die Mühe, darüber nachzugrübeln, warum das so ist. Denn ich glaube nicht, daß bei meinen Grübeleien sonderlich viel herauskäme ...)

Nun, den Märtyrertod, der Petrus einst für seine Reden in Rom ereilte, fand Herr La Trobe für seine Hochzeitsansprache in Oberpahlen natürlich nicht, sondern er fuhr Sonntag um die Mittagszeit nach Dorpat zurück.

Timo erwähnte La Trobe in seiner Hochzeitsansprache ebenfalls. Doch sagte er nur, uns würde die große Ehre zuteil, in diesem netten niedrigen Haus, an diesem netten einfachen Tisch mit einem Menschen zu sitzen, der den hellsten Sternen unserer Zeit nähergestanden hat, als wir ahnen könnten, und ihm, La Trobe, sei das besondere Glück und die Ehre zugefallen, seine Rede dazu zu benutzen, Herrn von Bock der Fürsorge seiner reizenden Gattin anzuempfehlen und ihm beste Genesung zu wünschen.

Zum erstenmal nach Timos Rückkehr konnte ich beobachten, wie er sich unter zwanzig ihm meist fremden Menschen verhielt. Es schien vollkommen normal. Obwohl ich spürte, wie sehr ihn das Gefühl, angekettet zu sein, reizte. Er stellte Elsy lachend als seine Gefängniswärterin vor und neckte sie mehrmals, doch immer heiter und herzlich, wegen ihrer Rolle als ungeladener Gast bei diesem Hochzeitsfest. Er brachte sogar ein hübsches estnisches Wortspiel zustande, wobei er sich an mich und einige andere um Hilfe wandte. Er fragte: *»Was heißt eigentlich Brüderlichkeit auf estnisch?«** Ich erwiderte: »Vendlus.« Er fragte: *»Und Schwesterlichkeit?«** Jemand sagte: *»Das dürfte dann wohl õelus sein . . .«** Timo fragte: *»Aber wie heißt õelus auf deutsch?«** Und Frau Schwalbe, die nicht hingehört hatte, meinte treuherzig: *»Bosheit.«** Worauf Timo Elsys Wange tätschelte und rief: *»Siehst du, da hast du's, mein Schwesterchen!«**

Durch die offenstehende Tür sah ich Timo ins Nebenzimmer gehen, wohin sich Mutter und Vater inzwischen zurückgezogen hatten. Er legte ihnen die Hände auf die Schultern und sagte: »Die Stiefel, die Kitty mir geschickt hat, die hast doch du gemacht, Vater?«

Der Alte murmelte: »Ob es gerade die waren . . . Aber so an die drei Paar habe ich für dich gemacht in all den Jahren.«

Timo wandte sich an meine Mutter: »Und die Lämmer, deren Fell in den Stiefeln war, die hast du aufgefüttert, nicht wahr?«

Und Mutter entgegnete: »Nun ja, natürlich. Was fressen schon ein paar Lämmchen.«

Timo sagte: »Ich habe euch noch nicht einmal dafür danken können. Es waren meine liebsten Stiefel. Im Winter. Da kann es jedem passieren, daß ihm das Herz in die Hose rutscht. Auch mir ging das so. Aber wenn ich die Stiefel anhatte, nun, dann wurde mir so warm ums Herz, daß es wieder hochstieg.«

Gegen Morgen, wir hielten uns in meinem sogenannten Arbeitszimmer auf, das als Rauchzimmer diente, begann Herr Schwalbe, der einen über den Durst getrunken hatte, was sonst nicht seine Art war, Timo zu fragen, wie es denn dort gewesen sei. Timo sagte in das Schweigen hinein, das auf Herrn Schwalbes Frage folgte: »Wissen Sie, ich habe dort eine medizinische Entdeckung gemacht. Das Gedächtnis des Menschen und seine Zähne stehen erstaunlicherweise in einem engen Zusammenhang. Jawohl. Wer auf eine gewisse Weise seine Zähne verloren hat, der hat auch sein Gedächtnis verloren.«

Während des ganzen Abends und der darauffolgenden Nacht vernahm ich aus Timos Mund nur einen Satz, den man für seltsam hätte halten können. Und auch da bin ich mir nicht sicher. Herr Malm aus der Spiegelfabrik erkundigte sich bei Timo: »Herr von Bock, es gab Gerüchte, man hätte Sie Anfang der zwanziger Jahre in Deutschland gesehen, in Berlin und anderswo . . .«

»Ja, ich habe davon gehört. Das kam daher, daß mich manche Leute mit meinem Bruder Georg verwechselt haben.«

»Ach so«, sagte Herr Malm ziemlich enttäuscht. »Sie waren also all die Jahre in Rußland?«

Darauf sagte Timo, wobei er durch das Fenster in die Morgendämmerung schaute: »Ich weiß nicht, was für ein Land das war. Mag sein, es war nicht Rußland. Jedenfalls hing dort der Himmel so tief, daß man kaum aufrecht stehen konnte.«

Die letzten Gäste fuhren gegen Morgen, weil wir keine Betten für sie hatten. Timo und Elsy waren schon in der Nacht nach Hause gefahren. Eeva blieb da, um Anna und ihrer Mutter beim Aufräumen zu helfen. Ich begab mich zum Fluß, setzte mich im undurchsichtigen wattigen Nebel auf einen alten Weidenstumpf und sann über mein Leben nach. Trotz des dichten Nebels war mir klar, daß ein Kapitel meines Lebens beendet war und ein neues begann. Größere Klarheit vermochten meine Gedanken nicht zu gewinnen. Ich lauschte dem Rauschen des Frühjahrshochwassers eine Werst stromaufwärts am Mühlendamm beim Schloß und beobachtete die unbeweglichen weißen Nebelschwaden um mich herum. Durch meine bierträge Müdigkeit hindurch verspürte ich eine sonderbare Gereiztheit und begriff, daß es der merkwürdige Widerspruch zwischen der hörbaren Bewegung des Wassers und der sichtbaren Unbeweglichkeit des Nebels war, was mich reizte. Hinter dem Schutzwall meiner Müdigkeit schien mir die Welt voller Hoffnung und zugleich voller Gefahr. Und dann, ich erinnere mich genau, war mir, als tauchten im unbeweglichen wattigen Nebel über dem Flußufer zwischen den Rohrkolben vom vergangenen Jahr im gespenstischen Morgenlicht Annas helle Brüste und Hüften auf. Ich erhob mich vom Baumstumpf und ging aufs Haus zu – es war vom Fluß aus im Nebel nicht zu sehen hinter den blühenden Apfelbäumen –, und ich fühlte, daß diese Brüste und Hüften mir dort, in dem mir immer noch sehr fremden Haus, erwartungsvoll zur Verfügung standen, ist befreiend schön, aber gleichzeitig auch beschämend.

Sonntag, den 3. Juli 1829, nicht mehr auf Woiseck, sondern in Oberpahlen. Anna ist am Morgen in die Kirche gegangen, und ich bin, Kopfweh vortäuschend, zu Hause geblieben. Denn ich wollte nach mehr als dreimonatiger Pause einiges ins Tagebuch eintragen.

Vorgestern war Eeva hier. Sie brachte mir das notwendige Geld, und wir verabredeten, daß ich in dieser Woche nach Pernau fahre. Ich werde mir in der Nähe des Hafens ein abseits gelegenes Quartier mieten oder noch besser ein Häuschen. Ab Mitte August werde ich dort wohnen. Hoffentlich nicht länger als einen Monat. Für Anna muß ich einen glaubwürdigen Vorwand erfinden. Den Leuten in Pernau werde ich sagen, daß mir der Arzt Seebäder oder zumindest Seeluft verordnet hätte. Bei Kapitän Glans werde ich mich wieder lieb Kind machen. Und dann wird mich meine Schwester mit Mann und Sohn für einige Tage besuchen. Nach unserem Plan etwa Mitte September, ein paar Tage nach Ankunft Snyders und seiner »Ameland«. Wenn bei mir alles klappt, dürfte unser Unternehmen mit Gottes Hilfe diesmal gelingen. Übrigens hat Eeva Elsy eingeweiht, die Feuer und Flamme ist, für ihren Bruder die entsprechende Posse aufzuführen. Sie fährt Ende des Monats nach Reval und wird Peeter Mitte September dorthin locken. Übrigens hat Eeva erzählt, Jüri hätte geschrieben. Er werde Ende Mai auf Befehl des Zaren vom Lyzeum in Zarskoje selo in das Petersburger Seekadettenkorps geschickt. Ich fragte, was sie davon hielte, und sie meinte, soviel sie verstehe, sei das Korps im Vergleich zum Lyzeum eine Institution mit härterem militärischem Drill, denn es sei eine rein militärische Ausbildungseinrichtung. Sie sagte: »Daß der Befehl des Zaren erneut ihn unter anderen seinesgleichen erwählt hat – Gott, er ist ja erst zehn Jahre alt –, macht mir Angst und läßt mich mit Bangen an seine Zukunft denken.«

Ich möchte hier noch eine dumme, für mich aber erschütternde Sache niederschreiben.

Ich habe bereits meinen Traum von der Fahrt auf dem Fluß im geflochtenen Boot geschildert, in welchem Zar Alexander, Jette und Anna saßen, und in dem das Boot schließlich sank.

Ich habe denselben Traum im vergangenen Sommer mehrmals geträumt. Zuletzt war es so: Wenn ich über die rechte Schulter auf die hintere Bank schaute, sah ich Anna; schaute ich über die linke Schulter, sah ich Jette.

Darauf wandte ich mich um, um herauszufinden, welche von beiden es nun wirklich war, und da saß tatsächlich nur eine, doch ich konnte nicht feststellen, welche es war.

Anscheinend lenkte dieser sich wiederholende Traum meine Aufmerksamkeit auf Dinge, die es wirklich gab. Am Sonntag wachte ich zur gewohnten Zeit auf, und, soweit ich mich erinnern kann, nicht aus diesem Traum. Ich erwachte in unserer Schlafkammer neben Anna. Die kleine Wanduhr mit den zwei stumpfschnäbeligen Rotkehlchen zeigte sieben. Das Fenster zum Fluß war einen Spalt weit geöffnet, und dahinter lag ein weicher, wolkiger Morgen. Ich stützte mich auf einen Ellbogen und betrachtete Anna. Ihr sonst glattgekämmtes Haar lag offen auf dem Kissen und war viel voller, als man hätte annehmen können. Ich registrierte das mit Behagen. Ihr aus dem Nachthemd hervorquellender Busen und ihr Körper unter dem Hemd und der leichten Sommerdecke schienen noch üppiger als sonst. Ich vergab es ihr, denn ich dachte daran, wie wir vor einigen Stunden hier im Dunkel der Nacht miteinander die Seligkeit unserer Leiber gesucht und sie, atemlos vor Anstrengung und Glück, gefunden hatten. Und da fuhr es mir plötzlich durch den Kopf, an wen ich dabei im Schutz der Dunkelheit und Lautlosigkeit gedacht hatte, an wen ich stets in Annas Armen gedacht hatte. Nicht an sie! An Jette! An Anna hatte ich nur gedacht, soweit sie Jette auf eine unerklärliche Art ähnlich ist. Jawohl. Nur weil sie Jette auf sonderbare Art gleicht. Obwohl sie über zehn Jahre älter ist als Jette und ganz anders gebaut. Obwohl Jette im Vergleich zu Anna ein Kind war. Und doch haben sie beide den gleichen klarlinigen pflaumenförmigen Mund, die gleiche Linie der Brauen. Und ihre klaren grauen Augen sind vom gleichen runden Schnitt, ihre äußeren Augenwinkel liegen ein wenig tiefer als die inneren. Und auch ihre Stimmen, matt und sanft, klingen sonderbar gleich, und beide pflegen sich in gefühlvollen Augenblicken an einem festzukrallen, zu erstarren und reglos dazuliegen.

Heute vor einer Woche begriff ich plötzlich: Gerade wegen dieser seltsamen und kaum auffallenden Ähnlichkeit hat mich Anna vor anderthalb Jahren an sich gefesselt. Und wegen Annas und Jettes unmerklicher Ähnlichkeit habe ich die ganze Zeit, und besonders in Augenblicken unserer größten Nähe, statt an Anna stets nur an dieses unglückliche, verweinte, von mir verstoßene, doch immerfort begehrte Kind gedacht.

Es hat keinen Zweck, sich zu fragen, warum das so ist. Denn ich könnte nichts anderes antworten, als daß ich sie gern habe. Und diese Worte wären noch nichtssagender als die meisten anderen. Warum ich Anna auf diese Art betrogen habe, warum ich sie von Anfang an, wenn auch nicht bewußt, für meinen Betrug erkoren habe, darauf könnte ich mir vielleicht eine Antwort geben. Ich könnte es wenigstens versuchen.

Ich halte es durchaus nicht für tragisch, daß meine Ehe sozusagen auf Betrug gegründet ist. Ein großer Teil, ich denke, der größte Teil der Beziehungen zwischen Männern und Frauen beruht entweder vollkommen oder wenigstens von Zeit zu Zeit auf ähnlichem – na gut – Betrug. Ich könnte mich natürlich darüber beklagen, daß ausgerechnet ich darunter leiden muß, daß meine Ehe der größeren und schlechteren Kategorie und nicht der kleineren und besseren angehört. Aber Gott sei Dank bin ich zu alt für derartige idealistische Verklemmtheiten. Sowohl in meinem Verhalten zur Familie (wenn ich an meine eigenen Angelegenheiten denke) als auch in meinem Verhalten zum Staat (wenn ich Timos Phantastereien in Betracht ziehe). Eben. Aber was die tiefere Ursache meiner Wahl betrifft, so dürfte es dazu gekommen sein, weil ich sehr wohl wußte: Ich habe Jette tief verletzt, als ich sie ihres Vaters wegen von mir stieß. Von meinem Standpunkt war das unvermeidlich. Aber von dem ihren mußte es unbegreiflich sein, nein, vielleicht sogar begreiflich, aber doch unverdientermaßen grausam. Habe ich, ohne mir selbst darüber klarzuwerden, habe ich das Jette zugefügte Unrecht einfach irgendwie und an irgend jemandem, ich weiß selbst nicht, an wem, wiedergutmachen wollen, dadurch, daß ich ...

Verdammt, so kompliziert (und edel) dürfte meine Geschichte kaum sein. Ich habe kürzlich ein von den von Wahls geliehenes Buch gelesen über die Theorien eines Wiener Arztes, und ich glaube, der animalische Magnetismus dieser beiden Frauen übt auf meinen entsprechenden ... ismus einen verhängnisvollen ...

DIENSTAG, DEN 2. AUGUST 1829. Anna war vorgestern plötzlich wieder da, viel früher, als ich sie erwartet hatte. Aber ich sehe, daß ich meinen letzten Zeilen nichts hinzuzufügen habe. Streichen werde ich das Geschriebene nicht. Wenn auch nur aus Trotz gegen mich selbst.

Ich habe Anna gesagt, ich hätte von Oberst Tenner einen Brief erhalten und müsse wegen unvollendeter Arbeiten zu ihm nach Reval fahren. Ich mache mich morgen auf den Weg. Nach Pernau natürlich. Vielleicht begehe ich eine Dummheit, aber ich habe beschlossen, das Tagebuch mitzunehmen. Ließe ich es hier, hätte ich in der Ferne das Gefühl, sie brauchte nur meine Kammer zu betreten und könnte es in der Nähe meines Tisches am Fenster durch die Bretter des Fußbodens hindurch sehen. Bleibt dagegen nur Timos Memorandum hier, würde nichts durch die Bretter schimmern. Obwohl man gerade bei jenem an eine unterirdische Sonne denken könnte.

PERNAU, DONNERSTAG, DEN 11. AUGUST. Ich habe ein für unser Unternehmen ideales Haus gefunden. Es ist der Sommersitz des hiesigen Großkaufmanns Zwiebelberg und steht fünfhundert Schritt südwestlich vom Zentrum, dort, wo hinter den mit Gestrüpp bewachsenen Bastionen das Weideland beginnt, auf dem sich Gras und Sand abwechseln, dem Flußhafen so nahe, daß über dem Gebüsch im Hof die Schiffsmaste zu sehen sind. Bis zum Meeresstrand sind es zweihundert Schritt.

Das Haus ist ziemlich baufällig und hat nur drei kleine Zimmer und eine winzige Veranda. Aber auf dem Hof gibt es dafür einen Stall und eine Remise, wo man Pferde und Kutsche vor neugierigen Augen verbergen kann. Und das günstigste: kommt man von der Rigaer Landstraße und biegt nach Nordwesten ab, erreicht man es über Feldwege, ohne durch die Stadt fahren zu müssen.

PERNAU, DEN 14. AUGUST 1829. Ich begab mich gestern um die Mittagszeit ins Wirtshaus Ingerfeld, und dort saß Kapitän Glans, wie er leibt und lebt. Seine Begeisterung bei meinem Anblick machte mir Mut. Seine blaue Uniformbrust war noch schmieriger als vor einem Jahr. Auch das war kein schlechtes Zeichen. Wir aßen zusammen unser Mittag und spülten es mit irgendeinem roten Gesöff hinunter. Ich wollte echten Oporto bestellen, aber den gab es nicht. Denn die »Ameland« kommt erst in ein paar Wochen. Ich säte den vorjährigen Samen ins Bewußtsein des Kapitäns. Weiter habe ich hier im Moment nichts zu tun. Also fahre ich für eine Woche zurück nach Oberpahlen.

Oberpahlen, 20. Aug. 1829. Anna ist bei ihrer Mutter in Fellin. Wir hatten verabredet, daß sie während meiner Abwesenheit einige Wochen dort verbringt.

Gestern früh fuhr Eeva über Oberpahlen nach Petersburg, um Jüri zu holen. Gebe Gott, daß der Junge jetzt gesund ist und nach Hause darf.

Übrigens brachte Eeva eine Schatulle aus Kiefernholz mit allerlei Papieren mit. Sie sagte, Timo bäte mich, sie unter meinem Dach aufzubewahren. Ins Ausland wolle er sie nicht mitnehmen, sie zu verbrennen wäre es noch zu früh, und im Kivijalg könne er sie nicht lassen, weil Peeter dort herumschnüffele.

Als sie mir die Schatulle überreichte, war sie verschlossen. Ein einfaches, schmuckloses dunkelbraunes Kästchen. Den Schlüssel gab sie mir nicht, und ich fragte auch nicht danach. Ich wollte in ihrer Gegenwart den Schreibtisch nicht beiseite rücken und die Diele anheben. Ich legte die Schatulle also in die Schublade. Wir besprachen alles Notwendige, und ich begleitete Eeva an die Pforte zur Kutsche. Als ich zurück ins Zimmer kam und die Schatulle hervorholte, um sie ins Versteck zu tun, bemerkte ich, daß der Rand eines Papierbogens einen Millimeter unter dem Deckel hervorschaute. Ich wollte ihn mit dem Fingernagel zurückschieben. Es ging nicht. Ich versuchte, den Spalt zwischen Kästchen und Deckel zu erweitern. Es gelang nicht. Die Schublade stand offen, und meine Pfeifenreiniger und andere winzige Werkzeuge lagen dort. Ich nahm einen kleinen Schraubenzieher und bemühte mich, den Spalt so viel zu erweitern, daß ich das hervorschauende Blatt hineinschieben konnte. Ich wandte nicht viel Kraft auf. Nur ein klein wenig. Bei Gott. Aber plötzlich gab der Deckel nach, und die Schatulle stand offen! Der Haken hatte sich von den Stiften gelöst und somit auch vom Schatullenrand. Er steckte nun im Schatullenrand wie ein Zahn im leeren Gaumen.

Jetzt wäre es wahrlich dumm gewesen, keinen Blick auf den Inhalt zu werfen. Was ich fand, war aufs Haar das, was ich erwartet hatte, ich könnte mich fast für einen Hellseher halten.

Ich überflog die anderthalbhundert Blätter aufmerksam. Ich überflog sie, weil es unmöglich war, sich darin zu vertiefen, und ich tat es aufmerksam, weil ich bald fühlte, daß es anders nicht ging.

Ich kann das unmöglich abschreiben. Wenigstens vieles nicht. Doch die ersten Blätter übertrage ich. Damit der Eindruck verständlich wird, den sie erwecken.

Das Manuskript beginnt mitten im Satz:

1

wonach Zebaoth verständlicherweise Hauptprosektor der oberen und unteren Meere ist und das Vermögen der toten Minister, sowohl das finanzielle wie auch das moralische, zu verteilen ist unter den lebenden Schafen entsprechend dem Paukenwirbel. Ein gewisser rothaariger Mauritier machte mir gestern nacht die Identität von Iwan Iwanowitsch, Apostel Lukas und mir mittels zwei Geigensaiten und einer Zauberrute klarer als den dichtesten Nebel. Unsere erste Grundfrage ist folglich: Republik oder Monarchie. Denn von der Südspitze der Halbinsel Yucatan bis zum Bart der Maria Theresia sind es dreieinhalb Oktaven. So gab es für die globale Musik des Zaren erst kürzlich mehr Raum als

2

für die Lebenden Weihrauch und für die Toten Brot. Was deutlich beweist, daß die Weite der Engelsschwingen nach Meinung einiger großartig, nach Ansicht anderer überhaupt nicht ins Rohr Fraunhofers paßt und daß wir in der Asche des Feuerbrandes von Babylon dösen. Wobei nur in einem Fall von Gewicht ist, ob wir die Republik der Monarchie vorziehen oder umgekehrt. Aber der Duft der Blumen und die Gefälligkeit der Henkersknechte, den Gekreuzigten dem Schutz der Dämmerung zu übergeben, erinnert durchaus nicht an die Herrschaft von Mazedonien, wenn auch der ehrenwerte Moissej Nilowitsch behauptet, Licht sei nicht wegen des Feuers, sondern wegen der Dunkelheit das, was den Teufel von

Sinnen bringt. Und wirklich, weder Jason noch Theseus haben je Wagenräder benutzt, um jene Backe, die auf den Streich wartet, den Feinden

3

zuzuwenden. Denn wenn der Flug der Vögel beredter sein soll als die Eingeweide der Opfertiere, müssen die Stiefel wenigstens in einem Falle grün gefärbt werden, dann, wenn wir uns hinreichend frei machen können, um zu fragen: Erstens, ob es möglich oder unmöglich ist, die Nachteile der Monarchie durch die bewußte Wahl der Person des Monarchen und des Typs der Monarchie in vertretbarem Maße zu verringern. Obwohl einige Adelsdamen einigen ihrer Gäste belegte Brote mit Fisch und Glasscherben aufzutischen pflegen. Und obwohl die Grundlage der Kunst des Komponierens, wie Graf I. zumindest in einem Fall zu beweisen suchte, das Herausziehen der Notenpfeile aus dem Leib der Schießscheibe ist, so daß man die aus den Wunden emporsteigende Musik meinetwegen als Verherrlichung des Teufels auslegen kann, denn

4

tatsächlich sind die Wunden völlig stumm. Und zweifellos ist das Schießpulver für die Leimköche des Vogelfangs ein Problem und für die Jagdhunde ein anderes. Zweitens: Kann eine Republik unter schwierigen Bedingungen bestehen – denn nur unter solchen kann sie entstehen –, ohne einen Ausweg in der Diktatur zu suchen, und muß sie deshalb nicht wiederum in Kauf nehmen, daß sie zur Tyrannei wird und damit ihren eigenen Tod herbeiführt? Denn der Kreis stellt das Wesen der Natur dar.

Man bedenke: der Augapfel, der Querschnitt eines Baumstammes, die von einem Stein im Wasser hervorgerufene Welle, der Regenbogen, die Sonne, die Qualle, der kaiserliche Hof, das Ekzem. Wodurch sich jedoch Neptuns Dreizack vom Wagen des Elias unterscheidet, ist selbstverständlicherweise beider schönes Hellgelb . . .

Ich weiß zu all dem zunächst nichts Bestimmtes zu sagen. Aber ich denke, etwas ist mir aufgefallen, daß auf jedem

Blatt zumindest der Satz zwischen dem zweiten und dritten Punkt sinnvoll zu sein scheint und daß diese Sätze insgesamt einen zusammenhängenden und vernünftigen Text ergeben. Wenn ich Zeit finde und dieses Manuskript für längere Zeit bei mir bleiben sollte, werde ich es herausfinden.

Oberpahlen, den 30. Aug. 1829. Heute kam aus Petersburg der mit Eeva verabredete Brief. Das Wetter dort wäre bereits recht schön. Aufgegeben am 25., was besagt, daß sie, also Eeva und Jüri, sich an diesem Tag auf den Weg gemacht haben. Morgen früh fahre ich nach Woiseck und schaue mal nach dem Rechten. Das heißt, ich vergewissere mich, ob Peeter schon weg ist und ob Eeva und Jüri schon da sind. Ist alles in Ordnung, fahre ich nach Pernau. Mit der Reise müssen die von Bocks allein zurechtkommen. Und das werden sie auch. Wenn der Kutscher Juhan sie hinfährt und Eeva alles vorbereitet.

Oberpahlen, den 1. September. Gott sei Dank: alles ist in Ordnung.

Eeva und Jüri sind zwar noch nicht zu Hause, aber an ihrem Kommen zweifle ich nicht. Die Hauptsache ist, daß Claire mir gestern mit sehr besorgter Miene erzählte, ihre Mutter sei plötzlich in Reval schwer erkrankt, so daß ich bedauerte, ihr nicht die Wahrheit sagen zu dürfen. Ihr Vater hätte vorgestern von Doktor Frese einen höchst beunruhigenden Brief erhalten. (Wie mag Elsy es angestellt haben, daß der Doktor sogar Briefe schrieb aus diesem Anlaß? Oho!) Und Vater Peeter sei gestern früh nach Reval galoppiert. Quod erat probandum, wie man sagt. So, das lästigste Hindernis auf dem Fluchtweg der von Bocks ist beseitigt. Zugegeben, nur dank Eevas weiblich-einfacher Idee . . .

Pernau, den 17. Sept. 1829. Ich bin schon seit dem 4. hier. Die »Ameland« ist am 6. eingelaufen, wurde in wenigen Tagen gelöscht und in der folgenden Woche mit Flachs beladen. Im Laderaum ist ein Versteck für drei Personen bereitet. Für Proviant und Trinkwasser ist gesorgt. Sie selbst dürften morgen nachmittag ankommen. Wir werden keine Minute verlieren. Sobald sie da sind, gehe ich in die Stadt und veranstalte für Kapitän Glans ein Gelage im Wirtshaus Ingerfeld. Damit ihm in der Nacht nicht etwa der Gedanke kommt, seine Hafenwachen zu kontrollieren. Den drei diensthabenden Männern, unter ihnen ein Unteroffizier, schaffe oder schicke ich Speise und Trank ins Wächterhäuschen am Hafen. Damit der Neid sie nicht wach hält und sie rechtzeitig schnarchen. Eine halbe Stunde nach Mitternacht lasse ich Kapitän Glans bei Ingerfeld allein (er muß bis dahin sternhagelvoll sein), komme her, wecke Juhan (die Herrschaften werden hoffentlich von selbst wach), wir teilen ihre Koffer unter uns drei Männern auf, und ich führe sie schnell und leise zum Winterhafen in ein halbzerfallenes leeres Haus. Dort werden sie von Kapitän Snyders Leuten in Empfang genommen und aufs Schiff gebracht.

18. Sept., abends um 8. Sie sind da. Juhan hat Pferde und Kutsche untergestellt. Ich habe ihn auf den Stallboden schlafen geschickt. Wir brauchen ihn nachts zum Koffertragen. Eeva ruht sich eine halbe Stunde auf einem Strohsack aus. Nachdem sie den Inhalt ihrer acht Koffer in sieben untergebracht hat und bevor sie den der sieben in sechs Koffer stopft. Denn mehr als sechs Koffer und einige leichte Bündel für Eeva und Jüri dürfen sie nicht haben, wenn wir die Strecke nur einmal zurücklegen wollen.

Timo sitzt auf dem Hof an der Verandawand unter der Eberesche. Ich sehe ihn durchs Fenster.

Ich sage Jüri, er soll aufpassen, nur um etwas zu sagen, und gehe, denn es ist Zeit.

19. Sept., nachmittags. Hm. Also, sie sind weg. Ich möchte die Ereignisse von gestern nacht hier eingehend schildern.

Sie waren also um etwa sechs Uhr abends eingetroffen. Verständlicherweise waren wir alle einigermaßen aufgeregt. Als Eeva die Koffer umpackte, fragte Jüri: »Mutter, wohin fahren wir eigentlich?«

Eeva erwiderte: »Ich habe es dir doch gesagt. Nach Ösel. Zu den Buxhoevdens. Sie sind unsere Verwandten und sehr nett.«

»Warum fahren wir denn heimlich, wo doch Vater die Erlaubnis vom Zaren hat?« fragte Jüri und stellte die Schachfiguren auf, um mit mir zu spielen. Dieselben Figuren, die ich ihm vor zwei Jahren geschenkt hatte.

»Weil«, erklärte Eeva, »die kleinen Beamten in Pernau möglicherweise nicht glauben, daß unsere Erlaubnis echt ist. Und wir könnten mehrere Tage, ja eine ganze Woche verlieren, ehe sie sich davon überzeugt haben.«

Ich ließ mich beim zwanzigsten Zug schlagen, damit das Spiel schneller ein Ende hatte. Vielleicht hätte er mich beim dreißigsten sowieso besiegt, denn er spielt für seine zehn Jahre erstaunlich gut. Und überhaupt scheint der Bengel selbständig denken gelernt zu haben. Ich dachte: Kommt das daher, daß er besonders beflissen aufgenommen hat, was sie ihm im Lyzeum beigebracht haben, oder daher, daß sein Ich sich besonders heftig dagegen wehrte?

Ich habe bereits geschrieben, daß Eeva sich zwischen dem Packen auf einen Strohsack gelegt hatte und Timo (ich sah ihn durchs Fenster), trotz Wind und Nieselregen, im Hof unter der Eberesche auf einer Bank saß und aufs Meer hinausstarrte, das in der Dämmerung eigentlich gar nicht mehr zu erkennen war. Ich sah das graue Gras im Wind zittern und den hellen Strandhafer sich hinter der Pforte wiegen. Timo hatte einen Ebereschenzweig abgebrochen, dessen Beeren im Halbdunkel fast schwarz anmuteten. Von Zeit zu Zeit steckte er sich eine Beere in den Mund und kaute darauf herum, den Kopf hatte er merkwürdig in den Nacken gelegt. Ich dachte, die müssen ja noch ungeheuer bitter sein.

Etwa um halb neun zog ich mir meinen Segeltuchmantel an und ging in die Stadt. Kapitän Glans saß bereits bei Ingerfeld, sein aufgeknöpfter Kragen und seine glänzenden Augen verrieten, daß er nicht mehr nüchtern war. Wir verspeisten im Raum hinter dem Saal ein Abendessen in drei Gängen – Brühe mit Fleischklößchen, Revaler Schnitzel mit Killo und Zitrone und Birnenkompott – und spülten kräftig mit Bier, Schnaps und portugiesischem Wein von der »Ameland« nach. Ich erzählte dem Kapitän dumme, nach Kasernenhof stinkende Weibergeschichten, worüber er sich vor Lachen bog, und setzte ihm, wie schon früher, wegen der Protektion für mich bei einem Rigaer General hart zu. Und natürlich beglich ich die Zeche. Und machte den Mundschenk. Um halb zwölf war der Kapitän völlig hinüber. Ich legte ihn aufs Sofa, stellte die Zeiger seiner Taschenuhr um drei Stunden zurück und versteckte seine Stiefel im Ofen auf dem Gang.

Ich ging durch die dichte Dunkelheit, durch Regen und Wind am Fluß entlang bis zu den Kais und spähte zum Fenster des Wächterhäuschens hinein. Ich hatte den drei Männern mit dem Laufburschen des Wirtshauses drei Flaschen Schnaps und sechs Flaschen Bier geschickt. Der Junge hatte sie als Präsent des Kapitäns übergeben. Was fast dem Befehl gleichkam, die Flaschen zu leeren. Und Hafenwachen führen wenigstens solche Befehle gewissenhaft aus. Im Licht der Sturmlaterne, die auf dem kleinen Tisch brannte, war deutlich zu sehen, wie sie auf den drei Bänken um den Tisch lagen und schliefen. Ich öffnete die Tür, um die Laterne mit der Hand zu löschen, überlegte es mir aber. Mir schien plötzlich, daß das dunkle Wächterhäuschen eher Verdacht erwecken könnte. Ich schloß die Tür. Das Licht der Heckkajüte der »Ameland« blinkte am Kai, hundert Schritt von der Flußmündung entfernt.

Nach einer Viertelstunde war ich wieder in Zwiebelbergs Sommerhaus. Jüri schlief auf einem Strohsack auf dem Fußboden. Eeva und Timo saßen bei Kerzenlicht am wakkeligen Tisch auf den Koffern. Eeva hatte einen Topf und

Holz gefunden und Tee gekocht. Aus den Tassen, die sie ihrem sac de voyage entnommen hatte, dampfte es.

Ich sagte: »Es ist Zeit.«

Eeva entgegnete: »Ja, Augenblick. Ich stecke die Tassen ein und wecke Jüri. Ruf du bitte Juhan.«

Timo stand auf. Er kreuzte die Hände über dem Halstuch. Er sagte: »Halt, Freunde, ich schäme mich zu Tode, weil ich es nicht zur rechten Zeit zu sagen vermocht habe . . .«

Eeva hatte sich vom Koffer erhoben. Sie stand am Tisch, goß den Rest des Tees in einen Eimer und trocknete die Tassen mit einem weißen Tuch ab. Ich bemerkte, daß meine Schwester sich mit seltsam ängstlicher, erstarrender Miene Timo zuwandte und ihre Lippen sich öffneten.

Timo sprach: »Aber Gott sei Dank, ich bin zu einem Entschluß gekommen.« Er hob den Blick vom Tisch und schaute Eeva und mir in die Augen. »Ich kann nicht fahren.«

Eeva setzte sich auf den Koffer und schloß die Augen. Einen Augenblick vernahm man deutlich den Wind hinter den Fenstern. Dann krachte es leise im Tuch, das sie in der Hand hielt. Ihr Blick war zur Wand gerichtet. Sie legte den abgebrochenen Tassenhenkel tastend auf den Tisch, Timo bemerkte es nicht. Er trat zwischen Tisch und Koffern hervor. Ich sagte: »Timo, du bist tatsächlich verrückt.«

Er warf mir einen flüchtigen Blick zu und sagte, aber nicht als Antwort auf meine Worte: »Ja, ich gebe zu, ich schäme mich. Zwei Jahre hat sich Kitty damit befaßt. Und du auch. Und ich habe es geschehen lassen. Aus Schwäche . . .«

Er wirkte abwesend und sprach stockend, aber mit fiebrigem Elan: »Ich weiß nicht, ob ihr es versteht. Wenn jemand im Feuer der Kartätschen steht, dann . . . ist es menschlich, daß er fort will. Und wenn sein Weib und Kind in der Nähe sind und in Todesgefahr schweben . . . und ihm von dort weghelfen wollen und eigentlich er ihnen helfen sollte, von dort wegzukommen, wo sie sich seinetwegen befinden . . . aber er steht in der Schlacht . . . Dann kann es vorkommen, daß die Argumente pro und contra mit dermaßen lähmender Kraft aufeinanderstoßen, daß er nicht fähig ist, einen Entschluß zu fassen, und den kategorischen Imperativ aus seinem Bewußtsein verdrängt – daß man aus einer Schlacht nicht fliehen darf! Kitty, du wirst dich erinnern, ich habe dir einst von dort einen Brief geschickt, der denselben Gedanken enthielt. Und ihr wißt ja beide, was Pahlen einst gesagt hat.«

Ich rief: »Ich erinnere mich genau, was Pahlen gesagt hat! Er sagte, er würde deine Flucht billigen, befändest du dich in der gleichen Lage wie er. Damals war das nicht der Fall. Aber jetzt bist du in einer hundertmal schlimmeren Lage. Und du bist nicht allein. Deine Frau quält sich neben dir, und aus deinem Sohn wird eine Stütze geformt für Dinge, die du hast niederreißen wollen.«

Timo unterbrach mich: »Pahlen hat aber noch etwas gesagt: ›Ins Ausland gehen nur die, die sich rächen wollen.‹«

Ich fragte – ich weiß, ich wollte ihn damit nicht nur zum Handeln bewegen, sondern ihn aus Enttäuschung und Zorn auch verletzen: »Fühlst du denn nicht, daß es längst Zeit wäre, dich zu rächen?!«

Er machte mit der Rechten eine Bewegung, als wollte er meine Gedanken verscheuchen.

»Jakob, erinnerst du dich, Pahlen sagte: ›Wer etwas Wesentlicheres will, bleibt zu Hause ...‹«

Ich rief: »Verdammt noch mal, es hat keinen Sinn, mit einem Verrückten wie du zu streiten, der so töricht ist, in einem derartigen Augenblick auf unser ganzes Unternehmen zu verzichten! So sag doch, was könntest du in der Gefangenschaft auf Woiseck anstreben oder durchsetzen, das wesentlicher wäre? Narr!«

Timo faßte mit beiden Händen nach seinem Halstuch. Seine Knöchel wurden weiß.

»Jakob, verstehst du denn nicht? Kitty, du solltest es verstehen: Das ist meine Schlacht – mit dem Zaren, mit dem Zarenreich, mit dem, was wir haben ... Ich danke Gott, daß er mir die Kraft verliehen hat, diesen Entschluß zu fassen. Daß er mich begreifen ließ: Was könnte ich im Ausland tun?! Ich habe kein Geld, um etwas zu publizieren. Und triebe ich welches auf, würde meine Botschaft nicht bis hierher dringen. Und falls sie es dennoch täte, wäre sie für viele die Botschaft eines Verräters! Nein, nein, wenn schon weggehen, dann nicht in die Schweiz, sondern dorthin«, er wies in die Dunkelheit hinter den Fenstern, »nach Irkutsk und weiter, wo die anderen sind. Aber für mich ist es das einzig Richtige, dort zu sein, wo man mich zu sein zwingt. Dort zu sein – wie ein eiserner Nagel im Fleisch des Zarenreiches . . .«

Ich stieß noch einmal aus tiefstem Herzen hervor: »Narr!« Ich verstand natürlich, daß es sinnlos war, mit ihm zu streiten, wo er diesen törichten Entschluß nun einmal gefaßt hatte. Beinahe wäre mir herausgerutscht, was mir auf der Zunge lag: Bei Gott, das ist verrückter als verrückt. Ich bin zum fünftenmal in Pernau! Aber das ist noch das wenigste. Verschiedene Leute haben Freiheit und Leben aufs Spiel gesetzt. Wir haben ein riesiges Operationsgelände von Reval bis Petersburg aufgebaut. Ihr müßt Snyder für seine Mühe und sein Risiko mindestens fünfhundert Rubel für nichts und wieder nichts auf den Tisch legen. Von mir aus schert euch zum Teufel und macht, was ihr wollt, ich werde mich nicht mehr in euren Kram mischen! Aber ich sagte nichts, denn wir alle wandten uns plötzlich Jüri zu. Der Junge saß aufrecht auf seinem Strohsack zwischen den Fenstern. Die goldenen Knöpfe seiner schwarzen Seekadettenuniform glitzerten im Kerzenlicht. Er rief: »Vater! Sie wollen uns zur Flucht verleiten! Ich verstehe! Aber wir fliehen nicht?! Nicht wahr? Das wäre ja wider den Befehl des Zaren? Das wäre schmachvoll!«

Eeva rief: »Jüri, sei um Gottes willen still!«

Ich sagte, ohne Hoffnung, daß es Timos Entschluß ändern könnte, also aus purer Bosheit, nein, aus Enttäuschung, daß man mich derart zum Narren gehalten hatte: »Du hörst, Timo, wie man deinen Sohn zu denken gelehrt hat. Dem Befehl des Zaren zuwiderhandeln ist schmachvoll!«

Eeva sagte: »Jakob, du könntest großzügiger sein . . .«

Sie trat zu Timo und legte ihm die Hände auf die Schultern. Sie sagte: »Ich achte deinen Entschluß. Denn ich verstehe, ja, ich verstehe deine Motive beinahe. Schade, daß du so spät... wieso bist du nicht früher...?«

Timo nahm ihre Hände in die seinen. Was er sagte, klang fast heiter vor Erleichterung.

»Weißt du, ich habe es oft erwogen. Und jetzt in der letzten Stunde, als ich dort draußen saß, jetzt fielen mir außer Pahlens Argumenten seine Pomeranzen ein – du erinnerst dich – und seine Worte, daß er vielleicht aus Liebe zu seinen Pomeranzen, den nördlichsten in ganz Europa, dageblieben sei. Und der merkwürdig herbe Geschmack der Pomeranzen. Ich weiß nicht, ob du jemals erfahren hast, welche Macht Erinnerungen an einen Geschmack haben können. Und gerade in dem Augenblick, als mir dieser Geschmack einfiel – ich hatte Vogelbeeren gepflückt und steckte sie unwillkürlich in den Mund –, da spürte ich plötzlich den kaum wahrnehmbaren süßen und unwahrscheinlich bitteren Geschmack im Munde und im ganzen Körper, es war derselbe und dennoch derjenige der Vogelbeeren, der unvergleichlich bitterer und kräftiger ist.«

Er holte eine Doldentraube Vogelbeeren aus der Tasche und hielt sie Eeva vor Mund und Augen. »Schau, die hier.« Er legte ihr den Arm um den Nacken und drückte sein Gesicht an das ihre, die unreifen gelblichroten Beeren an beider Lippen. »Da begriff ich: Ihr könnt mit mir machen, was ihr wollt, aber allein wegen dieser Beeren kann ich hier nicht weg.«

Kurz, um Mitternacht übergab ich in dem bewußten leeren Haus dem Bootsmann der »Ameland« statt meiner Flüchtlinge fünfhundert Goldrubel für Kapitän Snyder als Vergütung für Mühe und Gefahr und bat, ihm auszurichten, daß wir ihn künftig nicht brauchen würden. Und da ich schon einmal unterwegs war, schaute ich trotz des Regens auch bei Ingerfeld hinein. Ich klopfte an die Hintertür und wurde eingelassen, denn ich hatte hier mit Trinkgeldern nicht gegeizt. Kapitän Glans lag nach wie vor auf dem

Sofa und schlief wie ein Toter. Ich stellte seine Uhr richtig, holte seine Stiefel aus dem Ofen auf dem Flur und tat sie vors Sofa.

Heute vor Tau und Tag fuhren meine Herrschaften mit all ihren Siebensachen nach Woiseck zurück, und ich weiß nicht, ob ich lachen, weinen oder ausspucken soll.

Oberpahlen, den 18. März 1830. Der stille, schneereiche Winter dieses Jahres ist fast schon zu Ende, aber nach der Höhe der Schneewehen zu urteilen, scheint er noch mit voller Kraft zu walten.

Wie die Dinge auf Woiseck stehen, weiß ich seit Herbst nicht mehr. Etwa eine Woche nach meiner Rückkehr war Eeva hier und nahm die bewußte Schatulle auf Timos Wunsch mit nach Woiseck. So habe ich das Manuskript nicht eingehend studieren können. Doch ich bin beinahe überzeugt davon, daß ich es damals richtig eingeschätzt habe.

Aber nicht wegen Woisecker Angelegenheiten habe ich dieses Heft nach einem halben Jahr wieder aufgeschlagen, sondern um niederzuschreiben, was mir Anna gestern abend gesagt hat. Sie selbst ist zur Zeit – es ist Sonnabend – bei den von Wahls im Verwalterhaus des Schlosses zum Nachmittagskaffee. In der letzten Zeit sind wir alle paar Wochen dort eingeladen gewesen, mir ist ihr Kaffee- und Tarocktisch schon langweilig geworden. Anna aber, wie es scheint, noch nicht.

Anna hat mir gestern abend mitgeteilt, daß wir wahrscheinlich ein Kind erwarten.

Ebenfalls in Oberpahlen, den 12. November 1830. Ich habe beschlossen, morgen nach Woiseck zu reiten und zu sehen, wie es ihnen geht. Anna hat mich daran erinnert, daß Timo am 13. Geburtstag hat. Man erzählt, er wäre im Laufe des letzten Jahres grau geworden, dabei wird er erst dreiundvierzig. Nach den neun Jahren in der Kasematte waren nur seine Schläfen und sein Schnurrbart graumeliert.

In unserem Haus herrschte im letzten Jahr Sorge und Unruhe. Als ich im vergangenen Herbst aus Pernau zurückkehrte, war unser Bargeldvorrat auf genau sechs Rubel zusammengeschrumpft. Unser Keller und unsere Speisekammer waren allerdings nicht ganz leer, doch wegen meiner herbstlichen Herumreiserei und des Umzugs im Frühling konnten wir unserem Garten nicht die notwendige Pflege angedeihen lassen. Mehl hatten wir gar keins mehr, und über unserer Schlafkammer war das Ziegeldach total kaputt. Für neue Steine hatte ich kein Geld. Ich schuftete eine gute Woche mit einem Eimer voll Lehm auf dem Dachboden herum und bekam das Dach einigermaßen dicht. Eeva schickte uns aus Woiseck drei Pud Mehl (sie hatte von Anna von unserer Bedrängnis gehört), und irgendwie überstanden wir den Herbst mit Kohl und Äpfeln aus unserem Garten. Der Fluß bescherte uns einige Fische. Und dann ersann ich in meiner Not einen Ausweg.

Ich erfuhr, daß Oberst Tenner sich den Winter über in Riga aufhielt, um Karten zu zeichnen. Ich steckte unsere letzten Rubel ein, legte in aller Eile die zweihundertzwanzig Werst zurück und suchte ihn auf. Er schrieb mir das nötige Papierchen. Dann ging er zum alten Grafen Mellin und ließ sich von ihm eine Empfehlung für mich geben. Danach begab er sich mit mir in die Gouvernementsverwaltung, legte einige seiner Triangulationen auf den Tisch, behauptete, das wären meine Arbeiten (was sie in gewissem Maße auch waren), und setzte es durch, daß ich ein Landvermesserzeugnis mit Unterschriften und Siegel erhielt. Für staatliche Aufträge reicht das nach dem Gesetz von 1806 zwar nicht aus, aber dieses Gesetz ist in Livland bislang nie wirklich angewandt worden, und für Arbeiten am Ort genügt es. Jedenfalls verbreitete sich die Kunde von meinem neuen Beruf, noch ehe ich jemandem davon erzählen konnte. Ich war kaum zurück aus Riga, als Herr Schwalbe mich nach Röika holen ließ und mir Arbeit anbot: Ich sollte die hinter dem Fluß gelegenen Holzschläge für die Fabrik vermessen und kartographieren, darüber hinaus die angekauften Wälder unten im Kreis Walck. Damit konnte ich natürlich erst im Frühling beginnen. So bat ich Herrn Amelung über Herrn Schwalbe zunächst um einen Vorschuß. Für unseren Unterhalt und um mir Vermessungsgeräte mieten zu können. Ich wußte, daß der alte Winter, ein ehemaliger Vermesser aus Dorpat, der schon einige Jahre in Rente war, alles Notwendige besaß: einen anständigen Theodoliten, Meßketten, Wimpelstangen, alles freilich vom Rost angenagt, und sogar ein Wagnersches Planimeter. Nun, vermieten wollte er mir die Sachen nicht, verkaufen aber wohl. Nach einigem Feilschen sogar mit dem Ergebnis, daß ich vorläufig nur vierzig Rubel bezahlen mußte und er mir die restlichen vierzig bis zum Herbst stundete. Mit dem Rest meines Vorschusses schlugen Anna und ich uns bis zum Frühjahr durch, und sobald der Boden trocken wurde, fing ich an. Obwohl das Geld recht unwillig den Weg in unsere Tasche fand, hatte ich plötzlich so viel Arbeit, daß ich dazwischen kaum noch das Notwendigste, wie Pfropfen der Apfelbäume und Umgraben der Beete, erledigen konnte. Bei den leichteren Arbeiten in Garten und Haus half mir Anna, ja, ich muß sagen, tüchtig und geschickt (nur bei den leichteren, weil sich ihre im März geäußerte Vermutung bewahrheitet hatte). Im Herbst, als ich im Auftrag der Kinder des Herrn von Wahl die Grenzen ihrer Gutshöfe Kawa und Pajus nachzog, rief Anna ihre Mutter aus Fellin zu sich. Jetzt sind es aller Wahrscheinlichkeit nach nur noch wenige Wochen bis zu ihrer Niederkunft.

Also begebe ich mich verständlicherweise allein nach Woiseck, auf einem Pferd, das ich von den von Wahls geliehen habe, aber auch so sind die fünf Werst auf der fürchterlich schlammigen Straße widerwärtig.

Am 13. November 1830, spätabends. Jetzt muß ich das alte Wort zitieren: Der Herr hat's gegeben, der Herr hat's genommen. Oder besser, der Herr hat genommen, was er noch nicht einmal gegeben hatte. Aber ich versuche, die Ereignisse der Reihe nach zu erzählen.

Als ich fortritt, kochte Anna bei bestem Wohlbefinden die letzten Äpfel, ihre Mutter half ihr beim Heben des Kupferkessels und kümmerte sich um das Feuer im Herd. Ich hatte vom Verwalter der von Wahls beizeiten ein Pferd auf unseren Hof geholt (er ist angewiesen, mir ein Pferd zu geben, wenn ich eins brauche), und am Nachmittag ritt ich nach Woiseck.

Selbst im fahlen Kerzenlicht war zu sehen, daß Timo wirklich stark ergraut war seit dem vergangenen Herbst. Eeva hatte sich nicht verändert. Im ganzen machten sie den Eindruck von Menschen, die sich in ihre Lage gefügt haben.

Elsy und Claire waren die einzigen Geburtstagsgäste. Ich fragte weder am Kaffeetisch noch beim Abendessen, ob unsere Abwesenheit im Herbst irgendwie bis zu Peeters Ohren vorgedrungen war und ob sie Probleme verursacht hatte. Aber nach dem Abendessen, als Claire ins Herrenhaus gegangen war, griff Elsy das Thema von selbst auf.

Als Elsy und Peeter aus Reval zurückkehrten (sie kaum genesen von ihrer vorgetäuschten Krankheit und noch sehr schwach) und Timo auf Woiseck vorfanden (Eeva war mit Jüri nach Petersburg unterwegs), hatte sie, Elsy, ihr Staunen vor Peeter kaum verbergen können. Elsy wäre natürlich die letzte gewesen, die etwas verraten hätte. Aber irgendwie, über den Stallburschen und den Stallknecht, von diesem über das Küchenmädchen des Verwalters, mit dem der Stallknecht ein Verhältnis hatte, und letztendlich aus dem entsprechenden, nicht sehr beredten, aber immerhin dienstbeflissenen Gebrumme des alten Timm, hatte Peeter das Gerücht erreicht, Herr von Bock sei mit seiner Gemahlin in der Zwischenzeit irgendwohin gefahren. Die Reise völlig unbemerkt zu unternehmen war kaum möglich gewesen. Und keiner von uns hatte vor der Fahrt daran gedacht, für den Fall einer Rückkehr die Spuren zu verwischen. Eine Woche nach seiner Heimkehr hatte Peeter nach dem Kutscher Juhan schicken lassen: Er solle sich bei seinem Herrn melden. Juhan aber hatte Timo längst Treue geschworen. Er ahnte Böses, denn Eeva hatte ihm auf der Heimfahrt eingeschärft, er solle über diese Reise schweigen wie ein Grab, und Juhan war zum Kivijalg geeilt und hatte gefragt, wie er sich verhalten solle, wenn Herr Peeter ihn in die Zange nähme. Timo hatte ihm zwanzig Rubel in die Hand gedrückt und anstatt zum Herrenhaus mit einem Brief nach Ecks zum alten Masing geschickt, also Peeter aus den Augen. Denn dieser konnte in seiner gutsherrlichen Allmacht und seinem Pflichteifer als Untertan Juhan auf die Bank legen und die Wahrheit aus ihm herausprügeln lassen. Und Timo hatte gesagt, ihm sei es lieber, man täte das mit ihm.

(Bei diesen Worten müßte man sich wiederum fragen: Wo kommt ein solcher baltischer Edelmann her?! Aber ich kenne ihn so gut, daß ich mir die Frage nicht stelle. Denn eher sollte man fragen, wo so ein Mensch herkommt.)

Nach Juhans Verschwinden war Peeter persönlich im Kivijalg erschienen. Er hatte sich auf die ihm eigene Art auf dem Sofa im Saal breitgemacht und gefragt: »Wo seid ihr gewesen?«

Eeva war vor ihn hingetreten, hatte die Hände durchaus nicht damenhaft in die Hüften gestemmt und mit höchst damenhafter, lächelnder Miene gesagt: »Teurer Schwager, wir werden auf Ihr Verhör nicht antworten. Damit Sie es ein für allemal wissen.«

Darauf versuchte Peeter sie (wie Eeva sagte: »Du weißt ja, auf die Art eines vernünftigen, brummigen Onkels, auf diese völlig idiotische Art«) zu überreden: »So versteht doch, ich muß in meinem Bericht erwähnen, daß ihr Woiseck in meiner Abwesenheit verlassen habt. Sofern ich weiß, daß ihr weggewesen seid ... Aber ich kann das doch nicht erwähnen, wenn ich nicht weiß, wo ihr wart.«

Timo hatte gesagt: »Warum nicht? Schreib: Auf meine Nachfrage erklärte Herr von Bock, sie wären mit der Kutsche dreißigmal im Kreis um die Gemeinde gefahren, streng innerhalb der erlaubten Grenzen, versteht sich, aber Herr von Bock kann sich leider nicht erinnern, ob sie sich im Uhrzeigersinn oder entgegen dem Uhrzeigersinn bewegt haben.«

Peeter hatte ausgerufen: »Papperlapapp! Ihr wart vier Tage weg!«

Timo hatte entgegnet: »Vor Gott sind tausend Jahre wie ein einziger Augenblick.«

Peeter hatte gebrüllt: »Stell dich nicht blöd!«

Und Timo hatte geantwortet: »Was heißt stellen?! Vorsicht, Peeter, du ziehst das Urteil zweier Zaren in Zweifel!«

Juhan war und blieb verschwunden. Peeter hatte nichts herausbekommen können. Und anscheinend hatte er das Gerücht über die geheimnisvolle Reise der von Bocks nicht in seinen Bericht aufgenommen. Denn für einen Fluchtversuch hielt er sie offenbar nicht. Oder wenn, dann schwieg er sich darüber vorsätzlich aus. Denn eines stand fest: Wäre der Verdacht eines Fluchtversuchs bis zum Gouverneur, das heißt bis zum Zaren vorgedrungen, wären in Timos Leben gewaltige Veränderungen eingetreten. Aller Wahrscheinlichkeit nach hätten sie auch das Aufsichtssystem betroffen und den Herrn Vorsitzenden des Vormundschaftskollegiums hinweggefegt. Aber es kam zu keinerlei Veränderungen.

Da sie vor Elsy keine Geheimnisse zu haben schienen, fragte ich Timo: »Interessiert sich Herr Peeter immer noch so für das, was du schreibst?«

Er erwiderte: »O ja. Von Zeit zu Zeit schmökert er – ganz auf verwandtschaftliche Art – in meinen Kochbüchern herum.«

Ich fragte: »Etwas anderes hat er bisher nicht zu Gesicht bekommen?«

Ich weiß nicht, ob Timo meine Frage gehört hatte oder nicht. Er antwortete jedenfalls nicht hörbar auf sie. Aber mir schien, er hatte leicht den Kopf geschüttelt.

Es war spät geworden, und Eeva hatte mein ehemaliges Schlafzimmer heizen und das Bett herrichten lassen. Ich war schon am Einschlafen, als an meine Tür geklopft wurde. »Herr Jakob! Herr Jakob! Stehen Sie auf! Sie werden gesucht. Ihre Frau ist . . .«

Es war Käspers behutsame Greisenstimme. Ein Unbekannter unterbrach ihn: »Doktor Robst bittet Sie zu kommen. Obwohl es Nacht ist. Er ist dort. Die Geburt hat begonnen. Und es scheint, daß ... Das kann manchmal ... Also ...«

In zwei Minuten war ich angezogen. Ich kann nicht behaupten, ich hätte Angst gehabt. Meine schlimme Vorahnung war so deutlich, daß ich es als Betrug empfunden hätte, wäre sie nicht eingetreten. Ich lief in den Stall und holte das Pferd. Der Diener und Famulus von Doktor Robst ritt neben mir. Die Gäule fanden im Stockfinstern zwischen den tiefen Fahrrinnen selbst den Weg. Aber als wir vom Gutsweg auf die Landstraße bogen, nahm mein Pferd die Kurve so kurz, daß der Ast eines im Dunkeln unsichtbaren Baumes mir den Hut vom Kopf riß. Ich hielt nicht an, um ihn in Schlamm und Finsternis zu suchen. Ich galoppierte barhäuptig weiter und dachte ganz klar: Ob ich nach ihm suche oder nicht, ob ich ihn finde oder nicht – daß mir der Hut bei Beginn eines solchen Heimritts vom Kopf gerissen wird, bedeutet Tod.

Als ich anlangte, war es bereits geschehen.

Anna war vom Blutverlust halb bewußtlos, und man hatte ihr noch nichts gesagt. Meine Schwiegermutter empfing mich mit betrunkenem und verweintem Gesicht. Auf dem Küchentisch stand eine leere Apfelweinflasche. Hinter der Küche, im Durchgang mit dem Steinfußboden lag im Kerzenlicht auf der Bank derjenige, der geboren werden wollte und sich im letzten Augenblick geweigert hatte: ein kleiner gelblich-lila Klumpen unter einem weißen Tuch. Mein Sohn, der es nicht hatte werden wollen.

Doktor Robst zeigte ihn mir. Er bat mich, ihm in der Küche mit einer Schöpfkelle Wasser auf die Hände zu gießen, die er in einer Steingutschüssel wusch, und erklärte mir dabei: Die Herzschläge wären deutlich zu hören gewesen. Aber es hatte so lange gedauert, bis er aus dem Mutterleib herauskam, und es war so schwer gewesen. Als sie ihn endlich in den Händen hielten, hatte er sich an seiner eigenen Nabelschnur erdrosselt.

Ich weiß, daß es wahrscheinlich falsch ist, was ich denke, aber ich weiß auch, daß ich davon nie loskomme. Wäre ich am dreizehnten November, der ja eigentlich gar nicht der Geburtstag meines Sohnes werden sollte, an diesem dreizehnten November, der Timos Geburtstag ist – wäre ich an diesem Tag nicht zu Timo geritten, sondern zu Hause geblieben, wäre ich dabeigewesen, als mein Sohn geboren wurde (eine Frühgeburt kann man es ja nicht nennen, obwohl sie an Timos Geburtstag stattfand), wäre vielleicht nicht geschehen, was geschehen ist . . .

Und ich dachte: Soll ich es als Trost begreifen, wie mir Doktor Robst auf die ihm eigene emphatische Art weismachen wollte, oder, im Gegenteil, als das größte Unglück, daß er mit eigenem Ohr die Herzschläge gehört hatte? Also war es kein toter Embryo, der schließlich den Mutterleib verlassen mußte, um beerdigt zu werden, sondern ein lebendiges Kind?

Und weiter dachte ich: War mein Verrat an Jette wirklich eine Judastat, die an meinen Kindern bis ins dritte und vierte Glied gerächt wird, so daß sich mein Sohn, noch bevor er diese Welt betreten hatte, wie Judas erhängte?

21. November 1830. Wir beerdigten ihn am Tag darauf, meine Schwiegermutter und ich, in einer winzigen hölzernen Kiste, die ich aus gehobelten Brettern zusammengezimmert hatte, bei feuchtem Schneefall an der hintersten Mauer des Friedhofes. Ohne Gotteswort natürlich, aber immerhin in geweihter Erde.

Heute wollte Anna mit mir durchaus zum Friedhof, um sein Grab zu sehen. Es ist ja nicht weiter als einige hundert Schritt, aber nach kaum einer Woche muß es für sie doch eine gewaltige Anstrengung gewesen sein. Doch ihre körperliche Genesung wundert mich eigentlich weniger als ihr – wie soll ich es ausdrücken – seelisches Gleichgewicht. Die symbolische Seite unseres Unglücks scheint sie überhaupt nicht zu bedrücken . . .

Natürlich habe ich ihr nicht von Jette und meiner Angst

vor alttestamentarischer Rache erzählt. Doch davon, daß die unselige Geschichte unseres Kindes in unerklärlicher Verbindung mit Timos Schicksal stehen könnte – da es sich beeilt hatte, an seinem Geburtstag geboren zu werden, und vielleicht gerade darum ungeboren geblieben war –, von dieser Ahnung erzählte ich ihr. Ich tat es auf dem Rückweg vom Friedhof, als sie sich fünfzig Schritte vor unserer Pforte zum letztenmal, ungeachtet der Schneeflocken, auf einen Stein am Wegrand setzte, um Atem zu schöpfen. Als wir durch die Pforte getreten und ins Haus gegangen waren und sie sich wieder ins Bett gelegt hatte, rief sie mich zu sich. Ich setzte mich auf den Bettrand, sie nahm meine Hand und streichelte sie, und ich fühlte: Eigentlich müßte ich sie trösten. Sie zog mich nahe zu sich heran und sagte: »Jakob, du solltest dir darüber keine Gedanken machen. Derartiges Unglück hat es vor uns schon allzuoft gegeben, um dahinter wer weiß etwas zu vermuten. Wir müssen zu Gott beten und hoffen, daß er uns künftig mehr Glück beschert. Und wenn du mich lieben wirst, wie bis jetzt . . .«

Ich spürte, wie mich ihr Selbstbetrug zusammenzucken ließ. Dann aber betrachtete ich ihr Gesicht aus der Nähe und bemerkte: Es hatte vor der Niederkunft einen gepeinigten Zug gehabt, in den letzten Tagen war dieser auf wunderliche Weise verschwunden. Ihre sonderbare träge Frische war noch durchsichtiger und reizvoller geworden und – lieber Gott – noch mehr ihr und Jette eigen als je zuvor. Und ich fühlte – obwohl sie noch mit blutigen Tüchern umwickelt war –, wir beide würden den Trotz oder die Gnade Gottes bald wieder auf die Probe stellen . . .

26. Dezember 1830. Eeva war heute nachmittag bei uns zu Besuch, und ich schreibe die Neuigkeiten nieder, die sie erzählt hat, damit ich sie nicht vergesse.

Daß Timo auf die von uns bis in alle Einzelheiten vorbereitete Flucht verzichtete, läßt Elsy annehmen, daß er wirklich nicht bei klarem Verstand ist. Nun, ich denke, sie würde so etwas nicht so leicht glauben, wäre ihre eigene Rolle in Timos Fluchtgeschichte nebensächlicher gewesen. Je größer unser Anteil an einem Vorhaben ist, um so törichter scheint uns meist derjenige, der dieses Vorhaben ablehnt. Das weiß ich aus eigener Erfahrung. Denn mein Anteil an den Vorbereitungen zur Flucht war der größte, und ich war auch der erste, der Timo einen Verrückten nannte.

Zweitens erzählte Eeva, daß nun, wo Marquis Paulucci den Dienst beim Zaren quittiert und Rußland verlassen hat und Herr von der Pahlen zum Generalgouverneur der Ostseeprovinzen ernannt worden ist, Timo seiner Familie gestattet hat, sich in seiner Angelegenheit mit einer Bittschrift an den Generalgouverneur zu wenden, wenn sie es wollten. Denn er hält von der Pahlen für einen ehrlichen Mann, wenigstens im Vergleich zu Paulucci. Und nun hätte Elsy eine Bittschrift verfaßt, und auf ihr Betreiben hätte auch Peeter unterschrieben. Denn seit Elsy an Timos Krankheit glaubt – oder wenigstens an seinem gesunden Verstand zweifelt –, hat sie sich zum Ziel gesetzt, ihm die Reise ins Ausland dennoch zu ermöglichen. Aber legal und mit allerhöchster Genehmigung. Ihrer Ansicht nach würde in diesem Fall auch Timo einwilligen. Übrigens, ich verstehe ihre Aktionsbereitschaft sehr gut angesichts der Spannungen, die zwischen ihrem Bruder und ihrem Mann herrschen, aber ich glaube (und Eeva ist derselben Meinung), daß mit Timos Einwilligung nicht unbedingt zu rechnen ist. Jedenfalls haben sie nun an Pahlen geschrieben, und der Inhalt des Briefes ist ungefähr folgender: Da die Geistesgestörtheit ihres Bruders und Verwandten derart gering und harmlos und sein gesamtes Verhalten von völlig klaren und lichten Momenten durchsetzt sei, wäre von längerer, richtiger Behandlung seine vollkommene Genesung zu erhoffen. Da aber sein Vermögen nicht ausreiche, um aus Reval oder Dorpat regelmäßig Ärzte in seine abgelegene, ihm aufgezwungene Zufluchtstätte zu holen, bäten sie um die Erlaubnis, daß er zeitweilig nach Reval oder Dorpat übersiedeln dürfe, am besten nach Dorpat, wo es dank der Existenz der Universität besonders fachkundige Ärzte gäbe. Im selben Brief bitten sie auch um wohlwollendes Verständnis für das Anliegen, das die Familie auf Grund des natürlichen Wunsches, ihrer heiligen Pflicht nachzukommen, bald zu äußern gedenke, das heißt das Anliegen, Timo zu gestatten, in Begleitung verantwortlicher Familienangehöriger mit dem Ziel vollkommener Genesung nach Deutschland zu reisen, zum Beispiel nach Köthen zur homöopathischen Behandlung durch den berühmten Doktor Hahnemann. Denn die Trillionierkuren des Doktors hätten gerade bei ähnlichen Krankheiten wie derjenigen des Herrn von Bock die glänzendsten Erfolge erzielt, wie der ganzen gebildeten Welt bekannt sei.

Als unser kleines Abendessen am zweiten Weihnachtsfeiertag zu Ende, Eeva in den Schlitten gestiegen und abgefahren und Anna zu Bett gegangen war, holte ich nach all diesen Reden nach langer Zeit wieder Timos Manuskript aus dem Versteck im Fußboden hervor. Übrigens habe ich mir in diesem Jahr vorsätzlich mehrere Hefte gekauft, die meinem Tagebuch aufs Haar gleichen – für meine Notizen bei den laufenden Vermessungsarbeiten –, um das Geheimnis des Tagebuchs besser wahren zu können; liegen solche Hefte tagtäglich auf meinem Schreibtisch, fällt das Tagebuch weniger auf, wenn es versehentlich jemandem zu Gesicht kommt. In diesem Zusammenhang habe ich auch an Timos Handschrift gedacht. Ich habe mir für Skizzen und Entwürfe Papier im Format seines Manuskripts angeschafft und die dicken grauen Blätter in Stapeln mit Eselsohren auf meinem Tisch liegenlassen. Damit Timos Handschrift, sollte jemand sie jemals auf meinem Tisch erblicken, keine Aufmerksamkeit erweckt.

Jetzt habe ich Timos Memorandum wieder einmal zwischen all die Papierstapel vor mir gelegt, denn was Eeva über Elsys Zweifel in bezug auf Timo sagte, verleitet mich, wieder einmal darin zu blättern.

Und ich muß sagen: Lasse ich einige seiner durch Standesdünkel beschränkten Überlegungen beiseite, fühle ich mich bei der Lektüre abermals in einen seltsamen und widrigen Kreis gezwungen ... Diejenigen seiner Gedanken, die seine Geistesgestörtheit am offensichtlichsten bezeugen, sind die deutlichsten Beweise seiner erbarmungslosen Ehrlichkeit und seiner tiefen Einsichten.

... *Wie viele Menschen gibt es, die ehrlichen Herzens sagen können: Das war meine Absicht, und so habe ich sie in die Tat umgesetzt? Und wenn sich unter Millionen einer findet, der sowohl Genie besitzt wie auch die zur Ehrlichkeit notwendige Energie, so ist es ein des Landes Verwiesener.*

... *Ordnung ist die Grundlage jeder Gesellschaft, und ich achte sie stets. Aber es ist irrig, anzunehmen, Ordnung sei unvereinbar mit Wahrheit.*

... *Es gehört zur Wesensart des Menschen, diejenigen nicht zu mögen, die seine Rechte einschränken, und es gehört um so mehr dazu, wenn sich zur Einschränkung der Rechte Voreingenommenheit und Brutalität gesellen.*

... *Will man einen Bau endgültig verpfuschen, vertraue man ihn Baumeistern an, die über die gleichen Machtbefugnisse verfügen und sich jeden Monat ablösen.*

... *Was könnte Bestand haben in der absoluten Monarchie?!*

... *Jedes Volk durchlebt eine Zeit der Primitivität und der Barbarei, ehe es die Zivilisation erreicht und diese ihrerseits durch die Lasterhaftigkeit der menschlichen Natur zu neuer Barbarei entartet. Doch das durch den Kremlbrand erleuchtete Volk ist nicht mehr dasselbe, das der kurländische Hundebursche Biron zehn Jahre lang an den Haaren gezerrt hat. Wer daran zweifelt, dessen harren verhängnisvolle Überraschungen. Im Leben der Völker wie auch in dem einzelner Menschen gibt es Augenblicke, die ihr ganzes Wesen jäh verändern.*

... *Was die Wissenschaften und Künste anbelangt, so gebührt Rußland wirklich Aufmerksamkeit. Wer Dershawin, Dmitrijew, Krylow, Shukowski, Batjuschkow und Karamsin versteht, wer Oserow zu schätzen weiß, wer das Denkmal Minins und Posharskis sowie die Werke von Tolstoi, Jegorow oder Utkin gesehen hat, wer die Messe von Bortjanski gehört, wer Schuscharin, Brjanski, die Semjonowa, die Danilowa auf der Bühne erlebt hat, der zollt diesen großartigen Namen um so mehr Anerkennung, je vertrauter ihm die klassische Welt ist. Ihren Ohren, meine Herren, sind diese*

Namen unbekannt. Aber mindert das ihren Wert? Lag es an Goethe und Schiller, daß man sie in Paris fast nicht kannte, bevor Mme. de Staël den Franzosen klarmachte, daß man auch jenseits des Rheins lesen und schreiben kann?

... Worin bestehen die Verdienste Paluccis? Etwa darin, daß er dem Zaren seine Berichte schickt und dieser ihn dafür bezahlt und dadurch seine Existenz wahrnimmt? Kann der Eifer eines Lumpen seine Schande tilgen? Falls ja, was für eine Bedeutung haben dann Glaube und Ehre?

Daß er uns seine kostbaren Tage nicht gern opfert, davon haben wir uns 1812 überzeugen können. Daß seine Mittel nicht erschöpft sind, ist sehr wahrscheinlich, bedenkt man, daß ihn erst vor ein paar Jahren die Freigebigkeit eines unserer Landsleute in Wien aus dem Schuldgefängnis holte, daß er aber jetzt, wie wir aus zuverlässiger Quelle erfahren haben, dank seines hohen Gehalts und seines Einkommens als Marschall gewaltige Kapitalien in Italien angelegt hat. Warum reden wir ihn nur mit Erlaucht an? Warum nicht gleich mit Majestät?

... Ich habe im Juni 1816 dem Zaren auf offiziellem Wege eine offizielle Denkschrift unterbreitet, die authentische Beweise der dort angeführten Behauptungen enthält. Im vergangenen Jahr versicherte mir der Leiter der Bittschriftenabteilung, es wäre ihm ein Jahr lang nicht gelungen, eine Audienz zu erlangen. Dabei hat der Zar während dieser Zeit keine einzige Parade versäumt.

Der Befehl, die barbarische Konfiskation des Familiengutes der Patkuls zu revidieren, ist vierzehn Jahre unausgeführt geblieben.

Wie soll man eine derartige Ordnung nennen?

... Man soll nie seine Herrscher beschuldigen! Sie sind nur das, was wir selbst aus ihnen machen. Wenn wir sie von der Wiege an durch Katzbuckelei vergiften, wie können wir verlangen, unser Wohlbefinden möge ihnen am Herzen liegen?

... Wahrlich, seit Gründung der Heiligen Allianz haben wir wahrnehmen können, daß unsere Zeitungen die Rechte des Souveräns nur noch von Gott herleiten. Aber wir, die wir an die Allmächtigkeit Gottes glauben, führen auch die Pest, die Hyänen, die Skorpione, die Wanzen und Beis von Algier auf ihn zurück und meinen, die Herrscher täten gut daran, kommenden Geschlechtern

das Urteil zu überlassen, wer sie eigentlich waren, das Werkzeug der Gnade des Herrn oder das von Gottes Zorn.

Kann das ein Verrückter geschrieben haben?

Kann ein normaler Mensch so etwas seinem Imperator ins Gesicht schleudern?

Aber wenn der Imperator dem normalen Menschen den Eid abgenommen hat, nur die Wahrheit zu sagen?

Wenn der Imperator dem normalen Menschen die normale Freiheit der Lüge genommen hat?

Ach, nur ein Verrückter kann um seines Imperators willen auf sie verzichten!

Sonntag, den 25. Oktober 1831. Anna ist heute früh um zehn Uhr eines gesunden Mädchens entbunden worden.

Doktor Robst fährt nächste Woche nach Deutschland, aber er hat sich die Zeit genommen, unsere Tochter in Empfang zu nehmen. Mutter und Kind erfreuen sich mit Gottes Hilfe bester Gesundheit. Wir – Anna, der Doktor und ich – fanden: Sollte es irgendeine Bedeutung haben, daß das Kind an einem überaus kalten und windigen Tag geboren wurde – vielleicht, daß ein Windbeutel aus ihm wird oder es viel Kälte erleiden muß in seinem Leben –, so wird dieses negative Omen dadurch entkräftet, daß es unter Glockengeläut, das zum Gottesdienst einlud, zur Welt kam ... Nachdem Anna um zwölf herum ein Glas Saft von eingemachten Äpfeln und der Doktor und ich ein Gläschen Kirschlikör getrunken hatten, waren wir fröhlich und davon überzeugt, daß unser Vorgefühl uns nicht trügen würde.

Anna und ich wollen das Kind Eeva nennen. Das ist ein Name, den es bei den Herrschaften und den Bauern gibt. Anna sprach aus, was auch ich gedacht hatte, daß wir damit ebenfalls meiner Schwester gedächten, die nur noch von uns und von den Eltern so genannt wird.

29. OKTOBER 1831. Küster Mets hat Eeva gestern morgen hier in unserem Speisezimmer getauft. Wir hatten Frau von Wahl und, nun ja, Frau von Bock ersucht, Pate zu stehen, und des Gleichgewichts wegen und zum Trotz hatte ich die blonde Juuli von Näresaare-Tiit ebenfalls darum gebeten. Ich habe hier wohl noch nicht niedergeschrieben, daß Tiit, der alte einäugige Bär, sich schon vor einem Jahr aus der Fabrikvorstadt ein knuspriges junges Weib geholt hat.

Ich muß morgen nach Fellin fahren, denn wir haben es sozusagen wieder mit Geburt und Tod zugleich zu tun. Anna erhielt Nachricht, ihre Mutter sei schwer krank. Aber sie kann jetzt weder das Kind allein lassen noch es mitnehmen, und so hat sie mich gebeten hinzufahren.

Meine Schwiegermutter ist für mich eigentlich eine Fremde. Fremder noch, als sie es nach unseren Begegnungen sein dürfte. Denn sie weilte im vergangenen Jahr und auch früher mehrmals unter unserem Dach, bis sie im Herbst erkrankte und es deshalb ablehnte, zu uns zu kommen. Vielleicht war auch unsere Einladung nicht herzlich genug. Ich weiß nicht, warum – war es ein zufälliger Satz, ein Auflachen, ein Blick oder eine leere Flasche hausgemachten Weins, oder hatte ich es einfach aus der Luft gegriffen, aber mir schien, sie hätte allzuviel Wissen um vulgäre Dinge. Sie entsprach nicht der Vorstellung, die ich mir von Annas Mutter gemacht hatte.

Ich habe mir von den von Wahls Pferd und Wagen erbeten und nehme wegen der Wölfe mein doppelläufiges Gewehr mit.

11. JANUAR 1832. Weihnachten und Neujahr liegen hinter uns. Das Dreikönigsfest ist vorbei, aber ich habe noch nicht bemerkt, daß die Tage um die vielgerühmten drei Hahnentritte länger würden.

Wir versinken in der schneelosen Dunkelheit dieses Winters, und ich habe das Gefühl, in noch etwas anderem zu versinken. Nicht in Geldnot, gegen die ich Tag für Tag an meinem Zeichentisch ankämpfe, das Schreien des Kindes aus dem Nebenzimmer als Ansporn und Schreck in den Ohren. Überhaupt, versinken ist nicht das rechte Wort. Ich fühle mich wie einer, der etwas getan hat, das er gern vergessen möchte, etwas, das er verurteilt, von dem er aber nicht loskommt. Obwohl ich nichts dergleichen getan habe. Und dennoch, meine Schwiegermutter liegt seit dem vierten Dezember unter der Erde, aber was sie mir vererbt hat, schlingt sich über der Erde um mich. Ich werde es nicht los, kann es nur diesen unglücklichen Blättern hier anvertrauen.

Ende November fuhr ich nach Fellin zu Maali, meiner Schwiegermutter. Ich fand sie in einer kleinen Kammer im baufälligen Haus auf dem Hof des Flachshändlers Rinne. Das Haus steht an der Straße, die zum See führt. Die Kammer war erbärmlich. Ein kaputter Stuhl mit geflochtener Lehne, ein rauher, lange nicht mehr gescheuerter Tisch, eine Kommode, ein armseliges Bett, ein paar Schüsseln und Töpfe auf dem erkalteten Herd. Allein die Kommode war aus Mahagoni. Das Dienstmädchen von Kaufmann Rinne stellte der Kranken, wenn es ihm gerade einfiel, ein paar Happen zu essen auf den Hocker vor dem Bett.

Solange ich sie kenne, war Maali stets sehr dünn gewesen. Jetzt schien sie geradezu durchsichtig. Und sie war wieder ganz schön betrunken, was ihren spitzen Wangenknochen im schmalen Gesicht eine leichte Röte verlieh. Zwischen Bett und Wand stand eine halbgeleerte Flasche billigen Fruchtweins. Der Blick ihrer geröteten Augen war stumpf, flackerte aber auf, als sie mich erkannte. Sie sagte: »Weißt du, meine Seite quält mich weniger, wenn ich ein bißchen getrunken habe . . .«

Ich erklärte ihr, warum Anna nicht hatte kommen können, und fragte, was ich für sie tun könne. Sie bat mich, den Pastor der Johanniskirche zu holen. Ich sagte: »Schön, aber erst hole ich dir den Doktor.«

Der Arzt von Fellin, Doktor Meyer, Sohn des hiesigen Schmieds, daneben Philosoph und dem Hörensagen nach mit Äskulap auf du und du, ist einige Male auf Woiseck gewesen. Er erkannte mich und zog sich sogleich seinen Pelz an. Nachdem er Maali untersucht hatte, sagte er, ein paar Schlückchen aus der Flasche täten der Kranken nur wohl. Ich ging mit ihm auf den Hof, um ihn zu bezahlen, und fragte, wie es um meine Schwiegermutter stehe.

»Sie hat nach dem Pastor verlangt«, sagte Doktor Meyer, »also holen Sie ihn.«

Ich fragte, ob das noch heute sein müsse. Denn obwohl sie mir nicht sehr nahestand, erschrak ich doch.

»Heute oder morgen, spielt das eine Rolle?« meinte Doktor Meyer. »Lieber heute, damit sie Ruhe findet.«

Ich fragte: »Und woran wird sie . . .?«

Doktor Meyer erwiderte fast ärgerlich: »Hören Sie, wir sehen doch beide, daß sie im Sterben liegt. Woran sie stirbt? Ich weiß es nicht. Niemand weiß es. Welche Bedeutung hat in so einem Fall – oder überhaupt – eine lateinische Floskel! Der Sand rinnt einfach so lange durch die Finger, bis er alle ist.«

Ich ging ins Haus zurück und sagte Maali, ich ginge den Pastor holen. Sie vermutete natürlich, daß mir der Doktor etwas über ihren Zustand mitgeteilt hatte. Aber sie fragte mich nicht danach.

Ich begab mich ins Pastorat und erfuhr, Pastor Carlblom sei nach Riga gereist, zu einer Versammlung, die dort Juridica genannt wird.

Als ich mich mit dieser Nachricht auf dem Hocker neben dem Bett meiner Schwiegermutter niederließ, schloß sie die Augen, danach schaute sie mich an, nahm in ihre heiße trockene Hand die meine – ich getraute mich nicht, sie zurückzuziehen – und murmelte: »Jakob, dann erzähle ich es jetzt dir . . . Vielleicht ist es am besten so. Denn wovon ich sprechen will, ist meine Schande, aber deine Freude. Jawohl. Und wenn ich es dir erzähle, brauche ich mich deshalb nicht mehr zu schämen. Siehst du, mein Adam, der Faßbinder Vahter, den du nie gesehen hast – ich kann nicht anders von ihm sprechen, auch nicht auf dem Sterbebett –, war ein dummer, grober Mensch. Er konnte nie etwas auf Anhieb begreifen. Und wenn er es endlich begriff, wurde er zunächst wütend, egal, worum es sich handelte. Als Pastor Schröder, der damals Pastor an der Johanniskirche war, mich mit Adam traute, geschah das nur, weil kein besserer zur Hand war. Denn ich war im dritten Monat – du verstehst. Nun, die Pastorats-Maali, Stubenmädchen des Pastors, und derartige Geschichten ...«

Sie holte Atem. Ich fragte nichts. Erst als sie mit der Rechten nach der Flasche tastete und mich bat, sie ihr zu reichen, kam mir zu Bewußtsein, daß ich meine Hand jetzt zurückziehen könnte, doch ich ließ sie in der ihren. Sie sprach weiter, und ihr Gemurmel verriet, daß sie die Wandlung in ihrer Erzählung genoß.

»Du meinst jetzt natürlich, ich war vom Pastor schwanger. O nein, das nicht. Aber natürlich auch nicht von einem himmlischen Engel. Im Pastorat wurde in diesem Frühling vieles umgebaut, und im Gästezimmer, das zum Garten hinausging, wohnte ein Baumeister, den Schröder angestellt hatte. Ein bildschöner, höflicher deutscher junger Mann. Er machte mir vom ersten Augenblick an ganz offen schöne Augen. Ich schlug natürlich den Blick anstandshalber nieder, aber eigentlich konnte ich ihn nicht von ihm wenden.«

Ich hörte ihr zu und bemerkte mit leichtem Widerwillen, mit Mitleid und der Freude der Vergebung, daß Maali, die ja wirklich eine Sterbende war, bei ihren Erinnerungen auflebte.

»Bald schon zerrte er mich auf sein Zimmer. Er hatte es sich nach seinem Geschmack eingerichtet: Bilder und Pfeifen an den Wänden, Blumen auf dem Tisch, eine Stube wie ein Schmuckkästchen. Anfangs sträubte ich mich, da versprach er mir das Blaue vom Himmel. Und dann sträubte ich mich nicht mehr, Gott mag es mir vergeben. Also ist nicht Adam, sondern dieser deutsche Herr dein wahrer Schwiegervater.«

Sie drückte meine Hand, aber ich fühlte, sie tat es nicht, weil ihr dieses Bekenntnis schwergefallen, sondern eher, weil ich jetzt Mitwisser ihres Geheimnisses war. Doch ich überwand mich. Ich fühlte, ich wollte nur noch gerecht zu ihr sein. So sagte ich: »Maali, du weißt, die Befugnis, wie ein Pastor zu vergeben, habe ich nicht. Aber ich glaube, Gott sagt zu dir: Du hast deshalb genug gelitten (wovon ich durchaus nicht überzeugt war), ja, du hast genug gelitten, finde also Frieden. Nun, wenn dein Adam ein schlechter und dummer Mann war ...«

Ich sah Maalis dünnen Mund zu einem noch dünneren Streifen werden und ihr spitzes Kinn sich eigensinnig nikkend bewegen. Ich fuhr fort: »... und wenn dieser junge Mann ein anständiger Kerl war, ich kann nicht wissen, wie anständig er gewesen ist, wo er dich hat sitzenlassen ...«

Maali sagte: »Er hat Herrn Schröder dreißig Rubel für mich gegeben, als er fortfuhr, und diese Mahagonikommode. Ich habe im Laufe der Jahre alle Sachen von Adam verkauft, aber die soll Anna erben.«

Ich leugne nicht, das hatte etwas Rührendes. Ich sagte: »Wenn er ein netter und anständiger Mensch war, so freue ich mich für Anna und unser Kind ...«

Maali flüsterte: »Ja, er war ein liebenswerter Mensch. Du kennst ihn. Es war jener Herr Laming, der später auf Woiseck jahrelang Verwalter gewesen ist.«

Ich hatte das Gefühl, ein Alp lege sich auf mich. Ich schwieg geraume Weile. Ich hatte natürlich gehört, was Maali gesagt hatte, fragte aber dennoch: »Maali, phantasierst du?«

Sie war auf ihr Kissen zurückgesunken. Ihre Stirn war schweißbedeckt, graue Haarsträhnen hingen unter der Haube hervor. Aber sie blickte mich vorwurfsvoll an, als sie flüsterte: »Warum glaubst du mir nicht ... Ich war das hübscheste Mädchen im ganzen Pastorat. Und ich habe es dir erzählt, damit ich es leichter habe vor Gott dem Herrn ...«

Ich fragte, ob Anna davon wüßte.

Sie schüttelte den Kopf.

»Vor meinem Tod wollte ich es ihr sagen ...«

Ich gab Rinnes Dienstmädchen etwas Geld, befahl ihr, in der Nacht nach Maali zu sehen, und ging ins Gasthaus am Valu-Bach. Ich wollte nachsehen, ob mein Gaul anständig gefüttert worden war. Und ich wollte die Nacht unter einem Dach verbringen, wo mich niemand kannte. Ich setzte mich an einen Tisch in der Gaststube, und mir war, als hätte mich jemand mit dem Gesicht gegen eine unsichtbare Wand gestoßen. Von den vier oder fünf Quart Schnaps, die ich zu Schweinegrieben trank, wurde mir nicht leichter. Er stieg mir nicht zu Kopf. Meine Gedanken waren schmerzlich klar, und mir schien, sie würden stets so schmerzlich klar bleiben wie bei einem lebenslänglich Verurteilten.

Natürlich faßte ich mich und ging am nächsten Morgen zu Maali. Ich hatte ja schon vor ihrer Beichte beschlossen, gerecht zu ihr zu sein, und jetzt war mir klar, daß ich die Sterbende nicht einmal mit Blicken beschuldigen konnte. Und dennoch war es mir fast unerträglich, neben ihr zu sitzen, mit ihr zu reden und mich nicht mit ihr zu versöhnen ... Ich erinnere mich, ich freute mich, daß sie an jenem Morgen kaum noch etwas sagte und ihre Augen nichts wahrnahmen und daß ich mich schon nicht mehr so schämte, ihrem Blick auszuweichen. Ich erinnere mich, daß ich mich meiner Freude schämte. Einen Augenblick war ich fast im Begriff, um Hilfe zu schreien, weil es unmöglich war, daß dieses alte Weib und ich einander verstünden. Und weil ich unfähig war, das heilige Spiel der Vergebung zu spielen. Hätte sie bereut, hätte ich es wahrscheinlich gekonnt. Ich hätte mich überwunden, ihre Hand ergriffen und gesagt: Mutter – wie es ein gehorsamer Schwiegersohn in so einem Fall tun sollte –, Mutter, ich werde Anna natürlich erzählen, was du mir gesagt hast, und das Bewußtsein, daß wir beide uns gemeinsam freuen werden, soll dich trösten. Aber daß sie angesichts des Todes stolz war auf ihren Fehltritt und törichterweise glaubte, auch ich müßte stolz darauf sein, lähmte meinen Willen zur Selbstverleugnung.

Ich sagte, ich käme nachmittags zurück, und ging in die Stadt. Ich hatte plötzlich das Bedürfnis, Anna bei den Schuhmachern von Fellin schöne pelzgefütterte Hausschuhe zu kaufen, denn unsere Küche hat einen Steinfußboden, und Anna klagte im vergangenen Jahr des öfteren, sie bekäme eiskalte Füße in ihren dünnen Schuhen, sobald sie etwas weiter vom Herd entfernt stände. Ich ging zu drei, vier Schuhmachern und in zwei Bauernläden, und die Zeit verging schnell. Als ich um vier herum mit den Hausschuhen und anderen Einkäufen zum Valu-Wirtshaus schritt, kam mir Rinnes Dienstmädchen auf halbem Wege entgegen. Sie hatte mir beim Gastwirt die Nachricht hinterlassen, daß Maali um drei Uhr gestorben war.

Ich ließ Anna diese Nachricht vom Postkutscher nach Oberpahlen überbringen. Sie vertraute die kleine Eeva für ein paar Tage der Wirtschafterin der von Wahls an, die selbst einen zweimonatigen Säugling hat, und traf rechtzeitig zur Beerdigung ihrer Mutter in Fellin ein. Pastor Carlblom war inzwischen aus Riga zurückgekehrt, und wir beerdigten Maali, wie es sich gehört, auf dem Friedhof der Johannisgemeinde. Anna, der meist leicht die Tränen kommen, weinte, als sie und eine Nachbarin Maalis weißes Hemd und das baumwollene schwarze Sterbekleid aus der Kommode holten und sie anzogen, und auch dann, als wir auf dem Friedhof gefrorene Sandklumpen auf den Sarg warfen. Aber mir schien, sie weinte weniger heftig, als ich es erwartet hatte. Doch die Mahagonikommode wollte sie unbedingt mit nach Hause nehmen. Erst durch geduldiges Zureden konnte ich sie überzeugen, daß Maalis ganze Hinterlassenschaft in einigen Bündeln auf dem kleinen geliehenen Schlitten von Wahls unterzubringen sei, wir aber für die Kommode einen großen Schlitten mieten müßten. Tischlermeister Binder würde sie uns jedoch hier in Fellin für dreißig Rubel abkaufen.

Tatsächlich zahlte Binder schließlich nur achtzehn Rubel. Ich aber sagte Anna, ich hätte sie für dreißig verkauft. Als wir tags darauf nach Hause fuhren – es war trübe, und meist wehte uns ein eisiger Nordostwind entgegen –, fragte ich, den bereiften Hintern des Pferdes anstarrend: »Anna, erinnerst du dich an deinen Vater?«

Sie hatte sich ein wollenes Tuch über die Wintermütze gebunden. Sie schob den Knoten vom Mund und entgegnete: »Wieso denn nicht! Ich war ja schon zehn, als er starb.«

Ich schloß fest die Augen, um mir nicht vorwerfen zu können, ich hätte ihr Mienenspiel genau beobachtet, und fragte: »Erinnerst du dich, ob Mutter und Vater gut miteinander ausgekommen sind?«

Anna dachte nach. »Ich weiß nicht. Ziemlich schlecht wahrscheinlich, soweit ich mich erinnere«, sagte sie.

»Was meinst du, warum?« erkundigte ich mich. Ich konnte mich nicht beherrschen, wandte den Kopf und schaute ihr in die Augen. Sie antwortete jedoch vollkommen ruhig: »Vater war ein guter Faßbinder. Aber er trank, wie das oft ist. Und das mochte Mutter einst gar nicht.«

Wir sprachen nicht weiter darüber. Denn ich sah, daß Maali mir auf dem Sterbebett die Wahrheit gesagt hatte: Anna wußte wirklich nichts von ihrem wahren Vater.

19. Februar 1832. Von Zeit zu Zeit vermag ich mich davon zu überzeugen, daß es lächerlich ist, von einem verhängnisvollen Knoten in meinem Leben zu reden. Bei Gott, was ist denn das schon für ein Knoten?!

Na schön, der Vater meiner Frau ist nicht, wie es in den Papieren steht, der bäurische Faßbinder aus Fellin, ein Schnapsbruder und Trottel, wie diejenigen, die sich an ihn erinnern, wohl sagen würden, sondern ein deutscher Herr aus Livland. Eigentlich kein richtiger Herr. Einer dieser geschäftigen Kerle von fraglichem Beruf, zweifelhafter Bildung und unbeständiger Lebensführung. Meist handelt es sich um Streber und Pedanten, die man zu Hunderten in unseren Städten und Ortschaften und auf unseren Gütern antrifft. Beamte, Kommis, Schreiber, Kanzleivorsteher und -beamte, Baumeister, Verwalter. Jener vornehmere Typ jedenfalls. Vielleicht müßte ich ihm für den Ordnungssinn und den guten Geschmack meiner Frau dankbar sein. Und daß dieser strebsame Kerl einst möglicherweise bei einem für verrückt erklärten Edelmann, dessen Gedanken wirklich seltsame Wege gehen, einen gewissen Auftrag des Zaren auszuführen hatte (niemand hat diesbezügliche Papiere gesehen!), einen Auftrag des Zaren, zwanzig oder dreißig Jahre nachdem er meine Schwiegermutter und seine ungeborene Tochter im Stich gelassen und sich aus dem Staube gemacht hatte – o Gott, was hat meine Frau damit zu tun?!

Andererseits wird mir manchmal deutlicher als deutlich, wie fatal, wie unvorstellbar befremdlich sich der Knoten meines Lebens geschürzt hat.

Ich habe Jette geliebt. Ich werde das zumindest auf diesen Blättern nicht mehr leugnen. Und ich liebe sie immer noch. Vor vier Jahren habe ich sie ihres Vaters wegen verstoßen. Nun, würde ich jemandem davon erzählen, könnte er mir antworten: Also war deine Liebe nicht groß genug. Und ich würde entgegnen: Große Liebe braucht einen nicht völlig blind zu machen. Jedenfalls gilt das für mich. Immerhin war sie meine größte Liebe. Eine so große, daß jedesmal, wenn ich an sie denke, mir etwas – wie soll ich es sagen – einen süßen Stich versetzt. Damit ich weiß: Der Stachel steckt mir immer noch im Leib. Ja, ich habe Jette verstoßen, um mit dem Regierungsspitzel Laming nichts zu tun zu haben. Und aus demselben Grunde habe ich auch das Haus meiner Schwester verlassen. Um mit Regierungsspitzeln nichts zu tun zu haben. Ich hatte Gewissensbisse, weil ich meine Schwester und ihren Mann den Nachfolgern Lamings auslieferte und die Flucht ergriff. Und ich floh in die Arme einer anderen Frau, weil sie mich irgendwie an meine Liebe erinnerte. Und nun ist, wie's der Teufel will, diese andere Frau das Kind jenes Spitzels Laming ...

Ich höre die kleine Eeva im Nebenzimmer im Schlaf weinen – ich höre das manchmal abends, wenn ich an meinem Zeichentisch sitze –, und jetzt, um ein Uhr nachts, da ich nach längerer Zeit wieder einmal mein Tagebuch hervorgeholt habe, höre ich sie wieder weinen. Und ich denke, was ich wiederholt gedacht habe, und jedesmal habe ich bei diesem Gedanken das Gefühl, ein eiserner Reif lege sich mir um den Kopf: Dieses kleine Wesen dort, das mir an einem Tage Anna und am nächsten mir wie aus dem Gesicht geschnitten zu sein scheint, ist mein Kind. Aber zugleich ist es – meine Hand weigert sich, es zu Papier zu bringen – ist es . . . mein Kind ist das Enkelkind des Regierungsspitzels Laming. Meine Tochter, die stolz den Namen meiner stolzen Schwester tragen sollte, trägt unvermeidlich auch den Namen ihres Großvaters, den meine stolze Schwester stets nur mit verächtlicher Miene aussprach und dabei die Lippen schürzte, als hätte sie sich versehentlich mit den Moosbeeren eine Wanze in den Mund gesteckt.

23. Februar 1832. Bei Tag kommen mir keine düsteren Gedanken. Ich sitze über Lilienfeldts Gutskarten, die auf meinem Tisch liegen und ähnliche helle und schwarze Flecken aufweisen wie die Landschaft vor den Fenstern. Oder ich schufte draußen, ziehe Gräben durch die tagsüber auftauenden und nachts gefrierenden Schneewehen, damit das Tauwasser schneller in den Fluß fließt, denn das Stück Land zwischen Obstgarten und Fluß steht im Frühjahr häufig unter Wasser. Oder ich heize unsere zwei riesigen Öfen, die viel Holz verschlingen, repariere im Schuppen Spatenstiele und die Baumsäge. Oder ich helfe Anna das Waschwasser aus dem Kübel auf den Hof schleppen und Wäsche und Windeln in unserem vierten, im Winter leerstehenden Zimmer aufhängen.

Tagsüber bin ich für lästige Gedanken allzu beschäftigt. Aber spätabends, wenn ich mich hier am Tisch an Friedrich Schlossers »Geschichte des 18. Jahrhunderts« müde gelesen habe und den Wind im Schornstein heulen und im Garten in den Ästen knacken höre, so daß man nicht weiß, ob er den Winter festhalten oder den Frühling herbeizerren möchte, habe ich zuweilen das Gefühl, mit mir geschähe das, wovon Timo mir einmal erzählt hat. Die Gedanken – bei mir sind es eher Fragen als Bilder – geraten außer Rand und Band. Und dann frage ich mich, wie es um die gewaltige Gärung steht, von der Timo vor fünfzehn Jahren geschrieben hat und die von den Gestaden Perus bis zur uralten Chinesischen Mauer im Gange sein soll. Und mir scheint, sie hat während dieser fünfzehn Jahre nicht nachgelassen, wenn man sie überall auch noch so eifrig unter Erde, Schnee und Asche zu verbergen versucht. Man bedenke, was schon das zweite Jahr in Polen vor sich geht: Zunächst jagte man den Großfürsten und den Vizekönig aus dem Land, eine unerhörte Sache! Danach kam eine Regierung der Polen mit Czartoryski an der Spitze an die Macht. Da schickte man General Diebitsch mit zweihunderttausend Mann nach Polen, um Ordnung zu schaffen. Unsere Zeitungen vermitteln uns ja nur eine Ahnung von dem, was dort wirklich geschehen ist. Nur daß Großfürst Konstantin wie auch General Diebitsch dort zwischen zwei Schlachten an der schrecklichen Cholera des letzten Jahres gestorben sind, habe ich wortwörtlich in der Zeitung gelesen. Doch an wackeren Generälen leidet unser Staat keinen Mangel. Paschkewitsch zeigte sich noch wackerer als Diebitsch. Er vertrieb, wie ich mit eigenen Augen gelesen habe, die Banden der Aufständischen und Verbrecher mit Hilfe der braven Söhne des polnischen Volkes mühelos aus Warschau. Nur der freche »Constitutionnel« soll geschrieben haben, danach hätte die Weichsel unterhalb von Warschau mehrere Tage lang die Farbe der Abend- oder vielleicht eher die der Morgenröte gehabt. Jetzt sei in Polen die Ordnung wiederhergestellt, und Feldgerichte und Totengräber hätten alle Hände voll zu tun. Trotzdem frage ich mich mitunter in einer Abendstunde wie jetzt: Stehen uns vielleicht dennoch andere Zeiten bevor?!

Eeva, das heißt Kitty, war in der vergangenen Woche hier. Auf Woiseck ist mehr oder weniger alles beim alten. Die Mannteuffels haben sich über Georg aus der Schweiz für die Kinder eine französische Gouvernante kommen lassen, die schon einige Monate bei ihnen wohnt. Sie unterrichtet die Jungen von Peeter und Elsy, kommt aber gern mal in das Kivijalg zu einem Plausch. Bis jetzt haben es ihr die Mannteuffels nicht untersagt. Das Fräulein stammt aus Vevey, wo Georg bis heute in seinem Mietschloß wohnt. Sie hätte erzählt, daß die Schweiz voller polnischer Flüchtlinge sei. Selbst im Steinturm von Georg und seiner Teresa hätten im Herbst zuweilen vier oder fünf gleichzeitig Zuflucht gefunden. Aus der Schweiz begäben sie sich nach Paris, natürlich um mit Hilfe der Franzosen einen neuen erfolgreicheren polnischen Aufstand vorzubereiten.

Stehen Polen also vielleicht wirklich andere Zeiten bevor als Rußland? Gelangen dort andere Männer an die Macht? Andere als unsere Pauluccis, Pahlens, Mannteuffels, Lamings oder bestenfalls unsere La Trobes? Vielleicht solche wie die, die bereits das siebente Jahr irgendwo hinter Irkutsk, in Ketten geschmiedet, unter der Erde nach Erz graben? Könnte es dann nicht geschehen (an windig-kühlen Abenden bei flackerndem Kerzenschein wie heute stelle ich es mir selbst zum Trotz manchmal vor), daß mein für geistesgestört erklärter Schwager plötzlich als Vorkämpfer der alleredelsten Männer des Staates gilt? Und daß meine furchtlose Schwester neben ihm ebenfalls zu gewissen Ehren kommt? Ich bin überzeugt, daß sie von den utopischen Phantastereien ihres Mannes gewußt hat, möglicherweise sogar an ihnen Anteil hatte. Könnte es dann an einem Abend wie heute in vielleicht zehn oder zwanzig Jahren geschehen – mein Gott, muß es nicht unvermeidlich geschehen –, daß meine Tochter, die, wie ich höre, von ihrer Mutter gerade in den Schlaf gewiegt wird, plötzlich zu mir kommt und fragt: Vater, sag, warum verstummen die Menschen und schauen an mir vorbei, wenn ich ihnen sage, daß Herr Laming mein Großvater war? Und werde ich dann nicht das Gefühl haben, ich sei beim Anfassen der Armlehne meines Schreibtischstuhls mit dem Daumen auf einen verborgenen Nagel gestoßen ... wie jetzt?

Nein, niemand soll davon erfahren!

O Gott, sind wir nicht allesamt wehrlos, wenn die Unwissenheit der Welt unsere einzige Wehr ist?

6. März 1832. Eeva, das heißt Kitty, kam heute morgen mit einer Todesnachricht zu uns. Propst Masing ist am 3. März in Ecks plötzlich gestorben, nachdem die Schmerzen in seiner Brust heftiger geworden waren. Übermorgen soll sein Leichnam aus Ecks nach Dorpat überführt wer-

den. Eeva meinte, wir müßten sowohl in Ecks als auch in Dorpat bei seiner Beisetzung anwesend sein.

Ich muß sagen, daß Eevas Rücksichtnahme auf den sogenannten guten Ton mich irgendwie stört. Ich möchte weniger abhängig davon sein. Ich bin es auch, soweit man mich nicht in meinen Entschlüssen hindert. Zugleich liegt etwas Erhabenes und Beneidenswertes in ihrem Fingerspitzengefühl. Vielleicht kommt es daher, daß sie in all den Jahren, im Unterschied zu mir, wirklich zu einer Adligen geworden ist.

Es sei. Ich widersetze mich ihr nicht. Denn der alte Masing war für sie und für mich mehrere Jahre lang nicht nur ein Lehrer, sondern geradezu ein Ziehvater.

Übrigens, außer der Nachricht von Masings Tod brachte Eeva noch eine Nachricht. Jette Laming soll zu Weihnachten den Gehilfen des Polizeimeisters von Wendau geheiratet haben. Nun, dann ist es eben so.

13. März 1832. Wir trafen am frühen Morgen des neunten März im Pastorat Ecks ein.

Eeva und ich stellten mit Erstaunen fest, daß alle Räume und Dinge in diesem Haus, in dem wir fast drei Jahre gelebt hatten, sich in den letzten fünfzehn Jahren zwar nicht verändert hatten, aber kleiner und farbloser geworden waren.

Ich flüsterte es Eeva zu, als wir in dem Haus, das voller Menschen war, nach der Witwe des Propstes suchten, um ihr unser Beileid auszusprechen. Eeva antwortete, ebenfalls flüsternd: »Mit den Menschen ist es ebenso. Nur, paß auf, sie werden die alten, sobald sie zu sprechen beginnen.«

Wir fanden die Witwe im Saal, inmitten einer Schar Kondolierender, und ich betrachtete sie mit Interesse. Sie ist Italienerin, einst war sie Gouvernante in diesem Hause. Verdammt, ich habe oft gehört, wie man mit einer gewissen Verachtung darüber sprach, aber ich verstehe (wer verstünde es besser!), wie ungerecht und dumm es ist, immer wieder über ihre einstige Stellung als Bedienstete herzuziehen. Ich würde sagen, diese Frau war vielleicht viel zu gut für den alten Masing. Allein schon, weil sie dreißig Jahre jünger war als er.

Jetzt ist sie bereits vierzig. Ihr Gesicht sah verweinter aus, als ich erwartet hatte. Sie drückte uns die Hände, flüsterte einige Verbindlichkeiten und verschwand, um irgendwelche Anweisungen zu erteilen. Alle vier Töchter des Propstes aus erster Ehe waren anwesend, drei alte Jungfern und Frau von Schultz mit ihrem Mann, einem Rechtsanwalt. Die Töchter des Propstes, einst unsere Gefährtinnen beim Lernen, streckten uns die Hände entgegen wie vertrauten Freunden, die man aus den Augen verloren, aber nicht vergessen hat. Unsere gegenseitigen Mitteilungen über unser Leben, wie leise sie auch ausgetauscht wurden, drohten so lebhaft zu werden, daß sich andere Trauergäste nach uns umwandten. Aber die kleine Rosalie, das elfjährige Nesthäkchen des Propstes, die wir zum erstenmal sahen, war fleckig im Gesicht und ließ sich nicht trösten, sondern zog sich nach ihrem Begrüßungsknicks hinter den großen Gummibaum zurück und weinte vor sich hin.

Unverhofft viele Leute hatten sich im Pastorat versammelt: einige Gutsherren aus der näheren Umgebung und fast alle Seelenhirten und Küster aus dem nördlichen Teil des Dorpater Kreises, alle mit ihren Frauen. Aus Dorpat waren ein paar Professoren gekommen, mit dem alten Jäsche an der Spitze. Merkwürdig, daß sie sich bei den schlechten, ausgefahrenen und vereisten Wegen dieses schneearmen Winters nicht geduldeten, bis die sterblichen Überreste des Propstes in Dorpat eintrafen, sondern dem Verblichenen beim Abschied von seinem Haus die letzte Ehre erwiesen. Auch jüngeres Volk aus Dorpat hatte sich eingefunden, wohlanständige schwarzberockte Beamtenseelen, wohl vom Konsistorium, und – nach ihrem kühneren Auftreten und abgerissenen Aussehen zu urteilen – auch einige Studenten, Zöglinge der theologischen Fakultät. In der einen Saalecke erblickte man die grauen Röcke der örtlichen Schulmeister und Kirchenvorsteher.

Zur Trauerfeier sollte Pastor Kolbe von St. Bartholomäi

predigen, übrigens ein angeheirateter Verwandter Masings. Eeva und ich waren schon um neun in der Kirche. Bereits zu so früher Stunde hatten sich dort an die hundert Menschen aus der Umgebung eingefunden. Die Kerzen um den offenen Sarg vor dem Altar brannten, und vier Kirchenälteste hielten Ehrenwache. Wir traten an den Sarg, um einen letzten Blick auf den Verstorbenen zu werfen; was man ihm auch nachsagen mochte, er war zweifellos unser zweiter Wohltäter gewesen. Möglicherweise sogar unser erster. Denn was er und sein Haus mir und Eeva gegeben hatten in den mehr als drei Jahren – die Anfänge von Wissen und kritischer Weltsicht, und ich hoffe, auch die Grundlagen menschlicher Würde, ganz zu schweigen von allerlei handwerklichem Können bis hin zu den Grundlagen der Zeichenkunst, mit der ich für mich und meine Familie das tägliche Brot verdiene –, all das war bei der Herausbildung von meiner und Eevas Persönlichkeit wesentlicher als wessen Erbe auch immer. Freilich, die Dinge, die uns durch Timo erschlossen wurden, sind von nicht geringerer Bedeutung. Bei mir zum Beispiel die Möglichkeit – und die Versuchung –, mich weiterzubilden und immer hoffnungslosere Probleme wahrzunehmen, da mir die Augen nun schon einmal einen Spalt weit geöffnet worden waren. Bei Eeva die Notwendigkeit, sich in der neuen, ihr aufgezwungenen Welt selbst zu finden, und das Vermögen, diese Welt mit eigenem Maß zu messen. Also könnte man vielleicht fragen, ob Timo, unser Wohltäter Nummer eins, sich für uns – wie soll ich sagen? – als ein verkehrter Mephisto entpuppt hat?

Beim Schein der Kerzen betrachteten wir den alten Propst zum letztenmal. Seine Nase war noch spitzer als sonst. Und der eine Winkel seines schmalen, bitter lächelnden Mundes sah ebenso mutwillig und der andere ebenso verdrossen aus wie damals – das fiel mir dort in der Kirche plötzlich deutlich ein –, als er uns vor zwanzig Jahren am Frühstückstisch (aber vielleicht auch zu einer anderen Gelegenheit) erzählte, daß das Bauernvolk dank ihm nun endlich sein eigenes vernünftiges, inhaltsvolles

Schrifttum besitze – nur daß es selbst nichts davon wüßte.

Bis zur Trauerfeier blieb noch eine Stunde. Wir gingen den Weg von etwa hundert Schritt, auf den vom Schnee glitzernde Fichtenzweige gestreut waren, zurück zum Pfarrhaus. Beim Betreten des Hauses merkte ich sofort, daß etwas geschehen sein mußte.

Die Türen zum Eßzimmer, zur Bibliothek und zum Arbeitszimmer des Propstes standen sperrangelweit offen, aber die Räume selbst waren leer. Alle Anwesenden hatten sich im Saal versammelt. Eeva und ich schauten einander verständnislos an und gingen den Gang entlang ebenfalls dorthin. Eine dunkelgekleidete erschrockene, verstörte Menge stand im Saal, in ihrer Mitte die sehr blasse Frau Masing und der aufgeregte Professor Jäsche. Letzterer redete, und sie suchte ihn zu beschwichtigen. Jäsche rief: »*Herrschaften!** Verstehen Sie! Es ist verschwunden. Verschwunden. Es muß unbedingt wiedergefunden werden.«

Anton von Schultz, der einzige Schwiegersohn des Hauses, der unverfrorene Sticheleien liebte (anscheinend meinte er, ihm würde in der Familie nicht genügend Achtung entgegengebracht), versetzte: »Wollen der Herr Professor damit sagen, jemand von uns hätte es gestohlen?!«

Jäsche rief fast im Falsett: »*Donnerwetter!** Ich sage, daß es verschwunden ist und gefunden werden muß!«

Frau Masing rief händeringend: »Herrgott, wir sollten Grobheiten vermeiden . . .«

Ich fragte jemanden neben mir, wovon denn die Rede sei, doch ehe er mir noch antworten konnte, erklärte Professor Jäsche: »Ich höre, die Herrschaften wissen nicht, was geschehen ist. Sehen Sie, in dieser Schatulle« – der Professor hob eine schwarze Schatulle von anderthalb Spannen Länge in Höhe seines schweißnassen Gesichts und wandte sich damit nach rechts und links –, »in dieser Schatulle hat der Propst die Arbeit seiner letzten achtzehn Jahre aufbewahrt. Das Manuskript eines großen estnisch-deutschen Wörterbuchs. Es ist praktisch fertig. Eine Riesenarbeit. Sechzig Bogen. So etwas hat niemand vor ihm verfaßt. Es ist viermal so umfangreich wie der Hupel. Es sollte nächstes Jahr in Druck gehen. Der Propst sagte mir am Dienstag, er möchte allein darum gern siebzig werden, um es mit eigenen Augen gedruckt zu sehen. Er hoffte, das Honorar enthöbe seine Familie aller wirtschaftlicher Sorgen . . .«

Ich horchte auf. Während Jäsche redete, begannen die Kirchenglocken zur Trauerfeier zu läuten. Jäsche fuhr fort: »Am vergangenen Dienstag bat der Propst, die Schatulle mit dem Manuskript an sein Bett zu holen. Donnerstag früh, als er bereits tot war, brachte Frau Masing sie in sein Arbeitszimmer und legte sie auf den Schreibtisch. Heute morgen war sie noch dort . . .«

Jemand rief: »Und jetzt halten Sie sie in der Hand . . .«

Jäsche schrie fast: »Aber sie ist leer!«

Er hob den Deckel und zeigte allen das leere Innere. Die schwarzgekleidete Menge sah es stumm. Die Glocken läuteten. Jäsche sagte: »Heute morgen war das Manuskript noch in dieser Schatulle. Also hat es jemand im Verlauf der letzten Stunde entfernt.«

Anton rief: »Unter uns ist ein Dieb!«

Frau Masing sagte leise: »Lieber Jäsche, ich bitte Sie, ich habe schon genug weinen müssen . . .«

Jäsche unterbrach sie: »Liebe gnädige Frau, ich verstehe, Sie sind bereit, Ihr eigenes und das Wohl Ihrer Familie zu opfern, um einen Skandal zu vermeiden. Aber ich sage Ihnen: Im Namen der Wissenschaft, Sie dürfen es nicht. Ein dummer Spaß ist ein dummer Spaß, und Diebstahl ist Diebstahl. Sie müssen eine Wache aufstellen lassen, damit niemand sich von hier entfernen kann. Sie müssen die Polizei holen lassen!«

Anton stichelte: »Wir sollten zwei Gruppen bilden. Die eine durchsucht die Hosentaschen und Hemden der anderen.«

Frau Masing ergriff die Hand des Professors.

»Lieber Freund, ich gehe in die Kirche zum Trauergottesdienst für meinen Mann. Und ich bitte alle, die ihn geliebt und verehrt haben, mitzukommen.« Sie wandte sich an Jäsche: »Sagen Sie, was könnte ich sonst in diesem Augenblick tun?«

Jäsche zuckte die Achseln. »Wie Sie meinen.« Er schaute die Anwesenden an. »Ich stelle die Schatulle auf den Tisch. Und ich hoffe, wenn wir aus der Kirche kommen, ist das Manuskript wieder da. Wer es auch genommen haben mag, er sollte begreifen: Niemand kann es unter seinem Namen herausgeben, bevor nicht fünfzig Jahre vergangen sind, denn niemand außer Masing wäre fähig, eine solche Riesenarbeit zu bewältigen.«

Wir begaben uns in die Kirche. Aber ich kann mich an kein einziges Wort erinnern, das Kolbe gesagt hat. Als wir ins Pfarrhaus zurückkehrten, war die Schatulle natürlich leer. Erst als dies feststand, begriff ich, daß ich trotz allem ein winziges Krümchen Hoffnung gehegt hatte, der Dieb würde das Manuskript wirklich zurückbringen. Denn ich begriff – vielleicht ahnte ich es auch nur –, was ihr Verlust für die weitere Entwicklung der estnischen Sprache bedeuten würde.

Etwa zwanzig Schlitten folgten dem Sarg nach Dorpat. Noch am selben Nachmittag wurde der Propst auf dem Johannisfriedhof in der Familiengruft seines ersten Schwiegervaters, des Ratsherrn Ehlertz, beigesetzt. Nasser Schnee fiel vom Himmel, während vor der Gruft viele Abschiedsreden gehalten wurden. Jäsche kam in seiner Rede auf das Verschwinden des Manuskripts zurück. Er sagte, es wären schon einige Probeseiten davon gedruckt worden, zum Beispiel die, auf der das Wort sednik – Gärtner –, und eine andere, auf der das Wort surm – Tod – vorkämen. Und obschon der Tod uns den verehrten Kollegen genommen hätte, wäre, zu unser aller Glück, sein unermüdliches Gärtnerwerk im vom Unkraut überwucherten Garten der Bauernsprache erhalten geblieben, hätte nicht eine kindisch dumme, vielleicht gar böswillige Hand den Sack mit dem wertvollsten Blumensamen dieses Gärtnerwerks an sich genommen. Also möge der Täter wenigstens post factum Vernunft annehmen und das Manuskript der Familie oder der Universität oder dem Konsistorium zurückbringen oder zuschicken. Denn Nutzen würde ihm nie und nimmer daraus erwachsen, weil es unmöglich wäre, es unter einem anderen Namen als dem des ehrwürdigen Verblichenen zu veröffentlichen. Jeder Versuch würde sofort den Sperling bloßstellen, der sein Tschilpen als den Gesang eines Kanarienvogels ausgeben wollte ...

Die Trauergäste bildeten im Schneefall einen Kreis um den Redner, und die unbegründeten oder begründeten Beschuldigungen fielen, vermischt mit dem nassen Schnee, auf ihre entblößten Häupter, auch auf die der etwa hundert Dorpater, die auf den Friedhof gekommen waren und mit der Angelegenheit nichts zu tun haben konnten. Die zierliche Frau Masing schürzte hilflos ihren noch immer schönen Mund und versuchte Jäsche unter ihrem Trauerschleier hervor mit flehend-befehlenden, erschrockenen Rehaugen zu beschwören, verbot ihm aber nicht den Mund.

Während wir den Friedhof verließen, hörte ich die Leute reden, der Landesrichter Himmelstjerna hätte versprochen, höchstselbst in der »Dörptschen Zeitung« zu inserieren, derjenige, der das Manuskript hätte, solle es unbedingt zurückerstatten. Als wir am Friedhofstor in die Schlitten stiegen, vernahm ich mit eigenen Ohren, wie Frau Masing zu von Schultz, dem Mann ihrer Stieftochter, sagte (sie konnte ihn nicht leiden, so daß es ihr sicher schwerfiel): »Anton, du kennst den Landesrichter. Könntest du ihn nicht bitten, auf das Inserat zu verzichten? Kaum auszudenken, welches Licht es auf unsere Bekannten und uns alle werfen würde. O Gott!«

Am späten Abend, es war bereits dunkel, trafen wir wieder in Ecks ein und übernachteten unter dem Dach von Frau Masing. Das Konsistorium hatte beschlossen, Kolbe sollte vorläufig neben St. Bartholomäi auch das Kirchspiel Ecks übernehmen und Frau Masing könnte mit ihrer Tochter das Witwenjahr im Pastorat wohnen.

Am späten Nachtmahl nahmen Kolbe mit seiner Frau und einige Ortsansässige teil, die auch am Morgen dagewesen waren. Obgleich Jäsche in Dorpat geblieben war, ging seine Saat durch mich auf. Die Affäre mit dem Manuskript kam natürlich wieder zur Sprache, und ich sagte: »Frau Cara, Sie hätten am Morgen tun sollen, was Professor Jäsche Ihnen geraten hat. Sie hätten ein paar Leute an den Fenstern aufstellen lassen sollen, damit niemand aus dem Haus gekonnt hätte, und Sie hätten die Polizei holen lassen sollen.«

Cara brauste auf mit südlichem Temperament.

»Die Polizei? Und was hätte die Polizei getan, wenn sie sich endlich herbemüht hätte? Die Leute durchsucht? Wie hätte sie unsere Pastoren und Gutsherren wohl durchsucht?«

Ich meinte: »Sie hätte sich nur Verdächtige vorgenommen.«

Frau Cara rief: »Aber ich will nicht, daß es unter uns Verdächtige gibt!«

Ich ließ nicht locker.

»Da es sie aber ohnehin unter uns gab . . .«

Frau Cara rief mit einer Heftigkeit, die bei einer Estin oder Deutschen befremdet hätte: »Ohnehin?! Ohnehin hätte man nichts gefunden! In so einem Fall findet man nie etwas! Und dann hätte Anton sofort gesagt, was er auch so noch losgeworden ist . . .«

Ich verstand, daß ich, ein Fremder, zu weit gegangen war und daß es mir nicht zustand, zu fragen, was Anton gesagt hatte, da es etwas war, was Cara nicht über die Lippen brachte. Aber Kolbe fragte statt meiner: »Was hat denn der Herr Anton gesagt?«

Die Frage des ehrwürdigen, zweifellos wohlwollenden alten Herrn half Cara über ihre Hemmungen hinweg, zumal ihr Temperament ihr nicht zu schweigen gestattete. »Anton hat gesagt: ›Cara, wahrscheinlich hat es dieses Manuskript nie gegeben!‹ Stellen Sie sich das vor! Er hat in seinen Fuchspelzkragen hineingegrinst und gesagt: ›Wahrscheinlich war all das Gerede von dem Werk, an dem er achtzehn Jahre gesessen hat, bloß seniles Geschwätz. Der gewaltige Bluff eines Betrügers.‹ Anton wiederholte, als verstünde ich nicht genügend Deutsch: ›Verstehst du: il grandissimo bluffo!‹ Und er sagte, ich hätte das Spiel mitgemacht, um bemitleidenswerter und interessanter zu sein. So ein porco! Entschuldigt mich . . .«

Kolbe schüttelte empört sein rundes graues Haupt.

»Na, solche Reden sind natürlich wirklich übel. Ich habe das fertige Manuskript des Propstes nicht gesehen. Aber ich habe mit eigenen Augen die Berge von linguistischem Material gesehen . . .«

Cara rief: »Ich war so erzürnt, daß mir schwarz vor Augen wurde. Und ich flüsterte ihm aus dem Schlitten zu: ›Anton, nun weiß ich es: Dies ist dein Werk! Du hast es aus Rache getan, weil du meinst, Otto und ich hätten dich nicht gern genug gehabt!‹ Daraufhin schrie Anton mich an, das heißt, schreien konnte er nicht, überall standen Trauergäste, er zischte mich an, ich wäre verrückt. Das war lächerlich, ich versetzte dem Pferd mit der Peitsche einen Hieb und ließ ihn mitten auf der Straße fauchend stehen. Und jetzt fürchte ich, er wird Himmelstjerna nicht bitten, keine Anzeige in die Zeitung zu setzen. Bei Gott, ich möchte nicht, daß allerlei Gerüchte entstehen.«

Ich wollte sagen: Liebe gnädige Frau, die Gerüchte sind bereits entstanden, aber ich schwieg.

Wir baten, in den kleinen Zimmern mit der Trennwand, wo wir einst gewohnt hatten, übernachten zu dürfen. Sie erweckten in uns fast zwanzig Jahre alte Erinnerungen, und wir gedachten bis tief in die Nacht hinein, nur durch die Bretterwand getrennt, vergangener Zeiten.

»Erinnerst du dich, Jakob, wie uns Cara – damals war sie noch Gouvernante – um sechs Uhr früh zu wecken pflegte? Erinnerst du dich, wie sie mit uns sang:

Frère Jacques, sœur Cathérine!
Dormez-vous, dormez-vous?
Sonnez les matines, sonnez les matines!

Timo hatte ihnen schon gesagt, daß er mich Katherina nennen würde.«

»Erinnerst du dich, Eeva, wie uns der Propst in die Geigenstunden geholt hat?«

»Natürlich. Er quälte doch seine eigenen Mädchen jeden Tag damit.«

»Eeva, du hast deine Violine doch noch heute? Timo hat sie dir geschenkt, nicht wahr? Aber ich habe nie gehört, daß du gespielt hättest.«

Eeva erwiderte jenseits der Wand: »Ich habe soviel anderes gespielt.«

Ihr Satz blieb in der Finsternis hängen, und ich fragte: »Du meinst, die Frau vom Freund des Imperators und – nun, beinahe auch die Frau vom Mörder des Imperators?«

Eeva, hinter der Bretterwand, antwortete fast flüsternd: »Ja. Und ich habe mich bemüht, die Frau eines großen Denkers und eines bedauernswerten Verrückten zu sein. Zum Geigespielen bin ich einfach nicht gekommen. Das Sostenuto, das mir der alte Masing beigebracht hat, ist das einzige, was ich kann.«

Am Morgen machten wir uns auf den Heimweg.

Als wir nach Schloß Talkhof abgebogen waren und durch den Wald fuhren, wo Schnee den holprigen Weg bedeckte und der Schlitten nicht mehr hin und her gerüttelt und geschüttelt wurde, sagte ich: »Aber die Ängste von Frau Masing um den Ruf der Familie und ihren Ruf überhaupt, ich kann sie nicht verstehen. Sollte das Manuskript für immer verschwunden sein, lastet die Schuld in gewissem Grade für alle Zeit auf ihr. Sicher wäre es nicht gefunden worden, auch wenn Frau Masing etwas unternommen hätte. Aber im Namen der Wissenschaft, wie Jäsche sagte, oder im Namen der Wahrheit, wie man auch sagen könnte, hätte sie doch etwas zur Fahndung nach dem Täter tun müssen! Anstatt . . .« Ich verstummte. Denn ich wollte nicht allzu schlecht von der armen Frau Masing sprechen.

Erst nach einer Weile sagte Eeva in das beharrliche Gestampfe des Gaules hinein: »Das ist leicht gesagt. Gott weiß, welche Ahnungen Frau Masing in bezug auf die Person des Täters hegen mag. Vielleicht verdächtigt sie wirklich Anton oder jemand anderen. Woher können wir das wissen. Ich meine, sie hat das Recht, zu tun, was sie für richtig hält.«

An jenem Abend, den wir nach der Beerdigung des alten Propstes in Ecks in unserer einstigen Kammer mit der Trennwand verbrachten, hatte ich plötzlich das Gefühl, meine Schwester sei mir vertraut wie einst. Doch das war ein Irrtum, hervorgerufen durch die Erinnerungen. In Wirklichkeit hat das Schicksal sie von mir entfernt, sie verändert, sie anders zu denken gelehrt. In Wirklichkeit ist sie – ich bedaure es – eine Dame.

18. Februar 1836. Ich sehe, daß seit meiner letzten Eintragung vier Jahre vergangen sind. Eine ganze Ewigkeit.

Wenn die Pausen in einem Tagebuch so lang werden, ist es dann noch ein Tagebuch?! Aber ich könnte auch fragen: Wenn die Pausen zwischen den Ereignissen, zwischen den Momenten, die aus dem grauen Strom des Lebens hervorragen, so lang werden – ist das dann noch Leben?!

Ich habe das Heft heute wieder einmal unter dem Fußboden hervorgeholt und Staub und Erde abgepustet. Aber nicht, um aufzuschreiben, was ich während der vergangenen vier Jahre erlebt habe. Denn worüber sollte ich schreiben? Wir fristen hier, im alten Haus am Fluß, das alltäglichste Dasein. Anna ist mir eine tüchtige Ehefrau gewesen, und ich habe mir Mühe gegeben, ein tadelloser Ehemann zu sein. Besonders im ersten Jahr nach Maalis Tod ertappte ich mich öfter bei kleinen Liebesdiensten, bei kleinen Zärtlichkeitsbeweisen, kleinen Handreichungen, die mir, wenn ich ihrer gewahr wurde, seltsam vorkamen. Beispiele ...?

In dem Frühling nach Maalis Tod, Mitte Juni, wenn ich mich nicht irre, sagte Anna an einem Sonntagmorgen beiläufig, dies sei der Geburtstag ihres Vaters.

Ich fragte nicht, wie alt ihr Vater geworden sei, denn dann hätte ich so tun müssen, als dächte ich an einen ganz anderen Menschen als an den, der mir wirklich in den Sinn kam. Ich erhob mich rasch vom Frühstückstisch – wir hatten schon Kaffee getrunken –, drückte Anna an mich, küßte sie, mitten im Zimmer, heftig und lange (wahrscheinlich, damit sie nicht weiter von ihrem Vater spräche) und eilte hinaus. Ich drehte mein altes Boot im Schuppen auf den Kiel und suchte die vier vergessenen Weidenruten hervor. Ich nagelte sie an die Bootswände, spannte grünes Segeltuch darüber, zog das Boot ins Wasser und lud Anna zu einer Fahrt ein. Eeva war gerade gestillt worden und eingeschlafen. Anna folgte meiner Einladung. Wir ruderten stromaufwärts zur Liigri-Insel. Der Wind war kühl, ich legte Anna meine Jacke um die Schultern, und sie fragte mich – es war nicht das erste Mal –, was mit mir los sei, daß ich plötzlich so lieb zu ihr sei.

Wenn ich darüber nachdachte, begriff ich: Die Ursachen für meine Anstrengungen waren nicht bei mir, sondern bei ihr zu suchen, und ich bemühte mich, diesen Mangel an ihr und an unserem Leben in Liebe zu ertränken.

Nein, nein, schon längst kann ich über all das nur noch schmunzeln, wir führen ein ruhiges, alltägliches Leben. Geld ist bei uns allerdings immer knapp gewesen. Denn die ersten Vermessungsarbeiten, die mir unerwartet aufgetragen wurden, waren bald ausgeführt, so daß wir praktisch nur den Fluß als Nahrungsquelle hatten, und selbstverständlich unser Stück Gartenland. Durch sie sind wir immer satt geworden. Aber unsere Kleidung ist, offen gesagt, recht abgetragen. Obwohl sie dank Anna immer sorgfältig geflickt und sauber ist.

Eeva wird bald fünf. Sie ist ein liebes Stupsnäschen und hat die hellen Augen ihrer Mutter, ich habe ihr beim Spielen das halbe Alphabet beigebracht. Weitere Kinder sind uns nicht beschert worden. Ich weiß nicht, warum. Zurückhaltung haben wir in dieser Hinsicht nicht geübt. Ich glaube auch nicht, daß es daran liegen kann, daß mir in gewissen Augenblicken die Frage durch den Kopf schoß: Bekommt Herr Laming nun wieder ein Enkelkind? Nein, nein, derartige Gedanken tue ich längst mit einem Lächeln ab. Und da habe ich behauptet, ich hätte mein Tagebuch hervorgeholt, nicht, um meine eigene Geschichte zu erzählen, sondern um ein Ereignis im Leben meiner Schwester und meines Schwagers zu Papier zu bringen: Unser Herr Schiffsfähnrich war auf Woiseck zu Gast, Herr Georg von Bock junior.

Anna . . .

22. Februar 1836. Anna kam nachsehen, warum ich so spät nachts an meinem Schreibtisch sitze.

Ja, Jüri war in der vergangenen Woche bei seinen Eltern zu Besuch. Eeva benachrichtigte mich rechtzeitig: Jüri hat mitgeteilt, er käme für einige Tage auf Urlaub. Wir erwarten ihn Donnerstag. Wenn du deinen Neffen sehen willst, komm Donnerstag zum Mittagessen.

Eeva hatte natürlich bemerkt, daß mir der aufgeweckte Junge gefiel und daß sein Schicksal mich interessierte. So ein angehender Offizier von halbbäurischer Herkunft ist ein allzu seltenes Stück, um nicht Interesse zu erwecken. Besorgtes Interesse, müßte ich nach unserer letzten Begegnung in Pernau sagen, nach dem, was der Junge am Abend unserer verhängnisvollen Flucht, eigentlich unserer nicht stattgefundenen Flucht ganz unerwartet zu seinem Vater gesagt hatte. Doch wer weiß, vielleicht hätten kühlere Köpfe gefunden, just dies wäre von ihm zu erwarten gewesen.

Donnerstag vormittag jedoch, als ich auf die Uhr schaute, um festzustellen, ob es an der Zeit sei, nach Woiseck zu reiten, sprang der junge Schiffsfähnrich, angetan mit der schwarzen Uniformjacke der Marine mit den goldenen Knöpfen und in Halbstiefeln, vor unserer Pforte aus dem Sattel. Ja, er war schon gestern in Woiseck eingetroffen, hatte heute früh bei von Wahls auf Schloß Oberpahlen und bei von Lilienfeldts in Neu-Oberpahlen Visiten gemacht und kam nun Onkel Jakob und seine Gnädige besuchen.

Jüri wird bald achtzehn. Ich betrachtete ihn aufmerksam im hellen Tageslicht. Er hat sich natürlich seit unserer Begegnung in Pernau bis zur Unkenntlichkeit verändert. In seinem Alter verändern sechs oder sieben Jahre einen Menschen völlig. Aber etwas an ihm ist wie damals geblieben. Er ist ein wenig kleiner als sein Vater, hat die grünlichgrauen Augen seiner Mutter und den beharrlichen Blick seines Vaters. Er ist ein schlanker, kräftiger Kerl. Er hat Eevas gewelltes kastanienbraunes Haar, und sein rötlicher Schnurrbartflaum ist sorgfältig gestutzt.

Wir beschlossen, zusammen nach Woiseck zum Mittagessen zu reiten, aber bis dahin hatten wir über zwei Stunden Zeit. Anna stellte uns eine Flasche Obstwein auf den Tisch. Jüri musterte mein Bücherregal und bat, Balzacs »Le Père Goriot« als Urlaubslektüre mitnehmen zu dürfen. Unter den Büchern seines Vaters hatte er dieses Buch nicht entdeckt.

Er sprach überlegt und präzise. Er war Anna gegenüber tadellos aufmerksam und nannte mich ganz selbstverständlich Onkel. Er erzählte kurz und ohne Aufschneiderei vom Navigieren auf den Schulschiffen des Korps. Der Vorschrift entsprechend waren sie bisher nur nach Porkkala, Gotland und Riga gefahren. Und im März von Nikolajew aus aufs Schwarze Meer. Im nächsten Jahr gehe es über Kopenhagen in die Nordsee. Im übernächsten nach Gibraltar und ins Mittelmeer.

Ich sagte: »So, so ... Wie ist denn das Korpsleben in Petersburg?«

»Normales Kadettenleben.«

»Mußt du viel büffeln?«

»Natürlich.«

»Hast du schon Weibergeschichten?«

Er lächelte gewinnend, wobei er seine weißen Zähne entblößte, und schüttelte den Kopf.

»Ich habe beschlossen: Nicht vor den Achselstücken eines Oberleutnants.«

»So, so ... Und hast du schon daran gedacht, wie hoch die Hürde sein soll, die du nehmen willst? Wie hoch willst du springen?«

Sein Schnurrbartflaum hob sich zu einem vagen Schmunzeln.

»Ich will Marineminister werden, versteht sich.«

Ich fragte (denn unsere letzte Unterhaltung spätabends an seinem neunten Geburtstag, vor seiner Abfahrt nach Zarskoje selo, ist mir im Gedächtnis haftengeblieben): »Und wie ist dein Verhältnis zum Zaren?«

»Was meinen Sie damit?«

(Er siezt mich, aber das könnte man für natürlich halten. Denn er war ein Kind, als er mich duzte, und jetzt ist er, nun, in mancher Hinsicht erwachsener, als viele von uns es je sein werden.)

Ich sagte: »Ich meine, wie du dich ihm gegenüber verhältst? Bist du sein Freund? Oder nicht? Das ist eine recht komplizierte Angelegenheit, wenn man das Schicksal deines Vaters in Betracht zieht.«

Er schaute mich ruhig an. Er sagte, nicht übermäßig rasch, aber schnell genug, daß ich begriff, er hatte sich die Frage längst gestellt und die Antwort war längst fertig: »Ich verkompliziere das nicht. Wenn Alexander noch herrschen würde – vielleicht gelänge es mir nicht, alles in mir zu bezwingen. Aber was Zar Nikolai angeht . . ., das wäre ja nicht nur aufständisch. Das wäre undankbar.«

O Gott, ich hatte dasselbe gedacht, aber als ich es aus dem Munde des Jungen hörte, schien mir etwas daran verkehrt zu sein. Und plötzlich hatte ich eine Idee. Wir saßen im Speisezimmer. Anna machte sich in der Küche zu schaffen und würde unsere Unterhaltung nicht stören. Eine verrückte Idee. Warum sollte der Junge nicht die Wahrheit erfahren?! Welch ein Recht hatte er, sich an der Oberfläche seines eigenen Schicksals und dem seines Landes zu bewegen?! Welch ein Recht hatte er, selbstbewußt und unschuldig wie ein Kind zu sein? Warum sollte er nicht von der Wahrheit wie von Essig durchtränkt werden?

Ich fragte: »Jüri, weißt du, warum das mit deinem Vater geschehen ist?«

Er antwortete: »Wegen einer Petition, wie ich gehört habe. Niemand weiß es genau.«

Ich sagte zu meiner eigenen Überraschung – mir ist klar, es war unbedacht, der Himmel mag wissen, ob es überhaupt notwendig war, aber dennoch, ich wollte diesen

Burschen auf jeden Fall an seinen Vater binden, ich wollte wiedergutmachen (wenn es nur nicht das Gegenteil bewirkte), was ich vor neun Jahren vor seiner Abfahrt nach Zarskoje selo unterlassen hatte: »Jüri, ich weiß, warum es geschah.«

Er schaute mich mit unverhohlener jugendlicher Neugier an.

»Willst du es wissen?«

»Lieber Gott, natürlich!«

»Aber du mußt mir dein Ehrenwort als Offizier geben, daß du es für dich behältst, was auch geschehen mag.«

Er überlegte ein wenig. Etwas so Ernstes wie das Ehrenwort eines Offiziers erfordert Überlegung.

»Ich gebe Ihnen mein Ehrenwort.«

»Augenblick!«

Ich wollte ihm das Versteck meiner Papiere nicht zeigen. Ich ging in mein Arbeitszimmer und holte Timos Manuskript unter dem Fußboden hervor. Ich pustete den Staub und die Erdkrümchen hinunter und legte es auf den Tisch. Dann rief ich Jüri aus dem Nebenzimmer herein. »Da, setz dich an den Tisch. Lies. Ich habe es im Herrenhaus gefunden. In einem Versteck. Anscheinend hatte es dein Vater vor seiner Verhaftung dort hineingelegt. Und die zehn Jahre und die Lücken in seinem Gedächtnis haben es ihn vergessen lassen. Er litt an Gedächtnisverlust. Er hat mir davon erzählt. Auf jeden Fall bin ich der Meinung, daß ich es ihm nicht zurückgeben kann. Es könnte ihn aus dem Gleichgewicht bringen. Deiner Mutter habe ich es auch nicht gezeigt. So könnte es eigentlich dir gehören. Nur – du kannst es nicht mitnehmen und bei dir aufbewahren. Aber du mußt es lesen. Und darüber nachdenken . . .«

(Im nachhinein habe ich das Gefühl, daß ich den Zaren um die Loyalität und die Seelenruhe dieses Burschen beneidete. Oder um etwas Ähnliches.)

Er antwortete nicht. Er begann zu lesen. Ich nahm ihm gegenüber am Tisch Platz und beobachtete sein Gesicht.

Er las das Begleitschreiben und legte es beiseite. So, nun wußte er, worum es ging. Nun verstand er bereits. Mit glühendem Eifer drang er zum Wesentlichen vor. Ich sah nun seinen Blick, wie er sich konzentrierte. Ich hörte Anna in der Küche mit dem Topfschrubber einen Topf scheuern – ch-ch-ch-ch. Und jemandes Pferd (wahrscheinlich das des Verwalters der Lilienfeldts) mit einem Schlitten, tap-tap-tap-tap, an unserer Pforte vorbeitraben. Ich sah Jüris Wangen sich röten, als er von der Notwendigkeit las, daß weder Vater noch Mutter geschont werden dürften, wenn das Vaterland es forderte. Ich fühlte den Elan von Timos Präambelsätzen an den Flügelansätzen des Jungen kitzeln. Er las erstaunlich schnell. Er mußte wirklich über eine leichte Auffassungsgabe verfügen. Dann bemerkte ich, daß sich sein Eifer legte und er fast seine Langeweile bezwingen mußte, während er sich auf der sechsten oder siebenten Seite durch die Geschichte Rußlands kämpfte, und daß er bei unerwarteten, erschütternden Fakten erschrak und auflebte und daß er (ich las die mir seit langem bekannte Schrift auf dem Kopf mit ihm mit) auf der einunddreißigsten Seite schlucken mußte und sich straffte. *Haben Sie nie von Speranski, Beck und von gewissen Professoren gehört? Ganz zu schweigen von den Tausenden, die von unseren sogenannten Tribunalen umgebracht worden sind? Und da erscheint plötzlich unser gesalbter Imperator, das Haupt der Heiligen Allianz, der Vorsitzende der Bibelgesellschaften, der im Gedenken an die Leiden Christi sein Reich demütig Speichelleckern und Hochstaplern überläßt, der eine so gewaltige Spielzeugsammlung besitzt, daß wir für sie unseren letzten Blutstropfen hergeben müssen, der aus unseren Edelleuten Clowns und Korporale macht, der zu einem bestimmten Termin sämtliche Hütten unserer Bauern in griechische Tempel zu verwandeln befiehlt und der uns gebietet, Pferde zu halten, die nur Hafer fressen, während bei uns sogar das Stroh knapp ist, der durch Androhung des Verbots aller Bücher jegliche häusliche Erziehung unmöglich macht und uns zwingt, unsere Kinder dem Unterricht seiner Schmeichler oder dem Rohrstock seiner Korporale anzuvertrauen. Es erscheint der Imperator, der, ohne zu erröten, zusammen mit seiner Dirne das Pharisäertum verkündet . . .*

Ich sah Schweißtropfen auf Jüris Stirn. Seine Ohrläppchen glühten, als hätte ihn jemand links und rechts geohrfeigt. Aber sein Gesicht war erschreckend blaß. Er stapelte die gelesenen Seiten mit zitternden Händen übereinander und legte sie ordentlich auf die restlichen. Seine Oberlippe unter dem rötlichen Flaum zuckte merkwürdig. Er schaute vor sich hin auf den Tisch und sagte: »Onkel Jakob, ich kann das nicht lesen . . .«

Ich fragte – ich will es nicht leugnen – vielleicht sogar ein wenig boshaft, denn ich erinnere mich allzu deutlich an meine ersten Gefühle beim Lesen dieses fatalen Manuskripts, ich fragte also: »Nun, ist das nach deiner Ansicht falsch, was dein Vater da geschrieben hat?«

Er schwieg.

Ich fragte: »Oder meinst du, es mag einst richtig gewesen sein, nach achtzehn Jahren ist es das aber nicht mehr?«

Er schwieg. Er war den Tränen nahe. Mein Gott, er ist ein siebzehnjähriger Junge. Er ist ein Kind. Ein armes Kind, das gewaltsam fremden Menschen und fremden Auffassungen ausgesetzt wurde und das mir leid tun sollte. Das mir auch leid tat. Im selben Moment überwand er seine Schwäche. Er richtete sich empor auf seinem Stuhl und sagte seltsam kalt (vielleicht deutete ich es auch falsch, und es war einfach nur aufrichtig von ihm): »Ich weiß nicht. Aber ich weiß eines: Ich muß meinen Vater vor mir selbst in Schutz nehmen. Ich habe schon zuviel gelesen. Ich fühle – wenn ich weiterlese, muß ich ihn verurteilen. Und das will ich nicht . . .«

Er saß mir gegenüber. Er wischte sich mit einem quadratisch zusammengefalteten Schnupftuch aus weißem Kattun die Stirn. Er war wieder vollkommen gefaßt. Aber ich fühlte: Ich mußte Zeit gewinnen, um ihn zu begreifen. Ich fragte: »Was hast du bei deinen Visiten getrieben?«

»Ach so.« Er folgte der neuen Richtung des Gesprächs mit sichtbarer Erleichterung, fast dankbar und allzu leicht. »Es gibt hier bei unseren Nachbarn seltsame Vorurteile uns gegenüber. Mutter hat mir davon erzählt. Ich habe es heute auch selbst bemerkt. Bei der alten Frau von Lilienfeldt. Ich werde eine Woche zu Hause sein und noch einige

Visiten machen. Auch bei den Samsons in Lustifer. Ich möchte diese Vorurteile, soweit ich kann, zerstreuen.«

»Ja. Und wie gedenkst du das zu tun?«

»Ich spreche mit den Herrschaften aus der Nachbarschaft. Ich überzeuge sie, daß einer der von Bocks ein tadelloser Schiffsfähnrich ist. Ich sage ihnen, daß der Zar derselben Meinung ist.«

»So? Ist er das?«

»Allerdings.«

»Woher weißt du das?«

»Im vergangenen Monat hat er unserem Korps einen Besuch abgestattet. Mitsamt dem Thronfolger. Er hat sich mit den Kadetten unterhalten. Der Thronfolger und ich sind ein Jahrgang. Der Imperator sagte: »Aha, Georgi Timofejewitsch von Bock?« Und dann fragte er, dort, vor allen, den Thronfolger: »Alexander Nikolajewitsch, sagt dir dieser Name etwas?« Der Thronfolger nickte, und der Imperator fügte hinzu: »Siehst du. Jetzt ist er der allerjüngste und der allerzuverlässigste Schiffsfähnrich im Korps!«

Ich fragte Jüri: »Erzählst du das auch den Herrschaften aus der Nachbarschaft?«

Jüri entgegnete: »Warum sollte ich es nicht erzählen? Das von meiner Verläßlichkeit sage ich natürlich nicht. Aber den Satz des Imperators über meine Jugend, warum soll ich den nicht wiederholen? Wenn all diese Herrschaften sagen, der Zar hätte meinen Vater für verrückt erklärt, ohne daß sie dafür Beweise haben?! Und da der Zar nun einmal vor hundert Zeugen gesagt hat, ich sei der jüngste Schiffsfähnrich im Korps, und da das wahr ist?! Ich möchte dem Namen der von Bocks zu neuen Ehren verhelfen. Verstehen Sie das?«

Ich bejahte. Als er aber auf die Uhr schaute und mich aufforderte, mit ihm zu reiten, damit wir uns zum Mittagessen nicht verspäteten, sagte ich: »Weißt du, ich wollte hinreiten, um dich zu sehen und mich mit dir zu unterhalten. Jetzt habe ich dich gesehen und mich mit dir unterhalten. Ich komme nächsten Donnerstag zu deinem Abschiedsessen.«

25. FEBRUAR 1836. Ich habe gestern, wie versprochen, an Jüris Abschiedsessen teilgenommen. Ein ganzes Jahr bin ich nicht auf Woiseck gewesen, und wie stets in einem solchen Fall erschienen mir alle Dinge verblichener und kleiner, als ich sie in Erinnerung hatte, und die Gesichter und Konturen der Menschen kamen mir glanzloser vor als das letztemal. Aber die Menschen werden wieder die, die sie waren, sobald man mit ihnen spricht.

Der Tisch war gedeckt. Jüris eisenbeschlagene dunkelgrüne Seemannskiste wartete an der Saaltür, er selbst ließ sich nicht blicken. Ich fragte, wo er sei. Timo erwiderte: »Er verabschiedet sich. Von Elsy und Peeter.«

Etwas in Timos Stimme zwang mich, ihn anzuschauen. Ich dachte: Nun, es ist ganz natürlich, daß der Junge sich von seiner Tante und ihrem Mann verabschiedet. Sie würden ja ohnehin nicht in das Kivijalg zum Mittagessen kommen. Timo und ich standen am Kamin und schauten einander in die Augen. Er sprach kein Wort mehr, aber plötzlich klopfte er mir leicht auf die Schulter, und sein Blick, ehe er sich zum Fenster wandte und seine Pfeife zu stopfen begann, sagte nur: Ja. So ist das eben. Und anders kann es nicht sein. Es sollte dich nicht wundern.

Während Jüri sich im Herrenhaus mit Peeter und Elsy unterhielt, warteten die jungen von Manteuffels, Max und Alex, zwei Lausejungen im Alter von fünfzehn und dreizehn Jahren, darauf, mit ihrem faszinierenden Vetter, dem Seemann, zum Kivijalg traben zu können. Claire und Emma waren bereits gekommen und warteten hier auf ihn. Wie aus einem Munde wiederholten sie immer wieder, was für ein wohlerzogener und beherzter Bursche er sei. Die achtzehnjährige Emma seufzte halb im Scherz, halb im Ernst: »Schade, daß er unser Vetter ist! Sonst würde ich mich auf der Stelle in ihn verlieben.«

Nach einer halben Stunde erschien Jüri mit den Manteuffel-Jungen. Ich hörte ihn im Flur sagen: »Jetzt wollen wir uns ordentlich den Schnee von den Füßen treten!« Worauf sie eine volle Minute eifrig auf den Fußabtreter trampelten. Er trat sachlich und energisch ein, begrüßte mich höflich und fuhr fort zu erzählen: von den Fregatten »Pamjat Asowa« und »Maria« und von der Fahrt durch die finnischen Schären nach Gotland und von dem Sturm, der sie östlich der Ålandsinseln heimgesucht hatte ... Die Jungen hörten mit weit aufgerissenen Augen zu, und ich bemerkte, daß selbst Max, der ja nur zwei Jahre jünger ist als Jüri, im Vergleich zu ihm noch ein Kind ist. Am Tisch benahm sich Jüri wie ein wohlerzogener Erwachsener. Er hob blitzschnell Emmas Taschentuch auf und sagte zu Claire, sie hätte wunderschönes Haar, ihre Korpulenz setzte ihn weder in Verwirrung, noch veranlaßte sie ihn, ein Grinsen zu verbergen, wie, ich erinnere mich genau, es dem jungen von Lilienfeldt widerfahren war.

Eeva war die Seele der kleinen Gesellschaft. Sie half Liiso die Speisen austeilen und stellte Jüri verschiedene Fragen (eine Woche reicht ja nicht für alles!). Ob er saubere Wäsche und drei Paar handgestrickte Strümpfe in seine Kiste gelegt hätte, ob der Tender »Lebed«, auf dem Jüri aufs Schwarze Meer segeln sollte, ein großes Schiff sei und ob bei der Abchasienexpedition, an der er teilnehmen würde, mit Kampfhandlungen zu rechnen sei.

Das Mittagessen war einfach: Graupensuppe und Rindfleisch mit Meerrettich. Zuletzt reichte Eeva selbstgebackenen Pflaumenkuchen, als hätte jemand aus der Familie Geburtstag. Ich bemerkte jedoch, daß Timo den Kopf schüttelte, als sie ihm Kuchen anbot, und sich die Pfeife anzündete. Sein Gesicht war grau wie der Tabakrauch. Er saß stumm am Tisch und schien sich im frühen Dämmerlicht des Februartages in der Rauchwolke beinahe aufzulösen, wäre nicht der Blick seiner allzu hellen Augen von Zeit zu Zeit über die Tischgesellschaft geglitten.

Dann standen wir alle an der Tür des Saals und verabschiedeten uns von Jüri. Eevas Gesicht war tränennaß (ich sah sie zum erstenmal so), aber ihre Abschiedsumarmung fiel eher flüchtig aus. Timos Abschied von dem Jungen hat sich mir besonders tief ins Gedächtnis eingeprägt. Er ließ Jüri vor sich auf die Treppe gehen. Dort wandte sich Jüri zum Vater um. Im Schneetreiben stand er vor ihm. Der Vater musterte den Sohn von Kopf bis Fuß und von Fuß bis Kopf. Er sagte: »*Ja, geh. Und werde, was du wirst.*«* Dabei klopfte er ihm leicht auf die Schulter, wie er mir bei meiner Ankunft leicht auf die Schulter geklopft hatte. Und mit demselben Blick: Ja. So ist das eben. Und anders kann es nicht sein. Es sollte uns nicht wundern.

Jüri sprang in den Schlitten, und dieser setzte sich knarrend in Bewegung. Ich folgte Timo zurück in den Saal. Eeva und die Mannteuffels hatten sich ins Eßzimmer begeben. Wahrscheinlich dachte ich einen Augenblick lang: Liegt es an seiner gewohnten Wortkargheit oder an seinem abschreckenden Leumund, verrückt zu sein, daß selbst ihm nahestehende und ihm mehr oder weniger wohlwollende Menschen ihn zu meiden suchen? Ich setzte mich neben ihn in einen alten Sessel. Timo nahm aus dem Aschenbecher auf dem Kamintisch die Pfeife, die er beim Nachtisch geraucht hatte, und sog daran. Sie brannte noch, denn sie begann zu qualmen. Er nahm die Pfeife aus dem Mund und atmete langsam den Rauch aus. Und dann, vollkommen ruhig, den Ellbogen auf der Armlehne, und dennoch auf eine Art, die mich erschreckte, warf er die Pfeife in den brennenden Kamin.

Ich fragte: »Was hast du?«

Er wandte sich zu mir. Anscheinend bemerkte er mich erst jetzt. Er sagte ruhig, aber übermäßig deutlich: »Nichts. Keine Pfeife, keinen Sohn.«

2. März. Natürlich erzählte ich Eeva nichts davon. Ich wollte ihr nicht weh tun, denn sie machte sich ohnehin Sorgen, weil Jüri ganz nebenbei gesagt hatte, er hoffe, er werde im Frühling in Abchasien von den Myridisten endlich seine Feuertaufe erhalten. Am Abend (ich blieb nach Jüris Abreise die Nacht auf Woiseck und schlief in meinem einstigen Zimmer, das für mich geheizt worden war) kam sie zu mir, um sich nach Anna und meiner Tochter und nach meinem Tun und Treiben zu erkundigen. Und da fragte ich beiläufig, wie sich denn Jüris Verhältnis zu Vater und

Mutter in dieser Woche gestaltet hätte. Da brach es aus ihr hervor, wie ich es nie von ihr erwartet hätte: »Jakob, ich weiß nicht, ob du dir das vorstellen kannst, ich habe zwischen ihnen gestanden wie zwischen zwei Feuern. Ich kann beide verstehen. Sowohl Timo als auch Jüri. Ich verstehe, daß beide recht haben. Und ich verstehe, daß beide nicht zugleich recht haben können.«

Ich entgegnete: »Ich weiß nicht, was du meinst.« Obwohl ich es ahnte, wollte ich, daß meine Schwester es mir offen sagte. Das tat sie dann auch, und – meine Anerkennung – für ein Weibsbild stellte sie es erstaunlich klar dar.

»Ich meine ihr total voneinander verschiedenes Streben nach Vollkommenheit. Timos Ideal, der eiserne Nagel im Leib des Imperiums zu sein, du wirst dich erinnern, er hat in Pernau davon gesprochen. Und Jüris Offiziersideal vom Dienst am Imperium. Timo meint, sonst verlöre der Name von Bock seine Stellung unter den angesehenen Namen; Jüri ist der Ansicht, sonst würde er diese Stellung nie wieder zurückgewinnen. Und ich stehe zwischen beiden. Begreifst du: Als Timos Frau muß ich sein Ideal verstehen und teilen, als Jüris Mutter muß ich dessen Ideal unterstützen.«

Ich fragte: »Aber du, was meinst du selbst?«

»O Gott . . .« Sie preßte die Fingerspitzen an die Schläfen, wie sie es in Momenten der Aufregung zu tun pflegte. »Ich selbst . . .« Sie erhob sich aus dem knarrenden Korbsessel und schritt zwischen Tür und Kachelofen auf und ab, und ich schaute sie an, ihr kleines, noch immer frisches rosiges Gesicht, ihr kastanienbraunes Haar und das enge indigoblaue Wollkleid mit der ewigen Kamee, und dachte: Sie ist jetzt sechsunddreißig, und obwohl sie im Vergleich zu den Dorffrauen ein Drohnendasein geführt hat, ist ihr Leben schwerer gewesen als das einer jeden von ihnen, trotzdem ist sie rank und schlank. Und betrachtet man sie mit Augen, die sich an ihr Mädchenantlitz erinnern, könnte man sie – wie es die Leichtfüße unseres Adels tun – immer noch als blendend schön bezeichnen. Es wundert mich überhaupt nicht, daß ihr teurer Schwager Karl, der einzige Schwerenöter unter den Brüdern von Bock, ihr, wie ich weiß, den Kopf zu verdrehen versucht hat.

»Ich selbst . . .«, sagte meine Schwester, »ich habe gedacht: Wenn ich von hier weggehen könnte, irgendwohin, auf meinen eigenen Grund und Boden, damit die Dorfleute nicht glauben, ich lebte von fremdem Schweiß, und wenn der Timo seiner besten Tage mir zur Seite stünde und Jüri in Dorpat Medizin studierte . . . Wenn ich eine Kuh im Stall stehen hätte und Mutter und der Tante vom Tömbi-Hof jedes Jahr Geld geben und ein Kalb schenken könnte, ohne jemanden um Erlaubnis bitten zu müssen . . . Ich habe gedacht, daß ihr, Anna und du, eigentlich sehr glückliche Menschen seid.«

Ich rief: »Lieber Gott, aber warum hast du denn . . .«, doch ich unterbrach mich, denn ich begriff im selben Moment, daß meine Frage kindisch war. Aber Eeva erwiderte dennoch: »Als wüßtest du es nicht. Sie würden Timo nie und nimmer meiner Obhut anvertrauen. Ich müßte den Zaren persönlich darum bitten. Also hat es keinen Sinn. Aber wenn wir schon unter der Aufsicht fremder Leute leben müssen, so soll es wenigstens das Heim seiner Kindheit sein, wo er lebt, wenn auch beinahe als Gefangener.«

Und da stellte ich ihr erneut meine alte Frage: »Eeva, sag mir, ist Timo deiner Meinung nach verrückt?«

Sie blieb vor meinem Stuhl stehen. Sie schaute mich an, aber ich glaube, was sie sah und sehen wollte, war Timos Gesicht, Timos tausend, Timos zehntausend Gesichter, undurchdringliche, düstere, rätselhafte, spöttische, kindlich offene Gesichter, die Eeva im Laufe der Jahre mit besorgtem Eifer studiert hatte. Sie sagte: »Du weißt doch, er hat sein Leben lang in manchen Dingen anders gedacht als andere Leute. Doktor Elkan erzählte, er hätte, als er hierhergeschickt wurde, Timo zu untersuchen, ihn gefragt, wieviel zweimal zwei ist. Timo hatte erwidert: ›Für ein neugeborenes Kind die Unendlichkeit, für einen Sterbenden, soviel er will, für den Kaiser null.‹ Doktor Elkan hatte gefragt: ›Ist es denn nicht vier?‹ Und Timo hatte geantwortet: ›Für Gott allerdings, aber wer fragt schon danach.‹ Also du siehst, seine Nerven sind in einem schlechteren Zustand, als wir ahnen. Aber verrückt ...«, Eeva schüttelte den Kopf, »verrückt ist er nicht.« Sie schaute mir unmittelbar in die Augen. »Doch das ist nur, du verstehst, der Selbstbetrug und der Trost der unglücklichen Frau eines armen Verrückten.«

6. April. Der alte Käsper kam heute früh über die schrecklich aufgeweichte Straße von Woiseck hergeritten und brachte mir eine Nachricht von Eeva: Sie müsse in einer dringenden Angelegenheit nach Dorpat fahren. Ich möchte doch bitte morgen oder spätestens übermorgen zu ihnen kommen und vier oder fünf Tage oder gar eine Woche bleiben, um Timo Gesellschaft zu leisten. Damit sie sich keine Sorgen zu machen brauchte. Timo wäre nervöser und rastloser als in der letzten Zeit.

Ich trug Käsper auf, Eeva zu sagen, ich würde kommen. Als ich Anna davon erzählte, meinte sie, sie würde nicht gern eine ganze Woche mit dem Kind allein zu Hause bleiben. Sie und die kleine Eeva würden mit mir kommen. Na gut. Mir ist das auch angenehmer, als dort allein zu sein. Ich leihe mir vom Verwalter der von Wahls Pferd und Schlitten. Der Schlitten mit den hohen Kufen bringt uns bequem hin. Da ich eine ganze Woche dort bleibe, nehme ich auch das Tagebuch mit. Sein altes Versteck ist ja noch vorhanden.

13. April 1836. Es ist meine Pflicht, so genau ich vermag, festzuhalten, was geschehen ist.

Anna, das Kind und ich trafen am Neunten um die Mittagszeit im Kivijalg ein. Eeva stellte uns meine einstigen Zimmer zur Verfügung. Wir speisten zusammen. Timo war meines Erachtens zugänglicher als gewöhnlich. Er hatte sich am Morgen im Park im Pistolenschießen geübt. Er sagte, nach seinen Beobachtungen deute der Stand des Barometers auf einen trockenen Sommer hin, aber allerhand lokale Fluida übten eine störende Wirkung aus. Ich verstand nicht, was er meinte. Er erklärte: »Mein teurer Schwager ist gestern früh um acht nach Addafer gefahren, und bei jeder Meile, die er sich weiter entfernte, stieg das Quecksilber um anderthalb Millimeter.«

Nach dem Mittagessen machte sich Eeva mit Juhan auf den Weg. Sie sagte, die Hin- und Rückfahrt eingerechnet, könnte es geschehen, daß sie insgesamt eine Woche oder sogar einige Tage mehr wegbliebe. Ich fragte, warum sie nach Dorpat fahre. Sie antwortete, sie müsse zum Arzt. Als ich ihren bereiften Reisekoffer zum Schlitten trug, fragte ich, was ihr denn fehle. Sie sagte: Frauengeschichten.

Nach dem Mittagessen holte ich mir von Timo ein paar Bücher. Seine Tür war verschlossen, aber wir hatten bei Tisch verabredet, daß ich kommen und anklopfen würde. Er ließ mich ein paar Minuten warten. Dann rief er: »Ja, Augenblick!« und öffnete. Der Tisch war leer, aber ein Gänsekiel war angespitzt und tintennaß. Ich dachte: Ich kenne meine Pappenheimer, und wollte schmunzeln, unterließ es aber.

Die kleine Eeva spielte in unserem Zimmer auf dem Läufer mit Jüris Zinnsoldaten, die ihr die große Eeva vor ihrer Abfahrt gegeben hatte. Anna strickte an einem Strumpf für sie, und wir sprachen darüber, daß wir meine Schwester um einen Sack Mehl bitten müßten, sobald sie aus Dorpat zurückkehrte. Am Abend spielte ich mit Timo eine Partie Schach. Er gab mir einen Turm vor wie gewöhnlich, holte sich nach einer halsbrecherischen Kombination eine Dame und setzte mich mit dem sechzigsten Zug matt. Er war in glänzender Form.

Am Morgen des Zehnten fiel heftiger Regen, vermischt mit Schnee, und Käsper beklagte sich bei mir, daß das Dach über dem Vorzimmer morsch und undicht wäre, die Wand durchnäßt und die Tapeten sich vor Feuchtigkeit lösen würden. Als nach dem Frühstück der Schneeregen nachgelassen hatte, ging Timo in den Park zum Pistolenschießen und ich ins Verwalterhaus, um einen Dachdecker anzufordern. Im Büro des alten Timm saßen mir unbekannte Vorarbeiter und warteten auf Anweisungen. Als ich eintrat, erhoben sie sich. Ich fragte nach dem Verwalter, doch bevor sie noch antworten konnten, trat der alte Timm, wie immer unrasiert, mit über die Hose hängendem Bauch und einer krummen Pfeife im Mund, in Begleitung eines anderen Mannes ein. Ich sprach mit ihm über die Dachreparatur und bemerkte, daß der Mann, der mit ihm gekommen war, mir mit seinem borstigen Kopf einen Gruß zunickte. Da erkannte ich ihn. Es war Herr Laming. Er sah sehr gediegen aus. Er trug eine dunkelblaue Joppe aus Wollstoff. Mit großen grau-braun gestreiften beinernen Knöpfen. Von weitem glich sie einer Seemannsjacke. In der Hand hielt er eine Mütze aus Wolfsfell, an den Füßen hatte er Juchtenstiefel. Das Gesicht war abwartend, und der Mund lächelte nichtssagend, wie einst, wenn er ins Herrenhaus trat.

Ich zögerte ein wenig, ehe ich seinen Gruß erwiderte. Aber ich konnte ihn nicht unerwidert lassen. Ich hatte jahrelang mit ihm zu tun gehabt. Ich war jünger. Vielleicht ging mir auch der Gedanke durch den Kopf: Die Arbeiter auf Woiseck sagen morgen, wenn ich seinen Gruß ignoriere, Krautjunker Jakob wäre vor Hochmut übergeschnappt. Ich grüßte also zurück. Und als ich ihn gegrüßt hatte, schien mir, ich könnte nun ja auch etwas sagen, könnte ihn etwas fragen. Ich tat es, ohne lange zu überlegen, was allerdings seltsam überstürzt gewirkt haben mag, wie ich nachher dachte.

»Na, Herr Laming, wo sind Sie denn jetzt?« (Ich wollte nicht fragen: Was machen Sie denn jetzt?) »Und was macht Ihre Jette?« (Das war es, was ich eigentlich wissen wollte.)

Herr Laming antwortete mit seiner mir gewohnten leisen und ein wenig knarrenden Stimme: »Ich wohne in Riga, Herr Jakob. Und Jette – sie hat mich im vergangenen Monat zum zweitenmal Großvater werden lassen.«

Es zuckte in mir, ich schaute ihn an und dachte einen Augenblick, daß dieser borstenhaarige Dorfteufel nicht nur mit Benckendorff, sondern auch mit dem Satan im Bunde sei, daß er alles weiß und mich foppt: Sie haben mich vor viereinhalb Jahren zum erstenmal und Jette hat mich jetzt zum zweitenmal Großvater werden lassen ... Erst dann begriff ich, daß er von Jettes zweitem Kind mit dem Polizeimeistergehilfen sprach. Ich fragte, um mein Stutzen zu überspielen. »Und was hat Sie nach Woiseck geführt?«

Laming erklärte unverhofft zusammenhängend: »Oh, die Erben eines einstigen Gläubigers in Riga setzen mir zu, ich hätte vor neun Jahren ihrem Erblasser meine Schuld von hundertfünfzig Rubeln nicht beglichen. Es geht um den Getreidehändler Hacke, vielleicht haben Sie von ihm gehört, er wohnt beim Pulverturm. Ich weiß, daß ich eine Quittung von ihm habe, aber ich konnte sie nicht finden, und da fiel mir ein, daß sie sich wahrscheinlich hier unter den Gutspapieren befindet. Aber jetzt hat sich herausgestellt, daß Herr von Manteuffel die alten Papiere hat, und er ist für einige Tage fortgefahren. So muß Herr Timm mir Obdach gewähren, und ich warte auf Herrn von Manteuffels Rückkehr.«

Das war mir vollkommen gleichgültig. Ich murmelte: »Grüßen Sie Jette von mir, wenn Sie gelegentlich ...« und verließ das Verwalterhaus.

Der Tag verging ohne nennenswerte Ereignisse. Auch aus heutiger Sicht scheint mir, daß nichts Außerordentliches geschah. Vielleicht nur dies: Am Nachmittag saßen Timo und ich am Kamin und rauchten Pfeife, und ich dachte plötzlich: Warum sollte ich nicht einmal neugierig sein? Ich fragte beiläufig: »Du schreibst etwas?«

Ich dachte, vielleicht gelingt es mir, zu erfahren, woran er schreibt. Und ob es dieselbe seltsame Schrift ist, die einst unter meinem Fußboden verborgen lag, oder etwas anderes. Und über welche Fragen er nachdenkt und welche Absichten er mit dieser Schrift verfolgt, wenn er überhaupt etwas damit beabsichtigt.

Er sagte: »Ja. Solange sie mich lassen.«

»Wer?«

Ich bin überzeugt, daß ich seine Antwort deutlich hörte. »Meine Ikvibis. Und Inkvibis.«

Dann erhob er sich, wie mir schien, sehr jäh und verließ, mir zuwinkend, den Saal. Einen Augenblick glaubte ich, er bedeute mir, ihm zu folgen. Ich zögerte, lauschte, ob er nach mir riefe. Er tat es nicht. Ich rauchte meine Pfeife zu Ende und ging auf mein Zimmer.

Zum Abendbrot erschien er nicht. Er hatte sich das Essen aufs Zimmer bringen lassen. Später erhob sich ein starker Wind. Die Bäume im Park rauschten die ganze Nacht. Ich wachte mehrere Male davon auf, daß Anna zum Sofa ging, wo die kleine Eeva schlief, und ihr die Decke zurechtzog, denn das Kind schlief unruhig in dem fremden Haus.

Am Morgen des Elften kam ein richtiger Frühjahrssturm auf. Timo erschien nicht zum Frühstück. Ich traf ihn aber im Korridor, nachdem wir uns gerade vom Frühstückstisch erhoben hatten. Es war etwa halb zehn. Er kam aus seinem Zimmer, die Pistolentasche in der Hand, und verschloß die Tür. Ich sagte: »Guten Morgen. Hoffst du, bei diesem Wind dein Ziel zu treffen?«

Er entgegnete: »Ich gebe mir Mühe, ich gebe mir Mühe. Stell dir vor, Peeter ist noch nicht zurück, doch das Barometer ist um sechs Einheiten gesunken! Ich kann nicht verstehen, warum!« Ich fragte: »Wie schießt du? Noch immer wie früher – auf die durchlöcherte Latte und die Tannenzapfen?« Er erwiderte, bereits an der Tür: »Genau wie früher. Aber jetzt aus fünfzig Schritt Entfernung.«

Ich begab mich in unsere Zimmer. Anna und ich sprachen von alltäglichen Dingen. Nebenbei zählte ich Eeva die Buchstaben des Alphabets auf. Von Zeit zu Zeit ertönte vom Dach des Vorzimmers Hämmern – man hatte den Dachdecker zu uns geschickt. Hin und wieder hörte man durch das Rauschen der Bäume und die Windstöße im Park Pistolenschüsse. Timo schoß durchschnittlich alle drei Minuten, aber alle Schüsse waren wohl bei dem heftigen Wind nicht zu hören. Ich merkte nicht, wann das Schießen aufhörte.

Etwa um halb zwölf klopfte jemand. Liiso steckte den Kopf zur Tür herein und sagte: »Herr Jakob, ich weiß nicht, Herr Timo kam vor einiger Zeit und wies mich an, ihm das Frühstück aufs Zimmer zu bringen. Aber jetzt macht er die Tür nicht auf ...«

Ich antwortete: »Klopfe in einer Viertelstunde noch einmal bei ihm.« Es passiert mir ebenfalls, daß ich, wenn ich angestrengt arbeite oder über etwas nachdenke, vergesse, daß ich ums Frühstück gebeten habe. Und daß ich, wenn man es mir bringt, so tue, als hörte ich nicht. Liiso sagte: »Gut. Aber ... ich habe dort gehört ...«

»Was?«

»Ich weiß nicht ... Es klang wie ein Schuß, als ich aus der Küche trat ...«

Ich lief zu Timos Tür. Ich klopfte, rüttelte an der Klinke, rief. Keine Antwort. Der Schlüssel steckte von innen im Schlüsselloch. Liiso war mir mit ihrem Tablett gefolgt. Ich befahl ihr, dort zu bleiben und zu klopfen, rannte selbst in die Küche und rief dem alten Käsper in der Gemeindestube zu, er solle Liiso helfen, die Tür zu öffnen, und vielleicht noch etwas, woran ich mich nicht erinnere. Dann lief ich auf den Hof, zu dem zum Park gelegenen Fenster. Der Streifen verdorrten Grases zwischen der Hauswand und den Heckenrosen war schneefrei. Graue Grashalme bebten im Wind. Als ich mich dem Fenster näherte, schien mir einen Moment, ich sähe, ich ahnte in dürrem Gras zwei oder drei Stiefelspuren, in denen sich die niedergetretenen Halme aufrichteten –, ich hatte irgendwann so etwas geträumt oder es wirklich gesehen ...

Ich klammerte mich ans Fensterbrett, trat auf den Mauervorsprung und schaute ins Zimmer. Timo lag auf dem Fußboden. Er lag auf der linken Seite, ein Stuhl verdeckte seinen Kopf.

Ich lief zurück ins Haus. Ich sagte zu Käsper: »Lauf zum Verwalter! Hol Mihkel, den Schmied!«

Es dauerte gut zehn Minuten, bis Mihkel kam. Ich befahl Liiso, das Klopfen zu lassen. Wir standen an der Tür und warteten. Anna kam sich erkundigen, was geschehen war. Ich erzählte ihr in einigen Worten, was ich durch das Fenster gesehen hatte. Dann war Mihkel mit seinem Gehilfen da, und nach wenigen Minuten hatten sie die Tür geöffnet. Ich untersagte ihnen, das Zimmer zu betreten, und Anna, Käsper und ich gingen hinein.

Timo war tot. Neben seinem Kopf war eine Blutlache auf dem Teppich, etwa von der Größe eines Handtellers. Seine Stirn, die Nasenwurzel und die Umgegend des rechten Auges steckten voller Schrotkörner. Anna rief: »Mein Gott!« und wich hinter den Schreibtisch zurück. Auf dem Tisch lag die geöffnete Pistolentasche mit drei Pistolen. Die vierte, die Kuchenreuter, lag neben Timo auf dem Teppich. Ich hob sie auf. Sie war leer. Ich legte sie zurück auf den Teppich. Eine Schreibtischschublade war herausgezogen. Darin lagen einige Dutzend selbstgefertigte Kugel- und Schrotpatronen. Käsper wollte seinen Herrn aufs Sofa heben. Ich verbot, ihn zu berühren. Ich beugte mich noch einmal zu Timo hinab. Anna fragte vom Schreibtisch her: »Was hast du gefunden?«

Ich erwiderte: »Nichts.«

Wir verließen das Zimmer, und ich schloß die Tür ab. Ich erinnere mich, daß Anna fragte: »Lieber Gott! Wie ist das geschehen? Aus Versehen oder absichtlich?!«

Ich ging zu Timm, dem Verwalter, und sagte ihm, er sei zur Zeit der Vertreter der Polizeigewalt auf dem Gut und müsse die notwendigen Schritte einleiten. Timm erwiderte, er würde seine Nase nicht in diese Angelegenheit stecken. Ich entgegnete, in diesem Fall würde ich den Schlüssel zu Herrn von Bocks Zimmer an mich nehmen. Er sagte: »Tun Sie es in Gottes Namen!« Trotzdem befahl er, sofort ein Pferd zu satteln, und schickte einen Reiter mit einem Brief, bestehend aus drei Zeilen Krakelfüßen, nach Oberpahlen, der Richter des Kirchspiels und der Arzt sollten an den Ort des Geschehens kommen. Doch vor Nachmittag konnten sie beim besten Willen nicht eintreffen.

Ich begab mich auf einen Sprung zu Anna und sagte ihr, es sei nach dem Richter und dem Arzt geschickt worden, aber in Gegenwart des Kindes konnten wir nicht offen sprechen. Ich sagte, ich würde in den Park gehen. Anna begleitete mich auf den Korridor und fragte flüsternd, wie ich über Timos Tod dächte. Ich sagte, fürs erste dächte ich gar nichts, und sollte ich später etwas darüber denken, wäre es ohnehin bedeutungslos. Oder so ähnlich.

Ich ging in den Park. Mir brummte der Schädel vor lauter Fragen. Das Rauschen der sich im Sturm wiegenden Bäume störte mich beim Denken. Im tauenden Schnee entdeckte ich Timos Spuren vom Morgen und folgte ihnen zu dem Platz, wo er schießen geübt hatte. Außer niedergetretenem Schnee fand ich einige angebrannte Streifen Patronenpapier vor, die naß geworden und am Schnee haftengeblieben waren, so daß der Wind sie nicht fortgeweht hatte. Offenbar hatte Timo hier im Stehen seine Waffen gereinigt und neu geladen.

In einer Entfernung von fünfzig Schritt war an einem Baum eine Latte mit Bohrlöchern befestigt, wie er sie stets beim Schießen benutzt hatte. In den Löchern steckten keine Fichtenzapfen. Aber ich gewahrte im Schnee und im verdorrten Gras Stücke von ihnen, weiterhin fünf Zapfen mit frischen Kugelspuren. Die Latte wies keine einzige Schrotspur auf.

Ich schritt zurück ins Haus, und die Frage stellte sich mir noch dringender als zu Anfang: Warum steckte in Timos Kopf Schrot, wo er doch mit Kugeln geschossen hatte?

Am Mittagstisch war es unmöglich, über das Geschehene zu schweigen, denn Käsper und Liiso wollten selbstverständlich darüber sprechen. Liiso sagte zwar nichts, als sie mit der Suppenterrine aus der Küche kam und sie auf den Serviertisch stellte, sie schniefte nur. Aber Käsper begann mehrmals, während er uns die Kohlsuppe reichte und ungepökeltes Hammelfleisch vorlegte: »Herr Timo war zehn ... ein zehnjähriger Junge, als der alte Herr Georg mich in seinen Dienst nahm. Und jetzt, Herrgott, so etwas ...« Dabei liefen ihm Tränen über die bärtigen Wangen auf unsere Teller, und ich sah mich gezwungen, der kleinen Eeva zu sagen: »Du weißt es noch nicht, Onkel Timo ist heute früh ums Leben gekommen.«

»Wie denn?« fragte sie mit mäßigem Staunen, wie Kinder derartige Nachrichten meist aufnehmen.

Ich sagte: »Aus Versehen. Beim Laden der Pistole.«

Ja, ich war es, der die Sache zum erstenmal so nannte.

14. April, spätabends. Ich habe auf die Uhr geschaut und gesehen, daß der nächste Tag bereits angebrochen ist.

Am Elften um sechs war der Richter des Kirchspiels, Krüdener, zusammen mit seinem Schreiber und mit Doktor Norden eingetroffen, in Begleitung von Herrn von Mannteuffel und seiner Elsy. Herr von Mannteuffel hatte auf der Rückfahrt aus Addafer in Oberpahlen Station gemacht und dort erfahren, was geschehen war. In Wirklichkeit kam Herr von Mannteuffel in Begleitung des Richters und des Arztes, vom Schreiber und Elsy ganz zu schweigen. Denn alles Folgende wurde allein von Herrn von Mannteuffel dirigiert. Obwohl es wahrscheinlich ohne ihn genauso abgelaufen wäre.

Ich erzählte ihnen mit wenigen Worten, was sich ereignet hatte, und schloß Timos Tür auf. Noch an der Schwelle stehend, sagte Herr von Mannteuffel in Anwesenheit Käspers, Liisos, Elsys und der Beamten laut: »Ein äußerst bedauernswerter Unfall! Er war bei all seinen stillen Eigenarten ein sehr sympathischer Mensch.«

Wir traten ins Zimmer. Einen Augenblick umstanden wir stumm den Toten. Elsy begann zu weinen, und Herr von Mannteuffel befahl Käsper, seine Frau wegzuführen. Käsper folgte seiner Anweisung, aber offenbar schickte Elsy ihn auf halbem Wege wieder zurück, denn nach wenigen Minuten war er wieder da. Nach einer flüchtigen Untersuchung ließ der Doktor Timo aufs Sofa heben. Käsper und ich taten es. Der Doktor untersuchte den Leichnam und Richter Krüdener die Pistolen. Auch die drei Pistolen in der Tasche waren leer. Der Schreiber setzte sich an Timos Tisch und verfaßte das Protokoll, ich würde eher sagen, er notierte die Bemerkungen des Richters und des Arztes, die wiederum das sagten, was Herr von Mannteuffel ihnen diktierte. Dabei wandte er sich wegen einiger Präzisierungen an die Bewohner des Hauses.

Nur in einem Punkt entstand zwischen Herrn von Mannteuffel und dem Richter ein Wortstreit. Herr von Mannteuffel sagte kategorisch: »Von Selbstmord kann gar nicht die Rede sein!« Ich weiß nicht, warum er so absolut sicher war. Er sagte: »Wer den Oberst kannte, ist davon überzeugt.«

Ehrlich gesagt, ich bin dessen auch ganz sicher (soweit man in solchen Dingen überhaupt sicher sein kann). Aber ich glaube nicht, daß Herr von Mannteuffel seinen Schwager gut kannte. Auch ich kannte ihn nicht allzu gut. Doch Herr von Mannteuffel kannte ihn noch viel weniger.

Der Richter bemerkte: »Wir können die Möglichkeit eines Selbstmords nicht völlig ausschließen.«

Herr von Mannteuffel fragte: »Jakob, halten Sie es für möglich?«

Ich entgegnete: »Ich glaube, hier wird nicht nach der Möglichkeit gefragt, sondern nach der Wahrscheinlichkeit. Meiner Meinung nach ist ein Selbstmord faktisch nicht unmöglich, aber er ist unwahrscheinlich.«

Darauf riefen Herr von Mannteuffel und der Richter einander wie aus einem Munde zu: »Na sehen Sie!« und die uralte Art und Weise des Menschen, miteinander zu streiten und eine Sache verschieden auszulegen, die darin zum Ausdruck kam, brachte mich trotz der Tragik der Situation fast zum Lachen. Das Protokoll wurde, wie gesagt, nach Herrn von Mannteuffels Diktat verfaßt, an dieser Stelle aber mit einer Ergänzung des Richters versehen: *Oberst a. D., Ritter Timofej von Bock, wohnhaft auf dem Gut Woiseck, Kreis Fellin in Livland, der seit Jahren an geistiger Verwirrung litt, fand am 11. April 1836 zwischen 11 und 12 Uhr morgens den Tod durch eine Pistole, die in seiner Hand losging. Da es keine Augenzeugen gibt, kann man nicht mit absoluter Sicherheit sagen, ob es sich um einen Unfall oder um Selbstmord handelt, obwohl letzteres, zieht man die Gesinnung des Obersten in Betracht, absolut unwahrscheinlich ist . . .*

Doktor Norden, der sich in Jagdwaffen offenbar auskannte, stellte fest, daß das Schrot, das durch das Auge und vielleicht durch den Schädel des Herrn von Bock gedrungen war und seinen Tod herbeigeführt hatte, aus einer Flinte vom Kaliber 3 oder 4 stammte, ob sie aus Goslar oder Magdeburg kam, könne er nicht sagen. Geschossen worden war zweifellos aus allernächster Nähe, aber es gab eigentlich nur eine einzige Wunde, sah man von denjenigen ab, die von verirrten Schrotkörnern herrührten.

Da tat der blutjunge Schreiber mit den ovalen Brillengläsern (seinen Namen weiß ich nicht) den kleinen Mund unter dem Schnurrbartflaum auf und fragte: »Aber, meine Herren, wenn Herr von Bock sich im Zielschießen übte und anscheinend wieder hinausgehen und Zielschießen üben wollte, warum lud er dann seine Pistole plötzlich mit Schrot?«

Herr von Mannteuffel sagte: »Junger Mann, Sie haben wohl das Gedächtnis eines Spatzen?! Vor fünf Minuten haben Sie eigenhändig geschrieben: Oberst a. D. von Bock, der seit Jahren an geistiger Verwirrung litt! Das haben Sie doch?! Wie?!«

Der Schreiber errötete bis zu den Ohren und nickte erschrocken. Der Richter fragte: »Wie ist es zu erklären, daß Herrn von Bock Pistolen zur Verfügung standen?«

Herr von Mannteuffel sagte zu dem Schreiber: »Schreiben Sie ins Protokoll: Die Abwesenheit seiner Gemahlin ausnutzend, die die Pistolen immer sorgsam vor ihm verbarg, war Herr von Bock auf unerklärliche Weise ihrer habhaft geworden.«

Der Schreiber schrieb. Ich fühlte mich nicht berufen, einzuwenden, es sei eine glatte Lüge, daß die Pistolen vor Timo versteckt wurden. Eeva hatte das nie getan. Hätte sie Anlaß gehabt, ihr Vorhandensein für gefährlich zu halten, hätte sie sie nicht »immer sorgsam vor ihm verborgen«, sondern sie weggeworfen, verschenkt, vernichtet, kurz, es hätte keine Pistolen im Hause gegeben.

Danach ließ der Richter die Schubladen von Timos Schreibtisch herausziehen (sie waren unverschlossen) und diejenigen, in denen Papiere lagen, in einen grauen Sack leeren, den der Schreiber aufhielt. Inzwischen hatte Liiso auf Herrn von Mannteuffels Anweisung Kerzen gebracht.

Der Richter erwärmte Siegellack an einer Kerze und versiegelte den Sack. Meiner Ansicht nach waren nur unwesentliche Papiere hineingelangt, kein einziges Manuskript war darunter. Was ich vor sechs Jahren in einer Schatulle unter meinem Fußboden aufbewahrt hatte, kam jedenfalls nicht hinein. Damit erschöpfte sich das Interesse des Richters für Timos Papiere. Es war alles ganz anders als bei der Durchsuchung unter Pauluccis Leitung vor achtzehn Jahren. Aber damals geschah es auch auf persönlichen Befehl des Zaren. Und außerdem handelte es sich damals um einen *lebenden* Feind.

Die Herren berieten sich, und man beschloß, den Leichnam in den alten Eiskeller des Herrenhauses zu bringen und der Antwort auf die Berichte zu harren, die man nach Fellin, Riga und Petersburg senden mußte. Aus dem Flur wurde ein langer Tisch geholt, auf dem Blumentöpfe gestanden hatten, um den Toten fortzutragen. Käsper und zwei Nachtwächter trugen den Leichnam. Da es keinen vierten Träger gab, ergriff ich die vierte Tischecke. Ich dachte: Bei meinem Schwager wird niemand Ehrenwache halten. Nicht einmal die Kirchenvorsteher, wie das am Sarg des alten Masing war. Eeva, natürlich. Eeva wäre bereit, ihm ins Grab zu folgen. Jüri würde zweifellos Ehrenwache stehen, in weißen Handschuhen, um seiner Pflicht zu genügen. Georg würde schon aus Trotz an Timos Sarg wachen, wenn er da wäre. Elsy natürlich auch, sie würde dabei weinen. Aber sie zählen nicht. Von den nicht mit ihm Verwandten würde nur Käsper Wache stehen, und Tränen würden in seine Bartstoppeln tropfen. Von den Bauern kaum einer. Nein, nein, besonders nach La Trobes Warnung damals. Vielleicht einer, Näresaare-Tiit, dem Timo versehentlich ein Auge ausgeschlagen hat. Ich dachte: So soll es meine Ehrenwache für ihn sein, daß ich ihn jetzt tragen helfe – als Dank für seine wahre oder umgekehrte Mephisto-Rolle dabei, daß ein Mensch aus mir geworden ist, soweit einer aus mir geworden ist.

Die Herren blieben da, um das Protokoll abzuschließen. Wir trugen Timo durch den Gang, das Speisezimmer und den Saal. Liiso lief aus dem Speisezimmer in ihre Kammer hinter der Küche und kam, als wir in den Flur traten, mit einem Kissen zurück. Sie flüsterte schluchzend: »Wartet . . .« Wir setzten den Tisch ab, und sie hob Timos Kopf, um das Kissen darunterzulegen. Ich sagte: »Liiso, der Bezug wird blutig . . .« Unter einer ins Gesicht hängenden aschgrauen Haarsträhne hervor antwortete sie mir mit einem tränennassen, tadelnden Blick und ließ den Kopf ihres toten Herrn behutsam auf das Kissen sinken.

Im Keller dauerte es eine Weile. Wir hatten vergessen, Kerzen mitzunehmen. Erst nachdem man welche gebracht hatte, konnten wir hineingehen und zwischen den Regalen für den Leichnam Platz schaffen. Als wir fertig waren, kniete Käsper zwischen den leeren Fässern zu Füßen des Toten nieder und sprach stumm ein langes Gebet. Ich wagte nicht, ihn zu stören oder den Raum zu verlassen, und blieb stehen. Als wir zu fünft aus dem Keller traten, hatte jemand Fichtenzweige in den Schnee vor der Tür gelegt.

Ich begab mich mit Liiso und Käsper zurück zum Kivijalg. Herr von Mannteuffel und die Beamten hatten inzwischen die amtlichen Angelegenheiten erledigt und waren gegangen, Timos Tür war verschlossen. Anna hatte in Timos Zimmer nach mir suchen wollen und gesehen, wie sie das Zimmer verlassen hatten und wie Herr von Mannteuffel es mit seinem eigenen Schlüssel abgeschlossen hatte. Das überraschte mich nicht, wußte ich doch, daß er einen Schlüssel dazu besaß. Timos Schlüssel jedoch, den ich, nachdem die Tür aufgebrochen worden war, auf dem Fußboden gefunden und mit dem ich Herrn von Mannteuffel die Tür geöffnet hatte, diesen Schlüssel trug ich in der Tasche. Herr von Mannteuffel hatte beim Weggehen das Zimmer im Gefühl seiner uneingeschränkten Macht als Hausherr mit seinem eigenen Schlüssel verschlossen und anscheinend vergessen, daß ich über einen zweiten verfüge. Vielleicht hatte er sogar daran gedacht, dem aber keine Bedeutung beigemessen.

Jedenfalls brannte dieser Schlüssel bis zum Morgen in meiner Tasche. In der Nacht konnte ich nichts unternehmen, denn es hätte Aufmerksamkeit erregen können, hätte sich jemand mit einer Kerze im Haus herumgetrieben. Gegen sechs, es war bereits hell genug, zog ich mich an, ohne Anna und Eeva zu wecken, öffnete Timos Tür und verschloß sie wieder hinter mir.

Dort war alles wie zuvor. Auch die Blutlache hatte niemand vom Teppich entfernt. Ich stand mitten im Zimmer und schloß die Augen. Mir ging eine Idee im Kopf herum, die mit diesem Zimmer in Verbindung stand, mit meinen Besuchen hier und mit dem, was hier geschehen war. Und plötzlich erinnerte ich mich.

Die Gardinen der beiden Fenster waren so zugezogen, daß sie die gesamte einen Faden breite Wand zwischen den Fenstern verdeckten. Ich zog sie weg. An der Wand zwischen den Fenstern hing Timos kurze zweiläufige Entenflinte. Der rechte Lauf war mit einer Schrotpatrone geladen. Der linke war leer.

Ich mußte nur noch die Fenster überprüfen. Das linke, ein Doppelfenster, hatte man für den Winter mit Filzstreifen abgedichtet und mit grauem Papier überklebt, zwischen den Fenstern lagen Rollen aus isländischem Moos gegen die Feuchtigkeit. Das rechte Fenster, das Timo täglich mehrmals zum Lüften geöffnet hatte, war nicht abgedichtet. Ich zog am Griff, und das Innenfenster ging auf, denn der Basküleverschluß war nicht geschlossen. Ich versuchte das äußere Fenster zu öffnen, es gab nicht nach. Ich drückte etwas kräftiger dagegen, es ließ sich ebenfalls weit öffnen. Es war aufgequollen, aber nicht verschlossen gewesen.

Es ist halb sieben Uhr früh, und Anna und das Kind schlafen im Nebenzimmer. Wir können nicht nach Hause fahren, ehe Eeva zurückgekehrt ist.

So. Ich habe mir Mühe gegeben, die Angelegenheit von allen Seiten zu überdenken. Ich verstehe: Keiner der Umstände, die ich wahrgenommen habe, beweist etwas. Aber mir scheint, daß alle Umstände zusammen mich verpflichten, eine Hypothese aufzustellen. Oder sogar mehrere Hypothesen.

Ich schreibe nieder, was ich für das Wahrscheinlichste halte.

Entweder aus Peeters Berichten oder sonstwoher hatte Herrn Benckendorffs dem Generalgouverneur unterstellte Behörde erfahren, daß Timo an etwas schrieb. Die Behörde beschloß zu erfahren, worum es sich handelte. Es bedarf keiner weiteren Erörterungen, um zu begreifen, daß ein derartiges Interesse ganz selbstverständlich entstehen mußte. Wenn man Timo nicht für vollkommen wahnsinnig hielt, mußte der Charakter seiner einstigen Schrift unweigerlich dieses Interesse hervorgerufen haben. Da dieses Interesse nun einmal entstanden war, mußte die Behörde jemanden finden, der es befriedigen konnte. Der erste, der dafür in Frage kam, war vermutlich Peeter. Denn ihm war ja schon der Vorschlag gemacht worden, laufend Berichte über Timo zu schreiben, und er hatte eingewilligt. Folglich stand nichts im Wege, ihn um einen weiteren Dienst zu bitten: sich Timos Manuskripte anzueignen oder einen Überblick von deren Inhalt zu liefern. Es ist überaus wahrscheinlich, daß Peeter versprochen hatte, das zu tun oder es wenigstens zu versuchen, und daß er es auch versucht hatte. Als er Timos Schreibtisch zum erstenmal in meiner Anwesenheit durchwühlte, tat er es wohl aus eigenem Antrieb, den Auftrag dazu erhielt er erst später. Timo aber mystifizierte und verbarg, was er schrieb. Vor vier oder fünf Jahren hatte ich ihn gefragt, ob Peeter noch immer Interesse für seine Schriften zeigte, und er hatte bejaht. Aber er hatte auch angedeutet, daß jener sie nicht zu Gesicht bekommen hatte.

Nach welcher inneren Mechanik mochten die Dinge abgelaufen sein?

Peeter hatte eingewilligt, im Auftrag der Behörde zu versuchen, in den Besitz von Timos Schriften zu kommen. Als ihm das mißlang, hielt er es für erniedrigend, zu berichten, daß er den für geistesgestört erklärten Mann nicht zu übertrumpfen vermochte. So verlieh er der Sache ein edleres

Aussehen. Er meldete: »Ich habe Herrn von Bock vorgeschlagen, mir seine Schriften zu zeigen. Herr von Bock weigerte sich. Als sein Schwager werde ich nicht gewaltsam gegen ihn vorgehen. Noch weniger werde ich als ein von Mannteuffel und als Adliger sie heimlich an mich bringen.«

Möglicherweise setzte Peeter seine Versuche, an Timos Papiere heranzukommen, dennoch fort, doch offensichtlich ohne Erfolg. Mag sein, daß das Interesse der Behörde dafür zeitweilig erlosch. Früher oder später war es jedenfalls wieder erwacht, und die Behörde mußte eine andere geeignete Person finden. In Timos Nähe war eine solche nicht aufzutreiben. (Mein Gott, wenn ich recht habe, mußte die Behörde auch mich in die Waagschale geworfen und, Gott sei Dank, für zu leicht befunden haben.) Aber man fand jemanden, der mehr oder weniger geeignet war. (Mehr oder weniger geeignete Leute finden sich immer.) Einen Mann, der der Behörde lange treue Dienste geleistet hatte, wenn auch nicht immer auf die geschickteste Art und Weise. Zudem einen Mann, der nach Woiseck wie an einen altvertrauten Ort und in das Kivijalg wie in sein einstiges Heim kommen konnte: Herrn Laming.

Herr Laming reiste nach Woiseck. Als dessen ehemaliger Verwalter fiel es ihm nicht schwer, einen Vorwand zu finden. Es stellt sich die Frage, ob Herr von Mannteuffel von seinem Kommen und seinem Auftrag wußte oder nicht. Ich glaube, er wußte nichts davon. Herrn von Mannteuffels und Frau Elsys Fahrt nach Addafer war nicht im voraus geplant und nicht deshalb unternommen worden, um als unumstößliches Alibi zu dienen, falls etwas passieren sollte.

Herr Laming traf zufällig zu einer idealen Zeit ein: Eeva war fort. Aber Timo hielt sich in jenen Tagen mehr als sonst in seinem Zimmer auf. Am Zehnten verließ er nur das Haus, um Schießübungen zu machen. Herr Laming mußte sich entscheiden: Würde Timo auch am nächsten Tag schießen üben, mußte er die Zeit unbedingt nutzen. Er wartete also am Elften, bis Timo in den Park gegangen war, und drang in dessen Zimmer ein. Egal, ob mit einem Nachschlüssel oder einem Stemmeisen. Er durchsuchte das Zimmer. Seine Aussichten, etwas zu finden, waren nicht allzu groß, aber er kannte den Raum, denn er hatte ihm während seiner Verwalterzeit als Schlafzimmer gedient. Ein Stemmeisen für den Schreibtisch trug er in der Tasche. Und er meinte, es stünden ihm etwa zwei Stunden zur Verfügung. So lange hatten Timos Schießübungen meist gedauert.

Aus wer weiß welchem Grunde unterbrach Timo seine Schießübungen nach einer halben Stunde. Er kam zurück ins Haus, öffnete die Tür zu seinem Zimmer, trat ein und schloß sie hinter sich ab, wie er es häufig zu tun pflegte. Er legte die Pistolentasche auf den Schreibtisch und wollte seine Kuchenreuter reinigen und wahrscheinlich neu laden. Er nahm die erste Pistole aus der Tasche.

Herr Laming hockte vielleicht hinter dem Ofenschirm. Er hatte die Schubfächer schließen und die auffälligsten Spuren seiner Anwesenheit beseitigen können. Aber Timos Blick entdeckte ihn dennoch. Und er erkannte ihn.

Was mochte weiter geschehen sein? Ich glaube nicht, daß Timo die Absicht hegte, Laming zu erschießen. Ich bin mir dessen sogar sicher. Aber wenn ich mir ins Gedächtnis rufe, wie Timo einst Laming beim Schießen vorzuspielen versuchte, jener sei Alexander, halte ich es für möglich, daß er vielleicht so getan hatte. Es hatte ihm vermutlich besonderes Vergnügen bereitet, jetzt, da er den Mann, der ihn jahrelang bespitzelt hatte, in flagranti beim Eindringen in sein Zimmer ertappt hatte.

So wie ich mir das vorstelle, sagte Timo: »Ah, Herr Laming« oder »Ah, mein Herrscher Alexander, jetzt verurteile ich dich für deine Schnüffelei zum Tode! Ohne das Recht, Berufung einzulegen oder um Begnadigung zu bitten. Ich vollstrecke das Urteil auf der Stelle!« Und er begann in aller Ruhe seine Pistole zu reinigen. Herr Laming hat, wie ich aus Erfahrung weiß, bessere Nerven, als man annehmen sollte, aber dennoch nicht besonders gute, wie sich zeigte. Offensichtlich hatte er, entgegen aller Erwartung, keine Waffe bei sich – das Selbstvertrauen stiller Naturen ist manchmal unglaublich groß. Also begann Herr Laming, um sich zu retten, mit Timo zu verhandeln. Den Verlauf dieser Verhandlungen zu improvisieren hat keinen Sinn. Herr Laming begriff nach wenigen Minuten, daß seine Lage aussichtslos war. Timo mag ihm zum Beispiel gesagt haben, alle seine Argumente seien zwecklos. Und dann war die Pistole gereinigt, und Timo öffnete die Schublade, in der die Patronen lagen. In diesem Augenblick verlor Herr Laming, der zwischen dem Ofen und dem rechten Fenster stand, die Nerven. Und da hatte er eine Idee. Als Timo in die Schublade schaute, nahm Laming Timos Entenflinte von der Wand. Vielleicht drückte er sofort ab. Vielleicht entstand ein Handgemenge, als Timo ihm das Gewehr entwinden wollte.

Der Schuß mußte die Hausbewohner zu Timos Tür rufen, das nahm Laming die Möglichkeit, durch die Tür zu entkommen. Obwohl Timos Schlüssel im Schlüsselloch steckte. Laming hängte die Flinte wieder an den Nagel. Er schaute sich um. Seine einzige Rettung war das Fenster, das an der Rückseite des Hauses liegt, wo die Heckenrosen stehen. Ich weiß nicht, ob Laming einige von Timos Handschriften gefunden hat oder nicht. Ich glaube, er hat sie gefunden. Ich nehme an, er hatte sie bereits gefunden, als Timo eintrat, und hat sie bei seiner Flucht durchs Fenster mitgenommen, eventuell auch die Schatulle mit dem bewußten Manuskript, die ich einst in Verwahrung hatte.

Mein Gott, vielleicht hat es sich auch nicht so zugetragen. Vielleicht irre ich mich vollkommen. Denn meine Rekonstruktion weist mehrere anfechtbare Stellen auf. Vielleicht ist es bereits ein Irrtum, Laming in meine Hypothese einzubeziehen? Vielleicht ist Timos Tod – wie sagte er doch? – das Werk seiner Ikvibis? Warum kam er gestern morgen nach einer halben Stunde aus dem Park zurück? Vielleicht überfielen ihn seine Ikvibis in Schwärmen und trieben ihn ins Haus? Ikvibis, die aus den nassen vorjährigen Blättern der Steineiche hervorwuchsen und die der Sturm ihm ins Gesicht trieb? Gott, ich weiß gar nicht mehr, wo ich meine Vorstellung von ihnen herbeziehe, ist sie meine eigene Erfindung, oder stammt sie aus Timos Schilderungen während all der Jahre: formlose, geflügelte schwarze Fetzen mit scharfen Krallen. Vielleicht verfolgten sie ihn in sein Zimmer, und er lud ihretwegen seine Pistole mit Schrot? Und als sie ihm in die Augen flogen und ihn blind machten, vergaß er vielleicht, daß er sich selbst treffen würde, wenn er auf sie schoß?

Aber vielleicht hat er nichts vergessen, denn auch Peeter behauptet, ein Selbstmord sei ausgeschlossen. Vielleicht erinnerte er sich in jenem Augenblick an etwas – oder an alles – so schmerzhaft deutlich, daß er diesen Schmerz treffen wollte? Vielleicht denselben Schmerz, den ich in seinem Gesicht wahrnahm, als er vor anderthalb Monaten, nach Jüris Abreise, seine Pfeife in den Kamin warf. »Keine Pfeife, keinen Sohn . . .«

Ich sage ja, ich kann mich vollkommen irren. Aber in einem irre ich mich nicht. Darin, daß ich, selbst wenn ich Lamings Schuld hundertprozentig bewiese, nichts erreichen würde. Timo bliebe tot. Und Laming bliebe unbestraft. Er würde durch jedes Netz von Beweisen hindurchschlüpfen. Als Benckendorffs Helfershelfer.

Schon allein darum behalte ich meine Beobachtungen für mich. Ich tue es aus noch einem anderen, meiner Meinung nach noch verständlicheren Grunde. Ich halte es für möglich, daß Laming an diesem beabsichtigten oder unbeabsichtigten Mord die Schuld trägt. Aber ich möchte es nicht beweisen, auch nicht nur mir gegenüber. Ich halte mich zurück, weil ich weiß, daß in diesem Fall meine Frau die Tochter eines Mörders und mein Kind die Enkelin eines Mörders wären.

Freilich, allein der Geschichte wegen, ja der Wahrheit selbst wegen müßte der Wahrheit zum Recht verholfen werden. O ja, ich erinnere mich an das, was ich vor vier Jahren über die Ängste von Frau Masing, die für ihre Familie fürchtete, in dieses Heft geschrieben habe. (Übrigens ist das Manuskript von Masings Wörterbuch bis zum heutigen Tage verschwunden geblieben.) Aber sobald du von etwas heimgesucht wirst, was bisher nur andere betroffen hat, liegen die Dinge ganz anders. Und überhaupt, lassen wir Geschichte Geschichte und Wahrheit Wahrheit sein – der Mensch sollte das Recht haben, wenn schon nicht seinen Seelenfrieden so wenigstens ein Stückchen Unwissenheit zu verlangen!

Oberpahlen, den 23. April 1836. Eeva kehrte am 18. aus Dorpat nach Woiseck zurück. Sie war über Oberpahlen gekommen und über alles unterrichtet. So mußte ich ihr fast nichts mehr erzählen.

Ihre Miene war seltsam konzentriert, versteinert und fiebernd zugleich, als sie sich von mir den Schlüssel zum Eiskeller holte. Sie bat mich, sie nicht zu begleiten, sie wollte mit dem Toten allein sein. Sie blieb fast zwei Stunden im Keller. Als sie zurückkam, dämmerte bereits der Abend, so daß ich ihr Gesicht nicht deutlich sehen konnte. Und im Saal, wo wir Platz nahmen, ließ sie nur zwei Kerzen anzünden. So wußte ich nicht, ob und wieviel sie geweint hatte.

Vor drei Tagen, am 20., trugen wir Timo zu Grabe, nachdem wir endlich aus Riga die Genehmigung dazu erhalten hatten. Im südöstlichen Winkel des Friedhofes von Kundrusaare, neben all den längst vergessenen von Bocks, was recht seltsam ist, bedenkt man, wie sehr er sich von ihnen unterschied.

Wir durften ihn in geweihte Erde betten. Aber Grabreden waren verboten. So traute sich Rücker nicht, den Bibelversen, Abschiedsworten und Gebeten auch nur ein einziges persönliches Wort hinzuzufügen.

Auch die Zeit der Beerdigung war uns vorgeschrieben worden: abends um acht. In der tiefen Dämmerung standen am Grab: Rücker, Eeva, Elsy, Käsper, Liiso, Anna, Klein-Eeva und ich. Und bedauerlicherweise auch Peeter. Und vier Bauern, die er hinbeordert hatte, den Sarg in die Grube zu senken und das Grab zuzuschaufeln. Weitere Leute aus dem Dorf waren nicht anwesend. Einige Dorfkinder spähten über die niedrige Friedhofsmauer.

Als wir spätabends nach Oberpahlen zurückgefahren und Anna und die kleine Eeva zu Bett gegangen waren, holte ich nach vielen Jahren Timos Manuskript unter dem Fußboden hervor und blätterte darin, besonders aufmerksam aber las ich die letzten Zeilen, die er seinem Konstitutionsentwurf hinzugefügt hatte: *Das waren die Vorschläge, die ich Ihnen vor Gott nach bestem Wissen und Gewissen darbringe.*

Ich habe mich mit dem Gedanken abgefunden, daß die Ungewöhnlichkeit dieser Vorschläge und die Gefahren ihrer Verwirklichung die meisten Menschen abstoßen werden und ich nach Ansicht vieler als lächerliches Opfer zugrunde gehen werde.

Aber ich bin es gewohnt, die Gefahren nicht zu achten, wenn es die Pflicht verlangt. Zumal es mir gleichgültig ist, auf welche Art mir mein Lebensglück genommen wird. Ich spreche nicht nur zu Livland, ich wende mich auch an Rußland, und es wird mich verstehen.

Sollte diesen wohlmeinenden Gedanken ein gefährlicher Funke entspringen, was Gott verhüten möge, so fürchten Sie nicht, dies sei das Ende der Welt.

In Wirklichkeit ist die Macht des Menschen über das Gute und das Böse unendlich gering, und sosehr er sich auch bemühen und in welche Extreme er auch verfallen mag, er bringt unseren guten alten Planeten nicht um ein Haar von seinem ewigen Weg ab. Klein oder groß, im Lauf der Zeiten vergehen wir alle und werden zu Staub, der keine Freuden, keine Ängste kennt.

Es gibt keine ewigen Prinzipien in der Welt, als die da sind: Liebe, Wahrheit, Gott.

25. April. Gestern übersiedelte Eeva von Woiseck nach Oberpahlen in unser Haus. Wir überließen ihr unser viertes, mehr oder weniger leerstehendes Zimmer und brachten ihre Sachen dort unter. Sie will sich in der nächsten Zeit in der Vorstadt ein Häuschen kaufen. Damit sie uns und wir sie nicht belästigen, wie sie sagt.

26. Mai 1837. Eeva hat uns bereits im Herbst verlassen und wohnt in ihrem Häuschen in der Vorstadt. Es ist ein kleines Holzhaus mit drei Zimmern nahe am Mühlendamm, und sooft ich dort war, hatte ich das Gefühl, daß das ständige Rauschen des Wassers mich stören würde. Aber Eeva versichert, es helfe ihr – wie sie es ausdrückt –, den Gleichklang mit der Welt nicht zu verlieren. Wir waren in diesem Jahr eigentlich nur selten bei ihr, aber gestern früh rief sie mich specialiter zu sich.

Herr Karl von Bock war auf Woiseck eingetroffen und hatte ihr mitteilen lassen, er werde die Witwe seines Bruders besuchen. Und sie hielt es für schicklich, daß ihr Bruder bei diesem Besuch anwesend sei.

Ich sah Karl nach vielen Jahren zum erstenmal wieder. Er ließ Kutsche und Kutscher an der Pforte warten und eilte mit einem gewaltigen Strauß Narzissen durch die niedrige Tür. Er küßte Eeva die Hand und schüttelte vertraulich die meine. Jetzt, mit sechsundvierzig, mit grauem Schnurrbart und graumeliertem Haar, gleicht er seinem älteren Bruder viel mehr als vor fünfzehn oder zwanzig Jahren. Auch er hat die Art der von Bocks, mit der Tür ins Haus zu fallen. Also sagte er, ohne sich um meine Anwesenheit zu scheren: »Liebe Frau Kitty, ein Jahr ist verstrichen seit dem für uns beide tragischen Ereignis. Die Gefühle für die Toten in allen Ehren, aber die für die Lebenden müssen auch wieder zu ihrem Recht kommen. Meine Gefühle für Sie sind Ihnen« – er zählte es an den Fingern der linken Hand ab –, »sind Ihnen seit zwanzig Jahren bekannt. Gestatten Sie, daß ich mich Ihnen als treuer und ergebener Stellvertreter meines Bruders anbiete.«

Eeva gab ihm einen Korb. Ruhig, mitfühlend, deutlich. Ich kann mich nicht an ihre Worte erinnern. Jedenfalls waren sie nicht so geläufig und wohlerzogen wie diejenigen des Herrn Karl. Aber sie duldeten keinen Widerspruch. Eevas Gedanken waren ungefähr die folgenden: Herr Karl würde in ihrem Bewußtsein stets nur der Schatten seines Bruders bleiben. Auf die Dauer wäre das für Herrn Karl unerträglich, in wie ehrenvollem Gedenken er Timo auch bewahren mochte. Und Herrn Karls Hoffnung, er könnte einst in Eevas Sinn und Herzen aus Timos Schatten emporsteigen und sein Stellvertreter werden, wäre leider vollkommen vergeblich.

Herr Karl rief: »Lassen Sie sich Zeit . . .«

Eeva sagte: »Herr Karl, es wäre verantwortungslos von mir, Ihnen Hoffnung zu machen.«

Darauf sagte Herr Karl vollkommen unvorbereitet, nett, unbeholfen und wehmütig: »Teure Eeva, es sei denn. Ich kann Sie verstehen. Ich kann ja nicht mehr sagen, als daß ich Sie verstehe. Ich kann doch mein Unglück nicht als Glück preisen. So ist es eben. Ich muß es verschmerzen.«

In seiner Verwirrung wollte er sich eine Zigarre anzünden, bemerkte jedoch seinen Fehler und steckte das Etui in die Tasche zurück. Dann kam ihm eine Idee. Er war gestern früh auf Woiseck eingetroffen, war aber noch nicht dazu gekommen, auf den Friedhof zu gehen. Er schlug vor, zu dritt Timos Grab zu besuchen. Eeva war einverstanden, und wir fuhren hin.

In der Kutsche sprach Herr Karl von mehr oder weniger nebensächlichen und belanglosen Dingen. Von seinem einsamen Leben in Deutschland. Von seiner Fahrt nach Livland und seiner Absicht, für einige Zeit nach Petersburg zu reisen. Und davon, wie sie zu dritt, Timo, Georg und er (er war damals sieben oder acht Jahre alt) eines Abends Hofmeister Lehrberg als Geister erscheinen wollten, um ihm einen Schreck einzujagen, und wie er ihnen daraufhin eine Reihe von Vorträgen über den Aberglauben gehalten hatte. Als wir jedoch den Friedhof erreichten, er liegt nur eine oder anderthalb Werst von Woiseck entfernt, schweigend am Grab standen und uns dann auf die Bank setzten, die Eeva hatte errichten lassen, denn sie gießt jede Woche dort die Blumen und ruht sich auf ihr aus, hatte sich Herr Karl gefaßt und kam noch einmal auf sein Anliegen zu sprechen. Er sagte: »Eeva, glauben Sie mir, ich würde es nie wagen, erneut darauf zurückzukommen – wenigstens nicht an diesem Ort –, fühlte ich nicht, wie sehr Timo es guthieße, wenn Sie nicht so hoffnungslos allein wären und wenn der, der Ihnen zur Seite stünde, eine ihm vertraute Seele wäre. Ich weiß natürlich, daß mein Bruder ein außergewöhnlicher Mensch war und ich nur ein gewöhnlicher Herr von Bock bin. Aber glauben Sie mir ...«

Eeva sprach sanft auf ihn ein. Ich hörte ihnen nicht zu. Ich betrachtete den Grabhügel vor uns und dachte mit bissigem Trotz: Was mag in hundert Jahren auf dem Grab meines Schwagers stehen? Dasselbe Eisenkreuz auf dem Marmorsockel von der Größe eines Kutschbocks? Kaum. Das hält dem Rost nicht so lange stand. Oder ein wirkliches Denkmal? Oder ein Büschel Unkraut des Vergessens?

Ich vernahm ihr Gespräch erst wieder, als Karl beinahe heftig ausrief: »Aber Eeva, die Jahrzehnte, die Ihnen bevorstehen, worin liegt der Sinn Ihres Lebens in Einsamkeit?!«

Eeva griff nach einem Zweig der Heckenrosen, die neben der Bank wuchsen. Knospen hatte er noch keine, aber es grünten schon glänzende junge Blätter. Sie sagte: »Timo wollte ein eiserner Nagel im Leib des Imperiums sein. Er gebrauchte von Zeit zu Zeit große Worte und bewies sein Recht, sie auszusprechen. Ich habe gedacht: Vielleicht darf auch ich wollen – wollen, daß ich ... Wissen Sie, wie man diesen Strauch auf estnisch nennt? Orjavits: Sklavenrute. Ja – daß ich eine Sklavenrute im Leib des Imperiums bin, solange ich lebe ...«

Reval, Hotel London, Zimmer 11, 14. Juni 1859. Zweiundzwanzig Jahre also ...

Ich habe über diese Zeit eigentlich nichts zu berichten. Was war: Ein ruhiges, leeres, nutzloses Leben. Meine Arbeit als Landvermesser, die mir das tägliche Brot gab und mich etwas für schlechte Zeiten auf die hohe Kante legen ließ. Jetzt sind diese Zeiten also da ...

Anna ist vor fünf Jahren gestorben, im Herbst, in unserem Garten in Oberpahlen. Sie streckte die Hand aus, um einen Apfel zu pflücken, sank unter dem Baum nieder und war dahin. Die kleine Eeva ist das sechste Jahr in Dorpat mit Doktor Pürkson verheiratet. Kinder haben sie noch immer nicht. Die große Eeva lauscht am Mühlendamm dem Rauschen des Flusses und gießt die Blumen auf Timos Grab.

Ich bin schon fast siebzig. Seit etwa einem Jahr steht es nicht gut um meine Gesundheit. Die Galle oder etwas anderes macht mir zu schaffen. Ich möchte nicht darüber schreiben. Aber eben aus diesem Grunde schreibe ich.

Ich bin schon eine Woche in Reval. Übermorgen fahre ich mit einem Dampfschiff nach Stettin und von dort über Berlin nach Karlsbad. Vielleicht hilft das. Ich habe einen nicht allzu großen Koffer und eine Reisetasche bei mir. Gestern habe ich der kleinen Eeva von hier mein Testament geschickt, nach dem sie unser Haus in Oberpahlen erbt.

Ich habe lange überlegt, was bei meiner Abreise mit Timos Manuskript geschehen soll. Ich wagte nicht, es Eeva zu geben. Denn mir schien, da mir dieses Manuskript nun einmal in die Hände gefallen war, hätte ich es ihr sofort (oder zumindest gleich nach Timos Tod) geben sollen. Mir schien, der Besitz des Manuskripts stellte ihr gegenüber in gewissem Sinne eine Schuld dar, die ich ihr nicht eingestehen wollte. In letzter Minute überwand ich mich. Als ich mich von ihr verabschiedete, als ich mich schon verabschiedet hatte und im Flur ihres Häuschens in Oberpahlen stand, jenseits der dünnen Wand das unentwegte Rauschen . . . Ich zog die grauen Blätter unter meiner Pelerine hervor und drückte sie ihr in die Hand.

Ich murmelte: »Eeva, ich habe sie einst im Herrenhaus von Woiseck gefunden. Ich habe sie all die Jahre aufbewahrt, zuerst in der Wand, dann unter dem Fußboden.« (Ach, sogar in seiner Schuld möchte der Mensch seine Verdienste herausstreichen.) »Du, Eeva, wirst sie besser behüten als jeder andere, das weiß ich . . .«

Ich habe bis jetzt überlegt, was ich mit meinem Tagebuch tun soll. Es Eeva zu geben hat keinen Sinn. Denn außer meinen persönlichen Angelegenheiten, die nicht einmal mehr für mich Bedeutung haben, haftet alles, was darin festgehalten ist, viel vollkommener in ihrem Gedächtnis. Mein Blickwinkel auf die Ereignisse ist für sie überflüssig. Denn der ihre, vielleicht in mancher Hinsicht persönlicher und enger, ist trotzdem tiefer.

Mir ist seit langem klar, daß ich dieses Tagebuch ebensowenig ins Ausland mitnehmen kann wie Timos Manuskript. Außerdem, sollte meinen Aufzeichnungen einst irgendeine Bedeutung zukommen, so nur in diesem Lande.

Ich habe mir bis zum heutigen Tag über das Schicksal dieses Heftes Gedanken gemacht. Ich habe ernsthaft in Erwägung gezogen, es vor meiner Abreise aus dem Hotel im Kamin zu verbrennen, falls mir nichts Besseres einfiele. Heute habe ich eine Lösung gefunden. Oder genauer, sie ist mir zugefallen.

Es hat mich heute ein Leutnant zur See hier im Hotel aufgesucht und mir die Nachricht gebracht, Jüri werde mir morgen früh um zehn eine Visite machen. Sein Flaggschiff ist vor zwei Tagen im Revaler Kriegshafen eingelaufen. Ich werde mein Tagebuch Jüri geben. Dem Herrn Konteradmiral Georg von Bock. Welche Schranken meine Wahrheit in diesem Heft auch haben mag, mein Neffe soll dem Essig der Wahrheit nicht entgehen. Vielleicht versucht er es auch gar nicht mehr. Er ist ja auch schon fünfundvierzig.

Und ich habe beschlossen, und niemand kann mich daran hindern, diesen Entschluß zu fassen: Vernichtet Jüri mein Tagebuch, hat die Welt keine Hoffnung mehr.

Bewahrt er es auf, besteht noch Hoffnung für die Welt.

Es ist gut, daß ich nicht erfahren werde, was er damit tut.

Das gibt mir wenigstens die Möglichkeit zu hoffen, auch wenn es keine Hoffnung mehr geben sollte.

ANHANG

Nachwort

Einige Leser, die dieses Buch bereits als Manuskript kennenlernten, waren der Meinung, es wäre der Sache dienlich, ihm ein Nachwort beizugeben, das der Frage nachgeht, was an der Geschichte erdacht und was historisch belegt ist, und das so dem Leser entgegenkäme.

Ich bin zu spät zu der Einsicht gelangt, daß dies eine vernünftige Empfehlung war, allzu spät, um noch einem Historiker die Bitte um ein Nachwort antragen zu können. Es hätte auf der Hand gelegen, einen Historiker darum zu bitten, jedoch verhält sich das wissenschaftliche Verantwortungsgefühl der Historiker gewöhnlich direkt proportional zur Langsamkeit ihres Arbeitstempos.

Wenn ich mich hier selbst als Nachwortautor versuche, so vor allem wegen der erforderlichen Eile. Und aus noch einem anderen Grunde. Ich war ja nolens volens der erste Leser von Jakob Mättiks Tagebuch. Die Fragen nach der Grenzlinie zwischen Realität und Phantasie, vor denen ich stand, sind grundsätzlich dieselben, auf die dieses Nachwort Antwort geben sollte. Einige von ihnen klärten sich für mich, je intensiver ich mich mit der Sache beschäftigte. Und nun erscheint es mir geradezu als meine Pflicht, dem Leser wenigstens dieses Ergebnis zu vermitteln.

Ich muß zugeben: mein Verhältnis zur Grenze zwischen Realität und Phantasie im vorliegenden Tagebuch war unter dem Ansturm der Fragen, im Wirrwarr ihrer beharrlichen Unlösbarkeit und der unerwarteten Antworten auf sie äußerst schwankend. Bald schien mir, Jakob Mättik führe mich auf der trügerischen Fährte allbekannter Sachverhalte und einiger vieldeutiger Scheinbilder an der Nase herum, wie einen leichtgläubigen Jahrmarktbesucher durchs Zerrspiegelkabinett. Gleichzeitig hatte ich den Eindruck, daß, wenn sich überhaupt die Frage nach dem Anteil von Realität und Erdachtem im Tagebuch stellt, so nur im Hinblick darauf, ob das Tagebuch etwas enthält, was sich nicht dokumentarisch nachweisen läßt oder in deutlichem Widerspruch zur Wahrheit steht.

Hier ertappte ich mich bei dem Gedanken, daß eine derartige Fragestellung das Resultat bis zur Unmöglichkeit subjektivieren würde. Das hieße letztendlich, die Grenze zwischen Wahrheit und Phantasie vollkommen oder beinahe vollkommen gleichzusetzen mit dem, was ich zu überprüfen oder nicht zu überprüfen vermochte. Auch der umgekehrte Weg, ich meine die Aufzählung der wichtigsten Ereignisse, die ich als historisch wahr habe feststellen können, ist im wesentlichen ebenso subjektiv. Doch erschien mir dieser Weg schließlich als der gangbarste. Vielleicht nur, weil er größeres Vertrauen zu Jakob Mättik voraussetzt.

Also: Die Zeit, die Jakob Mättiks Tagebuch umfaßt, hat es gegeben. Das von Alexander I. und Nikolai I., von Marquis Paulucci und Graf Pahlen regierte Livland hat es gegeben. Das Gut Woiseck, zwar bis zur Unkenntlichkeit umgebaut, existiert sogar noch heute. Timotheus von Bock hat gelebt. Er steht sogar in der Sowjetenzyklopädie. Und auch Eeva-Kitty-Katharina hat gelebt. Zudem war sie der Kitty sehr ähnlich, die im Tagebuch dargestellt wird. In estnischsprachigen Publikationen ist sie spätestens seit einem 1909 in der Zeitschrift »Eesti Kirjandus« (Estnische Literatur) erschienenen Artikel von Martin Lipp einige Male erwähnt worden, und zumindest in bezug auf das, was darin über Eeva gesagt wird, hat sich dieser Artikel nicht als das erwiesen, was Gustav Suits anderswo Martin Lipps »Geschwätz« genannt hat. Eeva-Kitty-Katharina ist offensichtlich identisch mit jener Eeva, die nach Angaben des Paisteler Kirchenbuches am 8. September 1799 geboren wurde und die Tochter des Kutschers Peeter und seiner Frau Anne aus Holstfershof war.

Auch Doktor Robst hat gelebt. Er hat in Jakob Mättiks Darstellung zwar ein anderes Gesicht erhalten als in einem Roman, in dem er ebenfalls eine Rolle spielt, im »Evremont« von Sophie von Tieck. Aber ich erlaube mir, das flüchtige Porträt des Doktors im Tagebuch wenn nicht für zuverlässiger, so doch für ausdrucksvoller zu halten als jenes der Frau von Tieck.

Übrigens hat es auch das Haus der Moiers in Dorpat gegeben und die Leute, die dort verkehrten, ebenso wie die Probleme, die dort in der Luft lagen. Meine Versuche, die Glaubwürdigkeit des Mättikschen Tagebuchs zu überprüfen, haben mich vollkommen davon überzeugt. Das kleine Haus in der Dorpater Vorstadt an der Ecke der Kalevi- und der Salzstraße wurde erst im Herbst 1944 in Schutt und Asche gelegt (zu dieser Zeit war es schon ganz nahe ans Zentrum der Stadt gerückt). Dreißig Jahre später habe ich dieses Haus, in dem ich als Student wohnte, als das der Moiers identifiziert und in dem zum Garten und zum Fluß gelegenen Rauchzimmer der Moiers meine einstige Studentenbude erkannt. Bis zu meiner Zeit hat es die Tür mit dem niedrigen Querbalken gegeben, der noch die Berührung der elchfarbenen Haare Timotheus von Bocks bewahrte.

Timos Fahrt nach Riga hat wahrscheinlich wirklich stattgefunden. Ein wesentlicher Teil der Unterhaltung Timos und Graf Pahlens ist unverhoffterweise sogar dokumentiert. Darauf weist auch der Leningrader Historiker A. W. Predtetschenski in seiner kleinen Bock-Monographie hin, die die Akademie der Wissenschaften der Estnischen SSR in Tallinn vor fünfundzwanzig Jahren herausgegeben hat.

Übrigens werden in einem der Briefe von Timo sogar seine Ikvibis erwähnt.

Doktor Faehlmanns Visite auf Woiseck habe ich nicht nachweisen können. Aber es ist bekannt, daß Professor Erdmann häufig seinen Lieblingsstudenten Faehlmann an seiner Statt zu den Patienten schickte. Überhaupt lohnte es nur, an der Glaubwürdigkeit dessen zu zweifeln, wäre anzunehmen, daß Jakob Mättik darin auch nur einen winzigen kulturhistorischen Reiz hätte erahnen können.

Die im Tagebuch beschriebenen Einzelheiten von Timos Verhaftung habe ich sonst nirgends finden können. Aber die zweifelhaft anmutende Tatsache, daß der Generalgouverneur persönlich die Angelegenheit leitete, erwies sich merkwürdigerweise als wahr. Folglich sind die Ausmaße der Angelegenheit und ihr einstiges spezifisches Gewicht in umgekehrter Reihenfolge zu betrachten.

Auch Herr La Trobe ist eine authentische Gestalt, die man eingehend geschildert hat, obwohl 1976 im Theater- und Musikmuseum der Estnischen SSR sein Name nicht bekannt war.

Den Familienmythos von Timos Eid, den er dem Zaren geleistet hatte, jenem stets die Wahrheit zu sagen, erwähnt Theodor Bernhardi in seinen »Jugenderinnerungen«. Und der Brief des Zaren an Paulucci ist sechzig Jahre später sogar veröffentlicht worden.

Daß der Zar Timo einen Flügel in die Kasematte hat bringen lassen, erwies sich wider aller Logik ebenfalls als wahr. Das bezeugen mehrere Rapporte General Plutalows an Fürst Wolkonski. Auch M. N. Gernet erwähnt das in seiner »Istorija zarskoi tjurmy« (Geschichte des russischen Gefängniswesens«), Moskau 1960, Bd. I, S. 257. Folglich muß man hier ebenfalls der eigenen Phantasie ihren Lauf lassen und flexibel in seiner Logik sein.

Das mysteriöse Tilgen der Schuld von sechzigtausend Rubeln ist dokumentiert. Die Papiere von Woiseck, die im Staatlichen Zentralarchiv für Geschichte der ESSR in Tartu aufbewahrt werden, beweisen es. Der Erklärung Georg von Bocks kann man Glauben schenken oder nicht. Die Beziehungen Timos zu Marina Naryschkina werden in einem Artikel der Zeitschrift »Russkaja starina« (Russisches Altertum) dargestellt, wenn auch in einem anderen Licht.

Was Timos Schwager Peeter von Mannteuffel betrifft, so muß bemerkt werden: Auch er hat verhängnisvollerweise gelebt. In Wirklichkeit hieß er Peter Zoege von Mannteuffel, mit dem anderen Peter von Mannteuffel, dem Grafen zu Ravila (Meks), der als Verfasser von »Ajaviide Peero Valgusel« (Zeitvertreib beim Kienspanlicht) und »Villem Naavis Leben« in die estnische Literaturgeschichte eingegangen ist, hat er nichts zu tun.

Und schließlich, der Text von Timos »Memorandum« existiert genau in der zitierten Form in all seiner unglaublichen, unumstößlichen und fatalen Aufrichtigkeit. Das Autograph, das in einem Moskauer Archiv aufbewahrt wird, scheint das Original zu sein, das Timo dem Zaren zukommen ließ.

Nirgends, außer in Jakob Mättiks Tagebuch, habe ich einen Beweis dafür gefunden, daß Timo Alexander I. offen ins Gesicht sagte, er sei ein Tartuffe. Schriftlich hat er es jedoch getan, das zeigt der Text des »Memorandums«.

Eeva hat tatsächlich Maria Fjodorowna in Torma aufgesucht. Tatsächlich war Pastor Asverus' Witwe in Torma im Vorzimmer anwesend. Und auch ihren zehnjährigen Enkel, das stupsnäsige Kerlchen mit den braunen Kulleraugen, hatte sie bei sich. Fünfzig Jahre danach hat der Junge seine Erinnerungen an Eevas Besuch bei der Zarinmutter aufgezeichnet. Zu lesen ist das in Georg Schultz-Bertrams »Wagien, Baltische Studien und Erinnerungen«, Dorpat 1868, S. 49 ff.

Georg von Bocks Husarenstreich in Schlüsselburg wird entgegen allen Erwartungen in einem Brief von Otto Wilhelm Masing an Superintendent Sonntag in Riga als wahr bestätigt.

Eevas schriftliches Bekenntnis ihrer Schulden ist erhalten und befindet sich unter den Papieren von Woiseck im Zentralarchiv für Geschichte zu Tartu.

Außer im Tagebuch habe ich nirgends bestätigt gefunden, daß Eeva Shukowski in Dorpat begegnet ist. Allerdings ist bekannt, daß Shukowski zur betreffenden Zeit in Dorpat weilte und dort Freunden aus seiner Übersetzung der »Jungfrau von Orléans« vorlas.

Der Name des Schlüsselburger Kommandanten General Plutalow, was zu deutsch Gauner, Preller oder Schieber bedeutet, mag auf den ersten Blick als nicht allzu findige, aber verständliche Ironie Jakob Mättiks erscheinen. Denn offenbar entsprach das Wesen des Generals, schon von Berufs wegen, eher diesem Namen als dem ritterlichen Verhalten, das Georg von Bock beschrieb. Aber eine Vielzahl von Dokumenten und persönliche Unterschriften des Generals beweisen, daß es sich nicht um eine Ironie Jakob Mättiks handelt, sondern um eine Ironie der Geschichte: der Kommandant von Schlüsselburg hieß tatsächlich Plutalow.

Wie weit es die Geschichte mit ihrer Ironie treiben kann (bis zu Formen, die bei einem Schriftsteller als unverzeihliche Übertreibungen gelten, in der Geschichte aber anscheinend geniale Hyperbeln genannt werden müssen), veranschaulichen manchmal winzige, unwiderlegbare Tatsachen. Wie diejenige, daß der Kommandant der Peter-Pauls-Festung zu jener Zeit allen Ernstes ein General Sukin war.

Das Gedicht, das Goethe Timo gewidmet hat, ist in allen großen Goethe-Ausgaben zu finden. Von Timos tragischem Säbelhieb, der einen Gefährten verwundete, berichtet auch W. von Bock. Daß Näresaare-Tiit sich als der Betroffene erwies, ist ein Detail, an dem zu zweifeln es sich einfach nicht schickt.

Georg von Bocks und Eevas Briefe an Nikolai I., deren Entwürfe Jakob Mättik in sein Tagebuch übertragen hat, sind glücklicherweise erhalten und befinden sich in Timos Gefängnisdossier. Dort werden natürlich noch mehrere Briefe und Schriftstücke aufbewahrt, die nicht im Tagebuch zu finden sind, an denen jedoch die Richtigkeit des Tagebuchs geprüft werden kann. Dokumente solcher Art hat man bis heute auch anderswo entdeckt und wird es weiterhin tun. Auf einen solchen Brief von Timo hat mich Dr. Juhan Kahk aufmerksam gemacht, er fand ihn im Archiv der Bergs auf Schloß Sagnitz. Er trägt das Datum 5. September 1817 und betrifft Timos bevorstehende Heirat. Sein Anfang ist es wert, hier zitiert zu werden:

Gnädige Tante,
seien Sie höflichst bedankt für die Aufnahme, die Evachen in Ihrem Hause fand. Sie verläßt es heute, weil sie heute abend, an diesem für mich denkwürdigen Tag, meinen Ring in Empfang nehmen soll. In einigen wenigen Stunden wird sie kein Bauernmädchen mehr sein, sondern unwiderruflich meine Verlobte. Sie muß Neu-Oberpahlen verlassen, denn es wäre lächerlich, von Euch zu verlangen, daß Ihr dasselbe Wesen, das Ihr stets für soviel niedriger als Euch selbst gehalten habt, plötzlich als Ebenbürtige begrüßen solltet. Ihr fragt natürlich, was ich weiter mit ihr vorhabe, da ich selbst bekenne, daß meine Ehe weder neben noch unter der Euren steht. Was meint Ihr, Tantchen, wenn ich (mit ihr) alle anderen ein Stückchen überhole?

Zurück zum dokumentarischen Material im Tagebuch. Vielleicht ist es zweckmäßig, den Leser vor der Gefahr zu warnen, die die auffallend präzise Darbietung dieses Materials mit sich bringen mag. Sie könnte größeres Vertrauen zum Tagebuch erwecken, als es eine so durch und durch subjektive Schrift eigentlich verdient hätte.

Auf den Konflikt Herrn La Trobes mit seinen Vorgesetzten (»Ich hoffe, künftig nichts mehr mit den hiesigen Herrschaften zu tun zu haben«) wird in einem Artikel über ihn, der in der Nr. 58 der »Baltischen Monatshefte« abgedruckt ist, flüchtig eingegangen. Aber erst Jakob Mättiks Tagebuch erläutert diesen Konflikt.

Timos Brief an Seine Erlaucht Burchard Christoforowitsch wie auch einige seiner folgenden Schriften werden vielleicht ein wenig glaubhafter, erinnert man sich an die Worte Dr. Schultz-Bertrams: *In meinem Besitz haben sich Briefe befunden, in denen allerlei Possen und hohe Geistesblitze neben unverständlichen Sätzen standen, so daß man in Versuchung gerät, seine geistige Verwirrung für fingiert zu halten.*

Das bekannte geheimnisvolle Verschwinden des Manuskripts des estnisch-deutschen Wörterbuches von Otto Wilhelm Masing wird in Jakob Mättiks Tagebuch leider nur bestätigt, neue Anhaltspunkte liefert er nicht. Das Suchinserat, von dessen Veröffentlichung die Rede ist, ist jedenfalls in der »Dörptschen Zeitung« erschienen. Darin wird an das Gewissen des Täters appelliert, und er wird gebeten, die grandiose sprachliche Kostbarkeit zurückzuerstatten. Hundertfünfzig Jahre vergeblicher, versiegender Hoffnung.

Der größte Teil der Einzelheiten von Timos Tod ist auf Grund erhalten gebliebener amtlicher Briefe kontrollierbar, die die hinreichende Genauigkeit des Tagebuchs bestätigen. Für die rätselhafte Schrotladung liefert aber auch das Tagebuch keine passable Erklärung. Zumindest hebt es ihre Rätselhaftigkeit hervor. Jakob Mättiks Hypothese bringt ein wenig Licht in die Angelegenheit. Auch dazu bleibt wiederum nur zu sagen: Man kann dem glauben oder nicht.

Georg von Bock junior, der Jüri des Tagebuchs, ist zwar nicht Marineminister des Imperiums geworden, aber bis zum Vizeadmiral hat er es gebracht. Ja mehr noch – er unterrichtete die Großfürsten in den Dingen der Seefahrt und wurde Großfürst Wladimir Alexandrowitschs Vertrauter. Trotzdem scheint er seinem Vater ein ehrfurchtsvolles Gedenken bewahrt zu haben. Ein Beweis dafür ist der 1859 in Moskau erschienene Artikel N. P. Lyshins »Shukowskis Bekanntschaft mit den Ansichten der romantischen Schule«, die bislang einzige aus dem zaristischen Rußland bekannte Veröffentlichung, in der eingehend von Timotheus von Bock die Rede ist. Ein überaus interessanter Aufsatz, der fast schizophren anmutet – durch die Kluft zwischen den zwei Bestrebungen des Verfassers: einerseits das äußerliche, auf die Zensur gerichtete Bestreben, von Shukowski zu erzählen, andererseits das innere, auf den Leser gerichtete Bestreben, ihm von Bock so nahe wie möglich zu bringen. Der Artikel bildet die einzige Informationsquelle für mehrere von Bock betreffende Tatbestände. Und dies allein dank dem Umstand, daß Jüri dem Verfasser pietätvoll aufbewahrte Papiere aus dem Nachlaß seines Vaters zur Einsicht überließ.

Jüris Frau, Anna Dmitrijewna Ignatjewa, war die Tochter eines Generalmajors und Gutsbesitzers aus dem Gouvernement Samara. Aus ihrer Ehe, die 1847 geschlossen wurde, gingen drei Kinder hervor: eine Tochter und zwei Söhne.

Im Juni 1876 reiste Jüri als Hofmarschall des Großfürsten Wladimir nach Deutschland, nach Schwerin, um die Familie des Großherzogs von Mecklenburg-Schwerin zu besuchen – Wladimirs Frau war die Tochter des Großherzogs. Im Schweriner Schloß verstarb Jüri unerwartet am 12. Juni 1876, wie die örtlichen Zeitungen meldeten, infolge einer Lungenlähmung.

Und zum Schluß noch – zur Zeit von Jüris Tod weilte Eeva schon lange nicht mehr unter den Lebenden. Sie starb am 3. Mai 1862 nach dem Kalender alten Stils im Alter von zweiundsechzig Jahren in Oberpahlen und wurde vom Ollustferschen Pfarrer Simeon Popow am 7. Mai neben ihrem Mann auf dem lutheranischen Friedhof des Gutes Woiseck begraben.

Einige scharfsinnige Leser des Tagebuchs von Jakob Mättik waren unter anderem der Meinung, Jakob Mättik entpuppe sich darin als bedauernswert durchschnittlicher Geist. Mir scheint, mag das Tagebuch, weil es altmodisch wirkt, als belletristisches Werk heutzutage noch so niedrig eingeschätzt werden, aus der Sicht der dreißiger oder auch der fünfziger Jahre des vergangenen Jahrhunderts sollte man es wohlwollender beurteilen und dementsprechend auch seinen Verfasser, setzt man voraus, daß die Arbeit ihren Schöpfer erhöht. Was aber das Tagebuch als eine Sammlung von Fakten anbetrifft, so dürfte die illusionslose Selbstbetrachtung des Jakob Mättik ihrer Zuverlässigkeit nur zum Nutzen gereichen.

Ich habe die Möglichkeit, der russischen Ausgabe des Buches noch etwas hinzuzufügen. Im Oktober 1979 übergab mir Frau Margarethe Weckman (geb. von Bock) in Stockholm eine große Anzahl genealogischer Kopien aus der Bockiana. Aus Aufzeichnungen, die 1935 in Estland auf dem Gut Uue-Pornuse gemacht wurden, geht hervor, daß, in Übereinstimmung mit mündlichen Überlieferungen der

Familie, Timos Großmutter – Helene von Schultze, geboren in Moskau am 12. August 1783 –, eine Tochter Fräulein Sophie von Fricks und des Zaren Peters des Großen war. Daraus folgt, daß sich Timo für einen Urenkel Peters halten mußte. Ein Umstand, der Jakob Mättik offenbar unbekannt war. Sonst hätte er Timos Vorgehen nicht als bis ins Extrem getrieben betrachtet, einschließlich seines souveränen Verhaltens seinem Souverän gegenüber, und hätte es nicht allein mit Timos Denkungsart erklärt, sondern auch mit seiner Vornehmheit, der sich Timo bewußt werden mußte und die ihn sich als direkteren Nachfahren des großen Repräsentanten der Familie Romanow fühlen ließ, als es sogar sein Verwandter, Zar Alexander I., war.

Ich möchte an dieser Stelle den Mitarbeitern der Bibliothek der Akademie der Wissenschaften der ESSR in Tallinn und des Staatlichen Zentralarchivs für Geschichte der ESSR in Tartu, diesmal besonders den Tartuern, für die langjährige freundliche Hilfe beim Entstehen dieses Buches herzlich danken. Vor allem der stellvertretenden Leiterin des Archivs Malle Loit für das Beschaffen des Memorandums von Timotheus von Bock und seines Gefängnisdossiers.

Für die freundliche Bereitschaft, ihre Zeit dieser Arbeit zu opfern, gilt mein Dank unter vielen anderen

Galina Ignatjewa in Leningrad für die Präzisierung der Angaben über Schlüsselburg zu Timos Zeiten,

Professor Doktor Sergej Issakow in Tartu für Angaben über die damaligen kulturellen Kreise der Tartuer Gesellschaft,

Dr. Juhan Kahk in Tallinn für den obenerwähnten Brief und mehrere Hinweise,

Herbert Kuurme und Julius Kiisholts aus Põltsamaa für lokalhistorische und familiäre Hinweise,

Aleksander Loorits in Tallinn für Präzisierungen der Spuren des Lebensweges der jungen Eeva,

Georg Meri in Nõmme für Ergänzungen zu Eevas Lebenslauf,

Jürgen von Schultz in München für den freundlichen Versuch, vielleicht noch vorhandene Briefe Timos zu finden, die einst im Besitz von Dr. Schultz-Bertram waren,

Mark Sergejew in Irkutsk für die Beratung über die Zeit der Dekabristen,

Dr. Hans Strutz in Schwerin für präzisierte Angaben über den Tod Admiral Georg von Bocks.

Jaan Kross

Ortsnamenverzeichnis

Addafer – Adavere
Alt-Harm – Vana-Harmi
Auenmühle – Luhaveski
Dorpat – Tartu
Ecks – Äksi
Embach – Emajõgy
Faehna – Vääna
Fellin – Viljandi
Harm – Harmi
Harrien – Harjumaa
Heimthal – Heimtali
Holstfershof – Holstre
Katharina-Lisette – Meleski
Kawa – Kaava
Kawershof – Kaavere
Kolk – Kolga
Kuckucksinsel – Käosaar
Kurkund – Kilingi
Kurländische Aa – Livlupe-Fluß
Lais – Laiuse
Loper – Loopri-Fluß
Lustifer – Lustivere
Maholm – Viru-Nigula
Mitau – Jelgava
Narwa – Narva
Neu-Bornhusen – Uue-Pornuse
Neu-Oberpahlen – Uue-Põltsamaa
Neu-Warsto – Uue-Varsto
Nömmafer – Nõmavere
Oberpahlen – Põltsamaa
Ösel – Saarema
Pahle – Põltsamaa-Fluß
Pajus – Pajusi
Pastel – Paistu
Peofer – Päovere
Pernau – Pärnu
Perst – Pärsti
Pillistfer – Pilistvere
Reval – Tallinn
Röika – Rõika
Sauckscher Bach – Sauga-Fluß
Schloß Oberpahlen – Vana-Põltsamaa
Schloß Talkhof – Puurmani
Soosaar – Soosaare
St. Bartholomäi – Palamuse
St. Johannes – Kolga-Jaani
Taskfer – Taganurga
Valu-Bach – Valuoja
Walck – Valgu
Wendau – Võnnu
Wierland – Virumaa
Wirzsee – Võrtsjärv
Wissofer – Vissuvere
Woiseck – Võisiku

Anmerkungen

6 *Cache-nez* – (franz.) Halstuch, Schal.
Shukowski – Wassili Andrejewitsch Shukowski (1783–1852), russischer Dichter, Vertreter der empfindsamen Romantik.
13 *in der Bauernsprache* – Gemeint ist Estnisch.
14 *Pastor Masing* – Otto Willem Masing (1763–1832), estnischer Enzyklopädist und Publizist; erwarb sich große Verdienste um die Entwicklung der estnischen Sprache.
16 *Barclay* – Michail Bogdanowitsch Fürst Barclay de Tolly (1761–1818), russischer Feldmarschall; führte im europäischen Feldzug gegen das napoleonische Frankreich 1813/14 den Oberbefehl über das russisch-preußische Heer.
17 *Kivijalg* – (estn.) Steinfuß; Kivijalg nannte man Holzhäuser mit einem relativ hohen Steinfundament.
18 *Haken* – Hier: Flächenmaß; eigentlich vom Gutsbesitzer gepachteter, steuerpflichtiger Boden des Bauern.
26 *Allongeperücken* – Männerperücke mit langen Locken (17. und 18.Jh.).
33 *Claude Lorrain* – Eigentlich Claude Gellée (1600–1682), französischer Maler und Radierer.
35 *Alexandre le mort* – (franz.) Alexander der Tote.
38 *Mesdames et Messieurs ...* – (franz.) Meine Damen und Herren, fahren Sie doch französisch fort, für mich ist das weniger schwer als das Estnische.
39 *Tere* – (estn.) Guten Tag. Tere-Tere: Spitzname der Esten.
Est-ce qu'il nous faut conclure ...? – (franz.) Müssen wir schließen ...?
Oui, mon cher Bruininck ... – (franz.) Ja, mein lieber Bruininck, das muß man schließen.
41 *Chevalerie* – (franz.) Ritterlichkeit.
42 *A la Frau von Krüdener* – Barbara Juliane Freifrau von Krüdener (1764–1824), livländische pietistische Schriftstellerin; Alexander I. stand längere Zeit unter dem Einfluß ihrer religiösen Schwärmereien; regte ihn 1815 zur »Heiligen Allianz« an.
43 *in corpore* – (lat.) in der Gesamtheit.
46 *Graf Peter Pahlen* – (1745–1825), russischer General der Kavallerie, einer der Organisatoren und Mitbeteiligten an der Ermordung Pauls I.

48 *einer mechanischen Droz-Puppe* – Henri-Louis-Jaquet Droz (1752–1791), schweizerischer Mechaniker; verfertigte einen Automaten in Gestalt eines auf einem Orgelwerk spielenden Mädchens.
Mais voilà – quels sont tes problèmes? – (franz.) Aber nun – was sind deine Probleme?

53 *Greuze* – Jean-Baptiste Greuze (1725–1805), französischer Maler.

55 *Curonus* – Angehöriger der Rigaer Studentenkorporation Curonia Fraternitas Rigaica.

65 *Faehlmann* – Friedrich Robert Faehlmann (1798–1850), estnischer Mediziner, Sprachforscher, Literat und Volksliedsammler, konzipierte das estnische Nationalepos, das 1857/61 von Friedrich Reinhold Kreutzwald niedergeschrieben wurde.

66 *Gardez!* – (franz.) Achtung!

69 *ce plat aventurier italien* ... – (franz.) dieser fade italienische Abenteurer, dieser Mann, der fünf Eide geschworen hat, von denen jeder an eine Gemeinheit erinnert.

70 *Je dois vous prier* ... – (franz.) Ich muß Sie bitten, eine verständliche Sprache zu sprechen.

72 *Куда вы его везёте?* – (russ.) Wohin bringen Sie ihn?
Не приказано говорить. – (russ.) Ich bin nicht befugt zu sprechen.

74 *Timothée, mon ami* – (franz.) Timotheus, mein Freund.

89 *celery, celebrity* ... – (engl.) Sellerie, Berühmtheit, Zweck und Beharrlichkeit.

90 *Fonwisin* – Denis Iwanowitsch Fonwisin (1745–1792), russischer Aufklärer, Dramatiker und Lyriker.
Sein Name entsprach ihm – Plutalow ist abgeleitet von plut – (russ.) Gauner, Betrüger, Schelm.
Режим, милостивая государыня ... – (russ.) Die Behandlung, gnädige Frau, ist selbstverständlich so, wie sie sie durch ihre Verbrechen verdient haben.

109 *Вы быки* ... – (russ.) Ihr seid Ochsen, Ihr könnt nichts anderes als kämpfen.
Speranski – Michail Michailowitsch Graf Speranski (1771–1839), russischer Staatsmann, seit 1808 engster Berater Alexanders I., schuf einen Plan zur liberalen Reformierung Rußlands; von 1812 bis 1816 verbannt.

110 *Zarin Jelisaweta Petrowna* – (1709–1761), Tochter Peters I., seit 1741 Zarin.
Münnich – Burkhard Christoph Graf Münnich (auch Minich; 1693–1767), russischer Staatsmann und Militär deutscher Herkunft, Generalfeldmarschall; seit 1721 in russischen Diensten; befehligte die Armee Rußlands im russisch-türkischen Krieg von 1733 bis 1739; wurde von Zarin Jelisaweta Petrowna 1742 verbannt; 1762 gestattete ihm Peter III. die Rückkehr aus der Verbannung.
Golowkin – Gawriil Iwanowitsch Graf Golowkin (1660–1734), russischer Staatsmann, einer der Erzieher und Mitstreiter Peters I.

110 *Osterman* – Andrej Iwanowitsch Osterman (1686–1747), russischer Staatsmann und Diplomat; bestimmte zur Regierungszeit Anna Iwanownas faktisch die Innen- und Außenpolitik Rußlands; wurde 1741 von Zarin Jelisaweta Petrowna verbannt.

112 *Panin* – Nikita Iwanowitsch Graf Panin (1718–1783), russischer Staatsmann und Diplomat, Verfasser verschiedener Verfassungsentwürfe; seit 1781 im Ruhestand.

Rostoptschin – Fjodor Wassiljewitsch Graf Rostoptschin (1763 bis 1826), russischer Staatsmann; während des Krieges gegen Napoleon 1812 Generalgouverneur von Moskau.

Kotschubej – Viktor Pawlowitsch Fürst Kotschubej (1768–1834), russischer Staatsmann und Diplomat; trat für gemäßigte Reformen ein.

Czartoryski – Fürst Adam Jerzy Czartoryski (1770–1861), Freund Alexanders I., von 1804 bis 1806 russischer Außenminister; erstrebte die Selbständigkeit Polens; stand während des polnischen Aufstandes 1830/31 an der Spitze der Warschauer Nationalregierung; emigrierte 1831 nach Frankreich und führte in der Pariser Emigration den rechten Flügel innerhalb der antizaristischen Bewegung.

Saltykow – Nikolai Iwanowitsch Fürst Saltykow (1736–1816), russischer Generalfeldmarschall, seit 1783 Erzieher des späteren Zaren Alexander I. und des Großfürsten Konstantin, von 1812 bis 1816 Vorsitzender des Staatsrates.

Araktschejew – Alexej Andrejewitsch Graf Araktschejew (1769–1834), russischer General der Artillerie, einflußreicher Würdenträger unter Paul I. und Alexander I., ab 1806 Kriegsminister; verfügte seit 1815 über fast uneingeschränkte Macht und mißbrauchte sie für eine äußerst reaktionäre Politik.

Golyzin – Alexander Nikolajewitsch Fürst Golyzin (1773–1844), russischer Staatsmann, Mystiker und Reaktionär, seit 1803 Oberprokuror des Heiligen Synods, seit 1813 Vorsitzender der Russischen Bibelgesellschaft, von 1817 bis 1824 Minister für Volksbildung und religiöse Angelegenheiten.

117 *promotio* – Hier: medizinisches Examen.

118 *Zinzendorfianer* – Anhänger Nikolaus Ludwig Graf von Zinzendorfs (1700–1760), des Stifters der Herrnhuter Brüdergemeinde.

121 *Dritte Abteilung* – Berüchtigtes politisches Fahndungs- und Untersuchungsorgan der Kaiserlichen Kanzlei im zaristischen Rußland, 1826 von Nikolai I. geschaffen.

Benckendorff – Alexander Christoforowitsch Graf Benckendorff (1783–1844), russischer General, kurländischer Junker; nahm 1825 an der Unterdrückung des Dekabristenaufstandes teil; wurde 1826 zum Chef der Gendarmerie und der berüchtigten »Dritten Abteilung« ernannt.

128 *Не разрешать!* – (russ.) Nicht gestattet!

130 *Merkel* – Garlieb Helwig Merkel (1769–1850), baltischer demokratischer Publizist und Aufklärer.

132 *ihres ritterschaftlichen Unionsvertrages* – Im Nordischen Krieg (1700 bis 1721) fielen Livland und Estland 1710 an Rußland, was 1721 im Vertrag des Nystader Friedens festgeschrieben wurde. Darin gelobte Peter I. unter anderem, für ewige Zeiten deutsche Obrigkeiten in Livland und Estland zuzulassen. Auf Grund von Unklarheiten im Vertrag, die verschiedene Interpretationsmöglichkeiten zuließen, glaubten die baltischen Adligen, sich dem Zaren freiwillig unterstellt zu haben. Sie gingen davon aus, daß zwischen dem russischen Zaren und dem baltischen Adel ein »ritterschaftlicher Unionsvertrag« bestände.

139 *im »Geheimen Haus«* – Nur der Kommandant einer Festung wußte, wer im »Geheimen Haus« gefangengehalten wurde. Die Gefangenen im »Geheimen Haus« blieben ansonsten anonym.

140 *Oh, là, là! Monsieur le Comte ...* – (franz.) Oho, Herr Graf, was verschafft mir diese Ehre?

142 *von welchem estnischen Wort das griechische »Tyrannei« abgeleitet ist* – Das Wort Tyrannei erinnert sehr an das estnische Wort für Penis.

145 *Mein Vater, ist es möglich ...* – Matthäus 26,39.

146 *Das Feuer raste wild ...* – Aus: N. S. Sokolow, Er; das Gedicht wurde zum Volkslied. Deutsch von Martin Remané.

Vier Totengräber kommen da ... – Deutsch von Martin Remané.

der Pernauer Pastor Rosenplänter – Johann Heinrich Rosenplänter (1782–1846), baltischer Publizist; befaßte sich mit Problemen der Entwicklung der estnischen Sprache; gab die Zeitschrift »Beiträge zur genauen Kenntnis der estnischen Sprache« heraus.

161 *summus dux* – (lat.) Oberster Heerführer.

163 *Pasteln* – Bauernsandalen aus weißgegerbtem Oberleder.

170 *Son Altesse Impériale ...* – (franz.) Ihre Kaiserliche Majestät hat das Vergnügen, Herrn ... bitten zu lassen.

177 *Der Mund, so da lüget ...* – Die Weisheit Salomos 1,11.

198 *Er vergiftete seinen Bruder* – Daß Philipp II. von Spanien seinen Halbbruder Don Juan d'Austria und dessen Frau und Tochter vergiftete, entspricht nicht der historischen Wahrheit, sondern war ein Gerücht, das zur Handlungszeit des Romans kursierte. Don Juan d'Austria fiel 1574 in Regensburg der Pest zum Opfer.

201 *Замолчи! ...* – (russ.) Schweig! Schweig, Verbrecher!

Beccaria – Cesare Marchese de Beccaria-Bonesana (1738–1794), italienischer Aufklärer, Jurist und Publizist; seine demokratische Idee von der Notwendigkeit, die Strafe dem Verbrechen anzumessen, spielte eine große Rolle bei der Herausbildung des bürgerlichen Strafrechts.

202 *laesio optionis* – (lat.) Beleidigung des Aufsehers.

laesio majestatis – (lat.) Majestätsbeleidigung.

209 *Jetzo, da ich ausgewachsen ...* – Aus: Heinrich Heine, Die Harzreise.

211 *Hupel* – August Wilhelm Hupel (1737–1819), Ökonom, Publizist und Linguist; verfaßte u. a. ein Wörterbuch und eine Grammatik der estnischen Sprache.

212 *Merkur* – Quecksilber.
215 *Cherchez la femme* – (franz.) Sucht die Frau.
220 *Matthiastag* – 24. Februar, in Schaltjahren 25. Februar.
242 *Angina maligna sive gangraenosa* – (lat.) Bösartige oder wundbrandige Angina, Diphtherie.
252 *Kronwerk* – In alten Festungen ein Außenwerk, wohl nach seiner Grundrißform so genannt.
261 *Georgstag* – 23. April.
275 *Feuerstähle* – Geschmiedeter Stahl, mit dem man aus einem Feuerstein Feuer schlug; 14. bis Anfang des 19. Jh..
277 *Thukydidesse* – Thukydides (460–396 v.u.Z.), Historiker aus Athen.
306 *Quod erat probandum* – (lat.) Was nachzuweisen war.
309 *Killo* – Estnische Fischsorte.
310 *sac de voyage* – (franz.) Reisetasche.
324 *Doktor Hahnemann* – Samuel Christian Friedrich Hahnemann (1775–1843), deutscher Arzt; veröffentlichte zahlreiche Arbeiten auf den Gebieten der Hygiene, Psychiatrie und Pharmazie; Begründer der Homöopathie.
325 *Kremlbrand* – 1812 brach am Tag nach der Besetzung Moskaus durch das Heer Napoleons I. eine Feuersbrunst aus, die erst nach Tagen gelöscht werden konnte und Napoleon zum Rückzug zwang.
Biron – Ernst Johann Reichsgraf von Biron, ursprünglich Bühren, Herzog von Kurland und Semgallen (1690–1772), Günstling und Geliebter der Zarin Anna Iwanowna; bestimmte von 1730 bis 1740 faktisch die russische Politik, ohne offizielle Ämter zu bekleiden. Sein Regime war durch Grausamkeit, Korruption, Denunziation und Veruntreuung von Staatseigentum gekennzeichnet. Wurde nach dem Sturz Anna Iwanownas von 1740 bis 1742 verbannt.
Dershawin – Gawrila Romanowitsch Dershawin (1743–1816), russischer Dichter.
Dmitrijew – Iwan Iwanowitsch Dmitrijew (1760–1837), russischer Dichter.
Krylow – Iwan Andrejewitsch Krylow (1769–1844), russischer Fabeldichter, auch Dramatiker und Journalist.
Batjuschkow – Konstantin Nikolajewitsch Batjuschkow (1787–1855), neben Shukowski bedeutendster russischer Dichter der Periode vor Puschkin.
Karamsin – Nikolai Michailowitsch Karamsin (1766–1826), russischer Schriftsteller, Publizist, Kritiker und Historiker, führender Vertreter des russischen Sentimentalismus.
Oserow – Wladislaw Alexandrowitsch Oserow (1769–1816), russischer Tragödiendichter.
das Denkmal Minins und Posharskis – Von dem russischen Bildhauer Iwan Petrowitsch Martos (1754–1835) geschaffenes Denkmal auf dem Roten Platz in Moskau, das an die Befreier Rußlands von der polnisch-litauischen und schwedischen Intervention 1612, Kusma

Minin (gest. 1616) und Dmitri Michailowitsch Posharski (1578–1642), erinnert.

325 *Tolstoi* – Fjodor Petrowitsch Tolstoi (1783–1873), russischer Medailleur, Bildhauer, Maler und Grafiker des Klassizismus.

Jegorow – Alexej Jegorowitsch Jegorow (1776–1851), russischer Maler und Zeichner des Klassizismus.

Utkin – Nikolai Iwanowitsch Utkin (1780–1868), russischer Kupferstecher.

Bortjanski – Dmitri Stepanowitsch Bortjanski (1751–1813), ukrainischer Komponist, Meister der Chorkomposition.

Schuscherin – Jakow Jemeljanowitsch Schuscherin (1753–1813), russischer Schauspieler.

Brjanski – Jakow Grigorjewitsch Brjanski (1790–1853), russischer Schauspieler.

Semjonowa – Jekaterina Semjonowna Semjonowa (1786–1849), russische Schauspielerin.

Danilowa – Maria Iwanowna Danilowa (1793–1810), russische Balletttänzerin.

337 *Friedrich Schlossers »Geschichte des 18. Jahrhunderts«* – Friedrich Christian Schlosser (1776–1861), deutscher bürgerlich-demokratischer Historiker.

344 *Hupel* – Vgl. Anm. zu S. 211; gemeint ist das von August Wilhelm Hupel verfaßte estnisch-deutsche Wörterbuch.

347 *il grandissimo bluffo* – (ital.) der größte Bluff.

348 *porco* – (ital.) Schwein

Frère Jacques, ... – (franz.) Bruder Jakob, Schwester Kathrin,/schlaft ihr noch, schlaft ihr noch?/Hört ihr nicht die Glocken,/hört ihr nicht die Glocken. – Aus Frankreich stammender Kanon, Text leicht verändert.

397 *Georg Schultz-Bertram* – (1803–1875), baltischer Literat und Publizist.

398 *Sukin* – Abgeleitet von suka – (russ.) Hündin.

J.H. ROSENPLÄNTER
O.W. MASING
EST
KR. JAAK PETERSON
Tarto linna kiwwi-sild.